НЕ ХЛЕБОМ ЕДИНЫМ

빵만으로는 살 수 없다

НЕ ХЛЕБОМ ЕДИНЫМ
빵만으로는 살 수 없다

B. 두딘체프 지음
김학수 옮김

집문당

빵만으로는 살 수 없다

1989년 06월 30일 1판 1쇄
2015년 10월 10일 2판 1쇄
2016년 09월 25일 2판 2쇄
2025년 12월 01일 2판 3쇄

저자 | B. 두딘체프
역자 | 김학수
발행인 | 임동규
발행처 | **(주)집문당**
등록 | 1971. 3. 23. 제2012-000069호
주소 | 03134 서울시 종로구 돈화문로 82, 5층
전화 | +82-1811-7567
이메일 | sale@jipmoon.com
홈페이지 | www.jipmoon.com

ISBN 978-89-303-1664-4 03890

가격 22,000원

(주)집문당 이순신돋움체B (저작권자 아산시, 무료글꼴)

차 례

해 설

해 설

해빙기 문학

1953년 3월 스탈린이 사망하자 소련에서는 第20차 공산당 대회, 개인 숭배의 배격 등 일련의 획기적 사건들이 일어났다. 이러한 사건들은 당 정책과 불가분의 관계에 있는 문학 분야에도 민감한 반응을 불러 일으켜 이른바 소련 문학의 해빙기를 가져오게 했다.

1954년 3월, 문예지 『깃발』(즈나먀)에는 소련 문단의 중진인 에렌부르크의 『해설解雪』이라는 소설이 발표되었는데, 이것은 당의 정책 수행을 위한 선전 도구로 변해 버린 소련 문학을 문학 본연의 위치로 환원시키려는 최초의 시도였다. 해빙기란 말은 바로 이 『해설』에서 유래한 것이다.

『해설』에 뒤이어, 파노바의 『계절』, 키르사노프의 『주일의 7일』, 닐린의 『박정』, 옙투셴코의 『겨울 정거장』, 파스테르나크의 『의사 지바고』 등 해빙기 문학작품들이 쏟아져 나왔다. 그러나 그중 어느 것도 『빵만으로는 살 수 없다』만큼 소련의 모순된 사회상을 예리하게 비판하고 지배계급에 도전한 작품은 없었다. 1957년 8월과 9월, 10월에 걸쳐 소련의 저명한 문예지 『신세계』(노브이 미르)에 연재된 두딘체프의 장편소설 『빵만으로는 살 수 없다』는, 청년 학생층과 일반 독자들로부터 유례없는 절찬을 받았고, 소련 문단에 선풍적인 물의를 야기했다. 공산주의 혁명 후 40년 동안 이처럼 대담하게 소련 사회의, 특히 소련 관료주의의 부패와 위선과 기만성을 신랄하게 폭로한 문학작품을 일찍이 소련 사람들은 대한 적이 없었기 때문이다. 더욱이 이 작품은 비단 관료주의의 추악한 정체만을 폭로하는 데 그친 것이 아니라, 자유에 대한 끝없는 동경과 개성의 존중을 요구하는 절규가 힘찬 필치로 표현되어 있는 것이다.

관료주의의 타파를 입버릇처럼 외친 흐루시초프 자신도 문단에 소용돌이치는 새로운 기운을, 특히 『빵만으로는 살 수 없다』와 같은 '탈선적' 작품의 출현을 좌시하고만 있을 수는 없게 되었다.

여기서 흐루시초프는 "사회주의적 리얼리즘"의 원칙, 즉 소련의 현실을 절대적인 것으로 승인해야 한다는 대전제를 내세워 이와 같은 작품은 소련에서 도저히 용납될 수 없다는 강경책을 쓰기에 이르렀다.

『빵만으로는 살 수 없다』의 작자 두딘체프는 당으로부터 "집단의 힘을 인식할 능력이 결핍되어 있으며, 개인주의를 구가하는 편견을 가졌다"는 이유로 비난을 받고, 작품의 수정을 명령받았다. 이를 완강히 거부한 탓으로 그는 작가동맹에서 추방되었고, 그의 소설도 출판이 금지되었다. 또한 작품을 게재한 잡지사 편집 간부가 쫓겨난 것은 말할 것도 없다.

그리하여 소련 문단에 찾아들었던 해빙기는 『빵만으로는 살 수 없다』를 계기로 종말을 고하고, 또다시 문학의 결빙이 시작되었다.

작자 블라디미르 드미트리예비치 두딘체프

『콤소몰스카야 프라우다共青機關紙』의 기자였던 두딘체프가 이 소설을 발표했을 때, 그의 나이는 36세였다. 그가 이 작품에 착수한 것은 스탈린이 사망하기 이전이라 하는데, 아마도 그는 원고를 깊숙이 숨기고 적당한 시기가 오기를 기다리고 있었던 것 같다. 그러나 작품이 발표된 후 불과 한 달도 채 되기 전에 그는 된서리를 맞고 한때 소식이 묘연했으나, 1964년 여름 모스크바를 방문했던 유고슬라비아 학자 미하일로프의 기행문(「모스크바의 여름 ── 1964」, 『사상계』 1965년 5월호 역재)에 의해 그의 근황이 비로소 밝혀졌다.

두딘체프는 작달막한 키에, 크고 둥근 머리, 총명하게 보이는 생기 있는 눈을 가진 사람으로, 그 두터운 안경을 통해 어린애와 같은 쾌활하고 솔직한 시선으로 사람을 바라보는 모습이 작품에서 표시한 그의 항거와는 다른 인상을 준다고 미하일로프는 쓰고 있다.

당시 두딘체프는 아내와 중학교에 다니는 세 딸을 거느리고 모스크바 대학 근방의 아파트에서 지나치리만큼 검소하게 살고 있었다. 식생활의 해결을 위해 두딘체프 부부는 부득이 우크라이나어 번역에 전념하지 않을 수 없는 처지에 놓여 있었다.

1957년에 자기에게 가해졌던 비판을 상기하면서, 두딘체프는 그 당시에 그에게 가장 중요하고 뜻깊었던 일은, 전차나 지하철에서 낯모르는 시민들이 그에게 외면을 한 채 몰래 그의 손을 꼭 쥐어 주던 일이라고 말했다. "이것을 위해서는 어떠한 고난이라도 능히 감내할 수 있지요." 이것은 그가 미하일로프에게 했다는 말이다.

소련에서는 한때 타자기로 쳐서 만든 『빵만으로는 살 수 없다』의 사본이 독자들의 손에서 손으로 돌고 있었는데, 아마 이것은 수제사본으로 보급된 20세기 유일의 소설일 것이다.

『빵만으로는 살 수 없다』

해빙기 문학의 상징이 되고 있는 이 소설은 비단 소련에서뿐만이 아니라

서방 세계에까지도 비상한 반응을 불러일으켜, 구미 각국 출판계에 서는 앞다투어 번역 출판하여 장기간 베스트셀러를 차지하게 되었고, 미국에서는 이 소설을 두 번씩이나 영화화했다. 그것은 이 작품이 현대 소련 사회의 진짜 비극 —— 자기의 아이디어를 실현시키기 위해서는 온 생애와 심지어는 목숨까지도 걸지 않으면 안 되는, 천재적 개성의 비극을 비범한 문학적 수법으로 다루고 있기 때문이다.

두딘체프는 이 소설에서 재능 있는 개인주의적 발명가 로빠뜨낀의 고뇌에 찬 행로를 그렸는데, 주인공은 작자가 모색하는 새로운 타이프의 인물, 즉 새 시대의 전형이라 할 수 있다.

시베리아 어느 중학교 물리 선생인 로빠뜨낀은 금속배수관의 수공업적인 주조과정을 목격하고, 크게 분발하여 침식을 잊고 노력한 끝에 최신식 고성능 주조기를 발명한다. 그러나 모스크바의 권위 있는 주조 학자들은 정부 관리들과 결탁하여 이 신인의 진출을 한사코 저지하려 든다. 여기서부터 청년 발명가에게 가시밭길이 시작된다.

그는 모든 박해와 공갈과 회유를 물리치고 굶주림에 시달리며 완강한 투쟁을 계속하지만, 종국에는 권력에 항거하는 모든 소련 사람들이 그러했듯이 "국가 비밀 누설"이라는 어마어마한 죄목이 씌어져 시베리아 강제노동수용소로 유형을 당하고 만다.

그러나 로빠뜨낀은 결코 고독하지 않았다. 그는 "정의의 표식등"을 높이 켜 들었기 때문에 수많은 정직한 친구들이 그를 도우려고 달려온 것이다. 팔 년이란 오랜 투쟁 끝에 마침내 승리를 거두고 그가 발명한 기계는 햇빛을 보게 되지만, 그는 자신의 적들이 다시 승리를 정비하여 새로운 공격을 준비하고 있음을 깨닫게 된다. 로빠뜨낀은 자기에게 더욱 무거운 짐이 부과된 것을 자각하며, 또다시 고난의 행로를 더듬는다. 작자는 여기서 소련 사회를 구성하고 있는 몇 개의 전형적 인물들을 우리에게 보여준다.

『공산당 약사』 이외에는 단 한 권의 책도 읽어본 일이 없는 무식한 공산 관료인 드로즈도프. 그러나 그는 능란한 처세술 때문에 유능한 관리로 인정받아 승진을 거듭한다. 우리는 그의 입을 통하여 독선적이며 모순에 가득찬 공산당식 사고방식을 보게 된다.

드로즈도프의 젊고 아름다운 아내 나쟈에게서 우리는 공산주의의 기만성을 깨닫고 점차 각성해 가는 소련 인민들의 전형을 본다. 한때는 드로즈도프의 비상한 통솔력에 매혹되어 그와 결혼하였고, 또한 세상만사를 오직 그의 눈을 통해서밖에 내다볼 수 없었던 나쟈도 로빠뜨낀을 만남으로써 비로소 참된 삶과 사랑의 길을 발견하게 된다.

작자는 주인공의 가장 가까운 친구로 불우한 노교수 부시꼬를 등장시킨다. 외국 간첩 공포증에 걸려 줄곧 불안에 떨고 있는 늙은 발명가, 관료주의와의 타협을 거부한 탓으로 교직에서 추방되고, 유익한 발명을 했는데도 그것을 뭇사람에게 전달할 기회를 박탈당한 채 실의 속에서 한평생을 마치는 부시꼬 교수의 비극은 우리에게 많은 교훈을 준다.

그밖에도 우리는 로빠뜨낀을 돕는 선의의 인물들 —— 소박하고 정직한 '평민'들에게서, 내일의 광명을 위해 위험을 무릅쓰고 행동하는 소련 인민의 보편적인 전형을 본다. 또한 작자는 이 작품에서 개인의 이익만을 추구하는 추악한 기성학자 집단을 날카롭게 규탄하고 있다.

로빠뜨낀은 "빵만으로는 살 수 없다"고 부르짖는다. 그러나 이미 풍족한 '빵'을 가지고 있기 때문이 아니다. 팔 년 동안을 "발명가의 메뉴"인 감자만으로 목숨을 이어가면서도 그는 인간 생활에서 빵보다 더욱 긴요한 그 무엇이 있다는 것을 절실하게 깨달은 것이다.

두딘체프는 또한 로빠뜨낀의 입을 빌려, 사색하는 인간들에게는 "완전무결한 자유의 박탈"이란 있을 수 없는 것이라고 강조한다. 그것은 옳은 말이다. 인민들로부터 모든 자유를 박탈할 수 있다 해도, 사색의 자유마저 박탈할 수는 없기 때문이다. 그들은 영원히 사색을 계속할 것이다.

이 번역은 소련 정치망명가 중앙연맹에서 발행한 노어원본 『НЕ ХЛЕБОМ ЕДИНЫМ』을 사용했다. 독자의 편의를 위해 세 가지 혹은 네 가지로 불리우는 복잡한 소련 인명은 한 가지로 통일시켰음을 부언한다.

1974년 9월 1일

역자

제 1 부

제 1 부

1

낮 열두 시, 철로 양쪽으로 높다랗게 쳐올린 눈더미에 정거장 간판까지 묻혀 버린 무즈가 역으로 기차가 다가왔다. 객차의 흰 지붕이 잇달아 눈앞을 스치며 천천히 지나가더니 드디어 기차는 멈추어 섰다. 플랫폼은 금세 어수선해지기 시작했다. 방한 장화에 똑같은 갈색 반코트를 입은 사내 셋이 열차 맨 끝에 달린 모스크바발 침대차 쪽으로 황급히 달려갔다. 그들은 침대차 속으로 들어갔다가 다시 나타나서 회색 커버를 씌운 트렁크를 하나씩 받아 내렸다. 순간 플랫폼은 마치 무슨 호기심의 바람 같은 것이 휩쓴 것처럼 여기저기서 수군거리는 소리가 일어나며 모두들 한 방향으로 몰려갔다. 모스크바발 고급 객차 근처는 몸을 움직일 수 없을 만큼 혼잡을 이루었다.

"누가 오는 거야?"

"드로즈도프가 온다네. 곧 차에서 나오겠지…."

"아니, 벌써 내렸어."

그러나 기차에서 내린 장본인을 발견한 사람은 별로 없었다. 그도 그럴 것이 드로즈도프라는 사람은 키가 아주 작은 사내였기 때문이다. 그 대신 사람들은 드로즈도프와 함께 차에서 내린 젊은 여인의 얼굴과 그녀의 부드러운 양털 모자를 볼 수 있었다. 드로즈도프보다 키가 머리 하나만큼이나 더 크게 보이는 잿빛 눈동자의 미인이었다.

모여 섰던 사람들은 정거장 건물 쪽으로 걸어나가서 무엇인지 흡족치 못한 마음으로 흩어져 갔다. 그중에서도 재빨리 벽돌 건물을 돌아 나온 사람들만이 저 멀리 흰 눈에 뒤덮인 초원을 향해 쏜살같이 달려가는 두 대의 썰매를 보았을 뿐이다. 초원이 끝나는 곳에서는 몇 줄기 검은 연기가 솟아오르고 있었는데, 위로 치솟던 연기는 다시 옆으로 처져 내려 한쪽 하늘에 검푸른 장막을 드리우고 있었다. 그리고 거기 눈에 덮인 아득한 지평선 위로는 흡사 바다를 항해하는 해군 함대 같은 것이 보였다. 2차대전 중에 이곳에 건설된 거대한 종합공장이 연기를 뿜고 있는 것이다. 여러 개의 공작창과 공장, 그리고 창고 시설과 철도 지선까지 포함하여, 이 종합공장은 실로 수 킬로에 걸쳐 있었다. 전쟁이 끝난 후 처음 몇 해 동안만 해도 이 종합공장은 지도나 지리 교과서 같은 데 기재되어 있지 않았었다.

종합공장 지배인 레오니드 이바노비치 드로즈도프(이 고장 사람들은 간단히 드로즈도프라고만 부른다)는 장관의 소환을 받고 모스크바에 출장을 갔다 오는 길이었다. 그는 결혼 후 한 번도 곁에서 떠나 본 적이 없는 젊은 아내를 이번 여행에 동반했던 것이다. 그들 부부는 두 사람 모두 이번 여행을 만족하게 생각하고 있었다. 아내는 모스크바에서 남편한테 값진 선물을 받았기 때문이었고, 드로즈도프는 자기 자신에 관한 모든 일이 뜻대로 진행되어 가고 있기 때문이었다. 이번에 드로즈도프는 전부터 안면이 있는 중앙의 모 국장으로부터, 가까운 장래에 자기가 틀림없이 모스크바로 전근될 것이라는 암시를 받았다. 그것은 바로 드로즈도프가 몽매간에도 잊지 못하던 숙원이었던 것이다.

드로즈도프가 잘 아는 두 사람의 공장 지배인은 여기에 대해 그와는 다른 견해를 가지고 있었다. 아무리 모스크바가 좋다 해도, 중앙에서 '수레바

퀴의 살' 노릇을 하기보다는 차라리 지방 공장에서 '굴대' 노릇을 하고 있는 편이 훨씬 낫다는 것이었다. 그러나 드로즈도프는 자기가 중앙의 국장 자리로 옮겨 앉게 되는 경우, 물질적인 혜택이 약간 줄어들 것이라는 점에 대해서 그리 심각하게 생각하지 않았다. 수입이 줄어든다는 문제에 대해서는 이미 각오한 바가 있었기 때문이다. 행동의 자유를 어느 정도 구속받게 된다는 것도 역시 망설일 만한 문제는 못되었다. 어딜 가든지 나는 내 앞가림을 할 수 있는 인간이니까 ── 이렇게 그는 생각하는 것이었다. 또한 그는 중요한 지도적 임무를 수행함에 따르는 난점 같은 것에 겁을 집어먹기는커녕 오히려 매력을 느끼고 있었다. 여기 대해서는 자기대로의 '이론'까지 지니고 있는 드로즈도프였다 ── 인간이란 언제나 자기성장에 따르는 고난을 경험하며 자라야 하고, 또한 자기에게 다소 적합지 않은 일이라도 맡아야 한다. 항상 자기의 역량에 비해 조금 과중한 듯한 직책을 맡아야 하며, 또 그러한 상태에서 견디어 내지 않으면 안 될 때, 인간은 급속히 성장하는 법이다. 만일 자기가 맡은 일을 능히 처리할 수 있게만 된다면, 그리고 한두 번 표창이라도 받게 된다면, 그때는 즉시 보다 높은 자리로, 새로운 난관이 기다리고 있는 분야로 옮겨 앉아야 한다. 그리고 남에게 뒤지지 않도록 힘껏 노력해야 한다. 한자리에 아주 주저앉아 버리는 일이 있어서는 안 된다 ── 이것이 그의 신념이었다.

'음, 내 손으로 종합공장 하나를 완성해 놓았고….'

지그시 눈을 감고서는 요란한 썰매 소리를 귓전에 흘려보내며 그는 생각하는 것이었다.

'전쟁 중엔 사업 성적이 괜찮아서 적기 훈장까지 받았으니 이젠 앞서 나가는 자들 축에 빠져서는 안 되지. 지금 내 나이가 쉰둘이니까 쉰셋, 넷, 다섯, … 퇴직 연령까진 앞으로 십삼 년, 그만하면 아직 기한은 충분해! 암, 충

분하구 말구! 그동안에 하려고만 든다면 무엇이든지 못할 일이 없을 거야!'

하나의 커다란 도시와도 같이 이 종합공장은 점차 확장되어 초원을 점령하며 서서히 좌우로 뻗어나가고 있었다. 중앙 지대에는 다섯 개의 높다란 벽돌 굴뚝이 솟아 있었는데, 똑같은 높이로 나란히 늘어선 이 굴뚝들은 모두가 검은 연기를 내뿜고 있었다. 그 밑으로도 빛깔이 일정치 않은 가느다란 연기가 빗살 모양으로 수없이 솟아오르고 있었다. 한쪽 옆에 서 있는 냉각탑에서는 흰 수증기가 연기처럼 뭉게뭉게 피어오르고 있었는데, 유달리 새하얀 그 빛깔이 검은 연기 속에서 한층 눈부셨다. 어느새 공장 구역에서 운행하는 소형 기관차의 기적 소리가 들려오고, 길가에는 양쪽으로 똑같은 모양의 두 세대용 연립주택이 잇달아 나타났다. 용마루가 오똑한 슬레이트 지붕에 흰 시멘트 벽돌로 벽을 쌓아올린, 이른바 '사회주의적 도시주택'들이었다. 드로즈도프는 깊은 상념에서 깨어나자, 손가락으로 앞에 앉은 마부의 반코트를 쿡쿡 찔렀다.

"나자, 우리 내려서 걸어갑시다! 응? 좀 봐요. 날씨가 얼마나 좋은가!"

썰매가 멈춰 섰다. 드로즈도프의 아내는 엿새 전에 모스크바에서 산 부드러운 망토 깃을 살짝 쳐들고, 알맞게 쌓인 깨끗한 눈 위에 내려섰다.

"아유, 이 눈 좀 봐!"

환희에 찬 젊은 음성이 그녀의 입에서 새어 나왔다.

드로즈도프는 잠시 썰매 위에서 꾸무럭거렸다. 그는 커다란 종이 상자에서 귤 몇 개를 꺼내더니 양쪽 호주머니에 집어넣었다. 썰매에서 내리자, 마부에게 손짓을 하고 나서, 투박스러운 솜씨로 껍질을 벗기며 아내의 뒤를 쫓아갔다. 그녀는 남편이 껍질을 벗겨서 바치는 귤을 의젓한 태도로 받았다. 그들은 태양이 빛나는 겨울의 한낮을 마음껏 즐기며 걷기 시작했다. 키가 작달막한 드로즈도프는 번쩍번쩍 윤이 나는 갈색 가죽 외투에다 얼룩얼룩한 양털깃을 달고, 역시 양털로 만든 푸르죽죽한 방한모를 쓰고 있었다. 한편 날씬하게 키가 큰 그의 아내 나자는 보드라운 털가죽으로 만든 폭 넓은 밤색 망토를 한쪽으로 비스듬히 걸치고 있었다. 그녀의 회색 눈동자에는 어딘지 우수의 빛이 어려 있었고, 연지를 바르지 않았는데도 입술은 밝은 장밋빛이었다. 그리고 볼에는 새까만 점이 한 개 귀엽게 박혀 있었다. 그녀는 자꾸만 남편에게서 뒤떨어졌다. 그럴 때마다 드로즈도프는 걸음을 멈추고 새로 껍질을 벗긴 귤을 손에 든 채 아내가 따라오기를 기다렸다.

나자는 임신 중이었다. 드로즈도프는 입가에 절로 떠오르는 흡족한 미소를 감추려고 눈을 가늘게 떠 보기도 하고, 윤기가 없는 누런 이마에 주름을 지어 보기도 했다. 지나가던 사람들은 그들에게 인사를 하고는 길가에 쌓인 눈더미 쪽으로 물러서서 길을 내어 주었다. 그리고 앞뒤로 유심히 그들을 바라보았다. 드로즈도프는 자기가 지나간 후에 행인들이 눈더미에서 기어 나오며 무슨 수작을 할 것인지 잘 알고 있었다.

"마누라가 늙었다고 헌신짝처럼 버리더니…이젠 새파랗게 젊은 년을 끼고 다니는군. 아주 미쳐 버렸다니까!"

'흥, 미쳐 버렸으니 어쨌다는 거냐!'

하고 그는 생각했다.

'그래 눈곱만큼도 정이 없는 마누라와는 거짓소리를 해 가면서도 함께 살아야만 하고, 자기가 반한 여자와는 굳이 만나지도 말아야 한단 말인가! 그따위 위선적인 인간들보다는 오히려 내가 몇 배나 솔직하고 떳떳하지!'

그는 슬쩍 아내의 얼굴을 쳐다보았다. 나자는 남편에게 상긋 웃어 보였다.

'더구나 우리 집 하녀 슈라도 이런 소릴 하지 않느냐 말이야. 우리 주인 아저씨는 두 번 장가들 팔자야. 이마가 양쪽으로 벗겨져 올라갔으니까….'

하녀의 말이 생각나자 그는 히죽 웃으며 또 한 번 아내의 얼굴을 쳐다보았다.

'정말 예뻐!'

그는 마음속으로 흐뭇하게 생각했다. 행인들의 시선도 아랑곳없었다. 자기의 키가 아내의 어깨까지밖엔 차지 않았지만, 그것을 어색하게 여기지도 않았다. 사실 나자는 남편과 함께 걸을 때는 키를 작게 보이게 하느라고 언제나 등을 약간 구부렸고, 이제는 그것이 거의 습관이 되어 버린 것이었다.

이렇게 그들은 만나는 사람들과 인사를 주고받으면서 한길을 독차지하고 앞서거니 뒤서거니 하며 걸어갔다. 이따금 책가방을 든 어린 학생들과 마주치는 일도 있었다. 그중에서 좀 나이가 든 애들은 옆으로 비켜서며 앞을 다투어,

"안녕하세요, 선생님!"

하고 인사를 했다. 나자는 학교에서 지리를 가르치는 선생이었다. 어린 애들은 드로즈도프 부부가 지나간 후에도 잠시 그대로 기다리고 섰다가, 눈길 위에 짓밟힌 귤껍질을 집으려고 달려갔다. 그들은 탄성을 올리며 그 향기롭고도 신기한 물건을 집어서는 호주머니 속에 쑤셔 넣었다. 불과 몇 해 전까지만 해도 광막한 초원의 벽지였던 이 고장에서는 그런 신기한 과실의 껍질을 구경한 사람이라고는 하나도 없었기 때문이다. 드로즈도프네 집은 스탈린 대로大路 근처에 있었다. 이 부근의 집들도 역시 두 세대씩 살게 된 연립주택이기는 했지만, 지붕을 함석으로 씌워 다른 집들보다는 맵시 있게 보였고 들창의 수도 훨씬 많았다. 이 집들에는 무즈가 사람들이 말하는 이른바 종합공장 수뇌부가 살고 있었다. 드로즈도프네 집도 외견상으로는 이웃집과 조금도 다른 데가 없었다. 다만 집 한 채를 독차지하여 사이를 터놓고 혼자서 사용하고 있다는 점만이 다를 뿐이었다.

드로즈도프는 아내를 앞세우고 현관에 들어서자 구두에 묻은 눈을 털며

헛기침 소리를 냈다. 그의 집 하녀인 나이 찬 시골 처녀 슈라가 안에서 내다보고는 곧 방문을 활짝 열고 그들을 맞았다.

"어머나, 슈바(털가죽 외투)를 새로 사셨군요. 안녕히들 다녀오셨어요! 새 옷 맞추셨으니까 한턱 내셔야 해요, 네? 아니, 이게 무슨 가죽인데 이렇게 폭신폭신할까?"

"이건 외국서 가져온 건데 해달이라는 무서운 짐승이다."

아내가 벗는 망토를 뒤에서 받으며 드로즈도프는 눈을 가늘게 뜨고 거만스럽게 말했다.

무서운 짐승이라는 말에 슈라는 질겁을 하고 껑충 뒤로 물러났다.

"얘, 까불지 말고 어서 이거 옷장에 갖다 넣어라."

나쟈는 머리에서 헤어핀을 뽑아내며 자기 방으로 들어갔다. 드로즈도프는 외투를 벗고 나서, 볼썽사납게 위로 치붙은 누르퉁퉁한 귀를 드러낸 채 무슨 노랜지 흥얼거리며 복도 끝에 있는 부엌 쪽으로 걸어갔다.

"어머니."

퉁명스러운 듯하면서도 명랑한 그의 목소리가 울려왔다.

"아, 우리 돌아온 거 모르고 계셔요!"

"응, 알고 있다, 알고 있어!"

남자의 목소리처럼 굵은 노파의 대답이 들렸다.

"돌아온다던 날짜보다 좀 이른 것 같구나."

"어머니!"

드로즈도프는 문 옆에 버티고 서서, 어떻게 보면 조소를 품은 것 같기도 한 눈으로, 여기저기 벽에다 걸어 놓은 파 묶음이며, 러시아식 난로며, 그리고 그 옆에 놓인 가스풍로와 풍로에 연결된 압축가스탱크며, 반쯤 보자기를 덮어서 문턱에 놓아 둔 납작한 우유통이며, 그런 것들을 둘러보았다.

"어머니,"

그는 눈을 지그시 감고 잠시 그대로 서 있다가 천천히 떴다. 그것은 심히 못마땅한 일이 있을 때마다 나타나는 그의 버릇이었다.

"내 차 운전수 어디 심부름 보냈었나요?"

"슬로보드치꼬프한테 가서 우유 좀 가져오도록 했다. 나쟈한테 신선한 것을 주려구. 하지만 우선 한숨 쉬려는가 보구나. 이틀을 꼬박 기차에서 보냈으니 오죽하겠니."

"잘 했어요."

드로즈도프는 또 한 번 부엌 안을 둘러보고는 우유가 든 나무통에 시선을 멈추었다. 그는 다시 한참 동안이나 눈을 감고 있다가 천천히 뜨더니 어린애처럼 날카로운 목소리로 말했다.

"그렇지만 어쨌든 내 허가 없이는 절대로 차를 부르면 안돼요. 앞으로 차고에 넣어 두도록 지시해야겠군."

"그래, 잘 알았다."

노파는 아들을 거들떠보지도 않고 이렇게 대꾸했다.

"지시를 하든지 명령을 하든지 어서 맘대로 하려무나."

드로즈도프는 복도로 나와서 전화기가 있는 데로 갔다.

"나 감독관을 찾는데… 거 끊으시오…."

그는 마치 잠을 자고 있는 것처럼 전화통에 대고 씨근씨근 숨소리를 내기 시작했다. 그것은 그의 또 하나의 버릇이었다.

"알렉산드르요? 누구냐구? 음, 나 드로즈도프요, 아… 고맙소. 거긴 일이 어떻게 돼 나가오? 음, 음… 제4호기 수리는 끝났소?… 그럼 용광로는?"

드로즈도프의 음성은 차차 거칠어졌다.

"무엇이 터졌다구? 어디서 공기가 샌다구? 도대체 어쩔 셈이요, 동무들.

내가 십 일, 아니 이십 일간 공장을 비운다면 당신네 그 기관도 이십 일 동안 그냥 공기가 새게 내버려 두겠다는 거요?… 나흘 후가 아니라 이틀 후엔 착수해야 할 거요… 그럼 좋아, 내 곧 가겠소… 제기랄….”

이렇게 투덜거리며 드로즈도프는 수화기를 놓았다.

그러나 그는 금세 마음을 가라앉히고, 누구한테서 전화가 와도 집에 없다고 대답하라고 슈라에게 명령했다. 그리고는,

“뭐 먹을 것 좀 안 줘요?”

하고 부엌에 대고 소리쳤다.

세 시간쯤 지난 후에 그는 커다란 손가방을 들고 집을 나섰다. 문 밖에는 그의 전용차인 카키색 가즈가 기다리고 있었다. 드로즈도프는 젊은 운전사 글라즈꼬프 옆에 나란히 자리를 잡고는 얼굴을 잔뜩 찌푸렸다. 자동차는 몇 번 커브를 돌며 주택지를 빠져나가서, 네모번듯한 들창이 많이 달린 이층 건물 현관 앞에서 멎었다. 여전히 얼굴을 찌푸린 채 드로즈도프는 층계를 밟고 올라가서 현관문을 밀고 들어갔다. 지배인이 도착했다는 것을 모르는 사람은 하나도 없었고, 비서실에는 벌써 몇 사람이 들어와서 그를 기다리고 있었다. 드로즈도프는 곧장 자기 방으로 들어갔다. 초록색 줄무늬가 엇비슷하게 죽죽 간 고동색 양탄자가 깔린 천장이 높다랗고 널찍한 방이었다. 폭 좁은 치마에 속이 비치는 블라우스를 입고 엷게 화장을 한 여비서가 그의 뒤를 따라 들어왔다.

“저기 누가 와 있지?”

드로즈도프는 관자놀이에 늘어진 머리카락을 끌어올리고 양쪽으로 벗어져 올라간 넓은 이마를 쓰다듬으며 여비서에게 물었다. 정말 그의 이마는 양쪽으로 갈라져 있었다. 말하자면 행운의 상징인 것이다.

“그 발명가라는 사람이 왔어요. 배수관 제작을 연구한다는….”

“응, 알겠어, 기다리라고 해. 그리고 가니체프와 쌈소노프를 들여보내.”

여비서는 물러갔다. 드로즈도프는 엄청나게 큰 자신의 테이블 쪽으로 갔다. 테이블 위에는 까자끄 수령의 기장들을 두드러지게 새긴 새까만 특수 철제 잉크스탠드와 두 개의 까자끄 지휘봉, 큼직한 직인과 끝에 말총이 달린 까자끄 수령의 깃대, 그리고 그 밖에도 매우 의미심장한 장식품들이 놓여 있었다. 드로즈도프는 테이블 뒤로 돌아가서 안락의자에 앉았다. 어깨 사이에 머리를 파묻고 두 손을 겹쳐서 한 개의 커다란 주먹을 만들어 테이블에 깔린 초록색 나사 위에 올려놓고는 사람을 기다리는 자세를 취했다. 그러고 앉았다가 금세 자세를 바꾸어 수화기를 들더니, 제4호기가 고장이라는 그 공장을 불러서 아까 하던 얘기를 다시 하기 시작했다. 바로 그때 이 공장의 기사장인 가니체프와 공장 당서기인 쌈소노프가 방 안으로 들어왔다. 가니체프는 키가 훤칠하게 크고 몸집이 뚱뚱한 사내였는데, 반질반질하게 면도를 하고 감색 양복 위에 갈색 방수포로 만든 얄따란 작업복을 걸치고 있었다. 한편 키가 공장 지배인과 비슷한 당 서기 쌈소노프는 견장이 없는 허름한 장교복에 장화를 신고 있었다. 그들은 지배인의 테이블 앞에 와서 앉았다.

“으흠.”

드로즈도프가 먼저 입을 열었다.

“잘들 있었소, 동무들! 뭐 새로운 소식은 없소?”

“새로운 소식이야 유감스럽게도 없을 때가 없지요.”

하고 쌈소노프가 말을 받았다. 가니체프는 무슨 소린지, 모르겠다는 얼굴로 그를 바라보았다.

“한데 난 이런 걸 하나 가지고 왔소.”

드로즈도프는 손가방을 열어, 가로 세로 줄이 그어지고 숫자가 가득 적혀 있는 통계표 양식을 한 장 꺼내 보였다.

"앞으로는 이 양식에 의거해서 사업 보고를 하라는 거요. 그럼 내 이것을 다들 잘 보이는 곳에 붙여 놓겠소."

드로즈도프는 까자끄 모자 모양을 한 상자에서 바늘못을 몇 개 집어들더니 얼굴을 찌푸리고 벽에 걸려 있는 노란 게시판 앞으로 갔다.

"여기다 붙여 놓지."

그는 발꿈치를 한껏 들며 말했다.

"다들 잘 보게끔."

"이리 주십시오, 지배인 동무."

키다리 가니체프가 얼른 그에게 달려갔다.

"제가 붙이겠습니다. 말하자면 제가 약간 높은 편이니까요."

"나폴레옹 같으면 이런 때 이렇게 말했을 겁니다."

쌈소노프가 한 마디 했다.

"이거 봐, 가니체프, 높은 게 아니야, 그저 약간 길다뿐이지."

이렇게 말하고 그는 낄낄거리며 웃어댔다. 가니체프는 그 말을 못 들은 체했지만, 드로즈도프는 얼른 쌈소노프 쪽으로 몸을 돌리더니, 두 눈을 지그시 감았다가 다시 천천히 떴다. 치밀어 오르는 분노를 억제하는 모양이었다. 그러나 쌈소노프는 드로즈도프의 새까만 눈 속에 금방 명랑한 불빛이 반짝이는 것을 발견했다. 그의 위트가 지배인의 마음에 든 것이다.

"쌈소노프 동무."

드로즈도프는 얼굴을 쳐들고 험상궂게 눈썹을 모았으나 그래도 눈만은 웃고 있었다.

"쌈소노프 동무, 그런 비유는 재미없어. 조심하시오!"

한 시간쯤 지나서 가니체프가 먼저 방에서 나갔다. 드로즈도프는 테이블 앞에 기분 좋게 자리 잡고 앉아서 다시 열 손가락을 겹쳐 한 개의 주먹을 만들고는 눈썹을 추켜올리면서 쌈소노프를 바라보았다.

“아까 나폴레옹 같으면 어떻게 말할 거라고 했지?”

쌈소노프는 서슴지 않고 다시 한 번 되풀이했다.

“지배인 동무!”

그는 히죽히죽 웃으며 이렇게 덧붙였다.

“재미있는 얘기 하나만 더 할까요?”

“좋아, 좋아. 얼마든지 하시오.”

“자식들을 수두룩하게 거느리고 있는 우리 공장의 막슈쩬꼬 말입니다. 그 친구가 무슨 짓을 했는지 아세요? 글라샤 아주머니가 현장을 발견했는데 계획과에서 일하는 베로치까라는 처녀와 점심시간에 설계실에서 붙었다는 거예요! 문을 전부 닫고 자물쇠까지 채워 놓고 말입니다.”

“마누라가 그걸 알고 있소?”

“아직 아무도 모르지요. 그런데 이 문제를 어떻게 처리하면 좋을는지 모르겠습니다. 그걸 가지고 문젯거리를 만들고 싶진 않지만 어린 자식이 셋이나 있고, 또 그 마누라 생각을 하면 불쌍해 못 견디겠어요. 아주 얌전한 여잡니다.”

“아주 얌전하단 말이지?”

“그만이에요. 그러니까 설마 그 마누라를 버리진 못할 겁니다.”

“그러나 한마디 따끔하게 해 둘 필요는 있겠지.”

드로즈도프는 뒷벽에 붙은 초인종 단추를 누르며 말했다.

“좀 혼을 내 줘야겠소.”

여비서가 들어왔다.

“막슈쩬꼬를 부르시오.”

"저기서 발명가가…"

"알고 있어. 조금만 더 기다리라 해요."

"그럼 나는 나가겠습니다."

쌈소노프가 자리에서 일어섰다.

"관례에 따라, 이런 문제는 당 서기인 당신이 맡아서 처리해야 할 게 아니오? 말하자면 도덕적인 문제니까."

드로즈도프는 명랑하면서도 날카로운 시선을 그에게 던지며 말했다.

"그러나 좋소, 여기 있는 게 거북하다면 어서 나가시오."

잠시 후에 막슈쩬꼬가 들어왔다. 살결이 곱고 눈꺼풀이 불그레한데다가 입술은 여자처럼 반질거리고 아름다운 금발이 뒤로 벗어져 올라간 사내였다. 그는 지배인의 테이블 앞에 와서 섰다.

"잘 있었나! 아니 자네 뭘 그러고 섰는 거야? 거기 어서 앉게나, 막슈쩬꼬 동무, 그 배수관 주조기는 어떻게 되어 가나, 얘기 좀 해 보게. 중앙에서는 곧 내게 책임을 추궁할 걸세. 그래 자네들은 그걸 언제나 완성할 셈인가?"

막슈쩬꼬는 이 말에 비로소 안심했다는 듯이 힘을 얻어 황급히 대답했다.

"지배인 동무, 우리 설계사들이 할 일은 죄다 끝냈습니다. 이미 기술과로 넘겼는데, 거기서 오차수정만 끝나면…."

"거짓말은 아니겠지?"

드로즈도프는 피로한 듯 두 눈을 감더니 윤기 없는 누런 이마를 손가락으로 문지르다가 다시 눈을 뜨며 물었다.

"그런데 자네 또 일을 저질렀다면서? 베로치까라는 처녀하구."

막슈쩬꼬는 아무 말도 못했다. 드로즈도프는 눈을 스르르 감고 마치 잠든 사람처럼 규칙적인 콧숨 소리를 내기 시작했다. 그러다가 이윽고 가느다랗게 눈을 뜨고 창백하게 얼굴이 질려 진땀을 흘리고 있는 설계사를 바라보고는 또다시 눈꺼풀을 내리깔았다.

"자네도 당원이니까 잘 알고 있겠지만, 이런 문제는 절대로 관대히 처리될 성질의 것이 아니야."

그는 흡사 잠꼬대를 하는 것 같은 목소리로 말을 이었다.

"그래도 나는 자넬 믿고 있었네. 자네를 두 번씩이나 구해 준 사람에 대해 감사하는 마음을 쥐꼬리만큼이나마 품고 있으려니 하고…."

여기서 드로즈도프는 분노에 찬 눈을 떴다.

"자네를 두 번씩이나 위기에서 구출해 준 이 지배인에 대해서 말이야. 이거 봐, 막슈쩬꼬!"

그는 테이블에서 일어나 이리저리 방향을 바꾸며 양탄자 위를 뚜벅뚜벅 걷기 시작했다.

"자네한텐 못된 경향이 있어. 말하자면 언제나 불미한 행동으로 끌려 들어가는 경향이 있단 말이야. 아마 마누라는 아직 아무것도 모르고 있겠지?"

"모르고 있습니다."

막슈쩬꼬는 손수건을 꺼내서 이마를 닦으며 입속말로 대답했다.

"아주 얌전한 여자라면서? 그래 나로서는 이 문제를 어떻게 처리해야 좋단 말인가? 이거 봐, 막슈쩬꼬! 자네 이마는 양쪽으로 벗어져 올라가지 않았어. 이마가 양쪽으로 벗어져 올라간 사람은, 실례를 들면 나처럼 말이야. 자, 여기 보게, 양쪽으로 갈라지지 않았나. 이마가 이렇게 생긴 사람은 또 한 번 장가를 들어도 무방하지. 재혼할 팔자란 말이야! 처음부터 그렇게 되어 있어. 하지만 자네 이마는 어디 비슷이나 한가! 지배인인 내 입장을 좀 생각해 보게. 공식적인 보고가 들어 왔으니 부득이 자네한테 경위서를 받을 수밖에 없네. 자 여기 종이와 펜이 있으니 여기 앉아서 쓰게."

반 시간 후에 드로즈도프는 테이블에 앉아서 뿔로 만든 큼직한 안경을 쓰고 막슈쩬꼬의 경위서를 읽고 있었다.

"여보게나, 이거 도무지 요령부득이군그래. 사실대로 전부 쓰지 않은 모양이야."

그는 안경을 벗고 동정 어린 눈으로 설계사를 바라보더니, 구석 한편에 놓인 금고 앞으로 갔다.

"하여튼 여기다 보관해 두겠네. 만일 또 다시 무슨 말썽을 일으키는 일이 있을 땐 그전 것까지 한꺼번에 문제가 될 걸세. 알겠나, 여기 자네의 묵은 과오가 들어 있단 말야. 자네가 술이 취해 명세서를 분실했을 때 제출한 자아비판서도 여기 들어 있어, 기억하고 있나? 그럼 돌아가게. 자네 문제는 이 드로즈도프가 책임진다는 걸 잊지 말게."

막슈쩬꼬가 나가자 다시 여비서가 들어왔다.

"지배인 동무, 발명가가."

"아직도 기다리고 있어? 음, 좋아, 들여보내시오."

발명가보다도 먼저 쌈소노프가 들어왔다.

"그래, 어떻습니까?"

"얼굴을 붉히며 쩔쩔매더군. 그 친구는 언제나 그렇다니까. 자, 여기 앉으시오. 난 지금 발명가를… 아, 어서 오게, 어서 와."

이미 그는 방문 옆에 멀찌막이 서 있는, 키가 크고 얼굴이 여윈 청년에게 말하고 있었다.

"어서 이리 오게!"

쌈소노프는 의자에 앉아서 눈을 내리깔았다. 발명가라는 사내는 침착한 걸음으로 양탄자를 가로질러 테이블 앞에 와서 멈춰 섰다. 팔꿈치를 꿰맨 여름 군복 상의에 퇴색한 붉은 줄이 가랑이 양쪽에 붙은 군복 바지를 입고 가죽 조각이 더덕더덕 붙은 낡아 빠진 구두를 신은 청년이었다. 그러나 의복에는 깨끗이 다리미질이 가 있었고 구두는 말끔히 닦여져 있었다. 발명가는 고개를 약간 쳐든 채 똑바른 자세를 취했다. 드로즈도프는 그의 모습과 자세에서, 몸집이 날씬한 군인들에게서 가끔 볼 수 있는 그처럼 보기 좋고 단정한 자세의 독특한 멋을 느꼈다. 오랫동안 손질을 하지 않은 듯한 머리털이 양쪽으로 갈라져 내려와서, 굵직한 주름살이 한 줄 깊이 파인 훤한 이마를 감싸듯 주름살이 한 줄 깊이 파인 훤한 이마를 감싸듯 늘어져 있었다. 그러나 얼굴은 깨끗이 면도질을 해서 매끄럽게 보였다. 순간 그는 움푹 꺼진 한쪽 볼을 일그러뜨리며 신경질적인 미소를 지어 보였으나, 곧 입술을 꼭 다물고 광채 잃은 회색 눈으로 잠잠히 지배인을 바라보았다.

그 잔잔한 눈길에 드로즈도프는 적이 당황하여 시선을 아래로 떨어뜨렸다. 거기에는 상당한 이유가 있었다. 이 발명가는 삼 년 전에 철제 배수관의 원심주조기 설계안을 종합공장 연구발전부에 제출한 일이 있었다. 설계안은 야금공업성으로 발송되었고, 그는 다시 세부설계도 작성에 착수하였다. 그때부터 드로즈도프가 모스크바로 출장할 때마다 이 몹시 수줍고도 조용한, 그러면서도 모든 점으로 보아 지극히 끈기 있는 발명가는 그를 찾아와서 장관에게 보내는 진정서를 맡기며 어떻게 해서든지 자기 문제를 추진시켜 달라고 부탁하곤 했다.

이번 출장시에도 물론 그의 진정서를 가지고 갔었다. 그러나 드로즈도프는 언제나 그렇듯이, 발명가의 부탁대로 그것을 장관한테 직접 전달하지 않고 비서실에 앉아 있는 젊은 사내, 즉 장관의 제일 비서관한테 맡기고 말았던 것이다. 따라서 그 진정서가 과연 장관 손에 들어갔는지 어떤지도 드로즈도프는 모르고 있었고, 그렇다고 장관 앞에서 감히 그런 말을 물어보지도 못했다. 그러면 비서관한테나마 그것을 확인했느냐 하면 그렇지도 않았다. 그 젊은 비서관은 아주 능구렁이 같은 친구여서 무엇을 물어보면 대답도 변변히 하지 않고 그저 한 번 웃어 보이고는 몸을 옆으로 돌리거나, 심지어는 아주 등을 보이고 돌아앉기가 일쑤였기 때문이다.

이렇게 되어 일은 조금도 진전이 없었다. 그러다가 반 년 전에 또 하나의 문제가 나타났다. 다름 아니라 야금공업성으로부터 다른 사람의 원심주조기 설계안이 이 공장에 송부되어 온 것이다. 그것은 유명한 교수 아브지예프를 수반으로 하는 학자 및 설계자들의 클럽에서 제출한 것이었는데, 이 공장에서 시급히 제작하라는 명령이었다. 그리하여 그 기계는 이미 제작에 착수되었고 따라서 로빠뜨낀의 기계의 앞길은 결정적으로 막혀 버렸다. 드로즈도프는 속으로 미안한 생각을 금할 수 없었다. 그 어떤 미묘한 동기에서, 나쟈가 교원노릇을 하는 무즈가 10년제 중학교에 자주 드나들던 시절에 드로즈도프는 자기의 관대성을 보여 주려고 경솔하게도 이 발명가에게 설계안의 추천을 약속했던 것이다. 그 후 삼 년이 지나도록 무엇 하나 돌봐 준 것이 없었다. 그러나 이제는, 주조학 분야에서 다년간 권위자로 인정되고 있는 아브지예프 교수의 설계안이 나온 이상, 이제는 어찌해 볼 도리가 없어지고 말았다. 로빠뜨낀에 비하면 아브지예프 교수는 풍부한 학식과 경험이 있었기 때문에 주조기 설계는 신중을 기하였고, 또한 중앙에서는 관심의 대상이 되고 있었다. 드로즈도프의 친구인 모 국장의 표현을 빌리자면 그야말로 '장래성이 크다'는 것이었다. 그처럼 장래성이 큰 사업에 아무런 장애도 받지 않으며 종사하고 있는 권위자들과 상반된 이해관계에 있는 로빠뜨낀을 돕는다는 것이 어리석기 짝이 없는 짓이라는 것을 그는 경험을 통해 잘 알고 있었다.

뿐만 아니라 아브지예프의 기계를 조속한 기한 내에 제작하라는 장관의 명령을 받은 이상 선불리 어중간한 태도를 취한다는 것조차 위험한 짓이 아닐 수 없었다. 그러나 드로즈도프는 로빠뜨낀의 그 애처롭고도 신뢰가 어린 눈길을 대할 때마다 언제나 당황했고, 이미 틀에 잡혀 버린 자기의 독특한 자세마저 잊게 되는 것이었다. 그 눈길만 아니었어도 벌써 모든 일이 비밀리에 결정되었다는 사실을 그에게 이야기한 지가 오래 되었을 것이다. 따라서 지금 이런 내용의 이야기를 그에게 전한다는 것은 커다란 고역이 아닐 수 없었다.

"거기 앉게."

드로즈도프는 약간 해쓱해진 얼굴로 입을 열었다.

"쌈소노프 동무, 서로 알고 지내시오. 로빠뜨낀 동무요."

발명가는 쌈소노프와 악수를 하고 의자에 앉았다. 한참 동안이나 침묵이 흘렀다.

"자네한테 뭐라고 말했으면 좋을는지 모르겠는데…."

드로즈도프는 두 손으로 얼굴을 가린 채 잠시 그대로 앉아 있다가, 이윽고 얼굴을 한 번 쓸어내리고는, 두 손을 움켜쥔 다음, 무슨 적당한 말을 찾는 듯이 발명가의 얼굴을 바라보기 시작했다.

"으흠… 간단히 말하자면 전적인 거부야. 자네를 지지해 주는 사람이라곤 하나도 없거든."

로빠뜨낀은 겸연쩍은 얼굴로 두 손을 벌려 보이고는 의자에서 일어나려 했다. 그 한마디 말만 들으면 더 이상 기대할 것이 없었기 때문이다.

그러나 드로즈도프는,

"으흠, 그런데…"

하고 다시 말을 이었다.

"자네가 슈찌꼬프한테 보낸 진정서 말이야,(그는 아무런 존칭도 붙이지 않고 차관의 이름을 불렀다) 그거 나도 읽어 봤어. 문구가 너무 신랄한 것 같더군!

그리고 나와 관련된 문제까지 약간 언급된 것 같은데… 하지만 뭐 괜찮아.”

하며 드로즈도프는 미소를 지어보였다.

“난 조금도 언짢게 생각하지 않네. 자네의 행위는 어디까지나 정당하니까. 다만 자네에게는 하나의 약점이 있어. 즉 야금공업성에 진정서를 제출할 만한 충분한 근거가 없단 말이야. 나로 말하더라도 자네의 기계를 적극 추천할 수 없는 입장이거든. 배수관을 생산 공급하는 것이 우리 공장의 기본임무는 아니니까. 지금 여기서 만들고 있는 배수관은 우리 공장을 관할하고 있는 야금공업성의 필요에 의한 것이니까 별문제지. 야금공업성 관하 주택 건설부에 납품할 거야. 그것도 극소량에 지나지 않지. 자네는 직접 그런 부문을 담당하고 있는 관계당국에 가서 의논해야 할 걸세, 우리한테 부탁할 게 아니란 말이야. 로빠뜨낀 동무, 이것이 자네의 커다란 실책이라고 나는 생각하네.”

발명가는 아무 대꾸도 하지 않고 억세게 생긴 널찍한 넓적다리 위에 두 손을 모아 쥐고 있을 뿐이었다.

“그리고 또 하나의 약점은 무엇인고 하니,”

드로즈도프는 스르르 눈을 감으며 말을 이었다.

“자네는 외톨이라는 사실이야. 요즘은 옛날처럼 혼자서 개별적으로 무슨 일을 하는 사람은 없어졌어. 새로운 기계가 발명된다면, 그것은 집단적인 연구의 결실이야. 비록 자네가 무슨 연구에 성공한다 하더라도 아마 아무도 자네를 위해 그 기계를 만들어 주려 하지 않을 걸세. 자네 문제에 대해 여러 가지 현실적인 면을 깊이 검토한 후에 나는 이런 결론에 도달했지.”

그는 입가에 엷은 미소를 띄우며 자못 슬프다는 표정을 지었다.

“네, 잘 알겠습니다.”

로빠뜨낀도 역시 미소를 지어 보였으나 그 미소는 한결 부드러운 것이었다. 그는 지배인의 입장을 이해할 수 있었다. 그래서 손님에게 이런 불쾌한 이야기를 하지 않으면 안 되는 난처한 처지로부터 우선 지배인을 해방시켜 주고 싶었다.

“여러 가지로 폐를 끼쳐 죄송합니다.”

그는 자리에서 일어나 두 손을 펼쳐 보이며 말했다.

“사실 일이 이렇게 된 것은 처음부터 내 본의가 아니었습니다. 당신 말대로 나는 외톨이기는 하지만, 결코 나 자신을 위해 이런 일을 하고 있는 건 아니니까요. 하여튼 감사합니다. 안녕히 계십시오.”

그는 가볍게 머리를 숙이고 나서 침착하고도 정확한 걸음걸이로 방에서 나갔다.

“아주 신세가 가련한 친구요.”

드로즈도프는 쌈소노프에게 말했다.

“몸이 무척 약해졌어… 생활이 형편없는 모양이군.”

“그렇더군요.”

쌈소노프가 말을 받았다.

“당신도 아는지 모르겠지만, 전에 학교에서 물리학 선생 노릇을 하고 있던 친구요, 우리 안사람 나쟈가 다니는 학교에서. 그런데 어떻게 돼서 저 꼴이 됐는지 아시오? 종합대학까지 졸업한 친구가….”

“아니, 대학이라니?”

“말 마시오, 저래 보여도 모스크바 대학 출신이오. 당신은 아직 잘 모르는 모양인데, 저 친구는 진짜 발명가요. 고안권까지 가지고 있소. 기사 자격증도 있구… 이 년 전에 연구가 인정되어 모스크바에 소환을 받은 일까지 있었소. 세부설계에 착수하기 위해 중앙에서 소환한 것이었소. 발명가가 자기의 기계를 제작하기 위해 소환될 경우엔 아직까지 일하던 직장을 떠나더라도 계속해서 동일한 금액의 봉급을 받게끔 법적으로 보장되어 있소. 그래서, 저 친구도 학교를 집어치우고 용기백배해서 떠났단 말이오!"

드로즈도프는 안락의자에 파묻힌 채 건들건들 몸을 흔들며 계속했다.

"그런데 모스크바에 도착하자마자 거절당하고 말았소, 예산이 없다는 핑계로. 누가 일을 그렇게 꾸몄는가 하면, 그것은 바로 아브지예프 교수요. 아브지예프 자신이 벌써부터 주조기를 하나 설계하고 있었는데 로빠뜨낀의 길을 열어 줄 리가 있겠소?"

"그럼 사실대로 그 친구에게 얘기해 주는 편이 좋지 않을까요? 그 박사 양반들과 맞설 필요가 없다고 말이지요."

쌈소노프가 말했다.

"사실 교수 양반들과 맞설 순 없는 일이 아닙니까."

"그건 옳은 말이오. 그러나 어쩐지 나는 그 친구가 밉게 보이지 않소. 어떻게 좀 도움을 주고 싶은데… 석탄이나 보내주기로 할까?"

드로즈도프는 수화기를 들었다.

"바샤쉬낀을 대 주시오. 아, 자네 바샤쉬낀인가? 다름아니라 석탄을 좀 우리 로모노쏘프(18세기 러시아의 위대한 과학자 — 역주)네 집에 보내주게. 보스또치나야 거리에 있는 로빠뜨낀네 집에 말이야… 반 톤이면 아마 충분할 걸세. 그리고 장작도 몇 단 보내주구… 음, 음, 좋아. 내가 처리방법을 생각해 보지… 그러나 연료에 대해선 자네가 귀신이 아닌가. 우선 장부에 기입하도록 하게. 그럼 오늘 중으로 보내야 하네. 뒷처리에 대해선 자네도 생각해 보게나."

2

이튿날 드로즈도프의 아내 나자는 학교에 나가야 했다. 오후반 수업이 시작되기 한 시간 전에 그녀는 망토를 입고 모자를 쓰고 털이 보송보송한 가죽 장갑을 끼고 나서 잠시 거울 앞에 섰다가 바깥으로 나왔다. 검푸른 하늘 밑에서 흰 눈이 밝고 아름답게 빛나고 있었다. 그녀의 기분도 전에 없이 상쾌했다. 그래서 대문까지 뻗은 좁다란 눈길을 한번 뛰어가 보고 싶은 생각조차 들었다. 그러나 대문까지 뛰어가기도 전에 그녀는 발걸음이 무거워지고 약간 비틀거리기까지 했다. 홑몸이 아니었기 때문이다.

한길로 나와서 얼마 걷기도 전에 나자는 새로 사 입은 망토 생각 같은 것은 이미 염두에도 없었다. 행복스러운 미소가 자취를 감춰 버린 그 얼굴에는 애처로운 빛조차 깃들기 시작했다. 그녀는 차차 깊은 상념에 빠져들어갔다.

나자는 삼 년 전에 교원대학을 졸업하고 무즈가로 부임해 온 여선생이었다. 이곳에 부임해 온 바로 그해에 이 고장에서는 어디서나 그저 간단히 드로즈도프라 불리는 종합공장 지배인과 사귀게 되었다. 드로즈도프의 비상하고도 천재적인 통솔력에 대한 소문과 그의 작달막한 키는 그 당시 나자에게 깊은 인상을 주었던 것이다. 그녀는 교원실에서 동료들이 존경과 적의를 섞어가며 소곤소곤 주고받는 그에 대한 에피소드에 굉장한 흥미를 느끼며 귀를 기울이곤 했다. 그중에는 이런 에피소드도 있었다 — 봄철에 한번은 드로즈도프가 자기 전용차인 가즈를 타고 연료 창고에 간 일이 있었다. 그는 창고 앞마당에 차를 세우고 연료 배급을 타러 온 손님들이 장화를 신은 채 무릎까지 빠지는 진창 속을 질벅거리며 정문으로부터 사무실까지 걸어 들어가는 것을 한참 동안이나 바라보고 있었다. 그러고 나서, 드로즈도프는 운전사에게 그 흙탕 속으로 차를 몰고 들어가 세우라고 명령했다. 그 다음 그는 가즈의 창문을 열고 커다란 소리로 창고 주임 바샤쉬낀을 불렀다. 드로즈도프는 바샤쉬낀을 불러내어 사람들이 보고 있는 앞에서 자동차가 서 있는 곳으로 가까이 오라고 했다. 어쩔 도리가 없었다. 바샤쉬낀은 노란 단화를 신은 채로 지배인 앞에까지 걸어 들어가서 석탄 재고에 관한 별로 급하지도 않은 지시 사항을 삼십 분 동안이나 진창 속에서 경청해야만 했다. 이런 일이 있은 다음 날 바샤쉬낀의 창고에는 나무로 만든 높다란 통로가 재빨리 나타났다는 것이었다.

나쟈는 재크 런던의 소설을 좋아했다. 그녀에게는 드로즈도프가 『버닝 데이라이트』라는 소설에 나오는 금광을 찾아 돌아다니는 주인공과 어딘지 비슷한 것처럼 생각되었다. 그녀가 여기 시베리아까지 온 것도 실은 수천 명이나 되는 인간들의 힘을 하나로 묶어 세울 수 있는 인물을, 변덕스럽고 냉정하며 걸핏하면 화를 잘 내고 말썽이 많은 노동자들과 기술자들의 힘을 하나로 뭉치게 할 수 있는 역량을 가진 그런 영웅을 만나게 되지나 않을까, 하는 은근한 기대가 있었기 때문이었다. 그녀가 드로즈도프를 알게 된 것은 학교에서 종합공장 견학을 갔을 때였다. 그 후 사흘이 지나자 소년처럼 낭랑한 음성을 가진 이 작달막한 사내는 벌써 썰매에 그녀를 싣고 서릿발이 하얗게 빛나는 달밤의 초원을 달리고 있었고, 한 달이 지나자 그녀는 결혼 생활을 위해 새로 단장한 그의 집에 들어가 살게 되었다. 사실은 드로즈도프의 본처가 딴 곳에 살고 있었기 때문에 정식으로 결혼을 한 것은 아니었다.

"제발로 기어나가 버렸어. 그러나 원인은 나한테 있다고 할 수 있지."

드로즈도프는 이렇게 해명하는 것이었다.

"그 여자에겐 단란한 가정 생활이 필요했거든. 하지만 내가 너무 일에만 열중하니까 달아나 버린 거야."

본처는 좀처럼 이혼을 승낙하려 하지 않았다. 그러나 그것은 일시적 난관에 지나지 않았다. 몇 달이 지나자 나쟈의 새로운 공민증에는 이미 드로즈도바라는 남편의 성이 기재되어 있었다.

그리하여 어느덧 이 년이 흘러간 것이다. 이렇게 지난날을 회상할 때마다 나쟈의 입에서는 저도 모르게 긴 한숨이 새어 나왔다. '무엇 때문에 새어나오는 한숨일까?' 하고 그녀는 당황하여 자기 자신에게 물었다. 벌써 오래전부터 그녀는 거울을 들여다볼 때마다 자기 눈에 우울한 빛이 서려 있는 것을, 그리고 마치 무엇에 놀란 것처럼 그 눈이 점점 휘둥그렇게 되어 가는 것을 느끼기 시작했던 것이다. 지나간 이 년 동안 그녀의 머릿속에는 줄곧 어떤 의아심이 갑자기 떠오르곤 했지만, 남편이 집으로 돌아오기 전에는 거기에 대해 아무런 해답도 얻을 수가 없었다. 그럴 때마다 드로즈도프는 웃는 얼굴로 아내의 얘기를 듣고 나서는 그야말로 쾌도난마라고 할 만큼 모든 문제에 명확한 해답을 주어 그녀를 안심시키는 것이었다.

비공식적으로 결혼을 한 지 사오일 후에 그들은 처음으로 장시간의 대화를 가질 수 있었는데, 그 자리에서 드로즈도프는 그녀가 어릴 적부터 배워 익혔던 모든 것을 송두리째 부정해 버렸다. 그리하여 나쟈는 공포와 환희가 뒤섞인 마음으로 남편의 대담하리만큼 단순하고도 새로운 인생관을 받아들였던 것이다.

"나쟈…."

그는 아내와 나란히 소파에 앉으며 좀 피로한 듯한 어조로 이렇게 말했다.

"나쟈, 당신의 얘기는 말이야. 모두가 19세기적인 것이야. 소위 문학적인 고상한 얘기라는 거지. 당신한테 미리 해 둬야 할 말이 있는데, 무슨 말인고 하니, 나는 그런 이야기 전연 이해하지도 못할 뿐더러 또한 그걸 아쉽게 생각하지도 않는다는 거야. 알아듣겠어? 부하들에 대한 내 태도가 점잖지 못하다고 말하는 사람들도 있지만 여기에 대해서 내가 대답할 수 있는 것은 바로 이 말이야."

여기서 그는 입가에 미소를 띠었다.

"나쟈, 사람들에겐 우선 먹을 것을 주고 입을 것을 줘야 하지 않겠어? 그렇기 때문에 우리 근면한 일꾼들은 세상을 이렇게 보지. 흙을 보면 곡식을 생각하고 눈송이를 보면 농작물의 수확고를 생각하고… 만일 굴뚝에서 그을음이 떨어진다면 이것도 하나의 커다란 손실이라는 생각이 들지, 즉 그 그을음 때문에 의복이 못쓰게 되니까. 이러한 손실을 근절시키라는 정부의 명령이 내린 것이 있다는 생각이 금세 머리에 떠오른단 말이야. 사람을 볼 때는 그 사람이 훌륭하건 훌륭하지 못하건 간에 공산주의 건설자, 즉 공산주의 일꾼이라 생각하지. 나는 그렇게 생각할 권리를 가지고 있어. 왜냐하면 나는 똑같은 관점에서 나 자신을 보고 있으니까. 나는 오직 일꾼으로서 생활하고 있을 뿐이야. 집에 있을 때나 공장에 있을 때나 어디서나 나는 오직 일꾼일 따름이야! 우리들은 지금 자본주의 세계와 경쟁을 하고 있다는 걸 알아야 해. 우선 집부터 지어 놓아야지, 벽에 그림을 거는 건 그 다음 일이야. 당신은 시큼한 땀 냄새를 풍기는 건강한 목수를 본 적이 있어? 집을 짓는 목수를 말이야. 내가 바로 그 목수지. 내가 집을 지어 놓으면 사람들은 거기다 그림을 걸고 접시 따위를 장식할 것이지만, 집을 지어 준 나에 대해선 까맣게 잊어버리고 말 거야. 아니 좀 더 정확하게 말하자면 그들은 우리 두 사람을 잊어버리고 말겠지. 당신은 내 몸의 귀중한 반쪽이고 따라서 나와 운명을 함께하고 있는 사람이니까. 내 말 알아듣겠어?"

그는 아내의 어깨에 손을 얹고 이렇게 말했다.

"어때 나의 이러한 설명에 수긍할 수 있겠지?"

나쟈는 아무 대답도 하지 못했다. 드로즈도프는 보일 듯 말 듯 조소가 어린 새까만 눈으로 흘끗 그녀의 얼굴을 훔쳐보고 나서, 더욱 거칠고 자신 있는 어조로 말을 이었다.

"나는 물질적인 보물을 생산하고 있는 사람들 중의 한 사람이지. 그러면 정신적인 보물은 어떤 것이냐? 우리 시대의 가장 중요한 정신적인 보물은 무엇인고 하니, 훌륭히 일할 수 있고, 필요한 물건을 될 수 있는 한 많이 만들어 낼 수 있는 능력, 바로 이것이야. 우리들은 사회의 하층구조, 즉 경제적 기반을 닦기 위해 일하고 있다는 걸 알아야 해."

밤에 공장에서 돌아오면 그는 『공산당 약사』를 들고 잠자리에 들어가는 일이 가끔 있었다. 그리고는 커다란 안경을 쓰고 언제나 제4장의 유물론 철학을 읽는 것이었다. 나쟈도 함께 읽었다. 네모번듯한 목제 침대 위에 둘이 나란히 누우면, 드로즈도프는 책에서 필요한 대목을 찾아내 가지고 소리를 내어 읽고 나서 안경을 벗고 이런 말을 했다.

"당신은 내가 너무 극단을 걷고 있다고 하지만, 물질적 하층구조를 위해 일하는 사람에게 극단이란 있을 수 없는 거야. 왜냐하면 물질이란 인간 생활의 기본이 되는 것이니까. 나 자신이 그 하층구조를 강화하면 강화할수록 그만큼 우리 국가는 확고부동하게 되지. 나쟈, 당신에게 필요한 건 뚜르게네프가 아니야."

"당신은 혼동하고 있는 것 같아요. 하층구조란 물질에 관한 인간 상호간의 긴밀한 관련성을 말하는 것이지 물질 그 자체는 아니지 않아요?"

언젠가 한번 나쟈는 남편의 눈치를 살펴가며 이렇게 말한 적이 있었다. 그녀는 이 문제에 대해 여러 차례 깊이 생각해 보았지만 자신 있는 해답은 끝내 얻을 수 없었던 것이다.

드로즈도프는 하층구조에 대한 설명이 있는 구절을 커다란 소리로 낭독

하고는,

"나는 하층구조를 강화하고 있는 거야. 나는 사람들이 상호 관련을 맺게 하는 그 물질을 생산하고 있어. 물질이 있은 후에야 비로소 그들은 서로 관련을 맺을 수 있는 게 아니겠어? 물질만 풍부하다면 사람들은 아무런 부족도 느끼지 않을 거야!"

이렇게 말하며 그는 벙긋이 웃어 보이는 것이었다.

그는 항상 웃는 낯으로 자신 있게 밑의 사람들을 다루었다. 아무리 복잡한 문제에 부딪쳐도 당장에 그것을 해결해 버리는 것이었다. 그의 관리하에 종합공장 운영은 원활할 뿐만 아니라 상승일로를 걷고 있었다. 장관의 명령서에는 항상 다른 공장 지배인들의 모범으로서 드로즈도프의 이름이 오르곤 했다. 하여튼 나쟈는 이미 오래 전부터 그의 눈을 거쳐서만 세상을 내다보게 되었던 것이다. 거기에는 그 어떤 의아심 같은 것이 따랐을지도 모르지만 어쨌든 다른 눈으로 세상을 관찰할 수는 없었다. 자기 자신의 힘으로는 무엇 하나 생각해 낼 수조차 없게 된 것이다. 이렇게 깊은 상념 속에 잠긴 채 나쟈는 정신없이 학교를 향해 눈 위를 걷고 있었다. 덧신 밑에서는 전분처럼 보드라운 눈이 바드득바드득 소리를 냈다.

무즈가에서 가장 긴 거리인 보스또치나야 거리에 스탈린 대로가 맞닿는 교차로에서 나쟈는 전에 물리학 선생으로 있던 로빠뜨낀을 만났다. 그는 사병용 방한모에 허름한 검정 외투를 입고 있었다. 외투깃을 세우고 두 손을 호주머니에 찌른 채 곧장 나쟈 쪽으로 걸어왔다. 나쟈는 그와 서로 인사를 하지 않고 지나는 지가 벌써 일 년이나 되었는데 이유는 이러했다. 첫째로, 그녀는 한때 그에게 홀딱 반한 적이 있었지만, 그러나 지금은 자기가 어리석기 짝이 없었다고 그때 일을 후회하고 있기 때문이다. 둘째로, 그녀는 이 머리가 돌아버린 괴상한 사내를 진심으로 가엾게 여기고 있었는데 그러한 자기의 동정이 오히려 그의 마음을 건드릴까 염려되었기 때문이다. 혹시 그에게 인사를 하고 위로의 말이라도 하는 날엔 대번에 그의 입에서 무슨 벼락같은 소리가 떨어질는지 모르는 일이 아닌가! 그래서 오늘도 나쟈는 해쓱해진 얼굴로 눈을 내리깐 채 앞만 바라보며, 그를 지나쳐 보냈다. 그러면서 마음속으로 제발 그가 걸음을 멈추고 인사를 하지 말아 주었으면 하고 빌었다. 로빠뜨낀도 이러한 그녀의 심정을 알고 있는 듯했다. 둥그런 가죽 조각을 여기저기 붙여 꿰맨 검은 구두에서 비걱비걱 소리를 내며 어색한 걸음걸이로 그녀의 옆을 스쳐 지나가 버렸다.

로빠뜨낀도 전에는 정상적인 인간이었다. 그가 물리학뿐만 아니라 수학까지 가르치고 있었던 것을 나쟈는 기억하고 있다. 그러던 사람이 지금은 우스꽝스런 엉터리 설계안을 하나 만들어 가지고 그녀의 남편 드로즈도프를 쫓아다니며 귀찮게 굴고 있지 않은가! 그뿐만이 아니다. 아카데미회원들에게, 심지어는 각료회의에까지 쉴 새 없이 진정서를 써 보내고 있는 것이다. 전쟁으로 그의 두뇌가 이상하게 되었음이 틀림없다.

'남편이 여기 대해서 한 말이 있는데 뭐더라? … 아, 그렇지. 모스크바에서는 그따위 '화성인'들의 탄원서를 읽기 때문에 다른 일엔 손도 대지 못할 지경이라고 했지!'

나쟈의 입에선 한숨이 새어 나왔다.

그녀는 자기의 사고에 언제나처럼 남편 말을 끌어들이는 것이었다.

'어떤 사람이든지 남의 호감을 살 수 없는 일면을, 즉 남이 이해할 수 없는 일면을 가지고 있는 반면에 또 하나 아주 좋은 일면을 가지고 있는 법이야. 인간이란 어머니 뱃속에서 나올 때부터 이렇게 모순된 면을 지니고 있지….' 이것은 드로즈도프가 나쟈에게 한 말인데 사실 그것은 옳은 말이었다.

언젠가 여름에 시민 야유회에 나갔을 때만 해도 로빠뜨낀은 모든 사람들의 호감을 사지 않았던가. 배구 시합에 한몫 끼기도 하고 남의 자전거를 몰고 돌아다니기도 하며, 보는 사람으로 하여금 청춘을 느끼게 하지 않았던가! 그 다음 그는 라뽀찌(나무 껍질로 만든 짚신 같은 신—역주)를 만드는 경기에도 참가했었다. 모두가 도중에 기권을 하고 말았지만 그는 재빠르게 손을 움직여 철사를 엮고 거기다 버드나무 껍질을 이리저리 감아서 예쁘장한 라뽀찌를 한 켤레 만들어 냈다. 그것은 지금도 나쟈의 책상 위에 걸려 있다. 그는 정말 좋은 사람이었다. 솔직하고 단순한 사람이었다. 학교에서 퇴근하고 돌아오면 줄무늬가 있는 파자마를 걸치고는 곧잘 낚시 도구를 만드는 데 열중하곤 했다. 바늘을 불에 구워 꼬부리고 낚싯대를 깎아 만들고, 그런 일을 하지 않을 때는 언제나 노래를 불렀다. 노래 얘기가 나왔으니 말이지 나쟈의 남편 드로즈도프에게는 전연 음악적 소질이 없었다. 가끔 그는 집에서 자기가 좋아하는 "높은 산이 가로막혀도…"를 목청을 뽑아 불렀는데, 그것은 노래가 아니라 글을 읽고 있다고밖엔 생각되지 않을 정도였다.

"아아, 아…."

나쟈는 한숨을 내쉬었다. 그리고 머릿속에 감돌던 모든 추억을 몰아내며 학교 현관 앞 층계를 밟고 올라갔다.

수업이 시작되려면 아직도 이십 분이 남아 있었다. 교원실(교원 대기실 격—역주)에 놓인 세 개의 소파에는 모두 사람들이 앉아 있었다. 국어 선생인 올드미스는 탁자 앞에 앉아서 학생들의 노트를 검사하고 있었다. 국어 선생 다음으로 나이를 많이 먹은 생물 선생은 소파 귀퉁이에 앉아서 역시 학생들의 노트를 뒤적이고 있었다. 그 소파에는 또한 초급반을 맡고 있는 젊은 여선생들이 생글거리며 앉아 있었다. 곱슬곱슬하게 머리를 지지고 옅은 화장을 한 그들은 둘이 똑같이 거의 어깨까지 팔이 드러난, 소매가 짧은 하늘빛 블라우스를 입고 있었다. 세 번째로 나이가 많은 수학 담당 여선생 아그니야가 그들 옆에 앉아서 팔소매가 지나치게 짧다고 설교를 하고 있었다. 다른 소파에는 젊고 예쁘장하게 생긴 화학 선생과 손톱에 에나멜을 칠한 독일어 담당 여선생 둘이 나란히 앉아 있었다. 그들 사이에서는 뒤꿈치가 새까만 부인용 양말이 화제에 오르고 있었는데, 그 양말은 요새 모스크바에서 새로 유행하기 시작한 것이지만 아직 이 고장에서는 아무도 구경한 사람이 없었다. 그들이 앉은 소파의 한쪽 귀퉁이에는 이 학교의 유일한 남자 선생인 역사 선생 쎄르게이가 두 손으로 신문을 펴 들고 그것으로 옆에 앉은 여선생들과의 사이를 차단하고 앉아 있었다.

세 번째 소파에는 빈 자리가 있었다. 그곳에는 나쟈와 제일 가깝게 지내는 영어 선생 발렌찌나가 노트를 들고 앉아 있었다. 코가 둥글넓적하고 눈썹이 유달리 올라붙은데다가 앞으로 튀어나온 커다란 이마를 가릴 생각도 않고 머리를 전부 뒤로 빗어 넘긴 여자였다. 그 이마는 마치 그녀의 얼굴이 상하 두 부분으로 나누어진 것 같은 인상을 주어 보기 흉했다. 그러나 발렌찌나는 자기의 그런 결점을 전연 모르고 있었다. 그저 언제나 명랑한 표정으로 나이 어린 선생들과 귓속말을 주고받으며 시시덕거리기가 일쑤였다. 그 아무도 그녀에게 반한 불행한 남편이 어디선지 살고 있다는 것을 염두에 두는 사람은 없었다. 그녀는 딴 남자를 사랑하게 되어 딸 하나를 데리고 남편의 집에서 나온 여자였다. 하지만 그녀가 사랑한다는 딴 남자는 그녀에게 전연 관심이 없다는 것이었다.

나쟈를 보자 발렌찌나는 아무 말도 않고 조금 비켜 앉았다. 나쟈는 그 옆에 가서 나란히 앉았다. 그들은 고개를 까딱하며 서로 인사를 하고는 마치 무슨 밀담이라도 하는 것처럼 곧 소곤소곤 얘기를 시작했다.

"요즘은 좀 어때? 이젠 뱃속에서 애가 놀지?"

발렌찌나는 물었다.

"줄곧 망치질을 하고 있는 것 같애. 굉장한 장난꾸러기야!"

"몇 달째지?"

"다섯 달. 요새는 조금만 뭐해도 기분이 나빠서 못 견디겠어. 시어머니가 어제는 기저귓감을 보여 주었는데 그런 것만 봐도 벌써 속이 메슥메슥하지 않겠어! 그런데 발렌찌나한텐 뭐 좋은 소식 없어?"

"여전하지 뭐."

하고 발렌찌나는 대답했다. 그녀의 맑은 눈에는 그늘진 데라고는 조금도 없었지만 그러면서도 어딘지 깊은 곳에는 한 가닥 애수 같은 것이 깃들어 있었다.

이렇게 둘이 이야기를 하고 있는 사이에 멋쟁이 여선생들을 상대하고 있던 수학 선생은 일장 훈시를 끝마쳤는지 이쪽을 보고 말을 걸었다.

"잘 다녀왔소, 나쟈? 그런데 어제 교원회의에서 당신한테도 꾸지람이 내렸다오."

"왜요?"

"왜요라니… 림마 가니체바라는 애의 성적이 모든 과목에 걸쳐 향상했는데 당신이 맡은 지리만 2점이니까 그렇지(성적 표시를 5점 만점으로 하고 있는데 2점 이하는 낙제 점수임 — 역주)."

수학 선생의 어조는 몹시 퉁명스러웠지만, 사실은 무척 착한 성격의 소유자였다. 그녀가 농담을 할 때 일부러 그런 말투를 쓴다는 것을 교원실에서는 모두들 잘 알고 있었다.

"그래, 누가 꾸지람을 했나요?"

하고 나쟈는 상글상글 웃으며 물어보았다.

"교장이지 누구겠소. 사실 교장의 말이 옳아요. 가니체바라는 애가 생물에 3점을 맞았다면 지리에도 의당 3점 이상을 맞았어야만 할 테니까."

나쟈는 자세를 바로잡고 입술을 지그시 깨물었다.

“교장은 언제나 그렇다니까…. 발렌찌나, 내 언젠가도 이런 말을 했지만, 항상 제삼자를 통해서만 그런 말을 듣게 되니 정말 기분 나빠!”

“나쟈는 남편 덕을 많이 보는군요.”

이번에는 국어 선생이 안경을 벗으며 한마디 했다.

“나 같은 것한텐 맞대 놓고 꾸지람을 준답니다 ── 쏠로므이낀을 3점으로 끌어올려요. 이건 학생의 잘못이 아니라 선생의 태만이란 말이요 ── 이렇게 나온단 말예요. 뚜르게네프에 대해 쓰라는 작문에 그 쏠로므이낀이라는 애가 어떻게 썼는지 아세요? 그는 기족(귀족)에게 징오(증오)를 니꼈다(느꼈다) ── 9학년이나 된 애가 글쎄 이 모양이에요!”

“처음부터 공부를 못하는 학생은 없소. 학생을 잘못 가르치는 선생이 있을 뿐이오.”

수학 선생이 누구의 흉내를 내듯 나직이 중얼거렸다. 그 말에 모두들 웃음을 터뜨렸다.

“흥, 나한테 그따위 소릴 하면 가만 안 있을 걸!”

발렌찌나가 커다란 소리로 나쟈에게 말했다.

“국어 선생은 양처럼 착하기만 하니까 그렇지.”

“한 번도 교장 말에 굴복하지 않은 것처럼 말하는구나.”

“하기야 싸우기가 귀찮아서 이따금, ‘좋아요. 당신 말대로 3점으로 올리지요’ 할 때가 없는 건 아니야. 그렇지만 그게 무슨 소용이냐 말이야? 그렇게 해서 유익할 건 하나도 없어. 다만 상부에 보고를 하기 위한 것뿐이지. 지식이 필요한 것이지 결코 점수가 필요한 건 아니잖아. 우리가 여기서 내주는 졸업장(졸업장엔 성적이 기입되어 있음—역주)은 백해무익한 물건이라고 생각해. 졸업장만 보고 사람을 어떤 자리에 앉혀 놓고 있는 형편이니, 그럼 쏠로므이낀이라는 학생처럼 귀를 잡아끌다시피 해서 학교를 졸업시킨 학생도 나중에 의사가 될 수도 있고, 의사가 안 되면 다른 높은 자리에 앉게 되지 않겠어? 그렇지만 부하된 사람에게는 자기 상관이 문법적으로 엉망인 말을 써 가며 일장연설을 하는 걸 듣는 것처럼 난처한 일도 아마 없을 거야."

발렌찌나는 웃음을 섞어 가며 그 밖에도 무슨 말인지 계속했지만, 나쟈는 갑자기 얼어붙은 사람처럼 꼼짝 않고 발끝만 내려다보며 자기 생각에 빠져들어갔다. 언젠가 남편인 드로즈도프가 공장에서 자기한테 적어 보낸 편지 생각이 났던 것이다. 편지에는 첫머리부터 맞춤법이 틀린 말이 커다란 글씨로 쓰여 있었다. 저녁에 나쟈는 남편의 눈치를 살펴 가며 낮에 보낸 편지 이야기를 꺼냈다. 남편이 그렇게 엉망인 글을 혹시 딴 사람에게 써 보낼까봐 겁이 났기 때문이다. 그러나 그는 위엄 있는 어조로,

"맞춤법 말이지, 맞춤법 같은 건…"

하고 입을 열었다. 나쟈는 얼른 그의 말을 가로채며 화제를 딴 데로 돌려 버리고 말았다. 들어보나마나 "…별로 대수로운 문제가 아니야"라고 나올 게 뻔했던 것이다.

"모스크바 시내의 간판이란 것들을 읽어 보면 정말 가관이라니까."

발렌찌나는 하던 말을 계속했다.

"부인복 주문 배수니 직물 공급소니 하는 말을 우리 학교 학생들 중에 제대로 못 쓰는 애는 하나도 없을 거야. 그런데 글쎄… 아니, 왜 그러고 있어? 응, 왜 그래?"

"아무것도 아니야, 딴 생각을 좀 하고 있었어. 발렌찌나의 얘기를 들으면 난 언제나 내 자신이 무력하다는 걸 느끼게 돼. 난 누구와도 맞서서 싸울 수가 없을 것 같애. 아니, 자기 자신의 뚜렷한 주관조차 가질 수가 없어."

"그렇지만 나쟈야 뭐 누구와 맞설 필요가 있나! 드로즈도프라는 성벽 같

은 남편이 지켜 주고 있는데…. 그건 그렇고, 가니체바한텐 왜 낙제점을 줬지?"

"옆의 애가 대답할 때 몰래 해답을 해 줬어. 그리고 글쎄 컨닝 페이퍼까지 만들어 가지고 있었다니까! 난 그런 걸 발견하면 사정없이 점수를 깎는 주의야. 그런데 발렌찌나, 오늘 그이 만났어?"

발렌찌나는 고개를 가로저었다. 못 만났다는 것이다.

"그럼 어제는?"

"그저 멀리서… 잠깐 보았을 뿐이야."

발렌찌나는 속삭이듯 대답했다.

"가끔 그이한테 놀러가기도 하지만, 그리 자주 가지는 않아."

"나한테도 한번 보여줘야 할 게 아냐, 어떤 사람인지. 정말 그이를 사랑해? 괜히 그러는 건 아니겠지?"

발렌찌나는 고개를 끄덕였다. 진정이라는 것이다.

"그럼 아주 미남인가보지?"

"잘생기구 못생기구가 문젠가 뭐. 『선생과 평화』에 나오는 엘렌의 얼굴이 어떤지 알지? 얼굴 같은 건 그리 대수로운 문제가 아니야."

이렇게 말하다가 발렌찌나는 갑자기 입을 다물고 나쟈의 눈치를 살폈다. 혹시 자기의 말이 얼굴이 예쁜 나쟈의 마음을 건드리지나 않았나, 그렇지 않으면 자기처럼 못생긴 여자의 자기방어를 위한 어리석은 주장이라고 생각하지나 않나 걱정되었기 때문이다. 그러나 나쟈는 눈을 동그랗게 뜨고 밝은 표정으로 그녀의 말을 듣고 있었다. 발렌찌나는 안심했다는 듯이 다시 말을 계속했다.

"나는 잘생기고 못생긴 게 문제가 아니야. 나도 한때는 열성적인 공산청년동맹원이었어. 그래서 그런지 아직도 그때 정신이 내 머릿속에 남아 있는 것 같애. 아마 일생을 두고 남아 있을 거야. 내가 처음 그이와 만났을 때, 그때만 해도 별다른 마음은 없었어. 처음엔 그저 그이를 돕고 싶다는 생각밖엔 없었으니까. 옛날 공산청년동맹 생활을 하던 시절처럼."

"그럼 어떻게 돼서 그이를 사랑하게 됐어? 대번에? 첫눈에? 그 얘기를 좀 해 봐!"

"아니야. 첫눈에 사랑하게 된 건 아니지. 겉으로 보는 것만 가지곤 사람을 사랑할 수는 없는 거야. 상대방과 접촉을 해 봐야 해. 접촉을 하지 않고는 서로의 성격을 이해할 수가 없으니까. 나는 그이와 접촉을 가졌어. 그러나 애정을 느끼게 된 건 이쪽뿐이야."

"그럼 그이는?"

"아무런 반응도 없어. 그이에게는 나 같은 건 딴 세상 사람이나 마찬가지야. 그이는 내 마음을 이해하지 못하고 있어. 마치 저기 앉아 있는 역사 선생 쎄르게이가 내게는 전연 딴 세상 사람이나 마찬가지듯이… 그이를 만나기만 하면 내 얼굴은 금방 홍당무처럼 되어 버리고 말지. 나이 서른이 된 여자가 말이야! 아아, 나쟈는 아마 이런 심정을 이해할 수 없을 거야. 한 번만이라도 좋으니 그이가 내게 다정한 눈길을 던지며 사랑을 표시해 준다면 숨기지 않고 솔직히 말할 테야! 그이가 그렇게만 해 준다면 나는 그 순간을 위해 무엇이든지 아낌없이 바치겠어! 하긴, 그이도 어느 정도 눈치를 채고 내 생각을 해 주는 것 같애. 그렇지만 내 가 그이를 생각하는 데 비하면 아무것도 아니야."

발렌찌나는 고개를 떨어뜨렸다. 다시 얼굴을 쳐들었을 때 나쟈는 그녀의 맑고 선량한 두 눈에 눈물이 괴어 있는 것을 보았다.

"그이는 아주 높고 깨끗한 정신의 소유자야. 용감하고, 현명하고…. 그이를 만나는 사람은 누구나가 다 깊은 인상을 받을 거야. 그이야말로 내가 처녀 시절에 꿈꾸던 바로 그런 인물이야. 아아, 내가 왜 좀더 일찍 그이를 만나지 못했을까! 그이와 함께라면 어디든지, 세상이 끝나는 곳에라도 좇아갔을 거야. 조금도 주저하지 않았을 거야! 나도 옛날엔 남보다 못하지 않은 처녀였어…."

"발렌찌나!"

나쟈는 그녀의 손을 잡으며 어깨를 가까이 가져갔다.

"지금은 뭐 누구만 못해서 그래!"

복도에서 수업 시작종이 울렸다. 선생들은 부지런히 교과서와 출석부를 집어 들고 교원실을 나갔다.

"쓸데없는 소리 이젠 그만 해요. 그만 해!"

늙은 수학 선생이 그들의 옆을 지나가며 커다란 소리로 외쳤다. 그들은 한숨을 내쉬며 소파에서 일어났다.

"지금 하던 얘기 다음번에 또 들려 줘. 응?"

나쟈는 감동 어린 서글픈 눈으로 발렌찌나를 바라보았다.

"또 들려주지, 응?"

"글쎄… 뭐 재미있는 얘기라구. 더구나 나쟈한텐 별로 신기한 얘기가 못 될 거야. 사랑이 어떤 것인지 그건 아마 나보다 나쟈가 더 잘 경험했을 테니까."

순간 나쟈의 얼굴에는 복잡하고도 미묘한 표정이 떠올랐다. 그 표정은 '물론이지, 나도 사랑이 어떤 것이라는 것쯤은 알고 있어!'라고 말하는 것 같았지만, 그러나 또 한편으로는 '발렌찌나, 나를 가엾게 생각해 줘! 나는 아무것도 몰라. 자신의 힘으론 아무것도 판단할 수 없는 여자야….' 이렇게도 말하는 것 같았다.

층계 옆에서 그들은 서로 다정스럽게 악수를 하고 헤어졌다. 나쟈는 정신 나간 사람처럼 멍청한 미소를 띠운 채 7학년 B반 교실로 들어갔다. 그러나 학생들의 인사를 받고 교탁에 가서 앉자, 아직까지의 까닭모를 불안감은 자취도 없이 사라지고, 그녀는 엄격한 한 사람의 여선생으로 돌아왔다.

수업을 마치고 교원실로 돌아오는데, 사오명의 학생들이 나쟈에게 다가왔다. 숙제를 안 해 와서 나쟈한테 꾸중을 들은 씨야노바라는 소녀와 같은 반에 있는 학생들이었다. 씨야노바가 숙제를 못해 온 이유를 나쟈에게 이야기하려는 것이었다.

"그 앤 집에서 공부하기가 무척 어려운 환경이에요. 집이 가난하고 식구도 많아서 집에 가면 일만 해야 한다나 봐요."

얼굴이 가무스름한 사내아이가 말했다.

"씨야노바의 집이 어디 있지?"

"보스또치나야 거리 맨 꼭대기에 있어요."

'한번 들러 봐야겠군. 가서 가정 형편을 좀 봐야겠어'

하고 나쟈는 생각했다. 씨야노바네 집을 찾아감으로써 자기의 인생에 커다란 전환이 시작되리라는 것을 나쟈는 전연 예측하지 못했던 것이다.

3

그 이튿날 나쟈는 씨야노바네 집을 찾아갈 작정이었다. 그러나 갑자기 예정을 변경하지 않으면 안 될 일이 생겼다. 요즈음 굉장히 기분이 좋아진 드로즈도프가 손님들을 집에 초대해서 연회를 베풀기로 했기 때문이다. 남편이 왜 그런 계획을 세웠는지 나쟈는 짐작이 갔다. 드로즈도프는 지난번 모스크바에 갔을 때 자신의 새로운 직책에 대해 어떤 중대한 비밀 정보를 입수했는데 그것은 나쟈가 알고 있는 사실보다도 훨씬 중요한 정보였다.

그래서 그는 마음이 들떠 어찌할 바를 몰라 했고, 드디어는 동혼식을 베풀 생각까지 하게 된 것이다. 마침 그때가 그들이 지방 호적등록과에 가서 정식으로 결혼 등록을 한 후 만 이 년이 되기 때문이다.

당장에 날짜가 결정되었다. 드로즈도프는 손님들을 미리 초청하였고 나쟈에게는 양재사가 불려 왔다. 양재사는 푸른 캐시미어 옷감으로 특별히 모양을 내어 나쟈의 옷을 만들기 시작했다. 그리고 가까운 시골에서 슈라의 친척이라는 노파를 불러왔다. 부엌에서는 음식 준비가 시작되었다.

나쟈는 연회의 분위기가 너무 딱딱할 것 같아서, 자기의 손님도 몇 사람 초청하기로 하고 그런 얘기를 남편에게 했다.

"그래 누굴 초청하겠다는 거야?"

드로즈도프는 물었다.

나쟈는 발렌찌나를 비롯하여 사오명의 여선생 이름을 댔다.

"음…."

드로즈도프는 눈을 감더니, 마치 코와 입술을 떼어 내기라도 하려는 듯이 쭈글쭈글한 손에 힘을 주어 얼굴을 문시르며 입을 열었다.

"초청하라고 권하고 싶은 생각은 없는 걸. 왜냐하면… 그 사람들은… 뭐라면 좋을까… 물질의 노예들이라고 할 수 있으니까 말이야. 그들이 우리 집에 있는 물건들을 보게 되면 그 물건들과 우리들을 동일시할 테니까 곤란하다는 거야. 예를 들면 그들에겐 저기 마루에 놓인 저런 괘종시계도 없을 거야. 그와 같은 물건을 자기도 갖고 싶다는 욕망이 드디어는 아무런 잘못도 없는 그 소유자에 대한 질투로 변하는 법이지. 조만간 그들은 당신을 따돌리게 될 거야. 그렇게 된다 해도 물론 그것은 당신의 잘못은 아니지. 하여튼 나로서는 여선생들을 초청하라고 권할 수는 없어. 하지만 부르고 싶거든 불러도 무방하겠지. 결국은 당신의 고립을 촉구하는 결과밖엔 가져오지 못할 거야."

그래서 나쟈는 여러 가지로 생각한 끝에 연회에는 발렌찌나 한 사람만 부르기로 했다.

연회 날 저녁이 되자 나쟈는 손님들을 맞을 준비를 했다. 그녀는 자기가 동료들로부터 고립될 것이라는 남편의 말이 자꾸만 머릿속에 떠올랐다. 그리고 남편의 높고도 책임 있는 지위에 필연적으로 따르는 불행한 생활에서 이미 헤어날 수 없게 된 자기 자신을 발견했다. 그녀는 남편과 더불어 공훈을 세우는 데만 마음을 써야 할 운명을 지니게 된 것이다.

손님들이 모이기 시작했다. 언제나 정해져 있는 사람들이었다. 제일 먼저 나타난 것은 탄광 지배인이었는데 그는 개가죽을 안에다 댄 가죽외투에 양가죽으로 만든 말쑥한 장화를 신은 키가 후리후리한 사내였다. 그의 뒤를 따라 공장 기사장인 가니체프가 아내를 동반하고 들어왔다. 새까만 독일제 망사로 만든 옷을 입고 짙은 화장을 한 가니체프의 아내는 무슨 향수를 몸에 뿌렸는지 코를 찌르는 향내를 방 안 가득히 풍겼다. 나쟈는 잔나라고 부르는 가니체프의 큰딸이 모스크바에 가서 종합대학 화학과에 입학한 것을 알고 있었고 또한 잔나가 여기 10년제 중학교에 다닐 때 물리학 선생인 로빠뜨낀과 연애 관계에 있었다는 소문도 들은 일이 있었다.

가니체프 부부 다음에는 지방당 위원장인 굴랴예프가 도착했다. 얼굴이 가무스름한, 꾸반 강 근처 출신인 까자끄였는데, 그는 군복을 입고 있었다. 그 다음에는 나이 지긋하고 몸집이 좀 뚱뚱한 지방 소비에트 위원장이 왔다. 그도 역시 군복 차림이었다. 그리고 다음엔 소프호즈(국영 농장—역주) 관리인이 털가죽 외투를 두 개씩이나 껴입고 온통 눈투성이가 되어 굴러들어 왔다. 눈에 덮인 초원을 썰매로 달려온 것이다. 그 다음에 얼마 안 있어 발렌찌나가 왔다. 그녀는 슈바를 벗고 잠깐 응접실에 얼굴을 내밀었다가 다시 나쟈가 있는 복도로 나왔다. 그때 나쟈는 벌써 지방 검찰소 검사장 부부와 인사를 나누고 있었다.

사내들이 피우는 담배 연기가 눈을 뜰 수 없을 지경이어서 나쟈는 속이 메슥메슥해 왔다. 그녀는 새로 도착한 손님에게 상긋 웃어 보였다. 목소리가 여자답지 않게 굵은 소비조합 상점 지배인 까나예바 여사는 바로 나쟈 옆에서 담배를 피워 물었다.

"이젠 정말 못 견디겠어…."

나쟈는 얼굴을 찡그리며 발렌찌나에게 소곤거렸다.

"몇 달이나 됐지요?"

여전히 담배를 피워 문 채 까나예바 여사는 나쟈의 어깨를 감싸듯하며 거친 목소리로 물었다.

"아, 그럼 왜 이러구 여기 서 있어요. 소파에 가서 좀 쉬시지 않구."

그러나 나쟈는 그냥 제자리에 버티고 서 있었다.

그러는 동안에 응접실에서는 손님들의 쾌활한 대화가 떠들썩하게 들려오기 시작했다.

"그러니까 드로즈도프 동무, 말하자면 이별의 뜻으로 한잔 하자 그 말씀이시군요?"

소프호즈 관리인의 목소리가 들렸다.

"그렇소."

이 순간 드로즈도프가 눈을 지그시 감았으리라는 것은 보지 않아도 뻔한 일이었다.

"대장부답게, 용감하게 우리 이별의 잔을 듭시다! 큼직한 술잔을 손에 들고 억센 시베리아 사내답게!"

"우리 무즈가를 잊지 마시오! 세상에 하나밖에 없는 우리 무즈가를!"

"드로즈도프 동무는 무즈가의 추억을, 아니 기념품을 가지고 모스크바로 떠난답니다."

까나예바가 말했다.

"혼자 떠나는 게 아니라 둘이서 함께 떠날 테니까요!"

"아니, 셋이겠지!"

이번에는 탄광 지배인이 소리쳤다. 그는 여기 오기 전에 어디 딴 데서 한 잔 들이키고 온 모양이었다.

"정말 잘 됐어요! 이젠 우리 잔나도 모스크바에서 찾아다닐 집이 생겼으니. 뭐니 뭐니 해도 고향 사람이 제일이니까요."

가니체프의 아내가 끼어들며 한 마디 했다.

"거참 잘 됐군. 지금 몇 학년이지요?"

"이번에 3학년이 된답니다."

"드로즈도프 동무! 드로즈도프 동무!"

하고 누군지 무엇을 부탁하려는 것 같은 어조로 불렀다.

"떠나기 전에 그레이더를 한 대 만들어 주십시오! 우리들한테 기념이 되도록 말입니다. 가을에 농산물을 운반하려면 아무래도 길을 닦아 놔야겠어요!"

"그 문제는 여기 이 가니체프가 해결해 줄 거요."

드로즈도프가 농담 비슷한 말투로 대답했다.

"종합공장 왕좌에 올라앉는 것과 동시에 말이오."

발렌찌나는 나쟈의 곁에 서서 활짝 열어젖힌 방문을 통하여 손님들을 관찰하고 있었다.

"이리 오세요, 우리 여자들끼리 얘기라도 합시다!"

가니체프의 아내가 아첨하듯 다정하게 굴며 그녀를 불렀다. 가니체프 부인은 여자들에게 자기 남편과 함께 일 년 동안 가 있던 오스트리아 얘기를 했다.

“그래 우리 시베리아에 있다가 거기 가니까 살기가 어떻습디까?”

드로즈도프가 옆을 지나가다가 그녀의 말을 가로채며 물었다. 그러고는 대답은 들을 생각도 않고 방문 쪽으로 가 버렸다.

“도대체 비교가 안 돼요!”

가니체프 부인은 두 손을 벌려 보이며 소리쳤다.

“돌아오고 싶은 생각이 정말 조금도 없었다니까요!”

발렌찌나는 여전히 한마디도 입 밖에 내지 않고 잔잔한 시선을 그녀에게 쏟으며 찬찬히 바라보고만 있었다.

나쟈는 끝까지 주부의 역할을 해낼 수가 없었다. 드로즈도프의 손짓에 따라 손님들이 식당으로 자리를 옮기고 두 번째 건배를 들 때, 나쟈는 마시다 남은 과실주 잔을 남편에게 주고는 손님들의 양해를 얻고 식당에서 나왔다. 나쟈가 자기 방으로 돌아와서 소파에 앉자 발렌찌나도 나쟈를 따라 들어와, 그 옆에 앉았다. 발렌찌나는 우울한 눈으로 그녀를 뻔히 들여다보며 이렇게 말했다.

“나쟈, 오늘 저녁 여기 온 사람 중엔 정말 친구는 한 사람도 없잖아? 나쟈의 친구도 없고 바깥양반 친구도 없고….”

“맞았어!”

이렇게 대답하고 나쟈는 자기가 한 말에 스스로 놀랐다.

“한 사람도 없어. 발렌찌나 이외에는….”

한참 동안 서로 말이 없었다. 나쟈는 꼼짝 않고 누운 채 볼꼴 사나운 친구의 옆얼굴을 물끄러미 쳐다보았다.

“왜 한 사람도 없을까?”

발렌찌나가 물었다.

그때 복도로 통하는 식당문이 열렸다. 그러자 아양 섞인 가니체프 부인의 목소리가 들렸다.

"어쩌면 좋아요! 그때만 해도 그 사람이 그렇게 될 줄이야 누가 알았겠어요. 좌우간 우리 잔나의 편지에 의하면 그 사람한테 기대를 걸 수는 없게 됐다는 거예요."

"그 발명가라는 사람 말이오?"

하며 드로즈도프가 낄낄 웃었다. 식당문이 닫혔다.

"누구 얘기야?"

발렌찌나는 나쟈에게 물었다.

"아마 로빠뜨낀 얘긴가 봐."

그들은 다시 입을 다물어 버렸다. 조금 후에 발렌찌나가 나쟈의 손을 덥석 잡으며 먼저 입을 열었다.

"나쟈, 조금 전에 내가 한 말 노엽게 생각하고 있어? 오해하지는 말아 줘. 나는 그저 기대했던 것과 너무나 다르기 때문에 그런 말을 한 것 뿐이야. 결혼 기념 연회를 베풀었다기보다는 지방 간부 회의를 개최했다는 편이 옳을 거야. '이 자리에는 모모 모모한 인사들이 참석하였다…'라는 말을 자주 듣지 않아? 바로 그거야. 모두가 어마어마한 이름들뿐이니까. 어째서 평범한 사람들, 예를 들면 여의사 오레호바 같은 사람은 볼 수 없느냐는 거야. 그 여의사로 말하면 여느 때는 나쟈한테 자주 놀러오는 사람 아냐? 그리고 또 수학 선생 아그니야 같은 사람 말이야. 나쟈를 무척 좋아하니까 오늘 같은 날은 으레 참석했어야 할 거야. 수학 선생한텐 아예 오란 말도 하지 않았어?"

나쟈는 대답이 없었다. 발렌찌나는 거무스름한 기미가 가득 돋은 나쟈의 핏기 없는 얼굴을 보자 그 이상 캐어묻지 않기로 했다. 저쪽 방에서는 소리가 맞지 않는 맥 빠진 합창이 들려왔다. 노래를 불러 기세를 올리려는 모양이었다. 그러나 노래는 좀체 맞아 들어가지 않았다. 조금 후에 누군가 손뼉을 쳤다.

"동무들!"

소비조합 상점 관리인 까나예바 여사의 목소리였다.

"이런 땐 합창을 조직적으로 진행시키기 위해 지휘자가 필요해요! 그럼 오늘의 주인공에게 선창을 부탁합시다. 그래야만 노래가 잘 맞을 테니까. 자, 드로즈도프 동무, 어서 시작하세요!"

드로즈도프가 부르기 시작했다. '높은 산이 가로 막혀도…' 분명하지 못한 목소리를 연방 떨며 그는 목청을 뽑았다. 나쟈는 얼굴을 붉혔다. 언제나처럼, 남편의 노래는 책을 읽고 있다고밖엔 생각할 수 없을 지경이었기 때문이다. 그러나 손님들의 합창이 곧 울려나와 드로즈도프의 엉터리 노래를 제대로 이끌어갔다.

발렌찌나는 나쟈의 등으로 팔을 돌려 가볍게 끌어안았다.

"그런 것 가지고 신경 쓸 건 없어. 아무것도 아닌 걸 가지고 뭘…. 이거 나쟈 거야?"

그녀는 옆에 놓인 피아노를 바라보며 물었다. 두 사람의 그림자가 피아노에 비쳤다.

"칠 줄 알아?"

"잘 치진 못하지만 그저…. 가끔 심심풀이로 쳐 보지."

"그럼 심심풀이로 한번 쳐 봐, 응?"

"저쪽 방에 들릴 거야."

나쟈는 벽 쪽으로 시선을 돌렸다.

"이 방으로 몰려와서 쳐 보라고 야단하면 어떡해. 아마 저 방에선 벌써 굉장히들 마셨을 텐데. 요담 기회로 미루지 뭐.”

“그런데 이건 누구야?”

발렌찌나는 벌떡 자리에서 일어나 벽에 걸린 조그만 사진틀을 떼어 들며 물었다. 틀 속에는 검은 양복에 둥근 모자를 쓰고 새 장화를 신은 젊은 농부의 사진이 들어 있었다. 팔꿈치를 곧장 옆으로 내밀고 두 다리를 떡 벌리고 앉은 폼이 만만하지 않게 보였다. 그리고 청년의 양복 깃에는 비단 리본이 달린 뺏지가 붙어 있었다.

“남편?”

발렌찌나는 존경 어린 어조로 물었다. 나쟈는 고개를 끄덕였다.

“그럼 아마 공민전쟁(사회주의 혁명 후 국내의 반혁명 세력 및 외국 무력 간섭자들과 싸운 국내 전쟁 — 역주)에 참가했던가 보지?”

“아니. 그땐 누구나 다 그런 리본을 달고 다닌 모양이야.”

“이건 몇 살 때 찍은 사진이야.”

“이십 전후에 찍은 건데, 그땐 목수 노릇을 하고 있었다나 봐. 예쁘장한 집들을 지었다는 거야. 그것 말고도 그이는 그때 사진들을 가지고 있어. 발렌찌나, 그이는 지금도 그리 나쁜 사람은 아니야. 절대로 나쁜 사람은 아니야.”

이렇게 말하며 발렌찌나를 바라보는 그녀의 잿빛 눈은 흥건히 괸 눈물 때문에 더욱 커진 것 같이 보였다.

“나쟈, 무엇 때문에 그런 말을 해! 내가 보기엔 나쟈는 자기 머리에 떠오르는 어떤 생각을 몰아내려고 일부러 그러는 것 같애. 물론 나쁜 분은 아니겠지! 나는 그분을 잘 알지는 못하지만 틀림없이 훌륭하고 인정 많은 분일 거야. 나는 다만… 어째서….”

“그이는 나쁜 사람이 아니야.”

나쟈는 금방 하던 말을 다시 되풀이했다.

"그이는 굉장히 많은 일을 하고 있어, 자기 자신의 생각은 조금도 하지 않고. 정말 그이는 자기를 완전히 잊어버리고 오직 일만 생각하고 있는 사람이야."

"말하자면 나쟈는 그분을 사랑하고 있단 말이지?"

"그렇지 않으면 내가 뭣 때문에 그이와 결혼했겠어! 그이는 내 남편이야!"

나쟈는 분연한 어조로 이렇게 대답하고 코를 한두 번 훌쩍이고는 손수건을 만지작거리기 시작했다.

손님들은 밤이 깊어서야 돌아갔다. 드로즈도프는 그들을 자동차까지 배웅한 다음, 층계에 잠시 서 있다가 현관문을 쾅 닫고, 무슨 노랜지 흥얼거리며 가벼운 걸음걸이로 나쟈의 방으로 들어왔다.

"어떻소, 교원 동무?"

그는 아내 옆에 앉으며 농담을 걸었다. 보드까를 마셨기 때문인지, 그의 얼굴은 좀 창백하게 보였지만 거동은 조금도 다른 데가 없었다. 그는 여느 때와 마찬가지로 그 독특한 미소를 입가에 띠우며 말했다.

"마담, 왜 그러시오? 기분이 좋지 않소?"

"한 가지 물어볼 말이 있어요. 어째서 당신한텐 친구가 없지요?"

"없다니, 그게 무슨 소리야? 조금 전까지 식당에서 난장판을 이루며 놀다 간 사람들은 친구가 아니고 뭔데?"

"나는 당신한테 진짜 친구가 없다는 거예요."

"진짜 친구라구? 아니 갑자기 그런 말은 왜 할까? 이거 봐, 나쟈, 거기 대해선 이미 내가 얘기한 일이 있잖아? 여기서는 우리한테 친구가 있을 수 없어. 친구라는 건 서로 대등한 위치에 서지 않으면 안 되는 건데, 여기 무즈가의 인간들은 모두가 어떤 면으로든지 나한테 매여 살고 있단 말이야.

우릴 부러워하는 놈, 두려워하는 놈, 눈치만 슬슬 살피고 있는 놈, 득을 보려고 덤벼드는 놈, 이런 놈들뿐이지. 우리는 고립 상태에 있는 거야. 가장 순수한 고립이지! 우리가 더욱 높은 곳으로 올라가면 올라갈수록 이 고립은 더욱 완전무결한 것이 될 거야. 나도 물론 진짜 친구를 갖고 싶은 마음은 태산 같아. 그래서 나는 그 희망을 오직 당신한테 걸고 있는 거야."

그는 소파에서 일어나 양탄자 위를 거닐기 시작했다. 이리저리 방향을 바꾸어 가며 걷다가는 갑자기 발을 멈추기도 하고, 다시 발을 옮겨 놓다가는 휙 하고 몸을 돌리기도 했다.

"아까 그 친구들은 우리들의 건강을 축원하며 술을 들었어. 그러면 그들이 우리들의 친구냐? 아니지. 지방당 위원장 말이야, 그 녀석은 줄곧 눈을 가늘게 뜨고 눈치만 살피고 있었어. 무엇 때문인지 나를 좋아하지 않아. 이 드로즈도프의 억센 손아귀가 마음에 안 드는 모양이야. 그리고 내가 가끔 원칙에 어그러진 행동을 한다고 해서 몹시 불쾌하게 여기는 모양이야. 그래서 그런지 그 녀석은 도중에 달아나 버렸어. 당신이 자리를 뜨자 곧 돌아갔어. 그럼 다른 녀석들은 어떠냐? 가니체프, 그 친구는 무난한 인간이야. 적어도 내가 보기엔 괜찮은 인간인 것 같애. 그러나 그는 내 상속인이지. 내가 떠난 후에 가니체프를 내 자리에 앉히기로 내정이 되어 있다는 걸 본인도 알고 있어. 그래서 지금 그는 내가 떠나기를 손꼽아 기다리고 있지. 한시바삐 유산을 받으려고 말야."

"당위원장 굴랴예프가 도중에 돌아갔단 말이죠?"

나쟈가 우울한 얼굴로 물었다.

"나보다 나이가 젊고 또 서로 협조해 나가지 않으면 안 될 형편이니까."

드로즈도프는 아내가 무슨 생각을 하고 있는지를 짐작하고 다시 굴랴예프의 이야기를 꺼냈다.

"이 드로즈도프의 결혼 기념 연회에 초청까지 받고 안 올 수는 없는 일이지. 혹시 드로즈도프의 기분을 상하게 하여 서로 맞서게 되었다가는 재미없다고 생각했을 거야. 하여튼 그녀석이 당 위원장이라고 해서 나를 손아귀에 넣을 수는 없어. 원래가 빈곤하던 이 지방의 모든 경제적 하층구조는 미안한 얘기지만…,"

여기서 그는 빙긋 웃었다.

"모든 경제적 기반은 바로 이 드로즈도프의 손 안에 들어 있거든. 그래서 마지못해 나타났다가 도중에 일이 바쁘다는 구실을 대고 달아나 버린 거야."

"아까 복도에서 가니체프하고 누구 얘길 하셨죠?"

하고 나쟈는 물었다.

"음, 그건… 모스크바에서 온 친구 얘기야. 갈리쯔끼이라나 뭐라나. 박사학위를 가지고 있다는 인물이지. 지금 우리 공장에서 주조기를 하나 만들고 있는데 그 친구의 말이 케케묵은 낡은 방식의 기계라는 거야. 여기 도착한 날 나한테 와서 앞으로 기계 제작을 돕겠다고 간단히 한마디 하고는 자기 숙소로 돌아가 버리더니, 이제 와서 딴 소릴 한다는 거야! 얼굴엔 핏기가 하나도 없고, 텁수룩한 머리는 눈이 보이지 않을 지경에… 그래도 그 친구가 주조기를 주문한 측의 대표자라나!"

드로즈도프는 방바닥을 내려다보며 눈을 끔벅거리고 있다가 무슨 결심이라도 한 듯이 번쩍 얼굴을 쳐들었다.

"그러니까 나쟈, 대체 우린 누굴 친구로 삼을 수 있겠어? 우리는 이미 대학생들처럼 철부지가 아니야. 우리는 엄숙한 현실 속에 살고 있는 인간들이며, 또한 여러 가지 복잡한 면을 가지지 않으면 안 되는 인간들이야. 앞으로 나아가면 나아갈수록 우리가 당면할 문제는 더욱 많아진다는 걸 알아야 해. 단순한 처세술은 이미 우리들에겐 적합하지 않아. 그렇다면 여기서 어떠한 결론을 얻을 수 있느냐? 당신과 내가 서로 밀접한 관계를 맺은 이상 우리 두 사람은 더욱 굳게 손을 잡고 나가야 한다. 이것이 결론이야."

이렇게 말하며 드로즈도프는 두 손으로 아내를 끌어안았다. 그리고는 그녀의 얼굴을 들여다보았다.

"당신은 정말 예뻐, 정말 좋은 사람이야."

몇 마디밖엔 안 되는 남편의 말에 그녀의 모든 의혹은 씻은듯이 사라진 것 같았다. 그러나 과연 모든 의혹이 사라졌을까? 나쟈는 흐릿한 눈으로 남편의 얼굴을 바라보았다. 사실 그들은 복잡한 면을 지닌 인간들이었다. 두 사람이 다 그러했지만, 특히 드로즈도프가 그러 했다. 그러나 복잡한 면을 지니면 지닐수록 인간은 때로 이성을 잃어버리고 마는 수가 있는 것이다.

4

다시 하루가 지난 후 나쟈는 학교에서 곧바로 보스또치나야 거리에 있는 씨야노바네 집을 찾아갔다. 보스또치나야 거리는 길이가 3킬로미터는 실히 되는 길다란 주택지였는데 그곳에는 흙벽돌을 찍어 만든 집들이 쭉 늘어서 있었다. 그 집들을 무즈가에서는 '움막'이라 불렀다. 길 양쪽에 줄지어 나타나는 누르스름한 전등 불빛이 어둠 속에서 점점 높아져 갔고, 그 뒤로는 커다란 언덕이 솟아 있었다. 아침마다 이 언덕은 겹겹이 쌓인 흰 눈을 반짝이며 이 공장도시 위에 왕자처럼 군림하는 것이었다. 나쟈는 언덕길을 올라가는 데 많은 시간을 소비했다. 어느 움막집 앞에나 거의 있는 벤치에 잠깐씩 앉아서 숨을 돌리고는 다시 걸음을 옮겼다. 마침내 그녀는 고갯마루에까지 올라와서 167호라는 움막집을 찾아냈다. 밑으로 반쯤은 땅속으로 들어간 진흙으로 만든 집이었다. 둘레에는 철조망을 두른 말뚝이 돌아가며 박혀 있었다. 무릎 높이밖에 안 되는 곳에 뚫린, 허옇게 성에가 낀 조그만 들창에서는 희미한 불빛이 새어 나오고 있었다. 나쟈는 창문을 두드렸다. 집 뒤쪽 어디선지 판자문이 삐걱 하고 열리더니 눈을 밟고 이쪽으로 돌아 나오는 발자국 소리가 들렸다. 푸른 무명옷에 행주치마를 두르고 소매를 걷어 올린 야윈 부인이 나쟈 앞으로 다가왔다.

"어서 오십시오. 여기가 씨야노프네 집입니다."

부인은 높다란 눈더미 사이로 해서 집 뒤로 나쟈를 안내했다.

눈더미 사이에 뚫린 문을 열고 집 안에 들어서자, 훈훈하고 축축한 기운이 도는 구수한 외양간 냄새가 풍겨 왔다. 희미한 어둠 속에서 나쟈는 젖소의 얼룩얼룩한 배와 침착한 콧등을 발견했다. 젖 줄기가 주룩주룩 양동이에 떨어지는 소리가 났다. 누가 젖을 짜고 있는 모양이었다. 그것이 누군지 눈에 보이지 않았지만 나쟈는 자기의 제자인 씨마 씨야노바 일 것이라고 생각했다. 짐작했던 대로 얼굴이 여윈 씨마가 젖소 뒤에서 살며시 일어났다.

"어서 오세요, 선생님!"

씨마는 학교에서와는 달리 아주 상냥한 얼굴로 인사를 했다. 씨마의 어머니가 다음 문을 열었다. 후끈후끈하게 불을 땐 나지막한 방 안으로 들어서자, 제일 먼저 나쟈의 눈에 들어온 것은, 식탁을 둘러싸고 앉은 다섯 명의 어린애들이었다. 애들은 김이 무럭무럭 나는 감자를 한 개씩에 들고 있었다. 눈처럼 희고 가루가 뽀얗게 나는 먹음직스런 감자였다. 다섯 개의 조그만 얼굴이 일제히 나쟈 쪽으로 돌려졌다.

"다들 잘 있었나요, 꼬마들! 어떻게 지내는지 좀 보고 싶어서 왔어요."

나쟈는 망토 단추를 끄르며 이렇게 말하고 방 한가운데 놓인 통나무 걸상에 앉았다.

"네네, 어서 잘 보십시오."

씨마의 어머니가 열띤 검은 눈을 들어 나쟈를 보며 말했다. 그녀는 어떻게 손님을 맞아야 할지, 그리고 무슨 말을 해야 할지 몰라서 무척 당황하는 눈치였다.

“뭐 남들이 사는 것처럼 우리도 살아가고 있지요. 그저 요즘은 왜 그런지 내 몸이 시원치 않아서 그게 큰일이에요. 무슨 병에 걸렸는지 도무지 알 수가 없군요. 그래도 집에서 여자가 할 일은 해야 하고, 병원은 멀어서 한번 가 볼 수도 없고…, 그래서 지금 우리집에선 저 애가 살림꾼이지요.”

그녀는 때마침 양동이를 들고 바쁘게 방 안을 지나가는 씨마를 가리키며 이렇게 말했다.

“저 애 때문에 말씀드릴 게 있어 찾아왔습니다만….”

나쟈는 말했다.

“와 보니 사정이 딱하다는 걸 알겠군요.”

“무슨 일이요?”

한쪽 벽에 포장을 쳐 놓았다고만 생각했는데, 그 포장 뒤에서 굵직한 목소리가 들려왔다.

“누가 왔소?”

포장 뒤에서 얼굴이 여위고 머리가 벗어진 나이 지긋한 남자가 흰 홑바지 바람으로 나타나며 다시 물었다. 노동으로 단련된 커다란 두 손이 흰 바지 때문에 더욱 뚜렷이 눈에 띄었다.

“어서 오십시오!”

나쟈를 보자 그는 공손히 머리를 숙여 보이고, 옷깃에 달린 단추를 채우기 시작했다.

“우리 씨마의 선생님이시지요?”

“집에서 씨마의 일을 좀 덜어 주실 수 없을까 해서 찾아왔는데…. 그러나 이젠 사정이 어떻다는 걸 알았어요."

"딸애한테 일을 너무 많이 시키고 있는 건 사실입니다. 집에 일이 산더미처럼 쌓여 있으니까요."

주인은 식탁에 앉아 있는 어린애 머리 위에 손을 얹으며 말했다.

"물론 나는 공장에 나가고 있지요. 시간 외 노동까지 해서 벌어들이려고 애쓰고 있습니다. 그러나 우리 집 안사람이 건강하질 못해서, 지금 우리집에선 씨마가 주부 노릇을 하고 있는 형편입니다. 자, 외투를 벗으시고 이리 들어오십시오. 이 방이 더 밝을 겁니다."

이렇게 말하며 그는 포장을 옆으로 밀었다. 나쟈는 가볍게 머리를 숙여 보이고 다음 방으로 들어갔다. 들창이 없는 좁은 방이었지만, 벽을 희게 칠해서 제법 깨끗해 보였다. 눈높이에 걸어 놓은 눈부신 전등불 때문에 나쟈는 잠시 눈을 가늘게 뜨고 있을 수밖에 없었다. 조금 후에 옆으로 얼굴을 돌린 나쟈의 입에서는 아! 하는 소리가 저도 모르게 새어 나왔다. 눈 앞에 놓인 좁다란 침대 위에 로빠뜨낀이 책상다리를 하고 앉아서 감자를 먹고 있었기 때문이다. 로빠뜨낀도 역시 흰 홑바지 바람이었는데 나쟈의 눈에는 그가 매우 수척해 보였다.

조그만 탁자 위에는 껍질을 벗긴 뜨거운 감자를 담은 사발이 놓여 있고, 신문지에는 거무스름한 소금이 소복이 쌓여 있었다.

나쟈를 보자 로빠뜨낀은 흠칫하고 몸을 떨었다. 그 얼굴에는 여러 가지 착잡한 표정이 한꺼번에 떠올랐다. 그녀 앞에 홑바지 차림으로 앉아서 감자를 먹고 있는 자기 자신을 부끄럽게 생각했기 때문인지도 모른다. 또는 그 자신이 나쟈의 복잡한 심정을 알아차렸기 때문인지 모른다. 그러나 그는 상대방이 미처 눈치채지 못할 정도로 가볍게 몸을 떨었을 뿐이었다. 그는 엉거주춤하게 일어나서 나쟈에게 고개를 숙여 보이며, 한편으로는 감자에 소금을 찍었다.

"어서 앉으시지요."

주인의 말에 나쟈는 얼핏 정신을 차리고 걸상에 앉았다.

"이 사람은 우리 집안 식구나 다름없는 로빠뜨낀입니다. 아마 서로 안면이 있을 줄 아는데요?"

"잘 아는 사이입니다."

손에 든 감자를 쪼개며 로빠뜨낀은 담담한 어조로 말을 받았다.

나쟈는 방 안을 둘러보았다. 벽을 향하여 책상 옆에 놓여 있는 제도판이 눈에 들어왔다. 제도판 위에 못바늘로 박아 놓은 제도용지에는, 나쟈가 이해할 수 없는 복잡한 설계도가 그려져 있었다. 그리고 바로 나쟈의 눈앞에 있는 책상 위에는 엽서 크기만 한 사진이 한 장 붙어 있었는데, 약간 변덕스럽게 보이는 젊은 처녀가 입술을 방긋이 벌린 채 사진 속에서 나쟈를 바라보고 있었다. '저 처녀가 바로 공장 기사장 가니체프의 큰딸이로구나.' 이렇게 생각하며 나쟈는 호기심 어린 눈길을 다시 로빠뜨낀에게 돌렸다.

집주인 씨야노프는 나쟈 옆에 선 채 얼굴을 찌푸리고 수염이 덥수룩한 여윈 뺨을 매만지고 있었다. 그의 몸에는 싸모싸드(집에서 썰어 종이에 말아 피우는 하급 담배 — 역주) 냄새가 코를 찌를듯이 풍겼다.

"이거 손님 대접도 않고 이래서야 쓰겠나!"

그는 갑자기 생각난 듯이 말했다.

"우리 감자맛을 좀 보시지 않으렵니까? 요즘이 제일 맛이 좋을 때지요, 뽀얗게 가루가 나는 놈이 아주 먹음직스럽습니다. 여보! 여기 감자 한 사발 더 들여보내시오."

"그럼 하나 먹겠어요."

나쟈는 사발에서 뜨거운 감자를 집어들었다.

"잡수시겠다니 기쁩니다. 그럼 감자를 드시며 이야기하기로 하지요. 죄송합니다만 여기 좀 앉겠습니다."

그는 나쟈 옆에 놓인 통나무 걸상에 앉아서 감자를 한 개 집어들어 소금을 찍으려다 말고,

"얘, 씨마야, 칼을 좀 갖다 주렴!"

라고 했다. 잠시 침묵이 흘렀다.

"이렇게 직접 우리가 사는 형편을 보셨으니, 감상이 어떻습니까?"

씨야노프가 먼저 말을 꺼냈다.

"우리 가족을 전원 다 만나 보신 셈이니까요. 말하자면 우리 협동조합원 전부를 만나 보셨다고 할 수도 있겠지요."

이렇게 말하며 그는 로빠뜨낀에게 흘끗 눈을 주었다.

"네, 이젠 댁의 형편이 어떻다는 걸 잘 알았어요."

나쟈가 대답하자, 로빠뜨낀이 손에 든 감자에서 눈을 떼지 않은 채 중얼거렸다.

"앞으로 씨마에겐 일을 시키지 않도록 하죠."

또 다시 모두들 입을 다물어 버렸다. 로빠뜨낀은 잠자코 감자 한 개를 다 먹고 또 한 개를 집어들었다.

"이거 당신이 그리신 건가요?"

나쟈가 제도판을 가리키며 물었다.

"네."

로빠뜨낀은 짤막하게 대답했다.

나쟈도 다시 한 개를 집어들고 후후 불며 흘끔흘끔 로빠뜨낀을 살펴보았다. 벌어진 셔츠깃 사이로 굵은 쇄골이 들여다보였고, 얼굴은 마치 힘든 일을 하고 난 후 방 안에서 혼자 쉬고 있는 사람처럼 평온한 표정이었다. 잔

잔한 그의 눈길이 나쟈의 얼굴에 와서 멎었다. 순간 그녀는 자기의 가슴 속에서 그 어떤 따뜻한 감정이, 언젠가 한때는 그녀를 사로잡았던 처녀시절의 그 감정이 다시 눈뜨는 것을 느꼈다.

"이런 말 해서 괜찮을는지 모르겠지만…."

끊어진 대화를 계속하려고 나쟈는 다시 입을 열었으나, 곧 얼굴을 붉히고 잠시 말을 잇지 못했다.

"좀 물어보고 싶은 말이 있어요… 당신이 발명하셨다는 기계가 어떤 것인지…."

"발명이 무슨 발명입니까."

그는 대답했다.

"발명이랄 건 하나도 없어요."

"가만 있게, 로빠뜨낀. 그렇게 말하면 이분이 이상하게 생각하지 않겠나!"

그의 말을 가로채듯 씨야노프가 끼어들었다.

"지금 이 사람이 발명이랄 건 아무것도 없다고 했습니다만…."

하고 이번에는 나쟈에게 말했다.

"아주 유익하고 장래성이 있는 연구지요. 반드시 실현될 가망이 있는 기계입니다."

"그럼 내가 자세히 말씀드리지요."

로빠뜨낀은 감자 사발을 옆으로 밀어 놓았다.

"여기 이 씨야노프 아저씨는 나와 그야말로 한마음 한뜻을 가진 분입니다."

그는 뼈가 앙상한 커다란 손을 뻗어 벽에 걸린 여름 양복 호주머니에서 싸모싸드를 조금 집어냈다. 나쟈는 저도 모르는 새에 그의 팔과 어깨에 흐르는 억센 힘과 사내다운 용모를 정신없이 바라보고 있었다. 하기는 그가 지닌 남성미도 주야를 가리지 않고 제도판에 붙어 미친 사람처럼 일만 계속한 탓으로 이미 내리받이에 들어선 감이 있었다.

로빠뜨낀은 종잇조각에 담배를 말아서 성냥불을 당겼다. 그리고는 눈을 감고 한 모금, 또 한 모금 굶주린 듯 빨았다.

"그럼 당신한테 처음부터 상세하게 얘기해 드리지요. 나는 항상 당신을 존경해 왔고, 또한 당신이 어떤 분이라는 걸 잘 알고 있습니다. 뿐만 아니라 나는 당신이 여느 사람들처럼 나를 미치광이로 취급하시지 않기를 바라고 있지요. 따라서 나는 당신에게 자세한 얘기를 할 수 있게 된 것을 기쁘게 생각합니다."

그는 또 한 번 담배 연기를 깊이 들이마시며 인상을 찡그리더니 신경질적인 동작으로 담뱃재를 털고 나서 다시 말을 이었다.

"얘기를 하자면 굉장히 길어집니다. 그러나 될 수 있는 대로 짧게 추려서 얘기해 보기로 하지요. 1937년까지 나는 자동차 공장에서 일했습니다. 당신이 내 얘기를 전부 이해하시려면 이 서론은 필요한 것입니다. 나는 1급 기계공들 틈에 끼어 일했습니다. 나도 역시 누구에게 못지않은 기술을 가진 기계공이었지요. 우리들은 공장에서 주동적 역할을 하는 컨베이어를 움직이고 있었습니다. 컨베이어 작업이란 각각 다른 여러 가지 소부분의 작업으로 나뉘어져 있습니다. 내가 잘 아는 사람이 있었는데, 그도 역시 이 컨베이어의 수많은 포지션 중의 하나를 맡아서 일하는 기계공이었지요. 이름은 이반 조뜨이치였습니다. 이반 조뜨이치가 맡은 작업은 두 개의 자동차 바퀴에다 각각 여섯 개씩의 암나사를 죄는 일이었습니다. 차바퀴에 볼트를 맞춰 넣는 작업은 딴 노동자가 맡아서 했고, 이반 조뜨이치는 거기다 암나사를 죄는 일만 했지요. 자동차가 컨베이어에 실려 그에게 다가오면 곧 암나사를 제자리에 갖다가 맞춥니다. 그리고 옆에 걸려 있는 전기 렌치로 눈 깜짝할 새에 나사를 전부 죄어 버리지요. 꼼꼼하고도 착실한 노동자였습니다. 언제나 일곱 시 반까지 공장에 출근하곤 했으니까요. 그래서 나는 그가 일하는 것을 보고 현대의 분업의 본질과 장점을 이해하게 되었습니다. 작업의 분업화는 노동자가 단지 보조적인 역할만을 하며, 또한 작업 과정에서 최소한의 시간밖엔 필요로 하지 않는, 그런 단계에까지 도달하지 않으면 안 된다고 생각했지요."

"실례의 말씀입니다만."

나쟈가 얼굴을 붉히며 그의 말을 가로챘다.

"그건 노동자의 사고력을 박탈하는 결과를 초래하지 않을까요? 그렇게 되면 인간은 전연 머리를 쓰지 않게 될 테니까요. 우리들은 개개인의 창의성이 최고도로 발휘될 수 있는 사회를 목표로 하고 있지 않아요? 그런데 당신은…."

로빠뜨낀은 그녀의 얼굴을 뚫어지게 바라보고 있다가 딴 데로 시선을 돌리며 입가에 엷은 미소를 띠었다.

"그전엔 당신 입에서 그런 말 들어본 기억이 없는 것 같은데…. 하여튼 그동안 당신이 어떤 분야에서 새로운 지식을 아주 풍부하게 섭취했다는 걸 알게 되어 매우 기쁩니다. 그러나 당신이 그 어떤 확고한 신념을 가진 분의 유익한 영향을 많이 받으셨으리라는 걸 특히 지적하지 않을 수 없군요."

이 말에 나쟈는 더욱 더 얼굴을 붉혔다.

"그건 그렇고, 하던 얘기를 계속하겠습니다."

로빠뜨낀은 침착한 어조로 말을 이었다.

"분업은 전문적 기술이나 지식을 갖지 않은 어떤 사람이라도 능히 해낼 수 있을 만큼 작업을 단순하게 만들어야 한다고 생각합니다. 이와 같은 작업의 단순화는 우리들에게 최고도의 생산능력을 제공해 줍니다. 그렇게 되면 노동자의 사고력을 박탈하게 되지 않을까 당신은 염려하고 계시지만 그건 문제없습니다. 얼마든지 머리를 쓰라 하지요. 다만 어제 어디다 망치를 두었더라? 하는 따위에 머리를 쓸 게 아니라 보다 창조적인 면에, 예를 들면 어떡하면 손으로 두드려 만드는 식의 작업 방법을 전폐하고 전면적인 오토메이션으로 넘어갈 수 있을까 하는 데 머리를 쓰게 하라는 겁니다. 자기가 하는 일에 대한 더욱 깊은 지식을 체득하게 하라는 겁니다. 즉 학자가 되게 하라는 거예요. 그렇게 되어야만 비로소 개개인의 창의성이 최고도로 발휘될 수 있는 사회가 올 겁니다. 노동자들이 어디다 망치를 두었느냐 하는 데 머리를 쓰고 있는 한 그런 사회는 절대로 실현될 수 없단 말이지요. 어떻습니까. 건전한 판단력을 가지고 볼 때 이러한 나의 생각에 모순된 점이 있습니까?"

"아뇨. 거기 대해선 나도 전적으로 찬성이에요."

"거참 반갑습니다. 그렇다면 얘기를 계속할 수 있겠군요. 기계공 드미뜨리 로빠뜨낀은 대학에 가서 물리 수학과를 졸업했습니다. 그 후 전쟁에서 부상을 입고 제대하여 무즈가에 물리 선생으로 부임해 왔지요. 학생들을 데리고 종합공장 안에 있는 주조공장 견학을 갔다가 거기서 자동차 제작보다도 훨씬 생산 과정이 복잡한 배수관 제작을 구경했습니다. 그런데 그것은 제미도프식과 동일한 낡은 제작 방법이었습니다. 즉 흙으로 주형을 만들어 가지고 거기다 사람의 손으로 쇳물을 부어 넣는 방법이지요. 뭐 깊이 생각해 볼 필요도 없습니다. 나는 자동차 제작에서 얻은 경험을 배수관 제작에 적용하기로 결심했지요. 자동차 공장의 컨베이어를 본 사람이라면 누구든지 나와 같은 결심을 했을 겁니다. 그와 같은 낡아 빠진 작업 광경을 보고 깊은 자극을 받지 않을 사람은 없을 테니까요. 그래서 나는 전력을 기울여 주조기를 설계했습니다. 이 주조기는 모든 점으로 보아 유리한 조건을 갖추도록 설계되었지요. 첫째로 기계의 가동 시간을 최고도로 이용한다는 법칙에 부합됩니다. 즉 이 기계의 공작 기관은 잠시도 쉬지 않고 계속적으로 배수관을 만들어 내게 되어 있단 말입니다. 그리고 작업장의 면적을 작게 잡는다는 이점도 있습니다. 어떻습니까, 혹시 내 얘기가 너무 딱딱하지는 않습니까?"

"아니, 괜찮아요. 당신이 하는 말 충분히 이해할 수 있어요."

"그래서, 나는 설계안을 완성시켜 가지고, 그것을 종합공장 연구발전부에 제출했지요. 하기는 그처럼 간단한 원리를 여러 연구 기관에서 아직까지 모르고 있을 리는 만무하다는 생각도 들긴 했습니다. 그러나 혹시나 하는 생각에서 어쨌든 제출하기로 했던 것입니다. 팔 개월이 지난 후에 나는 이런 것을 받았습니다."

로빠뜨낀은 얼른 허리를 굽혀 침대 밑에서 베니어판으로 만든 궤짝을 끌어냈다. 그 속에는 무슨 서류 묶음 같은 것이 가득 들어 있었다. 그중 한 개에서 그는 수첩 모양으로 된 증명서를 꺼내 나쟈 앞으로 내밀었다. 푸르스름한 빛이 도는 두껍고 반질반질한 종이에 붉은 도장이 찍혀 있고, 한쪽 모서리는 명주실을 꼬아 만든 예쁜 노끈으로 철해져 있었다.

"이걸 보시면…(이때 나쟈는 증명서를 내미는 로빠뜨낀의 손가락이 가늘게 떨고 있는 것을 보았다) 나의 연구가 성공하여 정당한 평가를 받고, 그 실용적 가치와 창의성이 인정되었다는 걸 아실 겁니다. 그러나 이 고안증명서를 너무 과대평가하지는 마십시오. 아무리 이것이 아름답다 해도 역시 한 장의 종잇조각에 지나지 않으니까요. 증명서 자체보다는 이 증명서의 원가, 다시 말하자면 이것이 나오기까지 소요된 인간의 노력을 평가해야 할 겁니다. 미안하지만 담배를 한 대 더 피워야겠습니다."

씨야노프가 기다리고 있었다는 듯이 얼른 그에게 신문지 조각을 내 주었다. 로빠뜨낀은 아무 말 없이 귀퉁이를 찢어 담배를 말아 가지고 비스듬히 고개를 기울이며 불을 당기더니 후 하고 성냥불을 꺼버리고는 연거푸 두 모금을 빨았다.

"지금 무슨 얘길 하고 있었죠? 아, 그렇지. 나는 매일 같이 잠자리에 들어갈 때나 잠에서 깨어날 때나 이 증명서를 꺼내 들고, 대견스럽게 바라보았습니다. 걷잡을 수 없는 흥분 속에 빠져들어 갔지요. 정말 산 보람이 있는 것 같았습니다. 내 기계가 유용한 것이라는 인정을 받았으니 어찌 흥분하지 않을 수 있었겠습니까! 그러나 그 후 아무 소식도 없이 몇 달이 흘러갔습니다. 그렇다고 해서 나는 결코 초조해하거나 낙심하거나 하지는 않았습니다. 나는 관계 당국에 진정서를 내기 시작했지요. 한 번, 두 번, 세 번… 그렇게 반 년이 지난 후에 마침내 기쁜 소식이 왔습니다. 모스크바에 와서 내가 제출한 주조기의 세부설계에 착수하라는 소환장을 받았단 말입니다. 얼마나 기쁜 소식이었겠는지 한번 상상해 보십시오. 씨야노프 아저씨와 나는 서로 부둥켜안고 돌아가며 춤을 추었습니다. 하마터면 이 움막집이 무너져 버릴 뻔했지요. 나는 물리 선생 노릇을 집어치웠습니다. 모스크바로 갔지요. 두 달 동안 야금공업성의 문턱이 닳도록 찾아다녔습니다. 두 달 월급을 받긴 했지만 세부설계에는 손도 대보지 못했습니다. 석 달째로 접어들자 슈찌꼬프라는 차관이 나를 불러 아주 친절한 말투로 이런 수작을 하더군요. '일에 손도 댈 수 없게 되었네. 예산이 삭감되었기 때문에 우리로서는 어떻게 해 볼 도리가 없게 되었어. 혹시 내년에나 어떻게 해 볼 수 있을는지 모르지만….' 혹시라니! 글쎄 이걸 말이라고 합니까? 그리고는 시치미를 뚝 떼어 버리고 '내가 알 게 뭐냐' 하는 태도로 나온단 말입니다. 어디 이럴 수가 있겠어요. 결국 나는 무즈가에 돌아와서 이렇게 씨야노프 아저씨한테 얹혀사는 신세가 되고 말았지요."

"그럼 왜 다시 취직을 하시지 그러세요?"

"가만 계십시오. 순서 있게 얘기하기로 합시다. 후에 알아보았더니, 다음과 같은 사실이 판명되었어요. 즉 내 설계안은 아브지예프 교수의 고견을 묻기 위해 회부되었었다는 겁니다. 모스크바엔 그런 위대한 인물이 있지요. 그런데 이 교수님께서 퇴짜를 놓았단 말입니다. 납득이 갈 만한 아무런 논거도 없이 그저 무턱대고, '주형을 쓰지 않고는 배수관을 만들 수 없다'라고 단정해 버렸지요. 그는 저명한 학자입니다. 자기 의견을 존중하고 또 그것을 고집하는 인간입니다. '주형 없는 주조란 공상에 지나지 않는다' 하면 그만입니다. 한번 공상이라고 규정지어진 이상 장관도 내가 설계한 기계의 제작을 거절할 수밖엔 없지요. 아브지예프란 인물은 사계의 권위자이니까요. 그는 대학에서 주조학 연구를 지도하고 있는 교수란 말입니다. 그에 대한 기사를 쓸 때는 '아브지예프를 수반으로 하는 소비에트 학자들은…' 하는 식으로 씁니다. 말하자면 주조학계의 콜롬부스지요."

"그렇지만 아브지예프 교수라면 정말로 훌륭한 학자가 아니겠어요?"

나쟈는 다시 얼굴을 붉히며 한마디 했다.

"아니 한 가지 더 할 말이 있습니다. 내가 증명서를 받기 불과 얼마 전에 그 학자님께서 자기의 배수관 주조기 설계안을 제출했다는 사실입니다."

"그럼 아브지예프 교수가 당신의 설계안을?"

나쟈는 좀 거칠어진 말투로 입을 열었다.

"아닙니다. 그런 말을 하려는 건 절대로 아닙니다. 그의 착상은 어디까지나 독특한 것이지요. 그야말로 독창적인 것입니다."

로빠뜨낀은 담배를 다 피우고, 다시 신문지를 끌어당기려다 그만두었다.

"그만 피워야겠군. 오늘 피울 규정량은 다 피웠으니까…. 거기 대해선 그 이상 아무 말도 하지 않기로 하겠습니다. 아까 어째서 취직을 하지 않았느냐 물으셨지요? 왜 내가 취직을 하지 않았느냐 하면, 매일같이 진정서를 써 보내야 했기 때문이지요. 그 콜롬부스 씨의 견해가 옳지 않다는 증거를 제시해야 했기 때문입니다. 내 말이 우습게 들립니까? 아브지예프에게 오류가 있을 수 없다는 말을 누구한테 들으신 모양이군요. 아마 그래서 지금 웃고 계실 겁니다."

로빠뜨낀의 입에서 이런 말이 나와도 나쟈는 분개하는 빛조차 나타낼 수 없었다. 그녀는 자기 얼굴이 어쩐지 말을 듣지 않는다고 생각했다.

"그러나 나는 확신을 가지고 주장합니다. 주형 없이 배수관을 주조하는 것은 가능할 뿐만 아니라 또한 반드시 가능하게 해야 할 문제라고!"

나쟈에겐 눈을 주지도 않고 로빠뜨낀은 단호한 어조로 말을 계속했다.

"따라서 나의 주장이 정당하다는 증거를 제시할 필요가 있단 말입니다. 내가 다시 취직을 하지 않은 이유는 바로 이것이지요. 나는 지금 처음 제출한 설계안을 더욱 발전시킨 새로운 주조기를 설계하고 있는 중입니다. 이것은 1천 4백 개의 부분과 1만 2천 개의 부속품으로 이루어지는 기계지요. 물론 한 사람의 손으로 이것을 완성하기란 거의 불가능한 일입니다. 여러 명의 설계사들로 구성된 하나의 설계단이나, 그렇지 않으면 나처럼 미치광이가 된 인간이 아니고는 해낼 수 없는 일이지요. 하지만 여기 이 씨야노프 아저씨가 나를 도와주고 있습니다. 이 아저씨도 역시 약간 머리가 돈 분이지요."

"그럼 하다못해 빵 배급표라도 받으실 수 있지 않겠어요?"

"빵 배급표가 없어도 우린 어떻게 해서든지 살아갈 수 있습니다."

씨야노프가 나쟈의 등 뒤에서 한마디 했다.

"우리들한텐 다른 배급표가 필요하지요. 제도용지 배급표 말입니다."

"그것이 뭐 그리 어려운 문젠가요?"

나쟈는 어깨를 으쓱해 보이며 말했다.

"그런 문제는 종합공장 본부에 가서 부탁할 수도 있지 않겠어요?"

순간 방 안에 이상한 공기가 흐르는 것을 나쟈는 느꼈다. 로빠뜨낀과 씨야노프는 서로 눈짓을 하며 싱긋 웃었다.

"세상이 어떤 것인지 아무것도 모르던 때엔 우리도 물론 드로즈도프 동무를 찾아가서 제도용지를 좀 달라고 해 본 일이 있습니다."

한참 만에 씨야노프가 입을 열었다.

"참 단순한 생각이었지요. 물론 드로즈도프 동무는 거절했습니다. 하기는 당연한 일입니다. 국가의 제도용지를 아무한테나 마구 내어 줄 수는 없을 테니까요. 아니, 받기는 받았습니다. 처음 찾아갔을 때 두 장 주더군요. 아마 벽보용으로 지급하는 셈치고 주었겠지요. 그것으로 그만입니다. 그러나 우린 제도용지 없이는 살 수 없는 인간들입니다."

집으로 돌아올 때 나쟈는 혼자가 아니었다. 로빠뜨낀이 그녀를 배웅한 것이다. 그는 봄철에나 입는 얄팍한 코트를 걸치고 두 손을 호주머니에 찌른 채 그녀와 나란히 뚜벅뚜벅 걸었다. 어둠 속이라 똑똑히 보이지는 않았지만 그는 무슨 생각엔지 깊이 잠겨 있는 것 같았다. 나쟈는 그의 심중을 어렴풋이나마 이해할 수 있을 것 같은 기분이 들었다. 그의 머릿속은 지금 이 순간에도 배수관으로 꽉 차 있을 것이다. 그리고 자기가 발명한 주조기와 더불어 아직도 얼마를 더 걸어야 할지 모르는 멀고도 험난한 길을 생각하고 있을 것이다. 그렇다, 이 사람에게서 정신이상을 발견할 수는 절대로 없다. 발견할 수 있는 것은 옛날에 그녀가 이 사람에게서 느낀 일이 있는 바로 그것뿐이다. 헤아릴 수 없을 만큼 굳센 강인성, 그 강인성이 전에는 발휘될 기회가 없어서 그냥 졸고 있었던 것이다. 마치 한 번도 사용한 적이 없는 새로운 무기처럼 잔잔한 시선으로 주위를 바라보고만 있었던 것이다. 그러던 것이 이제 비단 리본이 달린 그 푸른 증명서가 이 조용한 인간으로 하여금 그의 강인성을 발휘하지 않을 수 없게 한 것이다. 물론 잘못은 아브지예프 교수에게 있다. 아무리 권위 있는 학자이기로서니 젊은 발명가가 고안한 기계를 무턱대고 거부할 수는 없을 것이 아닌가. 로빠뜨낀과 같은 인간에겐 진지한 태도로 옳고 그름을 증명해 주어야만 했을 것이다.

보스또치나야 거리와 스탈린 거리가 맞닿는 길목에서 그들은 걸음을 멈추었다.

"이젠 다 왔습니다. 안녕히 가십시오."

한마디 짤막하게 말을 남기고 로빠뜨낀은 거칠게 얼어붙은 눈을 밟으며 어둠 속으로 사라져 버렸다.

집에 돌아와서 나쟈는 식탁 앞에 오랫동안 홀로 앉아 있었다. 그녀의 시선은 니켈로 도금한 설탕통이 불빛을 받아 반짝거리는 한 점에 못 박힌 채 떠날 줄을 몰랐다. 그녀는 남편이 돌아오길 기다렸다. 그녀에게는 오늘 드로즈도프에게 물어봐야 할 새로운 문제가 많이 준비되어 있었던 것이다. 슈라가 크림을 바른 케잌과 오이지와 그리고 캐비지를 들고 들어왔다. 요새 임신 중인 안주인이 즐겨 먹는 음식들이었다. 조금 후에 다시 슈라가 소리도 없이 조용히 들어와서 그릇들을 가지고 나갔다.

나쟈는 자기 방으로 들어갔다. 천장에 달린 전등은 켜 놓지도 않은 채 몇 시간 동안이나 어둑한 방 안에서 쇼팽의 피아노 연습곡을 쳤다. 막히는 곳이 있으면 손을 멈추었다가는 다시 시작하고, 슬프고 우울한 대목에 가서는 몇 번이고 다시 되풀이 했다. 남편은 좀처럼 돌아오지 않았다. 응접실의 괘종이 열한 번을 쳤다. 바로 그때 복도에서 전화가 요란히 울려왔다. 나쟈는 얼른 전화기로 달려가서 수화기를 들었다. 잠에 취한 것 같은 드로즈도프의 목소리가 들려왔다.

"나쟈? 나 오늘 집에 들어가지 못하겠어. 공장 기관에 고장이 생겨서, 무슨 일이 있거든 그리로 전화 걸어 줘. 그래 기분은 어때? 괜찮다구? 정말이겠지? 그럼 어서 자요. 안녕!"

나자는 푸욱 한숨을 내쉬고는 쓸쓸한 얼굴로 맥없이 침실에 들어갔다. '이것이 내가 하려던 질문에 대한 대답이구나' 하고 그녀는 생각했다. '저렇게 분주한 사람이 어떻게 모든 사람이 다 만족하도록 일일이 보살펴 줄 수 있으랴!' 요즘 드로즈도프는 공장에서 밤을 새우는 일이 종종 있었다. 혹시 일찍 돌아오는 때에는 음식을 먹으라 해도 마다하고, 곧장 침대에 가서 쓰러지곤 했다. 그리고는 잠을 자면서도 끙끙 앓는 소리를 내는 것이었다. '그이처럼 일에 열중하다간 그 어떤 사람이라도 견디어 내지 못할 것이 아닌가! 그이를 비난하기 전에 어디 그이처럼 며칠 밤만 계속해서 새워 보라지' 하고 그녀는 속으로 남편을 두둔하는 것이었다.

나자는 자리에 누웠으나 밤이 깊도록 잠을 이루지 못했다. 뱃속에서는 태아가 세차게 혹은 약하게 손발을 움직이며 쉴 새 없이 꿈틀거렸다. 그녀는 거기에다 신경을 쓰며 불안스런 한숨을 내쉬었다.

이튿날 아침, 잠에서 깨어났을 때 나자는 자기 곁에 남편이 누워 있는 것을 발견했다. 드로즈도프는 어머니 품에 파고든 어린애처럼 베개에 얼굴을 묻고 눈을 꼭 감은 채 깊이 잠들어 있었다. 반백이 된 관자놀이의 머리털과 높다랗게 벗어진 이마와 피로의 빛이 짙은 누런 얼굴만이 정말 어린애와 다를 뿐이었다.

나자는 옷을 걸치고 밖으로 나와 소리가 나지 않게 침실문을 닫았다. 그녀는 식당에 혼자 앉아서 차를 마셨다. 괘종시계가 열한 시를 알린 다음에야 맨발에 실내화를 끌고서는 멜빵이 달린 폭 넓은 바지를 입은 드로즈도프가 세수를 해서 약간 생기가 도는 얼굴에 웃음을 담고 식당으로 들어왔다.

"차를 좀 진하게 해서 따라 줘."

그는 나쟈 옆에 앉았다.

"전에도 당신한테 말한 적이 있지만…."

나쟈는 애처로운 눈으로 남편을 바라보며 말했다.

"무엇 때문에 그렇게까지 과로를 하세요? 반드시 그럴 필요가 있는 건가요?"

"총결산이야, 나쟈. 총결산… 지금 총결산을 하고 있는 거야!"

"무슨 말인지 모르겠어요."

"여길 떠나기 전에, 후임자인 가니체프가 죽을 힘을 다해도 따라올 수 없을 만큼 성적을 쭉 올리려는 거야. 이것이 말하자면 드로즈도프의 이별의 고동소리가 되는 거지."

"어째서 당신은 그런 말을 하세요?"

나쟈의 눈에는 눈물이 번쩍이기 시작했다.

"그런 말은 입 밖에 내지 않는 편이 좋을 거예요. 무엇 때문에 그런 상스러운 말을 함부로 하세요!"

"나는 원래가 그런 인간이니까…"

드로즈도프는 의자에서 일어나 들창 사이에 걸어 놓은 체경 앞으로 걸어갔다. 그리고는 무엇을 치받으려는 황소처럼 고개를 비스듬히 기울이고 거울 속에 비친 자기의 모습을 들여다보며 관자놀이에 손을 갖다 대 보고는 다시 얼굴을 쳐들고 두 손을 허리에 얹었다.

"저기 거울 속에 있는 인간이 나야. 지금 나는 나 자신의 얼굴을 통하여 나의 내면적인 본질을 들여다보고 있어."

그는 지그시 눈을 감았다가 다시 천천히 떴다.

"물론 나한테도 수많은 결점이 있다는 걸 나는 알고 있지. 말하자면 낡은 사상적 잔재들이…. 나는 과도기적인 인간이야. 예전에 '공명심'이라 부르던 그 잔재가 아직도 내게는 남아 있으니까. 하지만 나는 그 공명심 없이는 어떻게 살아 나갈 수 있을는지 알 수가 없어. 물론 미래의 인간들은 그걸 알겠지. 나는 가니체프보다 더 잘 일해 보고 싶을 뿐이야. 그리고 사람들이 내 사업에 대해 오직 칭찬만 해 주길 바랄 뿐이야. 언제든지 초과 완수를 하지 않고서는 배겨 낼 수 없는 것이 내 단점이라면 단점이지. 그리고 또 나는 승진과 공로 표창을 좋아해. 그것은 내 실력을 인정하는 증명서와 같은 것이니까. 나는 기쁨을 안고 모스크바로 가는 거야. 거기 가면 적당한 지위에 앉게 되리라는 걸 나는 알고 있어. 지금 말한 이외에도 내게는 많은 결점이 있지. 왜냐하면 나는 삶을 즐기는 인간이니까! 어디를 가나 가는 곳마다 경쾌하고, 미묘하고, 감상적인 것이 내 앞에 나타나지. 그렇기 때문에 내게는 달팽이처럼 단단한 껍질이 필요해. 이 껍질은 무엇인고 하니, 인간이 가지고 있는 긍정적 자질인 굳은 의지, 바로 그것이야. 이 굳은 의지가 모든 것을 억제하고 있어. 말하자면 나는 자기가 자신을 의지하는 틀 속에 가둬 넣고 있는 거야. 물론 내가 이별의 예포를 바라고 있단 말은 누구한테도 입 밖에 내지 않았어. 다만 아내에게만은 말해도 괜찮다고 생각했을 뿐이야. 당신도 알다시피 나는 아직은 젊어. 따라서 인간의 욕망에 무관심할 수는 없지 않으냐 말이야. 그렇지만 공산주의 건설자로서 허용될 것이라고 생각해. 적어도 그 정도의 수준엔 도달했다고 자부하고 있어."

거울 속에 비친 자기 자신을 한 번 더 바라보고 나서 드로즈도프는 천천히 식탁으로 돌아왔다. 그리고는 눈썹을 높이 치켜들고 숟가락으로 차를 떠서 후룩후룩 들이마시기 시작했다.

"설마 당신은 내게 크리스천 같은 생활 태도를 요구하는 건 아니겠지?"

이렇게 묻고 그는 갑자기 어린애 같은 천진한 미소를 띠며 나쟈를 바라보았다.

"그런 게 아니라 나는…."

남편의 이론은 또다시 나자를 혼란 속으로 몰아넣은 것이다.

"그저 남들처럼 평범하게 일해도 되지 않겠느냐고 생각한 거예요. 당신이 맡은 의무와 계획의 한도 내에서…."

"그러나 실제에 있어서는 그렇게 평범하게 일할 수가 없게 돼 있어."

드로즈도프는 눈을 감았다.

"그렇게 일하는 사람은 하나도 없지. 모든 문제가 항상 개인적인 능률과 연관시켜 평가되고 있으니까. 따라서 누구도 제자리걸음을 할 수는 없게 돼 있단 말이야."

이 마지막 남편의 말이 나쟈의 모든 의혹을 깨끗이 지워 준 것 같았다. 나쟈는 드로즈도프에게 그 이상 아무것도 물어볼 수 없었다. 의문스러운 점이 하나도 없는 것 같았기 때문이다. 그러나 차를 마신 후 자기 방으로 돌아갈 때 그녀의 미간은 여전히 찌푸려져 있었다. 아직도 한 가지 아주 중요한 질문이 남은 것만 같아서 그녀는 그것을 생각해 내려고 애쓰고 있는 듯싶었다. 그러나 그것이 어떤 질문이었는지 끝내 머릿속에 떠오르지 않았다.

5

이런 일이 있은 후 며칠 동안 나쟈는 줄곧 그 어떤 문제에 대해 머리를 쓰고 있었다. 그녀는 기이한 정신 상태에 빠져들어 간 것이다. 어떻게 해서든지 남편을 옹호할 수 있는 이론적 근거를 발견해야만 될 것 같았다. 그것은 당연한 일이었다. 처음 그와 만났을 때만 해도 그녀는 그의 지배를 아무런 의혹도 없이, 아니 거의 황홀한 심정으로 받아들이지 않았던가.

그러나 씨야노프네 집에서 그녀는 여태까지 모르던 새로운 사실들을 너무나 많이 발견했던 것이다. 로빠뜨낀을 만남으로써 나쟈의 마음속에서 고개를 쳐든 새로운 의혹은 드로즈도프의 해답만으로는 아무래도 완전히 풀리지 않았다.

나쟈는 좀 더 명확한 해답을 얻으려고 애썼다. 학교에 나가서도 그녀는 여러 사람 앞에서 지나치게 자기 남편을 칭찬하기도 하고 혹은 동정하기도 하며 상대방이 공명해 오기를 은근히 기대했다. 그러나 동료들은 그녀의 말 속에 '거짓'이 숨어 있다는 것을 곧 알아챘다. 그들은 어째서 갑자기 그녀가 그런 소리를 하게 되었을까 하고 흥미 있는 눈으로 그녀를 바라보는 것이었다. 남편 얘기를 하다가 한번은 발렌찌나와 다툰 일까지 있었다. 발렌찌나가 비웃는 말투로 '난 드로즈도프가 벌써 나쟈에게 불만을 줄 만큼 맥을 쓰지 못하게 되었으리라고는 생각하지 않아'라고 말한 것이 나쟈의 자존심을 건드렸기 때문이다. 물론 그들은 곧 화해했다. 그러나 발렌찌나와의 언쟁도, 그리고 화해도 나쟈의 시야를 환하게 틔워 주지는 못했다.

그러다가 얼마 후에 전연 뜻하지 않은 사건이 발생했다. 일월도 끝나갈 무렵, 나쟈는 여느 날과 마찬가지로 학교에 나가서 교원실로 들어갔다. 여선생들은 제각기 자기 자리에 앉아 있었다. 여느 때와 조금도 다름없는 눈에 익은 광경이었다.

나쟈는 언제나처럼 발렌찌나의 곁에 가서 앉았다. 그리고 그들 사이에 항상 화제에 오르는 순수한 애정에 대해 얘기를 시작하려는데 교원실 한쪽 구석에 자리 잡고 있는 서무계가 일부러 꾸민 엄숙한 어조로 다음과 같은 사실을 선생들에게 알렸다.

"여러분, 오늘 우리 학교에 누가 오게 되어 있는지 아세요? 로빠뜨낀이 온답니다. 아마 그 발명가의 일이 잘 되어 가는 모양이에요. 그래서 학교에 재직증명서를 받으러 온답니다."

이 소식은 여선생들에게 상이한 반응을 일으켰다. 늙은 수학 선생 아그니야는 희색을 띠우며 만족한 듯이 고개를 끄덕였다. 하급 학년을 맡고 있는 젊은 여선생들은 비웃는 얼굴로 서로들 눈짓을 했다. '발명가'라는 말이 그들에겐 이상한 느낌을 주었기 때문이다. 뿐만 아니라 그들은 아무 데도 나다니는 일이 없고 무도회 같은 데는 얼씬도 안 하는 그 로빠뜨낀이란 청년이 아주 괴상한 사내라는 것을 알고 있었던 것이다. 이때 나쟈가 갑자기 커다란 소리로 이야기를 하기 시작했다.

"참 가엾더군요. 얼마 전에 내가 그 사람 사는 델 가 보았는데, 일이 뜻대로 안 된다고 형편없이 풀이 죽어 있었어요. 그러면서도 처음서부터 끝까지 자기 주장만 옳고 딴 사람들은 모두가 옳지 않다고 우기는 거예요. 정말 어이가 없더군요. 각 방면에서 자기를 모함하고 있다는 거예요. 학자니 관리니 하는 사람들이 말예요."

그녀가 이런 말을 하게 된 동기는 무엇이었을까? 아마도 그것은 로빠뜨낀을 만난 후부터 그녀의 마음 한구석에 자리 잡고 있는 의혹에 대한 어떤 해답을 딴 사람들에게서 얻어 보려는 데 있었을 것이다. 만일 딴 사람들도 자기 말에 동의한다면 그것은 곧 남편 드로즈도프의 입장을 옹호할 수 있는 근거가 될 것이기 때문이다. 그와 반대로 자기 말을 반박하고 나서는 사람이 있다면 그래도 할 수 없다. 어쨌든 그녀가 품고 있는 의혹은 사라질 테니까! 나쟈는 커다란 소리로 지껄이며 자기 말에 대한 반향을 조마조마한 마음으로 기다렸다. 뱃속에서는 어린애가 더욱 세차게 꿈틀거리기 시작했다.

그러나 아무도 입을 여는 사람이 없었다. 오히려 교원실은 쥐 죽은 듯이 조용해졌다.

"그런데 그 레오나르도 다빈찌 씨가 지금 어디서 살고 있는지 아세요?

우리 학교 7학년 B반 씨야노바네 움막집에 살고 있답니다. 정말 놀라지 않을 수 없었어요. 하기는 흥미 있는 사실이기도 하죠. 빵 배급표도 받지 못해서 여위어 빠진 얼굴로 뻐끔뻐끔 담배만 피우며 아침부터 밤늦게까지 설계도를 그리는 모양이더군요. 1천 4백 개의 부분에 1만 2천 개의 부속품으로 이루어진 기계를 설계한다니, 그게 이만저만한 일이겠어요? 하지만 괜히 헛수고만 하고 있는 거죠. 그 사람은 그 방면의 전문가가 아니잖아요?"

이렇게 말하고 나쟈는 일부러 소리를 내어 웃었다. 그리고 또다시 걷잡을 수 없는 불안을 느끼며 자기 말에 대한 반응을 기다렸다. 그러나 이번에도 그녀의 말을 가로채는 사람은 없었다.

"내가 보기엔 그처럼 비참한 상태에 빠지지 않고서라도 얼마든지 자기 연구를 완성시킬 수 있을 것 같아요."

그녀는 다시 하던 말을 계속했다.

"학교에 나와서 물리를 가르칠 수도 있지 않겠어요? 그렇게 하면 우선 식생활의 곤란은 받지 않고 아무 걱정 없이 연구를 계속할 수…."

이때 누군지 그녀의 발등을 사정없이 밟았다. 뒤이어 나오려던 말이 목구멍에 걸려 버렸다. 치욕과 원한으로 일그러진 발렌찌나의 얼굴과 붉은 이마가 눈에 들어왔다. 금세 손바닥에서 진땀이 솟아났다. 시선을 돌려 실내를 둘러보았다. 순간 그녀는 자기의 얼굴이 핏기를 잃고 새파랗게 질리는 것을 느꼈다. 문 앞에 장본인인 로빠뜨낀이 눈을 내리깔고 그녀의 말이 끝나기를 조용히 기다리고 서 있지 않은가. 그는 얼마 동안을 그냥 그러고 서 있다가 나쟈의 장황한 얘기가 끝난 것을 확인하자 미소를 띤 얼굴로 안면이 있는 여선생들에게 머리를 숙여 보이며 뚜벅뚜벅 서무계 쪽으로 걸어갔다.

나쟈는 소파에 몸을 내맡긴 채 발렌찌나에게 말 없이 손을 내밀며 한 번 또 한 번 괴로운 숨을 몰아쉬었다. 그녀의 용태는 더욱 심상하지가 않았다. 여태까지 경험한 적이 없는 뜨거운 열이 상반신을 휩싸고 눈에 보이지 않는 화덕 같은 것이 사방에서 소리를 내며 불타오르면서 다가오는 것 같았다.

"동무들, 어서 수업에 들어가시오!"

머리 위에서 이런 소리가 들렸다.

"그리고 발렌찌나, 당신은 양호 선생님을 불러오시오."

누군지 그녀의 발을 들어 소파 위에 올려놓았다. 흰 가운을 입은 사람이 와서 그녀의 복부에 손을 대며,

"여기가 아픕니까?"

하고 물었다.

"네."

나쟈는 거의 숨이 끊어져 가는 소리로 대답했다. 이번에는 그녀의 허리께에 손이 와 닿으며, 다시 같은 목소리가,

"그럼 여기는?"

하고 물었다.

"아야, 이쪽 저쪽 번갈아 가며 아파요."

나쟈는 겁이 나서 울음을 터뜨렸다.

"드로즈도프가 차를 보내 왔습니다."

하는 소리가 들렸다. 잠시 후에 사람들이 나쟈를 환자용 들것에 올려놓고 폭신한 망토를 씌우고는 한길로 들고 나가서 드로즈도프의 가즈에 실었다.

병원에 도착하자 조심스럽게 옷을 갈아입힌 다음 양쪽 벽을 따라 빽빽하게 침대가 놓인 복도에 그녀를 들여 놓았다. 흰 가운에 흰 모자를 쓴 키 큰 남자가 성큼성큼 그녀의 옆을 지나가더니 역시 흰 가운을 입은 여자를 붙잡고,

"아직 방을 비우지 못했소? 빨리 하시오!"

하고 소곤거렸다. 그러자 여자는 커다란 소리로,

"얼마 동안 딴 사람들과 함께 있으라 하죠, 뭐."

라고 했다.

"아니, 당신 어떻게 지시가 내렸는지 아직 모르고 있소?"

사내는 퉁명스럽게 쏘아붙이고는 여자의 팔소매를 끌고 가까운 병실로 들어갔다.

얼마 안 있어, 젊은 간호사의 지휘하에 두 사람의 잡역부가 들것을 들고 길다란 복도를 지나갔다. 나쟈는 사방으로부터 자기에게 쏟아지는 환자들의 시선을 느꼈다. 앞장을 선 잡역부가 발로 문을 밀고 병실로 들어가서, 삐걱삐걱 스프링 소리가 나는 푹신하고 큼직한 침대에 나쟈를 옮겨 눕혔다. 간호사는 커다란 소리로 잡역부들을 지휘하며 시트를 바로잡았다. 아마 이 병원의 간호 주임인 모양이었다. 그녀는 병실을 두루 살피고 나서 마지막으로 나쟈에게,

"여기 초인종이 있으니 무슨 일이 있으면 부르세요."

하고는 밖으로 나가 버렸다. 방 안은 조용해졌다. 나쟈는 옆으로 머리를 돌렸다. 비단 커튼을 드리운 들창이 보였다. 들창 밖으로는 겨울날의 황혼이 푸르게 짙어 가고 있었다. 이때 병실 문이 열리며 의사 두 사람이 들어왔다. 아까 그 키 큰 의사와 여의사였다. 찰칵 스위치 넣는 소리가 나며 방 안에 밝은 빛이 가득 찼다. 의사들은 문 옆에 서서 무엇인가 수군거리더니 근심스러운 얼굴로 나쟈에게 다가왔다. 진찰이 시작되었다.

"여기가 아프시오?"

마치 귀머거리한테 묻듯이 커다란 소리로 남자 의사가 물었다.

"네, 여기도 아프고 또 여기도…."

"그럼 당분간 손을 대지 말기로 합시다."

그는 여의사에게 소곤거렸다.

"황체를 강화시키는 약을 써야겠소. 근육 주사보다는 정제가 좋을 거요. 우리 약국에 있지요?"

이렇게 귓속말을 하며 의사들은 천천히 문 쪽으로 걸어갔다.

"이거 보세요. 자간인가요?"

나쟈는 겁이 나서 물었다.

"가벼운 자간입니다."

남자 의사가 대답했다.

"곧 완치될 수 있어요."

"하지만, 그건 당신이 조용히 누워 있으리라는 걸 전제로 해서 하는 말이에요."

여의사가 덧붙였다.

한 시간쯤 지나고 밖이 아주 캄캄해졌을 때 나쟈는 간단한 편지 한 장을 받았다. '나쟈, 너무 흥분하지 말고 조용히 누워 있어요. 내일 아침에 동료들과 함께 문병하러 갈 테니, 발렌찌나.'

나쟈는 주기적으로 되풀이되는 두통을 의식하며 눈을 동그랗게 뜨고 천장을 쳐다보았다. '도대체 어떻게 된 것일까? 왜 내가 갑자기 그런 마음에도 없는, 딴 사람의 입에서 나오는 것 같은 소릴 늘어 놓았을까? 그렇다면 그건 누구의 말이었을까?' 여기서 나쟈는 생각을 가다듬었다. '내가 교원실에서 지껄인 말은 바로 드로즈도프가 평소에 품고 있는 견해가 아니었던가!' 그렇다. 그녀는 거의 무의식적으로 남편의 그러한 견해가 어떤 반응을 일으키는지를 시험해 보려 했던 것이다. '그런데 내가, 그처럼 놀란 것은 대체 무엇 때문이었을까? 그리고 내가 로빠뜨낀에게 죄스러운 마음을 가지

게 되는 것은 무엇 때문일까?'

그녀는 초인종을 눌렀다. 잠시 후에 병실 문이 열리며 아까 그 간호 주임이 나타났다.

"저어, 미안합니다만…"

나쟈는 머뭇거리며 그녀에게 물었다.

"내일 몇 시부터 면회를 허가하는지요?"

"오전 아홉 시부터예요. 그렇지만 당신한테 오는 손님은 특별히 그 시간 전에도 들어올 수 있겠죠."

이튿날 아침, 나쟈는 병실 안에서 무엇인지 자꾸만 바스락거리는 소리에 잠이 깼다. 어제의 동통은 거의 사라지고 뱃속의 어린애는 이따금 생각난 듯이 가볍게 꿈틀거렸다. 한결 기분이 좋았다. 소리가 나는 쪽으로 머리를 돌린 나쟈는 몸집이 작달만한 늙은 노파가 마른 걸레로 방바닥을 닦고 있는 것을 발견했다. 병원의 잡역부인 모양이었다. 노파는 걸레질을 하면서 무엇 때문인지 침대 밑 선반에 코를 들이밀다시피 하며 무엇을 살펴보기도 하고, 병실 구석에 놓인 탁자의 서랍을 일일이 열고 그 속을 들여다보기도 했다.

나쟈는 노파의 거동을 흥미 있게 지켜보았다. 서랍 속을 죄다 살펴보고 나서, 노파는 주위를 둘러보다가 나쟈의 눈과 마주쳤다.

"염려 마십쇼. 당신의 물건엔 손대지 않을 테니. 누가 머리빗을 찾아 달라고 해서, 지금 그 빗이 어디 틀어박혔는지 찾고 있는 거죠."

"아니 왜 여기서 빗을 찾아요?"

"여기 있던 사람들을 복도로 옮길 때, 너무 급하게 서두르는 바람에 그만 빗을 잃어버렸답니다. 당신 때문에 이 병실을 비우느라고…."

"왜 나 때문에 병실을 비워요?"

나쟈는 의아스럽다는 듯이 물었다.

"그 사람들의 병실이 아니니까 그렇죠. 딴 사람을 이 병실에 배당할 때까지 임시로 들어와 있던 거예요."

"왜 그 사람들한텐 병실이 배당되지 않지요?"

나쟈는 음성을 낮추었다.

"아마 그런 명령이 내렸는가 보죠."

"그럼, 왜 그런 명령이 내렸을까요?"

"처음부터 끝까지 왜, 왜, 하고 물으니 난들 왜 그런지 어떻게 알겠소? 내 참!"

나쟈는 잠깐 망설이다가 초인종을 눌렀다. 시계를 들여다보고는 급히 일어나 침대에 앉았다. 아홉 시 이십 분 전이었다. 얼마 안 있어 발렌찌나가 학교 선생들과 함께 찾아올 것이 아닌가.

"빨리 내 가운을 주세요."

나쟈는 소리쳤다. 그리고는 곧 손을 내저어 그만두라는 시늉을 하며, 짧은 환자용 파자마 바람으로 복도를 달려 나갔다.

"아니 왜 그러시오? 어서 이리 돌아와요!"

얼빠진 듯한 노파의 속삭임이 등 뒤에서 들렸다.

"안 들어가요, 안 들어가! 원장님을 불러 주세요."

나쟈는 이쪽으로 달려오는 간호 주임을 보고 소리쳤다. 간호 주임은 발길을 돌리더니, 양쪽으로 늘어선 침대 사이를 허겁지겁 달려갔다.

창백한 얼굴들이 침대 위에서 하나씩 일어났다. 나쟈는 병실 앞에 그대로 버티고 서 있었다. 극도의 흥분 때문에 불그죽죽한 반점이 이마를 뒤덮고 목덜미에까지 번져갔다. 또다시 뜨거운 불길이 가슴과 머릿속으로 쫙 흘러들어 오는 것을 느끼며 그녀는 맥없이 옆에 놓인 침대에 주저앉았다.

"왜 그러시오, 응?"

핏기 없는 얼굴에 머리가 헝클어진 여인이 침대에서 일어나 앉으며 물었다.

"뭣 때문에 편안한 병실을 박차고 밖으로 뛰어나오는 거요?"

나쟈는 아무런 대답도 하지 않았다. 복도 끝에 흰 가운을 입은 두 사람의 그림자가 나타났다. 의사들이었다. 앞장을 선 원장은 저만큼서부터 벌써 두 손을 벌리며 나무라는 소리를 했다.

"아니 그러시면 우린 어떡하란 말씀입니까? 왜 그러시는 거예요? 드로즈도프 동무는 부인의 병세를 염려하여 일 분이 멀다 하고 전화를 걸어 오는데, 난 뭐라고 대답해야 좋습니까?"

"나는…."

"어서 병실에 들어가 누우십시오. 무슨 말씀인지 들어가서 들읍시다."

나쟈는 간신히 손을 들어 그를 가까이 불렀다. 그는 얼굴을 붉히며 허리를 굽혀 나쟈의 얼굴로 귀를 가져갔다.

"나 절대로 병실엔 안 들어가겠어요."

나쟈는 증세가 몹시 악화되는 것을 느끼며 눈을 감았다. 뜨거운 화덕들이 주위에서 소리를 내며 한꺼번에 불타오르기 시작한 것 같았다.

"딴 환자들을 모두 제자리에 옮겨 놓기 전엔…"

하고 그녀는 속삭였다.

"절대로 못 들어가겠어요."

원장은 무슨 뜻인지 전연 알아듣지 못하겠다는 얼굴로 구부렸던 허리를 폈다.

"저 사람들을 다시 병실로 옮기라는 거예요."

늙은 잡역부가 말했다.

"어제 원장님이 복도로 내보낸 환자들을…."

"아아, 알겠소."

원장은 눈을 모아 나쟈를 바라보며 잠시 생각하는 듯하더니, 이윽고 손을 들어 크게 한 번 휘둘렀다. 복도에서 병실로 환자를 옮기라는 신호였다. 간호 주임과 두 사람의 잡역부가 기다리고 있었다는 듯이 복노 끝으로 달려가서 부인 환자가 누워 있는 침대를 그대로 번쩍 들어 나쟈의 병실로 옮겨 놓았다.

"이제 곧 당신의 요구대로 될 겁니다."

원장은 나쟈에게 말했다.

"그러니까 병실에 있던 환자들을 죄다 옮겨 놓는다고 약속하시는 거죠?"

"뭐 그렇게까지 말씀하실 건 없지 않습니까…. 자, 그러지 말고 어서 들어가십시다."

의사들은 양쪽에서 그녀의 팔을 끼고 조심스럽게 병실 안으로 끌고 들어갔다. 나쟈는 침대에 누웠다. 여의사는 그녀의 손을 잡고 맥을 짚어 보며 원장의 얼굴을 빤히 쳐다보았다. 원장은 여의사의 시선을 받으며 심각한 표정을 짓더니, 나쟈에게 다가와서 손을 잡았다.

"아프시오?"

"네… 아파 죽겠어요."

나쟈는 눈을 감은 채 가냘픈 목소리로 대답했다.

"음, 아무래도 그런 것 같군."

원장은 여의사를 돌아보며 중얼거리더니, 복도로 나가서 소리쳤다.

"빨리 빨리 들여와요!"

잡역부들이 또 하나의 침대를 들고 들어왔다. 눈을 감고 누워 있는 나쟈의 귀에 간호주인의 목소리가 들려왔다.

"리드까, 저쪽 침대를 옆으로 좀 밀어. 간부급의 마누라들은 자기 남편보다 더 변덕이 심하다니까. 이젠 이 침대를 저쪽으로 옮겨 놓고…. 도대체 어떻게 하면 그 사람들의 비위를 맞출는지 알 수가 있어야지."

나쟈는 눈을 번쩍 떴다. 간호 주임은 그녀의 시선과 마주치자 금방 얼굴에 미소를 띠우고 허리를 굽히면서 물었다.

"기분이 좀 어떠세요?"

나쟈는 입술을 지그시 깨물며 외면하고 말았다.

때마침 병실 문 밖에 흰 가운을 걸친(면회자도 가운을 입게 되어 있음— 역주) 사오명의 학교 선생들이 나타났다. 앞장을 선 것은 발렌찌나였다. 그녀는 나쟈에게 다가와서 손을 잡으며 침대 가장자리에 앉더니, 눈물이 글썽해서 아무 말도 하지 못하고 그저 나쟈의 손만 주물렀다.

"나쟈."

한참만에야 그녀는 겨우 입을 열었다.

"우린 모두가 다 나쟈를 좋아해! 지금 나쟈는 가엾게도 시련에 직면하고 있는 거야. 하지만 걱정할 건 조금도 없어. 얌전하게 누워 있어요. 쓸데없이 복도에 달려나가거나 하지 말고…. 로빠뜨낀이 나쟈한테 문안드린다고… 자, 여기 편지 가져왔어. 우린 나쟈의 심정을 잘 이해하고 있으니까 조금도 딴 생각은 하지 말아요."

이때 원장이 다시 나타나서, 환자의 병세가 좋지 않으니 이만 돌아가 달라고 했다. 선생들은 웃는 얼굴로 나쟈에게 고개를 끄덕여 보이고는 밖으로 나갔다. 그들이 돌아가 버린 후에도 나쟈는 몇 분 동안 그대로 누워 있다가 이윽고 편지를 뜯었다. 노트 한 장에 커다란 글씨로 가득 써 넣은 짤막한 편지였다.

'나는 당신의 건강 상태가 좋지 못하다는 것을 잘 알고 있습니다. 그래서 우선, 내게는 당신을 원망하거나 하는 마음이 털끝만큼도 없다는 것부터 말씀드립니다. 당신은 매우 정직하고도 솔직한 분이며 남의 말을 잘 믿는 분입니다. 따라서 당신이 그처럼 쉽사리 권위 있는 분들의 주장에 동조하게 된 것은 당연한 일이겠지요. 나는 드로즈도프의 비범한 통솔력을 높이 평가하고 있는 사람입니다. 비록 그분과 나는 전혀 상이한 인생관을 가지고 있지만 그것은 인간 사회에서 흔히 있을 수 있는 일이지요. 그러나 당신 역시 그분의 인생관에 철두철미 찬성하고 있는 것은 아니라고 봅니다. 바로 그 점이 이와 같은 결과를 초래하게 된 원인이겠지요. 내 생각으로는 당신의 이성이 타협을 거부하고 그 무엇을 발견하려고 몸부림치기 시작한 것 같습니다. 그것은 반가운 일입니다. 끝으로 본의는 아니었다 해도 내가 당신에게 여러 가지 고통을 가져다 준 데 대해 깊이 사과하는 바입니다. 로빠뜨낀.'

나쟈는 몇 번이나 되풀이해서 읽었다. 그러다가 문 밖에서 남편의 독특한 발자국 소리가 나자, 얼른 베개 밑에 편지를 감추었다.

드로즈도프는 마룻바닥에까지 닿는 길다란 가운을 걸치고 있었다. 아마 원장의 가운을 빌려 입은 모양이었다. 병실문이 열리는 것과 거의 때를 같이하여 밖에서 여의사의 목소리가 들렸다.

"드로즈도프 동무, 부인의 병세가 좋지 않아서…."

드로즈도프는 재빨리 병실 안을 둘러보았으나, 나쟈를 발견하지는 못한 것 같았다. 그는 싱긋 웃더니 의사의 말에 순순히 복종하여 되돌아나갔다.

이틀째 되는 날 아침, 그는 다시 병원에 찾아왔다. 이번에는 조그만 여자용 가운을 걸치고 있었다. 그는 나쟈의 옆에 와 앉아서 손을 잡더니 일부러 미간을 찌푸려 보이며 입을 열었다.

"역시 당신은 훌륭해!"

나자는 남편의 마음속을 들여다보려는 듯이 그 누런 대머리며, 새까만 눈이며, 희고 단단하게 생긴 이마를 바라보았다.

"음, 그렇지…."

드로즈도프는 웃음을 지어 보이며 말을 이었다.

"말하자면 당신은 의거를 일으켰다고 할 수 있겠군."

그는 명랑한 표정으로 좌우를 돌아보고는 소리를 내어 웃으며 고개를 끄덕였다.

"의거를 일으켜서 이 병원의 질서를 확립시켰으니, 이젠 하루 속히 완쾌하도록 자기 몸을 돌봐야 할 차례야."

"의거니 뭐니 하고 비꼬지 마세요."

나자는 가느다란 목소리로 나직이 말했다.

"전쟁 전에도 한번 레닌그라드에서 병원에 입원했던 일이 있는데 거기는 이 병원처럼 이렇지는…."

"여기 무즈가 병원처럼 대우가 좋지는 못했단 말이지?"

그는 마치 아내가 무슨 말을 하려는 것인지 알아채지 못한 것처럼 시치미를 떼고 상냥하게 말을 받았다.

드로즈도프는 딱딱한 화제를 가지고 그녀의 마음을 괴롭히고 싶지 않았던 것이다. 그는 무슨 재미있는 소식이라도 전하여 아내를 위로하기로 했다.

"거 왜 사곳덩어리로 이름난 막슈쩬꼬 있잖아? 그자가 이번에 주조물 연구소 지부로 가게 됐어. 골치 아픈 문제야. 무엇 때문이냐구? 그런 친구를 배수관 주조 전문가로 취급하고 있으니 말이야. 그 친구가 바로 아브지예프 교수의 주조기 세부설계를 했는데, 이번엔 또 다른 기계의 설계를 그자한테 맡기려는 모양이더군. 갈 놈은 어서 가라지. 하지만 내가 뒤를 돌봐주지 않으면 얼마 안 가서 미끄러지고 말 걸!"

"아브지예프 교수의 기계라뇨?"

나쟈는 무심코 묻는 듯한 어조로 물었다.

"당신한테 파견되어 온 그 박사라는 사람이 시원치 않게 말했다는 기계 말인가요? 그럼 딴 기계란 혹시 로빠뜨낀이 제출한 기계가 아녜요?"

"관심을 가지고 있는가 보군? 아마 그럴는지도 모르지…. 슈찌꼬프 차관을 비롯해서 상부에서는 그 문제에 열중해 왔으니까. 매일 배수관 얘기만 하고 있지. 사실 우리 공장에 파견되어 온 그 갈리쯔끼란 친구도 아브지예프의 주조기가 단순한 시작의 수준을 벗어나지 못할 거라고 나한테 예언한 바가 있으니까. 아마 상부에서도 역시 그런 점을 눈치채고 갑자기 생각을 달리했는지도 모를 일이야."

"그래요?"

나쟈의 목소리에 유다른 감정이 섞여 있는 것을 드로즈도프는 미처 알아채지 못했다.

"피곤하지?"

그는 온정어린 눈으로 아내를 바라보며 물었다.

"아뇨."

나쟈는 상긋 웃어 보이며 이렇게 대답했지만, 머릿속에서는 전연 다른 생각이 감돌고 있었다.

"이젠 쓸데없는 생각은 아예 하지 말아요. 당신의 의거는 어디까지나 일시적인 성공밖엔 거두지 못한다는 걸 알아야 해. 내일 가니체프의 마누라가 이 방에 입원하게 될 텐데, 그렇게 되면 당신이 보호해 준 환자들은 다시 복도로 내쫓기고 말 거야. 이 병원은 당신이 설립한 것도 아니고, 또 내가 설립한 것도 아니니까. 노동의 양과 질에 따라 응분의 대우를 받는다는 현 단계의 법칙을 무시할 수는 없지. 옳지 못한 평등화는 오히려 해롭단 말이야. 나 같은 인간은 절대로 병원에 입원하는 일이 없어. 맡은 바 책임이 그것을 허락하지 않으니까, 앓는 일이 있어도 버티고 선 채 앓아야 하거든. 만일 입원해야만 될 형편이면 그때는 이미 재기불능이야."

이렇게 말하고 드로즈도프는 자못 엄숙한 표정으로 눈을 감았다가 조금 후에 능청스럽게 한쪽 눈만 뜨며 다시 입을 열었다.

"그 대신에 내 아내인 당신이 병원에서 특별 대우를 받는다는 건 너무나 당연한 일이지. 어쨌든 가니체프의 마누라가 여기 입원하면 저 사람들은 쫓겨나지 않을 수 없을 거야!"

아내의 얼굴에서 하등의 새로운 반항도 발견하지 못하자 드로즈도프는 돌아가겠다는 말을 하고 다시 한 번 병실 안을 휘 둘러보고는, 코웃음을 치며 밖으로 걸어나갔다. 나쟈의 손은 남편이 채 자리를 뜨기 전에 이미 베개 밑에 들어가 있었다. 무표정한 눈길로 남편을 보내고 나서 그녀는 곧 로빠뜨낀의 편지를 꺼냈다. '…본의는 아니었다 해도 내가 당신에게 여러 가지 고통을 가져다 준 데 대해…' 편지를 읽고 나자 그녀의 눈앞에는 자신의 불운에 대해 털끝만큼도 낙심한 기색을 보이지 않던 그 사내의 툭 불거져 나온 쇄골과 뼈가 앙상한 커다란 주먹이, 병든 사람처럼 윤기가 없는 머리털과 움푹 파인 두 볼이, 그리고 사내다운 관대한 온정이 넘치는 두 눈이 선명하게 떠올랐다.

이주일 후에 나쟈는 퇴원했다. 드로즈도프는 전화로 아내가 퇴원한 것을 알았다. 언제나처럼 밤늦게 공장에서 돌아온 그는 침실에 아내가 없는 것을 발견하고 몹시 놀랐다.

"주인 아주머니는 자기 방에서 주무시고 계세요."

슈라가 그에게 알렸다.

"제가 자리를 깔아 드렸는데 닭털이불을 갖다 드리려고 했더니 의사의 지시라고 그만두라 하셨어요."

6

사월에 나쟈는 사내애를 낳았다. 해산은 그녀의 성격을 아주 딴판으로 만든 것 같았다. 그녀는 마치 가까운 사람들을 모두 잊어버리기나 한 것처럼 발렌찌나나 남편에게조차 낯선 사람처럼 무심한 눈길로 대하는 것이었다. 그 대신 홑이불이며 기저귀 따위가 가득 널려 있어서 온통 희게 보이는 자기 방에서는 아주 딴사람이 되었다. 아무렇게나 가운을 걸치고 머리에 손질도 하지 않는 그녀의 얼굴은 어머니로서의 남모르는 행복감으로 환하게 빛나고 있었다.

방 안을 이리저리 거닐다가는 의자에 앉고, 앉아 있다가는 다시 잠든 아기의 곁을 오락가락했다. 기저귀를 갈아 줄 때마다 키스를 하고 붉게 주름이 진 데다가는 바셀린을 발라 주었다. 불과 두 시간 전에 만들어 놓은 붕산수가 있는데도 다시 깨끗한 것을 만들어야겠다고 끓는 물을 가져오라 했다.

책에서 산모의 머리털이 어린애에게 병을 감염시키는 매개체가 되는 수도 있다는 구절을 읽고는 당장에 가위를 찾았다. 콧노래를 부르며 거울 앞으로 가서 조금도 주저하는 빛 없이 아무렇게나 제 손으로 길다란 머리를 잘라 버리고는 남은 머리를 흰 머릿수건으로 동여맸다.

드로즈도프는 종합공장 부속 철공소에서 아들의 유모차를 만들어다가 나쟈의 방에 들여놓았다. 니켈로 반짝반짝하게 도금을 하고 또 어떤 부분은 하늘빛 에나멜을 칠했는데, 아기를 눕힐 조그만 좌석은 맵시 있게 유선형으로 되어 있었다. 오월 이십일에 드로즈도프의 안주인은 고급 나사로 만든 회색 코트를 입고 바람을 쐬러 유모차를 한길로 밀고 나왔다. 이 고장 사람들은 나쟈를 드로즈도프의 안주인이라 부르고 있었다. 아직 축축한 기운은 있지만 그래도 굳을 대로 굳어진 길 위를 유모차는 경쾌하게 굴러갔다. 나쟈는 아기의 잠든 얼굴이 들여다보이는 셀룰로이드 덮개에서 눈을 떼지 않고, 이따금 유모차를 가볍게 떠밀었다.

네거리까지 차를 밀고 나온 나쟈는 널따란 보스또치나야 거리로 접어들었다. 끝없이 뻗어 나간 쓸쓸한 거리를 조용조용히 차를 밀고 걸어가며 그녀는 싸늘한 봄 공기를 마음껏 들이마셨다. 채소밭의 흙냄새 같기도 하고 썩은 판자 냄새 같기도 한 것이 풍겨왔다. 따스한 햇볕을 등에 느끼며 나쟈는 잠시 눈을 뜬 채 잠든 것 같은 상태에 빠져들어 갔다. 다시 제정신으로 돌아왔을 때, 그녀는 저쪽 길 건너편에서 얼굴에 웃음을 띤 발렌찌나가 이쪽을 향해 걸어오고 있는 것을 발견했다. 그녀는 겨드랑이에 제도용지 같은 두루마리를 껴안고 있었는데, 그것이 나쟈의 주의를 끌었다. 무엇인가 짐작이 가는 것이 있었다.

“어디 애기 좀 보여 줘!”

발렌찌나는 들고 있던 두루마리를 나쟈에게 떠맡기고 허리를 굽혀 유모차를 들여다보았다.

“아유, 어쩌면!”

그녀는 소곤거렸다.

“요 잠자는 꼴 좀 봐. 아주 예쁜 인형 같네. 볼때기는 또 어쩌면 요렇게 예쁠까?”

“어디로 가는 길이야?”

나쟈는 그녀의 말투를 흉내 내며 물었다.

“저기 좀 가 볼 데가 있어서….”

발렌찌나의 튀어나온 이마가 약간 붉어지는 것 같았다.

"자선을 하러 가는 거야?"

나쟈는 제도용지를 그녀에게 돌려주며 나직이 물었다.

"말하자면 그렇지…."

발렌찌나는 더욱 눈에 띄게 얼굴을 붉히며 이렇게 덧붙였다.

"그이한테 제도용지를 좀 갖다 주려구."

"일은 잘 돼 간대?"

"새로운 형태의 기계를 설계하고 있다나봐."

"그이한테 아주 빠져 버렸나 보지, 응?"

나쟈는 그녀의 귀에다 이렇게 소곤거리고는 뜨겁게 달아오르는 그 귀에 살짝 입술을 댔다.

발렌찌나는 대답이 없었다. 그들은 한참 동안 아무 말 않고 걸었다.

"그인 그때 발렌찌나가 나한테 한 말 모르고 있어? 학교에서 눈물을 흘리며 한 말 말이야."

나쟈가 물었다.

"알 리가 있어?"

발렌찌나는 입속말로 대답했다.

"그럼 내가 그이한테 발렌찌나의 심정을 말해 줄까? 그렇지 않으면 교묘하게 무슨 일을 꾸며 그이가 눈치채게 하든지, 응?"

"아냐, 그런 짓 하면 안 돼. 만일 그이가 알게 되면 다시는 그이를 찾아가지 못할 거야."

"그래?"

그들은 제각기 생각에 잠겼다.

"그이가 새로 그린다는 건 뭔데? 어떤 기계지?"

"완전무결한 것이래."

발렌찌나는 자랑스러운 어조로 대답했다.

"그 전에 제출한 기계의 세부설계를 하라는 명령서가 왔지만, 로빠뜨낀은 다시 새로운 주조기의 설계안을 거의 완성했어. 이번엔 틀림없을 거야."

"틀림없다구? 정말 확실해?"

"내 눈으로 직접 장관의 명령서를 봤는걸."

"그럼 그이가 진짜 발명가란 말이지?"

"그것을 의심해 본 적은 한 번도 없어."

발렌찌나는 눈을 가늘게 뜨고 마치 눈에 보이지 않는 적을 노려보듯이 곧바로 앞을 응시하며 말했다.

"나는 옛날에 새의 날개와 같은 것을 몸에 붙이고 높은 종루에서 최초로 뛰어내린 그 사람도 역시 '진짜'였다고 생각해. 속물들은 물론 그 사람을 조소했겠지. 속물들은 다만 한 가지 조건하에서만, 즉 그 비행가와 같은 발명가들이 실패를 하지 않을 경우에만 그들의 존재를 인정하고 친절히 대해 주지. 그러나 성공하지 못한 발명가에겐 언제나 조소를 퍼붓는 법이야."

"나한테 무슨 말을 하려는 거지?"

나쟈는 걸음을 늦추며 물었다. 입술이 일그러지며 두 눈에는 눈물이 핑 돌았다.

"발렌찌나…."

"로빠뜨낀은 건재하고 있어. 그이의 날개는 진짜였다는 게 판명되었어. 하지만, 이따금 그이가 코피를 쏟는 걸 보았다면… 그이가 안절부절못하고 애를 태우고 있는 걸 보았다면… 한때는 대학 육상 선수였던 그이가 지금은 걸핏하면 코피를 쏟곤 해. 나쟈, 내 말 기분 나쁘게 생각하진 말아 줘. 내가 이 년 동안이나 있는 힘을 다해서 사람들의 조소로부터, 그리고 불신으로부터 그이를 감싸왔다는 건 나자도 잘 알잖아."

"발렌찌나! 그럼 그이는 아직도 나를 용서하지 않고 있겠지?"

"왜 그런 말을 하는 거야. 그러지 말아요. 무슨 큰 걱정거리나 되는 것처럼 그렇게 말할 건 없잖아. 물론 그이는 용서했어. 용서하구말구. 그러나 그때 나쟈 입에서 그런 말을 들었을 땐 괴로왔을 거야. 그이가 혼자 있을 때 얼마나 풀이 죽어 깊은 생각에 빠지곤 하는지 그걸 나쟈가 보았다면… 그리고 그이가 장관의 명령서를 받고 그걸 얼마나 읽었는지를 나쟈가 안다면 나쟈도 아마 많은 것을 깨달았을 거야. 내가 왜 이런 말을 하느냐구? 물론 나는 장관의 명령을 받았다는 사실을 나쟈한테 말하지 않을 수도 있어. 아니, 장관이 그런 명령을 내리지 않았을 수도 있어. 그리고 그이의 날개가 약하다는 것이 판명되었을 수도 있지. 예를 들면 그이가 무슨 오산을 했다든가 해서. 그럼 왜 이런 말을 하느냐? 나쟈는 그이가 '진짜'가 아니라고 믿었을 거야. 그리고 우월한 위치에서 그이를 내려다보고 있었을 거야. 나쟈의 입에서 거의 무의식적으로 '정말 그이가 진짜 발명가냐'라는 말이 나온 걸 봐도 알 수 있어. 대체 누가 나쟈에게 사람을 불신하는 버릇을 가르쳤을까? 그리고 그와 같은 우월감은 어디서 온 것일까? 나는 이 점을 생각하고 있는 거야. 나쟈, 우선 상대방을 믿고 신용하는 게 옳은 태도가 아닐까? 그 다음, 차차 믿을 수 없을 만한 증거가 충분히 드러나게 되면 그때 가서 믿지 않더라도 말이야."

저녁 늦게 공장에서 돌아온 드로즈도프는 곧장 아내의 방으로 들어갔다. 나쟈는 어슴푸레한 불빛을 받고 소파에 앉아서 멀거니 천장만 쳐다보고 있었다.

그녀는 남편에게 눈을 주지도 않은 채 한 손으로 자기 옆을 가리켰다. 드로즈도프는 순순히 소파에 가서 앉았다.

"뭐 새로운 소식이라도 있나요?"

나쟈가 물었다.

"가니체프가 내일부터 종합공장의 왕좌에 오르게 됐어. 사무인계가 끝났지."

"모스크바에서 전보가 왔나요?"

"왔어. 일주일 후엔 떠나야 해. 주택도 이미 마련해 놓았다는군. 그러나 당신은 당분간 여기 남겨 둘 예정이야. 내가 거기 가서 정리가 끝나는 대로 부르지."

이렇게 말하고 그는 다리를 쭉 뻗으며 편안한 자세를 취했다.

"그리고 또 한 가지 소식이 있어."

드로즈도프는 활기를 띤 어조로 말했다.

"로빠뜨낀 말이야. 그자의 앞길이 좀 트일 것 같아! 오늘 주조물 연구소 시베리아 지부에서 막슈쩬꼬를 보내 달라고 전화가 왔는데, 로빠뜨낀한테도 무슨 기별이 간 모양이야."

"그건 나도 알고 있어요. 그 사람은 지금 새로운 기계의 설계를 거의 완성했다더군요."

"뭐라고? 새로운 기계라고?"

드로즈도프는 소파에서 일어나더니 방 안을 이리저리 걷기 시작했다. 어떤 새로운 상념이 머리에 떠오를 때는 언제나 방 안을 두루 돌아다니는 것이 그의 버릇이었다.

"새로운 기계라고?"

드로즈도프는 걸음을 멈추며 또 한 번 되풀이했다. 그리고는 아기의 침대를 흘끔 들여다보고 다시 소파에 와서 앉았다.

"그건 어디서 들은 말이지?"

"정보를 제공해 주는 사람이 있지요."

나쟈는 방긋 웃어 보였다.

"당신은 비판을 옳게 받을 줄 아나요?"

"그야 비판 나름이지!"

드로즈도프는 빙그레 웃었다.

"나는 당원은 아니지만, 그래도 당신을 좀 비판해야겠어요."

"좋아, 어서 비판해 보시오."

"이런 비판은 아마 당신네 공장에선 들을 수 없을 거예요. 나는 어째서 당신이 언제나 그 발명가를 업신여기고 있는지 알고 싶어요. 그 사람이 없는 자리에서 이러니저러니 얘기할 필요가 어디 있느냐 말예요. 더구나 그 사람은 전에 나와 같은 직장에 있던 사람 아녜요? 그런데 내 앞에서 그 사람을 업신여기는 태도를 취해야 옳은가요? 도대체 당신은 자기 이외의 딴 사람을 존경해 본 적이 한 번이나 있나요?"

이 불의의 공박이 아내의 입에서 쏟아져 나오는 동안 드로즈도프는 눈을 감은 채,

"나쟈… 나쟈…"

를 연발하며, 몇 번이나 아내의 말을 제지하려 했다.

"나쟈, 내 말 좀 들어 봐."

마침내 그는 말할 기회를 얻었다.

"당신이 하는 말은 알아듣겠어. 그렇지만 먼저 내가 로빠뜨낀을 결코 업신여기는 게 아니라는 걸 말해 두고 싶어. 나는 내 견해를 더욱이 그것도 당신한테만, 즉 자기 아내한테만 말한 것뿐이니까. 그렇다고 해서 당신도 내 견해에 따르라고 강요하진 않았어. 내가 아는 공장 지배인 한 사람은 어떤 미치광이 같은 발명가에게 몇 해 동안이나 의식을 제공하며 도와준 일

이 있어. 그들은 둘이 협력해서 새로운 형태의 발동기를 설계했지. 우리 장관도 그들의 모범을 따르란 말을 기회 있을 때마다 하고 있어. 그렇다면 어째서 나는 로빠뜨낀을 적극적으로 도와주지 않았나? 무엇이 나로 하여금 그에게 냉담한 태도를 취하지 않을 수 없게 했나? 그걸 얘기하지."

"당신의 상관들이란 말이죠?"

나쟈는 조소가 섞인 어조로 물었다.

"아니, 상관이 아니야. 오늘날 우리들은 여러 가지 새로운 상황에 직면하고 있는데, 그 새로운 상황들이…."

"그게 내 물음에 대한 대답이 될 수 있다고 생각하세요?"

나쟈는 나직이 물었다.

드로즈도프는 몹시 딱하다는 듯이 손을 벌려 보였을 뿐 대답이 없었다.

"당신은 그 사람을 '화성인'이라 부른 일조차 있잖아요?"

"나쟈, 그만 해. 난 당신과 다투고 싶진 않아. 그야 물론 어쩌다 그런 말이 내 입에서 나왔을는지도 모르지. 그렇지만 그건 로빠뜨낀의 못된 성질에 대한 반발이었을 뿐이야. 그러한 인간들은… 다시 말해서 창조적 사업에 종사한다는 인간들은 되지 못하게 자만심만 굉장히 발달해서 절대로 호감을 가질 수가 없어."

"아니 그 사람이 당신한테 뭘 어떻게 했다는 거예요?"

"나를 대하는 그자의 태도는 거만하기 짝이 없어. 언제나 상판을 이렇게 쳐들고 말이야."

드로즈도프는 얼굴을 번쩍 쳐들고 괘씸하다는 듯이 말을 이었다.

"그 로빠뜨낀이란 자는 한 번도 나한테 고분고분한 태도를 취한 적이 없거든."

"그럼 당신 앞에선 어떡해야 한다는 건가요? 이렇게 하란 말인가요?"

나쟈는 남편 앞에 굽실하고 허리를 굽혔다. 드로즈도프는 입맛이 쓰다는 듯이 얼굴을 찡그렸다.

"나는 도대체 뛰어난 천성이니 뭐니 하는 건 있을 수 없다고 생각해. '천재'라는 개념은 '속물'이라는 개념과 종이 한 장의 차이밖엔 없는 것이니까."

그는 무슨 그럴듯한 생각이 떠올랐는지 자리에서 벌떡 일어나더니 만족한 표정을 지으며 양탄자 위를 거닐기 시작했다.

"나는 속물의 후예야. 가난뱅이의 자손이란 말이야. 나는 그따위 돼먹지 못한 것들에 대해 선천적인 증오를 느끼고 있어."

그는 나쟈 앞에서 걸음을 멈췄다. 그녀는 잠자코 있었다. 언제나 그렇듯이 남편의 말을 전적으로 받아들일 수는 없었지만, 당장 어떻게 대꾸해야 좋을지 적당한 말이 떠오르지 않았기 때문이다.

"지금 당신은…."

드디어 나쟈는 입을 열었다.

"당신이 속물의 후예라고 했는데, 속물과 가난뱅이가 반드시 동일한 것은 아니에요. 오히려 가난뱅이는 많은 것을 생각하지요. 자기의 운명에 대해, 아니, 뭇사람의 운명에 대해 심사숙고 하는 법이에요. 그리고 특히 지적해야 할 것은, 그러한 심사숙고의 과정에서 그 가난뱅이들이 천재적인 발명에 도달한다는 사실이에요. 하지만 속물이란 그와는 다르지 않겠어요?"

여기 대해서 드로즈도프는 아무 말도 하지 못했다.

"속물이란 증오해야 마땅한 존재예요."

나쟈는 가라앉은 목소리로 말을 이었다.

"그리고 무서운 존재지요. 가장 좋지 못한 존재지요. 보다 더 많은 것을 획득하려고 항상 못된 짓만 하고 있지요. 그래서 목적을 달성하면 기름이 번드르르하게 살이 쪄 가지고, 하기는 그 얼굴은 사람의 것이 아니라 동물의 상판이니까 매한가지겠지만….”

드로즈도프는 날카로운 눈초리로 그녀를 쏘아보고 있다가 소파에 앉더니 누런 손으로 머리를 감싸 안았다.

“당신은 뛰어난 천성을 가진 인간이라 했지만, 나는 그것을 소박하고 정직한 인간이라고 표현하고 싶어요. 그 사람한테서 모든 것을 다 빼앗고 거지가 되게 한데도, 그 사람은 여전히 뭇사람의 앞길을 비추어 줄 거예요. 그 사람의 어디서 자만심을 발견할 수 있단 말인가요? 로빠뜨낀은 아무것도 가진 것이 없는 사람이에요. 당신네 공장의 철공인 씨야노프의 딸애를 어떡하면 도와줄 수 있을까, 그런 데다 머리를 쓰고 있는 소박한 사람이에요. 아아!”

나쟈는 갑자기 소리를 지르고는 두 손으로 머리를 움켜쥐고 몸을 좌우로 흔들기 시작했다.

“아아, 내가 어쩌자고 그 사람을 그처럼 냉대했을까!”

“그건 무슨 말이야, 나쟈?”

드로즈도프의 얼굴에는 불안과 초조의 빛이 더욱 뚜렷이 나타났다.

“난 벌써 일 년 동안이나 그 사람과 인사를 하지 않고 지내 왔어요. 언젠가 좁은 길에서 마주쳤을 땐, 그냥 외면을 하고 지나간 일조차 있지요. 그 사람은 내 심정을 이해하고 오히려 나를 가엾게 여겼을 거예요.”

“그건 두 사람이 다 교양이 부족하다는 증거야. 그렇지만 서로 모른 체하고 지냈다는 것이 나와 무슨 관계가 있다는 거야?”

“그래, 조금도 관계가 없단 말예요?”

나쟈는 나직이 물었다. 드로즈도프는 어이가 없다는 듯이 또 한 번 두 손을 벌려 보이더니, 다시 방 안을 거닐기 시작했다.

“하다못해 자기가 잘했노라는 변명만이라도 당신이 하지 않았으면 좋겠어요."

나쟈는 흘끔 남편의 눈치를 살피고 다시 말을 이었다.

"이제 와서 나는 무슨 낯으로 그 사람을 대할는지 모르겠어요. 제도용지 한 장 주는 데도 당신은 그처럼 인색했으니 말예요. 인색한 게 아니라 무관심해서 그랬다면 그건 더욱 나쁘죠."

"이거 봐, 나쟈, 그자와 같은 개인주의자는 그런 운명을 지니고 있는 법이야. 만일 그자가 어떤 집단에 속해 있었다면 제도용지 같은 건 얼마든지 얻어서 쓸 수 있지 않았느냐 말이야. 도대체 그따위 가내수공업자와 같은 외톨이한테 관심을 표시할 사람이 어디 있겠어?"

"결국 당신은 어디까지나 옳단 말이군요?"

나쟈는 남편의 말을 가로챘다.

"아무도 관심을 표시할 사람이 없을 거라구요? 정말 아무도 없단 말인가요? 그럼 그 사람은 대체 어디다 설계도를 그리고 있을까요?"

이 말에 드로즈도프는 한 번 어깨를 흠칫해 보였을 뿐 아무런 대꾸도 못했다.

"만일 여기가 커다란 강당이라면,"

나쟈는 계속했다.

"그리고 삼백 명가량 청중이 모여 있다면, 당신의 웅변은 능히 청중들을 설복할 수 있을 거예요. 하지만, 당신은 지금 내 눈을 똑바로 바라보지 못하고 있어요. 여기가 강당이 아니기 때문이죠. 만일 당신이 내 눈을 똑바로 바라본대도, 나는 그 눈에서 당신이 아무런 반박도 할 수 없다는 걸 발견할 거예요. 지금 당신은 무슨 생각을 했지요? 어디 한번 말해 보세요."

"언제 말이야?"

"지금 방금. 왜 벌떡 일어나서 걷기 시작했죠? 그리고 지금은 왜 그렇게 걷고 있죠?"

"나쟈, 이건 너무하잖아! 검사의 심문을 받는 거나 다름 없군. 대답하지. 뭘 좀 생각해 봤어. 아브지예프 교수의 기계에 대해서…."

"그 기계가 어떻게 됐는데요?"

"응, 다름 아니라… 기술적으로 적합하지 못한 점이 있어서…."

"그리고 또 무슨 생각을 했어요? 자리에서 일어나 걷기 시작했을 때."

"그 생각을 했다니까! 그 밖엔 아무 생각도 안 했어."

"아무 생각도 안 했단 말이죠? 좋아요. 가서 주무세요."

드로즈도프는 아내의 볼에 형식적인 키스를 하고 나서 씨근거리며 침실로 돌아갔다.

이튿날부터 드로즈도프네 집에서는 이사 준비가 시작되었다. 큼직한 궤짝들과 곱게 장식을 한 흰 판자들을 공장에서 실어 왔다. 드로즈도프의 어머니와 슈라는 곧 그릇들을 꾸리기 시작했다. 사흘 후 이삿짐 포장이 끝나자 기관차가 빈 화차 한 칸을 공장 창고 지대로 끌고 들어왔다. 노동자들이 드로즈도프네 할머니의 감시를 받으며, 이 화차에다 궤짝들과 가구의 일부를 실은 다음, 문을 닫고 납으로 단단히 봉해 버렸다.

며칠 후에 드로즈도프는 모스크바로 출발했다. 슈라는 시골에 다녀오라고 보냈다. 그리하여, 나쟈는 거의 비다시피 한 집에 아들과 시어머니와 함께 남아 있게 되었다. 그녀는 학교를 그만둔 지가 벌써 오래지만, 그래도 매일같이 교원실에 들르곤 했다. 시간을 보내기가 심심하기도 했거니와 떠나기 전에 동료들과 자주 만나보고 싶었기 때문이다.

그러나 보름 후에는 학교에 들러도 누구 한 사람 만날 수 없게 되었다. 시험이 끝나서 학교가 비어 버린 것이다. 나쟈의 친구 발렌찌나도 딸을 데리고 고향인 우크라이나로 떠났다. 이따금 가니체프의 아내가 나쟈를 찾아왔는데, 그녀의 짙게 화장한 기름진 얼굴에서 나쟈는 왜 아직도 떠나지 않고 있느냐는 재촉을 읽을 수 있었다. 가니체프 부인은 빈 방을 드나들며 드로즈도프네 할머니에게,

"여기엔 옷장을 놓고, 여기엔 체경을 걸고…,"

하며 지껄였다.

유월 말에야 나쟈는 처음으로 드로즈도프의 편지를 받았다. 편지에는 뻬스차나야 거리에 방이 세 개 달린 주택을 얻었다는 말이 쓰여 있었다. 뒤이어 출발하라는 전보가 왔다.

가니체프는 곧 나쟈에게 볼로쟈라는 자기 공장의 젊은 기사를 보냈다. 볼로쟈에게는 이 기회에 모스크바의 야금공업성 기술국으로 출장 명령이 내린 것이었다. 그는 기차표를 사 가지고 와서 나머지 물건들을 급히 꾸리기 시작했다. 기차시간까지 네 시간밖에 안 남았다는 것이었다. 나쟈는 어린애를 할머니에게 맡기고 바람을 쐬고 오겠다고 밖으로 나왔다. 무엇인지, 비애도 불안도 아닌 이상한 감정이 그녀의 가슴을 죄는 것이었다. 한길로 나와서 주위를 둘러보았다. 그러나 이 감정은 더욱 세차게 그녀의 가슴을 짓누르며 그녀를 학교 쪽으로 이끌었다. 그녀는 다시 한번 학교 문을 열고 들어가서, 사람 그림자 하나 없이 휑하니 빈 이 층으로 올라갔다. 그러나 그녀의 가슴은 가벼워지지 않았다. 오히려 조용한 아픔만이 더했을 뿐이었다.

학교에서 그녀는 보스또치나야 거리로 걸음을 옮겼다. 바람이 언덕 위로부터 구름과 같은 먼지를 그녀에게 몰고 왔다. 나쟈는 머릿수건으로 얼굴을 가리고 휘몰아치는 먼지 섞인 바람을 받으며 부지런히 걸어 올라갔다. 고갯마루에 올라오니 바람은 시베리아 벌판의 바람답게 살을 에듯이 따가웠다. 거기 바로 167호 주택이 있었다. 석회조차 바르지 않은 이 집은 낮에

보니 더욱 초라하게 보였다. 나쟈는 철조망을 넘어 움막집을 돌아갔다. 언젠가 그녀가 왔을 때 거기 높이 쌓였던 눈더미는 이미 녹아 버리고 없었다. 문을 열었다. 젖소는 보이지 않았다. 아마 들판으로 내보낸 모양이었다. 둘째 번 문을 열자 식탁에 모여 있는 다섯 명의 어린애들이 눈에 들어왔다. 애들 틈에 회색 낙타 외투를 입은 낯선 중년의 사내가 끼어 앉아서 어린애들에게 무슨 그림을 그려 주고 있었다. 구령이라도 떨어진 듯이 일제히 나쟈 쪽으로 얼굴을 돌린 어린애들의 눈에는 그림에 감탄하고 있던 흔적이 역력했다. 애들은 책상 위에 종이가 보이도록 얼른 양쪽으로 비켜섰다. 종이 위에는 온몸에 털을 부스스 일으켜 세운 늑대의 그림이 거의 완성되어 가고 있었다.

낯선 사내는 궁둥이를 들썩하고 나쟈에게 인사를 하고는 눈을 가늘게 뜨며 날카로운 시선을 던졌다. 입술이 좀 두텁게 보이는 꺼칠한 얼굴에는 무엇을 노리는 늑대와 같은 만만치 않은 표정이 깃들어 있었다. 나쟈는 어리둥절해서 인사를 받는 것조차 잊고 말았다.

"거 누구세요?"

안쪽에 붙은 골방에서 주인마누라의 목소리가 들렸다.

"나에요."

나쟈는 대답하며, 로빠뜨낀이 집에 없다는 것을 직감적으로 느꼈다.

"떠나기 전에 인사를 하러 왔어요."

"아, 선생님이었군요. 어서 이리 들어오세요."

하는 말과 함께 골방에는 전등불이 켜졌다.

"자, 어서 들어와요. 난 몸이 좀 편찮아서…."

나쟈는 조심스러운 눈초리로 낯선 사내를 흘끔 바라보고 골방 쪽으로 걸어 들어갔다. 로빠뜨낀의 침대에는 씨야노프의 마누라가 누워 있었다. 제도판은 간 곳 없고 더욱이 잔나 가니체바의 사진조차 보이지 않았다.

"어디 가셨어요?"

그녀는 성급히 물었다.

"상부로 올라갔답니다. 밤에 감자를 함께 심어 주고는 곧 떠났지요. 일이 돼 가나 봐요. 주조물 연구소 지부에 가서 기계의 세부설계를 시작한답니다."

"그렇지만 여기 다시 오겠지요?"

"그야 물론이죠. 그 사람의 짐이 이 침대 밑에 그냥 있으니까 아마 가을에나, 그렇지 않으면 그 전에라도 한 번 돌아올 겁니다."

"지부까지 가는 데 얼마나 걸리지요?"

낯선 사내가 저쪽 방에서 끼어들었다. 느릿느릿하고 굵직한 음성이었다.

"하루 하고 반나절은 실히 걸릴 거요."

씨야노프의 아내가 대답했다.

"그래요."

사내는 중얼거렸다.

"조금만 더 일찍 찾아왔더라면 만나는 걸… 참 분하게 됐군."

"나 지금 떠나려는데, 그이한테 몇 자 적어 놓고 갔으면 좋겠어요."

나쟈는 낮은 소리로 말했다.

"종이를 좀 얻을 수 없을까요?"

"얘, 겐까야!"

침대에서 발을 내려놓으며, 씨야노프의 아내는 목멘 소리를 짜냈다.

"이리 와서 이 가방을 좀 열어 봐라. 거기 공책이 있을 게다. 그리고 잉크와 펜을 이리 가져온."

겐까가 필기도구를 가져오자 나쟈는 책상에 앉아서 급히 편지를 쓰기 시작했다.

"그렇지만 무슨 도면 같은 건 남아 있지 않은가요?"

다시 저쪽 방에서 낯선 사내의 굵직한 목소리가 들렸다.

"좀 보여 주셨으면 좋겠는데요."

"그건 왜 보자는 거요? 로빠뜨낀한테 무슨 특별한 용무라도 있어서 왔나요?"

"네, 좀 볼일이 있어서요."

그는 골방문으로 얼굴을 들이밀고 진정 어린 검은 눈으로 주인마누라를 바라보았다.

"나는 모스크바에서 온 사람입니다. 여기서 무슨 기계를 하나 시험해 보려는데… 내가 제작을 위임받은 기계는…',"

그 말에 나쟈는 얼핏 얼굴을 돌렸다.

"그럼 지난 겨울에 여기 오신 분 아니세요? 갈리쯔끼 동무죠?"

"그렇습니다."

굵고 검은 눈썹을 모으며 그는 나쟈 쪽으로 시선을 돌렸다. 잠시 동안 두 사람은 상대방의 눈치를 살피며 말없이 서로 바라보았다.

"그럼 그 기계는 쓸모가 있는가 보군요?"

마침내 나쟈가 입을 열었다.

"그건 노동자들한테 물어보십시오. 그들은 정직한 사람들이니까 바른 대로 말해 줄 겁니다."

"한편으론 험구를 늘어놓으면서도, 역시 기계는 다 만드셨나요?"

"별 수 있습니까?"

그는 한숨을 내쉬고 의혹 어린 눈으로 그녀를 지켜보며 말했다.

"그 기계에 대해서 나의 견해가 없는 건 아닙니다. 여기 도착하자 곧 내 견해가 거의 틀림없는 것이라는 확신을 얻었지요. 그러나 나는 이 얘기를 다음 기회로 미루고 싶습니다. 일 개월 후 모든 것이 분명히 밝혀진 다음에 다시 여기에 대해 당신과 얘기할 용의가 있습니다."

"나는 오늘 모스크바로 떠나는데요?"

"그렇다고 실망하실 건 없어요. 거기서도 알게 되겠지요. 파동이 거기까지 미칠 테니까."

"파동이 미친다뇨?"

"미치지 않을는지도 모르지요. 하지만 매한가지입니다. 어차피 당신의 남편한테서 듣게 될 테니까요. 그분은 이 문제에 대해 나보다 더 깊은 관심을 가지고 있지요."

갈리쯔끼는 나쟈의 얼굴이 확 붉어진 것을 전연 눈치채지 못한 듯이 주인마누라 쪽으로 몸을 돌리더니, 손가락을 하나 들어 보이며 말했다.

"나는 꼭 로빠뜨낀 동무가 설계한 기계의 원리를 알아보고 싶어서 그럽니다. 그것을 알아야 지금 내가 시험하려는 기계에 대한 부정적인 결론에 도달할 수 있고, 또 그렇게 되면 상부에 어떤 문제를 건의해야 하니까요."

"우리 주인이 곧 공장에서 돌아올 테니까 주인한네 말해 보시오."

씨야노프의 마누라가 대답했다.

"아마 무슨 도면 같은 게 있을 겁니다."

나쟈는 편지를 다 쓰고 그것을 세모나게 접은 다음, 그 위에 큼직한 글씨로 '로빠뜨낀 동무 앞'이라고 썼다. 편지를 책상에 엎어 놓고 주인 마누라와 어린애들에게 인사를 한 다음, 나쟈는 갈리쯔끼에게 똑바로 눈을 주며 고개를 숙여 보였다. 한길로 나왔다. 뒤에서 불어오는 세찬 바람이 나쟈를 언덕 밑으로, 종합공장의 검은 연기가 내려 덮인 쪽으로 몰아세웠다.

나쟈네 집 대문 앞에는 가즈가 와 서 있었다. 볼로쟈와 시어머니는 길 떠날 채비를 하고 트렁크 위에 앉아서 그녀를 기다리고 있었다. 그리고 또 두 개의 트렁크 위에는 가니체프 부부가 앉아 있었다. 마지막 인사를 하러 온 모양이었다.

나쟈는 어깨에 외투를 걸쳤다. 가니체프 부인은,

"정말 다행이군요. 혹시 떠나지 않기로 결심하지나 않았나 하고 걱정했답니다. 그럼 모스크바에 우리의 안부를 전해 주세요. 네!"

라며 몇 번이나 끈적끈적한 키스를 했다. 볼로쟈는 한꺼번에 세 개의 트렁크를 들고 나가느라고 애를 썼다. 가니체프와 운전수가 나머지 트렁크를 각각 한 개씩 들고 나왔다. 노파는 녹색 강보에 싼 어린애를 조심스럽게 안고 일어섰다.

자동차는 나쟈를 싣고 정든 거리를 달리기 시작했다. 지금 그녀는 영영이 고장을 떠나는 것이다. 뒤로 미끄러져 나가는 이 고장의 모든 것과 이별을 고하는 것이다. 창밖을 내다보았다. 하늘에 드리워진 연기의 장막도, 종합공장도, 공장 뒤로 솟아오른 누런 언덕도, 그리고 그 언덕에 여기저기 늘어선 보스또치나야 거리의 게딱지 같은 움막집들도 이것이 마지막인 것이다. 그녀는 가슴을 짓누르는 까닭 모를 고적감에 사로잡혀 몇 번이나 그 움막집들을 돌아보았다. 이윽고 모든 것이 오른편 어깨 너머로 서서히 돌아갔다. 다시는 영영 돌아오지 못할 과거 속으로 사라져 가는 것이었다.

7

드미뜨리 로빠뜨낀은 한때 육체적으로 아주 강건한 사람 중의 하나였다. 그는 남달리 온후하고 선량한 성격을 지니고 있었다. 따라서 남과 원수진 일이라곤 한 번도 없었다. 또한 그의 양심에는 한 점의 검은 얼룩도 없었다. 그러나 오직 한 가지, 돌아가신 어머니에 대한 죄스러운 마음만은 항상 그의 가슴에서 떠나지 않았다. 그의 어머니는 그리운 외아들의 얼굴을 한 번 보지도 못하고 전쟁 전에 무롬시에서 돌아가신 것이었다. 그 당시 그는 대학에서의 학업과 공장에서의 노동 때문에 몹시 바쁜 몸이었다. 그래서 겨울에 계획했던 어머니와의 상봉은 다음 해 여름으로 미루어졌고 여름이 되자 또다시 가을로 연기되었다. 가끔 돈은 보내드렸지만, 문안 편지조차 그리 자주 쓰지는 못했다. 이웃 사람으로부터 어머니가 돌아가셨다는 간단한 기별을 받고서야 로빠뜨낀은 무롬으로 돌아갔다. 그는 어머니가 거처하시던 빈 방에 잠시 앉았다가 묘지를 찾아갔다. 초라한 무덤에 박힌 철제 표지 위에 쓰여진 어머니의 이름을 확인하고 그는 모자를 벗어 들었다. 그는 어머니의 죽음을 슬퍼하여 남에게 눈물을 보이거나 한 일은 없었지만, 동료들은 로빠뜨낀이 갑자기 말이 적어진 것을 알아챘다. 그때부터 이 정적은 그의 마음속에 영원히 자리 잡고 만 것이다.

독소전쟁 시에 그는 보병 전사로서 군대 생활을 시작했다. 그러나 얼마 후에는 분대를 이끌게 되었고, 1942년 초에는 소대장으로 임명되었다. 그 해 십이월에 그는 제대 명령을 받았다. 전쟁은 그의 몸에 마치 도끼로 찍은 것 같은 징그러운 상처를 몇 군데나 남겨 놓았던 것이다.

군대 생활을 통하여 그는 담배를 배웠고, 손을 흔들지 않고 말하는 법을 배웠으며, 끈기 있게 입을 다물고 남의 말을 듣는 법과, 신속하게 상황을 판단하는 법을 배웠다. 그리고 또 한 가지, 그에게는 자기 자신보다도 병사들에 대해 먼저 생각하는 습성이 생겼다. 기아의 레닌그라드 전선은 이러한 그의 습성이 발휘될 기회를 수없이 제공했다. 그러나 로빠뜨낀은 바로 라도가 호수 근처에서 최후의 부상을 입고야 말았다. 그는 붉은 별 훈장까지 받아 가지고 제대했다.

무즈가의 10년제 중학교에 부임했을 때, 로빠뜨낀은 스물일곱 살이었다.

그때 교원실에서 처음 그를 대하는 사람은 누구나 그의 나이를 스물다섯 이상으로는 보지 않았다. 그러던 것이 불과 삼 년이 지난 후에는 서른 살을 훨씬 넘긴 사람처럼 보였다. 몇백 장이 될는지 헤아릴 수 없는 스케치와 수십 장에 달하는 커다란 세부설계도가 그를 그처럼 늙어보이게 만든 것이다. 그는 자기 기계의 모든 세부를 상세히 기억하고 있었다. 눈을 감고 있어도 환하게 떠올랐다. 그는 머릿속에서 부속품들의 형태를 변경시키기도 하고 또 그것들을 결합시켜 가지고 움직이게 하기도 했다. 그러나 기계의 부속품이나 설계도보다 그에게 더욱 큰 작용을 한 것은 번갈아 찾아들곤 하는 기대와 실망이었다. 그러한 기대와 실망은 중앙정부의 부처나 기관의 검고 붉은 스탬프들이 찍힌 봉투 속에 담겨 우편배달부에 의해 전달되는 것이었다.

지나간 이 년 동안에 로빠뜨낀은 관계 당국과 서한 왕래를 하는 방법을 배웠고, 여러 곳의 기관과 저명한 인사들에게서 받은 회답을 서로 대조해 가며 그 공문서 뒤에 숨어 있는 진정한 뜻을 이해할 수 있게 되었으며, 그것들을 차곡차곡 철하는 데 익숙해졌다. 회답을 받을 때마다 그는 그 서류에서 사람의 얼굴을 발견하는 것이었다. 아브지예프 교수로부터 처음으로 짤막한 의견서를 받았을 때 로빠뜨낀은 그 종이에서 허위에 가득찬 뻔뻔스런 낯짝이 자기를 바라보고 있는 것을 느꼈다. 로빠뜨낀을 제외하고는 아무도 그 의견서가 허위라는 것을 발견하지 못했을 것이다. 그러나 그의 눈에는 그것이 너무나 환히 들여다보였다. 아브지예프는 로빠뜨낀의 설계안에서 아무런 아이디어도 발견하지 못한 것처럼 교묘하게 말을 꾸며대고 단지 설계도 작성에 있어서의 사소한 결함만을 들추어냈을 뿐이었다. 사실 그것이 로빠뜨낀의 약점이기도 했다. 결국 아브지예프 교수의 주장은 '주조기가 복잡할 뿐더러 너무 거창하다'는 것이었다. 얼마 후에는 박사 후보 쩨삐낀의 이름으로 된 장문의 의견서가 송부되어 왔다. 거기에는 마치 쩨삐낀 자신의 견해인 듯이, '주조기가 복잡할 뿐더러 너무 거창하다'는 말이 쓰여 있었다. 그것을 읽고 로빠뜨낀은 아브지예프 교수가 제시한 테마에 들러붙어 그의 치다꺼리를 해 주고 있는 젊은 학자의 얼굴을 발견했다. 그로부터 반 년 후에 슈찌꼬프 차관이 서명한 공문이 보스또치나야 거리의 움집에 도착했다. 주조기가 복잡할 뿐더러 너무 거창하다는 공식 같은 말이 되풀이되어 있었지만 종이 위에 나타나는 얼굴은 전과는 다른 의젓한 사무집행관의 얼굴이었다. 이자는 필시 쩨삐낀의 공문을 그대로 옮겨 쓰고는 골치 아픈 문제 하나를 아주 결말지어 차관의 서명을 받을 수 있는 근거가 생긴 것을 무척 기뻐했을 것이다. 공문 한쪽 귀퉁이에는 '집행관 네브라예프'라는 그 자신의 서명도 있었다. 이 중앙청의 집귀신 같은 하잘것없는 관리는 이를테면 문지기와도 같은 존재였다. 아브지예프 교수의 말은 그가 지키고 있는 문을 통과하여 야금공업성 사무실로 들어가 '권위 있는 학자의 현명한 의견'이 되는 것이었다.

그러는 동안 로빠뜨낀은 허식에 가득 찬 문장이라든가 아름답게 인쇄된 공문서 같은 것은 믿을 것이 못 된다는 태도를 취하게 되었다. 그러나 그는 기대와 희망을 아주 버리지는 못했다. 그리고 바로 이 끊임없는 희망의 발작이 그의 얼굴을 순교자와 같은 강직하고도 악착스러운 용모로 변하게 한 것이었다.

로빠뜨낀이 1943년부터 거처하고 있는 움막집 주인인 씨야노프 아저씨는 종합공장 기계 제작소에서 일하고 있는 선반공이었다. 씨야노프는 로빠뜨낀이 발명가로서 첫발을 내디딜 때부터 그의 열렬한 공명자였다. 처음에는 이것저것 기계 부속품의 역할에 대해 친절히 설명을 해 주는 정도였으나 얼마 후부터는 직접 그의 일을 거들어 보았다. 그러나 로빠뜨낀에게 별로 도움을 줄 수는 없었다. 그가 만들려는 기계의 윤곽을 머릿속에 분명히 그려낼 수 없었기 때문이다. 그 후 공장에서 강철이나 놋쇠로 만든 조그만 모형 기계를 집에 가지고 오기 시작한 후부터는 놀랄 만큼 급속히 능률이 오르게 되었다. 그리하여 씨야노프는 로빠뜨낀의 주조기에 미쳐 버린 것이다. 그는 자기 집에서 셋방살이를 하고 있는 청년의 굳은 의지에 마음속으로 깊이 감동하여 이 굶주리면서도 자존심이 강한 발명가에게 남몰래 음식을 제공하기 시작했다. 마치 상심한 새를 길들이듯이, 손수 그의 방으로 식사를 날라다가 살그머니 탁자 위에 놓고는 얼른 밖으로 나가 버리곤 하는 것이었다.

결국 로빠뜨낀은 씨야노프네와 한 식구가 되어 버렸다.

그는 망치나 도끼나 삽이나 쟁기가 필요한 집안일이라면 무엇이든지 다 도맡아 하기로 결심했다. 얼마 안 가서 그는 이 정도로는 부족하다는 것을 느끼고 낙제 점수만 맞고 있는 주인집 어린애들을 맡아서 학과를 지도하기 시작했다. 그와 씨야노프네와의 사이에는 뗄 수 없는 친밀한 관계가 성립되어 갔다. 그리하여 이제는 경제적인 문제 같은 것은 서로 염두에 두지 않게 되어 버린 것이다.

아침마다 로빠뜨낀은 장작을 패고 뜰 안을 청소한 후 산책을 하러 나섰다. 그는 빠르고도 정확한 걸음걸이로 언덕길을 내려가서 시내를 한 번 횡단하고 한 시간 후에 다시 집으로 돌아오곤 했다. 산책 코스에서 이따금 전에 자기가 가르치던 학생들을 만나는 일이 있었다. 그러면 그는 걸음을 멈추고 학생들의 손을 잡으며 그동안 얼마나 공부를 많이 했느냐고 친절히 물어보곤 했다. 그는 학생들의 성과 이름을 일일이 다 기억하고 있었다. 학생들은 자기의 감정을 감추기에는 아직도 어린 나이들이어서, 어떤 애들은 존경 어린 눈으로 — 그는 발명가가 아닌가 — 어떤 애들은 노골적인 조소를 품은 눈으로 —— 그는 머리가 돌아 버린 사람이 아닌가 —— 그를 쳐다보는 것이었다.

이 정도는 그리 대수롭지 않은 것이었을는지도 모른다. 하지만 로빠뜨낀은 가끔 어른들과, 그중에서도 특히, 바로 드로즈도프의 부인과 마주칠 때가 있었다. 로빠뜨낀이 모스크바에 다녀온 후부터 그녀는 그를 만나도 인사조차 하지 않았다. 새침한 얼굴로 그의 앞가슴에 달린 단추에다 명랑한 시선을 보내며, 모른 체하고 지나쳐 버리는 것이었다. 그녀는 행복하게 보였다. 그리고 아름다웠으며 우아하기조차 했다. '불합리한 사회 환경 속에서 피어난 저 따위 희디 흰 기생화들은 정말 눈꼴이 사나워서 볼 수가 없군!' 로빠뜨낀은 그녀의 뒷모습을 돌아다보며 생각했다. '게다가 우릴 멸시하고 있으니 기가 막히지. 그들이 스스로의 잘못을 깨닫고 교만한 태도를 버리게 되기를 바랄 수는 도저히 없는 노릇이야. 원래가 어리석기 짝이 없는 인간들이니까.'

"저 여자도 결국은 그런 족속과 조금도 다를 바가 없겠지."

로빠뜨낀은 마음속 깊이 증오를 느끼며 이렇게 입속으로 중얼거렸다. 그러나 실제 행동은 자기의 높은 자부심과 너무나 동떨어진 것이었다. 그는 공손히 비켜서서 그녀에게 길을 내어 주었고, 심지어는 미리 건너편 보도로 건너가 버리는 일조차 있었다. 마치 무슨 생각에 골몰하고 있어 그녀를 발견하지 못한 듯이 행동하는 것이었다.

얼마 후에 그는 나쟈가 임신 중이라는 것을 알았다. 그녀의 얼굴에는 누르스름한 기미가 끼기 시작했고 걸음걸이도 전보다 느려졌다. 걸어다니기조차 힘들어진 모양이었다. 그녀가 두려움 속에서 어머니가 될 날을 기다리고 있다는 것을 알자 로빠뜨낀은 전에 그녀에게 품었던 모든 감정을 깨끗이 씻어 버리고 말았다. 여기에는 그 밖에도 지난 겨울 동안 로빠뜨낀에게 점차 전개된 그 어떤 사정들이 매개되어 있었던 것이다.

씨야노프네 움막집에는 중학교 영어 선생인 발렌찌나가 자주 찾아왔다. 실없이 웃기도 잘하고 걸핏하면 얼굴을 붉히기도 잘하는 30세가량의 여자였다. 툭 불거져 나온 붉은 이마가 그녀의 얼굴을 아주 볼꼴 사납게 만들었지만 만일 얼굴을 붉히는 버릇만이라도 버릴 수 있었다면 이 결함도 그렇게까지 남의 눈에 띄지는 않았을는지 모른다. 무슨 말을 하려면 반드시 얼굴부터 붉혔다. 그리고 한 마디 하고는 더욱 홍당무가 되는 것이었다.

그렇지만 그녀의 외모가 어떻든 로빠뜨낀에게는 그런 것이 그리 중요한 문제가 아니었다. 책상 앞에 사진을 걸어 놓은 잔나의 얼굴에서도 주인 아주머니는 사이가 너무 벌어진 눈이 어쩐지 시원치 않다고 흠을 잡았지만 로빠뜨낀은 그 눈에서 아주머니가 느끼는 것과는 다른, 깊은 이해와 다정한 그 무엇을 느끼고 있으니 말이다. 처녀의 그 눈에 그는 완전히 매혹되어 있었던 것이다.

로빠뜨낀은 언제나 담담한 태도로 발렌찌나를 대했다. 그리고 그녀의 어색한 거동이나, 이따금 불쑥 뇌까리곤 하는 격에 맞지 않는 말이나, 걸핏하면 새빨갛게 물들곤 하는 그녀의 얼굴 같은 것에는 될 수 있는 대로 신경을 쓰지 않으려 했다. 그녀가 찾아올 때마다 그는 반갑게 맞아들였다. 발렌찌나는 바깥 세상과 로빠뜨낀을 연결해 주는 살아 있는 신문이었다. 뿐만 아니라, 그녀는 '로빠뜨낀식 주조기'가 절대로 터무니없는 허구가 아니라는 것을 믿고 있었다. 그리고 반드시 그의 기계가 승리하고야 말리라는 신념을 가지고 있었다. 그 신념이 성실하고도 확고한 이상 그녀가 무슨 방법으로든지 로빠뜨낀을 도우려 하는 것은 오히려 당연한 일이다.

그래서 그녀는 어디서 구하는지 질이 좋은 제도용지를 그에게 공급하고 있었던 것이다. 발렌찌나는 로빠뜨낀의 방에서 몇 시간씩 앉아 있기가 일쑤였다. 그럴 때면 로빠뜨낀은 제도판 앞에 앉아서 무엇인지 연방 입속으로 웅얼거리며 새로운 설계안을 그렸고, 그렇지 않으면 아직 완성하지 못한 설계도를 열심히 들여다보며 구상을 가다듬기도 했다. 그녀는 그의 등 뒤에 잠자코 앉아서 자랄 대로 자란 헝클어진 그의 머리털을, 그리고 일의 진전 여하에 따라 만족한 듯이 위로 추켜지기도 하고 성난 듯이 밑으로 처져 내려가기도 하는 숱 많은 그의 눈썹을 멍청히 바라보았다. 그러다가는 갑자기 생각난 듯이 이 고장의 새로운 소식이나 학교에서 일어난 일들을 이야기하기 시작하는 것이었다.

발렌찌나는 이야기를 통해서 로빠뜨낀의 눈앞에는 다른 한 사람의 얼굴이, 바로 그 드로즈도프 부인의 얼굴이 점차로 선명하게 나타나서 우울한 눈으로 그를 바라보게 되었다. 은행원의 딸이며 한때는 희망에 찬 공산청년동맹원이었던 그녀가 남편을 잘못 선택한 탓으로 딴사람처럼 변해 버렸고, 이미 시기가 늦어 버린 이제 와서야 자기 잘못을 깨닫기 시작했다는 것을 그는 알게 되었다.

"요새 나쟈가 나와 얼마나 심각하게 토론을 하는지 아세요?"

발렌찌나는 그에게 이런 말을 했다.

"그런 토론 방법은 아마 없을 거예요. 먼저 논증을 제시해 놓고 그리고는 내 반박을 기다리는 거예요. 만일 내가 꼼짝못하게 반박을 가하면 오히려 좋아하지만 혹시 말문이 막혀 우물쭈물하고 있으면 마구 신경질을 부리며 야단이지요. 참 이상해요. 아마 불안한 정신 상태의 반영이라고 볼 수도 있겠지요."

어느 날 발렌찌나는 오전 중에 그를 찾아와서, 아무 말 않고 한쪽 구석에 제도용지를 놓고는 외투 단추를 끄르고 걸상에 앉았다.

로빠뜨낀은 벼루에 먹을 갈고 있었다. 그녀가 갖다 놓은 두루마리를 훌끔 바라보고 그는 농담 반 진담 반인 말투로 이렇게 말했다.

"발렌찌나, 아마 머지않아 나는 당신을 사랑하게 될 겁니다. 당신은 생활 이상의 것을 내게 주고 있는 분이니까."

이 말에 발렌찌나는 소리를 내어 웃으며 얼굴을 붉히더니 외투 깃으로 그 얼굴을 가렸다.

"이건 농담이 아닙니다."

로빠뜨낀은 빙긋이 웃어 보였다.

"그저 아무렇게나 살아가려는 사람에겐 빵이 제일이겠지요. 그러나 나는 아무리 굶주리는 한이 있어도 나에 대한 신념의 불꽃과 그 빵을 언제든지 서슴지 않고 바꾸겠습니다. 당신에겐 고맙다는 말만 가지곤 부족해요. 앞으로 나는 여기 무즈가에서 보낸 시절을 결코 잊지 않을 것이고, 또 하루바삐 당신에 대한 나의 우정을 증명할 수 있는 기회가 오기를 언제나…."

"그만두세요!"

발렌찌나는 그에게 얼굴을 돌렸다. 그것은 기쁨에 찬 얼굴도 아니었고 그렇다고 원망스러운 얼굴도 아니었다.

"그런 말은 하시지 않는 게 좋을 거예요. 무슨 보답이 있기를 기대하는 건 아니니까요. 설마 내가 당신을 이해하지 못하는 여자라고는 생각지 않으시겠죠? 그렇죠?"

그녀는 언성을 높였다.

"내가 무슨 말을 하려는지 아시겠어요? 그렇다면 그 이상 아무 말도 말아 주세요. 제도용지는 당신한테 요긴한 것이라는 그 한 가지만으로 나는 행복할 수 있으니까요."

그리고는 입을 다물고 새빨갛게 얼굴을 붉히더니 그녀는 다시 이렇게 덧붙였다.

"그 기계가 국가에 필요하다는 것을 나는 잘 알고 있어요. 따라서 양심 있는 사람이라면 누구나가 다 당신을 도울 의무가 있다고 생각해요."

그 이상 두 사람 다 말이 없었다. 이상한 공기가 방 안에 감돌고 있는 것 같았다.

로빠뜨낀은 헛기침을 하며 야단스럽게 먹을 갈았다. 그리고는 금방이라도 공공연한 행동으로 표시될는지도 모르는 그녀의 감정을 묵살할 양으로 라디오 스위치를 넣었다. 어린이 시간이었다. 그는 그러한 그녀의 감정에 대해 명확한 답변을 줄 수 없었던 것이다. 때문에 그녀의 갑작스러운 심리적인 공세를 정면으로 물리치고 싶지는 않았다. 그래서 적당한 다른 방법으로 문제를 해결하려 했던 것이다. 그의 작전은 성공했다. 발렌찌나는 제정신으로 돌아온 것처럼 벌떡 몸을 일으키더니 스위치를 돌려 라디오 소리를 더욱 크게 했다. 그리고는 저도 모르게 자꾸만 빗나가는 생각을 가다듬으며 책상 위에 걸어 놓은 잔나 가니체바의 사진을 바라보기 시작했다.

"잔나한테선 편지가 없나요?"

그녀는 물었다.

그러나 로빠뜨낀이 미처 대답도 하기 전에 방문이 요란스럽게 열리며 반코트에 수건을 뒤집어 쓴 씨야노프의 마누라가 들어와서 책상 위에 두 통의 편지를 던졌다.

"어제 온 걸 그만 잊어버리고 여태까지 호주머니 속에 넣고 다녔군요."

언제나처럼 침착한 손길로 로빠뜨낀은 야금공업성의 스탬프가 찍힌 봉투를 뜯었다. 순간 관자놀이에 바늘로 찌르는 듯한 아픔이 왔다. '불가능하다고 사료됨'이라는 구절을 읽자, 그는 반질반질 윤이 나는 종잇장을 방바닥에 힘껏 동댕이쳤다. 그의 두 눈에는 피로의 빛이 어리며 얼굴은 독기를 품고 일그러졌다. 그는 곧 마음을 가다듬고 방바닥에서 통지서를 집어 들고 다시 한 번 말 없이 읽어 보았다. 그리고는 구김살을 곱게 편 후 침대 밑에서 궤짝을 끌어내어 역시 반질반질한 통지서를 두껍게 철해 둔 서류철에다 함께 철했다. 서류철을 궤짝 속에 던지고 나서 그는 땅이 꺼질듯 깊은 한숨을 내쉬며 잔나의 사진을 바라보았다. '우리의 결합이 이루어질 날은 아마 영영 오지 않을는지도 모르겠어.' 처녀의 거친 눈길 뒤에 깊숙이 자리 잡고 있는 아늑한 안식처 속으로, 자기만이 알 수 있는 그 안식처 속으로 잠겨 들어가며 그는 생각했다. 그는 방 안에 또 한 사람이, 언제나 허물없이 찾아오곤 하는 여자 손님이 앉아 있다는 것까지도 까맣게 잊고 있는 듯싶었다.

"흥, 제기랄."

그는 수심에 찬 얼굴로 한 마디 내뱉고는 또 하나 다른 편지 봉투에 손을 뻗었다.

아, 이것은 바로 잔나의 편지가 아닌가! 발렌찌나는 금방 눈치를 채고 돌아갈 채비를 하기 시작했다. 무슨 말인지 한 마디 하고는 마치 혼자 있는 방에서 하듯이 애처로우리 만큼 소리를 죽여 가며 킥킥 웃더니 외투 단추조차 채우지 못한 채 총총히 밖으로 나가 버렸다.

방 안이 조용해지자, 로빠뜨낀은 편지를 읽어 내려갔다. 그의 한쪽 손은 저도 모르는 새에 머리털이며, 어깨며, 볼을 쓰다듬고 있었다. 그는 자기에게 뜻밖의 절교를 선언하는 편지의 음성을, 마치 아나운서의 음성처럼 또렷한 목소리를 듣고 있었다.

'당신이 보내 준 편지를 죄다 꺼내 놓고 다시 한 번 읽어 봤습니다. 어느 편지에나 일이 아주 썩 잘 되어 간다느니, 기계 제작은 벌써 착수되었다느니, 상부로부터 적절한 지시가 내렸다느니, 심지어는 모 아카데미 회원이 찬사를 보냈고, 모모 박사가 극구 칭찬하고 있다느니 하는 희망적인 말들만 적혀 있습니다. 나는 당신의 편지를 읽을 때마다 정말 기쁘기 짝이 없었고, 그래서 친구들에게 자랑한 일까지 있지요. 무즈가의 친구들에게도 그런 말을 써 보냈더니, 모두가 한결같이 당신의 말이 거짓이라는 회답이 왔어요. 지금 새삼스레 무즈가의 소녀들이 써 보낸 말을 그대로 옮기려는 것은 아닙니다. 다만, 여태까지 속아 왔다는 것이 분할 뿐이지요. 나는 서사시에 나오는 비극의 주인공이 되고 싶은 생각은 없습니다. 모든 것이 그저 슬프기만 하고 어째선지 더 이상 당신의 말을 믿을 수는 없을 것 같군요. 진실을 솔직히 알려 주세요. 그래야 나도 다른 처녀들이 결정짓듯이 스스로의 운명을 결정할 수 있지 않겠어요. 나이를 먹어 감에 따라 철없는 소녀 시절의 인생관이 현실과 거리가 멀다는 것을 차차 깨닫게 되었습니다. 나는 약한 여자입니다. 따라서 나의 미래의 에디슨을 딴 사람에게, 나보다 더욱 굳세고 용감한 여자에게 양보하는 것이 옳다고 생각합니다….'

편지를 다 읽고 나서, 로빠뜨낀은 안절부절 못하고 책상을 흔들었다. 그러다가 눈썹을 추켜올리고 잔나의 사진을 바라보고는 분노에 몸을 떨었다. 그는 서랍에서 종이를 꺼내 놓고 거기다 써 내려갔다.

'좋습니다. 모든 것을 사실대로 쓰시요. 우리들이 헤어져야 할 때가 온 것 같군요. 도대체 나 자신이 어떤 인간인지, 정말 발명가인지, 혹은 단순한 미치광이에 지나지 않는지, 그것도 모르면서 발명가의 반려자가 걸어야 할 불안과 의혹에 찬 길로 당신을 끌어들이다니, 정말 경솔한 짓이었습니다. 깊이 사과하는 바입니다. 그러나 당신이 시기를 잃지 않고 제때에 눈을 뜨고 올바르게 세상을 볼 수 있게 된 것을, 그리하여 험난한 운명을 회피할 수 있게 된 것을 나는 기쁘게 생각합니다. 나는 지금 어느 때보다도 어려운 처지에 놓여 있습니다. 나는 가지고 있는 성냥을 거의 전부 소비해 버렸는데도 단 한 개비의 성냥도 제대로 타오르게 하지를 못했습니다. 연기가 좀 피어오르다 말 뿐이었지요. 한 갑 가득하던 성냥이 이렇게 전부 없어져 버렸단 말입니다. 그러나 나는 아직도 희망을 버리지 않고 마지막 성냥개비를 바라보고 있습니다. 또 거짓말이 되어 버릴는지 모르는 소리를 미리 하기가 쑥스러울 지경입니다만, 어쨌든 나는 멀지 않은 장래에 승리를 획득하고야 말 것입니다. 우리의 주조기는 여러 공장에서 작업을 개시할 것이며, 그렇게 되면 나는 씨야노프 아저씨와 함께 그것을 대견스럽게 바라보며 다시 새로운 기계를 고안할 것입니다. 그것은 우리들의 취미에 맞는 일이니까요. 나는 지금 침착한 마음으로 내게 남은 최후의 성냥개비를 시험해 보려는 것입니다. 물론 당신과 함께 이 성냥이 성공적으로 발화하기를 기다리지 못하게 된 것은 유감스러운 일입니다. 하지만 '머지않은 장래'에라는 말은 어디까지나 나 한 사람의 주관에 지나지 않겠지요. 나는 성냥을 긋는 데는 아주 익숙해진 인간입니다. 따라서 성냥 한 개비 긋는 데 몇 해라도 끌 수가 있지요. 그리고 그것이 과연 언제 불타오를는지 모를 일이 아닙니까! 그러니까 이제는 모든 것을, 내가 당신한테 한 모든 말을 다 잊어 주십시오. 모든 것이 짤막한 하나의 대중소설 같은 것이었고, 위험천만한 모험에 지나지 않았으니까요. 그러한 모험은 당신에겐 적합하지 않습니다. 내가 학교에서 가르친 물리학과 수학만은 그대로 기억하고 있어도 무방하겠지요. 아니, 그것도 너무 자세히 기억할 것까지는 없다고 봅니다. 그런 학문은 모험을 꺼려하는 사람들의 살을 깎아내리는 법이지요. 원컨대 나로 인해서 생긴 모든 근심 걱정을 하루바삐 털어 버리시기 바랍니다. 모스크바는 그러한 가벼운 상처를 치료해 주는 데는 명의입니다. 부디 안녕하시기를! 로빠뜨낀.'

편지를 봉하고 나서 로빠뜨낀은 모자도 쓰지 않은 채 외투만 어깨에 걸치고 한길로 달려 나갔다. 전주에 매달린 우체통이 바람에 덜그렁거리고 있었다. 편지가 우체통 밑바닥에 떨어지며 둔한 소리를 냈다. 집으로 발길을 돌리다가 로빠뜨낀은 저쪽 언덕 밑에서 젊은 여자 배달부가 올라오는 것을 발견했다. 처녀는 한 손에 큼직한 봉투를 들고 빠른 걸음걸이로 그에게 다가왔다. 봉투에는 눈에 익은 야금공업성의 스탬프가 푸르스름하게 보였다.

"모스크바에서 온 우편입니다."

처녀는 그에게 봉투를 내주고는 걸음을 멈추지 않고 그대로 길 저쪽으로 건너가 버렸다.

온몸이 얼어붙다시피 되어 눈을 흠뻑 뒤집어 쓴 채 로빠뜨낀은 자기 방으로 뛰어들어 갔다. 입술에 쓰디쓴 미소를 띠며, 그는 봉투를 뜯었다. 여전히 반질거리는 종이로구나! 그러나 이건 어찌된 셈인가?… '야금공업성은 귀하의 설계안을 재차 심사한 결과 기술적인 세부설계도를 작성하기로 결정하고 주조물 연구소 지부 책임자에게 지시하여 설계도 작성 기간 중 귀하를 지부 설계국에 받아들여, 필요한 설계사들을 배당하며, 또한 거기 따르는 자재를 공급하도록 조치하였음.'

"제기랄!"

로빠뜨낀은 통지서를 책상 위에 동댕이쳤다가 다시 집어 들고 처음부터 끝까지 읽었다.

"이러구야 어디 사람이 미치지 않을 수 있어. 망할 놈의…."

그는 또 한 번 통지서를 손에 들고 서명을 들여다보았다. 그것은 재봉틀에 넣어 가느다란 푸른 실로 곧게 박아서 만든 특수한 서명이었다. 양쪽 끝에는 그대로 실오라기가 달려 있었다. 다름 아닌 바로 야금공업성 차관의 서명이 아닌가!

그는 잠시 생각했다 —— 그렇다면 잔나한테 보낸 편지는 어떡한다? 그는 손을 내저었다 —— 그냥 받아 보라 할 수밖에!

"이쯤 되면 누구나 다 머리가 돌고 말겠지?"

이렇게 내뱉고는 외투를 뒤집어쓰고 침대에 눕자, 금방 잠들어 버렸다.

그날 저녁 씨아노프네 집에서는 간소한 축하연이 벌어졌다. 씨야노프 아저씨는 등용 석유처럼 노르스름한 시베리아 보드까를 한 병 구해 왔다. 소금에 절인 오이와 캐비지에 감자를 섞어 진짜 면실유로 볶은 훌륭한 안주도 나왔다. 로빠뜨낀과 씨야노프는 술잔을 기울이면서 그들에게 찾아온 행운에 대해 얘기하며 마음껏 웃었다. 그들은 이때까지 이러한 편지를 받고 축배를 올린 횟수가 얼마나 되는지 손가락을 펴 들고 세어 보았다. 지나간 이 년 동안 그들에게 희망을 주는 편지가 모두 네 번 왔고, 축배를 올린 것은 세 번이었다. 한 번은 보드까가 없어서 축배를 올릴 수 없었던 것이다.

로빠뜨낀은 커다란 소리로 웃어댔다. 그의 웃음소리에는 독기가 서려 있었다. 그러나 이런 편지를 받았을 때는 언제나 그러했듯이 이번에도 밤중이 되자 오한에 몸을 떨기 시작했다.

"아직 술을 배우지 못한 모양이지."

씨야노프 아저씨는 그의 눈을 찬찬히 들여다보며 말했다.

"열이 나는 모양인데 자넨 술을 통 못하는 체질인가 보군그래."

그리고는 조심스럽게 로빠뜨낀을 안아서 잠자리에 갖다 눕혔다. 그러나 씨야노프 아저씨는 잘못 생각한 것이다. 그것은 결코 오한이 아니었다. 그것은 마음을 불태우는 안타까운 희망이었던 것이다.

하루 사이에 로빠뜨낀의 얼굴을 더욱 야위게 한 이 돌발적인 희망은 밤이 새면 으레 그에게서 물러나 버리는 것이 상례였다. 그런데 이튿날 아침에 또다시 모스크바에서 편지가 왔다. 그것은 로빠뜨낀의 주조기 기술 설계 작성에 참가하도록 막슈쩬꼬 기사를 주조물 연구소 지부로 파견한다는 명령의 사본이었다.

“호오, 벌써 그자가 기사로 승격했어?”

로빠뜨낀은 혼자 중얼거렸다.

뒤이어 종합공장 본부에서 온 사환이 방문을 노크했다. 소녀는 드로즈도프의 편지를 로빠뜨낀에게 전했다. 메모 용지에는 갈색 연필로 다음과 같이 쓰여 있었다. ‘로빠뜨낀 동무! 귀하와 상의할 일이 있으니 1947년 1월 27일 오후 2시에 공장 본부에 들려주시기 바랍니다. 드로즈도프.’

로빠뜨낀은 곧 외출할 준비를 하기 시작했다. 그는 구두를 깨끗이 닦고 가죽 조각에 아교 풀칠을 해서 터진 데다 붙였다. 그리고는 다리미가 뜨겁게 다는 동안 면도를 했다. 다음에는 군복 팔소매와 바짓가랑이 끝에 부스스 일어선 실오리들을 가위로 말끔히 자르고는 골무를 끼고 실로 그곳을 수선했다. 그것이 끝난 후 군복 저고리와 바지에 물을 뿌리고 수건을 펴 가며 다림질을 했다.

복장 정리가 끝나자 그는 옷을 입고 밖으로 나왔다. 종합공장으로 가는 길에 그는 학교에 들러서 서무계한테 재직증명서를 부탁했다. 지부로 가면 우선 이 증명서가 필요하게 될 것이기 때문이었다. 증명서는 즉석에서 작성되었지만 공교롭게도 직인을 넣어 둔 금고가 잠겨 있었다. 이런 사소한 일이 원인이 되어 나쟈를 병원에 입원까지 시키게 한 그 사건이 발생했던 것이다. 로빠뜨낀은 증명서를 받으러 다시 들르기로 약속하고 곧 학교에서 나왔다. 이따가 돌아오는 길에 들를 작정이었던 것이다.

그는 공장 본부로 달려갔다. 비서실에 들어서자 여비서가 자리에서 일어나더니 그가 왔다는 것을 보고할 생각은 않고 대뜸 지배인실로 통하는 문을 열어 주며, 들어가라는 시늉을 했다. 그가 오기를 기다리고들 있었던 모양이었다.

지난번에 왔을 때와 마찬가지로 그는 양탄자를 밟으며 바로 걸어 들어갔다. 드로즈도프는 반가운 기색을 띠며 새까맣고 반짝거리는 눈으로 로빠뜨낀이 걸어 들어오는 것을 보고 있었다. 그의 머리는 두 어깨 사이에 묻혀 있었고, 두 손을 겹쳐 한 개로 만든 커다란 주먹은 테이블에 깔린 초록빛 나사 위에 얹혀 있었다.

"아, 어서 오게."

드로즈도프는 자리에서 일어나며 로빠뜨낀에게 악수를 청하고 나서 의자를 권하더니 다시 앉았다. 그리고는 언제 일어섰더냐 싶게 금방 그의 버릇인 독특한 자세로 돌아갔다. 그는 눈을 지그시 감고 잠시 동안 아무 말 않고 있다가, 이윽고 능청스럽게 한쪽 눈만 뜨고 눈썹을 추켜올리며 로빠뜨낀을 바라보았다.

"자네한테 축하를 드려야겠지, 응?"

"제 생각 같아선 아직 이르다고…."

"자네가 무슨 소릴 하려는지 알겠네."

드로즈도프는 빙글빙글 웃으며 눈을 감았다.

"이 사람은 자기가 겸손하다는 걸 나타내고 싶어하는 거야."

이렇게 말하고 드로즈도프는 어깨 너머로 흘끗 눈을 주었다. 한쪽 구석에 놓인 안락의자에 계급장이 없는 장교복을 입은 대머리가 한 사람 앉아 있었는데, 그는 바로 지난번에도 이 자리에서 만난 일이 있는 쌈소노프라는 공장당부 서기였다.

"발명가 동무, 그 점은 우리도 잘 알고 있네."

드로즈도프는 입을 쫑긋거리며 아첨하는 듯한 어조로 말을 이었다.

"암, 겸손하구말구! 정말 겸손한 인간이지. 하지만 아마 벌써 축배는 들었을 거야. 그렇지? 나도 초청했어야 할 게 아닌가. 응?"

"축배를 올린 건 이미 한두 번이 아니지요. 아마 앞으로도 너덧 번은 더

올려야 할는지도 모르겠습니다."

"그렇게 자신을 못 가져서야 쓰겠나. 자넨 너무 마음이 약해졌어. 그것이 바로 도스또예프스끼의 병적 심리라는 거야. 우리 이제 그런 건 아주 멀리 날려 보내기로 하세. 그런데 물어보고 싶은 것은…."

드로즈도프는 탁상의 달력을 끌어당기더니 까자끄의 철모형으로 만든 펜 꽂이에서 뾰족하게 깎은 연필을 집어들었다.

"오늘 주조물 연구소 지부에서 나한테 전화가 걸려오기로 되어 있지만… 막슈쩬꼬를 나한테서 뺏어 가겠다는 거야. 기술 설계도 작성에 참가시키기 위해서. 로빠뜨낀 기사가 창안한 주조기의… 아니, 자네 로빠뜨낀이란 이름 들은 기억이 있나?"

이렇게 그는 농담까지 섞어 가며 말을 이었다.

"그래서 기사 동무, 자네가 언제 지부로 떠나는지 그걸 알려 주었으면 좋겠네."

"글쎄요, 떠나기 전에 완성해야 할 일이 있으니까 앞으로 삼 개월가량은 여기 있어야 할 것 같습니다."

"삼 개월이라구? 그렇다면 나한테는 유리하게 됐군. 하지만 그렇게 늑장을 부려도 자네 괜찮겠나? 그동안에 막슈쩬꼬가 우리 공장에서 아브지예프 교수의 주조기를 완성하면 어쩔 셈인가? 겁나지 않나?"

"그건 나도 알고 있습니다. 어서 하루바삐 완성시키라고 하십시오."

"거 참 점잖은 발명가시로군!"

드로즈도프는 쌈소노프에게 눈짓을 하며 말했다.

"내 주조기는 삼 개월 후에 착수해도 무방합니다."

로빠뜨낀은 침착한 어조로 말했다.

"만일 그새에 차관 동지가 결심을 변경하지 않는다면 말이지요."

"슈찌꼬프가? 천만에, 변경할 리가 없어. 그는 지금 배수관 주조기에 아주 미쳐 있으니까. 가장 깊은 관심을 가지고 있는 문제지. 그건 그렇고, 그러니까 오월까지는 그대로 여기 있겠단 말이지? 그럼 우리도 그렇게 알고 막슈쩬꼬를 붙잡아 두겠네. 그리고 실은…."

로빠뜨낀은 의자에서 일어나 작별의 악수를 청하려고 손을 내밀다가 드로즈도프가 못 본 체하는 바람에 다시 몸을 움츠렸다.

"앉게, 앉아. 왜 그렇게 서두르나?"

그는 상냥하게 웃어 보이더니,

"왜 저 사람이 그렇게 서두를까? 알 수 없는 걸?"

하며 이번에는 쌈소노프를 보며 말했다.

"알 수 없는 걸."

드로즈도프는 또 한 번 되풀이하며 수화기를 집어들었다.

"여보시오! 파브리치꼬프스끼를 대 주시오."

그는 수화기에 대고 이렇게 말하고는 곧 정색을 했다.

"파브리치꼬프스끼인가? 자네한테 발명가가 한 사람 찾아갈 테니까… 오늘 중으로…. 아니, 그런 문제가 아니야. 발명가가 자네한테 찾아 간다니까! 로빠뜨낀이라는 사람이 말이야. 그 사람한테 옷을 한 벌 내주게. 음 그렇지, 내 이름으로… 그런 인색한 소린 그만두고… 아니 우리 공장이 그만한 돈도 융통할 수 없다는 건가? 우린 그렇게 가난뱅이는 아니야. 우리 공장은 기사 한 사람의 의복쯤은 공급할 수 있어. 아니 내줄 수 있는가 없는가, 간단명료하게 대답하게. 음, 음, 그러니까 한 벌 내주라는 거야. 내 이름으로, 장관 부럽지 않을 정도의 옷을…. 자네가 입고 있는 그런 옷을 내주게. 안 되겠으면 자네 것을 벗어 주든지… 좌우간 최고급품을 내주게, 그럼 틀림없겠지? 음, 그래그래…."

수화기를 놓고 드로즈도프는 자못 유쾌하다는 듯이 탁하고 손으로 책상을 쳤다.

"아래층으로 내려가서 오른쪽으로 가면 우리 공장 피복부가 있으니까, 거기서 파브리치꼬프스끼를 찾게. 그들이 눈 깜짝할 새에 자네한테 최신 유행의 양복을 입혀 줄 걸세. 자, 그럼 성공을 비네."

드로즈도프는 자리에서 일어나 로빠뜨낀의 손을 굳게 잡으며 말했다.

"어서어서 좋은 기계를 만들어 기술을 발전시키게. 그리고 우릴 잊지 말아 주게. 혹시 무슨 일이 있거든 언제든지 들러 주면 힘자라는 데까지 도울 테니까."

로빠뜨낀은 드로즈도프에게 고맙다는 말을 한 후 쌈소노프에게 머리를 숙여 보였다. 쌈소노프는 포갰던 다리를 내려놓으며 아는 체를 했다. 로빠뜨낀은 바쁜 걸음걸이로 지배인실을 나와서 지나치는 길에 여비서에게 고개를 끄덕여 보이고는 층계를 뛰어내려 왔다. 현관에서 외투를 입은 다음 유리문을 밀고 굳게 다져진 눈 위로 나왔다. 여기서 그는 잠시 걸음을 멈추고 자기의 낡아 빠진 외투와 바지를 내려다보며 얼굴을 씨푸렸다. 그는 왜 파브리치꼬프스끼한테 들르지 않았을까? 어째서 드로즈도프의 값비싼 선물을 받아들이지 않았을까? 발렌찌나한테서는 제도용지와 먹을 받아 쓰고 있지 않은가? 이유는 간단하다. 발렌찌나는 그를 신뢰하고 있지만, 그러나 그자는 전연 다른 각도에서 그를 보고 있기 때문이다. 오늘도 역시 전과 조금도 다를 것이 없지 않은가!

재직증명서 생각이 나서 그는 학교 쪽으로 발길을 돌렸다. 그가 교원실 문 앞에 나타난 것은 마침 나쟈가 불우한 무즈가의 레오나르도 다빈찌에 대해 장황한 얘기를 늘어놓기 시작한 때였다. 무엇보다 먼저 로빠뜨낀이 느낀 것은 그녀의 음성이 마치 텅 빈 강당처럼 조용한 공기 속에서 이상하리만큼 크게 울리고 있다는 점이었다. 뜻밖에도 그 자리에 로빠뜨낀이 나타난 것을 본 선생들이 모두들 숨을 죽이고 있었기 때문이다. 뒤이어 그는 나쟈의 얼굴을 발견했다. 그리고 동료들의 찬동을 구하고 있는 그녀의 눈을 보았다. 그녀의 말이나 입가에 띤 조소나 부자연스런 어조는 그녀를 전연 딴사람처럼 보이게 했다. 바로 그때 그녀의 검은 눈이 그에게 와서 멎었다. 그녀는 앗 소리를 내며 입을 다물어 버리더니, 금방 얼굴이 새파랗게 되었다.

이 순간을 그는 이튿날에도, 아니 한 달이 지난 후에도 잊어버릴 수가 없었다. 오월이 끝나는 마지막 날 그가 새로운 설계안을 완성하고 나서 겨우 허리를 쭉 펴고 보스또치나야 거리를 산책하려고 나선 그 행복스러운 시간에도 이 순간의 일은 그의 뇌리에 그대로 살아남아 있었던 것이다.

언덕 길을 내려와서 종합공장 본부 근처까지 왔을 때, 카키색 가즈가 한 대 로빠뜨낀의 옆을 스치고 지나갔다. 그러나 그냥 지나가 버릴 줄 알았던 차가 갑자기 브레이크 소리를 내며 정거했다. 뒤이어 문이 열리며 드로즈도프가 번쩍번쩍한 장화와 함께 몸을 반쯤 내밀었다.

"야아, 오래만이군. 발명가 동무!"

그는 명랑한 표정으로 로빠뜨낀을 응시하며 말을 걸었다.

로빠뜨낀은 그쪽으로 가까이 가서, 누렇고 조그만 지배인의 손을 잡았다.

"아직도 떠나지 않았나?"

드로즈도프는 여전히 그의 얼굴을 뚫어지게 바라보며 물었다.

"곧 떠날 예정입니다. 이젠 준비도 다 됐으니까요."

"그런데 자네, 양복은 왜 안 받아 입었나? 파브리치꼬프스끼가 자네를 기다리고 있었는데."

"좀 바빠서 그랬습니다. 일분일초를 아껴야 할 형편이었으니까요. 모처럼 찾아든 행운인데….”

“알겠어, 말하자면 뿌리째 뽑아 버려야겠단 말이지!”

드로즈도프는 그의 대답이 점잖은 거절 방법에 지나지 않는다는 것을 너무나도 잘 알 수 있었다. 또한 로빠뜨낀에게 양복을 선사하려 한 것은 애초부터 자기의 잘못이라는 것도 깨닫게 되었다. 속에서 화통이 치밀어 올랐으나, 그래도 그는 위신을 지키려고 일부러 농담 비슷한 말투로 계속했다.

“암, 알구말구! 자넨 속세와는 인연이 먼 사람이야. 자네한텐 도대체 반가운 것이 없고, 또 털끝만한 욕심도 없으니까 말이야. 좋아, 좋아.”

이렇게 말하며 로빠뜨낀과 악수를 하고 운전수 옆으로 다가앉더니 탁하고 문을 닫았다. 드로즈도프는 기회 있을 때마다 이 발명가에게 선심을 쓰려 했지만, 그러나 결국은 실패의 고배를 마시고 만 것이다. 그래서 그는 잔뜩 얼굴을 찡그리고 차가 떠날 때까지 몇 초 동안 셀룰로이드 창문을 통하여, 괴상한 사나이의, 이 ‘고상한 품성’을 지닌 사나이의 얼굴을 쏘아보았다. ‘고상한’ 사나이의 눈길에도 역시 불신과 의혹이 가득차 있었다.

8

유월 중순, 맑게 갠 어느 날 정오경에 로빠뜨낀은 싱싱한 초록빛 나뭇잎들이 즐겁게 설레는 주청 소재지의 넓은 보도를 천천히 걷고 있었다. 그것은 제6시베리아가였다. 드넓은 거리는 거의 대부분이 푸른 풀로 덮여 있었고, 여기저기 풀을 뜯고 있는 염소들이 한결 희게 눈에 띄었다. 바람에 휘어진 커다란 포플러의 잎사귀들은 벌써 살랑살랑 소리를 내며 눈부시게 팔랑거리고 있었다. 누구에게나 자기의 화려하던 젊은 시절을 연상하게 하는 포플러의 진한 냄새를 로빠뜨낀은 마음껏 들이마셨다. 그는 지난 몇 해 동안에, 한창때 지니고 있던 체력이 자기 몸에서 빠져나가 버린 것을 느꼈다. 코를 찌르는 수액 냄새는 그에게 포플러들과 형제를 맺고 그들로부터 굳센 힘과 세상만사에 대한 침착하고 초연한 태도를 받아들이라고 권하고 있는 듯이 여겨졌다.

로빠뜨낀은 지금 아무런 구애도 받지 않는 자기 처지를 즐겁게 생각하는 것이었다. 그에게는 정말 아무것도 없었다. 소유물이라고 해 봐야 꼴호즈니끄 숙박소에 두고 나온 트렁크 하나가 전부였다. 그는 지금 이 길로 아무데로나 훌훌 떠날 수 있는 몸이었다. 배를 타고 오비 강을 따라 북극권으로 갈 수도 있고, 그렇지 않으면 이르뜨이쉬 강을 거슬러 올라가 자이산 호수 쪽으로 갈 수도 있다. 그리고 거기 가면 하늘과 초록빛 땅 사이에서 뗏목을 짜는 일을 하든지, 혹은 새벽에 수로표지등을 끄는 일을 하든지 하며 아침 하늘의 구름을 바라볼 수도 있는 것이다. 물론 이곳을 떠나지 않아도 무방하다.

141호 주택의 정원에서는 나이 지긋한 주인이 자두나무 가지 밑으로 기어 들어가 웅크리고 앉아서 조심스럽게 마른 가지들을 잘라 내고 있었다. 이 집 정원은 모든 것이 잘 정리되어 있었다. 사과나무 줄기에는 희게 석회칠이 되어 있었고, 이식이 끝난 토마토 모종에는 둥그렇게 종이가 씌워져 있었다. 채소밭 저쪽으로는 조그만 창고가 보이고, 온상 묘판에 덮은 것인지 나무틀에 낀 유리가 반짝이고 있었다. 그리고 채소밭 두둑 사이에는 가로세로 질서 있게 통로가 나 있었다.

눈에 보이는 모든 것이 견실했고, 또 모든 것이 자유롭게 보였다. 그러나 로빠뜨낀은 걸음을 멈추지 않고 보도 위를 뚜벅뚜벅 걷고 또 걸었다. 그에게는 뚜렷한 목적지가, 177호라는 목적지가 있는 것이다.

드디어 목적하는 집에 다다랐다. 정원 너머 깊숙이 네모반듯한 들창들이 달린 길다란 콘크리트 이 층 건물이 보이고, 정문에서 현관에 이르기까지에는 화단이 길게 뻗쳐 있었다. 초소에서 늙은 수위가 로빠뜨낀을 불러 세웠다. 노인은 마시고 있던 찻잔을 놓고 누구에겐지 전화를 걸어 '로빠뜨낀 기사'의 이름을 대더니, 분홍빛 출입증을 떼어 주었다. 로빠뜨낀은 초소를 통과하여 신선한 기운이 도는 침침한 현관에 들어섰다. 어둠에 눈이 익자, 벽에 걸린 플래카드들과 게시판과 '건설자'라는 제호가 붙은 벽신문이 보였다. 벽신문의 3분의 1가량은 '우리들의 이상'이라는 난이 차지하고 있었고, 그 밖의 지면에는 만화와 시 같은 것들 이 실려 있었다. 그리고 맨 밑에는 우체통을 그려 넣은 '통신란'이 있었다.

로빠뜨낀은 왼편 복도로 걸어 들어갔다. 복도 가장자리에는 두루마리 종이가 한 줄로 쭉 쌓여 있었고 코를 찌르는 암모니아 냄새가 풍겨 왔다. 검은 가운을 걸친 처녀들이 복도를 분주히 왕래했다. 푸르스름한 전등빛이 눈부시게 빛나는 커다란 방에서는 열어 놓은 문을 통하여 웅웅거리는 전기 기계의 소음이 흘러 나왔다. 로빠뜨낀은 여기가 청사진을 찍어 내는 곳이라는 것을 알 수 있었다. 그렇다면 외부 사람들과는 관계가 없는 곳이다. 그는 곧 홀로 되돌아 나와, 거기서 잠시 머뭇거리다가 이번에는 반대편 복도로 걸음을 옮겼다. 복도 벽에 붙은 수많은 문 가운데 하나를 열자 책상이 가득 늘어선 넓고 밝은 방이 나타났다. 투사지가 붙은 제도판을 올려 놓은 책상에는 젊은 처녀들이 한 사람씩 앉아 있었다. 모사원들인 모양이었다. 그들은 일제히 일손을 멈추고 로빠뜨낀을 바라보았다. 손톱에 바르는 에나멜 냄새 같은 것이 풍겨 왔다. 한쪽 구석에서는 제본기가 둔한 소리를 내며 도면들을 철하고 있었고, 마룻바닥에는 못바늘이 무수히 박혀 반짝거리고 있었다.

조용히 방 안을 돌아보고 나서 로빠뜨낀은 낮은 목소리로 지부장의 방이 어디냐고 물어보았다. 그러자 이 방의 책임자인 듯한 중년 부인이 다가오더니 그를 복도로 끌고 나갔다.

"저리로 해서…."

그녀는 층계 쪽을 가리켰다.

"이 층으로 올라가십시오. 거기서 왼편으로 돌아가면 됩니다."

이 층 복도에는 붉은 무늬가 섞인 초록빛 양탄자가 깔려 있었다. 로빠뜨낀은 두근거리는 가슴을 안고 그 위를 걸어갔다. 전에도 경험한 바 있는 기쁘고도 벅찬 감정이 그의 호흡을 방해했고, 그의 걸음을 재촉했다. 그것은 그가 야금공업성의 스탬프가 찍힌 통지서를 처음 받았을 때 이미 느낀 적이 있는 감정이었다. 그는 문 위에 걸린 조그만 간판들을 하나하나 주의 깊게 쳐다보며 걸어갔다. 전동과, 기관과, 보조시설과… 로빠뜨낀은 멈칫 걸음을 멈췄다. 간판은 붙어 있지 않았지만, 방문에 유별나게 갈색 니스칠이 되어 있는 것으로 보아 지부장실로 통하는 문이라고 직감했기 때문이다. 그는 조용히 문을 열고 들어가서 여비서에게 차관의 통지서를 내놓았다. 여비서는 그것을 받아 가지고 아랫입술을 깨물며 읽기 시작했다. 로빠뜨낀은 자꾸만 새어 나오려는 한숨을 억지로 참으며 태연한 태도로 방 안을 둘러보았다. 아 그렇지, 저기 역시 니스칠을 한 방문이 있구나, 간판에는 기사장이라 쓰여 있는 데, 그러면 지부장의 방은 어디 있을까? 그러나 그는 바로 눈 앞에 똑같이 생긴 방문이 또 하나 있는 것을 발견했다. 간판 모양은 같았지만, 지부장이라 쓴 글씨는 한결 위엄 있게 보였다.

"통지서는 여기 맡기세요. 지금 지부장님은 계시지 않으니까 내일 아침에 다시 오셔야겠습니다."

이튿날, 로빠뜨낀이 비서실에 나타나자 여비서는 기다리고 있었다는 듯이 자리에서 일어났다.

"지부장께서 당신의 서류를 보시고 우류삔 동무에게 넘기셨어요. 그럼 내가 안내해 드릴 테니 기본시설과로 갑시다."

로빠뜨낀은 옆으로 비켜나서 그녀에게 앞을 내어 주었다. 여비서는 두 손을 밑으로 곧게 뻗고 앞장을 서서 복도를 걸어가다가 걸음을 멈추고 문을 열었다. 그녀의 어깨 너머로, 기계 같은 것들이 가득 늘어선 밝은 작업장이 보였다. 그러나 그것들은 보통 기계가 아니라 손잡이와 수평추와 조종간이 달린 특수한 철제 받침틀 위에 올려 놓은 제도판들이었다. 조종간에는 제도판의 커버로 보이는 방수포가 걸려 있었다. 상의를 벗고 제도판에 붙어 있던 반소매 셔츠 바람의 청년들이 이쪽으로 시선을 돌렸다. 커프스 단추를 단 와이셔츠에 넥타이를 맨 나이 먹은 백발의 설계사들도 여기저기 섞여 있었다. 그리고 이 방에도 역시 방바닥에 가득 박힌 못바늘이 반짝거리고 있었다.

유리를 낀 칸막이 너머에도 제도판이 달린 철제 받침틀이 한 대 놓여 있고, 다시 그 저쪽으로는 사무용 테이블이 보였다. 그 테이블에 이 방의 책임자인 젊은 과장 우류삔이 가느다란 눈썹을 주켜올린 채, 무엇을 노리듯이 도사리고 앉아 있었다. 여윈 얼굴이 가무스름하고, 숱이 많은 머리엔 나이에 어울리지 않게 백발이 듬성듬성 섞인 사내였는데 그는 웃통을 벗어서 걸상 뒤에 걸어 놓고 견직 와이셔츠 소매를 걷어붙인 말라 빠진 거무스름한 두 손을 제도용지 위에 올려 놓고 있었다.

"로빠뜨낀 동무에요."

하고 여비서는 그에게 말하더니 보일 듯 말 듯 애교 섞인 미소를 지어 보이고는 여전히 팔을 밑으로 쭉 뻗고 밖으로 나갔다.

"거기 앉으시오!"

우류삔은 커다란 시계를 찬 손을 들어 의자를 가리키며 카랑카랑한 목소리로 말했다.

그리고는 얼굴을 찌푸리며 칸막이를 쾅쾅 두드렸다. 반응을 기다리듯이 잠시 귀를 기울이고 있다가 이번에는 커다란 소리로 고함을 쳤다.

"아라호프스끼! 아라호프스끼!"

그러자, 후리후리하게 키가 크고 나이 지긋한 설계사가 나타났다. 머리를 양쪽으로 갈라서 반반하게 빗어 넘기고, 하도 여러 번 세탁을 해서 희끄무레하게 퇴색한 와이셔츠에 넥타이를 맨 노인이었다.

그는 로빠뜨낀과 나란히 자리 잡고 앉아서 정면만을 ── 자기의 상관만을 바라보았다.

"인사하시오."

하고 책상 위에 두 손을 넓게 펴며 과장이 입을 열었다.

"이 사람은 주조기의 고안자인 로빠뜨낀 동무요."

"아, 그러세요! 이거 참 반갑습니다."

아라호프스끼는 걸상에 앉은 채 로빠뜨낀 쪽으로 몸을 돌리더니 앞니가 빠진 붉은 잇몸을 드러내며 목쉰 소리로 말했다. 그 순간 로빠뜨낀은 노인의 긴장한 시선이 한 군데 정지하지를 못하고 쉴 새 없이 동요하고 있다고 느꼈다.

"우린 당신이 제출한 설계도를 이미 검토해 본 바가 있소."

하고 우류삔은 갑자기 어조를 높였다.

"하지만, 아직 일에 손도 대지 못하고 있는 형편이오. 내가 그 방면의 전문가가 아니기 때문인지는 모르겠지만, 당신의 설계도는 암만 들여다봐도 뭐가 뭔지 전연 짐작조차 할 수 없었소. 예를 들자면…,"

하며 그는 서랍에서 설계도 뭉치를 꺼냈다. 그것은 언젠가 로빠뜨낀이 발렌찌나가 구해다 준 제도용지에 그린 눈에 익은 도면들이었다.

"예를 들자면, 여기 이렇게 툭 불거져 나온 것이 있는데, 이건 뭐요?"

"그건 주입 장치입니다."

하고 로빠뜨낀은 퉁명스럽게 대답했다.

"그리고 이건 주입 분량 조정기지요."

"흠…."

"잠깐만…."

아라호프스끼가 말을 가로챘다. 그는 팔소매에 달린 커프스단추를 열심히 바라보며 목쉰 소리로 말을 이었다.

"우린 아직 첫인사가 끝나지 않았어요. 나는 고안자 동무가 전문적인 지식을 얼마나 가지고 있는지 그걸 알고 싶습니다. 어떻습니까, 당신은 기사입니까? 혹은 주조 기술자입니까?"

"대학의 물리수학과를 졸업했을 뿐입니다."

하고 로빠뜨낀은 대답했다.

이 대답에 우류삔은 몹시 만족한 기색이었다. 그는 가죽이 팽팽한 얼굴에 흠뻑 웃음을 머금고 이를 드러냈다.

"그렇다면 이 분야의 기술적인 설계에 관해서는 개략적인 지식밖엔 가지고 있지 않겠군?"

그는 자신이 넘치는 어조로 말했다.

"지금 그리 바쁜 일도 없으니 내 당신한테 재미있는 경험담을 하나 얘기하겠소. 나도 역시 한때는 발명가였으니까. 하하하!"

그는 자기가 발명에 열중하던 젊은 시절을 만족스럽게 회상하는 듯이 잠시 입을 다물었다.

"언젠가 나는 시베리아 두더지(고급 모피로 사용되는 두더지의 일종—역주)를 잡는 창애를 발명한 일이 있었소. 이런 말을 한다고 내가 누구를 비꼬려는 건 절대로 아니오. 나는 두더지굴을 발견해 가지고 그 근처의 풀을 베어 낸 다음 거기다 창애를 놓았소. 가느다란 줄을 건드리기가 무섭게 창애가 탁 하고 그놈을 덮치게 장치되어 있었소. 창애를 풀로 보이지 않게 덮어 놓고 돌아왔다가 이튿날 가 보았더니, 제기랄, 이럴 수가 있나! 꼭 걸렸을 줄 알았던 두더지란 놈이 보이지 않더란 말이요. 나는 머리를 짜내 가지고 각각 다른 형태의 창애를 열 개나 만들었지만 결국 두더지는 한 마리도 못 잡고 말았소. 창애를 놓기만 하면 반드시 그놈이 흙을 뒤집어 씌워서 양쪽을 막아 버리질 않겠소. 대체 그놈이 무슨 짓을 하는지 아시겠소? 그 놈은 굴 속을 다닐 때 언제나 앞으로 흙을 밀면서 다닌다는 거요. 그러니까 두더지가 걸려들기 전에 우선 흙이 튀어 들어 창애가 퉁겨 버리게 마련이고, 그 다음에 그놈은 거기다 흙을 뒤집어 씌운단 말이오. 그것은 아마 '검사필'이라는 표지일 거요. 참 기막힌 검사 방법이 아니겠소! 고무가 달린 창애를 냄새로 알아차리고는 멀찌막한 데서 흙을 뿌리지요. 하지만 그 정도로 내가 손을 들어 버렸다고 생각하시오? 천만에, 이번에는 굵은 철사로 쥐틀처럼 단단히 엮어 가지고 두더지가 그 속으로 기어들어 가기만 하면 나오지 못하게시리 만들어서 갖다 놓았소. 마침내 그놈이 걸려들긴 했지만, 역시 헛탕이었소. 그놈의 발이 굉장히 세단 말이오. 철사로 만든 틀을 뜯고 옆으로 새나가 버렸소. 그놈은, '이 바보 같은 녀석아, 종잇장을 앞에 놓고 암만 궁리해 봐야 쓸데없어. 우선 실제 경험을 쌓아야지. 내 생태를 연구하란 말이야. 그러고 난 다음에야 무엇이든 발명할 수가 있는 법이야.' 하고 내게 충고해 주었단 말이오. 그래서 나는 아주 포기해 버리고 말았소."

이렇게 말하고 우류삔은 낄낄 웃어 댔다. 아라호프스끼도 잇몸을 드러내고 따라 웃으며, 길다란 한쪽 다리를 다른 다리 위에 포갰다.

"어쨌든 당신의 설계도는 뭐가 뭔지 모르겠소."

우류뻰은 재빨리 도면을 한 장씩 들추어 나가며 뇌까리더니, 옆으로 밀어내 놓고 말을 이었다.

"나로서는 도대체 이해할 수가 없단 말이오. 하지만 이 이상 아무 말도 하고 싶지 않소. 뜻밖에도 여기 아주 신기한 아이디어가 들어 있는지도 모르니까…(이 말에 연방 커프스단추만 잡아당기고 있던 아라호프스끼는 양쪽으로 갈라 넘긴 머리를 굽실하고 숙여 보였다). 실현성이 있는 아이디어, 하다못해 실현성이 있는 아이디어 정도라면 괜찮겠는데!"

"과장님, 도대체 뭡니까?"

로빠뜨낀의 등 뒤에서 만만치 않은 젊은이의 목소리가 울렸다.

그 소리에 얼핏 몸을 돌린 로빠뜨낀은 스물서너 살가량 되어 보이는 청년의 조소와 증오에 찬 눈길을 정면으로 받았다. 감색 반소매 셔츠를 입은 그의 가슴에는 조그만 운동선수 배지가 달려 있었다. 불그스름한 머리털이 곱슬곱슬 이마 위로 늘어진 것이 마치 소년과 같은 인상을 주는 청년이었다. 그의 등 뒤에는 젊은 기사들이 몇 사람 버티고 서서 호기심에 찬 눈으로 로빠뜨낀을 바라보고 있었다. 앞머리가 곱슬곱슬한 청년은 로빠뜨낀 쪽으로 비스듬히 방향을 돌리더니 울룩불룩한 팔의 근육을 손으로 툭툭 두드렸다.

과장은 얼굴을 쳐들고, 잠자코 있으라는 듯이 눈짓을 해 보였다.

"대체 어떻게 되는 겁니까, 과장님? 내가 보기엔 또 고안자를 한 사람 보낸 모양인데…."

청년은 항의하는 어조로 말했다.

"사업 계획에 넣지도 않고 이렇게 자꾸만 보내니, 어떡하란 말이죠?"

하더니 이번에는 아주 로빠뜨낀한테 맞대 놓고 말했다.

"당신은 고안자니까 물론 우리 입장 같은 건 염두에도 두지 않을 겁니다.

자기 일만 추진시키면 그만이겠죠. 그러나 그 통에 골탕을 먹는 놈이 있다는 걸 알아야 합니다. 여기는 아브지예프의 콩고(노예국이란 뜻—역주)란 말입니다. 당신 같은 사람의 일까지 맡을 수는 없어요."

우류뻰은 더욱 엄격한 표정을 지으며, 또 한 번 얼굴을 쳐들었다.

"당신이 나잇살이나 먹었다면…,"

하고 청년은 조금도 굴하는 빛을 보이지 않고 자기 말을 계속했다.

"아브지예프 교수나 그 아류인 학자들처럼, 나잇살이나 먹어 백발이 성성하게 된다면, 그때는 당신도 자기의 노예를 가지게 될는지 모르지만…."

"그런데 내가 한 가지 더 얘기하고 싶은 것이 있소."

하고 우류뻰이 끼어들었다.

"당신은 아브지예프 교수의 주조기에 대해 아는 바가 있소? 그 기계는 이미 시운전 단계에 들어갔다는 소식이 있소. 내 생각 같아서는 틀림없이 배수관 제작에 성공할 것으로 보는데…."

"내 주조기도 역시 성공할 겁니다."

하고 로빠뜨낀이 대꾸했다.

"글쎄, 어떨까… 공장으로 넘어갈 수만 있어도 다행한 일일 텐데. 이렇게 말한다고 오해하진 마시오. 이건 진담으로 하는 말이니까. 당신의 주조기는 아직 규격 검사도 끝내지 않은 상태에 있지 않소? 그리고 도대체 무엇 때문에 두 가지의 배수관 주조기가 필요하겠느냐 말이오? 그래 당신은 당신의 주조기가 더 우수하다고 생각하오?"

"물론 우수할 겁니다."

"발명가는 누구나 다 자기 기계가 우수하다고 생각하는 법이오. 그러나 솔직히 말해서 나는 당신의 기계를 지지할 수 없소."

"참으로 유감스럽군요."

로빠뜨낀은 잔잔한 어조로 말을 받았다.

“그래도 여기 오면 내 기계를 지지해 주는 분을 만날 수 있지 않을까 기대하고 있었는데. 그러나 아직도 내 기계의 본질을 규명해 보지 않은 동무들이 있다고 생각합니다. 새로운 것은 언제나….”

“우린 절대로 새로운 것을 꺼려하는 게 아니오.”

하고 우류뻰이 말을 가로챘다.

“오히려 눈을 벌겋게 뜨고 새로운 것을 발견하려고 애쓰고 있소.”

“그렇습니다. 보다 훌륭한 적을 상대로 하라는 말이 있듯이 우린 언제나 새롭고 우수한 기계를 환영하고 있죠.”

젊은 기사가 과장의 말을 두둔하며 나섰다.

“다만, 그런 우수한 기계가 나타나지 않는 것이 유감스러울 따름입니다. 하기는 아브지예프 교수의 주조기에 대해서도 이러쿵저러쿵 말이 있다는 걸 나도 알고 있지만…”

“우선 내 말부터 마저 들어 주시오.”

로빠뜨낀은 눈을 내리뜬 채 침착한 어조로 입을 열었다.

“당신들은 내게 불쾌한 말을 많이 했습니다만 나는 아직 거기 대해 답변을 않고 있습니다. 그러니까 나는 당신들에게 그 중에서도 특히 당신에게…,”

하며 그는 젊은 기사 쪽으로 얼굴을 돌렸다.

“답변해야 할 의무가 있다고 생각합니다. 그러나 나는 답변을 보류하겠습니다. 답변을 하려면 야금공업성의 관리나 또는 권위 있는 학자들의 이름을 입에 올려야 할 테니까요. 따라서 당신들도 이 문제를 이 이상 파고들지 않기를 바랍니다. 나는 언제나 나를 지지하지 않는 사람들에겐 도움을 받지 않는 주의였지만, 그러나 이젠 그런 태도만을 견지할 수는 없게 되었습니다.”

이렇게 말하고 로빠뜨낀은 그들을 굴복시키려고 슈찌꼬프 차관이 서명한 명령서를 제시하려 했다. 그러나 그는 문득, 우류뻰도 역시 자기 권한의 한계가 명백히 제시되는 것을 무엇보다 싫어하는 하급 지도자 가운데 한 사람이라는 생각이 들었다.

"나는 당신들과 함께 일에 착수하게 되기를 바랄 뿐입니다."

그는 공손한 어조로 계속했다.

"혹시 필요하다면 내 주조기에 대해 상세하게 설명해 드리지요. 잘 검토해 보면 분명히 이해하게 될 줄 믿습니다. 그리고 내 기계를 지지하는 동무들도 나타나겠지요."

이렇게 말하고 그는 입가에 미소를 띠었다.

"그래 당신은 기술 설계에 대한 우선권이라도 가지고 있단 말이오?"

잠시 후에 우류뻰이 띄엄띄엄 물었다.

"네, 있습니다."

로빠뜨낀은 부드러운 어조로 대답했다.

한참 동안 미묘한 분위기 속에서 침묵이 흘렀다.

"그렇다면, 이렇게 시간을 낭비할 필요가 없지 않소? 아라호프스끼, 당신이 이 일을 맡아서 잘 검토해 보도록 하시오."

우류뻰은 의자에서 일어나려는 듯이, 테이블에 가슴을 갖다 대며 그 카랑카랑하고 활기 있는 목소리로 덧붙였다.

"로빠뜨낀 동무, 당신 일에 우리 과에서 가장 훌륭한 기계학자이며 수학자인 아라호프스끼를 배치하겠소. 이 사람은 우리 과의 자랑이며 우리의 라그랑즈(19세기 초엽의 프랑스의 유명한 수학자—역주)요."

큰 키에 허리가 좀 구부러진 아라호프스끼는 말없이 테이블에서 설계도 철을 접어 들고 제도대 사이를 지나 반대편 구석진 곳으로 로빠뜨낀을 안내했다. 그곳에는 그가 사용하는 조그만 책상과 제도대가 있었다. 그는 책상에 앉아 돋보기를 쓰고 설계철의 첫 장을 들췄다. 주조기의 약도가 나타났다. 그는 무엇을 집어삼킬 듯이 잔뜩 찌푸린 얼굴로 씨근씨근 숨소리를 내며 도면을 들여다보기 시작했다. 한참 동안을 그렇게 씨근거리며 들여다보고 나서 그는 잇몸을 드러내고 웃으면서, 들고 있던 계산척을 도면 위에 던졌다.

"얼마나 걸렸소?"

"반 년쯤 걸렸습니다."

"지금 잠깐 보니까, 세밀한 부분에 이르기까지 죄다 그렸군요. 축척까지 그려 넣었으니! 그렇지만 이런 것은 무엇 때문에 그렸소? 여기 이런 것이나, 이런 것이나, 그리고 이런 골치 아픈 것들은 그릴 필요가 조금도 없는 거요."

그는 손가락으로 몇 군데를 두드렸다.

"기계 제작에는 소위 규격화 부분품이라는 것이 있는데 우린 그 중에서 해당되는 부분품을 수집해서 기계를 조립하게 되어 있소. 수집한단 말이오, 알겠소? 심지어는 볼트의 나사 홈까지 그렸으니… 이건 이만저만한 헛수고가 아니오. 여보게, 꼴랴! 거기 있나?"

하고 그는 저쪽에다 대고 소리쳤다.

"지금 보니 설계가 과히 서투르지 않은 걸!"

"아라호프스끼는 너무 호인이어서 탈이야."

아까 그 젊은 기사가 비웃는 말투로 대꾸했다.

"보나마나 팔랑개비 같은 걸 그려 놨을 테지."

"팔랑개비라니, 이건 아주 훌륭한 기계야!"

젊은 기사는 제도대 사이를 이리저리 빠져서 이쪽으로 다가오더니, 아라호프스끼의 등 뒤에 와서 허리를 굽혔다. 그들은 함께 도면을 들여다보기 시작했다.

"그래, 자네가 보기엔 어떤가?"

아라호프스끼는 연필로 도면을 두드렸다.

"응? 어때? 실현성이 없는 고안이라구?"

"난 주조기에 대해선 아무것도 몰라요."

청년은 허리를 펴고 로빠뜨낀의 눈을 피하며 대답했다.

"그저, 어디다 감속장치를 해야 하고, 또 어디다 그것을 하면 안 된다는 걸 알고 있을 뿐이죠. 하지만 그것만 보면 벌써 돼먹은 기계인지 아닌지…."

그는 말끝을 맺지 못했다. 저쪽에서 쾅쾅 칸막이를 두들기는 소리가 들려왔기 때문이다. 뒤이어 '아라호프스끼!' 하는 과장의 찢는 듯한 목소리가 울렸다. 그 소리에 아라호프스끼는 벌떡 일어나서 제도판 사이를 헤치며 걸어갔다. 얼마 후에 돌아온 그는 상의를 입고 연필과 계산첩을 서랍 속에 집어넣었다.

"나는 지금 공장엘 좀 가 봐야겠으니, 오늘은 이만 숙소에 가서 쉬시오. 내일 오후 한 시 반에 다시 만나기로 합시다."

이튿날부터 로빠뜨낀은 아라호프스끼와 함께 일주일 동안 매일 한 시간 반 내지 두 시간씩 설계도의 검산을 실시했다.

설계도의 대체적인 검산이 전부 끝나자, 아라호프스끼는 돋보기를 벗어 놓고, 무엇 때문인지 로빠뜨낀의 시선을 피하며 목쉰 소리로 이렇게 말했다.

"그럼 우류삔한테 가 봅시다."

과장은 언제나처럼 바싹 마른 가무스름한 두 팔을 제도지 위에 펼쳐 놓고 테이블에 앉아서 그들이 오기를 기다리고 있었다. 그는 연한 회색 줄무늬가 있는 다갈색 견직 셔츠를 입고 볕에 그을린 여윈 얼굴을 거만스레 찌푸리고 있었으나, 한편 그 얼굴에는 숨길 수 없는 초조의 빛이 나타나 있었다.

아라호프스끼는 잠자코 우류뻰 앞에 앉았다. 로빠뜨낀 역시 아무 말 않고 그 옆에 나란히 앉았다. 우류뻰은 천천히 손을 뻗쳐 아라호프스끼한테 도면철을 받아서 테이블 위에 놓은 다음, 손가락 끝으로 그 커다란 손목시계를 톡톡 두들겨 보더니, 그것을 귀로 가져갔다. 그러고 나서 그는 도면철을 펼치고 주조기의 약도부터 꺼내 놓았다.

"그래 당신 의견은 어떻소?"

"뭐 그저 그렇습니다."

아라호프스끼는 낮은 목소리로 대답했다.

"언제나 그저 그렇다는 대답이니, 무엇이 어떻게 돼서 그저 그렇다는 거요?"

하며 과장은 도면을 한 번 훑어보았다.

"하여튼 좋소. 예고르를 당신한테 줄 테니까, 이 약도부터 세부설계를 실시하게 하시오."

"그런데 말씀입니다. 혹시 잊으셨는지 모르겠습니다만 나는 지금 급한 일을 맡고 있기 때문에…."

"급한 일이라는 건 뭐요?"

"제분기 말입니다. 아침부터 저녁까지 그 일에만 들러붙어 있어야 할 형편이지요."

"아 참 그렇군. 그럼 이걸 맡길 사람이 없지 않소? 로빠뜨낀 동무, 보시다시피 우리 형편은 이렇소. 우리 지부 자체의 일만 해도 산더미 같은데, 게다가 계획에도 들어 있지 않은 제분기 따위의 세부설계까지 떠맡기니 곤란이 이만저만 아니오. 한 번 내려보낸 설계안을 얼마 안 있어 다시 회수해

가기가 일쑤고. 도대체 상부에서 기술적인 과제를 엉터리없이 제시한단 말이요. 그리고는 설계를 변경시켜 가지고 다시 내려보내곤 하니, 우린 정말 죽을 지경이오."

"그렇겠군요."

하고 로빠뜨낀은 말을 받았다.

"그리고 사람이, 일할 사람이 문제란 말이오. 사람이 어디 그렇게 남아돌아가는 줄 아시오? 사람도 없을 뿐더러 예산도 없어요."

"그렇겠습니다."

과장은 잠시 무엇을 생각하더니 가느다란 눈썹을 아래 위로 움직거리며 로빠뜨낀의 눈을 응시했다.

"당신의 주조기는 내가 맡을 수밖엔 없을 것 같소."

오랜 침묵이 흘렀다. 포플러 수액 냄새를 품은 선선한 바람이 열어젖힌 창문으로 불어 들어와 기분 좋게 얼굴을 간지럽혔다. 아라호프스끼는 활처럼 등을 구부리고 앉아서 침울하고 무관심한 얼굴로 앞만 바라보고 있었다. 로빠뜨낀은 자기 기계의 기술 설계를 직접 과장이 맡아서 지도하는 것이 과연 유리한 것인지 혹은 불리할 것인지를 판단하려고 애썼다. 한편, 우류뻰은 공격 태세를 갖춘 전사처럼 투지에 찬 눈초리로 그를 지켜보고 있었다.

"그럼 그렇게 하기로 결정합시다."

이윽고 우류뻰이 입을 열었다.

"아라호프스끼, 예고르를 곧 나한테 보내시오. 그리고, 이번에 새로 온 그 막슈쩬꼬란 사람도 오라 하시오."

아라호프스끼는 로빠뜨낀에게 눈도 주지 않고 딴 사람과 다투기라도 한 것처럼 뿌루퉁한 얼굴로 나가 버렸다. 아라호프스끼가 나가는 것과 거의 때를 같이하여, 막슈쩬꼬가 만면에 미소를 띠우며 나타났다. 하늘빛 견직 셔츠 자락을 감색 바지 속에 넣어 허리께를 부풀어 오르게 하고 팔꿈치 위를 고무줄로 졸라맨 화사한 차림새였다.

"막슈쩬꼬 동무."

과장은 엄숙한 어조로 말했다.

"이 사람이 주조기 고안자인 로빠뜨낀 동무요. 이것이 설계안이고. 우선 주조기의 약도부터 세밀히 설계하도록 하시오. 그리고 혹시 의문되는 점이 있을 때는 나한테 문의하시오. 내가 이 일을 맡아서 지도할 테니까. 아, 예고르도 왔군. 예고르에겐 기계의 연결부를 맡기겠소."

아랫배가 튀어나온 작달막한 몸집에 감색 잠바를 입은 예고르는 고안자 쪽을 흘끔 바라보고는 테이블 위에 놓인 도면으로 손을 뻗치다가 이내 움츠리고 말았다. 과장이 먼저 그것을 집어 가지고 위엄 있는 태도로 막슈쩬꼬에게 내주었기 때문이다.

"저기 가서 보시오. 막슈쩬꼬가 보여 줄 테니까. 당신은 막슈쩬꼬와 같은 그룹에 속하게 됐소. 극히 중요한 설계안이오. 기계의 성질에 대해선 당신도 잘 알고 있을 테니까 새삼스레 얘기하지 않겠지만 한 가지, 신속을 요한다는 점만은 특히 지적해 두고 싶소. 일을 빨리하면 당신들에게도 해롭지는 않을 거요."

9

원심주조기 그룹을 위해 멀찌막이 떨어진 한쪽 구석에, 이곳 설계사들이 제도 컨베이어라 부르는 제도대 네 개와 책상 한 개가 설치되었다. 세부설계사인 두 사람의 기술자가 제도대에 앉아서 로빠뜨낀 쪽을 흘끗 보더니 저희들끼리 말없이 눈짓을 하고는 연필을 깎기 시작했다. 예고르도 자기 제도판 앞에 상을 찌푸리고 앉아서 숨을 씨근거리고 있었다. 그들은 지금 막 일에 착수하려는 참이었다. 보수는 도면의 매수에 따라 지급하는 청부제였다.

한편 막슈쩬꼬는 자기 컨베이어 앞에서 무슨 영감이라도 받은 듯한 자세를 취하고 있었다. 제도대 밑을 가로지른 나무 위에 다리를 올려 놓고 담배도 담지 않은 구부러진 파이프를 입에 문 채 멍하니 생각에 잠겨 있었다. 과장으로부터 그 어떤 매우 중요한 과업을 위임받았기 때문이다. 그리고 굵다란 머리채를 휘감아 목덜미에 얹은 여기사 한 사람과 또 하나 곱슬곱슬한 금발을 어깨까지 드리운 여기사가 같은 과에서 일하고 있는 것을 발견한 데도 원인이 있었다.

이리하여, 기술 설계 작업의 첫 날이 시작되었다. 그날 하루 동안에 많은 일이 처리되었다. 로빠뜨낀은 자기의 설계안이 기술적인 면에서 그리 흠잡을 만한 데가 없다는 것을 알게 되었다. 그래서 며칠 후에 그는 막슈쩬꼬에게 이 점을 은근히 암시해 보았다.

"막슈쩬꼬 동무, 내 생각 같아서는 과장과 의논해야 할 일이 별로 없을 것 같은데?"

"물론이죠!"

막슈쩬꼬는 고무로 만든 쌈지를 꺼내더니 파이프에 담배를 담아서 입에 물었다.

"무엇 때문에 과장과 의논해요? 이건 아주 훌륭한 기계입니다. 과장 자신이 그렇게 말했고, 또 아라호프스끼도 그런 말을 했어요. 그런데 새삼스레 무슨 의논입니까?"

"그렇지만 처음에 과장이 나한테 말하기를…."

"좀 위협적인 말을 한 모양이군요? 처음엔 누구한테나 으레 그래 보는 거죠. 하기는 그럴 필요가 있을 겁니다. 고안자가 고집을 부리거나 공연히 일에 손을 대려고 덤벼들지 못하게시리 미리 못을 박아 두는 거죠. 그래야 서로 원만한 협조가 이루어질 게 아닙니까?"

그는 낄낄거리며 웃고 나서 파이프를 옮겨 물고 성냥을 꺼내더니 문 쪽으로 걸어나갔다. 그는 자주 담배를 피우러 밖에 나가곤 했다.

우류뻰은 하루에 두 번씩 막슈쩬꼬의 제도대에 다가와서 그에게 지시를 내렸는데, 그럴 때면 손가락으로 제도판을 두들기며 커다란 소리로 이렇게 고함치는 것이었다.

"없애 버려요, 여기 이 볼트는 필요 없어! 내 말 듣소? 없애 버리라니까! 뭘 하는 거요, 동무들, 당장에 이 볼트를 없애 버리시오! 이놈이 여기 있으면 기계를 죄다 망쳐 놓고 말 거요."

'어서 실컷 떠들어라!' 로빠뜨낀은 속으로 생각했다. 그는 지금 이 방 안의 모든 것이 —— 과장의 고함 소리도 막슈쩬꼬의 영감을 받은 듯한 자세도, 그리고 한 장 한 장 솜씨 있게 세부설계도를 그려 나가는 끈기 있는 기술자들도 모두가 마음에 들게 된 것이다.

막슈쩬꼬의 제도판 위에는 점차 주조기의 윤곽이 뚜렷하게 드러나기 시작했다. 무엇 때문인지는 분명치 않았지만, 운동선수 배지를 단 젊은 기사 꼴랴는 거의 매일같이 막슈쩬꼬의 제도판 옆에서 잠깐씩 걸음을 멈추곤 했다. 그리고 아라호프스끼도 이따금 나타나서 마치 무슨 냄새를 맡으려는 듯이 허리를 구부리고 도면을 훑어보곤 했다.

그런데 전연 예기치도 않았던 사고가 발생한 것이다. 팔월 초였다. 주조기의 전모를 나타내는 약도의 설계를 일시 중단하고 막슈쩬꼬는 기계의 중심을 이루는 굴대와 연결부를 그린 도면을 못바늘로 제도판에 박아 놓았다. 그러고는 파이프에 담배를 담아 가지고 바람을 쐬러 현관 층계로 내려갔다. 바로 그때, 과장이 막슈쩬꼬의 제도판 옆으로 다가왔다. 최근에 그는 로빠뜨낀의 기계에 더욱 깊은 관심을 표시하기 시작했다.

막슈쩬꼬를 자주 칸막이 저쪽으로 불러들이는가 하면, 로빠뜨낀 옆을 지나갈 때는 일부러 팔꿈치로 그를 건드리고는 고안자 양반이라 부르며 농담을 걸기도 했다. 그리고 제도판 옆에 멈춰 설 때는 반드시 자기 손에 연필을 들고 열심히 일에 참견했다.

그날도 그는 제도판으로 다가와서 앞에 놓인 걸상에 앉더니, 이마에 주름을 잡으며 입술을 굳게 다물고 도면을 들여다보기 시작했다. 그러다가 머리에 떠오르는 잡념을 없애려는 듯이 눈을 가늘게 뜨고 손가락으로 타닥타닥 무릎을 치면서 창밖을 바라보았다. 조금 있다가 막슈쩬꼬가 흡족한 표정으로 붉은 입술을 빨며 들어왔다. 지독한 담배진 냄새가 풍겨 왔다. 과장이 무슨 말인지 몇 마디 하니까, 그는 어깨를 흠칫해 보였다. 그리고는 두 사람이 동시에 도면 쪽으로 시선을 흘렸다. 바로 이때, 성미가 괄괄한 꼴랴가 호주머니에 손을 찌르고는 그들 뒤에 와서 멈춰 서더니, 흘끗 로빠뜨낀 쪽에 눈을 주고는 코웃음을 쳐 보였다.

"이거 봐요, 막슈쩬꼬."

등 뒤에서 갑작스레 울리는 꼴랴의 격한 음성에 막슈쩬꼬는 깜짝 놀라 몸을 돌렸다.

"뭣 때문에 당신은 자전거를 새로 고안해 내고 있는 거요?"

"자전거라니?"

"아니, 이게 자전거가 아니고 뭐요! 당신처럼 경험을 가진 기사가 어째서 여기다 이따위 자전거 브레이크 같은 감속장치를 넣었느냐 말이오? 여기다 감속장치를 하려면 더욱 강력한 것이 아니면 안 될 거요. 우리 과장이 이미 두 대의 기계에 설치해서 성능이 보장된 규격화 부분품이 있지 않소! 그런데 어째서 그걸 설치하지 않았느냐 말이오."

꼴랴는 로빠뜨낀 쪽으로 방향을 돌리며 계속했다.

"어떤 주조기를 막론하고 압축 공기가 발생하는 법이니까, 따라서 여기에는 가장 기초적인 기체역학이 응용되어야 할 거요. 자료보관계에 가보시오. 거기 가면 이미 보편화된 이 부분의 청사진을 내 줄 거요."

"자네 말도 일리가 없는 건 아니야."

하고 우류뻰은 입을 열었으나, 다음 말을 생각하느라고 잠시 말을 끊었다가 다시 계속했다.

"그렇게 고안자에게 두세 가지씩 귀띔해준 것이 쌓이고 쌓이면, 즉 양적인 축적이 질적 변화를 일으킨다는 유물변증법의 원리에 따라 새로운 아이디어가 떠오르게 되고, 그 다음엔…."

"그러나 나중에 혹시 실패하게 되는 경우, 고안자는 최초의 설계안 대로 하지 않았다고 책임을 우리에게 전가할 게 아닙니까!"

막슈쩬꼬가 우류뻰을 보며 말했다.

"그런 문제는 세부설계를 하는 사람이 사전에 고안자한테 문의하면 되지 않소!"

하더니 꼴랴는 자기 자리로 돌아가다가 방 한가운데까지 와서 걸음을 멈추고 옆으로 얼굴을 돌리며 덧붙였다.

"기체역학 그 자체는 아이디어가 아니에요. 그렇지 않소, 동무들? 기체역학은 아이디어를 뒷받침하는 것이지만, 막슈쩬꼬가 설치한 그따위 감속장치는 아이디어를 아주 망쳐 버리는 거예요."

이렇게 말하고 그는 다시 저쪽으로 걸어가더니 제도판 뒤로 사라져 버렸다. 뒤이어 불만에 찬 그의 굵직한 목소리만이 들려 왔다.

"이 점을 저 사람들이 몰랐을 리는 만무하지 않으냐 말이야. 찌모하, 자네 생각은 어떤가? 최초의 시운전에서 톱니바퀴를 죄다 망쳐 버리리라는 것이 뻔한데, 대체 무슨 생각으로 저 사람들이 그따위 설계를 하고 있느냐는 거야."

우류뻰은 고개를 쳐들고 사나운 눈초리로 자기과 내를 훑어보며 귀를 기울였다. 그를 쳐다보는 사람은 하나도 없었다. 모두들 자기 일에 열중하고 있는 듯이 묵묵히 제도판에 엎드려 있었다. 다만, 꼴랴가 자취를 감춘 제도판 뒤에서 여전히 그의 굵은 음성이 들려올 뿐이었다.

"도대체 저 사람들이 무슨 짓을 하는가 해서 벌써 며칠째 가서 들여다봤더니, 결국 저런 무책임한 짓을 하고 있지 않겠어?"

"로빠뜨낀 동무."

우류뻰은 고개를 한쪽으로 기울이고 눈썹을 추켜세운 채, 꼴랴가 잠잠해지기를 기다려 입을 열었다.

"생각해 보니, 그 기체역학이란 것도 그럴 듯한 말인 것 같군. 어떻소, 당신 의견은?"

막슈쩬꼬는 팔꿈치를 무릎에 세우고 빈 파이프를 빨기 시작했다. 산들바람이 불어 들어와 그의 벗어진 이마 위의 부드러운 금발을 가볍게 흔들었다. 로빠뜨낀은 그에게로 다가가서 연필로 가느다랗게 그려 넣은 감속장치의 톱니바퀴를 들여다보았다. 그의 피로한 얼굴에서는 누구를 의심하거나 경계하는 듯한 빛은 찾아볼 수 없었다. 로빠뜨낀은 그들 경험 있는 설계사들을 전적으로 신뢰하고 있었던 것이다. 따라서 그들이 기체역학과 같은 단순한 문제를 전연 무시하였다는 데 그는 놀라지 않을 수 없었다. 더구나 이미 성능이 보장된 규격화 부분품이 있다지 않은가. 생각이 여기에 미치자 그의 눈에는 차차 의혹의 그림자가 깃들기 시작했다.

"역시 꼴랴의 말대로 하는 게 좋을 것 같소."

우류뻰은 로빠뜨낀의 눈치를 살피고 있다가 다시 이렇게 말했다.

"네 군데나 실린더를 설치해야 할 거요. 막슈쩬꼬 동무, 함께 검토해 봅시다."

그는 두 손을 허리에 얹고 잠시 제도판 앞에 서 있다가, 연필을 집어 들더니 감속장치 위에다 가느다란 선을 몇 개 그어 놓았다.

"아마 이렇게 해야 될 거요. 막슈쩬꼬 동무, 다시 한 번 잘 생각해서 이 문제를 해결하도록 하시오."

그러고는 얼굴에 밝은 미소를 띠며 옆을 지나는 길에 로빠뜨낀의 어깨를 슬쩍 건드리더니 군복 호주머니 속에 연필을 찔러 넣어 주고는 이 사람 저 사람의 제도판을 기웃거리며 천천히 자기 자리로 돌아갔다.

막슈쩬꼬는 새로 제도용지 한 장을 제도판에 펴 놓고 나서 파이프에 담배를 담아 가지고 바람을 쐬러 현관 층계로 내려갔다. 로빠뜨낀은 손바닥으로 이마를 문지르며 몇 분 동안 막슈쩬꼬의 앞에 서 있었다. 의혹은 더욱더 짙어 갔지만, 그렇다고 무슨 위험이 숨어 있는 것 같지는 않았다. 그는 담배 생각이 나서 신문지를 찢어 굵직하게 한 대를 말아 가지고 종이에 침칠을 하며 복도로 나와 불을 붙였다. 아래층 홀로 내려온 그는 현관 앞 층계에 걸터앉아서 시멘트 바닥에다 연필로 무엇인지 그리고 있는 막슈쩬꼬를 발견했다. 너무 그림에 열중하고 있기 때문인지 그는 로빠뜨낀이 현관 밖으로 나오는 것도 모르고 있었다. 로빠뜨낀은 주춤하고 걸음을 멈췄다가 그의 등 뒤로 가까이 갔다. 막슈쩬꼬의 어깨 너머로 거친 시멘트 바닥에 연필로 그려 놓은 여섯 개의 동그라미가 보였는데 도면 전체는 연발식 육혈포의 장탄부를 연상하게 하는 것이었다.

"여기가 설계사의 실험실인 줄은 미처 몰랐군요."

하고 로빠뜨낀은 농담을 걸었다.

막슈쩬꼬는 소스라치게 놀라며 얼굴을 붉히더니 자기가 그려 놓은 도면을 재빨리 뭉개기 시작했다. 너무나 그가 당황하는 바람에 로빠뜨낀은 오히려 민망스러울 지경이었다.

“그냥 놔 두시오. 순진한 처녀처럼 뭘 그렇게 수줍어하시오.”

이렇게 말하며 로빠뜨낀은 그의 옆에 쭈그리고 앉았다.

“고안자인 나한테야 보여줘도 무방하지 않겠소.”

“내 성격은 원래가….”

막슈쩬꼬는 얼굴을 더욱 붉히더니 손수건을 꺼내 이마를 닦았다.

“딴 사람이 있는 데선 뭘 생각해 낼 수가 없어서….”

그는 연필로 그림을 죄다 뭉개 버리고 일어섰다.

“그런데 이건 뭡니까?”

“피스톤을 좀 그려 봤죠. 기압 조정장치에 필요하기 때문에….”

막슈쩬꼬는 고무 쌈지를 꺼내 파이프에 담배를 담더니 불을 당겨 천천히 빨기 시작했다.

“막슈쩬꼬 동무.”

로빠뜨낀은 꼴랴가 한 말이 생각나서 그에게 물었다.

“아까 꼴랴가 말한 그 부분품을 갖다가 내 기계에 적용하는 게 어떻겠소?”

“나도 지금 그 말을 하려던 참입니다. 그렇게 하죠. 자료보관계에 가서 한번 그 부분품을 봐야겠습니다.”

이렇게 대답하고 그는 파이프를 옮겨 물더니 현관 쪽으로 걸어 들어갔다. 로빠뜨낀은 조금 전에 품었던 의혹을 깨끗이 씻어 버렸다. 막슈쩬꼬가 단순한 책임감 때문에 일을 하고 있는 것이 아니라, 양심적인 태도를 가지고 기술 설계에 대해 연구하고 있다고 생각했기 때문이다. 사실 그만큼 자기 맡은 일에 열중하고 있다면 추호도 우려할 바가 없지 않겠는가!

막슈쩬꼬는 자기가 말한 대로 자료보관계에 가서 청사진을 얻어다가 주조기 선회부에 피스톤이 달린 실린더를 그려 넣기 시작했다. 얼마 후에는 피스톤과 실린더의 가동률을 산출하기 위해 검산을 맡아 보는 기사에게 그것을 넘겼다. 일은 눈에 뜨일 만큼 진전을 보게 되었다.

어느 날, 하루 일을 끝내고 흡족한 기분으로 숙소에 돌아가던 로빠뜨낀은 한길을 메우다시피 하고 뽀얗게 먼지를 일으키며 집으로 돌아오는 소떼와 마주쳤다. 그는 하는 수 없이 울타리 옆에 붙어서서 소 떼가 지나가기를 기다렸다. 구수한 우유 냄새가 먼지에 섞여서 코끝에 풍겨 왔다. 바로 그때 귀에 익은 아라호프스끼의 목소리가 들렸다.

"발명가한테 길을 내주지 않다니, 저런 놈의 소를 봤나! 그렇지 않소? 당신은 어떻게 생각하오?"

이 말에 로빠뜨낀은 빙그레 웃었다. 옷깃에 수를 놓은 러시아식 셔츠를 입고 상의를 벗어 한쪽 어깨에 걸친 아라호프스끼가 그에게 다가왔다.

"웃기는 왜 웃소? 정말 관대한 양반이로군."

그는 두 손을 허리에 얹고 소 떼를 바라보며 다정스러운 어조로 말했다.

"만일 지금 이 자리에 당신이 아닌 우리 이리 각하께서 서 있었다면, 장면은 달라졌을 거요. 실은 모든 재난의 근원이 거기 있다고 할 수 있소."

그들은 제각기 생각에 잠겨 잠시 아무 말 않고 서 있었다. 소 떼가 다 지나가 버리자 그들은 천천히 걸음을 옮겼다.

"그런데 발명가 동무."

아라호프스끼가 입을 열었다.

"당신은 가장 험난한 우회로를 선택했다는 걸 알고 있소?"

"그렇지만, 이젠 거의 다 통과했습니다. 벌써 이 년 동안이나…."

"통과했다구? 천만에!"

"그동안 내가 얼마나 고생했는지 잘 모르시기 때문에 하는 말씀이겠죠."

"아니, 아주 잘 알고도 남지. 그러지 말고, 내 말이나 들어 봐요. 아직도 당신은 충분한 경험이 없소. 그건 그렇고 당신이 내 말을 곧이듣느냐 안 듣느냐 하는 것은 어디까지나 당신의 자유요. 그러나 운명이 당신을 위해 만들어 놓은 난관을 당신은 반도 통과하지 못한 것은 사실이오. 만일 원한다면 당신이 한 걸음 더 전진할 수 있도록 도울 용의가 있소. 물론, 당신이 원한다면 말이오."

"그야 물론 원하다 뿐이겠습니까!"

"원한다구? 그럼 얘기할 테니 들으시오. 당신은 세부설계에 대해 아무것도 모르고 있소. 기계 부분품에 대해서도 백지상태요. 웃을 게 아니라 내 말을 잘 들으시오. 당신은 어떤 아이디어를 남에게 제시하는 정도의 지식은 있지만, 그 정도로서는 완전한 설계도를 작성할 수는 없는 법이오. 더구나 우류뻰과 같은 인간을 상대하려면 현재의 지식만 가지곤 어림도 없다는 걸 알아야 하오. 당신은 이미 입에 재갈을 물고 있는 격이오. 그런데도 연방 싱글거리며 고맙단 말을 연발하고 있소. 전번에 꼴랴가 당신을 구해 준 것은 정말 다행한 일이었소. 나도 역시 당신을 구해 주고 싶소. 보다 견고하게, 그리고 근본적으로. 우선 당신한테 책을 세 권 줄 테니, 그것을 죄다 암기할 수 있도록 잘 읽으시오. 그다음 나한테 와서 시험을 치시오. 그 책들을 완전히 소화하게 되면 그때는 당신의 차바퀴에 찔러 넣는 몽둥이를 발견하게 될 거요."

"미리 감사를 드려야겠습니다."

"감사할 건 조금도 없소. 내일이 일요일이지? 그럼 내일 저녁에 우리집에 오시오."

아라호프스끼는 걸음을 멈추고 로빠뜨낀에게 손을 내밀었다.

"그런데 댁이 어디신지?"

"바로 저 건너편에 있는 저 집이오."

그것은 로빠뜨낀이 언젠가 눈여겨 본 일이 있는 141호 주택이었다. 그러나 지금은 건물이 온통 푸른 넝쿨에 덮여 있고 채소밭에는 신선한 야채가 줄지어 늘어서 있으며 자두나무에는 검붉은 열매가 주렁주렁 매달려 있었다.

"처음 여기 도착한 날 당신이 정원에 있는 걸 본 기억이 있습니다."

하고 로빠뜨낀이 말했다.

"그럴는지도 모르지, 난 날마다 저기서 땅을 파고 있으니까. 자, 그럼 내일 또 봅시다."

10

이튿날 아라호프스끼를 찾아간 로빠뜨낀은 그에게서 『기계 제작에 있어서의 유체역학 및 기체역학의 적용』, 『기계 제작에 있어서의 계산법』, 『기계 부분품』이라는 세 권의 책을 받아 가지고 돌아왔다. 그는 자기의 대학 시절을 회상하며 마치 졸업 시험 준비를 할 때처럼 매일같이 밤늦도록 앉아서 그 책들을 열심히 들여다보았다. 그로부터 2주일이 경과했다. 막슈쩬꼬가 기압 조정장치를 끝내고 그것을 세부설계사들에게 넘겨주고 나서 커다란 제도지에 전모를 나타내는 약도를 다시 그리기 시작했을 때, 로빠뜨낀은 그에게 다가가서 이렇게 말했다.

"막슈쩬꼬 동무, 당신이 어떻게 처리했는가를 봤는데 나로서는 도저히 찬성할 수 없는 점이 있더군요."

"무엇 말입니까?"

막슈쩬꼬는 후딱 얼굴을 돌렸다.

"기압 조정장치 말이오. 당신은 거기다 실린더를 네 개나 설치했는데, 그건 너무 복잡해요. 두 개면 됩니다. 나는 여태까지 아주 간단한 이치들을 모르고 있었어요. 하지만, 요새 책을 읽고 비로소 알게 되었지요. 당신은 설계사로서 의당 내 의견에 동의해야 할 겁니다."

"난 모르겠습니다."

막슈쩬꼬는 창문을 멍하니 바라보았다. 점점 얼굴이 붉어졌다. 조금 후에 그는 벌떡 자리에서 일어나더니 우류벤에게로 갔다.

곧 칸막이 저쪽에서는 과장의 카랑카랑한 고함 소리가 들려왔다.

"뭐라구? 기압 조정장치가 어쨌다구? 실린더가? 왜 두 개라야 한다는 거야? 책은 무슨 책?"

뒤이어 우류뻰이 막슈쩬꼬를 거느리고 나타났다.

"고안자 동무!"

그는 치밀어 오르는 분노를 가까스로 억제하며 입을 열었다.

"일이 거의 끝날 무렵에 그런 소릴 하면 우린 어쩌라는 거요? 도대체 누가 우리한테 거기 대한 보상을 해 주겠느냐 말이오, 응?"

잠시 침묵이 흘렀다.

"그냥 그대로 놔 두시오."

우류뻰은 이렇게 명령하고 금방 제자리로 돌아가 버릴 듯이 홱 몸을 돌렸다.

"맘대로 하십시오. 나는 고안자로서 설계도에 서명할 수는 없으니까…."

"생각을 좀 해 봐요, 응? 생각을 좀 해 보란 말이오."

우류뻰은 손바닥으로 제도판을 내리치며 고함쳤다.

"돈은 어디서 나오며, 또 시간은 어디 있느냐 말이오."

"그러나 여기 대한 책임은 전적으로 당신과 막슈쩬꼬가 져야 할 겁니다."

로빠뜨낀은 그를 차가운 눈초리로 바라보며 단호한 어조로 말했다.

"이것은 도대체 왈가왈부할 여지가 없는 문젭니다. 내 눈에도 명백한 일인데, 하물며 전문가인 당신들에겐 상식 이하에 속하는 문제라고 봅니다. 나는 당신과 다투고 싶지 않습니다. 제삼자에게 물어봐서, 만일 내 견해가 보통 설계사들의 상식으로는 도저히 이해할 수 없는 것이라면, 나는 그 이상 고집하지 않겠습니다."

우류뻰은 아무런 대꾸도 없었다. 막슈쩬꼬도 역시 입을 봉한 채 눈치만 살피고 있었다. 세부설계사들은 얼굴을 들고 로빠뜨낀을 흘끗 쳐다보고는 서로 의미심장하게 눈짓을 했다.

"분쟁이 일어난 모양이군!"

앞머리가 곱슬곱슬한 꼴랴가 이쪽으로 다가오며 소리쳤다.

"뭣 때문에 그러는 겁니까?"

"당신 생각엔 어떻소?"

로빠뜨낀은 자기가 스케치한 도면을 그에게 내주었다.

꼴랴는 도면을 받아들고, 잠깐 들여다보더니,

"이건 아주 정확한 판단이에요. 나는 썩 잘 됐다고 생각합니다."

하며 증오에 찬 눈으로 우류뻰과 막슈쩬꼬를 차례로 훑어보았다.

"그럼 이건 어떻소?"

로빠뜨낀은 막슈쩬꼬가 그린 도면을 꼴랴 앞에 펼쳐 놓으며 물었다.

"이거요? 당신이 이거 그렸소?"

꼴랴는 막슈쩬꼬에게 물었다.

"그래 어떻게 생각하느냐 말이오?"

하고 로빠뜨낀이 재차 물었다.

"이건 도대체 기계 설계도가 아니에요."

"꼴랴, 말 조심하게!"

우류삔이 얼굴을 잔뜩 찡그리며 한마디 했다.

"우린 자네와 축구 시합을 하고 있는 게 아니야."

"그럼 공은 옆으로 제쳐 놓고 말하죠. 이 부분의 세부설계도는 다시 작성해야 됩니다. 다시 작성해야 돼요."

이렇게 말하고 꼴랴는 빙글빙글 웃으며 제자리로 돌아갔다.

결국 기압 조정장치는 로빠뜨낀의 스케치대로 다시 세부설계도를 작성했다. 구월에 접어든 후에도 로빠뜨낀은 부정확하게 설계한 연결부 두 군데와 검산이 틀린 곳 한 군데를 들춰냈다. 그래서 전체적인 설계도를 변경시키지 않을 수 없었다.

그리고 드디어 천사백에 달하는 부분과 일만이천에 달하는 부속품을 그려 넣은 육십 매의 도면이 완성되어, 고안자의 서명을 받기 위해 로빠뜨낀에게 넘겨졌다. 로빠뜨낀은 한 장 한 장 신중하게 검사하고 거기다 일일이 서명을 했다. 서명이 끝난 다음 설계도는 청사진을 뜨기 위해 아래층으로 내려보냈다.

어느새 몇 번이나 눈이 내리고 보도의 흙탕이 굳어진 시월 말에 로빠뜨낀은 마침내 청사진으로 만들어 곱게 철한 자기의 설계안 사본을 한 부 받았다.

"그럼 이젠 모스크바에서 만납시다."

우류삔은 그의 손을 잡고 몇 번이나 흔들었다. 막슈쩬꼬도 그에게 악수를 청했다. 그다음 세부설계사 두 사람과 예고르가 차례로 로빠뜨낀과 악수를 하고는, 곧 집으로 돌아갈 채비를 하기 시작했다. 퇴근 시간이 되었던 것이다.

로빠뜨낀은 여러 사람들에게 돌아가며 인사를 하고 밖으로 나왔다. 한길에는 벌써 어둠이 깃들고 있었다. 한참을 정신 없이 걷고 있다가, 그는 문득 설계도철을 잊고 나온 것이 생각났다. 그는 발길을 돌려 부지런히 되돌아갔다. 혹시 사무실 문이 닫힐는지도 모르기 때문이었다.

그러나 사무실에는 불이 환하고 방문도 열려 있었다. 줄지어 늘어선 제도대 사이를 빠져 칸막이 쪽으로 걸어 들어가던 로빠뜨낀은 거기 우류뻰과 막슈쩬꼬가 이마를 맞대다시피 하고 커다란 도면을 열심히 들여다보고 있는 것을 발견했다. 먼저 고개를 든 것은 막슈쩬꼬였다. 그는 로빠뜨낀을 보자 그 자리에 얼어붙은 듯이 되어 어찌할 바를 몰랐다. 뒤이어 우류뻰이 고개를 쳐들었다. 그는 이마에 주름을 가득 지으며, 못마땅하다는 듯이 눈을 가늘게 떴다.

"설계도를 잊고 그냥 돌아가다가 되돌아왔습니다."

로빠뜨낀은 테이블 위에서 자기의 설계도철을 집어 들고는 곧 발길을 돌렸다. 그는 일부러 그들의 얼굴이나 펼쳐 놓은 도면에 눈을 주지 않았다. 남의 비밀을 알고 싶지 않았기 때문이다.

"로빠뜨낀 동무!"

칸막이를 돌아 나오려 할 때, 로빠뜨낀은 등 뒤에서 자기를 부르는 소리를 듣고 멈춰섰다.

"막슈쩬꼬, 까놓고 얘기하는 게 어떨까?"

우류뻰이 이번에는 막슈쩬꼬에게 물었다.

"아주 얘기해 버립시다!"

그는 무엇을 결심한 듯이 이렇게 말하더니, 로빠뜨낀에게 히죽 웃어 보였다.

로빠뜨낀은 즉석에서 모든 것을 알아챘다. 과장의 테이블 위에는 배수관 제작을 위한 원심주조기의 설계도가 펼쳐져 있었다. 그리고 도면에는 언젠가 막슈쩬꼬가 현관 층계에서 그리던 바로 그 권총의 장탄부를 연상하게 하는 여섯 개의 원이 그려져 있지 않은가! 그는 괘씸한 생각이 들었으나 조금도 당황하지는 않았다.

"로빠뜨낀 동무."

우류삔은 일부러 태연한 어조로 입을 열었다.

"우리가 당신을 불리한 입장에 빠뜨리게 할 목적으로 이런 걸 고안해 냈다고는 생각하지 마시오. 얼마 전에 문득 머리에 떠오른 게 있어서 막슈쩬꼬와 함께 스케치를 해 본 것뿐이니까…."

하며 그는 또 다시 웃음을 지어 보였다.

"나한테 구태여 그런 변명 비슷한 말을 할 필요는 없지 않습니까?"

로빠뜨낀은 테이블에 다가서며 말했다.

"어디 좀 자세히 보여 주십시오."

로빠뜨낀은 자기 앞으로 도면을 돌려 놓고 한참 동안 이리저리 손가락으로 짚어 가며 들여다보았다. 우류삔은 입을 다물고 호기심 어린 날카로운 눈으로 그의 거동을 지켜보고 있었다. 이윽고 로빠뜨낀은 고개를 쳐들고 미소를 머금은 눈으로 우류삔을 바라보며 입을 열었다.

"우류삔 동무, 내가 보기엔 당신들의 고안은 성공할 수 없을 것 같군요. 여기 이 부분을 가지고는 고안권을 얻을 수 없을 겁니다. 이건 삐까르식 주조기와 조금도 다를 바 없어요. 이것 가지고는 선철의 냉각이 순조롭지 않아서 배수관에는 균열이 생길 겁니다. 삐까르는 여기다 특수 장치를 해서 그것을 방지했지요. 왜 나한테 진작 의논하지 않았어요? 나는 여기 대해서만은 환하게 알고 있습니다. 어쨌든 삐까르식 주조기의 재판이라고 밖엔 볼 수 없어요. 그리고 여기 이 육혈포의 회전식 장탄부 같은 것도 하등 새로울 것이 없습니다. 이건 내 주조기의 변형에 지나지 않아요. 아이디어는 내 것과 똑같지만 구조가 내 것보다 못할 뿐입니다. 내 주조기는 온도를 조정하게 되어 있는데, 이건 그것을 전연 고려하지 않았습니다. 그리고 또 주형이 여섯 개가 있으면 도가니도 역시 여섯 개가 필요하지 않겠어요?"

이 말에 막슈쪤꼬는 얼굴이 새빨갛게 되어 고개를 푹 수그렸다. 우류삔은 맥 빠진 표정으로 콧등에 주름을 가득 지으며 아무 말도 못했다. 로빠뜨낀은 그에게서 처음으로 그런 표정을 발견했다.

"물론, 나는 좀 부드럽게 내 견해를 표명할 수도 있습니다."

로빠뜨낀은 말을 이었다.

"그러나 나는 충실한 조언자의 입장에서 당신들에게 말하고 있는 겁니다. 우리들 사이에 개재된 일체의 감정을 떠나서 말이지요."

"그 점은 나도 이해하겠소."

우류삔은 그를 정면으로 쏘아보며 말했다.

"솔직하게 충고를 해 주어 고맙소. 그럼 잘 가시오. 또 만날 기회가 있으리라 믿소."

그로부터 이틀 후에 로빠뜨낀은 무즈가를 향해 반쯤 비다시피한 싸늘한 객차에 몸을 실었다. 찻간에서 꼬박 일주야를 보내고 나서, 비에 축축이 젖은 무즈가역 플랫폼에 내려섰다. 그는 정거장 근처에서 몇 시간을 서성거리며 기다리다가 겨우 종합공장의 트럭을 잡아탈 수 있었다. 씨야노프네 움막집에 다다른 것은 이미 날이 어두워지기 시작할 무렵이었다.

미소가 절로 떠오르는 입술을 지그시 깨물며 그는 비에 젖어 부풀어 오른 문을 힘껏 잡아당겼다. 캐비지국 냄새와 뻬치까 위에 늘어 놓은 털양말 냄새가 뒤섞여 구수하게 풍겨왔다. 뻬치까와 침대에서 어린애들의 함성이 일제히 터져 나오며 앞을 다투어 로빠뜨낀 아저씨에게 달려들었다. 울긋불

긋하게 물들인 알사탕이 즉석에서 배급되었다.

맨 나중에야 씨야노프 아저씨가 다가와서 손을 내밀었지만, 그 전에 이미 그들은 기쁨에 넘치는 눈길로 서로 인사를 교환하고 있었다.

"어떻게 됐나?"

비로소 씨야노프가 입을 열었다.

로빠뜨낀은 대답 대신 손에 든 설계도철을 그에게 내보였다.

"그럼 이젠 모스크바에 가야겠군?"

"네, 모스크바에 가야죠."

저녁상을 앞에 놓고 로빠뜨낀은 자기 주조기의 세부설계가 완성되기까지에 일어난 일들을 천천히 얘기하기 시작했다. 설계안을 몇 번이나 변경시키게 된 경위며 우류뻰과 막슈쩬꼬의 고의적인 태만이며, 그리고 마지막 날 그가 알게 된 그들의 육혈포식 주조기에 대해서도 자세하게 얘기했다. 씨야노프의 아내는 기름에 튀긴 감자를 식탁에 갖다 놓고는, 문득 언젠가 나쟈가 써 놓고 간 편지 생각이 나서 세모나게 접은 편지를 창틀에서 꺼내 로빠뜨낀에게 내주었다. 그는 편지를 펼쳐서 식탁 위에 놓고, 당근으로 끓인 차를 훌훌 들이마시며 읽기 시작했다.

'친애하는 로빠뜨낀 동무!' 그는 씨야노프가 묻는 말에 대답하며 조금씩 편지를 읽어 내려갔다. '당신에게 편지를 쓰는 것도 아마 이것이 마지막이 될 것 같습니다. 이번에 무즈가를 영영 떠나게 되었으니까요. 그러나 나는 내 능력이 미치는 일이라면 무엇이든지, 비록 그것이 별로 도움이 되지 못할지라도, 당신을 위해 해야 할 의무가 있다고 생각합니다. 서두는 이만 쓰기로 하고, 우선 본론으로 들어가겠습니다. 이곳 종합공장에서 아브지예프 교수의 주조기를 제작하고 있다는 것은 당신도 이미 알고 있을 줄 믿습니다. 혹시 당신에게 참고가 될까 해서 거기에 대해 내가 알고 있는 사실을 전해 드립니다. 그 주조기는 지금 부분품들을, 둥그런 원통형의 도가니들을 떼어 내고 있는 중입니다. 노동자들이 망치로 일일이 그것을 부수고 있지요. 그러고는 새로운 도가니를 그 자리에 끼워 넣고 있습니다. 노동자들은 그 주조기 때문에 상여금을 못 받게 됐다고 불평이 대단합니다. 갈리쯔끼라는 전문가도 지적하다시피, 그 도가니를 교체했는데도 생산능률이 오르지 않을 뿐더러 많은 노동력을 필요로 하고 있기 때문이지요. 갈리쯔끼라는 사람은 중앙주조위원회에서 공장에 파견되어 온 전문가인데, 드로즈도프는 그를 아브지예프 교수의 오른팔이라 생각하고 있었습니다. 그래서 갈리쯔끼가 그 주조기를 가리켜 수공업적 단계에 속하는 기계라고 혹평했을 때, 누구나 놀라지 않는 사람이 없었습니다. 지금 드로즈도프는 아브지예프 교수를 곤경에 빠뜨리지 않기 위해 되도록 말썽이 일어나지 않도록 애쓰고 있으며, 또 기계의 공식적인 시운전도 중지시키고 있는 형편입니다. 그러나 한편으로는 다시 네 대를 더 제작하고 있습니다. 이 주조기들은 드로즈도프의 후임인 가니체프가 시험하게 되겠지요. 앞으로 가니체프는 여태까지 낭비된 손실을 보상하기에 골탕을 먹게 될 것이 틀림없습니다. 임금과 선철의 손실을 합하면 백만 루블도 넘을 테니까요. 결국에 가서는 걷잡을 수 없는 파국에 당면하게 될 것입니다. 아브지예프 교수의 주조기를 제작하느라고 소비한 돈이 사실은 당신을 위해 지출된 바로 그 돈이라는 것은 의심할 여지도 없습니다. 이것은 슈꼬찌프 차관이 한 짓입니다. 지금 내가 쓰고 있는 것은 어디까지나 사실입니다. 친애하는 로빠뜨낀 동무, 당신의 승리가 확실하게 된 이제 와서야 나는 여러 가지로 곰곰 생각하였고, 또 많은 것을 깨달았습니다. 나는 당신에게 깊은 존경을 느끼게 되었습니다. 여태까지 나는 당신처럼 강인한 인내력을 가진 사람을 본 일이 없습니다. 제발 나한테 원한을 품지는 마시기 바랍니다. 나는 이미 내 자신의 경솔한 행위에 대해 응분의 형벌을 받고 있으니까요. 지금 내가 받고 있는 것만으로도 충분하다고 생각합니다. 그리고 아까도 말이 나온 갈리쯔끼라는 분은 오늘 여기서 만나 뵈었습니다. 그분은 당신에게 많은 관심을 가지고 있는 것 같습니다. 그럼 부디 행복하시기를 빌면서 이만. 나쟈.'

이튿날 아침 로빠뜨낀은 오래 전부터 해 내려오던 일과에 따라 팔소매를 걷어올리고 창고 옆에서 장작을 팼다. 토막난 통나무를 세워 놓고 도끼로 힘껏 내리치면서도 그의 생각은 이미 모스크바로 달리고 있었다. 그는 석탄에 불을 지피기에 알맞게 잔다랗게 장작을 팼다. 어느새 한두 시간이 흘러가 버렸다. 그러다가 문득 누군지 등 뒤에서 자기를 바라보고 있는 것 같은 느낌이 들었다. 그는 허리를 펴며 얼굴을 돌렸다. 한길가 철조망이 감긴 말뚝 옆에, 여우 가죽 깃이 달린 회색 외투로 몸을 감싸고 발렌찌나가 서 있었다.

로빠뜨낀은 장작더미에 도끼를 내던지고 상기된 얼굴로 그녀에게 다가갔다.

"정말예요?"

발렌찌나는 무표정한 눈을 들어 그를 쳐다보며 물었다.

"무엇이 정말이냔 말입니까?"

로빠뜨낀도 역시 아무렇지도 않은 듯한 담담한 얼굴로 반문했다. 물론 그는 발렌찌나가 자기에게 무엇을 묻고 있으며, 또 무슨 말을 하고 싶어 한다는 것을 모를 리가 없었다.

"내일 떠나신다면서요? 정말인가요?"

"네, 떠납니다."

그녀는 언제나처럼 얼굴을 붉히기 시작했다. 옆으로 시선을 돌렸다가, 다시 그를 쳐다보다가… 그러다가는 마치 소녀처럼 한쪽 발로 빙그르르 몸을 돌려 버리는 것이었다.

"이번엔 모스크바로 가시죠?"

한참 만에 그녀는 입을 열었다.

"참 잘됐어요."

"물론이죠. 이제 우리들은 전진을 개시합니다."

"몇 시 차로 떠나시나요?"

"아침 차로 가렵니다."

"속옷 한 벌만으로 몸이 얼지나 않을까요? 그러나 이젠 다시는 뵙지 못하겠군요."

로빠뜨낀은 아무 말도 하지 않았다. 잠시 동안 묵묵히 서 있다가 갑자기 무슨 생각이 난 듯이 기쁨에 넘친 어조로 말했다.

"내가 아직 말하지 않았죠? 설계도가 전부 완성됐다는 얘기. 사본을 다섯 부나 만들었는데 아주 썩 잘됐어요. 그걸 가지고 이제 싸우러 떠나는 겁니다."

"어쩌면 남자들이란 모두 그렇게 한 가지 일에만 정신을 쏟을까요!"

하고 발렌찌나는 말했다.

"당신네들은 모두들… 뭐랄까… 정서적인 면이 너무나 부족해요."

그들은 다시 입을 다물어 버렸다. 난데없는 눈송이 하나가 차디찬 공기를 타고 두 사람 사이로 천천히 날아 내려왔다. 발렌찌나는 빛을 잃은 눈으로 멀거니 그것을 지켜보았다.

"할 수 없는 일이죠."

하고 그녀는 한숨을 푹 쉬었다.

"그럼 우리 작별 인사를 합시다. 편지 주시겠죠?"

"발렌찌나!"

"꼭 잊지 마시고 편지 주셔야 해요, 네? 자, 그럼 몸을 좀 굽히세요, 키스를 할 수 있게."

허리를 굽히며 그는 옛날 기사의 흉내를 내어 좀 우스꽝스런 말을 하려 했으나, 그녀가 먼저 말문을 막아 버리고 말았다.

"그만두세요. 입으로 하는 말은 모두가 거짓말이니까. 아무 말도 말아 주세요."

발렌찌나는 몇 번인가 키스를 하고 나서 그에게 등을 돌렸다. 몸 전체가 금세 움츠러든 것처럼 조그맣게 보였다. 다시는 뒤를 돌아보려 하지도 않고 그녀는 총총걸음으로 한길을 엇비슷이 횡단하여 저편으로 사라져 버리는 것이었다.

제 2 부

제 2 부

1

수많은 골목길로 둘러싸인 모스크바 아르바뜨가街의 한 골목, 다시 말해서 스빠쏘뽀끌론느라는 골목에 흑회색 사층 콘크리트 건물이 서 있다. 이 견고한 흑회색 건물 안에 주조물을 설계하는 연구소가 자리 잡고 있음을 알게 된다.

정월인데도 아스팔트는 여름처럼 깨끗했다. 가끔 지붕에서 물방울이 떨어지고, 어디선지 참새들이 조잘대고 있었다. 수많은 자동차가 줄달음치며 역한 냄새를 내뿜는 여기, 대낮의 모스크바 중심지에서도 까마득한 봄을 암시하는 가냘픈 환희의 흐름은 스며들고 있었다.

로빠뜨낀은 설계도가 든 종이꽂이를 들고 골목길을 따라 어슬렁어슬렁 걸음을 옮기면서, 모스크바의 헌 집, 새 집들을 유심히 바라보고 있었다. 그는 벌써 정원에 소생하는 가냘픈, 먼 곳의 향기를 포착했음이 분명했다. 이것이 사실인가? 그는 기쁨에 사로잡혀 귀를 쭈뼛하고는 신선한 바람이 불어올 때마다 즐거운 마음으로 그것을 맞이하였다. 파란 하늘은 돛처럼 부풀어 오른 구름장들을 몰고 쏜살같이 그의 머리 위를 헤엄쳐 가고 있었다. 바로 이때 굵직한 물방울이 그의 옷깃에 떨어져 산산이 흩어졌다. 그는 빙긋이 미소를 지었다. '스빠쏘뽀끌론느로구나.' 하고 그는 생각했다. '오래간만이다! 아마 이 근처에 교회당이 있었을 텐데.' 그러자 곧 그는 다정한 모스크바의 옛집인 교회당을 발견했다. 구불구불 흰 나무들이 말라빠진 갈색 나뭇잎과 함께 칠이 벗겨진 벽돌 틈바귀로부터 기어 나와 있었다. 자그마한 둥근 교회 지붕에서 쇠붙이는 뜯겨져 없어지고 녹슨 서까래 우리 속에서는 몇 마리의 비둘기가 이리저리 뛰놀고 있었다.

이날은, 로빠뜨낀에게 있어서 좀처럼 보기 드문 희귀한 날이었다. 그를 둘러싸고 있는 주위의 만물이 그의 성공을 기약해 주고 있는 듯싶었다. 로빠뜨낀이 모스크바에서 산 지도 벌써 한 달 반이나 된다. 그동안, 그는 거의 매일같이 산책을 마치고는 공중전화로 가는 것이 일이었다. 한 통화에 15코페이카씩을 소비했으나, 이 얼마 안 되는 전화 요금 대신에 받은 보수는 연구소장 여비서와의 짤막한 대화뿐이었다.

"이틀 후에 걸어 주세요."

그녀는 말했다. 그는 이틀 후 전화를 걸고,

"심의는 이십삼 일로 결정됐습니다."

라는 대답을 받았다. 이십삼 일에 다시 전화를 걸었더니,

"심의는 연기됐습니다. 며칠 후에 다시 걸어 주세요."

라고 말하는 것이었다. 로빠뜨낀은 오늘도 전화를 걸었다. 그리고는 마침내,

"심의는 오늘 정각 한 시에 시작됩니다."

하는 대답을 받았던 것이다.

모스크바에 도착한 지 며칠 안 되던 어느 날, 로빠뜨낀은 레닌 도서관에 간 일이 있었다. 그는 거기서 잡지 『메딸』(금속이란 뜻 — 역주)을 하나도 남김없이 속속들이 뒤져 보았다. 3월호 속에는 중앙주조위원회에서 제작한 원심주조기에 대한 공학사 볼로비끄의 논문이 실려 있었다. 볼로비끄와 그의 동료들은 어디서 알았는지는 몰라도 로빠뜨낀의 계획을 알고 있었다. 아마

도 비판할 때에 알았을 것이 틀림없었다. 그들은 주형이 없는 도가니를 '삐까르'식 기관부에 연결시키고 있었다. 로빠뜨낀은 미소를 머금으며 소위 그들의 '이 년간의 연구 결실'을 자기 노트에 옮겼다. 그러나 다행한 것은 볼로비끄가 도가니의 교대 원리를 이해하지 못하고 있었다는 것이었다. 혹시 이해는 하면서도 로빠뜨낀의 기계 속에서 가장 중요한 부분을 훔쳐내기가 두려웠기 때문이었을는지도 모른다.

로빠뜨낀은 파견 기간이 지나가 버렸으나 조금도 낙심하지 않았다. 그것은 예기치 않았던 행운이 그의 앞에 굴러 떨어졌기 때문이었다. 로빠뜨낀이 무즈가로부터 옮겨 오자마자, 모스크바에서는 배급 통장이 갱신되고 새로운 돈이 유통되기 시작했다. 파견 수당을 포함한 저금액은 고스란히 저금통에 남아 있었던 탓으로 로빠뜨낀은 가치 있고 위력 있는 새 돈, 2천 루블을 지급받을 수 있었다. 그는 이 돈으로 여관비를 비롯해서, 공중전화 요금으로 매일 15코페이카씩을 소비하면서도, 앞으로 석 달은 더 모스크바에 머무를 수 있었다.

이와 같은 일들을 생각하고 나서, 로빠뜨낀은 한층 더 높이 머리를 치켜들고는, 화창한 정월의 태양이 빛나는 골목길을 둘러보았다. 집집마다 자기 마음을 알아주는 듯, 즐거운 미소를 보내고 있었다. 로빠뜨낀은 비교적 나이가 듬직한 어떤 행인을 붙잡고 시간을 물었다. 설계안 심의 시간까지는 아직도 사십이 분이 남아 있었다. '심의가 끝난 다음에 시계를 사도록 하자' 하고 로빠뜨낀은 생각했다. 그는 포장도로를 가로질러서, 참나무로 만든 문을 밀고 층계를 따라 현관으로 올라갔다. 그는 의상실에 외투와 모자를 맡기고 재빨리 이 층 층계를 뛰어올라갔다.

여기서는 커다란 벽보판이 그를 맞아 주었다. 그는 '설계도'라는 벽보의 제호와 벽보 한 귀퉁이에 그려 있는 우체통을 보고 빙긋이 미소를 지었다.

이 층 복도에는 부드러운 양탄자가 깔려 있었다. 그는 곧 '소장실'이라고 쓴 두꺼운 유리판을 볼 수 있었다.

얼마쯤 더 걸어가니, 갈색 칠판이 벽에 걸린 아늑하고 조그만 회의실이 나타났다. 그 안에는 몇몇 사람이 지루한 표정으로 앉아 있었다. 은빛 견장에 값진 회색 모직 양복을 입은 원기 왕성한 사나이들이 굵직한 목소리로 말을 주고받으며 줄을 지어 복도를 왕래하고 있었다. 그들은 기사였다. 흡연실 입구로 통하는 층계 옆 빈터에도 몇 사람이 떼를 지어 모여 있었다. 회색 양복을 입은 기사들 사이에 두서넛 점잖은 검정 양복이 눈에 띄었다. 그들은 심사를 위해서 초빙된 학자들임에 틀림없었다. 로빠뜨낀은 흡연실로 걸음을 옮겼다. 회색 양복과 검정 양복들이 길을 열어 주며 로빠뜨낀을 쳐다보았다. 그러나, 그의 출현은 그다지 대수로운 인상을 불러일으킨 것 같지는 않았다. 모두들 다시금 재미있고 즐거운 자기들 이야기에 꽃을 피우는 것이었다. 한편 로빠뜨낀은 흡연실을 지나면서 담배쌈지를 꺼내려다가 문득 생각이 떠올라 오늘 피려고 특별히 사 두었던 새 담배 '벨로모르'갑을 꺼냈다.

"아아, 거기 계셨군, 로빠뜨낀 동무!"

멀리 떨어진 흡연실 한구석에서 우류뻰의 목소리가 울려 나왔다. 문간에 섰던 기사들이 유심히 로빠뜨낀을 바라보았다.

"존경하는 발명가에게 축하를 드립니다."

우류뻰은 쨍쨍 울리는 금속성 목소리로 말을 이으며 자욱한 파란 담배 연기 속에서 자기 모습을 드러냈다. 균형 잡힌 체구에 새 양복을 입은 그는 찰싹 달라붙은 칼라 때문에 숨이 막힐 듯이 답답해 보였다.

"안녕하시오, 곧 시작될 겁니다."

바로 이때, 푸른 줄이 세로로 간 바지를 입고는 주름투성이의 찌푸린 얼굴을 한 백발의 장군 한 사람이 흡연실 입구에서 걸음을 멈추었다. 군복과 검정 양복을 입은 몇 사람이 악수를 청하려고 황급히 그에게로 달려갔다. 우류뻰은 장군에게 손을 내밀며 앞으로 넘어질 듯 온몸을 굽혀 인사를 했다. 장군이 우류뻰에게 몇 마디 이야기를 하자 우류뻰은 빙그레 미소를 지으며 두 손을 벌려 보이고 흡연실에서 다른 방으로 통하는 조그만 문까지 장군을 안내했다. 우류뻰은 거기서 되돌아왔다. 그의 얼굴에는 여느 때와 마찬가지로, 노련한 스포츠맨의 공리적인 잔인한 표정이 감돌고 있었다. 그는 로빠뜨낀 옆에 걸음을 멈추고 담배를 피우기 시작했다.

그다음 그는 로빠뜨낀의 손을 잡고 앞으로 걸어갔다. 그는 층계가 바라보이는 곳에 서 있어야 했던 것이다.

잠시 후 장군은 한 손을 주머니에 찌른 채, 늠름하고 부드러운 걸음걸이로 흡연실을 지나 출구 쪽으로 걸어갔다. 우류뻰은 장군이 지나가자 실눈을 만들며 두 손을 허리에 얹고 몸을 젖히면서 이렇게 말했다.

"훌륭한 분이야. 연구소의 애국자지."

"소장을 말하는 거요?"

하고 로빠뜨낀이 물었다.

"그렇소. 그분은 야금공업성 내에 연구소의 권위를 창조해냈거든. 물론 그 당시, 그는 자신을 돌보지 않고 일했소. 그렇지만 필요한 일에는 굉장히 민감하단 말이오. 이만저만한 수완가가 아니오."

로빠뜨낀은 잠자코 있었다. 두 사람은 담배 연기를 내뿜었다. 우류뻰은 무슨 말을 더 하려고 하다가 느닷없이 로빠뜨낀의 손을 붙잡으며 말했다.

"빨리 저길 보시오. 대가가 옵니다. 아카데미 회원 싸라또프쩨프요. 삼 년 후면 여든 살이 된다니 굉장하지 않소!"

전면이 구부러진 널따란 대열이 느릿느릿 흡연실 옆을 지나갔다. 대열 옆에는 미소를 짓고 있는 날씬한 기사들과 검정 양복을 입은 풍채 좋은 학자들이 걸어가고, 그 한복판에 뚱뚱한 노장군이 보였다. 그는 불그레한 얼굴에 매끈히 면도질을 했지만, 위로 말아올린 콧수염은 유난히 눈에 띄었다.

"위대한 분이야."

하고 우류뻰이 말했다.

로빠뜨낀은 우류뻰의 눈에서 찬양의 빛이 넘쳐흐르는 것을 보았다.

"당신은 그분이 바로 브란겔리하고 격투를 했다는 걸 압니까? 그런 데다 그 브란겔리를 멋있게 꿰뚫었단 말이오. 그분은 우리 연구소에서 언제나 만사를 철저히 합니다. 만일 조금이라도 총을 낮춰 잡았더라면 아예 살아나지 못했을 거라고들 말하고 있지요. 정말 멋있는 영감이거든. 어떻소, 저 몸가짐! 입법자야!"

"그가 무슨 입법자야!"

어느새 그의 옆으로 다가왔는지 면도를 하지 않은 자그마한 키의 기사 한 사람이 손을 벌리며 대꾸했다.

"그건 말일세. 여보게, 우류뻰 농부. 그는 수학적인 기관이 잘 발달해 있어. 그건 나도 동감이야. 그러나 그가 어떻게 입법자란 말인가?"

"모든 것을 자기 멋대로 생각하는군?"

손가락에 묵직한 금반지를 낀 홀쭉 여윈 백발의 기사 한 사람이 빙긋이 웃으며 그를 돌아보았다.

"그러면 어때! 물론 끄레호프, 자네는 옹호하러 나설 거야. 정직한 늙은 충복이니 말야. 그러나 어쨌든 아브지예프의 최근의 기계를 생각하면…."

"몇 사람의 불만분자들이 무슨 말을 하더라도 아브지예프는 역시 천재란 말야. 현인이야. 그럴 수밖에 없는 것이…."

금반지를 낀 기사가 로빠뜨낀에게 흘끗 눈을 주었다.

“로모노쏘프처럼 과학에 통달한 사람이거든. 짚신을 신고 두뇌를 무기 삼아 모든 길을 터 놓았으니까. 동무들은 그의 첫 번째 후보 학위논문을 읽어 보지 못했소?”

끄레호프의 두 눈이 반짝반짝 빛나기까지 했다.

“도서관에 있는 올가 이바노브나에게 부탁해서 보도록 하시오. 특별히 권하는 바요.”

“그래, 잘 됐단 말이오?”

면도를 하지 않은 기사가 물었다.

“잘 됐다 정도론 부족하지.”

또 다른 기사 한 사람이 성급한 표정으로 끼어들며 말했다.

“굉장해! 굉장해!”

“이크! 저기 호랑이들이 오는군.”

면도하지 않은 기사가 소곤거리며 로빠뜨낀 쪽으로 다가왔다.

우류삔은 벌떡 벽에서 몸을 일으키고 재빨리 흡연실을 빠져나가, 검정 양복에 손가방을 든 풍채 좋은 두 어른을 층계에서 맞아들였다. 그는 한 사람씩 번갈아 손을 흔들며 웃었다. 그러나, 우류삔과 이야기하면서도 그들은 자신을 견제하면서 마치 공모자들처럼 쉴 새 없이 서로의 얼굴만을 바라보고 있었다.

“아브지예프가 안 오는군, 매우 좋지 않은 징조에요.”

면도하지 않은 기사가 나직한 목소리로 로빠뜨낀에게 말했다.

“제가 보기엔 당신이 고안자이신 것 같은데? 미리 당신에게 알리는 의미에서 말해 두겠습니다. 만일 당신의 설계안을 통과시킬 예정이었다면 아브지예프가 여기 나타났을 거예요. 그는 고안자와 악수하기를 좋아하거든요. 그 반면 설계를 각하할 필요가 있다면 저 박사들, 쩨삐낀 동무와 훈다또르 동무가 나타나는 법입니다. 카이사르(고대 로마의 황제—역주)는 지휘만 하거든요. 다시 말해서 검객한테 호랑이들을 내놓는 셈이지요! 제발 부탁이니, 제가 공연히 화를 내고 있다고 오해하진 마시오. 이건 단지 여러 해 동안 걸친 경험에 불과한 겁니다. 여기서 진행되고 있는 것은 오 년 전, 아니 이십 년 전에 일어났던 일과 추호도 다를 바가 없어요. 그 모양 그 꼴 그대로예요!"

"한판 벌어지겠군. 갈리쯔끼가 왔으니!"

누군가가 명랑한 커다란 목소리로 말했다. 그러자 곧 흡연실의 파란 연기 속에서 젊은 목소리가 응수했다.

"한판 벌어지면 우리도 해 보지. 우리도 같이 해 봐!"

로빠뜨낀은 주위를 돌아보았다.

"그건 누구에 대해서 하는 말이오?"

그는 면도를 하지 않은 기사에게 물었다.

"벌써 저기 와 있어요. 갈리쯔끼 말입니다. 아직 그 사람을 모르시던가요? 몰락한 천사지요. 그는 얼마 전에 중앙주조위원회를 그만두었어요. 아브지예프의 기계 때문에 그들 사이에 논쟁이 벌어졌습니다. 그러니까, 아브지예프는 아마 갈리쯔끼를 좋아하지 않을 겁니다."

그러는 사이에 두 명의 박사는 거의 동일한 눈초리로 우류뻰과 인사를 나누고 흡연실로 들어오면서 담뱃갑을 꺼냈다. 그중 한 사람은 심각한 얼굴을 한, 완전한 갈색 머리의 미남자로, 길다란 검정 양복이 그의 허리와 여자 같은 몸매를 보기 좋게 감싸고 있었다.

"저 사람이 훈다또르 박사올시다."

옆에 있던 사람이 나직한 소리로 로빠뜨낀에게 말했다.

"그는 과학적으로 부드럽게 행동할 겁니다. 그는 당신을 애석히 생각하는 체하며 눈물을 흘릴 거예요. 그리고 소위 진심에서 우러나오는 '아멘'을 욀 겁니다. 그러나 또 한 사람 ── '뚜드이낀(이것)도 아니고 쒸드이낀(저것)도 아닌 박사 후보, 쩨삐낀 말입니다."

이렇게 말하며 기사는 웃었다.

"이젠 그자도 박사지요. 그는 덩달아 행동할 겁니다. '이해할 수 없소'라고 말하며, 한층 더 당신을 억누를 거예요. 모든 것을 부정해 버린단 말이지요. 말하자면 두 사람 다 당신의 적인 셈이죠. 당신도 그들이 적이라는 걸 알게 될 겁니다."

복도 멀리서 벨소리가 울렸다. '시작이로구나.' 담뱃갑에서 또 한 개비의 담배를 뽑아 들며 로빠뜨낀은 생각했다. 그는 방금 뽑아 든 담배를 당장 그 자리에서 산산이 문질러 내동댕이치고는 다시 새 담배를 꺼냈다. 담배를 피우던 사람들이 하나 둘 잇달아 커다란 니켈 재떨이에 꽁초를 버리고 복도로 나갔다. 바로 그때, 두 '호랑이'도 천천히 흡연실을 나갔다. 머리를 높이 젖힌 위엄 있는 훈다또르, 다리를 절며 나가는 건장한 쩨삐낀. '심의가 시작된다.' 로빠뜨낀은 이렇게 생각하고 자기와 이야기하던 기사에게 어색한 표정으로 인사를 했다. 그의 얼굴에는 냉담과 무관심이 뒤섞인 침착한 표정이 깃들어 보였다. 낯모를 기사 한 사람이 뒤쫓아와서 로빠뜨낀의 옆 모습을 보며 말했다.

"정신 차리시오, 얼굴이 창백해요. 그놈들에게 만족을 주어선 안 됩니다."

조그만 회의실은 거의 비어 있는 거나 다름없었다. 20명의 전문가들이 회의에 참석했지만 그 가운데서 로빠뜨낀이 알 만한 사람은 하나도 없었다. 그러나 그들은 서로서로 잘 알고 있는 것 같았다. 그들은 자기 집처럼 제멋대로 의자에 걸터앉아서는 인사를 나누기도 하고, 옆 사람의 귀에 소곤거리기도 하며 상호 간 쪽지를 전하고 있었다. 회의실 정면, 의장석 옆에서는 여자 속기사가 서류를 배부하고 있었고, 어떤 사람은 분주히 왔다 갔다 하며 의자를 정리하고 있었다. 어떤 사람이 로빠뜨낀에게 분필통과 못바늘을 주며 말했다.

“자, 시작하십시오.”

그는 벽 위 나무판자에 자기 설계도를 못바늘로 꽂고는, 갈색 칠판 옆에 도면을 펼친 다음 뒤돌아보았다. 모두들 짧은 소매의 끼쯔리를 입은 창백한 얼굴의 고안자를 바라보고 있었다. 누군가가 벌써 의장석에 앉아 있었다. 그는 장군 견장을 단 백발의 주름투성이 기사인 연구소 소장이었다. 그 뒤 안락의자에는 아카데미 회원이 졸린 듯 눈꺼풀을 내리깔고 앉아 있었는데 끝이 뾰족한 그의 콧수염만은 빳빳이 위를 쳐다보고 있었다. 바로 그 옆에 새 가방을 무릎 위에 올려 놓고 의자 등에 몸을 기대고 있는 훈다또르가 보였다. 그의 큼직한 몸집 때문에 가리어진 쩨삐낀은 훈다또르의 귀에다 무슨 말인가를 속삭이고 있었고, 훈다또르는 천장을 쳐다보며 그의 말을 듣고 있었다.

“자, 그러면 동무들, 시작하도록 합시다.”

장군은 위엄 있는 굵직한 소리로 말하고 팔뚝시계를 들여다보았다.

“지금 정각 한 시 십 분입니다. 시간이 됐다고 생각합니다.”

그는 잠시 사이를 두었다가 로빠뜨낀을 곁눈질해 보았다.

“준비됐지요?”

로빠뜨낀은 앞으로 걸어나갔다. 그는 ‘네’ 하고 대답하려 했으나, 장군은 이미 그를 바라보고 있지 않았다.

“동무들, 우리는 원심주조기의 심사를 먼저 시작하기로 했습니다. 이 문제는 많은 시간을 소비할 것도 아니고, 존경하는 여러 손님들을 지루하게 하지도 않을 것입니다. 고안자인 로빠뜨낀 기사의 설명이 있겠습니다. 시작하십시오."

로빠뜨낀은 지휘봉을 들었다. 그는 문득 다시 교원이 된 듯한 기분을 느끼며 고개를 들었다. 그의 얼굴은 희망에 빛났고, '교실'은 곧 조용해졌다.

"이 기계는 배수관을 제작함에 있어서 원심주조법을 사용하고 있습니다."

유창한 그의 말 한 마디 한 마디마다 자신이 넘쳐흐르는 것 같았다.

"여러분들도 아실 줄 믿습니다만, 우리는 각종 관의 수요에 있어서 격심한 부족을 느끼고 있습니다."

장군은 초조하게 연필을 두들기며 무슨 말을 하려다가 참고 아무 말도 하지 않았다.

"…그런데 이상한 것은, 우리는 담배 개비처럼 자동적으로 술술 쏟아져나오게 관을 제조하여야 함에도 불구하고 대부분의 지방에서는 손이 아니면 수공업적인 기계로 주조하고 있다는 사실입니다. 사실, 이것은 기계가 아니라 수공업적인 장치에 지나지 않습니다. 우리는 거대한 주철 자원을 보유하고 있습니다. 주철은 물처럼 쏟아지지만 우린 이것을 이용하지 못하고 있는 것입니다."

"잠깐,"

장군은 귀찮다는 듯 얼굴을 찡그리며 한숨을 내쉬었다.

"관이 필요하다, 주철은 흐른다, 강철은 단단하다 —— 옳은 말이요. 그러나 어린애들이 아닌 이상, 그런 것쯤은 모두 알고 있소. 설계안의 본질, 그 근본적인 특성을 잘 설명하도록 하시오."

"알겠습니다. 제 기계는 두 가지의 근본적인 특징을 가지고 있습니다."

로빠뜨낀은 말했다.

"첫째로, 이 기계는 수공업적인 장치가 아니라, 진짜 기계로 만들어져 있다는 것입니다. 이 속에는 완전히 기계시대가 적용되어져 있습니다. 주지

하시는 바와 같이 종래의 모든 기계에 있어서 여러 가지 보조 작업은 노동자의 수공업적인 수단에 의해서 수행되고 있으며, 그동안에 주요한 기관, 즉 주조기 자체는 기능을 정지하게 마련입니다. 제가 설계한 기계는 모든 보조 작업 과정이 특별한 기계장치로 되어 있어서, 주조기와 병행해서 일할 수 있으며, 동시에 주조기를 멈추지도 않습니다. 이 기계를 사용하게 됨으로써 생산력을 다섯 배로 증가시켜 줄 것입니다. 두 번째 특징은 이 기계가 현존하는 설비, 예를 들면 『메딸』에 그 설계가 발표된 중앙주조위원회의 기계보다 네 곱이나 작은 장소를 차지한다는 점입니다. 규모의 감소는 주형 없이 철을 유입시킴으로써 충족될 것입니다. 중앙주조위원회는 제 기계에서와 똑같은 도가니를 응용하고 있습니다만, 기계의 구조는 낡은 방식을 그대로 사용하고 있습니다. 그렇다면 무엇 때문에 주형 없는 도가니를 사용할 필요가 있겠습니까!"

심사위원들은 모두 일제히 웃어댔다. 그들은 몸을 움직이며 의자를 달각거렸다. 이윽고 장내는 다시 조용해졌다.

"이 기계를 사용하면…."

하고 로빠뜨낀은 계속했다.

"우리는 네 개를 대치할 수 있는 한 개의 공장을 세울 수 있으며 지금 네 개의 공장에 설치되고 있는 수량의 기계를 한 개의 공장에 수용할 수도 있습니다. 이것은 경제적인 이익을 가져올 것이고…."

"그 이익을 우리에게 좀 더 구체적으로 설명해 주시오."

친절한 어조로 장군이 말했다.

"계산상으로 그것을 입증해 보란 말이오."

로빠뜨낀은 장군에게 대답을 하지 않았다. 그는 설계도면을 따라 지휘봉을 움직이면서, 기계 구조의 모든 부분적인 기능을 간단히 설명한 후 분필을 잡고 계산으로 넘어갔다. 그는 분필을 똑딱거리며 재빨리 칠판 전체를 기본적인 계산으로 메워 버렸다. 그는 이 기계가 한 시간에 오십 개의 배수관을 생산하게 될 것이며, 그리고 관 하나의 무게는 반 킬로그램씩 가벼워질 것이고, 두 사람의 노동자만 있으면 기계를 움직일 수 있다는 것, 그러나 이것도 앞으로는 모든 과정을 완전히 자동화할 수 있다는 점 등을 입증하였다.

"이 기계의 고안 속에는…."

그는 말했다.

"자동화 공장을 창설할 수 있는 가능성이 고려되어 있습니다."

그는 보고를 마치고 옆으로 물러섰다.

"그 자동화 공장에 대해서는 좀 더 우리가 연구해 봐야 되겠습니다."

장군은 시계를 들여다보고 말했다.

"고안자의 보고는 십오분이 걸렸습니다. 예정대로 빨리 끝났습니다. 자, 그럼 보고자에 대한 질문은 없습니까?"

"고안자에게 한마디 물어보고 싶습니다."

훈다또르는 매우 유창한 어조로 말하고는, 다정한 눈으로 로빠뜨낀을 바라보았다.

"저, 로빠뜨낀 동무, 설명해 주십시오. 그건 무엇입니까? 위에 있는 것이 연강실인가요? '삐까르'식과 같습니까?"

"이건 냉각장치올시다. 그러나 이것은 특수 가열기를 가지고 있지 않습니다. 주조된 관이 여기로 향하게 되는데 이 기계는 압력의 제거와 냉각을 보장해 줄 것입니다."

잠시 침묵이 흐른 다음, 순수한 의도에서 물어보는 듯한 평범한 몇 가지의 질문들이 계속되었다. 이윽고 특별한 침묵이 깃들었다. 어느 누구도 감히 이 정적을 깨뜨리려는 사람은 없었다. 모두 침묵을 지켰다. 훈다또르는 천장을 쳐다보고 있었다. 쩨삐낀은 그 우둔한 낯짝을 훈다또르의 어깨 위에 얹고 졸고 있는 것 같았다 ── 그러나 졸고 있지는 않았다. 그는 훈다또르의 귀에 대고 무슨 말을 속삭이고 있었던 것이다. 장군은 들창을 통해서 맑게 갠 푸른 하늘을 바라보기도 하고, 혹은 설계도면을 보기도 하고, 때로는 천장을 쳐다보기도 했다. 그는 연필을 이리저리 돌리면서 똑똑 두드리고 있었다.

"그럼 동무들, 심의를 시작할까요?"

새하얀 눈썹을 추켜올리며 장군이 말했다.

"언권을 주시겠습니까?"

훈다또르는 마치 잠에서 깬 사람 같았다. 그는 조그만 종잇장을 들고 일어났다.

"에… 지금 주조기에 대한 보고가 있었는데…."

그는 거짓 없는 순박한 표정으로 말을 시작하고, 천장을 바라보았다.

"우리가 심의하려는 주조기… 그것에 관해서는 보고자가 여기서 흥미있게…,"

그는 앞으로 몸을 굽혔다.

"아주 상세하게 우리에게 보고를 해 주었습니다. 이 주조기는 무척 주목할 만한 가치가 있다고 보며, 나로서는 매우 결과적이었다고 말하고 싶습니다. 그러나 동시에 이 기계는 로빠뜨낀 동무의 특징을 드러내고 있다고 하겠습니다."

그는 로빠뜨낀에게 미소를 보냈다.

"다시 말해서 이 기계는, 모든 문제를 영감의 도움으로 해결하려고 하는 그러한 발명가로서 로빠뜨낀 동무를 특징지어 주고 있습니다. 사실 이런 말을 하려니까 어쩐지 거북한 생각까지 들지만 로빠뜨낀 동무는 이론적인 관계에 있어서 완전한 파산자라는 것이 판명됐습니다. 이러한 날카로운 표현을 용서해 주십시오. 로빠뜨낀 동무는 충분한 이론적 기초를 갖추고 있지 못합니다. 그는 전연 새로운 기계를 원시적인 방법으로, 주먹구구식의 방법으로 만들려고 했습니다."

하며 훈다또르는 한 손을 앞으로 내어 보이고 가볍게 공기를 잡았다.

"기술적인 해결을 주먹구구식으로 말입니다. 다시 말해서 기술자적인 태도의 결핍을 나타내 주었습니다. 그리고 내가 확실히 아는 바에 의하면 그 전에 그에게 이런 잘못을 지적해 주었을 때, 그는 이에 응하질 않았으며, 보다 권위 있는 중앙주조위원회 위원들이나 당국자 측으로부터의 필요한 간섭을 거절했던 것입니다."

"저, 훈다또르 동무."

장군은 그의 말을 가로챘다.

"그것은 바로 그 구상 자체가 매우 유혹적인 것이어서, 몇몇 동지들과 그리고 우리 지부 요원들이 고안자의 창작 능력을 신임했기 때문이었소. 모험을 했던 거요!"

"그럼 그와 같은 모험으로 모든 이익을 얻어 보시죠."

훈다또르는 농담조로 대답했다.

"나는 설계도에 대한 진정한 비판을 듣고 싶습니다."

로빠뜨낀의 준엄한 목소리가 회장을 진동시켰다.

"지휘봉과 분필을 손에 들고 상세히 비판해 주기 바랍니다."

"암, 좋습니다. 실제로 해 드리지요. 자, 이제 당신에게 비판을 하겠습니다."

훈다또르는 도면 쪽으로 다가섰다.

"당신은 여기에 연강기를 설치했습니다. 당신이 말하기는 압력을 제거하기 위해서라고 했습니다. 그렇다면, 이러한 공업 제품이 냉각됨 없이 관을 제조할 수 있다는 것을 당신은 확신하지 못하고 있는 셈입니다. 아니 그래도 확신한단 말입니까?"

"나는 냉각하는 관의 온기를 이용하고 그 관의 냉각 과정을 겨울의 찬바람에 의존하지 않게 하려고 연강기를 설치했습니다. 그리고 그 연강기 없이는 냉각되지도 않을 것입니다."

"당신의 신념을 확증하는 그러한 계산법은 도대체 어디서 나온 겁니까?"

훈다또르는 두 손을 벌리고 공허한 회장에 미소를 던졌다.

"그런 확신 정도론 국가에서 돈을 주지 않습니다. 당신은 확신합니까? 그러나 존경하는 싸라또프쩨프 동지에게 물어보십시오. 그는 당신에게 이렇게 대답해 줄 것입니다. 계산이 돼먹지 않았을 뿐더러, 그 계산을 뒷받침할 수 있는 이론조차 서 있지 않다구!"

훈다또르가 이 말을 했을 때, 아카데미 회원은 눈을 감은 채 몇 번이나 절도 있게 고개를 끄덕였다.

"어디 말해 보시오."

커다란 눈을 두리번거리며 훈다또르는 말을 이었다.

"바로 이것이 당신에 대한 구체적인 이의올시다. 우리는 이러한 기계를 반대하는 것이 아니라, 무엇보다 먼저 그런 기계를 창조할 수 있는 이론적 소인을 발견해야 한다고 생각하는 것입니다. 우리 연구소는 이런 방향에서 이미 몇 걸음 앞서고 있습니다만, 로빠뜨낀 동무는 어떠한 논증이나 권위도 인정하지 않습니다. 참 어리석은 일입니다. 내구성 정련용 도가니 문제에 대해서도 당신은 자신의 확신을 전혀 논증하지 못하고 있습니다. 그러니 무슨 말을 하겠습니까?"

훈다또르는 빙그르 몸을 돌렸다. 그는 검정 양복이 자기 몸에 얼마나 잘 맞는가를 모든 사람에게 보여 주고 나서 어깨를 한 번 흠칫하고 자기 의자로 돌아왔다. 그러자 곧 쩨삐낀이 일어나 앞으로 걸어나갔다.

"로빠뜨낀 동무가 설명한 내용을 끝까지 듣고 나서, 나는 그 속에서 합리적인 기초를 발견해 보려고 애썼습니다. 주택 문제, 관의 부족 —— 이건 모두 옳은 말들입니다. 그러나 문제는 기계 구조에 있다고 말할 수 있습니다. 그것이 좋다느니, 혹은 마땅히 개량되어야 한다느니, 이런 문제는 어디까지나 부차적인 문제올시다. 만일 우리가 이 기계의 과학적인 근거를 면밀히 검토하게 된다면 그는 분명히 실격당하고 말 것입니다. 따라서 나는 훈다또르 동무의 의견에 동의하지 않을 수 없으며…."

쩨삐낀은 마치 동상에라도 걸린 듯한 하얀 손가락으로 허공을 그리면서, 기계의 모든 성능에 대해서 의심을 제기했다.

"한 시간에 오십 개라고요?"

그는 이렇게 물어보고, 손수건을 꺼내 코를 풀고는 싱글벙글 웃으며 대답했다.

"종이 위에선 언제나 그런 계산이 나오는 법입니다. 똘스또이의 『전쟁과 평화』 속에 '지 예르스쩨 꼴론네 마르쉬르뜨, 지 쯔베이쩨 꼬론네 마르쉬르뜨(한 대열이 지나면 두 번째 대열이 따른다는 뜻)'처럼 말이오. 그러나 실제로 일을 해 보면 오십 개는커녕 열 개라도 얻으면 성공입니다. 게다가 그것은 살짝 건드리기만 해도 항아리처럼 부서지고 말 것입니다. 존경하는 고안자께서도 이것만은 잘 알고 있을 겁니다."

이야기를 끝마칠 무렵, 쩨삐낀은 손가락을 꼽아가며 기계의 의심점들을 하나하나 예거하기 시작했다. 그는 싱글벙글 웃으며 손가락이 모자라는 꼴을 모든 사람에게 보이고 나서 입을 다물었다. 그는 갑자기 심각한 표정이 되어 감정조로 말했다.

"친애하는 로빠뜨낀 동무, 제발 나를 나쁘게 생각하진 말아 주시오. 배수관 주조에 관한 문제가 그렇게 간단히 해결될 문제라면 우리는 벌써 오래 전에 그것을 예상했을 것이고, 어떻게든지 합세해서 정력을 기울여, 그와 같은 기계를 만들어 냈을 것입니다. 아무라도 항아리를 구울 순 있습니다. 그렇소, 우린 결코 쓸모없이 나날의 양식을 소비하고 있는 것은 아닙니다."

여기서 그는 한 손을 가슴 위에 얹었다.

"우리 역시 어느 정도는 애국자들입니다. 로빠뜨낀 동무!"

누군가가 로빠뜨낀에게 의자를 권했다. 그는 그것을 의식하지 못한 채 의자에 앉아서는 손으로 저고리 단추를 비틀기 시작했다. 쩨삐낀은 뒤통수를 긁었다. 그는 무슨 말을 생각해낸 듯했으나, 손을 흔들고 훈다또르 등 뒤의 자기 자리로 비틀거리며 걸어갔다.

"언권을 주십시오!"

로빠뜨낀은 분노에 찬 굵직한 목소리를 들었다.

"갈리쯔끼 동무."

장군은 이렇게 말하고, 속기사를 바라보며 연필을 돌려잡았다.

'어디서 들은 이름인데?' 로빠뜨낀은 생각했다.

후리후리한 키에 회색 양복을 입은 갈리쯔끼라는 사람은 핏기 없는 얼굴에 길쭉코를 하고 있었다. 그는 로빠뜨낀을 눈초리로 찾아냈다. 그의 새까만 두 눈썹은 이마 위를 기어 다니고, 검은 눈과 커다란 콧구멍은 분노에 차 둥그렇게 벌어져 있어서, 마치 네 개의 동공으로 로빠뜨낀을 바라보는 것 같았다.

"로빠뜨낀 기사와 논쟁을 벌이기 전에…,"

하고 그는 굵직한 어조로 말했다.

"먼저 존경하는 중앙주조위원회 대표자들에게 몇 마디 비판을 하고자 합니다. 일 년 전에 국가는 그들을 위해서 훌륭한 주택을 지어 주었습니다. 국가의 이러한 배려는…,"

여기서 갈리쯔끼는 위엄 있게 기침을 했다.

"곧 그들의 연구에 반영되어졌습니다. 배수관 주조와 같은 시시한 문제에는 이미 흥미를 느끼지 못하게 되었는지, 그들은 보다 심오한 이론의 비밀 속으로 파고들어 갔습니다. 대양 밑바닥까지 파고들어 가도록 측심추를 줘야 할 정도입니다."

모두들 웃음보를 터뜨렸다. 훈다또르의 얼굴이 약간 붉게 물들었다.

"그러나 만일…."

갈리쯔끼는 길다란 손을 머리 위로 올려 허공을 잡으면서 외쳤다.

"그러나 만일 훈다또르 동무가 실제적인 견지에서, 그리고 오늘날 우리 앞에 제기되고 있는 과업이 무엇인지를 인식하였던들, 그는 로빠뜨낀 기사의 제안 속에서 중요한 수많은 것을 발견할 수 있었을 것입니다. 자, 예를 들어 총구로부터 장약하는 화승포와 기관총 중에서 어느 것이 더 좋겠습니까? 그야 물론 기관총이겠죠. 그런데 로빠뜨낀 기사는 바로 그 기관총을 우리에게 제안하고 있는 것입니다. 그는 오늘 당신들 중앙위원회 동지들의 화승포를 제거해 버렸습니다. 그는 기관총 탄대로써 화승포를 대치했고, 우리에게 절약과 속사를 주었습니다. 그렇죠, 로빠뜨낀 동무? 사실 그렇지 않아요?"

로빠뜨낀은 기쁨에 놀란 표정으로 황급히 고개를 끄덕였다.

"아직 기뻐하진 마십시오, 고안자 동무. 당신에게까진 아직 미치지 않았습니다."

갈리쯔끼는 이렇게 말하고 훈다또르에게 돌아섰다.

"그다음, 당신은 냉각에 대해서 말했습니다. 그래 융통성 있는 설계도가 제안되었다는 것을 우리들 각자가 모른단 말입니까? 그것은 실제적으로 필요한 온도 상황을 손더듬이로 찾을 수 있게 되어 있습니다. 로빠뜨낀은 그것을 당신과 같은 이론가 동무들보다 훨씬 빨리 찾아낼 수 있습니다. 그것은 바로 거기에 해답이 있기 때문입니다. 그는 우리에게 관을 주지만, 당신에겐 준비 자료를 줄 테지요. 당신은 그 자료로 학위논문이나 쓰십시오."

모두 깔깔거리며 웃어댔다. 장군은 유쾌한 기분으로 부드러워졌다. 그는 종잇장에 연필로 줄을 그으며 머리를 흔들었다. 장내가 조용해졌을 때 갈리쯔끼는 날카로운 검은 눈을 로빠뜨낀에게로 돌렸다. 그는 맹수처럼 콧구멍을 크게 벌리고 로빠뜨낀에게로 말을 옮겼다.

"고안자 동무, 그렇지만 당신의 아이디어 속에도 피할 수 없는 결함이 존재합니다. 이건 말하자면, 당신의 고립된 생활양식의 결과일 것입니다. 어떤 아이디어건 반드시 교환해야 되지, 그렇지 않으면 퇴화해 버리고 맙니다. 당신의 주형 없는 도가니에 대해서는 찬동합니다. 그건 효과적입니다. 그래서 볼로비끄 교수는 그것을 '창작적으로 왜곡'하려고 서둘렀던 것입니다. 그는 곧 그 일을 마칠 수 있었습니다. 바른대로 말하면 슬그머니 훔쳐 낸 것입니다. 그런데 동무들, 유감스럽게도 그가 훔쳐 낸 것은 빈 자루였단 말입니다."

장내에 웃음이 일어났다.

"어째서 빈 자루였을까? 그 이유를 말하지요."

갈리쯔끼는 분필을 잡고, 칠판 앞에 구부정하게 서서 커다란 숫자와 글자들을 쓰기 시작했다.

"철평형 압력."

이렇게 말하며 그는 덧붙였다.

"용광로에서 얻은 금속의 온도, 금속 주입 시간, 회전 속도, 당신은 자신의 짧은 배수관과 주형의 경사로 말미암아 어떤 결과가 생기는지 아십니까? 금속은 주형 끝에까지 도달하지 않고 굳어지기 시작해서, 기하학적으로 부정확한 관들을 얻게 될 것입니다."

"그건 틀립니다."

로빠뜨낀은 자기 목소리가 아닌 울부짖는 어조로 외쳤다.

갈리쯔끼는 조용히 손가락을 펼쳤다.

"저런, 저런. 당신은 나한테까지 고함을 지르는군요. 진정하십시오. 이 공식을 읽고 이해하십시오. 당신의 계산은 금속조형학의 보고서와 일치하지 않습니다. 당신의 관 속에 선철의 출입 통로를 연장시키십시오. 최소한 25미터를 ── 그렇게 해야 온도를 얻을 수 있습니다. 그건 국민학교 학생이라도 알 겁니다. 당신의 기계에선 금속이 중도에서 굳어지고 맙니다."

"언권을 주십시오."

로빠뜨낀은 벌떡 자리에서 일어났다.

"언권을 주시오! 세 가지를 해명하겠습니다."

"로빠뜨낀 동무."

장군은 말했다.

"우리에겐 정해진 질서가 있습니다."

"말하십시오!"

갈리쯔끼가 명령했다.

"첫 번째 해명은…"

로빠뜨낀의 목소리는 이미 진정되어 있었다.

"나는 기사가 아니라 중학교의 일개 교사올시다. 우리 학교에서는 나를 제외하곤 아무도 원심주조기에 관심을 갖는 사람이 없었습니다. 그렇기 때문에 나에게는 갈리쯔끼 동무가 요구하는 견해의 교환을 할 수 있는 기회가 없었던 것입니다.”

장내의 사람들이 커다랗게 한숨을 지었다. 이윽고 다시 정적이 왔다.

“갈리쯔끼 동무, 당신만이라도 나를 이해해 주십시오. 과연 그것은 옳은 생각일까요. 당신 생각대로 사람마다 무엇인가 새로운 것을 얻으려고 경쟁을 하고, 그 새로운 것을 인민에게 전하려고 원하고 있는데, 그러한 사람을 반사회적인 현상이라 선언하다니, 과연 옳은 일입니까? 너무 예민하십니다.”

로빠뜨낀이 이 말을 하는 동안, 갈리쯔끼는 깊은 생각에 잠겨, 여러 번 불타는 검은 눈을 그에게로 돌렸으나, 피곤과 침착이 뒤섞인 발명가의 시선과 마주치자, 그는 재빨리 눈을 피하고 말았다.

“나는 의견을 교환하려고 했습니다.”

로빠뜨낀은 간신히 느낄 수 있는 미소를 풍기며 말을 이었다.

“나는 항상 설계자로서 또는 야금학자로서의 자신의 약점을 느끼고 있습니다. 그러나 아브지예프 교수는 의견 교환을 원하지 않았습니다. ‘허구’라는 한마디뿐이었습니다.”

“그야 물론 허구니까 허구라고 했겠지.”

조용한 공간을 틈타서, 훈다또르의 게으른 목소리가 똑똑하게 울렸다.

“두 번째 해명은…”

로빠뜨낀은 말했다.

“무즈가의 공장에서는 아직도 수공업적 방법으로 관을 주조하고 있습니다. 당신도 아마 이 모든 것을 잘 알고 있을 것입니다. 주철은 만만하지만 강철은 단단하다는 것을 알고 있듯이 말입니다. 이러한 상태가 나로 하여금 교직을 버리게 만들었고, 지금은 뒤늦게나마 후회하고 있지만 발명 사업에 몰두하게 하였던 것입니다. 그리고 세 번째 해명은 이렇습니다.”

칠판 옆에 갈리쯔끼와 나란히 선 로빠뜨낀은 그에게서 받아든 분필을 움직이며, 숫자와 글자를 나열하기 시작했다.

"당신은 이 기계 부분들이 상호작용을 한다는 것을 잊어버리고 그 과정을 부분적으로 끊어서 생각하고 있습니다. 가열된 금속 주형에 있어서 온도의 상실은 한랭한 주형하곤 다르다는 원심력에 대한 원리를 잊고 있는 것입니다. 그리고 중요한 것은, 경사진 주형이 회전함으로써 금속은 순식간에 주형 끝까지 퍼지게 된다는 것입니다. 게다가 균등하게 말입니다. 오히려 내 기계는 수평 상태에서도 관을 주조할 수 있는 시간적 여유까지 갖고 있습니다."

로빠뜨낀은 분필로 칠판을 쾅 두들기고 옆으로 물러섰다. 그때 갈리쯔끼는 깜짝 놀라기라도 한 듯, 그의 눈을 바라보고는 칠판 위에 팔꿈치를 괴고 눈을 껌벅이며 생각에 잠겼다. 이러한 정적 속에 일 분, 이 분, 시간은 흘렀다. 어느새 장내에는 유쾌한 소음이 일기 시작했다. 알지 못할 박수가 울려 나왔다.

"갈리쯔끼 동무,"

장군은 연필을 두들기며 말했다.

"우린 기다리고 있습니다."

"네, 네."

갈리쯔끼는 칠판에서 눈을 떼지 않고 얼빠진 사람 모양 손을 놀리며 양복 옆구리를 온통 백묵으로 더럽혔다.

"그런 문제를 가지고 뭘 그렇게 생각할 필요가 있어요. 모든 것이 명백한데!"

훈다또르의 목소리가 들렸다.

"수학은 명백하지 않다고 입증했습니다."

갈리쯔끼는 칠판에서 눈을 떼지 않고 분필을 두들기며 대꾸했다.

“싸라또프쩨프 동지, 당신은 여기 대해 할 말이 없습니까?”

장군은 몸을 일으키며 물었다.

“아니, 새삼스럽게 무슨 할 말이 있겠소!”

아카데미 회원은 노인 특유의 푸르죽죽한 눈을 홉뜨며 말했다.

“명백한 일입니다. 정말 명백해요. 만일 그 기계를 제조하게 된다면 삼십만 루블을 실험비로 낭비하는 결과밖에 안 될 것입니다. 그리고 우리들의 사업은 실험하는 것이 아니라 건설하는 데 있습니다. 나는 이 과학적인 논쟁을 적당한 연구소로 이관했으면 좋겠다고 생각합니다. 거기에선 현재의 조건으로 모든 실험을 해 볼 수 있습니다. 오늘 제기된 논제들을 무시해서도 안 될 겁니다. 나 개인적으로는 주형 없는 주조가 허구라는 생각이 듭니다. 그렇습니다.”

그는 머리를 저었다.

“복잡한 실험을 요하는 문제를 단번에 결정할 수는 없다고 봅니다.”

“거기에 추가할 말이 있습니다.”

훈다또르가 일어섰다.

“갈리쯔끼 동무와 달라서, 우리는 보다 신중하게, 보다 객관적으로 그 기계를 심의했던 것입니다. 그래서 기탄없이 과학적인 견해들을 고집할 수도 있습니다. 그러나, 그렇지 않아도 연장된 논쟁을 더욱 연장시키길 원하지 않기 때문에, 나는 여기서 일어난 이 논제들을 기술 분과위원회에 돌리기로 하겠습니다. 거기서는 로빠뜨낀 동무가 고안한 기계의 장단점을 세밀히 분석해 줄 것입니다.”

이렇게 말하고 나서 그는 타이프로 친 몇 장의 종이를 장군 책상으로 가져갔다.

"훈다또르 동무! 언제나 같은 장소를 고집하라는 원칙은 없지 않습니까?"

하고 갈리쯔끼가 말했다.

"회의가 약간 지체된 것 같습니다."

장군은 훈다또르가 준 논제를 들여다보며 말했다.

"또 발언하고 싶은 분은 없습니까? 동무들, 결론은 명백하다고 봅니다. 기계 제작은 불합리하다. 대부분의 동무들이 여기에 기울어지고 있습니다. 불완전한 구상은 주요한 작업의 기초가 될 수는 없습니다. 그러나 이제 이 점만은 명백해졌습니다. 원심주조란 문제는 어떠한 방법으로든지 꼭 해결되어야만 한다는 것입니다. 이것을 위해서는 학자와 기사들이 노력을 경주해야만 합니다. 나는 야금금속성이 가까운 시일 내에 적당한 기술적인 임무를 우리에게 주리라는 것을 확신합니다. 동무도 이러한 결정에 찬동합니까?"

로빠뜨낀에게 물었다.

"찬동할 수 없습니다."

갈리쯔끼가 칠판 옆에서 단호하게 말했다.

"기계는 단순합니다. 분명히 달리 생각해 볼 필요가 있을 것 같습니다. 보다 능률적입니다. 그리고 핵심이 되는 원리는 명백합니다. 고안자 옆에 훌륭한 설계사와 계산기술자를 앉게 해서 기계를 만들어야 합니다. 로빠뜨낀 동무의 여러 가지 논증은 실험의 필요성을 절실하게 정당화하고 있다고 나는 생각합니다."

"또 동의하지 않는 분은 없습니까?"

침착한 어조로 장군은 물었다.

"없지요? 그럼 휴식을 선언합니다. 로빠뜨낀 동무… 로빠뜨낀, 당신은 내 말이 안 들립니까? 회의록 사본에 관심이 있는 모양이군요. 정 그렇다면, 며칠 후 서무과에 들려 보시오. 얻을 수 있을 겁니다."

로빠뜨낀은 복도로 나와서 담배를 피웠다. 주위에서 사람들이 움직이며 좌우로 떠밀었다. 그러나, 연기의 구름 속에 둘러싸인 채 서 있었다. 그는 때때로 무거운 한숨을 몰아쉬며 담배 연기를 깊숙이 빨았다.

"동무, 흡연실에 가서 피우시오."

어떤 사람이 그에게 말했다. 그러나, 두 발은 저절로 움직여 그를 앞으로 이끌어갔다.

그는 층계 옆에서 어색할 정도로 즐거워하는 우류삔을 만났다.

"그렇게 부결시키다니, 제기랄!"

우류삔은 이렇게 말하고 어디론지 사라졌다. 로빠뜨낀은 아래층으로 내려갔다. 소장실 옆에서 갑자기 그의 팔 밑으로 손가락을 집어넣으며 팔꿈치를 잡는 사람이 있었다.

"로빠뜨낀 동무."

그는 귓전에서 갈리쯔끼의 굵직한 목소리를 듣고, 결전 태세를 갖추며 재빨리 뒤돌아보았다. 날카로운 코에 두툼한 입술을 하고 언제나 뚫어질 듯이 바라보는 검정 눈의 사나이가 그의 옆으로 바싹 다가왔다. 그리고는 한참 동안 물끄러미 그를 응시했다.

"나를 그들과 같은, 그 녀석들과 같은 인간으로 오해하지 말아 주었으면 좋겠소. 다시 말해서 당신의 적의 한 사람으로 말이오."

그는 말했다.

"사실은 그런 오해를 받을 만도 하게 됐소. 내 입에서 몇 마디 그런 표현이 나왔으니까. 관습에 따라 말하는 사람은 자기를 옳다고 생각하게 마련이오. 그러나, 나중엔 판명되지요. 나는 이제야 겨우 하나의 단순한 진실을 알았소. 사실 말이지 아브지예프나 그 일당들하곤 논쟁하길 꺼려들 하오. 물론 모든 사람이 다 그들과 논쟁하길 꺼려하는 것은 아니지만. 그리고 당신이 자신의 아이디어를 가지고 있다는 것은 잘못이 아니오. 아니, 내가 무슨 말을 할까, 그런 아이디어가 생겼다는 건 참 좋은 일이오. 그러나 그렇게 좋은 아이디어라 할지라도 몹쓸 놈들이 그걸 뭉개 버리고 마니! 그렇지만, 아직도 당신에겐 약간의 오류가 있소."

로빠뜨낀은 가볍게 얼굴을 찌푸렸다. 그리고 지그시 입술을 깨물고 갈리쯔끼를 쳐다보았다.

"그걸 잊지 마시오."

갈리쯔끼는 웃었다.

"나는 당신이 교원인 줄만 알았더니 아주 훌륭한 기사더군. 당신하고 논쟁하긴 위험하군요!"

갈리쯔끼는 서두르는 기색이었다. 그는 줄곧 로빠뜨낀을 바라보며 검정 외투와 털 빠진 붉은 모자를 쓰고 현관으로 달려 나갔으나 문득 걸음을 멈추고 손짓으로 위협을 하며 말했다.

"다른 생각할 것 없이 기계를 개량하시오. 더욱더 연구하시오. 그리고 다시 한번 만납시다."

2

'연구하시오' — 로빠뜨낀은 눈부신 거리로 나오며 생각했다. 이번에는 아까보다도 싱싱한 봄 향기를 더욱 뚜렷이 느낄 수 있었다. 이때, 그는 자기가 가지고 있는 돈이 모두 2천 루블밖에 안 된다는 것과, 그 돈으로는 도저히 넉 달 이상은 살 수 없으리라는 것을 상기했다. '심사가 끝난 다음 시계를 사도록 하자' — 그는 이 말을 회상했다. 순간 그의 얼굴은 허황한 미소로 흐려졌다. 그는 발로 얼음 조각을 걷어찼다.

'참, 구두를 사야겠군.' 그는 문득 이런 생각을 하고 걸음을 재촉했다. 그는 어떤 일이든 동요하는 빛이 없이 단번에 해치우는 습관이 붙어 있었던 것이다.

아르바뜨 거리로 나오니 금방 백화점이 보였다. 그는 신발부에서 43문의 가죽창 검정 단화를 골라잡았다. 출납구에서 달가닥거리는 소리가 나고 찌르릉 종소리가 울리더니, 로빠뜨낀의 호주머니에서 3백 루블의 돈이 줄어들었다. 그는 단화를 신어 보려 하지도 않았다. 신발부 옆에 놓인 비로드와 니켈로 된 안락의자에 그만 질리고 만 것이다.

로빠뜨낀은 자기가 묵고 있는 여관으로 발길을 돌렸다. 여관에 이르자 육 층 자기 방으로 올라갔다. 방 안에는 다섯 개의 침대가 놓여 있었다. 로빠뜨낀은 자기 침대에 앉아서 단화를 바꾸어 신은 다음 커다란 빵 조각에 치즈를 발라 먹고, 각설탕을 입에 문 후에 물병에서 물을 한 컵 따라마셨다. 그는 당장 그날부터 절약하기 시작한 것이다.

그다음 그는 베개 위에 세워 놓은 둥근 거울 앞에서 면도를 하고, 자신의 일들을 생각하며 잠시 바람을 쐬려고 거리로 나섰다.

거리에는 눈이 펑펑 쏟아지고 있었다 —— 짤막한 정월의 봄은 끝난 것이다. '덧신을 사야겠군.' 로빠뜨낀은 생각했다. '덧신은 단화를 보호해 주겠지.' 이십 분 후 이미 그는 덧신을 신고, 폭신폭신한 눈 위를 걷고 있었다. 그래서 그의 저축금에서는 40루블이 더 줄어든 셈이다. 그는 거리를 거닐며 모스크바의 광고판마다 걸음을 멈추고, 노동력 고용에 대한 광고문을 흥미 있게 읽어 보았다. 그는 숙련공 채용에 대한 광고문을 여섯 개 이상이나 발견하고 마음속이 한결 명랑해졌다. 전부가 기숙사를 제공해 준다는 직장이었다 —— 이것은 바로 그에게 필요한 것이었다. 그는 언젠가도 자동차 공장에서 일한 경험이 있었던 것이었다.

'굴복하진 않겠다.' 그는 준엄하게 낯빛을 흐리며 나직이 말했다.

'암, 천만에!' 그는 걸음을 재촉했다. '두 달 동안 더 싸워 본 다음, 공장에 들어가도록 하자. 이건 나의 불굴성을 증명해 줄 것이다!'

그는 평상시와 다름없이, 낯익은 행진로를 따라 걷고 있음을 알았다. 어제도 그는 이 길을 걸었던 것이다. 그래서 로빠뜨낀은 잽싸게 골목을 돌아 몇 개의 거리를 가로질러서, 다시 낯익은 장소에 와 있었던 것이다. 여기는 메뜨로스뜨로에프스까야 거리였다. 로빠뜨낀은 바로 잔나가 살고 있는, 그 낡은 오층집 쪽으로 걷고 있었다. 그는 걸음을 멈추고 잠시 생각에 잠겼다. 그는 이 거리를 산책하려다가 문득 생각나는 것이 있어, 재빨리 골목으로 들어섰다. 지금 갑자기 잔나와 마주친다면 그녀에게 뭐라고 말할 것인가? 나의 표정이 결코 승리자 같지는 않을 텐데….

그러나 로빠뜨낀은 잔나를 보지 않고 물러설 수는 없었다. 그는 지난 한 달 동안 겨우 두 번 잔나를 볼 기회가 있었다. 그러나 그는 두 번 다 십대 소년처럼 멀리서 그녀를 현관까지 전송해 주었을 뿐이었다.

로빠뜨낀은 자기 모습을 돌아보고 그의 온몸이 눈으로 덮인 것을 보았다. 멋있는 꼴이군! 그는 깃을 높이 올리고 두 손을 호주머니에 넣은 채, 찌푸린 얼굴로 끄르임 광장을 향해 천천히 걸음을 옮겼다. 요전에도 잔나는 지하철역에서 집으로 돌아오고 있었던 것이다.

그는 끄르임 광장까지 갔다가 되돌아와서는 또다시 광장 쪽으로 걸음을 옮겼다. 그러는 사이에 눈송이는 더욱 희어지고 하늘은 점점 어두워졌다. 골목에서 저녁 어둠이 기어 나오기 시작한 것이다. '왜 난 여기를 오락가락하고 있을까?' 이런 생각을 하다가 우뚝 걸음을 멈췄다. 순간 그는 잔나를 발견한 것이다. 허리띠로 검정 외투를 잘록하게 졸라맨 그녀는 두 손을 호주머니에 찌른 채 귀걸이가 달린 녹색 모자를 쓴 예쁘장한 머리를 갸웃이 기울이고서 맞은편에서 걸어오고 있었다. 그녀는 혼자가 아니었다. 번쩍거리는 단추가 달린 새 외투, 새 모자를 쓴 젊은 대위와 팔짱을 끼고 걸어오고 있었다.

그들은 발을 맞추려고 애쓰면서 느릿느릿 걸어갔다. 잔나의 시선이 눈을 뒤집어쓴 보초와도 흡사한 로빠뜨낀 옆으로 살그머니 미끄러져 왔다.

"당신하고 걸어갈 수가 없군요!"

잔나가 말했다.

"발 맞출 줄도 모르다니…."

로빠뜨낀은 천천히 그들을 쫓아갔다. 그는 점점 더 뒤떨어졌다. 이윽고 걸음을 멈추었다. 그러나 앞의 사람은 드디어 발을 맞추고 만족스럽게 걸음을 재촉하며 걸어갔다. '아니다, 한 번 더 너를 보겠다.' 로빠뜨낀은 맞은편 보도로 뛰어가서 그들을 앞지른 다음 다시 한길을 건너와서는 진열장 앞 페인트를 칠한 난간에 가슴을 기대고 단추와 머리빗들을 흥미 있게 바라보는 체하고 그들을 기다렸다.

로빠뜨낀은 얼굴을 돌렸다. 그 순간, 그는 숨이 막혔다. 잔나가 그를 바라보고 있었던 것이다. 그녀의 깊은 눈 속에서 무엇인가 바르르 떠는 것 같았다. 그러나 그것은 착각이었다. 그녀는 눈더미를 뒤집어쓴 로빠뜨낀을 보고 있는 것이 아니었다. 그녀와 로빠뜨낀 사이에는 꼴리까와 뻔쩍뻔쩍 윤이 나는 장화가 있었던 것이다. 갸름한 검은 눈 밑에 몽고인처럼 광대뼈가 두드러진 새하얀 얼굴 —— 그녀는 삼 년 전과 조금도 변한 데가 없었다. 그녀는 한쪽 어깨를 대위에게 기댄 채 교활하게 눈을 내리깔고 미소 짓고 있었다.

로빠뜨낀은 옴짝달싹 않고 날카로운 눈초리로 물끄러미 그들을 전송했다. 이윽고 그는 맞은편 길로 건너가서 흘끔흘끔 그들을 뒤돌아보면서 끄로뽀뜨낀스끼문 쪽으로 천천히 걸음을 옮겼다.

그런데 로빠뜨낀은 걸어가던 두 사람이 갑자기 걸음을 늦추며 머뭇거리는 것을 보았다. 더 정확히 말한다면 잔나는 뒤떨어지고 대위는 걸음을 멈추었던 것이다. 그녀는 고개를 수그리고 무엇인가 생각에 잠겨 있었고, 한편 그녀의 파트너는 멀리 떨어져서 동정 어린 표정으로 비스듬히 머리를 숙이고 그녀를 기다리고 있었다. 잔나는 무엇을 생각했는지 통행인 사이를 마구 헤치며 오던 길을 성급히 되돌아갔다. 진열장 쪽으로 가는 것이었다. 그녀는 페인트칠을 한 난간에 다가서자 걸음을 멈추어 재빨리 주위를 돌아보고 두 손을 가슴에 얹었다. 상점 안으로 뛰어 들어갔다가 다시 금방 문간에 나타났다. 대위는 흥미 어린 표정으로 그녀에게 다가갔다. "기다리세요. 곧 가겠어요." 그녀는 손짓으로 이렇게 말하고 끄르임 광장 쪽으로 쏜살같이 달려갔다. '까짓것, 한번 만나 보자!' 로빠뜨낀은 이런 생각을 하고 잔나를 따라가서 예기치 않은 상봉을 하려고 이미 돌아서고 있었다. 그러나 그 순간 이런 생각을 했다.

'그렇지만 그녀에게 무슨 말을 할 것인가. 또다시 그녀를 속이기 위해서 말을 꾸며대야 할 것인가?' 그는 황급히 기둥 뒤에 숨었다. 그는 멀리서 잔나가 되돌아가는 것을 보았다. 그녀는 진열장 옆에 걸음을 멈추고 난간을 더듬고 있었다.

이미 해는 저물었다. 창문마다 등불이 켜지고 자동차의 노란 불, 빨간 불이 줄달음치고 있었다. 로빠뜨낀은 사랑과 휴식과 모성애로 점령된 벤치 옆을 지나며 아르바뜨로 통하는 가로수 길을 걸었다. 그는 학생들의 노트를 검사하며 어느 한 노트 표지에 처음으로 자신 없이 자기 기계의 고안을 그려 보던 그날을 회상해 보았다. 로빠뜨낀은 일에 착수하자 곧 매혹되고 말았다. 그리고 오늘에 이르렀던 것이다. '그렇다. 나는 자신의 운명을 발견했던 것이다!' 그는 두 손을 벌리고 머리를 끄덕이며 고요히 미소를 지었다. '나는 병에서 악마를 내어 보냈다. 이젠 돌이킬 수 없는 일이다. 아니 어째서 악마를 속이지 못했을까? 아라호프스끼는 속일 수 있었는데! 어디 아늑한 구석 학교에라도 돌아가서 벤치에 앉아 있는 이 사람들처럼 평범한 인간이 되어 볼까. 모든 편지, 모든 도면, 그리고 모든 개성을 불살라 버리고. 그러면 잔나도 내게로 올 것이다. 그녀는 평화와 정적을 원하고 있으니까. 무엇 때문에 나는 주저하고 있는가!'

로빠뜨낀은 병에서 도망친 악마가 그의 속마음을 엿보고 바로 옆에서 낄낄거리고 웃고 있는 것 같은 기분을 느끼면서 니끼뜨스끼문 쪽으로 걸어가고 있었다. '아니다, 아니다, 아니다.' 그 악마는 말했다. '그전이라면 노트를 난로 속에 던져 버릴 수도 있었다. 그렇다, 그전이라면 가능했다. 그러나 자네 수중에 훌륭한 발견을 쥐고 있다는 것을 자네 자신이 아는 한 지금은 안 된다. 여기 벤치에 앉아 있는 이 사람들도 자네의 발견에 대해서 고맙다고 칭찬해 줄 것이다. 그 발견이 빛을 보게 되는 때엔!'

이틀 후 로빠뜨낀은 낯익은 상투적인 표현들이 적혀 있는 기술위원회의 회의록을 받았다. 기계의 복잡성과 난해성 때문에, 훨씬 단순한 아브지예프 교수의 기계보다도 이용성이 적다, 수많은 결함이 존재한다, 그 밖에도 이런 형식의 말이 수없이 나열되어 있었다. 회의록은 다음과 같은 문장으로 끝을 맺고 있었다. '불합리하다고 인정하고….' 그다음에는 다시 낯익은 말들이 계속되었다. 로빠뜨낀은 이 모든 거절 방식을 잘 알고 있었다. 그는 무즈가에 있을 때부터 이런 편지를 하도 많이 받아 왔기 때문에 이 회의록은 조금도 그의 마음을 상하게 하지는 않았다. 그러나 로빠뜨낀은 지고 있을 수가 없었다. 그는 연구소장 비서실에서 야금공업성 기술국장 앞으로 진정서를 쓰고 자기가 머무르고 있는 여관 주소를 봉투에 명기한 다음, 야금금속성 발송과로 부쳤다. 다음 날 아침 여관으로 전화가 걸려 왔다. 부드러운 여자 목소리였다.

"로빠뜨낀 동뭅니까? 드로즈도프 동무가 오늘 다섯 시에 당신을 만나겠답니다."

전화통에서 물러서며 로빠뜨낀은 생각했다. '드로즈도프라니? 아니 그 사람이 아닐까? 옳지, 무즈가에서 떠난다고 나쟈가 썼던 것 같은데….'

세 시에 로빠뜨낀은 면도를 하고, 구두를 닦고, 군대 습관에 따라 저고리 단추를 솔로 문질러 광채를 냈다. 네 시 반에 야금금속성 통행증 발급소 옆에서 무궤도 전차를 내린 그는 걸음을 멈추고, 검정 돌로 덮인 성 건물의 요판을 바라보았다. 돌 속에 섞인 녹색 결정체가 윤이 나게 닦아 올린 요판 밑에서 싸늘한 광채를 발하고 있었다. 다섯 시가 되자, 그는 밝은 크림색 비서실 속의 소파에 앉아 있었다. 부드러운 갈색 천을 씌운 문 옆에는 두꺼운 검정 유리 명패가 붙어 있었고, 거기에는 '기술국장 드로즈도프'라고 적힌 금빛 글자가 번쩍이고 있었다.

책상 옆에서 어린애같이 불그레하면서도 흰빛이 감도는 얼굴의 여비서가 눈을 내리깐 채 수화기를 들고 누구에겐지 나직한 목소리로 대답했다.

"드로즈도프 동무는 바쁩니다."

머리 뒤에 동그랗게 쪽 진 그녀의 굵다란 황백색 머릿결은 마치 해돋을 때 퍼지는 광선과도 같았다.

그녀의 등 뒤에서 초인종이 울렸다. 여비서는 자리에서 일어나 자기의 엷은 자켓과 두 손을 살피고 나서, 천천히 국장실로 들어갔다. 그녀는 곧 되돌아와서 공손히 말했다.

"들어가세요."

기술국장실은 공장 지배인실보다 그 규모는 작았으나, 국장 자신만은 지배인 때보다 더 엄하고 더 냉정해진 것 같았다. 그의 회색 군복에는 대령 계급장이 달려 있었다. 그는 찌푸린 얼굴로 자기 앞에 두 손을 모아 커다란 주먹을 만든 채 거대한 책상에 앉아서 움직이지를 않았다. 로빠뜨낀은 신경질적이며 영리하고 메마른 그의 얼굴에서 '나는 자네와 안면이 있어. 그러나 공적인 면에서는 안면이라는 것이 통하지 않는 법이야' 하는 표정을 읽었다. 그 옆 소파에는 높은 이마에 금테 안경을 쓴 사람이 뚫어질 듯 흥미 있게 로빠뜨낀을 바라보며 진주같이 흰 손가락으로 소파를 두들기고 있었다. '슈찌꼬프로구나!' 로빠뜨낀은 그를 알아보고 인사를 했다. 드로즈도프 옆의 조그만 탁자 위에서 삐 하고 짤막한 신호가 울렸다. 국장은 찡그린 낯으로 수화기를 들면서 로빠뜨낀에게 소파를 권한 다음 잠에 취한 목소리로 말했다.

"네…."

로빠뜨낀은 평상시와 같이 다리를 꼬고 앉았다. 드로즈도프는 그를 바라보고 쓸데없는 말들을 들어야 하는 고충을 말하기라도 하는 듯 지그시 눈을 감았다.

"누구라구?"

그는 수화기에 소리쳤다.

"당신 대신 뿌쉬낀이 한단 말요? 그럼 시작하시오. 전화 거시오… 어떻게 한다구? 내가 말한 대로 해요."

그는 수화기를 놓고 책상에서 나와 로빠뜨낀에게 손을 내밀었다.

"안녕하시오! 오느라고 수고했소. 슈찌꼬프 동무, 인사하십시오. 우리의 고안자올시다."

슈찌꼬프는 금테 안경을 번쩍이며 일어나서, 다정하게 미소지으며 로빠뜨낀에게 부드러운 손을 내밀었다.

그는 웃는 얼굴로 말했다.

"벌써 우린 아는 사이요."

그는 이렇게 말하고 또다시 소파에 몸을 맡겼다.

드로즈도프는 은제 담뱃갑을 열고 먼저 슈찌꼬프에게 권하고 나서, 그 다음 로빠뜨낀에게 권했다. 세 사람이 담배를 피웠다. 드로즈도프는 자기 자리로 돌아가 앉아서 눈을 감았다. 이윽고 천천히 눈을 떠서 실눈을 만들고 말했다.

"그래… 어떤가? 불만스러운가?"

"그렇습니다. 드로즈도프 동무, 불만입니다."

"물론 그렇겠지. 말하자면 위원회의 결정이 마음에 안 드는 모양이군?"

"그렇습니다. 조금도…."

"아니 조금도라니!"

드로즈도프는 흘끗 슈찌꼬프를 쳐다보았다.

"자넨, 어째서 그렇게 완고한가!"

"한 가지도 동의할 수 없습니다."

"그 정도로! 하지만 그 결정은 논증 끝에 이루어진 것이 아닌가."

"기술위원회에서는 나의 의견을 옹호하는 다른 논증들도 있었습니다."

"그건 누군가, 갈리쯔끼 말인가? 한 사람으론 부족하지. 무슨 일이 일어나면, 그들 학자들은 곧 민주주의식으로 투표를 한단 말이야."

이렇게 말하고, 드로즈도프는 다시 한 번 슈찌꼬프를 바라보았다.

"문제는 여기에 있습니다. 드로즈도프 동무, 회의가 대표자 선정에 있어 불충분했다는 것입니다. 가령 아카데미 회원 플로린스끼가 초빙되었더라면 내 편도 두 표로 증가했을 것입니다."

"자넨 사정을 모르고 있군."

정답게 웃어 보이며 슈찌꼬프가 말했다.

"어떤 사람도 그 두 노인을 한 회의에 초대한 사람은 없어. 한 사람이 초빙되면 또 한 사람은 그것을 알자 곧 앓아눕든가, 그렇지 않으면 공손히 거절해 버리고 만단 말야."

"편리한 사정이군요."

로빠뜨낀은 그에게 말했다.

"그러나 내 기계에 대해서 적극적으로 찬의를 표해 준 선량한 학자들도 수많이 존재합니다. 어째서 그분들은 초빙되지 않았습니까?"

"나도 참석자들의 명단을 보았는데 거기에는 모두 권위 있는 이름들만 적혀 있더군."

"그 구성은 분명히 편파적입니다."

"저, 로빠뜨낀 동무."

슈찌꼬프는 싱글벙글 웃으며 의자에서 일어났다.

"나는 이 문제에 대해서 심각한 대화를 더 계속하고 싶지 않네. 중앙연구소 ── 이것은 권위 있는 기관이야. 그러니, 우리는 덮어놓고 그 기관을 불신할 수는 없단 말이야. 그들 전체가 '그 기계는 소용없다.' 이렇게 말한다면 이건 가장 진실에 가까운 결론이 되는 걸세. 드로즈도프 동무, 이 동무에게 내가 말한 요점을 간단히 이해시켜 주시오. 이해시키세요. 그럼 먼저 실례하겠소."

"몇 분 동안 저를 만나 주실 수 없습니까?"

로빠뜨낀은 물었다.

"언제라도 전화 거시오. 나는 언제라도 당신과 이야기할 용의가 있소. 그러나 지금은 좀 실례해야겠소."

슈찌꼬프는 미안하다는 듯이 겸손한 미소를 지으며 가볍게 로빠뜨낀의 손을 잡고는 양복 주름을 매만지며 밖으로 나가 버렸다.

그가 나가고 문이 닫히자 드로즈도프는 기지개를 켜고 책상 뒤로 몸을 젖혔다.

"그런데 자네, 차관이 말한 건 우리의 의견일세. 자, 어서 피우게, 사실, 그건 야금금속성의 의견이란 말이야."

"우린 그 의견에 반대할 것입니다."

로빠뜨낀은 담뱃갑에서 담배를 집으며 말했다. 그는 전부터 낯익은 드로즈도프의 즐거운 시선을 맞으며 언제나 먼저 입을 열지 않던 드로즈도프가 오늘따라 이상하게 그 습관을 깨뜨릴 듯한 예감이 들었다.

"이 문제에 있어서는…"

드로즈도프가 말했다.

"실패를 자인하게. 그리고, 증거 불충분한 점을 입증하도록 하게나."

그는 의자에서 일어나 두 손을 주머니에 넣은 채, 구두코를 바라보며 양탄자 위를 왔다 갔다 했다.

"그런데 로빠뜨낀 동무, 만일 내가 작가였다면 자네에 대한 장편소설을 썼겠네. 그건 자네의 모습이 너무나 비극적이기 때문이겠지. 자넨…"

여기서 드로즈도프는 로빠뜨낀 쪽으로 돌아서서 농담 섞인 미소를 지으며 옆구리에 손을 얹었다.

"돌이킬 수 없이 과거로 흘러간 여러 가지 사건을 자네 자신 속에 귀화시킨단 말야. 자넨 영웅이야. 그러나 자넨 외톨이란 걸 알아야 해."

이렇게 말한 그는 말없이 타원을 그리며 양탄자 위를 거닐고 있었다.

"우린 자넬 손바닥처럼 들여다보지만, 자넨 우릴 이해하지 못하고 있어. 모른단 말야. 예를 들어 자네의 발명이 없어도, 혹시 그것이 정말 위대한 발명이라 할지라도 우린 무사히 해 나갈 수 있단 말이야. 알겠나? 우린 해 나갈 수 있어! 우린 손해 보지 않을 걸세. 로빠뜨낀 동무, 우린 앞으로의 전진운동을 보장해 주는 엄격한 계산과 계획 때문에 손해 보지 않을거란 말이야. 자네의 발명이 천재적인 것이라고 인정된다 해도, 국가적인 견지에서 그것이 당면 문제로 상정된다 할지라도 말이야."

"그건 이미 오래 전부터 당면 문제로 올라 있습니다."

로빠뜨낀은 말했다.

"자넨 문제를 맹목적으로 해결하려 하고 있어."

드로즈도프는 말을 이었다.

"그 문제는 자네가 아니라도 우리의 설계기술단이 해결해 줄 걸세. 그리고 그 해결은 자네의 해결보다 우수할 거야. 왜냐하면 집단적인 탐구는 언제나 가장 신속하게, 가장 훌륭하게 문제를 해결하도록 이끌어 주기 때문이지. 집단이란 어떤 개개의 천재보다 훨씬 독창적이거든."

"아브지에프 교수에 대해서 좀 더 구체적으로 말할 필요가 있지 않을까요?"

로빠뜨낀은 이렇게 말머리를 끄집어냈으나, 드로즈도프는 그의 말에 귀를 기울이지 않았다. 그는 옆으로 나가와서 통쾌한 듯한 검은 눈으로 유심히 로빠뜨낀을 바라보았다.

"로빠뜨낀 동무, 끝내 자넨 납득이 안 되는 모양이군? 우린 건설 도중에 있는 개미들이야."

그가 이 말을 했을 때 그의 깊숙한 눈 속에서는 싸늘한 적의가 번쩍였다.

"그렇지, 우리들, 건설 도중에 있는 개미들은 마땅히…."

"그 개미들 중 하나는…."

로빠뜨낀은 그의 말을 가로챘으나, 드로즈도프는 언성을 높이며 다시 로빠뜨낀의 말을 가로채고 말았다.

"그러나 자네처럼 고독한 천재가 훌륭한 아이디어를 가졌다 해도, 거기

대한 아무런 뒷받침이 없는 한 소용 없는 일이야. 우리나라엔 그런 아이디어를 사들일 수 있는 자본가는 없으며, 또한 경제를 혼란시킬 그러한 맹목적인 정열은 인민에게 아무런 이익도 가져오지 않는단 말이야. 우리는 필요한 날, 필요한 시간에 아무 혼란 없이 점차적인 발전을 통해서 그 필요한 문제를 해결하게 되는 거야."

"그 개미들 중 하나는…."

로빠뜨낀은 자기 마음속에 끓어오르는 적의를 억제하며 침착한 어조로 말을 시작했다.

"그 개미들 중 하나는 어쨌든 자작나무 꼭대기까지 기어올라 가서 무엇이 인민에게 필요하며, 또 무엇이 인민에게 필요치 않은가를 생각하고 있습니다. 나 역시 개미올시다!"

갑자기 그의 마음속에서 무엇인가 울부짖었다.

"그러나 나는 자작나무로 기어올라 가는 것이 아니라, 나보다 열 배나 더 무거운 독나방을 개미집으로 끌어내리고 있습니다."

"공식적으로 진정서의 회답을 쓰도록 할까?"

드로즈도프는 책상에 앉아서 누르스름한 이마를 닦으며, 로빠뜨낀의 대답을 기다렸다.

"그렇잖으면 흉금을 털어놓은 이 대화에 만족을 하든지?"

"공식적으로 쓰십시오."

로빠뜨낀은 말했다.

"자넨 그 독나방과 싸우길 원하나?"

여기서 그는 냉정해졌다.

"그럼 좋아, 싸워 보게!"

그는 거만한 태도로 자리에서 일어나 로빠뜨낀에게 손을 내밀었다. 이틀 후, 로빠뜨낀은 알아보기 힘든 필적으로 서명을 한 기술국 부국장으로부터의 다음과 같은 통지서를 받았다. '당신의 진정서는 슈찌꼬프 차관에게 보고되었으나, 기술분과위원회의 결정이 틀리지 않는다고 보아 각하되었습니다.'

로빠뜨낀은 이와 같은 회답이 오리라고 미리 짐작은 했지만, 그래도 통지서를 읽고 나자 파랗게 질리고 말았다. 그는 여관 화장실로 들어가서 홧김에 시베리아서 가지고 온 쌈짓담배를 삼십 분이나 피웠다. 이윽고 방으로 돌아온 그는 사나운 눈초리로 주위를 흘겨보며 두 통의 편지를 썼다 ── 하나는 슈찌꼬프 차관에게 보내는 회답이고, 또 하나는 장관에게 보내는 진정서였다.

이 순간부터 그에게는 마치 새 생활이 시작된 듯했다. 그는 무즈가에서 드로즈도프의 양복을 거절한 자신을 원망하며, 낡아 떨어진 저고리 소매를 자르고 나서(그 전에도 벌써 자른 적이 있었다) 미리 정한 행진 코스를 따라 아침부터 행동을 개시했다. 그는 어느 위원회, 어느 단체, 어느 기관 할 것 없이 모스크바 전체를 뛰어다니다시피 돌아다녔다. 그럼에도 불구하고, 그의 두뇌는 시들 줄을 몰랐다. 아니 도리어 항상 다정한 미소를 머금으며 금테 안경을 번쩍이는 슈찌꼬프나, 혹은 자기만족에 도취되어 있는 드로즈도프, 그리고 계집년 같은 겁쟁이 훈다또르에게 보복한다는 일념으로 더욱 열심히 일을 했다. '도대체 그놈들은 나를 어떻게 생각하고 있을까?' 그는 이렇게 생각하며 중얼거렸다.

"돼먹지 못한 자식들, 쓰레기 같은 녀석들!"

로빠뜨낀은 전봇대에 부딪친 사람처럼 갑자기 걸음을 멈출 때가 있었다. 이것은 그의 앞에 예기치 않은 의혹이 성장하기 때문이었다. '정말 내가 옳지 않을까?' 그는 창백한 얼굴로 주머니에서 담배쌈지를 꺼내며 생각에 잠기곤 했다. 담배를 피우고 나서 여러 방면으로 자기 일을 생각해 보며 머리를 숙인 채 천천히 걸음을 옮기는 것이었다. '그러나 아카데미 회원 폴로린스끼는 애당초부터 내 기계에 찬성하지 않았던가. 게다가 많은 호응들이 있지 않았던가. 그리고 갈리쯔끼 —— 그도 유명하고 훌륭한 일꾼이다! 어쨌든 실험용 모형을 만들어 내야겠다. 그렇다! 그런데 그들은 왜 만들어 내지 못할까? 국고금이 아까워서일까?' 이렇게 생각하자 로빠뜨낀은 갑자기 웃음보를 터뜨렸다. 통행인들이 놀란 눈초리로 그를 바라보았다. 그는 수백만 루블의 손실을 초래하기 위해서 제작된 아브지예프 교수의 기계를 생각하자, 도저히 웃지 않을 수 없었던 것이다.

그의 생각은 밤이면 더욱 뚜렷이 떠올랐다. 그는 침대에서 잠을 못 이루며, 자정에서 새벽녘까지 몇 번씩 담배를 피우러 밖으로 나가곤 했다. 그는 새로운 착상이 떠오를 때마다 그것을 적어 두는 습관을 가지고, 주말마다 자기 수첩에 한 통 내지 두 통의 편지를 작성했다. 편지에서 그는 국가기관을 관료주의적인 요새로 변화시킨 몇몇 고관들에 대하여 신랄하게 비판하기도 하고, 혹은 인민 속에서 탄생된 새로운 고안을 말살해 버린 독점자들의 연대책임을 폭로하기도 했다. 그는 이렇게 주말마다 편지를 작성해서는 자기가 아는 여러 기관과 편집국의 주소들을 봉투에 명기해서 우체통에 집어넣는 것이었다.

로빠뜨낀은 가장 훌륭하게 이론적으로 결속된 논증들로, 슈찌꼬프와 드로즈도프의 가상적인 면상을 때리는 일을 계속하는 동안 숨이 찬 나머지 자주 일을 중단하는 버릇이 생기게 되었다. 그는 어떤 두려움을 느끼며 심장이 있는 가슴과 견갑골 부근의 등을 어루만져 보았다.

그의 생각이 명백해지면 질수록 미지의 병은 더욱 아프게 등으로부터 심장을 죄는 것이었다.

로빠뜨낀은 종합병원에 의사의 진찰을 의뢰하고 어느 날 아침 어떤 공포를 느끼며 약 냄새 풍기는 새하얀 진찰실로 들어갔다. 그는 서두르는 어조로 자세히 자기 병세를 의사에게 설명하기 시작했다. 두 명의 간호부가 그를 맡아 보았다. 노랗게 머리를 염색한 늙은 여의사는 진찰 카드에 가득히 글을 써 넣으며 여러 번 그에게 말하는 것이었다.

"흥분해선 안 됩니다! 동무, 안정이 필요합니다."

여의사는 그의 심장과 폐를 청진하고 나서, 검정 무늬 천으로 그의 앙상한 팔을 싸매고 혈압계와 고무 펌프에 줄을 연결시켰다. 고무 펌프를 누르기 시작하자 빨간 액체가 혈압계의 관 속에서 상승했다가 가벼운 충격과 더불어 천천히 아래로 떨어졌다.

"젊은이!"

여의사는 맥이 풀린 표정으로 그를 바라보며 느릿느릿 말했다.

"혈압이 높습니다. 당신은 아무것도 생각하지 말고 푹 잠을 자고, 자주 산책을 해야 합니다. 과일을 먹으시오. 고기와 술은 절대 엄금입니다. 이 병은 매우 나쁜 결과가 되기 쉬우니까 조심해야 합니다."

이날부터 로빠뜨낀은 모든 것을 잊어야 한다고 자신에게 다짐했고, 또 사실상 그는 자기가 어떤 고안자라는 관념을 완전히 잊어버리고 말았다. 지금 그는 일정한 산책 코스 —— 매번 5킬로씩 —— 를 따라 시내를 두 번이나 왕복했다. 산책에서 돌아온 그는 알약 몇 알을 삼키고 잠자리에 누웠다. 그를 기다리는 편지가 와 있어도, 개봉하지 않은 채 침대 밑 트렁크 속에 집어넣고 말았다.

이러한 생활이 열흘 동안 계속되었다. 그리고 이 치료법은 무사히 한 달 동안을 끌고 나갈 예정이었으나 한 가지 사건이 로빠뜨낀의 운명에 많은 변화를 가져오게 하였다. 어느 날 아침 그는 자기의 행진로를 거닐며 벽보판에 붙은 새 신문들을 바라보고 있었다. 모든 것이 어제와 다른 데가 없었다. 여러 가지 기사는 불의의 병 때문에 둔해질 대로 둔해진 그의 의식을 스치고 지나갈 뿐이었다. 그는 이 신문에서 저 신문으로 옮기면서 길가에 늘어선 집들을 바라보기도 하고, 광고판을 읽기도 했다. 그는 새로 얻은 게으른 습관에 순순히 복종하며 걸음을 옮기다가 무심히 어떤 신문 옆에 걸음을 멈추려는 순간, 문득 신문 일면에 '신인들에게 문을 활짝 열어라!'라고 쓴 제목을 보았다. 그것은 굉장히 긴 논설이어서 신문 하단을 전부 메우고 있었는데, 이 논문을 쓴 사람은 다름 아닌 바로 슈찌꼬프 차관이었던 것이다.

로빠뜨낀은 깜짝 놀랐다. 그는 회심의 미소를 머금으며 재빨리 논설을 훑어보았다. '옳지, 옳지!' 그는 고개를 끄덕였다. 그는 처음부터 논설을 읽어 내려 가다가 첫 대목부터 얼굴을 찡그리고 위협조로 중얼거렸다.

"망할 자식. 에잇, 비겁한 자식! 아니다, 그냥 둘 순 없다!"

이윽고 그는 길 건너편으로 달려가, 매점에서 신문을 산 다음 허겁지겁 여관으로 돌아왔다.

그는 자기 방 책상에 앉아서 밤이 늦도록 온종일 신문사 편집국장에게 보내는 편지를 썼다.

'만인에게 존경받는 신문에 우리들의 기술적인 업적을 총괄하는 그 명예로운 역할을, 어째서 슈찌꼬프 동무에게 위임하셨는지요? 추측하건대, 새로운 거대한 기술 부문의 지도자 중 한 사람이라는 점에서 그에게 논문이 청탁되었으리라 믿습니다. 그러나 슈찌꼬프 동무와 관련이 있는 수천 명의 발명가들에게 물어보십시오. 그중 95퍼센트의 발명가들은 슈찌꼬프 동무의 원조를 받기는커녕 오히려 발명을 묵살당했다고 말할 것임에 틀림없습니다. 가면을 뒤집어쓴 그 노련가는 편집국장인 당신마저 속이고 있습니다! 작년만 해도 기업체에는 4천 개 이상의 발명과, 합리화된 제안들이 적용되었습니다. 그러나 엄밀히 말해서, 낡은 과정을 근본적으로 타파하며, 특별히 당국의 주의를 끄는 그러한 신인의 발명품은 몇 개나 받아들였는지 그에게 물어보십시오. 그렇게 물어본다면, 당신은 곧 이해할 수 있을 것입니다. 그는 요술쟁이처럼 고기를 건빵으로 바꾼 다음, 이것을 소위 '식량'이라는 말로 은폐하고 있는 것입니다. 필자는 논설에서 원심주조기와 신속한 생산력의 우월성을 잘 말했습니다. 그러나 이미 1944년부터….'

여기서 로빠뜨낀의 고난을 상세히 묘사한 편지는 열두 장이나 계속되었다.

'그의 부름을 받고 나는 교직을 버렸습니다. 그리고 모스크바로 왔습니다. 나는 여기서 거절당하고 말았습니다. 그는 나의 기계 제작에 할당되었던 국고금으로, 손실밖엔 아무것도 초래하지 않는 아브지예프의 기계를 제작하고 있습니다. 지금 나는 다시 그의 부름을 받고 모스크바에 와 있습니다. 최근에 편견적으로 소집된 심사위원회는 나의 고안을 각하시켰습니다. 나는 여러 가지 모순점을 상세히 적은 편지를 여섯 통이나 슈찌꼬프 동무에게 보냈습니다만, 아무런 회답도 없습니다. 그는 나를 만나 주겠다고 약속했습니다. 그래서 나는 그를 만나려고 열여섯 번이나 기도해 보았으나 만나 주지 않을 뿐더러, 전화마저 받지 않고 있는 형편입니다.'

로빠뜨낀은 직접 편집국으로 편지를 가져가기로 결심했다. 단추와 구두를 닦고 나서 그는 정각 두 시에 장밋빛 신문사 건물로 들어섰다. 석유 냄새와 비슷한 활판 냄새가 코를 찔렀다. 두 명의 사진 통신원과, 젖은 신문지를 든 여급사와 함께 승강기를 타고 오 층으로 올라갔다. 통신과의 문은 잠겨 있었다. 로빠뜨낀은 언제 문을 여는지 여급사에게 물어보았더니 긴급회의가 끝난 다음에 연다고 막연하게 대답할 뿐이었다.

그는 기다리기로 결심하고 문에 붙어 있는 표찰을 흥미 있게 읽으면서 발길 닿는 데로 걸음을 옮겼다. 복도는 원주와 한쪽 벽을 유리창으로 만든 널따란 공간으로 그를 인도했다. 편집국 손님을 위한 둥근 테이블 옆에는 번쩍번쩍 윤이 나는 자색 비로드를 씌운 묵직한 안락의자들이 놓여 있었다. 로빠뜨낀은 그중 한 의자에 앉았다. 잠시 후, 희뜩희뜩한 콧수염에 굵은 실로 성글게 짠 회색 외투를 입은 백발노인 한 사람이 재빨리 복도 안에서 걸어 나왔다. 노인은 등 뒤에 쥔 회색 모자를 흔들면서 주위를 살피다가 흘끗 로빠뜨낀을 바라보았다. 안경을 거쳐 바라보는 노인의 두 눈은 정기있게 빛나고 있었다. 그는 한쪽 어깨를 으쓱하고는 로빠뜨낀 옆의 안락의자에 와서 앉았다.

두 사람은 다 말이 없었다. 삼십 분이 지난 후 로빠뜨낀은 옆에 앉은 노인을 자세히 살펴보았다. 노인은 헝겊을 대서 기운 검정 단화 코로 장난을 치고 있었다.

"태업이야."

노인은 갑자기 중얼거렸다.

"하는 꼴들이…."

이렇게 말하며 노인은 로빠뜨낀 쪽으로 몸을 돌렸다.

"동무, 당신은 문학을 하지 않았소?"

"왜요? 노인은 문학가신가요?"

"글쎄 말이요, 논문은 조판이 다 되고…"

노인은 질문에는 대답하지 않고 말을 이었다.

"발행하게 돼 있었는데 편집원이 그걸 빼 버렸단 말이오!"

노인은 험상궂게 얼굴을 찡그리고 머리를 끄덕였다.

"당신은 이 심정을 아직 이해하지 못하겠지만…. 무엇인가 심각한 것을 생각해 보시오. 예를 들어, 어떤 기계 같은 걸, 그것을 제출하면 심의회로 넘어갑니다. 당신은 자신에게 돌려진 수많은 눈초리를 보게 되는데…."

그는 고개를 흔들며 나직한 소리로 말했다.

"사기꾼이나 요술쟁이를 보는 것 같은 눈초리들을 말이오. 아마 그땐 당신도 알게 될 거요."

"그럼 당신은 발명가신가요?"

"제발 그런 질문은 마시오. 그건 뭐요, 편지요? 어디 좀 봅시다."

노인은 로빠뜨낀의 손에서 재빨리 편지를 낚아채서 안경 밑으로 가져갔다.

"알겠소! 당신은 고안 증명서를 갖고 있군요."

노인은 편지를 읽으며 말했다.

"그럼 당신이 로빠뜨낀이오?"

노인은 별안간 누그러진 표정으로 변하며 재빨리 편지를 읽어 내려 갔다.

"사리에 맞는 편지로군, 로빠뜨낀. 만일 내가 장관이었더라면…"

노인은 빙긋이 미소를 지었다.

"당장 '실행하라'고 결정을 내렸을 텐데. 그런데, 나의 경험을 참작해서 한 가지 충고해 두고 싶은 것은 너무 힘을 낭비하지 말도록 하시오."

"그러나 전 중앙주조위원회에 온 것이 아니라 신문사에 온 겁니다!"

"알겠소! 알겠소! 당신이 옳은지 슈찌꼬프가 옳은지 이 신문사에서 누가 판단할 수 있겠소? 당장으론 슈찌꼬프가 옳다고 할 겁니다. 그는 국가에서 신임받는 인물이고, 당신은 평범한 시민에 지나지 않기 때문이오. 그 문제는 특히 전문적인 분야에 속해서, 민사 소송으로도 해결할 수 없는 문제요. 당신 문제를 해결하려면 그 문제를 이해할 수 있는 심의회에 그 편지를 보내야 하오. 그 내용을 이해할 사람이 많겠소? 그럼 어디 있겠소? 바로 그 중앙주조위원회 안에 있단 말이오! 당신은 바늘을 바꿔 끼웠을 뿐이오. 그러나 레코드는 워낙 낡고 또 낡아서, '거절한다, 거절한다, 거절한다…' 하고 똑같은 말만 반복할 거요."

로빠뜨낀은 얼굴을 찌푸렸다.

"내가 이런 말을 한다고 화내진 말아요!"

노인은 더욱 부드러운 표정으로 로빠뜨낀을 대했다.

"생각해 보시오. 편지는 통신과장 앞으로 갑니다. 그는 좋은 분이라 당신을 도와주려고 하지만, 편지를 이해하지 못한단 말이오 —— 아산화철 압력이니, 주철의 특성이니… 결국 그것을 알기 위해선 어느 곳으로 의뢰해야 되는데, 누구에게 보내겠소? 결국 보낼 곳은 중앙주조위원회밖에 없어요. 그러나 그것을 심사하는 사람은 누구며, 또 중요한 것은 누가 그것을 입증할 수 있느냐 하는 문제가 아니겠소? 그리고 여기서도 권위 있는 증명이 없이는 신문에 실어 주지 않는단 말이오."

바로 이때, 복도는 손짓을 하며 걸어가는 사람들로 가득찼다 —— 여급사가 말한 긴급회의가 끝난 모양이었다. 노인은 자리에서 일어섰다.

"삼십 분 후에 다시 여기서 만납시다!"

노인은 젊은이처럼 구두 소리를 울리며, 재빨리 복도로 사라졌다. 로빠뜨낀은 잠시 기다렸다가 자리에서 일어나 무관심하다기보다는 될 대로 되라는 듯한 표정으로 통신과에 들어갔다. 과장이라고 추측되는 중년 부인이 로빠뜨낀을 맞은편에 앉히고 그의 말을 주의 깊게 들은 다음 편지를 읽었다.

"검토를 해 봐야겠습니다."

그녀는 멀리서 바라보는 듯한 눈으로 물끄러미 로빠뜨낀을 바라보며 침울한 표정으로 말했다.

"지금은 뭐라고 말할 수 없어요. 동무에게 결과를 편지로 알리겠습니다."

로빠뜨낀이 자기의 비로드 안락의자로 돌아오니 안경 낀 노인은 벌써 자리에 앉아서 주먹을 깨물며 무슨 일을 골똘히 생각하고 있었다.

"가는 곳마다 악마가 쫓아다니거든."

노인은 옆을 바라보며 나직이 중얼거렸다.

"목덜미를 잡고 내쫓아 버려 —— 이렇게 말하면서 면회를 안 시키니!"

이윽고 노인은 자리에서 일어났고, 두 사람은 묵묵히 복도를 걸었다.

"한때 나는 옳지 못한 전술을 사용했지요."

노인은 층계를 내려가며 말했다.

"나는 사무실 안으로 달려들어 소란을 일으키곤 했다우. 이제 와서 잘못을 뉘우쳤으나 이미 늦었어요. 그래서 어디서나 나를 철면피한 놈이라고 간주한단 말이오. 이런 점을 잘 알아 두시오. 지난 경험으로 보아 난 당신의 앞일을 예견할 수 있소. 당신같이 그렇게 동분서주하다가는 결국 나쁜 결과밖에 얻지 못할 거요. 다시 말해서 당신의 발명은 외국으로 건너가 버린단 말요."

노인은 신비하게 눈을 번쩍이며 마지막 말을 나직이 속삭이는 것이었다.

"아니, 전 그런 것까지 걱정할 필요는 없다고 봅니다. 그런 소린 마세요."

"내 말을 들어 두는 것이 좋을 거요!"

노인은 자기 콧수염을 로빠뜨낀의 귀로 가져갔다.

"바로 경제 간첩 행위를 과소평가했던 사람이 나였고, 또 그것 때문에 고통을 받았다는 걸 알아야 하오."

"아니, 그래요!"

로빠뜨낀은 이렇게 말하며 새로 알게 된 노인의 축 늘어진 외투며, 그 핏기 없는 얼굴이며, 콧물이 도는 축축한 코며, 희뜩희뜩한 콧수염들을 유심히 바라보았다.

"고통을 당하기까지 했나요? 어서 얘기해 주세요!"

노인은 밖으로 나가자고 눈짓으로 말했다. 그들은 말없이 층계를 따라 아래로 내려가서, 미궁과 같은 유리 현관을 거쳐 보도로 나섰다. 노인은 로빠뜨낀의 팔을 붙잡으며 말했다.

"나는 당신에게 증명서를 요구하진 않겠소."

노인은 재빨리 주위를 돌아본 다음 말을 이었다.

"난 당신의 얼굴을 보고 알았지요. 얼굴은 발명가의 훌륭한 증명서란 말이오. 거기엔 모든 것이 아로새겨져 있거든요, 지난날의 경험까지도. 그렇기 때문에 당신에게 얘기하렵니다. 나는 온 생애를 외국 간첩의 감시하에 살아 왔소. 그러나 그들의 행동은 무척 둔해요. 그들은 내게서 한 개의 훌륭한 발명을 훔치는 데 성공했지만, 나머지 발명은 아직 내 수중에 잘 보관되고 있지요."

"노인은 문학가가 아니었던가요?"

"아니, 내가 문학가처럼 보입니까? 나는 신문사에 기술 잡지의 개요를 쓰려고 했던 거요. 참, 늦었으나 서로 인사나 합시다. 나는 부시꼬, 부시꼬 교수라 하오."

로빠뜨낀은 흥미 있는 대화를 예감하면서 쌈짓담배를 종이에 만 다음, 담배 쌈지를 노교수에게 내어 주었다. 서로 알게 된 기념으로 담배를 피우자는 생각에서였다. 이때 두 사람은 술집 옆에 이르렀다. 노교수는 잠깐 실례한다고 말하고는 조그만 창문 옆으로 달려갔다. 그는 돈을 계산해 치르고는 단숨에 무엇인가를 들이키는 것이었다.

"뛰어다녀야, 좋은 데가 없다니까! 저기 있는 사람들도 모두 감기에 걸려서 목쉰 소릴 하는군."

노인은 이렇게 말하고 가슴을 어루만지며 로빠뜨낀에게 돌아왔다.

"무슨 말을 하려고 했더라? 아, 그렇지, 나의 전공은 불이랍니다."

이렇게 노인은 자신의 이야기를 자세히 늘어놓기 시작했다. 그들의 대화가 흘러가는 것처럼, 그들 역시 모스크바의 첫 번째 산책길에 느릿느릿 걸음을 옮기고 있었다.

저녁 여섯시가 되었을 때, 로빠뜨낀은 자기 동반자의 역사 중 3분의 1을 알아낼 수 있었다. 이 노교수는 이십오 년 전에, 화재를 순식간에 진화시키는 분말을 발견했는데, 심사위원들과 비평가들이 그 발명을 무시한 탓으로, 결국 그 분말을 사용한 소화기는 외국에 나타나게 되었다는 것이었다. 두 사람은 황혼으로 저물어가는 씨브쩨프 브라제끄 거리의 랴호프 골목을 걷고 있었다. 그들이 골목길을 따라 몇 집을 통과했을 무렵, 자기의 고통스러운 이야기를 털어놓음으로써 마음속이 한결 후련해진 부시끄 교수는 갑자기 걸음을 멈추고 커다란 회색 석조건물 사이에 낀 껍질이 벗겨진 이층집을 가리키면서 말했다.

“이 집은 모스크바 대화재 이전에 세워진 건물이오. 목재건물이긴 하지만, 타질 않았지요.”

“그러나 이젠 물론 타지 않을 거요.”

노교수는 웃었다.

“내가 이 집에 살고 있으니까.”

3

노인은 정원으로 통하는 높다란 아치 밑으로 로빠뜨낀을 인도했다. 그들은 비둘기집이 달린 헛간과 사랑채에서 옛날 모스크바를 연상했다. 다시 몇 번을 돌아들어 가니 원주와 돌층계가 땅속으로 우묵 패여 들어간 낡은 이층집이 나타났다. 그들은 이 층으로 올라갔다. 노인이 주머니에서 열쇠를 잘랑거리고 있을 동안 로빠뜨낀은 깊은 생각에 잠겨 금이 쭉쭉 간 높은 문을 바라보았다. 문 위에는 초인종 꼭지가 여러 개 늘어져 있고, 그 밑에

마다 이름을 적은 표찰이 붙어 있었다.

이윽고 노인은 문을 열었다. 로빠뜨낀은 주위를 두리번거리며 어두컴컴하고 긴 복도 안으로 들어갔다. 무척 높은 천장이었다. 연기로 그을린 이 높은 천장만이 주인들의 방에서 격리되고, 이 안의 모든 것은 조그만 방, 혹은 아주 작은 방들로 구분되어 있었다. 이렇게 옛 모스크바는 병들고 있었던 것이다. 그래서 이 집에 살고 있는 주민들은 옛것을 좋아하는 사람들까지도, 비록 이 집보다 천장이 낮더라도 독립된 주택에서 살기를 유일한 희망으로 삼고 있는 것이다.

"그런데, 내 첫 번째 발명은 이것과 관련이 있습니다."

노인은 로빠뜨낀의 생각을 눈치채고 말했다.

"벽돌과 도기 말요."

"그러나, 제 것도…."

로빠뜨낀은 한숨을 쉬었다.

"저 역시 주택 건축과 관련이 있는 배수관인데요."

교수는 환하게 불을 켰다. 그리고 그들은 아무도 살고 있지 않는 듯이 방치해 놓은 싸늘한 방으로 들어섰다. 먼저, 로빠뜨낀은 방 한복판 책상 위에 놓인 커다란 도기 절구와, 그 옆에 나란히 파르스름한 지방이 들어 있는 냄비를 보았다. 그리고 책상 위 더러운 컵 옆에는 부채처럼 펼쳐진 원고지들이 놓여 있고, 교수의 수제품임에 틀림없는 묵직한 도토판과 입방체들이 그 원고지를 누르고 있었다. 마루와 의자에는 먼지투성이 책들이 산더미같이 쌓여 있고, 창가에는 더러운 시험관들이며, 이상하게 구부러진 플라스크들, 접시, 찻잔들, 그리고 같은 모양의 도토판과 입방체들이 피라미드식으로 쌓아 올려져 있었다. 커다란 주철제 기계인 제도기가 벽 절반을 가리고 있었고, 그 뒤 길쭉한 트렁크 위에는 손질하지 않은 주인의 침구가 구겨진 채로 놓여 있었다.

로빠뜨낀은 박물관에 온 기분으로 방 안의 모든 것을 자세히 관찰하고 있었으나, 노인은 그 사이에 전기로에 스위치를 넣고 가솔린 램프에 불을 켜고, 못에다 외투를 걸었다. 노인은 등과 팔꿈치가 반들반들 닳은 짧은 검정 양복을 입고 있었다. 그는 재빨리 손을 문지르며 자기 손님 앞에 걸음을 멈추었다.

"좀 더워졌군. 자, 앉으시오. 담배 한 대 주실 수 없겠소. 담배를 피우며 이야기를 계속합시다. 그런데, 내가 무슨 말을 했더라…."

이윽고, 노인은 로빠뜨낀의 손에 묵직한 도토 입방체를 쥐어 준 다음, 자기의 두 번째 발명 —— 특수한 진흙을 필요로 하지 않는 도기에 대해서 이야기하기 시작했다. 이 발명만은 외국 스파이 손에 넘어가지 않았다고 믿을 수 있었다. 그렇지만 이것도 노교수가 그런 정보를 듣지 못했을 따름이지 확실한 것은 아니었다. 그러나 어쨌든 그 모든 이야기 줄거리는 로빠뜨낀의 경우와 너무나도 흡사한 점이 많았다.

"…그 다음에 나는 여기 대한 탄원서를 최고 심의회에 보냈는데 탄원서는 다시 포민이란 자에게 돌아갔지요. 여기서 그 자식은 결정적으로 나를 파멸시키려고 기술위원회를 소집했고, 포민에게 순종하는 30명의 심사원들은 나의 참가 없이 결정을 내리고 말았소. 모두가 포민의 지시대로 움직였소. '부시꼬 같은 부랑자에겐 마땅히 말버릇을 고쳐 주어야 해.' 하는 식으로 말이오. 글쎄 발명가를 좋아하지 않는 작자들이 그 발명인들 좋아할 리가 있겠소? 그자들은 '무엇을 발명했는가?'가 아니라 '누가 발명했는가?' 하는 것이 문제지요. 그러고 나서, 그 위원회 회원들은 점차적으로 나의 기술 이론을 훔쳐냈단 말이오."

"그래요."

로빠뜨낀은 거칠게 숨을 쉬며 애매하게 대답했다. 그는 노인을 믿기도 하고 또 어떤 말은 믿지 않기도 했다.

"당신은 아직 아무것도 모르는 것 같군!"

노교수는 그의 손에서 도기 입방체를 뺏더니 화를 내며 책상 위에 내동댕이쳤다.

"당신은 건강하고, 재능 있고 명랑한 젊은이요. 그런데, 그렇게 사람을 판단할 줄 모르오? 그 약삭빠른 자식들을 좀 더 적극적으로 폭로해 버려야지요!"

로빠뜨낀은 아직도 어리둥절한 눈초리로 주위를 두리번거리며 농담조로 말했다.

"좀 더 적극적으로라니! 언제나 학자들이란 그런 싸움엔 소질이 없는 거요. 다른 사람이라면 귀때기를 잡아당기며 싸울 수도 있는데, 학자는 그렇지 못해요."

"부시꼬 교수님, 당신은 어느 기관에 편지를 쓴 적이 있습니까? 잡지에 대해서가 아니라 자신에 대해서요?"

노인은 이 말에는 대답하지 않고 슬그머니 방구석으로 가서 책 속을 들추더니, 까만 꽃무늬 스탬프가 찍힌 편지 뭉치를 책상 위에 던졌다.

"자, 보시오! 세어 보진 않았지만, 아마 여덟 통은 될 거요. 스탬프만 찍혔을 뿐이오. 그 스탬프만 보지 말고 여기 서명한 걸 보시오. 이 미나예프란 녀석이 도대체 누구란 말이오? 난 모르지만, 돌아온 것으로 봐서 그 기관에 근무하는 젊은이가 틀림없을 거요. 이렇게 모든 편지는 되돌아온단 말이오. 냇물은 바다로 흐르지만 바다는 넘치질 않소. 그리고 화를 내지도 않으며, 다시 바다로 흘러내리려고 냇물이 시작되는 그 장소로 되돌아온단 말이오. 그러니 누구에게 호소를 하면 좋겠소!"

그는 그 자리에 걸음을 멈추었다. 안경 뒤에 떠오른 듯한 그의 검은 두 눈에서 무엇인지 커다란 구슬픈 지혜가 번쩍이고 있었다.

"왜, 내 말이 믿어지지가 않소? 증명서를 봐야 되겠소? 자, 보시오!"

그는 구석으로 달려가서 비단 리본 위에 빨간 도장이 찍힌 더러워진 청록색 종잇장을 로빠뜨낀의 발밑으로 던지기 시작했다. 로빠뜨낀은 저도 모르게 비명을 올렸다. 그것은 모두 고안증명서들이었다. 로빠뜨낀은 겨우 한 개의 증명서를 가지고 있을 뿐인데, 지금 그의 발밑엔 여섯 개의, 아니 여덟 개의 청록색 증명서가 던져지고 있었던 것이다. 로빠뜨낀은 황급히 그것을 주워 모았다.

"저기 인민들이 거리를 가고 있는데…,"

노인은 더욱 흥분한 얼굴로 유리창을 두들기며 말했다.

"그들에게 이 모든 것을 전할 수 없으니 소용없어. 좋은 일을 위해 목숨까지 바치려는데도 할 수 없으니!"

노인은 돌아서서 슬며시 소매로 눈물을 닦고는 코를 실룩거렸다.

"난 지금 야만인 같은 생활을 하고 있소."

흥분이 가라앉은 노인은 다시 말을 이었다.

"정신만은 살아 있지요, 비행기를 공상할 수도 있으니까. 그러나 만들래도 할 수가 없군요. 언제나 패배를 맛봐야 한단 말이오. 나에겐 연구소가 없고 협력하는 사람이 없소. 한 사람만 도와주면 생산력을 3배로 증가시킬 수 있는데도, 보시오. 난 이렇게 울고 있소! 당신도 이렇게 울 때가 올 거요. 그쪽으로 달려가고 있으니!"

"부시꼬 교수님! 내 발명이 신고되지 않았더라면 공동 고안자로 신고하면 되었을 텐데요. 그 작자들에게 아홉을 주나 열을 주나 마찬가집니다. 망할 자식들! 그러나 문제는 거기에 있지 않겠어요?"

"아니, 내 것은 신고되지 않았는 줄 아시오? 나도 신고를 했소! 그런 바보짓을 했어요! 그자들은 지금 해결 방법을 모색하고 있을 거요. '당신을 위해 일해 줄 사람은 아무도 없소.' 그놈들은 이렇게 말할 거요. 그건 그렇고 당신은 무엇을 바라고 있소?"

노인의 목소리가 굳어졌다.

"포민 일파를 먹여 살리려오? 천만에, 따라스 불리바처럼 내 발명과 함께 타 죽는 편이 훨씬 나을 거요."

노인은 미친 사람처럼 얼굴을 찡그렸다.

"그들이 이 트렁크 안에 있는 것을 알기만 하면 반드시 외국에 팔아먹을 거요. 그런 놈들에게 주다니! 이젠 나도 자신의 발명에 대해선 언급하지 않기로 했소. 지금은 모든 것을 트렁크 안에 싸 넣고 있답니다. 여기라면 스파이들도 침투해 들어올 순 없을 테니까."

"그렇다면, 그 발명품들은 벌써…."

노인은 로빠뜨낀의 눈을 바라보고 그가 품고 있는 의혹을 알아차렸다. 그는 예기치 않은 놀라운 힘으로 육중한 제도기를 한 손으로 밀어뜨리고 트렁크에서 침구를 집어던졌다. 묵직한 자물쇠를 열고 트렁크 뚜껑을 올린 노인은 그 속을 들여다보고 만족스러운 미소를 지었다. 그리고는 자기 보물을 와서 보라는 듯 로빠뜨낀에게 손짓을 하는 것이었다. 트렁크 옆으로 다가간 로빠뜨낀은 깜짝 놀랐다. 트렁크 속에는 질서 있게 깨끗이 정리된 물건들이 번쩍번쩍 빛나고 있었다. 부시꼬 교수의 재산은 트렁크 속에 차곡차곡 쌓아올린 수십 권의 책과 마분지통으로 이루어져 있었던 것이다. 마분지통에서는 시험관들이 번쩍이고, 그 옆에는 진홍색, 황색, 흑갈색, 도토 입방체들이 쌓여 있고, 트렁크 가장자리에는 백색, 황색, 회색 분말이 담긴 유리통들이 그 크기에 따라 세워져 있었다.

"난 구두쇠 영감이오. 자, 이것이 나의 수백만 재산이오! 이것이 아무에게도 소용없을까요?"

노인은 트렁크 뚜껑에 몸을 기대며 말했다.

"필요하지 않을까요?"

그는 나란히 세워 놓은 유리병 중에서 제일 작은 병을 끄집어내서 병 속에 있는 하얀 분말을 흔들었다.

"내게서 소화용 분말을 훔쳐다가 그것으로 만든 소화기를 지금 세계 각국에서 팔고 있소. 그러나 지금 나는 새로운 발명품을 가지고 있는데, 이 발명에 대해선 아무도 모르고 있소. 이 분말은 현재 미국이 유전소화용으로 사용하고 있는 것보다 세 배나 더 효과적이오. 한번 시험해 볼까요?"

이렇게 말하고 나서, 노인은 트렁크에서 재빨리 커다란 솔을 꺼내서는 거기에 가득히 백색 분말을 뿌렸다.

"이건 안주."

그는 겨우 들릴 정도로 이렇게 말하며 솔을 책상 위에 놓고, 다시 트렁크에서 투명한 액체가 든 커다란 유리병을 꺼냈다.

"그리고 이건 술."

로빠뜨낀은 어떤 술에 대해서 말하고 있는지 미처 분간하기도 전에 노교수는 비장한 얼굴로 병을 흔들며 책상 전체를 가솔린으로 적셔 버렸다. 가솔린 냄새가 코를 찔렀다. 순식간에 식탁보는 검은 빛으로 변했다.

"물러나시오."

노인은 명령했다. 로빠뜨낀은 물러났다. 그러자 온 책상은 불길을 올리며 활활 타올랐다. 교수가 그쪽으로 성냥불을 던졌던 것이다.

"자, 보입니까! 불이 났소!"

노인은 천천히 분말이 묻은 솔을 잡으며 말했다.

그는 얼굴을 가리듯이 구부정하게 팔을 앞으로 내밀고 불 곁으로 다가갔다. 한 손으로 솔을 두들기자 불길은 빨래가 바람에 펄럭이듯 소리를 내며 너울거리다가, 드디어 꺼지고 말았다. 노인은 흘끗 로빠뜨낀을 쳐다보고 잽싸게 솔을 신문지에 싸서 트렁크 속에 넣은 다음 트렁크를 잠그고 구겨진 식탁보를 트렁크 위로 던졌다.

"자, 어떻소?"

제도기를 제자리로 옮기고, 책상으로 나오며 노인은 물었다.

"책상을 바라보지 마시오! 이제 곧 말라 버릴 거요. 이건 B70 비행기용이어서 흔적이 남지 않아요. 이 발명품을 실험해 볼 생각이 있소? 가장 대규모적으로 말이오. 어떻소?"

"부시꼬 교수, 하루 속히 했으면…."

"하루 속히라구! 참 좋은 생각이오. 그러나 이젠 당신이 본 것을 전부 잊어버리시오. 그렇지 않으면 나처럼 밤낮으로 생각해서 정신병자가 돼 버리든가…. 자, 그럼 당신의 이야기나 들어 봅시다."

로빠뜨낀은 잠시 망설이다가, 이윽고 반미치광이 같은 현인에게서 눈을 떼지 않으며, 지난날의 자기 역사를 이야기했다. 그러나 노교수는 이야기 중간부터는 듣고 있지 않았다 —— 그는 자기 책상을 바라보며 깊은 생각에 잠긴 채 움직이지를 않았다. 로빠뜨낀은 재빨리 자기 이야기를 간추려서 끝내 버렸다. 정적이 다가왔다. 깊은 생각에 잠긴 노인의 숨소리만이 거칠게 들려올 뿐이었다.

"그래."

제정신으로 돌아온 노인은 드디어 입을 열었다.

"그럼 당신은 지금 어디 살고 있소? 아, 그렇지 모스크바 사람이 아니지. 아니, 그럼 여관에 묵고 있소? 벌써 두 달이나 됐다구?"

그는 잠시 생각에 잠겼다.

"그럼 내 집으로 옮겨 오시오. 아직 천 루블이 남아 있다니 그건 충분한 자금이 될 수 있소. 그 돈이면 여름까진 일할 수 있을 거고, 또 약간의 돈벌이 방법도 당신에게 가르쳐 줄 테니, 우리 그렇게 합시다!"

이 말과 함께 그는 벌떡 의자에서 일어나 방 안의 물건들을 옮겨 쌓기 시작했다.

"좀 거들어 주시오! 이 구석을 빨리 치워 버려야지. 될 수 있는 대로 빨리, 무슨 일이든 빨리 해치워야 하오! 기계 작업은 우리의 시간을 절약해 주고 생명은 시간에 의해서 측량된단 말이오. 사람들이 최대한도로 사색할 시간을 갖기 위해서도 모든 것을 기계화해야 하오."

그들은 둘이서 진흙과 시멘트가 든 궤짝들이며, 먼지투성이 책들을 들어내고 순식간에 방 절반을 깨끗이 치워 버렸다. 그 다음 노교수는 제도기를 밀어 옮겨서, 그것으로 방을 두 부분으로 갈라놓았다.

"여기서 반이 당신의 방이오."

그는 말했다.

"그러나 감사할 필요는 없소. 나도 당신과 함께 살면 즐거울 테니까. 그런데 이 제도기는 훌륭한 독일제 기계요. 보시오, 평형추가 달려 있어서, 언제나 평형을 유지하고 있소. 아주 손쉽게 이동할 수도 있구. 이 물건을 당신에게 주리다. 난 더 이상 이걸 사용하지 않을 테니까. 음, 그리고 또…."

세상에는 아직도 노교수나 로빠뜨낀을 이해하지 못하는 사람들이 있을 것이다. 그것은 돈 한 푼 없는 노교수가 3천 루블에 팔 수 있는 물건을 알지 못하는 사람에게 선뜻 선사하면서도 될 수 있는 대로 겸손히 행동하려고 애쓰고 있는가 하면 한편 로빠뜨낀은 그 굉장한 선물을 받고도 크게 감사하는 빛을 보이기는커녕, 오히려 '좋은 물건이군.' 하는 식으로 커다란 제도판을 손가락으로 퉁기고 있을 뿐이었기 때문이다.

일을 전부 마치고 나서 두 사람은 책상 옆 '공동 영토' 위에 의자를 놓고 앉아서 다시 담배를 피우기 시작했다.

"지금으로부터 십오 년 전에 나는 교수로 있었소."

노인은 말했다.

"대학에서 교편을 잡는 학자였고 위원회 위원이기도 했지요. 그다음 나는 고집쟁이 발명가가 됐고, 논쟁을 하게 됐고, 나중엔 '낙원'에서 쫓겨나는 신세가 됐소. 나는 두 달 월급을 선불로 받고 나왔소. 아직 직장에 등록은 돼 있었지만, 곧 그만두고 말았지요."

그는 깊은 생각에 잠긴 채 말을 이었다.

"그러나 어쨌든 살아야 했습니다. 살아야 했어요. 의무적으로 살아야 했단 말이오. 한 가지 일만 너무 지나치게 생각하는 사람들에게서 흔히 볼 수 있는 그러한 괴벽한 생활이 나타나게 됐지요. 나는 당신이 바로 이런 생각을 하고 있다는 걸 알고 있소. 난 전부 알 수 있어요. 내 눈은 정확하오. 그러나 어쨌든 내가 말하는 것을 잘 기억해 두도록 하시오. 혹시 당신에게 이로울지도 모르니까. 나는 지금까지 주로 실패만 맛보았소. 당신은 반드시 다른 길을 발견해야 할 거요. 그러나 무엇보다 먼저 살아야 해요! 체조를 하시오. 극장에 가서 구경을 하시오. 책을 읽으시오. 그리고 모든 사물을 천진난만하게 웃으며 바라보는, 그리고 당신 말을 믿어 주는, 그러한 친구들과 애인을 사귀도록 하시오. 그런 사람들은 당신을 위축시키진 않을 테니까. 그들과 더불어 그 사회에서 발명을 하시오. 그러면 당신은 태양이 있고, 서늘한 숲이 있고, 즐거운 축연과 꽃이 있는 세상을 보게 될 거요. 그런 사람들과 더불어 휴식하며 자신의 원기를 돋우도록 하시오."

잠시 시간이 흘렀다.

"즐겁게, 즐겁게, 즐겁게 살아야 해."

갑자기 노교수는 무척 즐거운 빛으로 로빠뜨낀을 바라보며 노래 부르듯 말했다.

"슬퍼할 필요는 없어!"

4

봄이 찾아왔다. 뽀오얀 먼지로 장막을 드리운 듯한, 이 어두컴컴한 조그만 방에서도 봄이 가져오는 자연의 변화를 뚜렷이 느낄 수 있었다. 아침부터 보이지 않는 행복이 방 안으로 스며들고 있다. 창가로 다가가면 빛나는 하늘이 손짓을 한다. 끝없이 찌푸렸던 아침 하늘이 파랗게 갠 것이다. 하늘을 바라보면 어디서 무엇인가가 기다리고 있는 것처럼 느껴질 것이다. 그러나 아니다. 아무도 기다리는 사람은 없다. 차라리 그것을 생각하지 않는 편이 좋으리라.

한 시간 후, 그대의 등 뒤 수많은 돌담으로 가로막힌 저 너머에서 태양이 떠오른다. 바로 그 태양도 누군가를 기다리고 있다. 덧문을 열면 눈 밑에 움트는 싸늘한 봄풀 냄새가 코를 찌른다. 무엇을 할 것인가? 오늘은 어디로 갈 것인가? 아무 데도 갈 곳은 없다. 그 꽃은 그대 꽃이 아닌 것이다. 그대는 집에 앉아서 저고리를 깁는 것이 나을 것이다. 그리고 팔꿈치에 댈 두 개의 천 조각을 어디서 잘라내야 하는가를 궁리함이 좋으리라. 그리고 바지 역시 그렇다. 접어 올린 곳이 없으니 잘라낼 데도 없지 않은가? 그럼 외투는 어떤가? 겉모양은 아직 참을 만하지만, 그 안은 산산조각으로 해져서 재봉 기술의 비밀을 여지없이 드러내고 있는 형편이다.

로빠뜨낀이 부시꼬 교수의 방에서 산 지도 벌써 두 달이 지났다. 그들은 로빠뜨낀이 문 위에 붙여 놓은 일과표에 따라 아침 일찍 일어나곤 했다. 그의 하루는 힘의 축적으로부터 시작되었다. 그는 일정한 횟수만큼 허리굽히기를 하고, 무거운 다리미를 사방으로 흔들고, 옆구리를 주물렀다. 그러고 나서 그는 교수가 기다리는 식탁으로 가서 앉았다. 두 친구는 검은 빵과 함께 차를 마시고 담배를 피운 다음, 각자의 일자리로 돌아가는 것이었다. 노인은 '즐겁게, 즐겁게, 즐겁게….' 이렇게 콧노래를 부르며, 커다란 절구에 무슨 물건을 찧기도 하고, 조그마한 전기로에서 어떤 물건을 굽기도 했다. 로빠뜨낀은 희미하게 기계 윤곽이 드러나 있는, 핀으로 꽂은 설계도 앞에 앉아서 여러 시간 동안 움직이지를 않았다.

열두 시가 되면, 로빠뜨낀은 엄격한 일과표에 따라 산책을 나섰다. 외투 깃을 올리고는 호주머니에 두 손을 찌른 채, 그는 성큼성큼 몇 개의 광장을 가로질러서 고리끼가의 간선도로를 따라 벨로루스끼 정거장까지 갔다가 되돌아오는 것이다. 이러한 산책 코스는 자기도 모르게 어느새 습관이 되어 버리고 말았다. 로빠뜨낀은 집에서 나와 몇 걸음 옮기기도 전에 벌써 모든 것을 잊어버리고 그의 정신은 육체를 떠나 기계의 세계로 달음질치고 있었다. 그러나 그의 두 발은 시간 작업을 하는 자동기계처럼 혼자서 자기 일을 계속하고 있었다. 노동자들이 개천 옆에서 배수관을 쌓아 올리고 있었다. 로빠뜨낀의 다리는 필요한 장소에서 저절로 걸음을 멈추었다. 그러나 그의 두뇌는 벌써 주조기 옆의 작업장에서 열심히 일을 시작하고 있었다. 그 주조기는 자기 내부로부터 냉각 과정에 있는 불그스레한 관들을 뽑아내고 있었다. 수십 개의 관을 뽑아내고 나서 주조기에서 몇 가지의 고장을 제거하고, 재빨리 성공적인 고안을 노트에 기입한 다음 로빠뜨낀은 작업장을 떠났다. 그의 다리는 다시 자기 일을 계속하기 시작했다. 두 다리는 가로수 길을 따라 멀리 그를 이끌고 갔다. 그러나 여전히 그의 시야에 들어

오는 것은 아무것도 없었다. 지금 그는 실눈을 한 드로즈도프하고 맞서고 있었다 ── 그는 드로즈도프하고 언쟁을 하고 있었던 것이다. '내가 무슨 천재란 말요? 드로즈도프 동무! 나는 평범한 사람이오. 도스또예프스끼의 『미성년』에 나오는 외국인들을 골탕먹이는 그러한 농사꾼에 지나지 않아요.' 그러자 갑자기 새로운 생각이 떠올랐다. 어떻게 되나 살아 보자! 네 앞에 앉아 있는 한 사람의 러시아인은 자기 나라에서 천재가 될 수 있다는 커다란 위험을 가지고 너를 위협하고 있는 것이다.

로빠뜨낀은 8킬로미터의 산책 코스를 마치고 정각 세 시에 방으로 돌아왔다. 언제나 이 시각이면 뜨거운 감자 냄비가 책상 위에 놓여 있었고, 어떤 때는 오이지가 접시에 담겨 있기도 했다. 두 친구는 점심을 먹으려고 식탁에 앉았다.

"로빠뜨낀."

생각에 잠긴 어조로 노교수가 물었다.

"우리에게 남아 있는 돈은 얼마지?"

"212루블밖엔 안 남았어요."

로빠뜨낀이 대답했다.

"괜찮아, 이제 내 친구들이 올 걸세. 좋은 일자리가 생길 거야."

오월의 어느 일요일, 작업복 단추를 풀어 헤친 노동자 두 사람이 그들을 찾아왔다 ── 한 사람은 나이가 많고, 한 사람은 젊었다.

"자, 영감, 일할 수 있어요?"

혓바닥으로 담배를 말며 나이 많은 노동자가 물었다.

"일자리가 있나?"

"바룰린이 품일을 줄 것 같습니다."

"괜찮은 일인가?"

"괜찮을 테죠. 메뜨로스뜨로예프스까야 거리에 있는 집인데, 새 지붕을 씌우는 일이오. 알지요? 구석에서 두 번째 집, 저 상점 있는 데 말이오. 지붕을 벗기고 새것을 덮으면 돼요. U자형으로 구부러진 굉장히 큰 지붕이에요. 해치웁시다. 부시끄 영감, 그럼 오늘 가옥 관리인 몰로까노프한테 가서 지붕을 보도록 하시죠."

저녁에 로빠뜨낀은 노교수와 함께 메뜨로스뜨로예프스까야 거리로 떠났다. 부시끄 교수와 석 달을 함께 지낸 로빠뜨낀은 이미 어떤 일에도 놀라지 않는 습성이 붙어 있었다. 이해의 오월은 선선했다. 두 사람은 외투 단추를 풀어 헤친 채 걸어갔다. 노인은 점점 발걸음을 빨리하며 당면 작업에 대해서 이야기를 했다.

"우리 협동조합은 이렇게 여름마다 모여서 돈벌이를 하곤 한다네. 보통 4급 지붕공이 한 주일에도 못하는 일을 우리는 휴일 하루 동안에 해치우고 말지."

그러나 로빠뜨낀은 다른 일을 생각하고 있었다. '우리가 일할 집이 잔나가 사는 그 낡은 오층집이라면? 더러울 대로 더러워진 녹슨 천재는 마당에서 철판을 두드리고 있는데, 그녀는 젊은 장교와 함께 내 옆을 지나간다. 대위는 미소를 짓지만, 대위에게 모든 처지를 하소연한 그녀의 두 눈에는 글썽하게 눈물이 괼 것이다. 그리고 그녀는 어떻게 할지 갈피를 못 잡으리라. 지붕공과 인사를 나눌 것인지, 아니면 모르는 체하고 지나가 버릴 것인지. 그러나 지붕공의 준엄한 침묵은 말한다 —— 승리는 내게 있을 것이다. 결국 그녀는 내게로 달려와서 나의 굳센 생활력과 정력, 그리고 완고한 의지를 칭찬해 줄 것이다. 그리고 그녀는 옛 소설에 쓰여 있는 것과도 같이, 망치를 들었던 손에 분필과 계산척을 들었다가, 지금 또 다시 망치를 잡고 있는 이 참을성 있는 손에 키스하기를 원할 것이다.'

로빠뜨낀은 이렇게 생각하고 쓴웃음을 지었다. 한편, 걸음을 옮기며 이야기를 계속하고 있던 노교수는 로빠뜨낀이 딴 생각을 하고 있는 것을 알자 모욕을 느꼈다.

"믿지 않는단 말인가? 거짓말이 아니네. 지난해 우리는 교회의 둥근 지붕을 씌웠다네. 따간까에 가서 보면 알 수 있을 거야! 날 믿지 않다니!"

그들의 일을 기다리는 집은 다행히도 잔나의 집은 아니었다. 그러나 어쨌든 그 집은 로빠뜨낀이 아는 오층집 창문과 마주 바라보고 있었다. 부시꼬 노인은 주택 관리인을 찾으러 갔다가 앞치마를 두른 여자 수위와 함께 돌아왔다. 그녀는 말없이 앞장서서 지붕 밑 방으로 통하는 층계를 따라 올라가서는 오월의 찬바람이 휘몰아치는 지붕 꼭대기에 이르렀다.

노교수와 로빠뜨낀은 바람에 날리는 외투 자락을 누르며, 바로 그 지붕 끝까지 걸어갔다. 여기서 로빠뜨낀은 전선이 건너간 깊은 거리의 심연이며, 수많은 연갈색 지붕들이며, 잔나가 살고 있는 맞은편 집들을 바라보았다. 너덧 개의 창문이 활짝 열려 있었는데 그 한 창문 속 어두운 그늘에 누군가가 창가에 앉아 있었다. 혹시 잔나일는지도 모른다.

"부시꼬 교수님, 지금 한 가지 고백할 말이 있습니다. 바로 저 집에는 내 여자 친구가 살고 있어요."

"그래? 그럼 가 보도록 하지!"

"그럴 순 없습니다."

로빠뜨낀은 잔나가 엿들을까봐 두려워하는 듯이 나직이 말했다.

"그녀는 공상가도 아니고, 낭만가도 아닙니다. 우리가 그녀를 찾아간다면…."

그는 빙긋이 미소를 지었다.

"나는 뚜렷한 업적이 없인 그녀를 찾을 수 없습니다. 적어도 첫 단계의 계획은 실현되어야 합니다. 즉, 여러 신문지상에 발표되어서 인정을 받아야 해요. 가령 사람이 별을 가지고 있지 않다면 그는 영웅이 아닙니다 ── 이건 그들의 심리학이지요. 그러나 그녀의 양친은 지금의 나를 미치광이로 볼 겁니다."

"벌써부터! 불행한 사람 같으니. 자넨 지금 몇 살이지?"

"서른둘입니다. 이젠 그녀도 나를 믿지 않으리라 생각합니다. 나는 그녀에게 너무 많은 약속들을 했어요. 그래서 만일 이 꼴대로 나타난다면 그녀의 모든 환영은 산산이 깨어지고 말 겁니다."

"그렇다면 자넨 그녀를 위해서, 여자 치맛자락을 위해서 연구를 하는 건가?"

"그럴 순 없습니다, 부시꼬 교수님. 나는 지금까지 자주 느껴왔고, 또 지금도 느끼고 있습니다만, 무엇인가 그녀 속에 눈뜨는 것이 있는데, 결정적으로 눈을 뜨진 못한단 말입니다. 물론 나 스스로의 생각일는지도 모르겠지만 언제나 그렇게 생각됩니다. 그래서 나는 그녀의 두 눈이 열리게 하려고 원하는 것입니다."

"그 수술은 자네에게 매우 과중한 일이야! 그녀는 마땅히 자네의 고통과 자신의 죄를 볼 줄 알아야 해. 첫 번째 것은 볼 수 있을 걸세. 지금이라도 자네의 꼴을 본다면 곧 그것을 발견할 수 있을 거야. 그러나 두 번째 문제인 자기의 죄, 그들은 이것을 보지 못한단 말이야. 안 되지, 안 돼…."

노교수는 창문이 열려 있는 집 쪽으로 눈을 돌렸다.

"자, 아래로 내려가도록 하세. 지붕은 다 보았으니까. 이 지붕 하나만으로도 겨울까진 충분해. 그럼 돌아가지."

노교수는 로빠뜨낀을 두 팔로 안아서 살짝 떠밀었다. 그들은 더 이상 뒤돌아보지 않고 여자 수위가 기다리는 지붕 밑 방으로 되돌아갔다.

이틀 후 거리를 산책하고 돌아온 로빠뜨낀은 뜨거운 감자 냄비가 놓인 식탁에 앉았을 때, 노인의 불그스레하고 주름살 많은 손이 냄비에서 프라이팬을 옮기며 부들부들 떠는 것을 보았다. 로빠뜨낀은 감자 하나를 쥐고 천천히 소금을 뿌렸다. 이때 노교수는 결심 어린 커다란 어조로 물어보는 것이었다.

"우리에게 남아 있는 돈이 얼마지?"

"60루블이에요."

이렇게 대답하고 로빠뜨낀은 노인의 마음을 위로하는 듯 감자 절반을 베어 먹었다.

"이건 우리의 마지막 감자네."

노인은 말했다.

"발명가의 메뉴로 옮겨야 되겠어."

"거 참 좋군요. 메뉴란 건 뭡니까? 가르쳐 주세요."

두 친구는 말없이 감자를 먹었다.

"저 트렁크 뒤에 몇 개의 병이 있는데 15루블가량은 나갈 거야. 즐거웠던 시절의 기념물이지."

교수는 한숨을 쉬었다.

"그것으로 한 달은 살 수 있어. 검은 빵과 생선 기름을 사도록 해야지. 영양이 있고 싼 걸루."

"최악의 경우 살아 갈 길은 있습니다."

로빠뜨낀은 감자에 소금을 뿌리며 침착한 어조로 말했다.

"나도 7급 기계공이니까요. 내가 아직까지 그 일에 손을 대지 않은 것은 배수관 주조기를 만들기 위해서였지요. 그러나 이제라도 공장에 나가 일한다면…."

"무엇 때문에? 누굴 양육해 줄 셈인가, 나를? 나는 우리 두 사람이 먹을 빵을 위해서 충분한 병을 모을 테니 두고 보게! 그리고 산림 창고에 또 한 사람의 바룰린을 알고 있어. 이틀 동안 목재를 자동차에 운반하면 한 달은 살 수 있거든. 살 수 있어!"

"좋습니다. 그렇게만 할 수 있다면 살아 봅시다!"

그러나 이 생활은 두 주일도 계속되지 못했다. 그들 발명가들에게 가장 좋은 시기인 무더운 여름철이 다가온 것이다. 이때가 되면, 거리 전체가 그들의 작업장으로 변하게 된다. 지면은 제도판이 된다. 벤치에 앉아서 마음껏 사색에 잠길 수도 있는 시기이다. 그리고 밤에는 문을 활짝 열어 놓고 잘 수도 있다. 사랑과 나뭇잎의 속삭임에 도취되는 사람이 있는가 하면 시간을 절약하는 바쁜 사람도 있다. 문을 열어 놓고 자면 여섯 시가 아니라, 네 시에 눈을 뜰 수도 있다. 밤을 새워 일하면 백 루블을 벌 수 있고 이것으로 한 달은 살 수 있는 것이다. 혹은 철도 지선에 가서 짐을 풀 수도 있고, 돌과 목재를 운반할 수도 있는 것이다.

로빠뜨낀과 불굴의 백발노인 부시꼬 교수는 여름 한 철 열심히 일을 했다. 그들은 카우보이 셔츠 한 벌씩을 샀고 로빠뜨낀은 가는 줄무늬가 든 반모직 회색 바지를 더 사 입을 수 있었다. 뿐만 아니라 그는 노교수에게 무슨 선물을 하리라 결심하기에까지 이르렀다. 로빠뜨낀은 노교수의 한 가지 약점을 눈치채고는 어느 날 노인이 앉은 책상 위에 보드까 한 병을 세워 놓았다. 그 보드까는 그 후에도 얼마나 많은 이야깃거리를 만들었는지 모른다.

그러나 중요한 사건은 다른 데 있었다. 로빠뜨낀의 제도판 위에는 커다란 제도용지가 꽂혀 있었는데, 그 설계도 위에는 길이 6미터까지 임의의 주조관을 주조할 수 있는 새로운 만능 주조기의 윤곽이 드러나기 시작했던 것이다.

팔월은 제도 작업과 야간 하역 작업 속에 흘러갔다. 만일 육 개월 동안 수수께끼로 남은 채 노교수의 안정을 깨뜨려 버린 한 가지의 사건만 제외한다면 무난히 흘러간 셈이었다. 어느 날, 로빠뜨낀이 산책에서 돌아왔을 때 노인은 태연한 표정으로 그에게 질문의 화살을 퍼부었다. '야금금속성 발송과 외에 자네의 주소를 아는 사람은 없는가? 모스크바에서 어떤 여자하고 만난 적은 없는가? 거리에서 몰래 자넬 감시하는 듯한 의심스러운 사람을 눈치 챈 적은 없는가?' 이렇게 여러 가지 질문을 했지만 노인이 받은 대답은 한 가지뿐이었다. '아니오, 없었습니다. 눈치 채지 못했습니다' 그러자, 부시꼬 교수는 침울한 표정으로 잠시 말이 없다가 로빠뜨낀이 없는 사이에 알지 못할 여자가 찾아와서 이 집에 로빠뜨낀 동무가 사느냐고 물어보더라는 것이었다. 교수는 그녀를 붙잡아 두려고 공손히 만류해 보았는데도 그녀는 기다리지를 않고 자기가 누구며 무슨 일로 왔다고도 말하지 않은 채 그대로 가 버렸다는 것이다. 그녀는 흥분한 것 같았으며 손가락으로 핸드백을 매만지며 두루두루 방 안을 살펴보더라는 것이었다. 그녀는 매우 영리해 보였고, 처음에는 기다리겠다고 말하고 방으로 들어왔으나 잠시 의자에 앉아서 망설이던 끝에 가 버렸다는 것이다. 그리고 여대생같이 젊은 여자라고 했다. 그녀는 평범하면서도 간소했으나, 질은 좋았고, 잘 만들어진 까만 투피스를 입고 있더라는 것이었다.

로빠뜨낀은 얼굴을 찌푸렸다.

"이마가 높지 않습니까?"

갑자기 그는 이렇게 물었다.

"머리칼을 뒤로 빗어 넘기지 않았어요? 그리고 시종 얼굴이 빨갛게 달아 있는 것 같지 않습니까? 얼굴이 빨개졌다 하애졌다 하지 않아요?"

로빠뜨낀은 발렌찌나가 휴가를 받고 가는 길에 모스크바에 들렀으리라고 생각했다. 그러나 부시꼬 교수는 불안스러운 눈초리로 로빠뜨낀을 바라보고 이렇게 말하는 것이었다.

"아니야, 비록 머리칼로 가리워져 있긴 했지만 그녀의 이마는 오히려 낮은 편이고 머리칼은 고수머리처럼 말려 있었어. 그리고 그녀는 붉어지기는커녕 그 반대로 파리한 듯했네."

이 사건은 수수께끼로 남아 있게 되었다. 여자 손님도 두 번 다시 찾아오지 않았기 때문에 두 사람은 그녀의 일을 잊어버리고 말았다. 로빠뜨낀은 금방 잊어버렸으나 노교수는 한참 동안 잊어버리지 않았다. 그는 이 사건에 겁을 집어먹고 만일의 경우를 생각해서 몇 개의 자기 노트와 백색 분말이 든 병들을 마루 판자 밑에다가 감추기까지 했다.

그러나 팔월은 다른 면에서 매우 좋은 결과들을 가져다 주었다. 로빠뜨낀은 새 주조기의 몇 가지 연결부를 완성했고, 그 하나하나의 연결부를 따로따로 상세히 제도지에 그려 넣었다. 부시꼬 교수 역시 성공을 하였다. 그는 드디어 도기를 제조하는 데 있어서 몇 가지의 방법을 발견했다 ── 즉 도토로 만드는 것이 아니라 레닌 산에서 파낸 보통 흙으로 만들 수 있었던 것이다. 그 밖에도 로빠뜨낀은 여름 동안 야금금속성 위원회 편집국 등으로 편지 보내는 것을 잊지 않았다.

5

가을이 왔다. 짙은 안개가 거리를 뒤덮고, 창밖에서는 같은 사이를 두고 똑똑 물방울이 떨어졌다. 그들은 오늘 처음으로 난로를 피웠다. 장작은 와지끈와지끈 타오르며, 말로 표현할 수 없는 것을 마음속에 전해 주고 있었다. 예견했던 대로 겨울 준비는 다 되어 있다. 창고에는 장작이 있고 저금

통장에는 봄까지 흡족한 자금이 있다. 트렁크 속에는 제도용지와 몇 뭉치의 종이가 있다. 임전 태세는 갖추어져 있는 것이다.

조그만 방에서의 발명가들의 생활은 일과표에 따라 고요히 빠른 속도로 흘러갔다. 그러나 이 정확한 생활의 속도는 어느 날 두 친구를 예기치 않게 비극적인 지출을 하도록 이끌었다.

우중충하게 흐린 어느 날, 로빠뜨낀은 부시꼬 교수가 묵묵히 입 다문 채 절구에서 무엇인가를 열심히 문지르고 있는 것을 보았다. 노교수는 이날 한마디의 독백도 하지 않았다. 다만 진동하는 굵직한 소리로 몇 번 콧노래를 불렀을 뿐이다. 다음 날 노인은 더욱 말이 없었고 행동은 더욱 민첩해졌다. 노인은 벌떡 자리에서 일어나 물을 뜨려고 부엌으로 뛰쳐나가는가 하면 돌아올 때는 가끔 문을 열어 놓은 채 들어오기도 했다. 이런 혼란은 로빠뜨낀도 처음 보는 일이었다.

이윽고 본격적인 혼란이 시작되었다. 노인은 특별히 견고한 도기를 만들기 위해서 급작스레 압착기가 필요했던 것이다 —— 노인은 온종일 밖에 나다니기 시작했다. 그의 표정은 날카로워지고 날이 갈수록 행동이 민첩해졌다. 노인은 밤새도록 앓는 소리를 했으나, 이른 아침이 되면 다시 사라지는 것이었다 —— 노인은 아직 그 압착기를 구하지 못했던 것이다.

로빠뜨낀은 노교수에게서 새삼스럽게 자기 자신을 느낄 수 있었다 —— 그는 자기 주조기의 첫 번째 설계도가 탄생하던 그 무렵에 노인처럼 묵묵히 동분서주하던 자기를 생각했던 것이다. 이 모든 것을 이해하는 로빠뜨낀은 노인을 방해하지 않으려고 애쓰며 조용히 자기 일만을 계속 했다.

드디어 압착기를 발견했다. 노인은 기계를 사다가 자기 계획에 따라 변형시켰다. 이 일에 모든 자금은 날아가 버렸다. 그러나 그들은 자금에 대해서는 그다지 머리를 쓰지 않고 그 결과만을 기다렸다. 그 다음 노인은 옆집 부엌에서 불에 구운 빨간 입방체 몇 개를 가져왔다. 그는 보통 타일 조각을 철판 위에 놓고 망치로 그 타일 조각을 내리쳤다. 그러자 타일은 짝 하고 두 쪽으로 갈라졌다. 그 다음 노교수는 엄숙한 표정으로 빨간 입방체를 철판 위에 놓았다. 노인은 로빠뜨낀에게 망치를 주었다 ── 타격이 정확해야 되는데 노인은 자신이 없었던 것이다. 로빠뜨낀도 두 번을 헛쳤다 ── 그는 노인보다 더 흥분해 있었던 것이다.

드디어 로빠뜨낀의 망치가 입방체를 내리쳤다. 파편이 사방으로 날아가고 망치의 타력으로 짓눌린 장밋빛 파편들은 철판에 달라붙었다.

"아니, 저런!"

노교수는 로빠뜨낀에게 고함을 지르기까지 했다.

"그렇게 꽝 내리치는 법이 어디 있나! 망치를 이리 주게. 이렇게 망치의 무게만을 이용해서 쳐야 해!"

그리고 노인은 새로운 입방체를 놓고 망치의 무게만으로 내리쳤다. 그러나 입방체는 역시 조그만 장밋빛 파편이 되고 말았다.

이날, 부시꼬 교수는 새로 만든 입방체들을 모조리 망치로 부숴 버리는 일만 했다. 무슨 말을 중얼거리다가 부엌으로 가기도 하고, 몇 시간씩 의자를 삐걱거리기도 했다. 그는 이마를 닦고 갑자기 '쳇!' 하고 내뱉고는 다시 망치를 들었다. 마침내 노인도 자기의 패배를 자인했다. 그는 말없이 비를 들고 흩어진 파편들을 쓸기 시작했다.

"이건 하나의 과정이야."

로빠뜨낀은 제도판 뒤에서 들려오는 노인의 목소리를 들었다.

"끝장이 아니라 한 과정에 불과해."

노인은 벌써 평정으로 돌아와 있었다. 그는 로빠뜨낀과 의견을 나누고 싶었던 것이다.

"그렇지만 빛깔만은 아름다워!"

잠시 사이를 두었다가 노인은 말했다.

"생생한 붉은 빛이야. 보게, 생명의 한 부분이 여기에 흐르고 있어. 영원히 죽은 것은 아닐 거야, 내가 성공하는 한. 지난번의 소화 분말만 해도 단번에 성공했던 것은 아니니까."

또 하루가 지나갔다. 두 사람의 감정은 가라앉았으나 일과표의 엄격한 목소리는 다시 두 사람을 채찍질하고 있었다. 부시꼬 교수는 방 값, 가스 값, 전기 요금 등 지불해야 할 금액을 계산하고 나서는, 다시 발명가의 메뉴로 옮겨야 되겠다고 말했다.

두 발명가는 점심 때에 마지막 감자를 먹었다. 부시꼬 교수는 콧수염을 닦으며 헐떡이는 목소리로 이런 말을 하는 것을 잊지 않았다.

"그렇군… 이건 마지막 트림이군. 보다시피 이런 불안 속에도 서로 합심해서 살아 나갈 수 있다는 건 정말 행복한 일이야. 사람이란 이런 때에 행복한 걸세. 새로운 기쁨을 얻을 수 있단 말이야."

이번 일에 있어서 자신을 죄인이라고 생각하고 있는 노교수는 자꾸 말을 계속해서 로빠뜨낀의 기분을 돋워 주려고 애쓰고 있었다.

"내가 이 물건을 연구하고 있을 때…"

그는 자기 노트를 숨겨 둔 마루 판자 위로 갔다.

"이 발명을 하고 있을 때, 난 이틀이나 굶어도 끄떡없었네. 그런데 자넨 굶주림의 맛을 알고 있나? 난 알지. 닦지 않은 구리 수저의 맛이야."

"당신은…"

로빠뜨낀은 빙긋이 미소를 지으며 말했다.

"날 설복하려는 것 같군요. 우리 함께 담배나 태웁시다. 날 설복할 필요는 없어요. 나 역시 구리 수저를 핥아 봤습니다. 조금도 두렵지 않았어요.

전쟁터에서도 역시 마찬가지였습니다."

바로 이날 부시꼬 교수는 약방에서 크고 아름다운 '대구어 기름'병을 샀고, 두 친구는 발명가의 메뉴로 옮기게 된 것을 즐겁게 축하했다.

이윽고 다시 평탄한 생활, 고요한 나날이 흘렀다. 제도지에 굵직한 선을 긋는 믿음직스러운 연필 소리와 모래를 빻는 절구 소리만이 고요한 정적을 깨뜨릴 뿐이었다.

음산하게 흐린 시월의 어느 날, 노인은 복도 못에 걸린 낡은 방독면 자루를 들여다보고, 우연히 거기서 열 개의 감자를 발견했다. 일에 열중한 나머지 잊어버렸던 것이었다. 건망증도 때로는 이렇게 이로울 때도 있다. 발견된 감자는 두 몫으로 나누어졌다. 노인은 태연한 태도로 한 몫을 냄비에 넣고 콧노래를 부르며 부엌으로 가져갔다. 나머지 감자는 내일 몫으로 남겨두었다. 그러나 다음 날 그들에게는 신기한 사건이 일어났다.

부시꼬 교수가 두 번째 몫을 찌려고 자루 속을 들여다보았을 때, 그 속에는 다섯 개가 아니라 이십여 개의 굵직한 감자가 들어 있었다. 자루 위까지 감자가 차 있었던 것이다. 노인은 자기의 발견물을 로빠뜨낀에게 보여 주었다.

"우선 찌세요!"

로빠뜨낀이 말했다.

"그러고 나서 생각해 봅시다."

"나도 동감이야."

부시꼬 교수는 신기하다는 듯 감자를 바라보며 맞장구를 쳤다.

"그럼 자루는 어떻게 할까? 어떤 마음씨 좋은 사람인지는 몰라도 자루를 걸어 놓으면, 요놈들이 또 맛을 보려 함정을 쳤구나 하고 생각할 거란 말야, 그렇잖아?"

"감자는 삼 일 분으로 나누고, 자루는 다시 걸어 놓지 맙시다."

로빠뜨낀이 말했다.

뜨거운 감자 냄비가 식탁 위에 나타나자 두 친구는 식사를 하기 시작 했다. 그들은 서로의 얼굴을 바라보고 시무룩하니 말이 없었다.

"그렇군…."

로빠뜨낀은 말했다. 그는 지금까지 알지 못할 사람으로부터 갚을 수 없는 은혜를 받은 적이 몇 번이었는지 모른다. 그 미지의 인간은 자기의 그 넓고 순수한 마음씨를 로빠뜨낀 앞에 열어 주고는 금방 쫓아갈 수 없는 그늘 속으로 사라져 가는 것이었다.

"가만 있을 순 없어."

머리를 끄덕이며 노인은 말했다.

"그렇지만 이런 일을 덮어놓고 말할 수도 없는 일이구…."

이 사건이 있은 후부터 로빠뜨낀과 노교수는 이웃 사람들을 새로운 눈으로 바라보게 되었다. 이 집에는 너무 많은 사람이 살고 있었기 때문에 누구에게 감사의 말을 해야 할지 몰랐던 것이다.

시 월 십팔 일 낮 열두 시, 로빠뜨낀이 방금 아침 산책을 나갔을 때 요란스러운 노크 소리가 울리고 곧 자그마한 키의 여자 한 사람이 들어왔다. 심부름꾼같이 보이는 털실로 짠 머플러를 쓰고, 세모꼴 가죽 조각들을 이어서 만든 장바구니를 들고 있었다. 그녀는 구럭에서 이상하게 생긴 꾸러미 —— 크지는 않았지만 두툼했다 —— 를 꺼내서 책상 위에 놓았다. 꾸러미는 튼튼한 포장지로 싸서 풀칠되어 있었다. 그 위에는 '로빠뜨낀 동무 앞'이라고 쓰여 있었다.

"당신은 로빠뜨낀 동무하고 같이 있습니까?"

그녀는 물었다.

"그분에게 이 꾸러미를 전해 주세요."

"이건 어디서 온 거요?"

부시꼬 교수는 난로에다 빨간 흙을 말리다 나오며 물었다.

그러나 그녀는 바삐 서두르고 있는 것 같았다. 그녀는 쾅하고 문을 닫고 금세 가 버렸다. 부시꼬 노인은 꾸러미를 들어 본 다음 그것을 책상 한복판에 놓고, 벽 위에 잔글씨로 '10월 18일 12시 20분'이라고 썼다. 그는 항상 모든 일에 조심스러웠던 것이다.

두 시가 되자, 노인은 반 킬로그램의 빵을 두 조각으로 자르고 좀 크다고 생각되는 조각을 로빠뜨낀의 자리에다 놓았다. 그 다음 그는,

"즐겁게, 즐겁게…."

라고 노래를 부르며 붉은 흙을 냄비에서 흔들기 시작했다.

바로 이때 불그레한 볼을 깊숙이 파묻은 채 비에 흠뻑 젖은 로빠뜨낀이 산책에서 돌아왔다. 그는 비를 맞으면서 빨리 산책했기 때문인지 거칠게 숨을 몰아쉬며 외투를 벗었다. 그는 꾸러미를 보며 모자를 못에다 걸고 비에 젖은 손을 씻고 나서 꾸러미를 뒤집어 보고 포장지를 뜯었다.

"야 야, 이런!"

그는 이렇게 외치고 재빨리 꾸러미를 잡아 뜯었다.

"교수님!"

"보구 있네, 보구 있어."

노인은 그의 등 뒤에서 굵은 목소리로 말했다. 꾸러미 속에는 돈뭉치가 빽빽이 들어 있었다. 로빠뜨낀은 말없이 돈뭉치를 손에 들고 노인을 바라보고는 의자에 앉아서 백 루블짜리 지폐를 세기 시작했다. 그는 돈을 세면서도 여러 번 빵 쪽으로 다정한 시선을 돌렸다. 이윽고 참을 수 없었던지 그는 반쪽을 떼서 고깃기름을 바르고 소금을 친 다음, 그것을 씹으며 마치

은행원처럼 능숙한 솜씨로 돈 세기를 계속했다.

그가 3천 루블을 세었다. 그는 이때 비로소 뜯겨진 포장지 속에 잉크로 짤막하게 적혀 있는 쪽지를 보았다. 그는 쪽지를 들고 읽었다.

'로빠뜨낀 동무, 이것은 당신의 돈입니다. 당신이 쓰고 싶은 일에 마음 놓고 쓰세요.'

"이 쪽지는 보관해 둬야겠군요."

그는 부시꼬 교수에게 쪽지를 보여 주고 나서 이렇게 말했다.

"그럼 돈은?"

노인은 놀란 표정으로 물었다.

"이제는 돈에 대해서 근심할 필요가 없게 됐어요, 여기 돈이 있으니."

"저런! 자넨 철부지야. 그 돈을 이리 주게. 내가 쪽지와 함께 그 돈을 돌려보낼 테니. 도대체 자넨 그 돈이 어디서 왔는질 모르겠는가?"

"나는 무엇보다도 이 돈이 진짜 돈이라는 것만을 볼 뿐이에요."

로빠뜨낀은 말했다.

"이건 아마 6천 루블일 겁니다. 지금 5천대를 세고 있으니까…. 그리고 만일 이 돈이 그놈들한테서 온 것이라면 그럴수록 더 빨리 써 버려야 합니다. 우린 악마에게 피의 영수증을 쓴 것은 아니지 않습니까?"

"피라구!"

노인의 두 눈이 무서워졌다. 그는 문으로 달려가서 문을 열다가 닫고는 로빠뜨낀 앞에서 두 손을 부들부들 떨며 돈을 거절하라고 열심히 애원했다. 노인은 자신 있게 다음과 같이 말하는 것이었다. 그도 여러 번 이와 같은 함정에 빠진 일이 있었다. 그는 외국 간첩들의 수법을 잘 연구하고 있어서 로빠뜨낀에게 돈을 맡겼다는 이 사실은 벌써 등록된 것과 다름없다고 확신하고 있었다. 이것을 하기 위하여 그자들은 매우 영리한 수단을 쓰고 있으며, 따라서 살아나는 유일한 길은 돈을 원래의 장소로 돌려보내는 길밖에 없다는 것이었다.

"부시끄 교수님, 내 말 좀 들어 보십시오."

로빠뜨낀은 꾸러미를 헤쳐서 외투 주머니에 천천히 돈을 넣기 시작했다.

"당신의 말은 한시바삐 외투와 양복을 사야겠다고 저를 확신시켜 줄 따름입니다. 당신의 양복도 마찬가지예요. 그리고 은행에 예금하면 최소한 반 년은 충분할 겁니다. 이 일을 모두 해치운 다음, 우리 저녁을 먹으면서 누가 이 돈을 보냈겠는가 하는 것을 자세히 얘기하도록 합시다. 자, 그럼 모스또르그(모스크바 상업 조합—역주)로 갑시다."

부시끄 교수는 물끄러미 그를 바라보다가 획 돌아서서 전기로 쪽으로 가 버렸다. 로빠뜨낀은 아무 말도 하지 않고 옷을 입기 시작했다. 그는 외투 단추를 다 채우고 나서, 문고리를 잡은 채 즐거운 목소리로 물었다.

"안 가시겠어요?"

노인은 들은 체도 하지 않고 냄비에서 계속 흙을 흔들고 있었다.

"영감님!"

"자네의 모험에 나를 잡아넣으려고 하지 말게."

노인은 창문을 바라보며 똑똑한 어조로 말했다.

로빠뜨낀은 혼자 물건을 사러 떠났다.

'누굴까?'— 집에서 나오자, 그는 곧 자신에게 이렇게 물었다.

'누가 이 돈을 보내 주었을까? 씨야노프? 이렇게 많은 돈이 그들에게 있을 리가 없지. 게다가 우편으로 오지도 않았으니. 씨야노프네 아주머니한테 천 루블을 보내줘야겠다. 그러나 이것은 누구의 돈일까? 발렌찌나가 아닐까? 혹은 아라호프스끼? 에잇, 누가 보냈건 어쨌든 잘 됐어!'

그날 저녁 로빠뜨낀이 돌아왔을 때, 잔뜩 화가 난 노교수까지도 색다른 인상을 불러일으킬 정도로 그는 변해 있었다. 그는 까만 외투에 까만 모자를 쓰고 있었다. 그리고 외투를 벗으니, 거기에 또 새로운 양복이 나타났다.

"아니!"

부시꼬 교수는 참지 못하고 소리를 질렀다.

"어디서 그런 걸 사 입었어? 양복이 찰싹 달라붙은 게 꼭 관 속에 들어간 것 같군그래! 금세 발명가 티가 나는군. 주름이 잘 잡히게 자넨 좀 더 두툼한 걸 입어야 해. 당장 가서 바꿔 오게!"

"그럴 수 없어요! 벌써 더럽힌 걸요."

"이렇게 보니 아카데미 회원이 된 것 같은 생각이 드는군."

부시꼬 교수는 말했다.

그는 외투를 보고 그런대로 겸손하게 칭찬을 했다. 로빠뜨낀은 둥그런 마분지통에서 검은 모자를 꺼내어 느닷없이 그것을 백발이 성성한 부시꼬 교수의 머리 위에 얹었다.

"당신이라면 그래도 나 혼자 함정 속에 남겨 두려고 하진 않을 것이라고 생각한 나머지 이 모자를 산 거예요."

"깍쟁이 같으니!"

노인은 말했다.

"나는 곰곰 생각한 끝에 우리 자신이 그놈들을 위한 함정을 만들 수도 있다는 걸 알았어."

그리고 노인은 거울이 걸려 있는 벽으로 걸어갔다.

"옷도 잘 입어야 하지."

어쨌든 노인은 이렇게 말했다.

"나는 자네와 같은 재능도 없고, 자네와 같은 중세기적 기사의 용기도 없는, 어떤 사람을 안 적이 있어. 그저 외모만 번지르르했단 말야. 후리후리한 키에 그럴 듯한 목소리, 그리고 멋있는 외투에 가슴에 금줄을 늘어뜨리고 옷만은 잘 입었었지. 그런데 알겠어! 그자가 대성공을 했단 말야!"

"그럼 나도 그렇게 해 보지요. 아마 나도 대성공을 하게 될 겁니다!"

로빠뜨낀은 말했다.

6

집안일이 일단락되자, 이번에는 내부의 목소리가 다시 살아야 한다는 생각을 로빠뜨낀에게 불러일으켰다. 그러나 이번의 목소리는 그 어느 때보다도 더욱 강력하게 그의 가슴을 자극했다.

그렇다, 마음의 긴장을 풀어야 한다. 이것은 지금에 와서 너무나 명백한 일이었다. 사람이란 때때로 유폐된 생활에서 벗어나서 뭇사람들과 어울려야 한다. 아산화철 압력만을 골똘히 생각하지 않는 평범한 인간들의 생활 속에 어울려야 하는 것이다.

로빠뜨낀은 한 달에 세 번씩 노인과 함께 극장에 가기 시작했다. 그들은 모스크바 대극장에서 위대한 천재 —— 뿌쉬낀과 차이꼬프스끼가 결합된 두 개의 오페라를 보았다. 부시꼬 노인은 삼십 대 청년의 새로운 역을 감상하려는 로빠뜨낀을 방해했다. 노인은 특별석과 관람석에 앉아 있는 관중들을 관찰하며, 파우스트 박사에게 말하는 메피스토펠레스처럼 시종 로빠뜨낀의 귀에 무슨 말을 속삭였다. 노교수는 극장에서 관중만 보았다. 그는 누가 특별석에 앉아 있으며 누가 발코니에 모여드는가를 연구하고 있었다. 그에게는 가는 곳마다 적들이 있다고 느껴졌던 것이다. 그러나 때때로 로빠뜨낀의 옷소매를 붙잡고 관람석의 어떤 곳을 가리키며 말하기도 했다.

"저길 보게, 저 사람은 발명가가 틀림없어."

한마디로 말해서 어디를 가나 노인은 과학과 발명 사업에만 열중하는 것이었다.

얼마 후 로빠뜨낀은 노교수가 음악을 들을 줄 몰라서 심포니에 싫증을 느낀다는 것을 알았고, 또한 이 사실은 로빠뜨낀으로 하여금 행복한 기회를 많이 약속하게 되었다. 그는 값이 싼 음악학교 연주회 표를 사기 시작했다. 그곳 천장 밑에 완전한 고독 속에 앉아 있노라면 오래 전에 꺼져 버렸던 위대한 전사와, 수난자들의 감정이 그의 마음속에 다시금 되살아나는 것이었다. 그는 바로 자기에게 향한 가장 성실하고 가장 열렬한 소리를 들었다. 어느 날 그는 학생들을 위한 일요연주회에 간 일이 있었다. 맨 처음 쇼팽의 협주곡이 오케스트라의 반주와 함께 연주되었다. 로빠뜨낀은 작곡가다운 고수머리에 매부리코를 한 조그만 키의 지휘자도 몰랐고, 검정 연미복에 대머리가 까진 듬직한 피아니스트도 몰랐다. 그의 주위에는 소년단 넥타이를 맨 남녀 중학생들이 앉아 있었다. 그는 지휘자의 연주가 로빠뜨낀 자신의 역사를 말해 주는 듯한 생각이 들었다. 로빠뜨낀은 캄캄한 하늘에 혜성처럼 빛을 뿜으며 불타는 영웅을 보았다. 그는 자신의 생활로써 뭇사람들을 위하여 무엇인가를 타개하려는 거대한 영혼의 힘을 가진 조그만 인간, 십 대의 소년과 같이 가냘픈 손을 가진 지휘자를 보았다. 그는 이 무섭고 다양스러운 배경 위에 가냘픈 바이올린 소리와 나직한 베이스로 으르렁대는 현악기들 속에서 필사적인 결투를 하고 있는 지휘자를 본 것이다.

연주회가 끝나자 로빠뜨낀은 주머니 속의 주먹을 움켜쥐며 거리로 나왔다. 거리 모퉁이까지 다다랐을 때 그는 생각했다. '그렇다! 나는 극장에 갔었다. 좋은 휴식을 했다.' 그리고는 빙그레 미소를 지었다.

그러나 며칠 후 그는 다시 음악학교 연주회 표를 샀다. 이번에는 라흐마니노프가 역시 같은 말을 그에게 들려주었다. 그는 첫 대목, 첫 화음부터 이렇게 말했다. '인간이란 기름진 음식과 부귀를 얻기 위해 학대를 참고, 기만과 배신을 하려고 지상에 태어난 것은 아니다. 인간은 혜성처럼 밝게 타오르려고 태어난 것이다.'

로빠뜨낀은 위대한 상담자 옆을 떠난 것 같은 심정으로 극장 복도로 나왔다. 그는 여기저기서 짝을 짓고 이야기하는 관중들을 보고 새삼스레 자신의 외로움을 느꼈다.

'그렇다, 나는 외롭다.' 그는 생각했다. '부시꼬 교수하고 한 방에 앉아 있을 때조차도 나는 혼자인 것이다. 부시꼬 교수와 나 사이에는 저 사람들에게서 볼 수 있듯이 저렇게 아기자기한 데가 없다. 나는 자기 자신을 알기 위해서 많은 이야기를 해야 되는 한편 노인은 근본적인 그 무엇을 잃어버린 영혼의 불구자가 아닌가! 우리는 서로서로 이해하지 못하기 때문에 끝까지 마음을 털어놓지 못하고 있다. 아아, 씨야노프! 발렌찌나! 그렇다, 지금 내게는 누군가가 있어야 할 부족감을 느낀다.' 그러나 그에게는 모든 것을 천진난만한 미소로 바라보는 잔나가 있었다. 로빠뜨낀은 한시도 그녀를 잊은 적이 없었다. 그녀의 추억은 가냘프면서도 제2의 심장처럼 강력히 그의 가슴을 방망이질하고 있었다. 지금 로빠뜨낀은 새 외투에 새 모자를 쓰고 있다. 그녀 앞에 나타나는 데 꿀릴 것은 아무것도 없었다.

어느 날 로빠뜨낀은 조그만 책가방을 들고 바삐 집으로 돌아가고 있는 잔나 앞에 넌지시 길을 가로막았다. 그녀는 까만 외투에 귀걸이가 달린 연녹색 털모자를 쓰고 가죽 밴드로 잘록하게 졸라맨 외투 주머니에 한 손을 집어넣고 있었다.

검정 외투에 검정 모자를 쓴 후리후리한 사나이가 불쑥 그녀 앞을 가로막자, 그녀는 찡그린 얼굴로 사나이의 가운을 노려보고 길옆으로 비켜섰다. 그러고는 매서운 눈초리를 치켜뜨고 불량자를 때리려고 책가방을 든 손을 추켜올리며 부르르 몸부림을 치고는 쏜살같이 도망가기 시작했다. 그러나 로빠뜨낀은 웃으며 그녀를 따라잡았다.

"어마, 당신이었군요!"

그녀는 자기 눈을 의심하며 물었다.

"나요!"

로빠뜨낀은 그녀의 손을 붙잡은 채 말했다. 그리고는 바로 그 보도 위에서 연거푸 그녀에게 키스를 퍼부었다.

이때 비로소 그녀는 로빠뜨낀을 알아본 것 같았다. 그녀는 얼굴을 붉히고 생각지 못한 행복감에 미소를 지었다.

"빨리 가요, 여긴 사람이 많아요!"

두 사람은 손을 맞잡고 골목 안으로 뛰어들었다. 여기서 잔나는 로빠뜨낀을 멈추게 하고, 이번에는 그녀가 로빠뜨낀에게 여러 번 키스를 했다.

"그건 당신이었어요? 저, 그때 저기에 있던 것은?"

"언제?"

"저기 진열장 앞에 말이에요."

"어떤 진열장 말요?"

로빠뜨낀은 일부러 커다란 소리로 자연스럽게 웃어 보였다. 잔나는 수척한 그의 얼굴을 바라보고 동정하는 듯 한쪽 눈썹을 찌푸렸다.

"아니 어떤 진열장말요?"

로빠뜨낀은 다시 한 번 물었다.

"바보처럼 난 언제나 당신의 환영을 현실 속에서 찾는답니다."

"그건 정말 어리석군!"

로빠뜨낀은 말했다.

"그렇게까지 나를 생각할 필요는 없어요."

"그럼, 모스크바로 아주 오신 거예요? 일은 어떻게 되셨어요?"

'뭐라고 말할까?' 로빠뜨낀은 생각에 잠겼다.

"아직도 발명을 계속하고 계시나요?"

잔나는 나직이 물었다.

"그렇소."

그는 짤막하게 말했다.

그녀는 한 걸음 뒤로 물러서서 로빠뜨낀을 바라보며 물었다.

"좋은 외투를 사셨네요. 지금 어디서 오시는 길이세요?"

"어디서냐구요? 연주회에 갔다가 오는 길이오."

"그래요? 성공을 하셨군요?"

"성공했죠. 봐요, 새 외투를. 주머니 속엔 연주회 표가 들어있다오."

그녀는 다시 의아스러운 눈초리로 수척한 그의 얼굴이며, 갈색 그늘로 뒤덮인 고민에 찬 그의 눈을 바라보았다.

"영문을 모르겠어요. 당신은 좋은 선생님이었어요. 훌륭한 선생님이었어요! 그렇기 때문에 우리 남녀 학생들은 당신을 사모했던 거예요."

로빠뜨낀은 어깨를 흠칫했다. 그는 자기 얼굴에서 미소를 잊어버린 지 오래였다. 그리고 그 잊어버린 미소를 어떤 사람이 다시 되찾아 줄 때를 기다리고 있었다.

"저, 로빠뜨낀. 우리 선생이 돼서 어떤 곳으로 떠나도록 해요, 네?"

그녀는 애원하는 눈초리로 흘끗 로빠뜨낀을 쳐다보고 옆으로 돌아섰다.

"잔나."

로빠뜨낀은 말했다.

"매우 중대한 사업을 하고 있어서 그걸 버릴 순 없어요. 그건 확실한 일입니다. 난 벌써 도버해협을 거의 다 헤엄쳐 건너와서 이젠 해안을 바라보고 있는 거라오."

"그것이 전분가요?"

그녀는 토라진 어조로 물었다.

그렇다, 그녀의 말은 경솔한 성격에서 나온 말이 아니었다. 그는 잔나가 얼마나 안타깝게 자기를 기다리고 있는가를 잘 알고 있었다. 지난 수년 동안 로빠뜨낀은 보람된 희망을 느끼며 자기 기계에 대한 소식을 그녀에게 전하곤 했으나 그 기한이 끝날 때마다 그녀가 본 것은 바짝 여윈 그의 얼굴과 반짝이는 눈, 그리고 다 떨어진 군복이었다.

"난 언제나 좋은 은인들을 만나곤 해요."

로빠뜨낀은 빠른 어조로 말했다.

"그분들이 항상 도와주기 때문에 난 곧 기계를 완성할 수 있을 거요. 잔나! 듣고 있소? 당신은 아직 이 년을 더 다녀야 졸업을 하지요? 걱정 말아요. 그때까진 나도 끝장을 낼 테니!"

"그러나 나는 해변이 보이지 않는군요."

그녀는 말했다.

"당신 것도 안 뵈지만, 제 것도 안 보여요. 전 많은 것을 보아 왔어요. 그래서 생각하지 않으려고 애를 썼어요. 차라리 그 편이 낫겠어요!"

두 사람 다 말이 없었다. 잔나는 책가방을 흔들고 서글픈 눈으로 로빠뜨낀을 바라보며 조금씩 걸음을 옮겼다. 로빠뜨낀은 참을 수 없었다. 그는 왈칵 잔나를 껴안고 차가운 볼에 키스를 했다. 마치 힘찬 키스의 압력으로 짜내진 듯한 눈물이 사르르 감은 그녀의 속눈썹 아래서 반짝거렸다. 로빠뜨낀은 잔나의 눈물을 보고, 유순히 좇아오는 그녀의 머리를 자기 가슴에 안으며 자기도 지그시 눈을 감았다.

"로빠뜨낀, 당신은 나를 속이고 있어요!"

그녀는 흑흑 느끼며 말했다.

"왜 떠나시려 해요?"

그녀는 머리로 로빠뜨낀의 가슴팍을 치며 나직한 소리로 애절하게 흐느꼈다.

"왜 그러세요? 제가 이렇게 사랑한다는 걸 당신은 모르시나요? 또 무엇이 필요하세요? 당신이 원한다면 전 모든 것을 바치겠어요! 네? 한 번 더 키스해 주세요. 떠나시면 안 돼요."

두 사람은 아무 말도 없었다. 그들은 로빠뜨낀의 커다란 등으로 길을 가린 채, 눈물 후에 오는 이상할 만큼 홀가분한 공허를 느끼면서 말없이 서 있었다. 이윽고 잔나는 로빠뜨낀에게 서글픈 미소를 짓고는 손수건을 꺼내서 코를 풀었다.

"오랫동안 모스크바에 머무르겠어요?"

그녀는 물었다.

"내일 떠나렵니다."

로빠뜨낀은 거짓말을 했다.

"곧 기계를 만들게 될 거요. 공장 측과 협의하기 위해서 내일 아침에 꾸즈바쓰로 갑니다."

"그건 정말이세요?"

잔나는 정색을 하며 물었다.

"정말입니다."

또 하나의 새로운 죄악을 느끼면서 로빠뜨낀은 말했다.

"그럼 편지하세요! 곧 돌아오시나요?"

"아니오. 편지하구 싶지 않습니다. 얘기할 수 없는 일들이 있으니까요. 그리고 당신은 언제나 매우 불쾌한 편지만을 보내는데 그런 편지는 곤란한 시기에 조금도 마음을 풀어 주지 못한단 말요.”

“그건 왜냐하면, 당신이 하는 모든 일이 다른 사람들과는 딴판이기 때문이에요!”

또 다시 그녀의 목소리가 불쾌해졌다.

“내 친구들의 대부분은 착실한 길을 걷고 있어요. 그리구 그들은 모두 행복해요. 전 이것을 알 수 있어요. 그렇지만 당신을 알아주는 사람은 아무도 없어요. 보세요, 제가 이런 말을 하기가 무섭게 당신은 벌써 화를 내고 계시니….”

그들은 오랫동안 골목길을 따라 거닐었다. 두 사람은 어디서 왔는지 모르는 냉기가 사라질 때를 기다리며 말없이 걸었다. 드디어 두 남녀는 작별을 고했고, 로빠뜨낀은 성큼성큼 커다란 걸음걸이로 집으로 돌아왔다.

이렇게 하여 로빠뜨낀은 이른바 ‘천진난만한 미소를 가진’ 처녀의 세계에서 휴식을 한 것이다. 서늘한 숲, 빛나는 태양, 즐거운 축연들을 맛보고 온 것이다.

귀가 밝고 모든 것에 의심이 많은 부시꼬 교수는 여러 날 계속되는 로빠뜨낀의 거친 숨소리를 듣고, 심상치 않은 일이 있는 것을 눈치채고서 그 사유를 묻게 되었다. 노인은 그의 참회를 듣고 나자 갑자기 흥분해서 성난 눈을 데굴데굴 굴리며, 소위 속인에 대한 철학을 한바탕 풀어볼 생각인 듯했으나 문득 멍청히 생각에 잠겼다. 잠시 말이 없다가 노인은 이렇게 말했다.

“내가 아는 대다수의 참된 발명가들은 모두 가족을 가지고 있지 않아. 그 이유는…. 하지만 여기서 그런 것은 생각하지 않는 것이 좋겠군. 그저 열심히 일을 하게! 이제 한 주일만 지나면 모조리 잊어버리겠지.”

노인의 말은 옳았다. 정월에 들어서자, 로빠뜨낀은 벌써 잔나를 잊어버리고 말았다. 그는 제도판 앞에 앉아서 쇼팽이 들려 준 말이며, 라흐마니노프가 자신의 협주곡에서 강조해 주던 말을 되새기며 콧노래를 부르고 있을 뿐이었다. 일이 급속도로 진전되어 갔기 때문에 마음이 흥겨웠던 것이다. 이윽고 그는 또다시 음악회에 가기 시작했다.

어느 날 그는 처음으로 리스트의 서곡을 들었다. 그 곡은 그의 마음속에 이상한 소란을 불러일으킬 정도로 커다란 감명을 주었다. 그는 기둥 옆에 잠시 서 있으려고 관람석에서 나와 극장 복도로 내려갔다. 그는 뭇사람들의 틈바구니 속에 어울려 보려고 여러 사람들과 함께 기둥에 기대어 선 채 흘금흘금 여자들의 얼굴을 훔쳐보기 시작했다. 아무래도 자기 의지와는 달리 여자의 모습은 로빠뜨낀의 관심을 쏠리게 하는 것이었다. 거의 모든 아름다운 여자 옆에는 건장한 사내들이 시종 날카로운 시선을 굴리며 서 있었다. '커다랗게 웃어라!' 로빠뜨낀은 생각했다. '불안해 할 이유는 없다. 슈찌꼬프와 아브지예프 자신이 그것을 보장해 주고 있지 않은가! 신인들에게 모든 길은 열려 있는 것이다.'

"당신은 언제나 그렇게 심각한 얼굴을 하고 계시군요. 비록 당신을 알지 못하는 사람이래도 그 표정을 보면 곧 찾을 수 있겠어요."

로빠뜨낀은 마치 흐릿한 안개 속에서 들려오는 듯한 누군가의 목소리를 들었다.

로빠뜨낀은 아직도 자기 세계에서 생각을 계속하고 있었다.

"어딜 보구 계세요? 로빠뜨낀!"

이번에는 바로 옆에서 누군가가 말했다.

그의 생각이 흩어졌다. 그는 골똘한 생각에서 벗어나려고 몇 초 동안을 싸우다가, 문득 자기 앞에서 한쪽 볼에 까만 점이 박힌 젊고 아름다운 토실토실한 처녀를 보았다. 그는 다시 한 번 유심히 바라보았다. 그러자 그의 앞에는 기적이 일어났다. 젊은 처녀는 보랏빛 광택이 나는 진회색 양복을 입은 나쟈로 변하고 만 것이다. 로빠뜨낀은 이 년 전 무즈가에서와 같이 고요한 눈초리로 그녀를 응시했다. 두 사람의 눈초리가 부딪치는 순간 로빠뜨낀은 가볍고 즐거운 충격을 느꼈으나 그녀는 낯을 붉혔다. 로빠뜨낀은 다시 한 번 나쟈를 보고 침묵을 깨뜨리려고 기침을 했다. 나쟈의 보드랍고 따사로운 손을 잡고 엉겁결에 무슨 말인가를 지껄였다. 이윽고 나쟈는 잠시 옆으로 외면했다. 그는 우유빛처럼 새하얀 그녀의 목덜미를 보았다.

"당신은…"

로빠뜨낀은 말했다.

"많이 달라졌군요. 소문대로 활짝 꽃이 피셨군요. 미처 알아보지 못해서 미안합니다. 아니, 사실대로 말하면 알아보긴 했습니다만 당신은 예전의 그 나쟈가 아니라서…."

"그래요."

나쟈는 생각에 잠긴 채 말하고는 그의 손에서 조용히 자기 손을 빼냈다.

"그래요, 전 그전의 나쟈가 아니에요. 그런데 당신은 어떠세요? 아직도 낙심하지 않으셨어요?"

"무얼요. 미리 짐작했던 일인 걸요. 앞길이 순탄하지 않으리라는 건 알고 있었어요. 모든 일을 예감했던 바라 고통스럽진 않아요."

"우리, 저쪽으로 가요."

나쟈는 그의 팔 밑으로 손을 넣으며 말했다.

"요즈음 어떻게 지내세요? 자세히 좀 얘기해 주세요. 새 양복을 입으셨네요."

"양복뿐이 아닙니다. 외투와 모자까지 있어요."

"어머나! 부자가 되셨군요."

"그 출처가 또 멋있지요."

그리고 로빠뜨낀은 6천 루블 사건을 이야기하기 시작했다. 그들을 지배하던 서먹서먹한 감정들이 금방 어디론가 사라져 버렸다. 지금 로빠뜨낀은 우습고 재미있는 사건들을 나쟈에게 들려주고 있었다. 한편 나쟈는 뚫어질 듯이 로빠뜨낀을 바라보며 그의 이야기를 듣고 있었다.

"외국 간첩!"

로빠뜨낀은 말했다.

"함정! 노인은 절대로 돈을 받아선 안 된다고 우겼어요. 그러나 난 이렇게 호주머니에 넣고 말았지요. 즉 그자들이 자기 계획들을 실현할 동안에 우린 그 돈을 몽땅 써 버릴 생각입니다."

"그건 잘 생각하셨군요!"

나쟈는 그의 옆모습을 바라보며 웃었다.

"그 돈 꾸러미는 정말 때맞춰서 와 주었어요. 나는 노인과 함께 공장에 들어가지 않으면 안 된다고 생각했던 참이었어요. 내가 공장에 들어갔더라면 기계 일은 연기하지 않을 수 없었을 겁니다."

"그렇지만… 드로즈도프는 당신의 공세가 약화됐다고 말하더군요. 제겐 그런 것이 달갑지 않았어요. 전 당신 일을 매우 근심하고 있어요."

"곧 싸움이 시작될 겁니다. 나는 새로운 기계를…."

여기서 로빠뜨낀은 하던 말을 끊고 기침을 했다. 그는 자기의 적인 드로즈도프의 아내와 이야기하고 있다는 것을 상기했던 것이다.

"왜 그러세요? 왜 말을 끝마치지 않으시죠?"

나쟈는 나직한 소리로 물었다. 그녀의 얼굴이 파랗게 질린 것 같았다.

"당신은 나를… 그런 여자로 보시나요?"

그녀는 머리를 흔들었다. 그녀의 잿빛 눈에 글썽하게 눈물이 괴었다.

"그렇게 생각하는 건 아닙니다."

로빠뜨낀 역시 얼굴을 붉혔다.

"그래요. 난 두렵습니다. 아니요, 두렵진 않습니다. 그건 나의 관심사가 아니에요. 저, 나쟈, 솔직히 말해서,"

그는 힘 있게 말하고 증오에 찬 표정으로 입술을 굳게 다물었다.

"당신은 나의 적의 아내올시다. 당신에겐 이것이 하나의 구경거리에 지나지 않을 거예요. 좋게 말해서 검객들의 싸움이라 볼 테지요. 그러나 나는 최후의 결전을 하고 있는 겁니다."

"전 그 사람과 관계없어요. 그 사람을 알려고도 하지 않아요. 그런 말씀은 그만두세요!"

그녀는 말했다. 앞에 가던 몇몇 사람이 그녀를 뒤돌아보았다.

"그게 사실이오?"

로빠뜨낀은 물었다.

"언제부터요?"

"거의 이 년이 돼요. 성격이 맞질 않아요."

그들은 묵묵히 몇 걸음을 옮겼다. 이윽고 나쟈는 용서를 비는 듯한 눈으로 로빠뜨낀을 올려다보았다.

"로빠뜨낀, 난 절대로 당신을 배반하지 않을 거예요. 맹세하겠어요. 아들을 걸고라도 맹세하겠어요."

로빠뜨낀은 살며시 팔꿈치를 움직여서 그녀의 손을 꼭 잡았다가 놓아 주었다.

"나쟈, 나는 새 기계를 만들었습니다. 가지각색의 관을 주조할 수 있는 만능 주조기를 발명했어요. 내 생각에도 이것은 중대한 발명이란 느낌이 들어요."

"그들도 역시 주조기를 만들고 있어요."

"누구 말이오?"

"그들은 벌써 끝나가고 있어요."

자기가 한 말에 나쟈 자신도 깜짝 놀라며 재빨리 말을 이었다.

"이제 누구라는 걸 말하지요. 바로 그 두 사람, 당신도 안면이 있는 막슈쩬꼬와 우류뻰이에요. 드로즈도프가 감독을 하고 훈다또르와 아브지예프, 그리고 또 몇 사람이 협조하고 있는데 나머지 사람들의 이름은 잊어버렸어요."

로빠뜨낀은 깊이 한숨을 내쉬었다. 그리고 필사적인 냉정한 투쟁으로 충만된 그의 온몸은 돌처럼 굳어졌다. 나쟈는 그의 얼굴을 보고 모든 것을 알아차렸다.

"로빠뜨낀, 내가 모든 것을 알아낼게요."

벨이 울렸다. 이것은 벌써 세 번째 벨이었다. 극장 복도에 불이 꺼졌다.

"일주일 후에 만나요. 십구 일 낮에. 모든 것을 알게 될 거예요. 낮 열두 시에!"

"어디로요?"

"아무 데라도 좋아요. 그럼 네글린까에 있는 악보점에서 만나기로 해요. 제발 낙심하지 마세요. 기다리셔야 해요."

나쟈는 그의 손을 잡으며 말했다.

"꼭 당신을 도와드리겠어요. 안녕히 계세요!"

나쟈는 로빠뜨낀이 연주회가 끝난 다음에 다시 만나자고 말하기를 은연중 바라는 눈치였다. 그러나 로빠뜨낀은 그녀와 악수를 하고 묵묵히 돌아서서 관중 속으로 사라지고 말았다. 그는 연주회의 2부도 보지 않고 바로 집으로 돌아왔다.

일월 십구일 낮 열두 시, 로빠뜨낀은 네글린까로 가고 있었다. 거리에는 진눈깨비가 내리고 있어서 그는 외투 깃을 올리고 깊숙이 모자를 내려 썼다. 그는 악보점 앞에서 걸음을 멈추고 주위를 돌아본 다음 구리 손잡이를 돌리려고 했다. 바로 이때였다. 까만 외투를 입고 파란 벨트로 만든 커다란 베레모를 이마 위로 늘어뜨린 어떤 여자 한 사람이 갑자기 벽에서 몸을 일으키며 로빠뜨낀 쪽으로 걸어오고 있었다. 그것은 나쟈였다. 그녀는 미리 와서 기다리고 있었던 것이다.

"안녕하세요?"

보들보들한 검정 장갑을 낀 손을 내밀면서 그녀는 겨우 알아들을 수 있을 목소리로 말했다.

"나쟈!"

로빠뜨낀은 즐겁게 소리쳤다. 그러나 그녀의 아름다운 얼굴이 수심에 싸인 것을 보자 금방 말문이 막히고 말았다. 그녀의 얼굴이 비스듬히 늘어뜨린 파란 베레모 밑으로 감추어졌다. 나쟈는 머리를 숙인 것이다.

"나쟈!"

그는 나직한 소리로 말했다.

"무슨 일이 생겼군요?"

"난 아무것도 알아낼 수 없었어요."

"괜찮아요. 내버려 두시오. 근심할 것까진 없습니다."

"로빠뜨낀, 다른 데로 가요. 여러 가지 들려줄 말이 있어요. 저 말이에요, 그들은 당신의 기계를 훔쳐냈어요. 지금에야 그것을 잘 알게 되었어요. 그들의 기계를 그리려고 했으나 어떻게 할 수가 있어야죠. 제도지에 그린 것을 단 한 번 멀리서 보았을 뿐인데 그때 재빨리 그것을 대강 그렸어요."

나쟈는 핸드백에서 구겨진 종잇장을 끄집어냈다. 로빠뜨낀은 종이를 펼쳐들고 세 번, 네 번 연거푸 낯익은 원형 기계를 들여다보았다. 거기에는 육혈포의 장탄부 같은 여섯 개의 조그만 구멍이 로빠뜨낀 쪽을 향하고 있었다. 이것은 우류뻰과 막슈쩬꼬의 기계였다.

“그들은 지금 가니체프가 지배인으로 있는 무즈가 공장에서 이 기계를 만들고 있어요.”

“이건 모두 매우 중대한 자료들입니다.”

로빠뜨낀은 깊은 생각에 잠겨 중얼거리듯 말했다.

“정말 중대한 자료예요.”

그는 고개를 끄덕였다.

“우리가 여기서 배추를 하역하는 동안에 거기서는 일이 진척되고 있는 셈이군. 음, 그래… 좋다!”

그는 갑자기 원기를 냈다.

“갑시다. 또 무슨 말로 나를 기쁘게 해 주려는지 어디 들어 봅시다. 무서워할 필요는 없어요. 당신은 정말 나를 기쁘게 해 줍니다. 나를 무장시켜 주십시오. 나에게 방패와 칼을 주세요. 그러나 한 가지 물어보고 싶은데, 비밀이 아니면 얘기해 주십시오. 무엇 때문에 당신은 이런 일을 하시는 겁니까?”

로빠뜨낀은 똑바로 그녀를 응시했다. 나쟈는 눈을 내리감았다. 그녀는 힘없이 두 팔을 늘어뜨린 채 땅을 바라보며 미소를 짓기도 하고, 낯을 붉히기도 하며 멍청히 서 있을 뿐 아무 말도 없었다.

“그런데요….”

나쟈는 로빠뜨낀의 물음에는 대답하지 않고 다른 방향으로 화제를 돌렸다.

“당신은 아브지예프의 기계가 맨 처음 제작되었다는 걸 알고 계시죠.”

이렇게 말하며 그녀는 로빠뜨낀이 더 잘 알고 있는 원심주조기와 배수관에 대한 이야기를 시작하는 것이었다.

7

모스크바로 옮겨온 후부터 나쟈와 남편 사이의 관계는 무척 애매한 상태에 놓여 있었다. 지금 그녀는 시베리아의 영웅에게 시집온 것이 잘못이었다는 것을 확실히 깨달았다. 결혼 초기에는 뭇사람을 이끌어 나가는 남편의 지도력을 자랑하기도 하고 밤중에 권위 있는 모스크바 당국과 전화를 걸며 농담을 하는 남편의 목소리를 흐뭇한 기분으로 듣기도 했다. 그리고 곤란한 작업장을 돌보느라고 지칠 대로 지친 남편을 측은히 생각하기도 했고, 또 그 대신 독해력이 부족하고 조금도 음악을 이해할 줄 모르는 남편일지라도 탓하지 않고 그럭저럭 살아 왔지만 지금의 그녀는 남편을 증오하는 모욕적인 무언의 침묵으로 간신히 참고 지내는 형편이었다. 그녀는 거만스럽게 한 번 눈을 내리감았다가 다시 뜨는 남편의 괴벽을 증오했다. 그녀는 남편의 태도에서 마치 국가적인 배려가 그를 피로하게 만들고 있는 듯이 보이려고 하는 남편의 허식을 보게 되었기 때문이다. 식사 시간에 남편이 쩝쩝 소리를 내며 음식을 먹는 꼴을 보면 나쟈는 낯이 뜨거워서 고개를 숙이곤 했다. 그런 일 중에서도 무엇보다도 그녀의 기분을 상하게 하는 것은 남편의 철학 강의였다. 그는 자신의 약점과 이해관계를 철학적인 판단으로 감추며 '하층구조'니, '국가적인 의무'니 혹은 '집단'이니 하는 말들로 재치 있게 둘러대는 것이었다. 그러나 그녀는 뚜렷하게 남편의 잘못을 느끼면서도 한마디의 대꾸도 할 수 없었다. 드로즈도프가 그런 말을 시작하면 그녀는 말하는 권리마저 박탈당한 사람처럼 이상한 분위기 속에 위압당하고 마는 것이었다. 이것이 그녀의 마음을 상하게 했고 격분케 했던 것이다. 그러나 그녀는 오랜 습관에 따라 여전히 남편 앞에 무릎을 꿇으며 살아가고 있었다.

한편, 모스크바 사람이 된 드로즈도프는 조금도 달라지지 않았다. 그는 무즈가에서와 다름없이 허허벌판 속의 전봇대 위에 앉은 독수리의 눈으로 자기 주위를 바라보고 있었다. 그 두 눈에서는 금속성 광택이 번쩍였다. 그는 모스크바에서 수많은 상관들과 밀접한 관계를 가지게 되었고, 밤마다 그의 집에는 전화가 그치지를 않았다.

모스크바로 이사 온 그해부터 나쟈는 벌써 자기 방에서 별거하기 시작했다. 그녀는 남편에 대한 육체적인 증오를 감추기 위해서 때때로 허리가 아프다고 핑계를 대고는 털수건으로 허리를 동여매곤 하였다. 아내를 의심하는 드로즈도프는 그녀를 종합병원으로 보냈다. 그녀는 의심쩍어하는 의사에게 허리가 아프다고 한참 동안 설명을 하고 지난번의 임신이 순조롭지 않았다고 말하고 나서야 비로소 자기의 목적을 달성하게 되었다. 즉 의사는 몸을 따뜻이 가져야 하고 안정이 필요하다는 지시를 내렸던 것이다. 이윽고 나쟈는 창가에 알약통들을 진열해 놓고 완전히 남편의 의심에서 벗어나게 된 것이다.

나쟈는 옛날의 자기로 되돌아갈 수는 없다는 것을 느꼈다. 그리고 새롭고 커다란 변화가 그녀의 생활을 향해 천천히 다가오고 있는 것을 느끼면서 거기에 대비하려고 비장한 마음의 준비를 가다듬고 있었다. 그녀는 책을 손에 들고 자기 방의 긴 의자에 누워서 때때로 무즈가를 회상했고, 마치 그곳에 자신의 청춘이 담겨 있는 것처럼 한숨을 짓기도 했다. 그녀는 라일락 벽지를 바른 담벼락을 통해서 먼지투성이인 다정한 보스또치나야 거리를 연상했다. 그녀는 한 번, 아니 두 번이나 그 거리를 따라 산꼭대기까지 걸은 적이 있었다.

"로빠뜨낀!"

나쟈는 나직이 불러 보았다. 그렇다, 그것은 그녀의 청춘이었다. 그 청춘 시절은 따사로운 추억만을 남기고 자기 옆을 지나가고 만 것이다. 그런 생활이 계속되었다면 얼마나 행복했을 것인가! 아마 그이는 지금도 보스또치나야 거리를 거닐며 어느 누구의 도움도 바라지 않으며 혼자서 싸움을 준비하고 있으리라. 하긴 발렌찌나가 도와줄지도 모르지만…. '얼마나 좋은 사람들인가! 내가 무슨 짓을 했을까!'

드로즈도프의 어머니는 손자를 기르기 위해서 무즈가에서 슈라를 불러왔다. 그리고 나쟈는 집안 식구들의 반대를 무릅쓰고 이내 지리 선생으로 취직을 했다. 모든 집안일이 평범하고 순조롭게 흘러갔다. 그러던 중 어느 날 일터에서 돌아온 드로즈도프는 평탄하게 흘러가던 생활을 통쾌하게 깨뜨리고 말았다.

"나쟈! 그 친구 말야. 그 시골뜨기! 기술분과위원회에서 소동을 일으켰어!"

"누굴 말하는 거예요?"

"그 로빠뜨낀이란 친구 말야! 무즈가의 발명가!"

"그 사람이 모스크바에 와 있어요?"

나쟈는 아무렇지도 않은 듯이 돌아보기는 했지만, 삽사기 방 안이 환히 밝아지는 것 같은 감이 돌아 모르는 사이에 눈을 아래로 깔았다.

"내 말 좀 들어 봐. 요전에 주조물연구소에서 그 설계안에 대한 심의가 있었어."

"당신은 니꼴라슈까에게 주려고 산 양복을 아직 보지 않았지요?"

나쟈는 이렇게 묻고, 강의를 준비하느라고 펼쳐 놓았던 지리부도를 접으며 의자에서 일어났다.

"양복 말은 좀 있다 해! 글쎄, 로빠뜨낀이 모스크바에 올라왔다니까."

"그 사람은 결국 자기 발명을 완성하고 말 거예요. 당신도 아시죠? 그분이 어떤 사람인가를…."

"우리 편 대학자들이 빈틈없이 대비하고 있는 걸."

드로즈도프는 자기 특유의 거만하고 우스꽝스러운 자세를 잡으며 말했다.

"학자들은 국외자로부터 침해당하지 않으려고 자기의 영역을 극력히 보호하게 마련이야."

"그럼, 거절했단 말예요?"

"겨우 목숨만 건져 가지고 나갔지. 녹초가 돼서 말야. 그들은 사정없이 내리치거든. 그러나 타박상은 없었어!"

드로즈도프는 누르스름한 얼굴에 잔뜩 주름살을 모으며 능글맞게 웃었다.

"그럼 그 사람은 어떻게 됐어요?"

"오늘 나한테 왔댔어. 옛날의 그 군복을 입고 말이야. 내가 말했던가? 그가 양복을 거절했다는 걸. 무즈가에서 어쩌다 그 친구에게 양복을 권한 적이 있었어."

"식사하시겠어요?"

나쟈는 의자에서 일어나며 물었다. 그녀는 빨간빛과 황금빛 가지들이 드문드문 박혀 있는 흑자색 명주로 만든 길다란 가운을 입고 있었는데 그 옷은 앞가슴을 반쯤 드러내고 있었다.

"식사라구?"

드로즈도프는 그녀를 껴안아 자기 쪽으로 끌어당기면서 물었다. 그리고는 넌지시 털수건이 제자리에 있는가 손으로 더듬어 보았다. 수건은 제자리에 있었다.

"으음."

다소 실망했다는 듯이 그는 말했다.

"먹기로 하지."

이윽고 그들은 할머니가 식사 준비를 해 놓은 옆방으로 들어갔다. 자기 자리에 앉은 드로즈도프는 오른손 옆에 놓여 있는 술병을 들었다. 그는 보드까 한 잔을 쭉 들이키고 나서 포크로 배춧덩어리를 집어 씹으며 싱글벙글 미소를 지었다. 그는 무엇인지 재미있는 생각이 떠오른 것 같았으나 입에 문 배추가 말을 허용하지 않고 있었다.

"막슈쩬꼬 녀석!"

그는 이렇게 말하고 참지 못하겠는지 웃음을 터뜨렸다.

"그 녀석 참 영리한 놈야! 알겠어? 무즈가의 막슈쩬꼬 말야. 그의 본성을 알기 때문에 암시를 주려고 했더니 벌써 약삭빠르게 사건에 끼어들었단 말야. 자기 기계의 설계도를 제출했거든. 그렇게 추잡한 놈도 영웅이 되고 싶어한단 말야. 로빠뜨낀의 구상을 훔치고, 거기다가 외국 발명가의 것을 첨부해서…. 어쨌든 그 녀석 좋은 기회를 얻은 것 같아."

여기서 드로즈도프는 재빨리 보드까를 한 잔 더 들이킨 다음, 스프를 먹기 시작했다.

"왜 슈찌꼬프 차관은 로빠뜨낀을 지지해 주지 않아요?"

나쟈는 이렇게 외치고 파랗게 질리고 말았다. 그러나 드로즈도프는 그것을 눈치채지 못했다.

"가만 있어."

그는 흥에 겨워 이야기를 계속했다.

"내 얘길 들어 봐, 나쟈. 그야 로빠뜨낀을 지지했을지도 모르지. 슈찌꼬프에겐 누가 기계를 만들든지 다 마찬가지니까. 기계를 만들어서 완성된 관을 책상 위에 놓는 것만이 중요하단 말야. 그런데 로빠뜨낀은 노새같이 고집쟁이어서 연구소로 보내봤댔자 아브지에프와 의견이 맞지 않을 것 같구, 그렇다고 그자 때문에 특별한 설계국을 만든다는 것도 귀찮은 일이구, 결국 자금만 손해보게 마련이거든. 이런 때는 누구와도 타협할 수 있는 그런 인간이 필요하단 말야. 그리고 요즈음 학자들은 자신의 이해관계들을 가지고 있어서 그들은 모든 기계가 다년간에 걸친 자기들의 창작적인 깊은 연구의 결실로 인정되기를 바란단 말야. 슈찌꼬프는 그것을 잘 알고 있지. 로빠뜨낀도 맨 처음에 연구소 측과 타협을 했더라면 잘 됐을 거야. 물론, 아브지예프하군 곤란하지, 워낙 고집이 세니까. 아브지예프 앞에 머리를 숙이고 들어갔어야 되는 거야. 그럼 동정해서라도 붙들었을지 모르거든. 결국 로빠뜨낀은 전략적인 오산을 저지른 셈이지. 막슈쩬꼬가 특허를 받은 이상 이젠 연구소원들도 로빠뜨낀을 거들떠보지도 않을 거야."

"슬픈 일이군요."

나자는 다음 말을 기다리며 남편을 곁눈질해 바라보았다.

"이 쇠고기를 좀 맛보세요. 오늘은 참 맛있게 됐어요."

"쇠고기? 호, 호!"

드로즈도프는 힘있게 말하고 4백 그램이나 될 고깃덩어리를 자기 접시로 가져갔다.

"그래서 말야…"

그는 얼굴 전체를 씰룩거리며, 재빨리 씹으면서 말을 이었다.

"막슈쩬꼬… 어머니, 고기를 참 맛있게 삶았군요! 그럼 막슈쩬꼬 얘기를 계속하지. 그 자식은 바보지만 때를 잘 만났거든! 모든 사람이 그를 귀여워해 주고 격려해 준단 말야. 그리고 일도 잘 진척되고 있고. 그들은 벌써 아브지예프의 기계를 많이 발전시켰어. 이젠 손해 보지 않는 기계가 되어 가고 있어, 쓸 만한 놈들이야!"

그는 이렇게 말하고 칼로 접시를 달각거리며 고기를 자르기 시작했다. 이윽고 커다란 고깃덩이를 입 안에 넣자 그의 볼에 불룩하게 혹이 튀어 나왔다. 나자는 바르르 콧구멍을 떨며 뚫어지듯이 그 혹을 바라보다가 외면하고 말았다.

“어쨌든 추잡한 행동이에요.”

그녀는 말했다.

“그 사람은 몇 년 동안을 일했어도….”

“그야, 물론 그렇지. 그러나 냉정한 입장에서 바라본다면…”

드로즈도프는 눈썹을 치켜뜨고 새 고깃덩이를 포크로 찍어서 접시 가장자리에 가져다 놓고 겨자를 바르면서 말을 이었다.

“발명하고 고안해 낸다는 것은 전체적인 일의 10분의 1에 불과한 거야. 얼마나 많은 훌륭한 발명들이 이 세상에 알려지지 않은 채 시들고 말았는지 알고 있나? 그들은 올바른 길을 찾지 못했기 때문이야. 그리고 적당한 조직자를 발견하지 못한 탓이지. 그래서 로빠뜨낀 같은 발명가도 막슈쩬꼬니, 아브지예프니, 슈찌꼬프 같은 사람들에 의해서 해독을 받게 되는 거야. 이건 자연의 이치라고 할 수밖에 없지. 가령 올바른 아이디어라 한다면 남의 구속을 받지 않으며 자기에게 발전을 보장해 줄 권력 있는 사람을 구하고 있단 말야. 아이디어란 연애결혼보다 타산결혼을 더 좋아하거든.”

이렇게 말하고 드로즈도프는 개선장군과 같은 눈초리로 아내를 쳐다보았다.

“아이디어는 유력하고 정력 있는 상대를 얻기 위해 자기의 첫 번째 애인을 즐겁게 걷어찬단 말야.”

“그러나 아무리 실리만 좇는 모리배라 할지라도 진실한 창작 부분만은 변화시킬 수 없을 거예요.”

나쟈는 겨우 들릴 정도로 말했다. 드로즈도프가 대답하지 않아도 좋을 만큼 나직한 목소리였다. 드로즈도프는 일부러 그녀의 말을 알아듣지 못한 듯한 표정을 지었다. 그러나 나쟈는 이 모든 것을 잘 알고 있었다.

식사 시간이 어느 날보다도 오래 걸렸다. 그러나 이것은 드로즈도프의 탓이 아니었다. 그는 음식과 싸움을 하듯 순식간에 처치해 버렸던 것이다. 이날 나쟈는 어쩐지 시간만 끌며 접시에서 수저를 움직일 뿐 거의 식사를 하지 않았다.

"바로 그것이 다가온 것이다."

그녀는 황홀한 두려움을 느끼며 혼잣말로 말했다. 그러나 드로즈도프는 식탁에서 일어날 생각을 하지 않는 아내를 보고, 시간을 보내려고 자기 접시에 다시 음식을 날라갔다. 그리고 숨을 헐떡이며 나머지 식사를 재빨리 처치하고 나서야 할 수 없다는 듯 잠을 청하러 자기 침실로 사라졌다.

나쟈는 로빠뜨낀을 찾으리라 결심했다. 그 다음 날 그녀는 학교에서 돌아오는 길에 주소 안내소에 들러 조회서를 사서 로빠뜨낀에 관한 사항을 가득히 기입해 넣었다. 한 시간 후 그녀는 그런 사람은 살지 않는다는 대답을 받았다. 물론, 여기서 알 수 있으리라고 믿지는 않았었다.

그는 도대체 어디서 살고 있을까? 그녀는 슬픈 생각에 사로잡힌 채 조서 용지를 조각조각 찢어 바람에 날리면서 천천히 거리를 걸었다.

저녁 때 나쟈는 무슨 말끝에 일부러 무관심한 표정을 지으면서 이 추운 겨울에 그 발명가는 어디서 지내고 있는가를 물어보았다.

"누가 알게 뭐야, 늑대처럼 털가죽을 쓰고 있으니 추위를 타진 않을 테지."

하고 드로즈도프는 대답하는 것이었다. 나쟈는 두 번 다시 물을 생각을 하지 않았다. 그리고 다시 점심은 한 시, 저녁은 일곱 시, 밤참은 열한 시라는 일상적인 생활이 계속되었고, 드로즈도프는 더 이상 로빠뜨낀에 대해서 말하지 않았다.

이해 봄은 아무런 변화도 가져오지 않았다. 오월은 학교 시험 속에서 흘러갔다. 그러나 유월에 나쟈는 자기 아들과 슈라를 데리고 자가용 차 뽀베다를 타고 볼가 강 연안으로 피서를 떠났다. 이해 여름은 비도 안 오고 바람도 안 부는 무척 더운 여름이었고, 불안스러운 여름이기도 했다. 나쟈는 매일 바삭바삭 소리나는 모래를 밟으며, 혼자 멀리 걸어가서는 얕은 물굽이와 지류 사이에 돌출한 모래톱에 누워서는 몸을 태우기도 하고 『잃어버린 환상』을 읽기도 했다. 그러나 그녀는 곧 소설을 내동댕이치고 말았다. 그녀는 어떻게 할지 갈피를 잡을 수 없었던 것이다. 나쟈는 시원한 급류에다 몸을 내맡기기도 하고 혹은 강변에 괸 껄쭉하고 미지근한 물속에서 몸부림을 치기도 했다. 이것은 그녀를 즐겁게 해 주었으나 잔잔한 비애와 이상한 분노의 발작은 그녀를 그대로 내버려 두지는 않았다. 찌는 듯이 무더운 한발로 말미암아 마을 너머 들판의 곡식들이 타 죽기 시작했다. 나쟈는 꼴호즈(집단 농장—역주)사무소 현관에 시름없이 앉아 있는 농사꾼들을 보았다. 그들은 하늘을 저주하듯 묵묵히 담배만 피웠고, 땅에 침을 내뱉으며 햇볕에 바랜 듯한 흐릿한 눈으로 화려한 모스크바 여자를 저주의 눈초리로 노려보고 있었다. 나쟈는 그들에게 커다란 불행이 다가오고 있다는 것을 알면서도 그들을 도와줄 수가 없었다. 이윽고 나쟈는 아무도 그녀의 화려한 양산과 책을 보지 못하는 선선한 오막살이집으로 옮겨 갔다. 팔월 초에 나쟈는 견디다 못해 남편에게 전보를 쳤다. 이윽고 뽀베다가 오고 세 사람의 피서객들은 밤중에 모스크바로 도망쳐 오고 말았다.

남편은 평상시와 같이 다정히 웃으며 그녀를 맞이했다. 그는 아내의 어깨를 두드리려는 눈치였으나 어째서인지 그만두고 말았다.

"모든 일이 그다지 나쁘진 않게 돼 가."

그는 나쟈의 평범한 질문에 대해서 이렇게 이상한 대답을 했다. 저녁때가 되자 손님들이 찾아왔다. 나쟈는 단번에 막슈찐꼬라는 것을 알았다. 그는 살찐 몸에 검푸른 양복을 입고 두 어깨가 축 늘어져 있었다. 그는 나쟈를 보자 재빨리 그녀 옆으로 다가와서 그녀의 손에 향수통을 쥐어 주었다. 그 당시 한창 유행인 향수였다. 두 번째 손님은 금속성 목소리를 가진 빼빼 마른 반백의 사나이였다. 그는 나쟈의 손을 꽉 잡으며 우류삔이라고 자기 소개를 했다. 나쟈는 술상과 노래가 벌어지리라 생각했으나 드로즈도프는 손님과 함께 식당 겸 응접실인 가운뎃방으로 들어가서 책상 위에 설계도를 펼쳐 놓았다. 그들의 회의는 세 시간이나 계속되었다. 그동안 나쟈는 자기 방에서 단 한 번, 그들의 웃음소리를 들었을 뿐이었다.

이윽고 술상이 벌어지고 나쟈도 식탁에 동석하게 되었다. 잔마다 술이 가득히 부어졌으나 나쟈는 거절했다.

"제 말 좀 들어 보시오."

막슈쩬꼬는 첫 번 건배를 한 다음, 빈 잔으로 드로즈도프를 가리키며 나쟈에게 말했다.

"우리를 도와주지 않겠다는군요!"

"막슈쩬꼬, 말을 그렇게 하면 못써."

드로즈도프는 스르르 눈을 감으며 준엄한 목소리로 말했다.

"원조를 안 하겠다는 것이 아니라, 공동 고안자가 되기는 싫단 말이야. 그러나 원조는 얼마든지 해 주겠네. 반면에 내가 자네들을 적극 추천했다는 것을 잊어버리지는 않았을 테지."

"그래서 우리도 당신과 함께 일하길 원하는 겁니다, 드로즈도프 동무."

우류삔이 말했다. 말라빠진 그의 얼굴이 미소로 일그러졌다. 그러자 숱 많은 잿빛 머리칼이 자동적으로 주름 잡힌 이마 위로 흩어져 내렸다.

"그래서, 그래서."

드로즈도프는 소리를 내어 웃으며 말했다.

"자, 더 계속하지!"

우류삔은 흘끗 나자를 쳐다보고 얼굴을 찌푸렸다. 그는 조소당하는 자신의 결함을 드러내고 싶지 않았던 것이다. 또 그렇기 때문에 그의 머리칼은 보통 때보다도 빨리 움직였는지도 몰랐다.

"자넨 너무 신경질이야!"

드로즈도프는 말했다.

"그 머리칼이 골치란 말야."

"그럼 결정된 거지요?"

우류삔은 홍당무처럼 빨개지며 물었다.

"미래의 메달을 위해서 형식적으로 자네들의 집단 속에 끼어들 순 없어. 역시 설계하는 데도 참가하지 않을 걸세. 난 다른 일을 해야 되네. 그리구 공장에도 다녀야 하구. 자네들은 내가 말한 바와 같이 볼로비끄, 훈다또르, 쩨삐낀과 관계를 맺도록 하게. 알겠나? 그들은 자네들하구 일하길 원할 거야. 그러나 어디까지나 일은 비밀로 해야 되네. 내가 미리 그들을 준비시켜 놓았으니까 자넨 자기 말만 하면 되는 거야. 물론 슈찌꼬프를 여기 끌어 넣어도 좋을 뻔했으나 자네들이 모두 망쳐 버렸으니 어떡하겠나. 이 바보들 같으니, 글쎄 골탕을 먹여도 분수가 있지. 그가 어떤 생각을 하고 있는진 모르지만 어쨌든 몇 사람의 입은 항상 다물고 있어야 하네. 지금 그는 나한테도 아무말 않고 있단 말야. 안녕한가, 잘 가게, 이 두 마디뿐야! 그러니 자네들이 무슨 일을 저질렀는지 잘 알 테지."

드로즈도프가 이렇게 연설을 하는 동안 막슈쩬꼬는 잘못했다는 듯 얼굴을 붉히며 시종,

"드로즈도프 동무! 드로즈도프 동무!"

하고 말했다. 그리고 드로즈도프가 화를 내며 잠자코 있으면 그는 또다시,

"드로즈도프 동무…."

하고 말하는 것이었다. 한편 드로즈도프는 엄한 미소를 띠우고 그를 바라보고 있었다.

"됐어, 막슈쩬꼬! 내가 말한 대로 하게."

손님들은 곧 돌아갔다. 드로즈도프는 그들을 배웅하고 현관에서 기지개를 켜며 말했다.

"자식들은 분별없이 불쾌한 일만 저지른단 말야. 슈찌꼬프 차관한테 가서 자기들 집단을 지도해 달라고 말하고는 글쎄, 드로즈도프가 그렇게 하라고 권했다고 말했으니 말야. 슈찌꼬프는 물론 웃어 버리고 말았겠지만, 나중에 단둘이 앉은 자리에서 말하질 않겠어. '자넨 왜 그런 집단에 날 끌어넣는가?' 그래서 나는 대답을 했지. '그건 당신이 주도권을 잡고 있기 때문입니다. 슈찌꼬프 차관!' 그는 '어째서 내가 주도권을 갖고 있나? 그런 잠꼬대 같은 소린 집어치워!' 하며 화를 내지 않겠어. 그리고 지금까지도 눈을 흘긴단 말야. 늙은 늑대는 가는 곳마다 개고기 냄새만 맡게 마련이야. 에잇, 나쟈, 모든 일이 그렇게 단순하진 않아."

나쟈는 그의 말을 끝까지 듣지 않고 자기 침실로 들어갔다. 드로즈도프는 그녀의 문고리를 잡고 물어보았다.

"들어가도 되지?"

"안 돼요!"

나쟈는 말했다.

"절대 안 돼!"

"왜 그렇게 쌀쌀하지? 그렇지만 난 들어갈 권리가 있어. 결혼증서가 있기 때문에 말이야."

그는 능글맞게 웃으며 방으로 들어섰다.

"들어오려면 들어와요. 난 나갈 테니."

"아니, 왜 그래?"

"난 당신을 사랑하지 않아요."

"공연한 소리 말아."

그는 말했다.

"아내는 남편을 사랑할 의무가 있는 거야."

"제발 나를 화나게 만들지 마세요. 당신은 왜 그렇게 졸장부에요. 어째서 생사람을 잡는 거예요! 로빠뜨낀은 당신의 길을 조금도 가로막질 않았어요. 그런데 당신은 왜 그 사람의 길을 가로막는 거예요? 그 사람은 조금도 당신을 의심하지 않는데도, 당신은 그 사람을 파멸시키려고 억압하고 있어요. 그 사람을 보세요. 조금도 굴하지 않고 싸우고 있어요. 그런데도 당신은 그저 압력만 가하고 있으니…."

"암, 그런 놈은 혼을 내 줘야지!"

드로즈도프는 농담으로 돌려 버리려고 했다.

"자, 내 말 좀 들어 봐…."

금발 머리의 아들 니꼴라슈까는 자기 침대 옆에 서서 써렌 향수병으로 침대를 두드리다가 방글방글 웃으며 두 사람을 쳐다보고 있었다. 나쟈는 아들을 안고 남편을 등지고 돌아섰다.

"들어 봐."

드로즈도프는 얼굴을 찡그리며 말을 했다.

"로빠뜨낀은 자기 스스로 자기의 발명을 파멸시킨 것이나 다름없어. 우리는 국가적인 이해관계에서 방해하지 않을 수 없는 거야. 우리에게 필요한 것은 배수관이지 그 로빠뜨낀이 아니라는 걸 알아야 해."

"듣기 싫어요."

나쟈는 허공을 바라보며 따스한 아들의 머리에 자기 입술을 갖다 댔다.

"당신은 언제나 그렇게 말해요. 어느 때건 자신을 정당화하려는 말밖에 하지 않아요. 그래요. 당신은 언제나 옳지요. 마음대로 그 사람을 짓밟으세요! 그러나 전 이제부터 당신의 아내도 아무것도 아니에요."

이런 일이 있은 후에도 그들의 생활은 예전과 다름없이 흘러가고 있는 듯이 보였다. 그들은 함께 식탁에 앉아서 일기에 관한 말이며, 혹은 아들의 건강에 대한 이야기들을 주고받기까지 했다. 그러나 드로즈도프는 두 번 다시 농담을 하지 않았고, 나쟈 역시 남편 앞에서는 한 번도 웃어 보이지 않았다.

팔월도 저물어 가는 어느 날, 그녀는 남편에게 자동차를 부탁하고 아들의 겨울옷을 사기 위해 슈라를 데리고 모스크바 중심지로 나갔다. 자동차가 벨로루스끼 정거장을 지나 교통 신호등 옆에 정거했을 때, 슈라는 느닷없이 나쟈의 소매를 잡아당기며 말했다.

"저길 보세요! 무즈가의 선생이 저 앞에 가고 있어요!"

순간, 나쟈는 정신이 아찔했다. 온몸의 피가 머리로 솟구쳐 올랐다.

"아이, 깜짝이야! 누굴 봤다구?"

나쟈는 옆차창으로 밖을 내다보자, 곧 중심지 쪽으로 보도를 걸어가고 있는 로빠뜨낀을 발견했다. 움직일 줄 모르는 준엄한 그의 얼굴, 그는 무즈가에서와 다름없이 주위에서 일어나고 있는 것을 듣지도 보지도 않으며 골똘히 자기 생각에만 사로잡힌 채 묵묵히 걸어가고 있었다.

십자로의 교통 순경이 신호봉을 흔들고 돌아서자 신호등에 파란 불이 켜졌다. 나쟈의 자동차는 고리끼가로 굴러가서 로빠뜨낀을 앞질렀다.

"여기 세워 주세요."

나쟈는 운전사에게 말했다.

"상점까지 걸어가겠어요."

차는 보도 옆에 정거했다. 나쟈는 차에서 내려서 떨리는 목소리를 간신히 참으며 슈라에게 사야 할 찬거리를 차근차근 일러 주었다.

"제일 좋은 걸루 상어를 사는데, 굵은 것이 없으면 그만 둬."

나쟈는 말했다.

"그리고 훈제된 뱀장어가 있으면 꼭 사도록 해, 애아버지가 좋아하니까. 닭을 보는 것도 잊지 말구."

이렇게 말하고 나쟈는 자동차 문을 닫았다. 그녀는 자기 차가 다른 자동차들의 물결 속에 사라질 때까지 기다렸다가 방향을 바꾸어 달려가기 시작했다. 혼잣말로 중얼거리는 그녀의 얼굴은 희망의 빛으로 반짝이고 있었다. 그녀는 앞으로 달려가면서 갑자기 로빠뜨낀을 만나게 된 것을 어떻게 꾸며대야 할 것인가를 궁리하고 있었다. 그러나 생각이 떠오르지를 않았다.

나쟈는 걸음을 멈추었다. 그녀는 생각했다. 두 번 다시 만나지 못할지도 모르는데 이렇게 모험을 해선 안 되지 않을까? 그리고 지금 로빠뜨낀은 울적한 기분에 사로잡혀 있을 것이 분명하다. 그는 누구하고도 이야기하기를 원치 않을 것이다. 하물며 자기의 원수인 드로즈도프의 아내라면 더 하지 않겠는가! 그는 인사를 나눌 뿐 그대로 지나가고 말리라. 아니다, 그렇게 해선 안 된다.

그리고 나쟈는 황급히 신문 판매대 쪽으로 물러섰다. 그녀는 핸드백을 열고 그 속의 거울을 들여다보았다. 그러자 벌써 사람들의 틈바귀 속에서 푸르스름한 군복 저고리가 어른거렸다. 나쟈는 핸드백을 높이 추켜들었다. 그러나 소용 없는 짓이었다. 로빠뜨낀은 마치 도보 경주자같이 빠르고 늠름한 걸음걸이로 금방 자취를 감추고 말았다. 나쟈는 핸드백을 닫고 그를 쫓아 달려갔다. 그녀는 곧 로빠뜨낀을 따라잡을 수 있었다. 그는 걸음을 늦추지도 않고 서두르지도 않으며 동일한 보조로 걷고 있었다.

나쟈는 로빠뜨낀으로부터 50보가량 떨어진 채 고리끼가, 불혼까가를 지났다. 그녀는 가끔 로빠뜨낀이 자기를 눈치챈 나머지 조소하느라고 일부러 이리저리 돌아다니고 있는 것이 아닐까 생각하기도 했다. 나쟈는 이런 생각을 하고 낯을 붉혔다. 그녀는 로빠뜨낀이 혹시 돌아본다 해도 그에게 들키지 않게 하려고 걸음을 늦추며 조심조심 뒤따라갔다.

그러나 로빠뜨낀은 한 번도 뒤돌아보지 않았다. 그는 무사히 8킬로미터의 산책 코스를 마치고 랴호프 골목으로 접어들어서 헛간과 비둘기집이 있는 정원을 지나, 칠이 벗겨진 원주가 달린 낡은 집 현관의 층계를 올라섰다. 나쟈는 멀리서 그 원주들을 바라보았다. 그리고 정원을 보고 집 호수를 기억한 다음, 거리로 나와 택시를 잡았다.

며칠 후, 한참 동안 망설인 끝에 나쟈는 로빠뜨낀을 찾아가 보기로 결심했다. 이렇게 결심을 하게 된 맑게 갠 어느 아침, 그녀는 모스크바에 온 후 처음으로 노래를 불렀다. 그녀는 아홉 시에 머리를 감고, 한참 동안 머리를 말린 다음, 그다지 길지는 않지만 숱이 많은 흑갈색 머리칼을 빗질하기 시작했다. 그녀는 머리채를 굵직하게 두 갈래로 따서 목덜미 위에 튼튼히 원형으로 틀어 올렸다. 머리는 생각대로 잘 틀어졌으나, 이마 위와 머리 주위에 거미줄 같은 불그스름한 머리털이 나불거리고 있었다. 이것은 해가 거듭되면서 사라지고 있는 젊은 시절의 다정한 솜털이었다. 그러나 나쟈는 그것이 마음에 들지 않아 머리를 풀어 헤치고 다시 빗질을 하기 시작했다. '내가 왜 이럴까?' 그녀는 문득 이런 생각을 하고는 뜻밖에 자기 마음속에 움트고 있는 속내를 알아차리고, 마음의 준비가 되었다는 자신의 대답에 놀라는 한편 이상한 기쁨에 사로잡힌 채 웃음을 터뜨리며 즐겁게 노래를 부르는 것이었다.

이렇게 정성껏 머리를 빗은 나쟈는 우리의 부시꼬 노인 앞에 나타나게 되었던 것이다. 노인은 그녀를 보고 방에 들어와서 앉으라고 권했다. 나쟈는 담배 연기가 코를 찌르는 방으로 들어가서 흔들리는 의자 위에 앉았다. 여기서 노교수는 그녀에게 여러 가지 질문을 해 보았으나 그녀는 다만,

"네."

하고 대답할 뿐이었고, 이것이 또한 노교수로 하여금 주의를 집중하게 만든 것이었다. 나쟈는 더러운 책상 위에서 동일한 크기로 나누어 놓은 두 조각의 검은 빵을 보았다. 그것은 서로 마주 놓여져 있었는데, 그 빵 조각 위에는 반쪽짜리 오이절임이 하나씩 얹혀 있었다.

"당신은 로빠뜨낀과 함께 사십니까?"

그녀는 물었다.

"그렇소."

노인은 이렇게 대답하고, 역시 무슨 말인가를 물어보았으나 그녀는 그저,

"네."

하고 대답할 뿐이었다.

그다음 나쟈는 제도판을 보았다. 그 위에는 설계도가 그려진 제도용지가 있었다. 그녀는 가까이 다가서서 설계도를 보려고 했으나 갑자기 노교수는,

"실례합니다."

하고 앞으로 달려가서 재빨리 설계도를 신문지로 덮어 버렸다.

"네, 네."

그녀는 노인에게 말하고 다시 빵 조각을 바라보고는 2백 루블이 들어 있는 핸드백을 어루만졌다. 그 다음 나쟈는 복도로 나와서 노인의 물음에 아무 대답도 하지 않으며 조용히 현관으로 발길을 돌렸다.

그녀는 자기의 힘이 닿는 데까지 이 두 사람을 도와주리라고 마음속으로 맹세했다. 두 사람 중에서도 특히 로빠뜨낀은 그전보다 더욱 고상하게 느

꺼지는 것이었다. '어떻게 할 것인가?' 그녀는 생각했다. '2백 5십 루블 —— 이건 돈이 아니다.' 그렇다고 그녀는 그보다 많은 돈을 구할 길이 없었다. 드로즈도프 일가의 생활비 지출은 할머니가 맡아서 하고 있었기 때문이었다.

그로부터 한 달 반이 지났다. 장마가 시작되었다. 나쟈는 여전히 돈을 구하고 있었다. 그러나 하나도 신통한 궁리가 떠오르지를 않았다. 어느 날 낮에 가니체프 부인이 전화를 걸고 나쟈를 만나려고 집으로 찾아왔다. 그녀는 벌써 며칠째 모스크바에 머무르고 있었던 것이다. 루즈를 바르고 물씬물씬 향수 냄새를 풍기는 안짱다리의 가니체프 부인은 나쟈를 안고 여러 번 키스를 하면서 두루 주위를 살폈다. 그녀는 곧 책상 위에 나프탈렌이 든 조그만 상자가 놓여 있는 것을 보았다.

"이건 저… 좀이 안 나게 바람을 쏘이려고 망토를 꺼내 논 거예요."

나쟈는 이렇게 말했으나 그녀의 몸은 바르르 떨리고 있었다.

"가만 있어요, 내가 한번 입어 봅시다."

가니체프 부인은 나쟈의 의도를 알아차린 것 같았다. 그녀는 망토를 입고 나프탈렌 알을 양탄자 위에 흘리면서 거울 쪽으로 걸어갔다.

"좀 길군요."

나쟈는 말했다.

"상관없어요."

가니체프 부인은 거울 앞에서 이리저리 몸을 돌리며 거울을 들여다보았다.

"저 이 망토 나한테 파세요. 네?"

나쟈는 대답하지 않았다.

"농담이 아니에요."

가니체프 부인은 말했다.

"처음에 얼마 주고 샀지요?"

"2만 2천…."

"그래요? 내겐 그런 대금은 없어요. 9천 정도라면 어떻게 해서라두 살 수 있겠는데."

나쟈는 파랗게 질린 채 묵묵히 허공만을 응시하고 있었다. 이것은 안 되는 일이다 ── 자기를 위해서 드로즈도프가 사 준 물건을 팔 수는 없다. 드로즈도프 자신이 샀기 때문이 다 ── 그가 사고 그 자신이 돈을 지불하고 계산했다. 그 사람과 헤어진다면 이 망토는 그에게 돌려주어야 하는 것이 아닌가? 그러나, 만 루블!

"자, 어떻게 생각하세요?"

가니체프 부인은 말했다.

"그럼, 만 루블을 드리지. 그렇게 하세요."

"사실은…"

나쟈는 바삐 말을 서둘렀다.

"지금 무척 돈이 필요해서 그러는데…."

"그건 또 무슨 말이세요? 내가 주는 건 돈이 아닌가요?"

"남편 모르게 꼭 쓸 데가 있어요. 겨울까지…."

"아니, 무슨 일인데요?"

가니체프 부인은 음성을 낮추었다.

"알겠어요. 내가 알 일이 아니군요. 그럼, 그렇게 결정할까요?"

나쟈도 그렇게 결정해 버렸다. 그 다음 날 아침 가니체프 부인은 6천 루블을 가져왔다. 나머지 돈은 무즈가에서 보내겠다는 것이었다. 망토는 벌써 신문지로 포장이 되고 노끈으로 묶여져 있었다. 가니체프 부인은 비밀을 지키겠다고 나쟈에게 손짓을 하고는 밖으로 사라졌다.

두 시간 후, 소란했던 마음도 가라앉고 불안스러운 나프탈렌 냄새도 가시게 되자 나자는 두터운 종이에 돈을 싸서 모서리마다 풀칠을 한 다음, 슈라를 데리고 물건을 사러 중심지로 차를 몰았다. 랴호프 골목에서 그들은 차에서 내렸다. 슈라는 자기가 할 역할을 단번에 알아차리고 나자에게 근심하지 말라는 듯한 즐거운 시선을 던지고 나서 높다란 아치 밑으로 달려갔다.

이렇게 되어 로빠뜨낀은 새 양복, 새 외투, 새 모자를 살 수 있었던 것이다. 그 다음 극장 복도에서 로빠뜨낀을 보았을 때 나자는 그에게로 다가가기 전에 요모조모로 자세히 그를 바라보고 무척 마음에 드는 좋은 양복을 골랐다고 생각했다. 부시꼬 노인과는 달라서 그녀는 그 양복에서 좋은 면만 보았던 것이다. 그리고 여기서 로빠뜨낀을 봄으로써 그녀는 비로소 남편에 대한 죄스러운 생각에서 완전히 벗어날 수 있었던 것이었다.

오랫동안 잊어버렸던 자유로운 감정이 나자를 휩쓸었다. 그녀는 꿈속에서처럼 훨훨 날아다니고 있었다. 지금 그녀의 모든 행동은 신속해지고 한 곳으로 집중되었다. 그녀는 방 안에서까지 뛰어다니고 있었다. 그녀에겐 시간이 모자랐던 것이다. 학교에도 시간 맞춰 가야 했고 깡충깡충 뛰는 아들 니꼴라슈까에게도 시간 맞게 달려와야 했다. 아들에 대해서는 그녀도 자신을 정당화할 수는 없었다. 특히 하루종일 어머니를 그리워하던 아들이 어머니 앞으로 달려오다가 다리를 헛디뎌 넘어졌을 때는 더욱 측은한 생각이 들었다.

"저녁마다 어딜 가곤 해?"

드로즈도프는 어느 날 욕실에서 나오는 나자를 복도에서 붙잡고 농담조로 물었다.

"보건대 요즈음 당신은 무슨 일에 열중하고 있는 것 같은데… 나자!"

"왜 이래요!"

그녀는 화를 내며 그의 손을 뿌리쳤다.

"저리 비키세요."

저녁 때가 되자 나쟈는 바삐 서둘렀다. 극장에 가려고 서두르는 것이 아니었다. 그녀는 될 수 있는 대로 평범한 옷차림을 하려고 애썼다. 그러나 이것도 쉬운 일은 아니었다. 그녀에게 남은 시간은 이제 한 시간 반의 여유밖에 없었다. 그러나 아직도 그녀는 자기 방에 들어앉아 머리를 빗어야 하고, 또 빗은 머리를 틀어올려야 하며 빨갛게 물든 가칠가칠한 두 볼에 분칠을 해야만 했다. 그리고, 최근에 거울 속에 나타나기 시작해서 자기를 놀라게 했던, 정신병에 걸린 듯한 이상한 그 여인의 정체를 알려고 애써야 했던 것이다.

8

나쟈는 랴호프 골목을 자기 집처럼 드나들게 되었다. 나쟈가 드나들게 되면서부터 부시꼬 노인의 방은 많은 변화를 가져왔다. 식탁에는 기름종이가 깔리고, 새 주전자로 물을 끓이게 되었고, 주둥아리가 뾰족한 조그만 다관에 차를 끓여서는 손가락만큼 두꺼운 손잡이가 달린 하얀 독일제 컵에 따라 마셨다. 이것은 로빠뜨낀이 나쟈를 방으로 데려와서 노교수에게 소개를 시킨 다음 그녀가 가져온 물건들이었다.

지금 나쟈는 발명가들에게 방해가 되지 않게 살그머니 들어와서 책상 위에 무슨 물건을 세워 놓았다. 그것은 조그맣기는 했지만 단단하고 좋아 보이는 설탕 그릇이었다. 로빠뜨낀은 이러한 물건들을 사 오지 말라고 반대를 하고 싶어도 할 수가 없었다. 나쟈는 언제나 영리하게 값싸면서도 필요한 물건만 사오기 때문이었다. 상점에서 물건을 살 때에는 물론 거울 속에 나타나는 그 교활한 여인이 그녀를 이끌고 나가는 것이었다.

어느 날 그 여인은 로빠뜨낀을 위해서 셔츠와 넥타이를 사라고 나쟈에게 암시해 주었다. 로빠뜨낀은 나쟈가 책상 위에 던져 주는 꾸러미를 펼쳐 보고 얼굴을 붉혔다. 그녀 역시 그러했다. 그러나 그는 자세히 그것을 들여다 보았다. 튼튼한 명주실로 꼬아서 만든 셔츠였다. 그는 생각했다. '이 물건은 우리들보다도 수명이 길 것이다!' 여러 해 동안 불행을 맛보며 살아온 그는 영구성을 가진 희망적인 물건에 대해서까지 패배감을 느끼게 되었던 것이다. 그리고 이런 경우의 그의 마음은 더욱 반항심으로 불타올라서 자기도 모르게 그 선물을 낚아채고 마는 것이었다. 그렇기 때문에 그는 화를 낼 수도 없었다. 며칠 후 나쟈는 자기의 타자기를 부시꼬 노인의 방으로 가져왔다. 그녀는 드디어 자기가 할 보람 있는 고정 사업을 발견한 것이다. 나쟈는 로빠뜨낀이 하던 탄원서를 자기가 맡아 버린 것이었다.

이월로 접어든 어느 날, 로빠뜨낀은 믿음직스러운 굵직한 필적으로 가득 쓴 종이 뭉치를 나쟈에게 주었다.

"이걸 네 부만 쳐 주시오."

그는 마치 비서에게 말하는 듯한 어조로 말하고는 그녀를 보지 않으려고 애썼다.

그로부터 닷새 후 편지 전문이 완성되었다. 편지는 몇 개의 고위 심사 기관에 부쳐진 것으로서, 다음과 같은 말로 끝나고 있었다.

"이 탄원서의 번호를 보시고, 그것이 무엇을 의미하는지 생각하셔서 단 오 분간의 면회라도 좋으니 저를 불러 주시기 바랍니다."

"그 본문에 찬성합니까?"

로빠뜨낀은 물었다.

"찬성해요."

그녀는 나직이 말했다. 탄원서에는 그가 무즈가의 종합공장 연구발전부에 조그만 설계도를 제출했던 그날부터 시작해서 지금까지 이르는 동안에 얽혔던 여러 가지 희망과 실망들이 간단히 요약되어 있었다.

"당신을 우리들의 싸움에 끌어들인다는 것은 좋은 방법이 아니지만…"

로빠뜨낀은 말했다.

"당신이 직접 이 편지들을 가져가서 해당 기관에 제출해 주십시오. 그다음 우리는 슈찌꼬프의 부하나 혹은 중앙주조위원회 요원으로부터 회답을 받게 될 겁니다. 조심해야 돼요!"

로빠뜨낀은 웃었으나, 나쟈는 몸을 떨었다.

"날짜를 기억하십시오. 오늘은 이 월 칠 일이에요. 나쟈! 이 일을 당신에게 맡기겠습니다. 등록부에 기입하세요. 그건 우리의 탄원서 호수가 될 겁니다."

"46, 47, 48."

나쟈는 말했다.

"이제야 알겠어요."

로빠뜨낀은 나직한 소리로 부시꼬 노인에게 말했다.

"이제부턴 한꺼번에 몇몇 기관으로 편지를 보내야겠어요. 한 개의 목표만을 때릴 것이 아니라, 목표를 넓게 잡아서 난사를 해야겠어요. 그럼으로써 우리도 빨리 목적을 달성할 수 있을 겁니다."

나쟈는 도무지 믿어지지 않는 말들을 마치 농담이 아니라 평범한 사무적인 소견처럼 태연스럽게 말하는 로빠뜨낀에게 놀라지 않을 수 없었다.

며칠 후 유달리 예쁜 봉투에 든 한 장의 회답이 도착했다.

"뜯어 봐요."

로빠뜨낀은 자기 일에서 눈을 떼지 않으며 퉁명스럽게 말했다.

나쟈는 봉투를 뜯었다. 거기에는 다음과 같이 인쇄된 용지가 들어 있었다. '귀하의 탄원서는 그 본질을 규명하기 위해서 중앙주조위원회로 회송되었습니다.' 이날 나쟈는 두 통의 편지를 더 받았다. 하나의 탄원서는 야금공업성으로 보냈고, 또 하나는 중앙주조위원회로 보냈다는 통지였다.

"그자들은 끝까지 탄원서를 읽지도 않았어요."

나쟈는 깜짝 놀랐다.

"무슨 일이 그래요?"

"관심이 없어."

노교수는 자기의 일자리에서 대답했다.

"자본주의적 잔재들이야."

나쟈는 커다란 소리로 웃었다. 그리고 이에 놀란 노교수는 제도판 뒤에서 불쑥 몸을 일으켰다.

"제 남편도 자주 그런 말을 해요!"

그녀는 여전히 웃으면서 머리를 끄덕이고는 오늘 받은 편지를 서류철에 철하기 시작했다.

"나쟈."

노인은 불만스러운 어조로 조심조심 말하기 시작했다.

"당신은 그 문제를 약간 피상적으로, 다시 말해서 책에 써 있는 대로 이해하고 있군요. 책은 한 개의 물질이지만 인생은 그와는 달라요. 알다시피 책은 생활을 반영하는데, 언제나 그대로 반영되는 것은 아닙니다. 어떤 때는 정반대로 반영될 때도 있어요. 여기에 잔재들이 존재합니다. 가끔 그들은 우리가 책에서 읽는 것과 다른 것이 사실이에요. 그러나 생활은 선명한 것이 아니라서 규명할 수 없는 많은 비밀을 내포하고 있습니다. 여기서 예를 든다면… 자, 우리하구 일하던 지붕공을 들어 봅시다. 그 사람은 한 달에 4백 루블을 버는데, 그에게는 아내와 자식이 있어요. 그런데도 그는 공장에 들어가지 않습니다. 왜냐하면 그는 여기서 자유로운 시간을 많이 활용할 수 있기 때문이지요. 아침마다 그는 뜰에서 마트로스를 만들고, 일요일마다 자기와 같은 지붕공들로 성실한 단체를 조직해서 부업을 합니다. 그들은 뽀베다의 소유자들을 위해서 차고를 지어 주기도 하고 페인트칠을 하기도 해요. 최근에 그는 텔레비전까지 샀습니다. 이것은 한 사람의 두 가지 면을 말해 주고 있어요. 그럼 옆방에 사는 바끄라드제 기사를 들어 봅시다. 그는 지붕공보다는 훨씬 많이 돈을 벌고, 그에게는 가족도 없어요. 그런데도 그는 아브하지아로부터 월계수 잎과 과실을 날라다가 시장에서 팔고 있어요! 이건 그의 두 번째 면입니다. 그럼 다음으로 우리의 탄원서를 읽지도 않고 보내 버린 그 사무실의 상관을 예로 듭시다. 그는 암거래자가 아닙니다. 아니에요! 그 상관은 가끔 연설까지 합니다. 민주주의에 대해서, 인민에 대한 예민한 고찰에 대해서. 그러나 그가 예민하달 것 같으면, 그리고 올바른 사람을 옹호하고 죄인을 벌하기를 좋아했다고 한다면, 그는 다람쥐가 쳇바퀴를 돌리듯 쉴 새 없이 일해야 했을 거예요. 왜냐하면 우리의 탄원서 하나만 가지고도 그는 한 달 동안을 일해야 되기 때문입니다. 게다가 그 탄원서는 하나가 아닙니다. 그는 잠을 자지 않고 제대로 평가될 수 있는 탄원서의 분석표를 작성해야 될 겁니다. 아브지예프에 대한 탄원서가 아브지예프에게 돌아가지 않도록 말이오. 그러나 그는 아무런 불안도 고통도 노력도 없이 자신의 개인 생활만을 즐겁게 향락하고 있어요. 그러면서도 그는 여전히 인민 생활이 어떠니 하고 연설을 한단 말요. 여기에 다시 두 가지 면, 어두운 면과 밝은 면이 있는 겁니다."

"그래요."

나쟈는 생각에 잠긴 채 말했다. 그녀는 드로즈도프를 상기했다. 바로 이것은 장황히 떠들어대는 남편의 연설에 대한 대답이었던 것이다. 이러한 연설은 자주 그 방에서 울리곤 했는데, 노인은 연설 마지막에 가서는 언제나 만족스러운 방향으로 화제를 돌려서, 로빠뜨낀의 가치를 다시 한 번 나쟈에게 인식시켜 주는 것이었다. 그럴 때마다 로빠뜨낀은 위협하는 듯한 찌푸린 눈초리로 묵묵히 노인을 노려보곤 했다. 그러나 여선생으로서의 나쟈는 온순히 그 말을 듣고 있었으나 자기 마음속의 또 하나의 여인은 깡충깡충 뛰며 기쁜 빛을 감추지 못하는 것이었다. 나쟈는 랴호프 골목의 친구들을 만나러 갈 때에는 언제나 단조로운 새 옷으로 갈아입고는 했다. 가령, 어제 그녀가 목을 부드럽게 강조해 주는 검푸른 자켓을 입었다면 오늘은 그 자켓을 입지 않았다. 오늘 그녀는 짧은 검은 스커트에 그전 같으면 가슴이 너무 튀어나온다고 좋아하지 않던 얇고 새하얀 블라우스를 입었다. 그리고 내일은 탄력 있는 분홍 스웨터를 입을 것이다.

로빠뜨낀은 이러한 변화들이 그녀의 단순한 옷에 관련되어 있다는 것을 몰랐고 또 그것이 단순한 착각이라는 것도 몰랐다. 그의 마음속에는 전자기를 띤 새로운 폭풍이 소용돌이쳐서 그의 나침반은 남북을 가리키지 못했다. 그는 제도판 앞에서 준엄하게 침묵을 지켰다. 그러나 나쟈가 나타나면 그의 가슴은 들먹이고, 여러 가지 생각이 뒤엉키는 것이었다. 그는 자신을 욕하면서 흩어진 생각을 집중하려고 연필을 깨물었다. 그러나 나쟈는 조금도 다른 기색이 없이 책상 위에 타자기를 올려 놓고 굳게 입술을 다문 채 필요한 글자를 찾기 시작했다. 그러고 나서 방 안에는 서투르긴 하지만 이미 귀에 익은 타자기 소리가 울려 나왔다.

이월 하순의 어느 날 저녁, 나쟈가 방으로 들어오자 로빠뜨낀은 처량한 미소를 지으며 손가락 사이에 끼운 한 장의 문서를 나쟈에게 넘겨주었다.

"이 문서를 등록하십시오."

'로빠뜨낀 동무에게' 반질반질한 흰 종이에는 이렇게 인쇄되어 있었다. '이 문서를 받고, 2월 21일 오전 11시에, 지구 검찰소 9호실의 검사보 찌또바 동무 앞으로 출두해서 자신의 문제를 설명해 주기 바랍니다.'

나쟈는 문서를 읽고 나서 살며시 눈을 내리깔고 아무 말 없이 등록부를 들췄다.

로빠뜨낀은 이러한 돌발적인 사건에 대해서도 마음의 준비가 갖추어져 있었고, 어떤 질문에도 능히 대답해 낼 수 있는 자신이 있었다. 그래서 슬픔 어린 그의 피곤한 눈초리는 어떤 비참한 운명의 변화를 가져올지도 모르는 이 순간에도 조금도 무서워하는 빛이 없었다. 그는 이날 아침, 우연히 같은 크기의 이정표가 쭉 늘어서 있는 한없이 먼 길을 보았다. 이정표 위에는 33·34·35… 숫자는 새겨져 있었다. 그는 곧 그 33을 두들겨야 했기 때문이다. 어딘지 모르지만 그 길이 끝나는 저 먼 곳에 완성된 그의 기계가 서 있었다. 그러나 그 이정표 위에 어떤 번호가 새겨져 있는지 알 수는 없었다.

이러한 비애는 갑자기 그의 가슴을 도려내는 것 같았다. 그리고 그가 나쟈에게 눈을 돌렸을 때 그의 비애는 그녀의 가슴마저 꿰뚫고 말았다. 그러나 엄격히 훈련된 길 가는 나그네 ── 그 자신은 비구름보다도 얼굴을 찌푸리고, 한쪽 어깨에 드높이 배낭을 걸머진 다음 힘차게 앞으로 걸음을 내디디는 것이었다. 그러나 나쟈는 제정신이 아니었다. 그녀는 아무 말도 하지 않았다. 그리고 두 시간 후 로빠뜨낀이 그녀를 배웅하려고 어두운 랴호프 골목을 걸어갈 때에야 그녀는 갑자기 로빠뜨낀의 팔을 잡으며 걸음을 멈추었다.

"로빠뜨낀! 왜 그들은 당신을 호출하는 걸까요?"

"그들이라니?"

그는 웃었다.

"아마 당신과 나의 관계를 정확히 알아보려고 부르는 걸 겁니다."

"왜 그런 농담을 하시는 거예요."

그녀는 어떤 모욕을 느꼈다. 그리고 암흑 속에서 그녀의 눈물이 반짝거렸다.

"나는 진정으로 물어보는 거예요."

"나쟈!"

그는 기계적으로 그녀의 어깨 위에 손을 얹었다가 곧 움츠리고 말았다.

"그렇게 심각히 대답해 주었는데도 이해하지 못하다니 정말 유감스럽군요. 이건 매우 심각한 일이에요."

이 월 이십일 일, 깨끗이 면도를 하고 새 넥타이를 맨 로빠뜨낀은 노크를 한 다음 겨울 햇빛에 밝게 빛나는 검사보 찌또바의 사무실로 들어섰다. 검사보는 짧게 머리를 틀어 얹은 인상이 사나운 여자였는데 푸른 줄무늬가 있는 갈색 양복에 좁은 백색 견장을 달고 있었다. 그녀의 책상 위에는 서류가 든 종이꽂이가 놓여 있었고, 그 서류 위에는 '벨로모르까날' 담뱃갑과 성냥갑이 얹혀 있었다. 로빠뜨낀이 방으로 들어왔을 때 그녀는 거친 목소리로 누군가를 책망하고 있었다. 그녀는 전화를 하면서도 시종 담배를 피우고 있었다.

그녀는 전화를 마치고 수화기를 놓은 다음 흘끗 사나운 눈초리로 로빠뜨낀을 바라보고,

"앉으시오."

라고 했다. 그리고는 다시 새 담배를 피우기 시작했다.

"저… 로빠뜨낀 동무인가요? 그래, 로빠뜨낀이지."

그녀는 책상 위에 서류를 옮겨 놓고 손가락으로 책상을 퉁기고는 자리에

서 일어나 창문 쪽으로 걸어갔다.

"어떻게 된 일이오, 로빠뜨낀 동무?"

그녀는 창문을 바라보며 말했다.

"어떤 사람은 조국의 과학과 공업을 발전시키려고 애쓰는데, 또 어떤 사람은 그들에게 욕설을 퍼붓는단 말요. 당신은 어느 쪽에 속하지요?"

로빠뜨낀은 대답하지 않고 흥미 있게 그녀를 바라볼 뿐이었다.

"어떻게 된 일이오?"

그녀는 다시 책상에 앉아 서류를 만지작거리기 시작했다.

"나는 아무도 욕하질 않았습니다."

로빠뜨낀은 태연스럽게 대답했다.

"그럼 이건 뭐요? 이건 뭐냐 말요?"

그녀는 종이꽂이를 열고 타자 친 여덟 통 내지 열 통의 편지 사본을 로빠뜨낀에게 주었다. 그것은 여러 번에 걸쳐 로빠뜨낀이 써 보낸 탄원서와 성명서들이었다. 거기에는 슈찌꼬프의 논설에 관련해서 편집국장 앞으로 보냈던 그의 편지 사본까지 있었다. 그 편지는 연구소로 보내졌으나 소위 그 전문가들은 그것들을 검찰소로 발송해 버렸던 것이다.

"이건 탄원서들입니다."

로빠뜨낀은 평탄하고 나직한 어조로 대답했다.

"비평들입니다."

"진정한 의의를 가진 비평도 있지만 반면에 정직한 사람들을 중상하는 비평도 있는 거요."

"그건 사실입니다."

로빠뜨낀은 이렇게 대답하고 그녀의 준엄한 얼굴을 보자 도저히 웃음을 참을 수가 없었다.

"그런데 도대체 누가 중상이라는 것을 우리에게 규정지어 줄 수 있습니까?"

"학자들의 단체가 우리 검찰소에 고소문을 보내왔소."

"아, 알겠습니다. 좀 볼 수 있을까요?"

로빠뜨낀은 말했다.

"보시오."

그녀는 타이프로 친 여덟 장의 고소문을 로빠뜨낀에게 내어 주었다. 마지막 장의 반은 서명으로 가득 차 있었다.

로빠뜨낀은 조심스럽게 천천히 그 고소문을 읽었다. 읽어 가는 도중 특히 '전례 없는 공격'이니, '이해할 수 없는 열성'이니, '부득이 소비에트 법률의 보호를 바라게 되었다'느니 하는 날카로운 표현에 부딪칠 때마다 그는 한쪽 눈썹을 찌푸렸다.

"어떻소, 마음에 듭니까?"

찌또바는 물었다.

"꽤 쓰느라고들 했군요."

로빠뜨낀은 말했다. 그는 '교묘한 중상자'니, '허언자'니, 혹은 '고집쟁이'니 하는 수많은 욕설들을 단번에 받아들여야 했기 때문에 다소 정신이 어리벙벙해졌다. 그는 잠시 말이 없다가 찌또바에게 머리를 끄덕였다.

"괜찮군요, 그럴듯한 수작들입니다."

"그러나 우린 이런 것을 좋아하지 않습니다, 로빠뜨낀 동무."

찌또바는 처음으로 로빠뜨낀에게 눈을 돌렸다.

"우린 정말 마음에 들지 않아요."

"그건 당신 자신의 잘못입니다."

"그건 무슨 뜻이죠?"

"실례지만 당신은 검사로서 일한 지가 얼마나 됩니까?"

"잘 모르겠군요. 아마, 팔 년이라 해 둡시다."

"그러면 새로운 과학적 연구를 억압하는 사람들을 문책한 적이 있습니까? 한 사람도 없지요? 그러면서 어떻게 내게 그런 질문을 하십니까? 우리가 탄원하는 이유도 거기에 있는 겁니다."

흐릿한 찌또바의 두 눈에서 갑자기 선명한 불꽃이 번쩍였다. 그녀는 살짝 미소를 짓고 담배를 입으로 가져가서는 하얀 담배 연기 속에 얼굴을 감추었다.

"당신은 덮어놓고 그들을 믿고 있습니다."

로빠뜨낀의 목소리는 굳어졌다. 그는 찌또바 쪽으로 몸을 기울이고 앙상히 여윈 굳센 손목을 앞으로 뻗치며 말했다.

"여기 이 학자 — 아브지예프, 훈다또르, 볼로비끄, 쩨삐낀 같은 사람들은 모두 낡은 과학 속에서 탈피를 못하고 있습니다. 그들은 뽕나무의 누에처럼 자기의 침으로 자신의 옷을 짜고 있습니다. 그들 독점가들은 비약적인 발선을 인성하지 않습니다. 간신히 눈에 뜨일 수 있는 평탄한 코스를 밟아 올라갈 뿐입니다. 따라서 자기들과 견해를 달리하는 이단자들은 모조리 억압하고 있습니다. 그러나 이단자를 억압해서는 안 됩니다. 우리에게 양심이 필요하듯 그들은 과학적인 면에서 필요한 존재들인 것입니다."

"당신 말에 의하면 적들을 용서해 줘야 한단 말이군요?"

"바로 그 점입니다. 그들은 이단자들을 바로 적이라고 생각한단 말입니다. 기술 부문에서까지도. 그러나 대관절 내가 누구의 적이란 말입니까? 그들은 악명을 붙여서 나를 매장하려고까지 합니다. 그러나 모든 일은 그렇게 간단하진 않습니다. 만사는 그 목적에 달려 있습니다. 만일 그 고상한 목적을 여러 가지 방법으로 추구해 보고 싶다면 논쟁을 해 보십시오. 당신의 논쟁은 이익을 가져올 것입니다. 그리고 그 논쟁을 비교함으로써 대소 기생충들을 우리들의 생활에서 추방시킬 수 있을 겁니다. 그리고 아브지예프가 옳지 않다고 확신하는 나의 신념을 잊지 말아 주십시오. 다만 그의 높은 지위 때문에 정당한 것처럼 보이는 겁니다."

로빠뜨낀의 잿빛 눈은 검은 비로드처럼 부드럽게 빛났다. 그는 찌또바 앞에서 그 여윈 굳센 손가락으로 낱말마다 힘을 주면서 꿋꿋이 자기 의견을 주장했다. 그는 검사에게 설명하는 것이 아니라 교실에서 강의하는 선생으로서 그녀를 가르쳐 주고 확신시키고 있었다. 한편 찌또바는 이미 미소를 감출 생각도 하지 않고 생각에 잠겨 담배를 피우면서 흐릿한 머리칼이 뒤엉킨 이 이상한 선동자를 유심히 바라보고 있었다.

"사실상 우리는 그들의 적입니다. 우리는 그들과 생각이 다를 뿐만 아니라 여러 가지 상이한 목적들을 가지고 있습니다."

로빠뜨낀은 참을성 있게 부드러운 목소리로 설명을 했다.

"여러 가지 목적들을 가지고 있어요. 나는 건전한 정신 상태에서 이 말을 하는 것입니다. 그들은 이미 앞을 바라보는 것이 아니라 뒤를 보고 있습니다. 그들의 목적이란 안락의자에 매달려서 치부를 계속하는 것밖에 없지만, 새로운 발명가는 다릅니다. 그들은 인민에게 봉사합니다. 발명가는 어떤 지식 분야에서든지 언제나 이단자가 되는 것입니다. 왜냐하면 그 새로운 발명가는 보다 용이한 새 길을 발견해서 그 낡아 빠진 통속적인 길을 뒤집기 때문이지요."

"자, 좋습니다."

찌또바는 이렇게 말하고 잠시 침묵을 지켰다. 담뱃불이 꺼지자 그녀는 다시 새 담배를 꺼냈다.

"모두 옳은 말이오. 그럼, 문제의 핵심으로 들어갑시다. 이 문제에 대해서 당신은 어떻게 생각하시오?"

"물론 전적으로 반대올시다. 그 고소문과 고소자들을 모두 반대합니다. 나의 탄원서에 대한 대답은 오직 한 가지, 그 기계를 제작해서 경쟁자들 중에서 누가 옳은가를 검토하는 길밖에 없다고 봅니다. 그러나 그들은 학술토론과 그 실험을 두려워합니다. 자기들의 말로를 알고 있기 때문에 그들은 황급히 검찰소에 고소를 제기한 겁니다. 찌또바 동무, 나를 지지하는 또 다른 학자들의 집단도 있다는 것을 고려해 주시기 바랍니다. 그러나 유감스럽게 그들은 소수올시다."

"좋소, 검토해 보기로 하죠."

찌또바는 한숨을 짓고 자리에서 일어났다.

"이 책상에 앉아서 해명서를 쓰시오. 그런데 다만…"

그녀는 미소를 지었다.

"진실에 가깝게 써야 하오."

한 시간 후에 해명서는 준비되었다. 로빠뜨낀은 그것을 찌또바에게 맡겼다. 그는 딱딱하게 여윈 그녀의 손을 잡은 다음 환하게 빛나는 사무실에서 어두컴컴한 복도로 나왔다. 그러자 곧 어떤 사람이 그의 가슴에 부딪쳤다. 잠시 후 어둠에 눈이 익숙해지자 그는 바로 자기 앞에서 나쟈의 파르스름한 큰 베레모를 보았다.

"용서하세요, 로빠뜨낀."

나직이 이렇게 말하고 그녀는 눈을 들었다가 다시 내리깔았다.

"난 무척 바본가봐요."

로빠뜨낀은 예기치 않은 눈물을 참으려고 주위를 돌아보았다. '왜 이렇게 마음이 약해졌을까?' 그는 생각했다. 그는 그녀의 베레모를 힘껏 자기 가슴으로 끌어당겼다. 두 사람은 서로의 얼굴을 보고 행복한 웃음을 지었다. 그리고 그 행복한 웃음과 함께 그녀는 로빠뜨낀의 팔을 힘껏 붙잡고 흔들었다. 그들은 걸음을 서둘렀다. 복도에서 층계를 내려와 거리로 나온 두 사람은 말없이 거리를 거닐고 골목길을 걸었다. 그리고 두 사람은 자기들 사이에 어떤 새로운 변화가 일어나고 있다는 것을 어떤 두려움과 함께 느꼈다.

이날 저녁 나쟈는 무즈가에 있는 발렌찌나에게 편지를 썼다. 편지는 다음과 같은 서두로 시작됐다.

'사랑하는 발렌찌나! 나는 그분을 만났습니다. 그리고 당신의 그분을 사랑하게 된 것 같아요. 그러면 누군지 아실 테죠. 나는 지금까지 사랑이란 것을 모르고 지내 왔는데 이제야 알 것 같군요. 당신의 심정도 이해하겠어요. 그리고 당신은 저를 용서해 주리라고 믿어요. 내 힘으로도 어쩔 수 없는 일이었으니까요. 어쨌든 나도 당신과 같은 운명을 지니게 될 것 같아요. 그분은 앞으로도 나를 친구로서만 대할 테니까요.' 여기서 나쟈는 펜대를 놓고, 검찰소에서 만난 후 로빠뜨낀과 함께 멋있는 산책을 했던 세 시간 전의 일을 회상하고 행복한 희망에 얼굴을 붉혔다.

9

나쟈는 두 사람을 자기 집으로 초대하기로 결심했다. 로빠뜨낀이 자기 친구 없이 혼자 그녀의 집으로 오지 않을 것이라는 것을 미리 알고 있었기 때문에 나쟈는 두 사람을 함께 부르기로 한 것이다. 그녀는 보통 때의 휴일과 같은 모임을 가지려고 했다. 두 사람을 소파에 앉히고 진한 차라도 대접하며 그들과(아니, 그분과!) 이야기를 나누고 싶었고, 제도판이 없는 곳에서 피아노라도 들려주면서 그들을 위로해 주고 싶었던 것이다. 나쟈는 그러한 계획 때문에 며칠 동안 안절부절을 못했다. 그녀는 상세하게 계획을 짰으나 하마터면 무효로 돌아갈 뻔했다. 로빠뜨낀이 나쟈의 초대에 응하지 않으려고 했던 것이다. 그 곤경에서 구출한 것은 부시꼬 교수였다. 노인은 과도한 긴장이 몸에 해롭다는 것과 어쨌든 사람은 살고 보아야 한다고 역설했던 그 전날의 이야기를 상기시켰던 것이다. 로빠뜨낀이 마지못해 동의를 했다. 그러나 동의를 하고서도 마음이 내키지 않아 얼굴을 찌푸렸다.

초대를 받은 날, 깨끗이 면도를 한 두 사람은 초인종을 눌렀다. 그들은 말없이 현관으로 들어서 걸음을 멈추었다. 그들은 손님으로 초대받는 일에 익숙하지 않았던 탓으로 발걸음도 서로 떨어지려고 하지 않았다. 화려하게 옷차림을 한 나쟈는 반갑게 그들을 맞으며 모자와 외투를 벗겨서 옷걸이에 걸었다. 그때 노교수는 로빠뜨낀의 발을 밟으며 옷걸이를 보았다. 거기에는 세모꼴 가죽 조각으로 이어서 만든 장바구니가 걸려 있었다. 그 장바구니는 그전의 인상을 불러일으켰다. 로빠뜨낀은 나쟈를 보고,

"음, 그렇군."

하고 말했다.

사실대로 말하면 로빠뜨낀은 나쟈가 값싼 선물을 가져오기 시작할 때부터 벌써 무엇인지 짐작이 가는 것이 있었으나 그것은 어디까지나 추측과 의혹에 지나지 않았었다. 그러나 장바구니만은 문제가 달랐다. 노교수는 두 눈을 부릅뜨고 바라보기까지 했으나 로빠뜨낀은 그 장바구니가 무엇을 뜻하는지 곧 알 수 있었다.

"스파이가 쫓아오면, 당장 그 놈을 잡으세요!"

로빠뜨낀은 나직한 소리로 노인에게 말하고는 나쟈가 듣지 않는가 하고 다시 뒤돌아보았다. 그러나 나쟈는 없었다. 그녀는 부엌으로 달려가서 불만스러운 굵직한 목소리로 말하는 시어머니하고 낮은 목소리로 이야기하고 있었다.

이윽고 나쟈가 돌아왔다. 두 손님은 그녀의 방으로 들어가서 나란히 소파에 앉았다. 나쟈의 아들 니꼴라슈까는 걸상 뒤에 숨어서 휘둥그렇게 뜬 눈으로 새로운 손님들을 바라보기 시작했다. 로빠뜨낀이 손가락으로 위협을 하자 어린애는 어머니를 바라보고 구원이라도 청하듯이 조그만 두 눈썹을 추켜올리며 울음을 터뜨렸다.

"괜찮아, 괜찮아, 무서울 것 없어."

나쟈는 아들을 안고 달래기 시작했다.

"저분은 좋은 아저씨야."

"정말 좋은 아저씨지."

부시꼬 노인이 다시 한 번 강조했다.

나쟈는 아들을 침대 위에 앉혔다. 그러자 더욱 크게 울어서 그녀는 다시 아들을 마루 위에 옮겨 놓지 않으면 안 되었다. 아이는 재빨리 걸상 뒤에 숨어서 손가락을 빨며 아저씨를 바라보기 시작했다.

"나쟈."

노교수가 말을 꺼냈다.

"우리는 당신에 대해서, 말하자면 당신과 관련된 여러 가지 문제에 대해서, 그리고 당신이 우리에게 베풀어 준 알쏭달쏭한 몇 가지 행동에 대해서 얘기를 하는데 그때마다 당신의 마음을 이해하지 못하겠다 말이오."

나쟈는 식탁 옆에 서서 섬세하게 가공된 찻잔들을 옮기고 있었다. 그녀는 홱 몸을 돌이켜 잠시 동안 묵묵히 노인을 바라보고는 거리낌 없이 대답했다.

"저는 로빠뜨낀에게 빚을 진 채무자예요."

그러는 사이에 어느 정도 낯을 익혀 대담해진 니꼴라슈까는 걸상 뒤에서 나와서 아저씨 쪽으로 걸음을 옮기기까지 했다. 로빠뜨낀이 두 손가락으로 뿔난 염소 모양을 해 보이자 어린애는 눈을 반짝이며 걸상 뒤로 달려갔다.

나자는 차를 따르기 시작했다. 물론 그녀는 첫 잔을 부시꼬 교수에게 드렸다. 노인은 고개 숙여 감사하다고 인사를 했다.

"당신은 나를 더 좋아하는군요, 나쟈."

노인은 말했다.

"잼을 넣으세요, 아주 맛이 좋아요."

나쟈는 잼이 든 종지를 노인 곁으로 옮겼다.

"앗, 야아 요놈 봐라!"

이때 로빠뜨낀은 위협하는 눈으로 니꼴라슈까에게 말했다. 어린애는 흠칫 놀라며 무서움과 기쁨에 발을 동동 구르고는 걸상 뒤에 숨었다가 다시 살그머니 엿보기 시작했다.

"화냥년 같으니!"

복도에서 마치 열쇠 구멍에다 대고 말하는 듯한 남자처럼 굵직한 노파의 목소리가 들려 왔다. 그리고는 슬리퍼를 찰딱이며 나쟈의 방을 지나갔다. 그러나 방 안에 앉아 있는 사람들은 너무나 생활에 단련된 탓인지 놀라기는커녕 아무도 말을 멈추지도 않았고 눈썹 하나 까딱하지도 않았다.

"난 이런 차를 좋아해요."

노인이 말했다.

"당신은 차를 잘 끓이는군요. 그런데 한 가지 비밀을 당신에게 가르쳐 드리지요. 사실 진한 차는 위험한 겁니다. 당신의 얼굴이 아름다워서."

"제가 그것을 얼마나 근심하고 있는지 아신다면."

"그럴 필요는 없어요. 자연이 관대히 베풀어 준 곳에 연약한 인간의 힘은 필요 없는 거요."

노교수는 옛날 기사와 같이 살짝 고개를 숙여 인사를 하고 빈 잔을 주전자 옆으로 밀어 놓았다. 로빠뜨낀은 즐겁게 눈썹을 치켜떴으나, 나쟈는 상냥하게 인사에 답하고는 노인에게 진한 차를 따랐다.

"감사합니다."

노교수는 찻잔을 받아 놓고 이야기를 계속하면서도 잼을 치는 것만은 잊지 않았다.

"나는 인간의 자연적인 육체미를 자주 생각하고는 하는데…."

로빠뜨낀은 웃으며 대꾸했다.

"대부분의 인간들은 아름다운 것을 좋아하는 것이 아니라 마음씨 고운 사람을 좋아합니다. 이 말은 단정한 외모와 내부의 아름다운 마음씨 사이의 차이를 구별하기 위한 데서 나온 거예요."

"그럼 왜 우리는 종종 과오를 범하게 될까요?"

나쟈는 맥빠진 듯한 나직한 어조로 물었다.

"우리는 용모가 아름답지 못한 사람을 만났을 때 그 사람의 아름다운 마음씨에 매력을 느끼지만, 나중에 보면 그런 마음씨가 없다는 것을 알게 된단 말이에요!"

로빠뜨낀은 그녀가 누구에 대해서 말하고 있는지를 곧 알아차리고 잠시 생각에 잠겼다. 그는 나쟈가 무심코 자기의 입장을 폭로해 버린 사실을 눈치채지 못하게 대답해 주어야 했다. 또 그렇게 함으로써 나쟈의 마음을 혼란스럽게 만들고 싶지 않았던 것이다.

"예외라는 건 있습니다."

그는 이렇게 말하고 다시 침묵을 지켰다.

"얼마든지 예외가 있지요."

"그럼 내 경우는, 내 경우는 어떻게 생각하세요?"

나쟈는 로빠뜨낀의 조심성을 이해하고 서슴지 말고 모든 것을 이야기해도 좋다는 눈짓을 했다.

"사랑에 빠진 남자는 화려한 옷차림을 하고 그 여러 가지 빛깔로 상대를 기만하거든."

노교수는 이렇게 말하고, 그렇지 않느냐는 듯 나쟈를 바라보았다.

"그런 경우에는 그 사람이 사랑하는 여자가 없는 곳에서 어떻게 행동 하는가를 볼 필요가 있지요."

로빠뜨낀이 덧붙였다.

"다른 사람들과 어떻게 행동하는가를 보면 많은 사실이 드러나게 마련이죠."

"그래요."

나쟈는 기운 없이 말했다.

"그 말씀은 옳아요. 많은 사실이 드러나지요."

그녀는 눈을 들고 로빠뜨낀을 빤히 들여다보았다. 마치 그와 자기의 관계를 검토해 보는 것과도 같았다. 로빠뜨낀은 그녀의 그 눈초리를 알아차리고 눈을 돌렸다. 마치 발렌찌나의 헌신적인 사랑과 애무가 나쟈에게로 옮겨 온 것 같기도 했다. 로빠뜨낀은 다시 그녀를 바라보고 또다시 눈을 돌렸다. 그녀는 그래도 여전히 애정어린 부드러운 눈으로 바라보고 있었던 것이다.

"지나치게 영리한 사람들도 그런 문제를 제대로 해결하지 못할 때가 많아."

노교수는 갑자기 정신을 차린 듯 말했다.

"그렇지 않으면, 뒤늦게야 깨닫는단 말야. 매우 마음이 착실하게 보이는 어떤 젊은이가 어느 날 기차를 타고 여행을 했는데… 아니, 이렇게 말하는 것이 좋겠군. 내가 아는 처녀 가운데 무척 시집가기를 원하는 여자가 있었는데, 기차 안에서 어떤 젊은이가 그 처녀에게 홀딱 반하고 말았지. 그래서 그 청년은 그녀에게 말하기를 당장 기차에서 내린 다음 그의 고향으로 가서 결혼을 하자고 결단성 있게 구혼을 하게 됐지. 그녀는 '어떻게 그럴 수 있어요? 그렇게 당장 결정하다니.' 그녀는 속된 마음을 가진 여자인데다가 모스크바 여자였는데, 그 남자하구 결혼을 하려면 벨고로드라는 벽촌으로 가야만 했고, 아마 거기에는 빵조차 없을 거라고 생각한 나머지 거절하고 말았어. 그러나 청년에겐 그 여자가 마음에 들었던 것은 사실이야. 그것도 아주 굉장히. 결국 이렇게 돼서 그들은 헤어졌는데 그녀는 매우 오랫동안 그때 결혼 안 한 것을 후회하고 있었어. 아마 지금도 후회하고 있을지 모르지. 그렇게 돼서 결국 그녀는 올드미스로 늙게 됐단 말이야. 물론 그 청년도 미련을 버리지 못했지. 그러나 내가 만일 그 청년을 만난다면 이렇게 말할거야 —— 당신이 그 여자를 설득시키지 못했다는 건 당신의 행복이오. 당신의 처가 될 사람은 기차에서 기쁘게 용감히 뛰어내릴 사람이어야 하오. 나는 이 말을 로빠뜨낀 자네에게 말하고 싶어. 그래서 그 가련하고 속된 인간들을 쫓아다니지 말란 말일세. 그대로 내버려 두란 말이야. 여자가 자기의 의복을 생각하든 자기의 대위를 생각하든 상관없이 그들을 간섭하지 말란 말야. 아, 여기 마침,"

노교수는 갑자기 여러 가지 책이 빽빽이 꽂혀 있는 조그만 책꽂이 쪽으로 몸을 돌렸다.

"당신에게 발자끄의 책이 있군요. 아하!"

노인은 책 한 권을 뽑아 들고 뚜껑을 열었다.

"아하! 이건 『잃어버린 환상』이군그래! 아, 이건 내가 좋아하는 책이야. 여기엔 멋있는 대목들이 있지. 이것이야말로 진실하고 위대한 문학이거든!"

그는 떨리는 손으로 책을 들추기 시작했고 로빠뜨낀과 나쟈는 갑자기 단 둘이 마주앉게 되었다.

"피아노라도 칠까요?"

그녀는 나직이 물었다.

"네, 그래 주시오."

로빠뜨낀은 그녀의 시선 밑에서 허리를 굽히다시피 하며 동의했다.

"무슨 곡을 칠까요?"

그녀는 피아노로 다가가서 뚜껑을 열고 건반을 두드리기 시작했다.

"무슨 곡인지 아시죠?"

로빠뜨낀은 알 수 있었다. 그것은 제2콘체르토 2악장이었다. 영웅이 슬픈 명상에 잠기는 대목이었다. 그리고 쇼팽이 인생을 살아가려면 얼마나 괴로운 일들이 많으며, 또 친구의 동정은 얼마나 아름다운 것인가를 그에게 들려주던 대목이기도 했다.

로빠뜨낀이 이때 눈을 들어 보았다면 그는 나쟈와 꼭같은 이상한 존재가 피아노 앞에 앉아서 슬픔 어린 표정으로 뚫어질 듯이 자기를 바라보고 있다는 것을 알았을 것이다. 그러나 그는 눈을 들지 않았다. 그는 심각하게 이마에 주름살을 모으고 탁자 밑을 바라보듯 푹 고개를 숙이고 있었다.

"그 대목을 한 번 더 반복해 주시오."

그는 이렇게 청했다.

나쟈는 반복했다. 나쟈 역시 그 대목을 좋아했으므로 두 번 세 번 그 곳을 되풀이했다. 그녀는 로빠뜨낀을 위한 사색에 잠겼다. 그리고 부드럽게 건반을 누르며 입으로 형용할 수 없는 말들을 음향으로 말하는 듯 그를 바라보고 있었다. 그리고 로빠뜨낀도 그 소리를 들으며 나쟈와 거의 비슷한 감정에 사로잡혀 있었다. 그러나 도중에 그의 감정과 나쟈의 감정은 딴 곳으로 갈라지고 말았다. 그는 고독 속에 세상을 떠난 그의 어머니가 자신의 비애를 잊어버리고 보람 있고 위대한 외아들을 사랑스러운 눈으로 바라보며 기쁨 어린 눈물을 흘리고 있는 것처럼 느껴졌다.

나쟈는 사뿐 건반 위에 손을 내려놓았다.

"전 당신이 무엇을 좋아하시는지 알고 있어요."

그녀는 말했다.

"이것을 좋아하시죠!"

그리고는 입술을 꼭 다물고 힘차게 건반을 내리치기 시작했다. 이것은 잠시 기백을 잃었던 영웅이 다시 용기를 돋우며 앞으로 전진하는 대목이었다. 잠시 후 로빠뜨낀은 영웅을 원조하려고 협주곡의 음률에 박자를 맞추며 아주 작은 소리로 힘 있게 콧노래를 불렀다.

전투는 끝났다. 나쟈도 손을 내렸다. 그리고 로빠뜨낀도 이번에는 다시 반복해 달라고 부탁하지도 않았다. 그런 곡은 두 번 다시 반복할 수 없기 때문이었다. 침묵이 닥쳐왔다.

"야아, 요놈 봐라!"

소파 옆에서 갑자기 또렷또렷한 목소리가 울렸다. 드디어 니꼴라슈까가 아저씨 곁으로 다가왔던 것이다. 그는 벌써 여러 번 아저씨의 무릎을 흔들다가 이젠 같이 놀자고 무릎을 잡아뜯는 것이었다.

"아하!"

로빠뜨낀은 어린애를 들어서 자기 무릎에 앉히고 잡아먹으려는 듯이 입을 벌렸다. 니꼴라슈까는 눈을 가늘게 뜨고 피하면서도 몇 개 안 되는 젖니를 드러내 보이면서 킥킥거렸다. 그리고는 자기 혼자 로빠뜨낀의 무릎 위에 앉아서 커다란 아저씨를 유심히 바라보다가 그의 단추를 만지작거리기 시작했다.

"그 앤 이제부터 성가시게 굴 거예요!"

나쟈는 이렇게 말하고 조용히 알지 못할 곡을 치면서 생각에 잠겼다.

"여기 있군!"

노교수는 엄숙한 어조로 외쳤다.

"들어 보게! 여기 자네의 말이 있어, 로빠뜨낀! '꿩테는 나의 발명을 이용해서 돈을 벌고 있다. 그러나, 실제적으로 조국과 비교해 본다면 나는 어떤 존재일까? 하나의 평범한 인간에 불과하다. 나의 발명이 전국에 이익을 준다면 그것만으로 나는 행복한 것이다.'"

노인은 나쟈의 차를 한 모금 마시고 나서 조용히 책을 들여다보기 시작했다. 그때 조용한 피아노의 멜로디를 들으면서 니꼴라슈까의 뒤통수를 콧등으로 간지럼을 태우던 로빠뜨낀은 문득 자신에게 이렇게 물어보았다. '나는 무엇 때문에 여기 앉아서 이러고 있을까?' 그러자 그는 잔나를 보았고, 그녀의 눈물과 실망을 보았다. 그는 지난날 잔나를 사랑했고, 그리고 지금도 사랑하고 있다. 결코 다른 곳으로 시집가기를 원하지 않는 어린 처녀를 이렇게 단순히 배반하고 버릴 수는 없다. 그녀는 파멸하고 말 것이다. 그녀에게는 사랑을 고백하는 대위가 있다. 그는 결혼할 수도 있고, 여우 목도리를 사 줄 수도 있다. 그녀로 하여금 온종일 식탁보를 뜨게 만들 수도 있으리라. '그런데 어째서 나는 저기 앉아 있는 저 여자에게 마음이 끌리고 있을까? 그녀는 나를 초대했고 나는 그것을 기뻐하고 있지 않은가!' 이런 생각을 한 그는 시무룩한 얼굴로 나쟈를 바라보았다. 그녀는 로빠뜨낀의 생각을 알아차리고 살며시 눈을 내리깔고 계속해서 피아노를 쳤다.

'우리가 너무 오래 앉아 있지 않소?' 로빠뜨낀은 기침을 한 다음 손짓과 눈썹으로 말했다. '남편의 방해가 되지 않소?'

'남편은 집에 없어요.' 나쟈는 머리를 살래살래 흔들었다. 그리고는 피아노를 치면서 속삭이는 소리로 덧붙였다.

"무즈가에 갔어요. 주조기를 만들고 있답니다."

'왜 그 사람이?' 로빠뜨낀은 눈썹으로 물었다.

"비공식적이지만 그는 벌써 그 일을 지도하고 있어요."

나쟈는 명확하게 말했다.

'나도 서둘러야겠다.' 로빠뜨낀은 이렇게 생각하고 자리에서 벌떡 일어났다. 자기도 예기하지 않았던 일이라 하마터면 무릎에 앉아 있던 니꼴라슈까를 떨어뜨릴 뻔했다. 그는 그 자리에서 제도판으로 달려갔다. 아무도 그를 말릴 수는 없었다.

10

로빠뜨낀은 삼월 중순경 자기의 새로운 시안을 완성했다. 그것은 어느 날 저녁 때였다. 그는 자리에서 일어나 제도기의 지주를 잡고 힘차게 떠밀어서 제도기를 옮긴 다음 몇 달만에 처음으로 나쟈에게 미소를 지어 보였다.

"다 됐어."

그는 방 한복판으로 나오면서 이렇게 말하고 다리미를 들고 흔들기 시작했다.

"이제부터 다시 그 지긋지긋한 일을 시작합시다. 새로이! 새롭고 멋있는 장기간의 투쟁을 합시다!"

그는 다리미를 돌리면서 즐겁게 말했다.

"내일이면 나도 서른이 돼요. 의젓한 어른이지."

그는 외쳤다.

"이젠 나도 어린애가 아니에요. 육 년이란 세월을 발명 사업에 바쳤으니!"

"전진해야지!"

노교수가 호응했다.

"디젤(영국의 발명가—역주)이 입버릇처럼 말했듯이…."

"나도 그가 한 말은 알아요!"

로빠뜨낀은 다리미를 다른 손으로 옮겨 잡았다.

"그가 한 말에는 굉장한 풍자가 섞여 있어요. 정말 굉장해요. 그러나 사상은 없단 말입니다. 인생은 그와 반대올시다. 늙으면 늙을수록 더 많은 기대를 가지게 됩니다. 기회가 많아지고, 희망도 더 커집니다. 그리고 그 희망들이 우리를 그 사업으로 자주 이끌어 갔단 말이에요."

"아니, 자넨 언제 그런 노인이 되었나? 그렇진 않겠지? 그것이 문제란 말야."

"당신 역시 희망을 가지고 계시지 않으세요, 부시꼬 교수님."

나쟈는 말했다.

"저는 당신이 술 마시기를 좋아하신다는 것을 알지만, 당신은 그렇게 자주 마시지는 못하거든요. 이것도 증명 제1호라 할 수 있어요."

"나쟈, 인민에게 전달해야 할 중요한 가치를 쥐고 있는 사람은 술을 먹어선 안 되는 법이오."

"아하, 그럼 당신은 아직도 인민에게 전하기를 원하고 계시는군요!"

"아닐세, 나는 전달될 수 없다고 믿고 있네. 그러나 내가 사는 동안은 소중히 간직해 둘 필요가 있어. 이것은 나라는 개체의 중요한 부분이란 말야. 사람은 두 가지 부문, 즉 육체적인 껍질과 사업으로 구성되어 있는데, 육체는 의무적으로 죽게 마련이고 또 그 사실을 원망한들 소용없는 일이야. 그러나 사업은 영원히 살아 남을 수 있단 말야. 그래서 만일 그 어느 때라도 뭇사람에게 알려지는 날이면…."

"부시꼬 교수님!"

로빠뜨낀은 엄숙한 어조로 말했다.

"내 일이 성공된다면 나는 그다음 일로 반드시 당신의 일을 돕겠습니다."

"맹세하지 말게."

노인은 압착기에서 도토 입방체를 빼내며 말했다.

"그리고 특히 뭇사람들 앞에서의 맹세는 커다란 만족감을 주지만 그 대신 그 후 맹세한 사람은 자신의 의무를 생각하지 않고, 자기의 맹세를 기억하고 있는 사람이 얼마나 되는가를 생각한단 말야. 사랑에 있어서도 보증은 말아야 하네."

"사랑에는 정말 맹세라는 것이 필요없어요. 그건 사실이에요."

나쟈는 말했다.

"그저 사랑해야 해요. 그러나 사랑의 맹세를 듣는다는 건 즐거울 거예요."

"사랑하는 사람에게나 증오하는 사람에게나 사실 형식적인 맹세를 할 필요는 없지."

하고 로빠뜨낀은 나쟈의 말에 동의했다.

"모두들 의견이 같은 것 같군."

부시꼬 교수는 말을 이었다.

"그건 사실이야! 예를 들어 자기 아이디어에 충실하라고 로빠뜨낀에게 강요한 사람은 아무도 없거든. 그리고 나쟈는 아무에게도 맹세라는 걸 하지 않고서도 자네의 탄원서를 치고 있단 말이야. 게다가 그 탄원서에는 드로즈도프라는 성이 나옴으로써 형식적으로 얻은 몇 개의 의무마저 저버렸단 말일세. 이제 곧 사람들은 나쟈가 인간의 법칙을 깨뜨렸다고 말하기 시작할 거야."

"벌써 시작하고 있어요."

나쟈는 타자기를 어루만지며, 생각에 잠긴 표정으로 나직이 말했다. 노교수는 깜작 놀라며 그녀를 쳐다보았다.

"나자! 그건 나보구 하는 말이오? 내가 맨 처음 그런 말을 했다면 용서해 주시오. 나는 당신을 믿기 때문에 혼잣말처럼 한 거라오!"

"아니에요, 부시꼬 선생님."

나쟈는 제정신으로 돌아왔다.

"그런 뜻으로 말한 건 아니에요."

그녀는 깊은 한숨을 쉬었다.

"절대로 그런 뜻으로 말한 건 아니에요."

"그렇다면 좋아요, 함부로 맹세를 하지 마시오. 그래도 커다란 맹세를 하고 싶다면 인생에서 단 한 번 하도록 해요. 그것도 연극이 되지 않게 하기 위해서 말없는 맹세를 말이오. 지구 전체가 보이는 어떤 높은 곳으로 올라가서 묵묵히 결심을 하시오. 그런 경우라면 최소한 졸장부나 겁쟁이가 되지 않을까 하는 공포와 양심이 당신을 불안하게 할 거요."

침묵이 깃들었다. 로빠뜨낀은 고개를 숙이고 자기의 반쪽 방으로 걸어가서 설계도를 차곡차곡 쌓기 시작했다. 처음에 도면을 놓고 그 위에 신문지를, 그리고 다시 도면을 이렇게 끝까지 놓고 보니 모두 열닉 장이있다. 그 다음 그는 힘차게 노래를 부르면서 열넉 장의 설계도를 원통형으로 두툼하게 말아 노끈으로 묶었다. 나쟈는 아마빛 눈썹을 찌푸리며 그의 거친 태도를 사랑에 찬 눈으로 유심히 바라보고 있었다. 노교수는 하던 일을 그만두고 안개 낀 눈으로 그녀를 바라보고는 목을 틀어박고 아무 말도 없었다.

나쟈는 이때 침묵 속에 커다란 맹세를 하는 것 같았다 —— 그러나 그녀는 지구 전체를 바라보기 위해서 높은 곳으로 올라갈 필요는 없었다. 그녀는 지구 앞에 맹세를 하는 것이 아니라 한 인간 앞에 맹세를 하고 있었던 것이다.

그 이튿날 저녁 때가 가까워 올 무렵 전등불이 켜졌을 때 또다시 나쟈가 찾아왔다. 그녀는 사면을 노끈으로 묶은 커다란 꾸러미를 들고 있었다. 로빠뜨낀은 꾸러미를 보고 살며시 눈살을 찌푸렸다. 로빠뜨낀은 나쟈가 또 선물을 가져왔다고 생각했던 것이다. 그리고 그는 모든 것을 해명해 줄 결정적인 단계가 다가왔다고 느꼈다. 로빠뜨낀 자신을 위해서도 불쾌한 일이었고, 특히 나쟈에게 있어서는 더욱 불쾌한 일이었다. 어떤 사람이건 지나친 대접을 받으면 마음이 불쾌한 것이다.

나쟈는 베레모와 삼 월의 눈에 젖은 외투를 벗었다. 그러자 보드라운 털실로 짠 싱싱한 초록색 자켓이 나타났다. 소매가 매우 짧은 그 자켓은 그 당시 무도회에 나가는 처녀들 사이에 유행하기 시작한 것이었다. 게다가 이 유행은 일반적인 경로로 유행된 것이 아니라 오히려 그 반대로 외국으로부터 넘어온 후, 맨 먼저 지방에서 입기 시작하여 무즈가에 유행된 다음에 모스크바로 들어왔던 것이다. 어린애 살결처럼 야들야들한 두 팔을 거의 어깨까지 앙상히 드러내고 그 옆에 두툼하고 따사로운 털자켓이 마치 유월과 정월의 대조를 이루고 있는 것 같았다. 겨울에 이런 자켓을 입고, 어떤 집회소에 나타나 시위한다는 것은 굉장한 대담성이 필요한 것이다. 물론 나쟈가 그런 자켓을 입게 된 것은 최근 위험할 만큼 대담해진 그 거울 속의 광녀 탓이라는 것은 두말할 나위도 없었다. 그렇기 때문에 외투를 벗고 로빠뜨낀의 무서운 눈초리를 느꼈을 때 나쟈는 울고 싶도록 화가 치밀어 올랐으나 그녀는 있는 용기를 다 불러일으켰다. 두 남자 앞에서 벌거벗은 자신을 느끼면서 그녀는 커다란 꾸러미를 책상으로 운반하고 뾰로통한 얼굴로 노끈을 자르기 시작했다.

"이건 뭐요? 또 선물이오?"

꾸러미에 손을 얹으며 로빠뜨낀이 물었다.

"제발, 아무 말도 하지 마세요!"

나쟈는 로빠뜨낀을 바라보고 금세 눈을 내리깔았다.

'좋소, 가만 있겠소.' 로빠뜨낀의 고집 센 두 눈은 이렇게 말했다. 모두들 침묵을 지키고 있는 가운데 나쟈는 다시 튼튼한 노끈을 자르기 시작했다. 그다음 그녀는 손을 멈추고 두 사람을 향해 이렇게 말했다.

"저를 보지 마세요, 제발. 전 굉장히 바보짓을 했어요. 명절을 위해서 이런 걸 입었으니…. 이건 무즈가의 처녀들에게 유행하던 자켓이에요."

"그 무즈가의 처녀들도 과연 바보들은 아니군."

부시꼬 교수는 나직한 코맹맹이 소리로 말했다.

그러나 여기서는 새로운 사건들이 다가오고 있었다. 잔뜩 성난 나쟈는 포장지를 펼치고, 말안장에 쓰는 두꺼운 가죽으로 만든 커다란 흑갈색 손가방을 끄집어냈다. 손잡이가 매우 편리하고 놋쇠로 된 장식도 튼튼히 만들어져 있었다.

로빠뜨낀은 손가방을 보지 않으려고 애쓰면서 이렇게 말했다.

"나쟈, 당신이 우리에게 준 돈만 해도 부채를 진 채 갚을 도리가 없습니다. 그러니까 우린 더 이상 당신한테서 아무것도 받지 않으렵니다. 도로 싸도록 하시오."

"서두르지 마세요."

나쟈는 갸우뚱하게 고개를 기울이고 완고히 대꾸했다.

"똑바로 서세요. 그리고 부시꼬 선생님, 이리 오세요."

그녀는 성큼성큼 앞으로 걸어가서 로빠뜨낀에게 손가방을 내밀며 말했다.

"발명가 동무, 생일을 축하합니다. 당신의 설계도를 이 가방 안에 넣어가지고 다님으로써 소원성취하시기를…."

"그렇게 함으로써 인민에게 봉사하기를…."

부시꼬 노인이 덧붙였다.

이리하여 이번에도 로빠뜨낀은 나쟈의 선물을 받아들이지 않을 수 없었다. 그는 손가방을 열고 묵직한 장식을 잘각거리며 어린애처럼 빙그레 미소를 지었다. 남자들도 역시 장난감을 좋아하는 것이다. 한편 나쟈는 그동안 포장지를 풀고 유지로 싼 조그만 꾸러미와 올망졸망한 종이 봉지들과 흰 빵을 꺼내 놓고 나중에 네 개의 술병을 하나하나 식탁에 진열해 놓았다.

"어느 분이 어떤 술을 좋아하시는지 전 모르겠어요."

그녀는 말했다.

"바로 이것은 포도주 까골(불란서산 포도주—역주)예요. 전 이걸 좋아해요. 그리고 이것은 포트와인. 여기 또 포트와인이 있지만 종류가 다른 거예요. 그리고 이건 술이에요. 제가 듣기엔 음주가들은 이것을 포도주라 하지만, 술 안 마시는 사람들은 보드까라 하더군요. 우리 발명가의 생일을 축하하는 데 있어서는 죄가 되지 않는다고 생각했지요. 게다가 그분은 어제 대발명을 완성했으니까요."

"그건 옳은 말씀이야."

노교수는 맞장구를 치고는 식당을 치우기에 바빴다. 그는 닦지 않아도 깨끗한 기름종이를 다시 훔치고, 의자 위에 떨어진 담배 꽁초를 버리고, 산더미 같은 포장지들을 안고 부엌으로 나갔다. 이윽고 다시 돌아온 노교수는 팔꿈치를 위로 뻗치고 술병의 마개를 따기 시작했다.

드디어 모든 준비가 갖추어지자, 세 친구는 식탁에 앉았다. 식탁 위의 접시에는 송어, 캐비아, 치즈, 햄, 버터, 그리고 잘라진 빵 조각들이 산더미처럼 쌓여 있었다.

"무슨 술을 따를까요?"

나쟈는 물었다.

"부시꼬 선생님, 물론 이것을 드실 테죠."

"흰 포도주를 주시오."

교수는 이렇게 말하고 겸손하게 자기 잔을 내밀었다.

"그럼 당신은? 흰 포도주로 할까요, 보드까로 할까요?"

나쟈는 로빠뜨낀에게 물어보고 웃었다.

"아니, 나는 벌써 술에 취한 것 같은 기분이군요. 조금만 주시오."

로빠뜨낀은 자기 잔을 내밀고 말했다.

"됐어요!"

그러나 나쟈는 일부러 좀 더 많이 술을 붓고 또다시 웃음을 터뜨렸다. 그녀는 자기 잔에 까골을 반쯤 따랐다.

"순서대로 축배를 듭시다!"

나쟈가 제안했다.

"먼저 생일을 축하하며!"

"로빠뜨낀의 건강을 위해서!"

교수는 이렇게 말하고 로빠뜨낀에게 절을 했다.

"로빠뜨낀의 건강을 위해서!"

나쟈도 웃으며 그와 같이 반복했다.

모두들 여러 가지 식으로 술을 마셨다. 로빠뜨낀은 물을 마시듯 벌컥벌컥 들이키며 도수가 센 보드까가 이렇게 달 줄 몰랐다고 놀라기까지 했다. 노교수는 불그레하게 취해서 눈물을 닦고는 미리 준비한 샌드위치를 재빨리 씹었다. 나쟈는 조금씩 들이켜 여러 모금에 자기 잔을 비우고 무엇 때문인지 잔을 보고 웃기만 했다.

"제 얼굴이 어떻게 됐는지 모르겠어요!"

"이제 내가 설명해 드리지."

부시꼬 교수는 샌드위치를 씹으며 말했다.

"그건 아주 간단해요. 나쟈. 당신 자신이 포도주올시다. 그전엔 음… 나도 그랬지요. 그러나 지금은 보시는 바와 같이 당신과 같이 정열적으로 이야기를 하려면 부득이 마셔야 해요. 술은 굉장히 몸을 긴장시키거든!"

노인은 술병을 들고 우울한 표정으로 반 잔을 따른 다음에 나쟈에게 말했다.

"당신의 술을 위해서."

그리고는 단번에 들이켜고 다시 샌드위치에 달라붙었다.

"왜 그렇게 안 잡수세요?"

나쟈는 흘끗 로빠뜨낀을 바라보고 이렇게 묻고는, 식탁에 있는 것을 골라서 로빠뜨낀의 접시에 얹어 주기 시작했다.

"저 사람은 어떤 계획이 있어서 안 먹어요."

교수는 재빨리 샌드위치를 씹으면서 말했다.

"그에게는 이론이 있어요. 그렇게 좋은 것은 그에게 줄 것이 아니라 이리 주시오."

하고 노인은 나쟈의 포크에서 상어 조각을 손가락으로 떼어서 콧수염에 기름칠을 하며 자기 입으로 가져갔다.

나쟈는 큰 소리로 웃어댔다.

"보세요, 교수님이 하시는 것을!"

"도대체 어떤 이론이에요? 로빠뜨낀!"

"아무 이론도 없습니다. 보시다시피 먹고 있어요. 이제 모조리 먹어 버릴 겁니다. 이 통속적인 노인은 오늘 밤에 나하구 토론을 계속해서 결국 인간의 미는 그 외모가 결정적인 요소라고 말하는 데까지 도달했어요. 이분은 곧 옷이 인간미를 창조한다고 말할 겁니다. 그리고 자가용도!"

부시꼬 노인은 경험 없는 사냥개를 만난 늙은 너구리 같은 시선으로 안경 너머로 로빠뜨낀을 바라보았다.

"로빠뜨낀의 이론은 옷과 음식을 증오합니다. 이 이론은 미지의 간첩이 장바구니에 넣은 돈을 우리에게 가져다 줄 그때까지 완전히 우리를 만족시켜 주었지요. 그 병을 좀 주십시오. 맛 좀 봅시다. 아르메니아 포트와인을 마신 적이 한 번도 없으니."

"아니, 교수님, 당신의 신념을 어서 나쟈에게 말하시구료!"

"내 신념! 그건 수많은 사람들의 지지를 받고 있지."

"아닙니다. 그건 소비자의 신념입니다. 그렇잖아요?"

로빠뜨낀은 술을 마실 때 조금도 얼굴을 찌푸리지 않으며 자기의 요새로 위험한 적을 통과시키고 있었다. 그리고 그 적은 효력을 발생하기 시작해서 로빠뜨낀으로 하여금 큰 소리로 지껄이게 만들었다. 일에 시달린 허약한 사람들이 독한 술을 마셨을 때 파리해지듯이 로빠뜨낀의 안색도 파랗게 변해 버렸다. 그의 동작은 정확하면서도 신속해졌으나 그의 두 눈은 정기를 잃기 시작했다.

"그렇게 생각되지 않으세요?"

햄 조각을 자르려고 나이프를 잘각거리면서 로빠뜨낀은 말했다.

"인간의 외형적인 미를 창조하는 것은 타고날 때의 자연 모습이라기보다는 오히려 그 인간 자신, 즉 그의 성격에 달려 있다고 생각할 수 있지 않을까요? 미련하고, 자신을 절제할 줄 모르도록 게으르고, 의지가 약한 사람은 대부분이 뚱뚱하단 말이오. 지상의 행복을 누리면서 인생의 의의를 바라보는 사람은 특별한 형태를 갖추고 있어요."

"잠깐 기다리게."

노교수는 대꾸하려고 했으나 이때 나쟈가,

"미를 위해서 건배합시다!"

라고 말했기 때문에 노인은 백발이 성성한 머리를 공손히 숙이고 잔을 내 주었다.

로빠뜨낀은 마치 차를 마시듯이 두 번째의 보드까를 들이키고 다시 연설을 계속했다.

“어떤 사람을 보았을 때의 그 첫인상이 우리에게 종종 올바른 관념을 줄 때가 있다는 것은 사실이 아닐까요? 그래도 잠재의식에서 나왔을까요. 네? 그러니까 교수님도 첫눈에 저를 알아보시지 않았어요. 얼굴은 증명서와 같다고까지 하시면서. 생각나십니까? 바로 그런 겁니다. 부시꼬 교수님, 털외투나 반짝이는 눈들이 거리를 걷는 것이 아니라, 하나하나의 성격들이 걷고 있는 거예요.”

“이거 봐… 로빠뜨낀, 자넨 나하군 전혀 다른 인간이 아닌가! 자넨 음악을 이해할 줄 알고, 연주회에 가면 언제나 끝까지 앉아 있을 수도 있으니. 자넨 그 어떤 불굴의 정신을 가지고 있어. 그런데 나는 수학과 화학 이외엔 아무것도 무장된 것이 없거든. 한마디 말해 둘 것은 오늘 자넨 아주 명백하고 논리정연하게 말하는데, 그러나 유감스럽게도 나는 건배를 몇 번 했더니 아무것도 이해하지 못하겠단 말야.”

“그럼 오늘만은 용서해 드리겠습니다.”

로빠뜨낀은 웃으면서 커다랗게 외쳤다.

“그렇다면 됐어.”

부시꼬 교수는 갑자기 여느 때처럼 심각한 어조로 말했다.

“나쟈, 잔에 술을 따라 주시오.”

나쟈는 술을 따르고 난 빈 보드까 병을 식탁 밑에 세워 놓았다.

“동무들, 갑자기 지금 생각났는데 난 이 자리를 물러나야 하겠소.”

노교수는 나지막한 음성으로 말했다.

"언젠가 로빠뜨낀에게 어떤 사람과 만나야겠다고 말한 적이 있는데 그 사람에게 몇 가지 부탁할 일이 있어요. 그 사람과 만나자고 한 날이 바로 오늘입니다. 내가 왜 그걸 잊고 있었을까? 나쟈, 지금 몇 시요?"

"열 시 오 분 전이에요."

나쟈가 말했다.

로빠뜨낀은 얼굴을 찌푸렸다.

"저런, 벌써 사십 분이나 늦었군."

노인은 바삐 서두르며 외투를 입고는 중절모를 깊숙이 내려썼다. 그는 걸음을 멈추고 손가락을 꼽으며 말했다.

"전차, 전기 철도, 그리고 걸어서 십 분가량 ── 어쨌든 시간 반은 걸리겠군, 달려가야겠는데! 용서들 해 주시오."

그는 잔을 들었다.

"내가 늦지 않기 위해서… 나쟈! 나의 계획의 성공을 위해서 나는 이렇게 훌륭한 자리를, 이렇게 멋있는 모임을 버려야 하는군요."

보드까를 들이키고 나서, 노인은 빵 조각을 쥐고 그 위에다 햄 조각을 얹고는 나쟈에게 인사를 하고 빵을 씹으면서 밖으로 나갔다. 굼뜨고 우둔한 그의 발걸음 소리가 복도에서 점점 멀어져 갔다. 이윽고, 멀리서 쾅하고 문 닫는 소리가 온 집안에 울렸다. 로빠뜨낀과 나쟈는 갑자기 제정신으로 돌아왔다. 그들은 약속이나 한 듯이 자기의 잔만을 바라보다가 노인에 의해서 시작되어 벌써 여러 번 건배까지 한 잔들을 옆으로 밀어놓았다.

"왜 그렇게 갑자기…."

나쟈는 말했다.

"아무 까닭없이…."

"사흘 전에 노인이 그런 말을 하더군요."

"그래요! 얘기가 있었나요?"

나쟈는 갑자기 활기를 띠었다. 그렇지 않았던들 그녀는 돌발적이고 터무니없는 한 가지의 의혹 때문에 온밤을 불쾌하게 지낼 뻔했다.

"그 사람이 어디서 살고 있는데요?"

"말라호프까에."

"아니, 그렇게 먼가요?"

나쟈는 완전히 마음을 놓았다. 그리고 그녀의 마음속에 대담히 자리 잡고 있는 죄악 ── 이미 낯익은 금단의 감정이 그녀의 가슴을 유쾌하게 죄고 있었다. 그녀는 빨갛게 낯을 붉히고, 자신이 그 거울 속의 여인으로 변형되어 가고 있음을 느끼면서 고개를 숙였다. 나쟈 자신도 그 거울 속의 여인을 아직 모르고 있었다. 그리고 로빠뜨낀이 그러한 여자로의 변화를 좋아하지 않으리라는 것을 생각하고 두려운 마음까지 들었다. 그러나 그것을 견제할 수는 없었다. 고요한 정적이 잉잉 소리를 내며 무거운 압력으로 그들을 내리눌렀다.

"몇 시입니까?"

맥빠진 목소리로 로빠뜨낀이 물었다.

"열 시 삼 분 전이에요."

나쟈는 자리에서 일어나 방 안을 거닐었다.

"이건 라디오에요? 틀어도 괜찮아요?"

이윽고 낡고 껍질이 벗겨진 라디오에서 가니체프 부인의 향수처럼 달콤하면서도 정열적인 바리톤 경연극이 울려 나왔다.

로빠뜨낀과 나쟈는 커다란 소리로 웃어댔다. 바리톤 가수는 방 안의 공포를 단번에 쫓아 버리고 만 것이다. 가수는 매 낱말마다 한숨 섞인 교태를 부리면서 노래를 계속했다.

아아, 첫 번째 편지, 사랑의 편지…

아아, 그대는 눈물을 찾으리라, 글 사이에서.

“멋지게 부르는데!”

로빠뜨낀이 말했다.

나쟈는 스위치의 소켓을 잡아뺐다. 그러자 바리톤은 멎었다.

“왜 그래요? 끝까지 들어 봅시다. 이제 또 다른 걸 부를 겁니다.”

로빠뜨낀은 자리에서 일어나 빨리 라디오를 켜려고 스위치를 잡았다. 그러나 그것은 보드라운 나쟈의 손이었다. 그들은 두 사람이 함께 같은 시각에 라디오의 스위치를 꽂고 손을 움츠렸다. 다시 우렁찬 바리톤이 울려 나왔다. ‘나는 사랑과 행복, 불안에 취했노라!’ 그러나 나쟈와 로빠뜨낀은 그것을 듣고 있지 않았다. 고요한 종소리가 방 안에 넘쳐흘렀다. 로빠뜨낀은 아무것도 보지 않으면서 자기 의자에 앉았다.

“마셔 버릴까요?”

그는 기침을 하고 말했다.

“여기 이렇게 남았군요.”

“네?”

나쟈는 물었다. 그리고 무엇인가가 그녀를 로빠뜨낀 쪽으로 떠밀었다.

“뭐라고 했죠?”

그는 아무 대답도 하지 않았다.

“지금 뭐라고 하셨어요?”

나쟈는 로빠뜨낀 뒤로 다가가서 그 위로 몸을 굽히며 어설픈 어조로 다시 물었다.

“무엇을 마시자구 했죠?”

그리고 나서 그녀의 손가락은 다정한 뱀처럼 구불구불 기어가서 그의 머리칼을 헤치며 그 속으로 파고들었다.

"로빠뜨낀!"

그녀는 로빠뜨낀의 커다란 머리를 자기 가슴에 꼭 껴안으며 그 어떤 새로운 목소리로 말했다.

"로빠뜨낀!"

'난 그분과의 순간적인 행복을 위해서 모든 것을 내맡길 용의가 있어.' 그녀의 기억 속에서 낯익은 누군가의 목소리가 번쩍였다.

로빠뜨낀은 두 팔로 그녀를 껴안고 빙그르르 몸을 돌렸다.

숨 가쁜 몇 초가 흘렀다. 그녀는 마치 사방으로부터 로빠뜨낀을 둘러싸고 있는 것 같았다. 로빠뜨낀은 자기 얼굴을 나쟈에게로 가져가려고 했으나 나쟈는 두 손으로 그의 머리를 잡고 놓아 주지를 않은 채 당황한 눈초리로 빤히 그의 눈을 바라보기 시작했다. 그 순간 로빠뜨낀은 문득 거북한 생각이 들어 그녀의 눈을 피하고 말았다. '나의 사랑' 그녀의 눈초리는 말하고 있었다. '기다리세요, 좀 더 당신을 바라보게 해 주세요. 드디어 당신은 나의 것이군요. 자, 키스하세요! 나의 모든 것을 바칠 용의가 있어요, 나의 모든 생명을. 나를 사랑해 주실 테죠, 로빠뜨낀?'

이렇게 모든 것을 이야기하고 나서 그녀는 미소를 머금은 채 자기도 모를 말들을 속삭이며 그의 입술, 그의 눈, 그의 딱딱한 광대뼈에 미친 듯이 키스하기 시작했다.

새벽 두 시, 로빠뜨낀은 상자를 모아서 만든 울퉁불퉁한 잿빛 침대 위에 두 팔을 벌린 채 담요를 둘둘 말고 잠들었다. 나쟈는 그의 양복을 걸상 위에 걸고 셔츠의 단추를 풀자 앙상히 갈빗대가 드러난 메마른 가슴팍을 보았다. 그는 깊고 거칠게 숨을 쉬고 있어서 숨이 차 헐떡이는 커다란 풋새와도 같았다. 고통스럽게 눈썹을 찌푸리고 잠든 창백한 얼굴과, 학생 시절에 한 번도 결승점의 테이프를 끊어 보지 못했음에 틀림없는 그 피로에 지친 편편한 가슴을 보는 순간 나쟈는 지난날의 고통스러운 자취를 역력히 읽을 수 있었다. 나쟈는 로빠뜨낀 옆의 같은 담요 위에 앉아 있었으며, 슬픔 어린 그녀의 두 눈은 그의 머리에서 떠날 줄을 몰랐다. 이따금씩 그녀는 불끈 두 손을 움켜쥐기도 했다. 눈물이 볼을 따라 흘러서 로빠뜨낀의 셔츠 위에 떨어졌다. '아니다. 아무에게도 그대를 내줄 순 없다!' 그녀는 이렇게 속삭이고 그의 커다란 쇄골에 키스를 하고는 그 밑의 커다란 심장이 어떻게 뛰는가를 들었다. 그러나 곧 눈물이 마르고 나쟈의 얼굴은 밝게 빛났다. 그녀는 코를 씰룩이며 조심스럽게 몸을 움직이고 로빠뜨낀의 머리칼을 쓰다듬어 주기도 하고 날카롭게 파인 커다란 이마의 주름살을 펴 주기도 했다. 그러나 잠들었는데도 그 주름살은 누그러지지를 않았다. '주여, 드디어 저는 영웅을 찾았나이다!' 그녀는 행복에 취한 채 생각에 잠겼다. '정말 나는 이분을 소유한 것일까? 그렇다! 이젠 놓쳐서는 안 된다. 이젠 아무도 내게서 이분을 뺏어 가지 못하리라. 비록 잔나라 할지라도.'

나쟈는 로빠뜨낀을 들여다보며 이렇게 아침까지 꼬박 앉아 있었다. 훤히 동이 터올 무렵, 그녀는 창가로 다가가서 추위에 떠는 랴호프 골목을 바라보았다. 길 맞은편에 활짝 열어젖힌 텅 빈 뜰이 보였다. 만물은 죽은 듯이 고요히 잠들어 있고, 지붕 꼭대기에만은 밝고 즐거운 햇살이 천천히 스며들고 있었다. 저 뒤 어디선가 태양이 솟아오른 것이다.

나쟈는 로빠뜨낀을 돌아보고 생각에 잠겼다. 부시꼬 노인의 말대로 이제 그녀는 자기 기차에서 껑충 뛰어내린 것이다. 그것은 현기증이 나는 도약이었다. 그녀는 새로운 눈으로 자기 주위의 모든 것을 살펴보았다. 여기는 뜻하지 않은 동반자가 그녀를 데리고 온 집이었다. 그녀를 기다린 것은 무엇이었던가? 그렇다. 어쨌든 그녀는 모험을 감행한 것이다. 상대방이 그 정도의 모험을 감행하지 않았는데도….

'안개 짙은 어느 날 새벽녘에 나는 눈을 떴노라' 나쟈는 불로끄의 시를 상기했다. '그녀는 어린애처럼 미소를 풍기며 잠들고 있다. 나의 환영을 그리면서….'

그러나 아니다. 그녀가 자고 있는 것이 아니라 그이가 자고 있었다. 그리고 그는 나쟈의 꿈을 꾸고 있지도 않았다. 그는 무엇인지 커다란 고통을 참고 있었다. 그러나 그녀는 안개 짙은 아침에 어린애의 꿈에서 잠을 깬 것이다. 서글픈 미소가 고요히 그녀의 얼굴을 스쳐 갔다. 나쟈는 제도판을 바라보았다. 커다란 제도판 꼭대기는 어두컴컴한 암흑 속에 잠겨 보이지 않았다. 그녀는 방을 둘러보았다. 모든 것이 행군 준비를 갖춘 병사의 방과도 같았다. 여기서 나쟈는 같은 시 중에서 다른 구절을 상기했다. '종달새의 노래가 바다의 율동적인 음향을 제압할 수는 없다!'

그다음 그녀는 다시 죽은 듯이 고요한 골목으로 얼굴을 돌렸다. 그녀는 흠칫 뒤로 물러났다. 그 뒤에 얼굴이 점점 빨갛게 물들기 시작했다. 저쪽 맞은편 길에 양말처럼 늘어진 외투 호주머니에 불룩하게 주먹을 집어넣은 부시꼬 교수가 발을 질질 끌면서 천천히 보도를 거닐고 있었다. 그는 걸음을 멈추고 자기 집과 자기 집 창문을 바라보고 나서 외투 깃을 높이 추켜올렸고, 추위에 부르르 몸을 떨며 다시 걸음을 옮겼다. 옆으로 몸을 움츠리고 박자를 맞추며 걸어가는 모습은 마치 야간 당번을 맡은 문지기와도 같았다. '내 계획의 성공을 위해서!' 나쟈는 기사와도 같은 그의 건배를 상기했다. '저런, 거짓말을 했구나! 익살맞은 영감 같으니!' 그녀는 웃으면서 이렇게 속삭이고는 구부러진 그의 등 뒤에다 주먹질을 했다.

그러는 사이에 랴호프 골목도 밝아 오기 시작했다. 파리한 황록색 하늘은 연분홍 조화를 이루며 싸늘한 하늘을 녹여 주면서 점점 따스한 햇살로 활기를 띠기 시작했다. 그리고 맑게 빛나는 지붕 뒤에서는 아침놀의 즐거운 나팔소리가 들려오는 것 같았다. 그렇다. 모스크바는 새 날을 맞이하였고, 나쟈는 새로운 생활을 맞이한 것이다. 사실 그 생활은 화려한 독립가옥에서의 생활이 아니라 반 굶주림의 생활인 것이다. 그러나 커다란 기쁨과 커다란 슬픔이 엇갈린 참된 생활인 것이다. 행복! 행복이란 언제나 달콤한 것이 아니다. 그리고 재산보험의 플래카드 같지도 않다. 행복은 슬픔에 의해서 이룩되는 것이며, 나쟈가 그것을 알 때도 바로 눈앞에 다가오고 있었던 것이다.

아침 일곱 시에 그녀는 발명가들의 방을 치우고 다시 한 번 잠자는 로빠뜨낀에게 키스한 후, 옷을 입고 살그머니 방을 나섰다. 모두들 고요히 잠들어 있어서 그녀는 복도를 나가는 동안 아무도 만나지 않았다. 그녀는 현관문을 등 뒤로 닫고 안도의 한숨을 쉬었다. 그러나 이때 나쟈는 갑자기 혼자 내버리고 온 아들 니꼴라슈까의 모습이 똑똑히 눈앞에 떠올랐다. 그는 조그만 얼굴을 찌푸리고 눈을 휘둥그렇게 뜬 채 자기 침대 속에 있으면서 울고 있지는 않았으나 어머니의 빈 침대와 문만을 바라보고 있었다. 가련하게 그의 조그만 눈썹은 위로 추켜올라갔으나 그는 아무것도 모르고 있었다. '가엾은 나의 아들, 그렇게 오랫동안 어머니를 보지 못했다니 —— 밤은 고사하고 아침까지도.' 나쟈는 자신에게 욕설을 퍼부으며 황급히 층계를 내려가서 마당을 거쳐 바깥문으로 달렸다. 골목 저 멀리 노란 택시 라이트가 비쳤다. 나쟈는 택시로 달려가서 손잡이를 잡아당기며 폭신폭신한 의자에 몸을 실었다. 그리고 좌우로 전주와 집들이 달음질을 쳤을 때, 그녀는 비로소 택시 같은 이러한 사치스러운 몇 가지의 습관을 떼어 버려야 되겠다고 생각하는 것이었다. '택시를 타는 것도 이것이 마지막이다' 하고 그녀는 결

심했다. '여학교 지리 선생답게 간소한 생활을 해야지.'

집안은 그전 그대로 무사했다. 니꼴라슈까는 식탁 앞의 높다란 자기 의자에 앉아 있었다. 슈라가 그에게 조반을 먹이고 있었고, 그는 두 볼을 움직이며 조그만 손으로 접시를 끌어당기고 있었다.

"오, 내 귀염둥이!"

나쟈는 귀여운 자기 아들을 왈칵 껴안고 키스하고 싶은 충동을 간신히 억제하면서 노래부르듯이 나직이 말했다. 그러나 그녀는 먼저 외투를 벗어 던지고,

"귀여운 내 아들!"

하고 말하면서 손을 씻으려고 부엌으로 달려갔다. 니꼴라슈까는 어머니가 나갔다고 커다란 소리로 울기 시작했다. 그러나 어느새 되돌아왔는지 그녀는 두 손으로 아들을 안고 있었다. 그녀는 아들이 어떻게 되지나 않았나 살피고 나서 행복에 얼굴을 붉히면서 여러 번 키스를 한 다음 아들에게 조반을 먹이기 시작했다.

"모든 것을 애아비한테 일러 줄 테다. 모든 것을."

늙은 시어머니가 볼멘소리로 문 밖에서 말했다.

"아들이 올 때까지 기다려봐!"

"아들이 온 다음에 말하세요, 지금 나한테 그러지 마시고."

나쟈는 어깨 너머로 말했다.

"그리구, 두 애를 가진 첫 번째 부인을 버린 데 대해서두 책망을 마시구."

"뭐, 뭐라구! 그 년은 자기가 나가 버렸어. 그 년은 화냥년과 다름없었어."

"세 번째 부인도 나가 버릴 거예요."

나쟈는 니꼴라슈까에게 키스하며 말했다.

"그러나, 제발 나한테는 아무 말 마세요. 당신하군 아무 관계도 없으니."

나자는 낮에 학교에서 강의를 마치고 저녁녘이 되자 숨을 헐떡이며 달려와서는 벌써 수많은 초인종 노끈이 매달려 있는 커다란 문 앞에 서서 가쁘게 숨을 몰아쉬고 있었다.

부시꼬 노인이 문을 열어 주었다.

"안녕하십니까, 부시꼬 교수님."

나자는 나지막한 소리로 말했다.

두 사람은 아무말 없이 서로의 얼굴을 바라보았다.

"안녕하시오, 나쟈!"

노인은 나쟈의 낯을 붉히게 하고 나서 한참만에야 코맹맹이 소리로 나직이 말했다. 그러나 여기서 노인은 말라호프까에서 돌아왔기 때문에 아무것도 모르는 체해야 되겠다고 생각했다. 그는 어리둥절한 얼굴로 나쟈를 바라보았다.

"당신의 그 이상한 인사를 어떻게 이해해야 할지 모르겠군요?"

"그건 농담으로 받아 두세요. 그러나 한 가지 비밀을 당신에게 얘기해야겠어요."

나쟈는 속삭이는 소리로 말했다.

"전 외국의 간첩을 봤어요."

"그럴 수 있나! 어디서?"

노교수의 두 눈이 안경 뒤에서 휘둥그레 커졌다. 노인은 주위를 둘러보고 끊어진 악기의 줄처럼 말려 올라간 새하얀 귓속 털이 삐죽이 튀어나온 귀를 나쟈에게로 가져갔다.

"전 그것을 확신해요."

나쟈는 말했다.

"그 사람은 밤새도록 우리 집 창 밑을 왔다 갔다 하고 있었어요. 그 스파이를 잡아서 처단해야겠어요."

노인은 머리를 숙이고 선 채 잠시 생각에 잠겼다가 날카롭게 나자를 쳐다보았다.

"심각한 일이군. 그래, 정말 심각해. 그를 처단할 필요가 있을까? 그 가련한 사람은 자기 일을 감시하다가 감기까지 얻었는데!"

나자는 미소를 감추면서 복도 안으로 걸어가려고 했으나 부시꼬 교수는 그녀를 멈추어 세웠다.

"나자! 제발 부탁이니 파우스트한테는 아무 소리도 말아 주시오. 그는 오늘 매우 기분이 좋지 않아요. 그걸 가지고 날 잡아먹으려 들어요."

"그럼 지금 어때요?"

"아직까지 누워 있어요. 침울하게 무슨 생각을 하고 있거든."

로빠뜨낀은 아직도 침대에서 일어나지 않고 있었다. 그는 머리가 아팠다. 그는 하루 종일 침대 위에 누워서 이마에 손을 얹고 벽을 바라보며 줄곧 한 가지 일만을 생각하고 있었다.

'잔나!' 그는 벌써 여러 번 자기 자신에게 말했다. '너는 잔나를 배반했다. 그대로 계속해 나가라. 무엇 때문에 괴로워하느냐?'

로빠뜨낀은 괴로움에 못 이겨 몸을 뒤쳤다. '아니다. 이건 배반한 것이 아니다.' 그는 자신에게 대답했다. '어쨌든 곧 해명이 될 것이다.'

'무엇을 해명하게 된단 말인가? 그리고 그녀에겐 뭐라고 말할 것인가!' 갑자기 새로운 생각이 일어났다. 그녀는 말할 것이다. '세상에는 선인이란 하나도 없다'고.

그 다음 무서운 질문의 화살이 그의 가슴을 찔렀다. '나자를 어떻게 할 것인가? 왜 그녀를 단번에 거절하지 못했을까? 왜 희망의 실마리를 주었을까? 내가 연약한 탓인가? 그렇지 않다면 나는 그녀를 사랑하고 있는 것일까? 그녀가 나를 사랑한다는 것은 사실이다. 그녀의 모든 행동에 그렇게 나타나고 있지 않은가. 그녀는 진실한 마음에서 해명해 주길 요구하리라. 그러나 해명을 하지 못한다면 자기를 왜 속였는가 물어볼 것이다. 어쨌든 무슨 말을 해야만 한다. 비록 각성의 말이 그녀를 괴롭힌다 할지라도. 그렇지만 나는 정말 그녀를 속인 것일까? 그녀를 사랑한다 해도 나는 그녀를 사랑할 수 없는 처지가 아닌가.'

"오!"

그는 신음 소리를 내며 돌아눕고 한 손으로 눈을 가렸다. '그럼 또 한 여자는?' 이 생각을 하니 가슴이 아팠다. '잔나는 아직도 어린 처녀다. 그녀는 내가 꾸즈바쓰에 가기를 원하면서도 내가 미치광이가 아니라 이 세상의 영웅이라고 다시 한 번 믿어 주고 있지 않은가! 지금 이 순간에 그렇게 그녀를 배반할 수 있을 것인가. 그럼 나쟈에게는 안녕 하고 작별의 인사를 해 버릴까!'

'좋아, 좋아!' 그는 갑자기 새로운 똑똑한 말소리를 들었다. '그런데 지금 네가 생각하려는 것은 무엇인가? 그럼 너의 기계는? 결국 다른 사람의 손에 넘겨줘야 하지 않는가? 오늘 너의 이정표는 몇 번인가? 33번? 그렇다면 오늘 무엇을 생각해야 하는가? 어린애 장난 같은 문제를 해결할 것인가? 아니면, 너의 본질적인 주요한 부분인 발명 사업을 생각할 것인가?'

이 새로운 목소리는 모든 문제를 해결해 주었다. 로빠뜨낀은 얼굴을 찌푸리고 침대에서 두 발을 내렸다. 바로 이때에 나쟈가 방으로 들어왔다.

"안녕하세요!"

나쟈는 마음의 동요를 교묘히 감추면서 즐거운 어조로 말했다.

로빠뜨낀은 죄진 사람처럼 딴 곳을 바라보고 있었다. 그는 천천히 힘을 내서 나쟈에게 결정적인 말을 하려고 머리를 쳐들었다.

"말하지 마세요! 모든 것을 알고 있어요."

나쟈는 로빠뜨낀 옆에 나란히 앉았다.

"로빠뜨낀, 하루만 더 기다려 주세요! 하루만 더 여유를 주세요. 우리 함께 어디든지 떠납시다."

'그리고 다시는 돌아오지 말까?' 로빠뜨낀은 쓴웃음을 지으며 생각했다.

"아닙니다."

그는 한숨을 쉬고 손가락으로 이마를 짚었다.

"사실… 이건 내가 하고 싶던 말입니다. 우린 그런 관계를 계속해선 안 됩니다. 바로 이것은…."

그들은 모두 말이 없었다. 부시꼬 교수가 방으로 들어와서 흘끗 그들을 쳐다보고는 깨끗한 기름종이를 훔치기 시작했다.

"날씨가 좋은데!"

노인은 두 사람의 어색한 기분을 쫓아 버리려고 커다란 소리로 외쳤다.

"아아 젊은이들, 젊은이들! 거리에 나가 바람이나 쐬지."

로빠뜨낀은 아무 말도 없었다. 나쟈는 그의 파리한 얼굴을 보며 그의 생각을 읽고 모든 것을 이해했다. 그녀의 마음속에는 그의 침묵에 대답하는 어떤 것이 일어나고 있었다. 이 순간 그녀는 그 거대한 인간의 어머니로 성장한 것 같았다. 그리고 미치광이 같으면서도 다정한 마음의 여인 ── 어제까지도 자신을 견제할 수 없었던 그녀는 나쟈의 마음속에서 살그머니 녹아 버리면서 고요한 눈물과 더불어 사라지고 말았다.

나쟈는 자리에서 일어나 외투를 벗어 걸었다. 오늘 그녀는 진회색 여선생 제복을 단정히 입고 있었다. 그녀는 로빠뜨낀에게로 돌아서서 자기가 해야 할 일의 지시를 기다리고 있는 것 같았다. 그리고 만일 필요하다면 완전히 딴 여자로 변할 수도 있다는 것을 여러 사람에게 보이고 싶어하는 것 같기도 했다. 이것은 그녀의 행복을 흐리게 한 첫 번째 비애에 대한 그녀의 대답이었다.

제 3 부

제 3 부

1

진정한 영웅주의를 볼 가능성은 자주 나타나는 것이 아니다. 그것은 영웅이 적기 때문이 아니라, 전혀 다른 원인이 있는 것이다. 영웅은 유혹적인 금메달을 가슴에 달지 않고서도 자신의 고답적인 생활의 절정으로 상승하게 된다. 바로 그때 그는 영웅인 것이다! 이러한 상승은 때때로 수년이 걸릴 수도 있고, 수십 년이 걸릴 수도 있으나 어떤 때는 그 자신이 종말을 고할 때까지도 세상에 알려지지 않은 채로 끝나 버릴 수도 있다. 우리는 영웅을 옆에 두고서도 그를 알아보지 못할 때가 있는 것이다. 그렇기 때문에 사람들은 열 배의 수확을 거두기 위해서 씨를 뿌리는 타산적인 파종자는 있을지언정 대체로 영웅이라는 것은 존재하지 않는다고 말하고 있는 것이다.

그러나, 저 로빠뜨낀을 바라보라. 그의 밭은 벌써 육 년 동안이나 무르익고 있지만 아직 이삭을 보지 못하고 있지 않은가! 7급 기계공으로 일을 하든지, 수학 선생으로 종사를 했던들 그는 벌써 지난 이 년 동안 랴호프 골목의 커다란 재산보험 플래카드 위에 그려 있는 갖가지 물건들을 소유할 수도 있었을 것이다. 그들은 일상생활에 불가결한 그 거대한 플래카드를 무심히 바라보고 있으며, 그의 본질을 이해하려 하지도 않는다. 그리고 재산을 태워 버리는 불도 무서워하지 않을 뿐더러 맹목적인 빈곤도 두려워하지 않는다. 바로 여기에 그들을 이해할 수 없는 신기한 특성이 존재하는 것이다. 그들은 많은 돈이건 적은 돈이건 자신의 손에 남겨 두지 않으며, 당좌예금으로 저축하지도 않고, 그렇다고 보험으로 살 수 있는 품질 좋은 물건들로 바꾸어 버리지도 않는다. 그들은 두 사람 중에서 누가 더 심각해지는가에 대해서 서로 농담을 주고받을 따름이다.

부시꼬 교수는 발명가 디젤의 말을 인용하면서 해가 거듭됨에 따라 희망을 잃어버리게 된다고 말해 왔지만 그것은 순전히 넋두리에 지나지 않았다. 노교수는 로빠뜨낀을 가까이 사귀게 된 때처럼 희망을 갈망한 적은 아직 한 번도 없었다. 로빠뜨낀은 정다운 친구로부터 이익을 얻을 수 있다는 것을 철저히 노인에게 입증시켜 주었던 것이다. 노인은 로빠뜨낀에게 '맹세하진 말게'라고 말하긴 했으나, 새로운 친구가 배수관에 성공한다면 곧 자기를 도와주려고 손을 뻗칠 것이고 소화 분말을 인민에게 넘겨 주는 일을 도와줄 수도 있을 것이라는 기대를 가지며 은연중 로빠뜨낀의 맹세를 받아들이고 있었다.

한편 로빠뜨낀 자신은 여러 해가 지났음에도 불구하고 아직까지 희망을 버리지 않았다. 사실 그의 얼굴 표정은 언제나 냉담했다. 예를 들어 나쟈에게 탄원서나 편지 혹은 항의문 같은 것을 타자하라고 줄 때에도 로빠뜨낀은 스스로 그것을 비웃기까지 했다. 그러나 나쟈는 이미 그의 감정을 이해할 수 있었다. 많은 사람들이 이해를 하지 못하는 그 문장을 그녀는 쉽사리 이해할 수 있었던 것이다. 그리고 그녀는 로빠뜨낀이 그 조그만 종잇장 하나하나로부터 결과를 기다리고 있다는 것까지 알고 있었다. 로빠뜨낀은 어느 날이건 자기의 앞길만을 생각하고 있었던 것이다.

오월로 접어들려는 어느 날, 나쟈는 무슨 일을 물어보려고 로빠뜨낀 옆으로 다가갔다. 로빠뜨낀은 그때 푹 고개를 숙이고 있었는데 나쟈는 깜짝 놀라지 않을 수 없었다. 풀이 죽은 듯한 그의 윤기 없는 밝은 아마빛 머리칼, 한때 그렇게 다정하게 어루만져 주었던 그 머리칼은 3분의 1이 어느새 새하얗게 세어 있지 않은가! 여러 가지 희망이 그를 그렇게 만들었고, 아직도 그 희망은 실현을 보지 못하고 있었던 것이다.

많은 사람들이 로빠뜨낀을 비웃었다. 그러나 그들에게 화를 내서는 안 된다. 그들은 모두, 지난 세기에 발명된 것과 발명할 수 있었던 모든 것을 누구보다도 잘 알고 있는, 이른바 자기 직장의 성실한 일꾼들이었다. 그들은 일개의 교원(그들은 로빠뜨낀을 이렇게 불렀다)이 자신의 문제를 최고기관으로 보내온 것을 비웃고 있었다.

그들 중 몇몇 사람은 로빠뜨낀을 냉정한 태도로 대하면서 가시가 섞인 저음으로,

"자넨 괴짜군! 자네에겐 아브지예프나 싸라또프쩨프 회원 같은 권위가 없단 말야!"

하고 말하고는 얼굴을 찡그렸다. 로빠뜨낀은 그들이 국가적인 견지에서 자기를 바라보는 것 같은 생각이 들었다. '찌푸린 얼굴을 한 발명가란 자식들은 왜 자꾸 기관으로 찾아와서 쓸데없는 일로 시간을 낭비하게 할까?' 그들의 눈초리는 이렇게 말하고 있었다. '도대체 이 바보 같은 편지를 쓰는 데도 굉장한 노력이 소비되었을 텐데!'

그러나 로빠뜨낀은 그들을 이해하고 화를 내지 않았다. 다만 참을성 있게 입술을 깨물 뿐이었다.

이렇게 판에 박은 듯한 거절을 받은 로빠뜨낀은 어느 날 책장과 낡은 책상들이 놓여 있는 야금공업성의 길쭉한 복도를 가고 있었다. 칠월이라 몹시 더웠고 무덥기까지 했다. 뜻하지 않은 성내의 소음이 로빠뜨낀을 둘러쌌다. 타자기 소리가 들려 왔다. 그는 열려진 문을 통해서 크림색 천으로 뒤덮인 사무실의 벽과 천장을 보았다. 이윽고 갑자기 주위가 조용해졌다.

로빠뜨낀은 장관 비서실 옆을 지나고 있었다. 그는 문을 통해서 위로 말아 올린 명주 커튼과 활짝 열려진 반짝반짝 빛나는 창문 유리, 여러 대의 전화가 놓여 있는 책상, 여비서, 그리고 의자에 앉아 있는 방문객들을 보았다. 옆방에서는 회의가 진행되고 있었다. 얼마쯤 더 가니 마흔 개가량의 책상이 놓인 회의실이 나타났고 책상마다 사람들이 앉아 있었다. 그리고 복도, 문, 책상 구석 할 것 없이 여기저기 두 사람 혹은 세 사람씩 뒷짐을 진 채 벽에 기대서서 무슨 문제를 토론하고 있었다.

로빠뜨낀은 성 건물을 가로질러 통과하면서 한숨을 지었다. 그는 잠시 걸음을 멈추고 한 손으로 얼굴을 쓸고는 아래층으로 내려갔다. 로비에서 재빨리 미궁과 같은 유리문을 통과한 그는 여름 태양이 눈부시게 빛나는 거리로 나왔다. 그는 산책길에서 하마터면 드로즈도프의 여비서하고 얼굴을 마주칠 뻔했다. 언젠가 로빠뜨낀이 러시아의 노을이라고 불렀던 바로 그 여비서였다. 그녀는 시원하게 팔을 드러내고 두 어깨를 비스듬히 경사지게 만든, 일본 여자의 옷처럼 짧은 소매의 타이트한 드레스를 입고 있었다. 그녀의 머리칼은 쌃게 커트되어 있었고 그 머리칼은 어린애다운 그녀의 목덜미를 노출시키면서, 머리 전체를 황백색 화관으로 둘러싸고 있는 것 같았다. 그녀는 아이스크림을 먹으면서 걸어오고 있었다.

로빠뜨낀은 눈에 띄지 않을 정도로 살짝 그녀에게 인사를 하고 걸음을 서둘렀다. 그러나 그녀는 로빠뜨낀을 불렀다.

"어머나, 그렇게 모르는 체하세요! 로빠뜨낀 동무 아니세요?"

그녀는 조그만 머리를 살래살래 흔들며 말했다.

"아직까지도 야금금속성에 찾아다니시나요?"

"그렇습니다. 아직 다니지요."

로빠뜨낀은 이렇게 말하고 다시 불쾌한 질문에 대답하려고 했으나 그녀는 흘끗 로빠뜨낀을 쳐다보고 측은한 표정으로 콧대에 주름살을 모으며 외면을 했다. 그녀는 아이스크림통을 바라보며 잠시 생각에 잠겼다. 그녀의 가슴 위에는 공산청년동맹원 배지가 붙어 있었다. 지금 그 배지는 그녀의 가슴을 누르며 단호한 결정을 요구하고 있는 것 같았다. 그녀는 다시 로빠뜨낀을 바라보고 대번에 결정을 내렸다.

"저, 로빠뜨낀 동무, 당신의 설계도를 제게 주세요. 그 전체의 도면과 설명문을 작성하구… 이제 저하구 같이 가서 장관 앞으로 보내는 편지를 간단히 쓰세요."

"아니, 당신은 드로즈도프의 비서가 아니었던가요?"

"아니에요, 전 장관의 비서에요."

로빠뜨낀은 말없이 고개를 숙였다. 그들은 다시 미궁과 같은 유리문으로 들어갔다. 수위장은 로빠뜨낀에게 통행증을 요구하려고 했으나, 그녀는 미리 딱 잘라 이렇게 말했다.

"이 동무는 장관의 부름을 받고 오는 분이에요!"

그들은 낯익은 복도를 통과하여 좁다란 층계를 따라 이 층으로 올라갔다. 그들은 여기서 또 한 사람의 수위를 만났다. 그녀는 다시 수위에게 말했다.

"이 동무는 장관이 초대했어요."

로빠뜨낀은 빨간 부드러운 양탄자가 깔린 길쭉하고 널찍한 홀로 들어섰다. 그녀는 판유리를 깐 둥근 책상으로 로빠뜨낀을 안내했다.

"자, 여기 펜대와 잉크가 있어요."

그녀는 나직이 말했다.

"이렇게 쓰세요. 쟈주르 아파나씨 쩨렌찌예비치 장관 앞. 누구에 대해서건 개인에 대한 불평은 하지 마세요. 몇 년 동안 진척을 보지 못하고 있다는 것만을 말하세요. 쓰세요. 곧 돌아올 테니."

그녀는 걸음을 늦추지도 않고 서두르지도 않으며 여비서다운 걸음으로 푸른 무늬가 있는 부드러운 빨간 양탄자를 밟으며 홀의 맨 끝까지 걸어가서는 번쩍번쩍 윤이 나는 높다란 문 안으로 사라졌다. 여비서는 곧 돌아왔다. 편지는 준비되어 있었다. 로빠뜨낀은 설계도의 사진 축소판과 그 편지를 묵묵히 여비서에게 넘겨주었다. 서류를 받아든 여비서는 로빠뜨낀을 층계까지 바래다주고는 마치 감상적인 사람이 버림받은 사람을 바라보는 듯한 동정 어린 눈으로 바라보며 말했다.

"이틀 후 아침에 비서실로 전화를 걸어 주세요. 미헤예바를 찾으세요. 어떻게 될 거예요. 장관은 발명가들을 만나길 좋아하니까요. 다시 말해서 재능 있는 사람들을 말이에요."

약속한 날 아침 로빠뜨낀은 장관 비서실로 전화를 걸고 미헤예바 동무를 찾았다.

"무슨 용무에요?"

세련되고 냉정한 여비서의 목소리가 대답했다.

"아아, 로빠뜨낀 동무군요!"

그러자 그녀의 목소리는 곧 누그러졌다.

"로빠뜨낀 동무시죠? 장관은 금요일에 당신을 면접할 거예요. 그래요. 네, 오후 네 시에 와 주세요. 제가 통행증을 신청해 두겠어요."

금요일까지는 아직 이틀이 남아 있었는데 그동안 로빠뜨낀은 아무것도 쓰지 않고 그리지도 않았다. 부시꼬 노인까지 자기 일을 멈추고 말았다. 저녁마다 그들은 불을 끈 채 문을 열어 놓고 묵묵히 서로 마주 앉아 있었다. 이따금씩 불쑥 튀어나오는 말이 정적을 깨뜨릴 뿐이었고 또 그것에 의해서 두 사람 사이에 대화가 진행되고 있다는 것을 알 수 있었다.

"금요일…."

로빠뜨낀은 말했다.

"아마 그 날로 모든 것은 끝장이 날 겁니다."

"음… 괜찮을 테지."

잠시 사이를 두었다가 노교수는 대답했다. 그리고는 다시 정적이 다가왔다.

금요일이 되자, 로빠뜨낀은 면도를 하고 양복을 다리고 단화를 닦았다. 세시 반에 나자의 손가방을 든 로빠뜨낀은 야금공업성의 화려한 층계를 따라 이 층으로 올라갔다. 로빠뜨낀은 거기서 두 번째의 통행증 검문을 마치고, 문에서 문으로 양탄자가 깔린 길쭉한 홀로 들어갔다. 두 번째 문을 통과하니 비서실이 나타났다. 이 방 역시 네모반듯한 커다란 홀로서, 그 벽들은 연마된 재목과 와니스, 그리고 밝은 페인트로 해서 반들반들 빛나고 있었다. 벽을 따라 흰 커버를 씌운 소파들이 놓여 있었고, 거기에는 하얀 군복을 입고 커다란 손가방을 든 방문객들이 제각기 자유로운 자세로 앉아서 장관의 호출을 기다리고 있었다. 그중엔 젊은 사람도 있었고 나이 많은 사람도 있었다. 두 개의 책상 중 한 책상에는 먹으로 그린 듯한 눈썹의 젊은이가 앉아 있었는데, 그는 눈을 들지 않은 채 알지 못할 미소를 풍기면서 공장 지배인 같이 보이는 뚱뚱한 백발노인의 말을 듣고 있었다. 노인은 젊은이에게 허리를 굽히고 무슨 일을 간청하는 태도였다. 두 번째 책상에 새침한 표정으로 앉아 있는 여비서는 한꺼번에 두 개의 수화기를 들고 나직한 어조로 재빨리 무엇인가 말을 하고 있었다.

로빠뜨낀은 살짝 머리를 숙여 그녀에게 인사를 했다. 그녀는 로빠뜨낀을 보고도 눈썹 하나 까딱하지 않았다. 로빠뜨낀은 곧 눈치를 채고 젊은이에게로 다가갔다.

"로빠뜨낀 동무요?"

젊은이는 눈을 내리깐 채 말했다.

"잠깐 앉아 기다리십시오."

노인이 그에게 담뱃갑을 내밀자 그는 역시 눈을 내리깐 채 말했다.

"감사합니다. 피우지 않습니다."

로빠뜨낀은 소파에 앉았다. 방음장치가 잘 된 방에서 볼 수 있는 특별한 정적이 몇 분 동안 계속되었다. 이윽고 슈찌꼬프 차관과 기술국장 드로즈도프가 서로 즐겁게 말을 주고받으며 비서실로 들어왔다. 로빠뜨낀은 자리에서 일어나 옛 친구들에게 인사를 했으나 그들은 로빠뜨낀을 알아보지 못했다.

"장관 계시오?"

슈찌꼬프가 물었다.

"네, 네."

젊은이는 자리에서 일어나 양복의 구김살을 펴며 대답했다.

두 사람은 잠시 머뭇거리다가 파란 커튼을 들추고 장관실 복도로 들어갔다. 또다시 정적이 다가왔다. 로빠뜨낀은 장관실에서 자기에 대한 말이 진행되고 있으리라고 생각했다. '아니, 왜 이렇게 오래 걸릴까' 그때 갑자기 젊은이 뒤에서 붕 — 신호가 울렸다. 로빠뜨낀은 가슴에 강한 충격을 느꼈다. 젊은이는 벌떡 자리에서 일어나 침착한 걸음걸이로 커튼 속으로 들어갔다.

'날 부르는구나.' 로빠뜨낀은 생각했다. 그러나 젊은이는 장관실에서 나와서 아무 일도 없었다는 듯이 그대로 자리에 앉았다. 다시 지루한 몇 분이 흘렀다. 얼마 후 다시 한 번 신호가 울렸다. 젊은이는 커튼 속으로 사라졌다가 돌아와서 나직한 목소리로 말했다.

"로빠뜨낀 동무."

로빠뜨낀은 어두컴컴한 복도를 지나서 까렐리야 자작나무로 만든 높다란 문을 열고 양쪽에 커다란 창문들이 나 있는 또 하나의 홀을 보았다. 장관실이었다. 오른쪽 창문 옆 벽에서 얼마 떨어지지 않은 곳에 책상 하나가 놓여 있고, 그 앞에 두 개의 안락의자가 있었다. 장군 견장을 단 장관은 자기 책상에 앉아 있었고 슈찌꼬프 차관과 드로즈도프는 안락의자에 앉아 있었다.

로빠뜨낀은 밝고 포근한 넓은 양탄자 들판을 가로질러서 장관 책상으로 다가갔다. 장관은 자리에서 일어나 그를 맞으려고 황급히 몸을 굽히며 손을 내밀었다. 장관은 무척 건강해 보였고 예상과는 달리 노인은 아니었다. 약 쉰 살가량 되어 보였다. 그는 힘차게 로빠뜨낀의 손을 흔들고는,

"앉으시오."

하고 말했다. 드로즈도프는 벌떡 자리에서 일어나 창문 옆의 의자로 옮겨 앉았다. 로빠뜨낀은 진주알처럼 반짝이는 보들보들한 슈찌꼬프의 손을 잡고, 그 다음에 메마르긴 했지만 군센 드로즈도프의 손을 잡고 나서 드로즈도프가 앉았던 자리에 조심스레 앉았다.

"로빠뜨낀 동무, 자네의 설계도를 검토해 봤는데…."

장관은 말했다. 널찍한 이마에 갈색 눈꺼풀이 축 늘어진 장관은 이마 위에 굽실거리는 헝클어진 머리칼로 해서 마치 베토벤 초상화와 같은 인상을 주었다.

"자네의 아이디어가 마음에 들어."

그는 말했다.

"그런데 아직 이해가 안 되는 점들이 있는데…."

"설명해 드릴까요?"

로빠뜨낀은 물었다.

"암, 물론! 어서 자세히 좀 설명해 주게."

로빠뜨낀은 재빨리 커다란 도면을 펼쳐서 책상 위에 놓았다.

"저런, 역시 발명가라 다르군!"

장관은 가볍게 웃으면서 말했다.

"벌써 사진 복사를 다 했군그래!"

장관은 한 번도 로빠뜨낀의 말을 중단시키지 않고 고안자의 설명을 끝까지 주의 깊게 들었다. 그러나 단 한 번 조심스레 질문을 했다.

"이건 뭔가? 여기에 있는 연결봉은 강도가 일정하지 않은 것 같은데?"

"로빠뜨낀은 기사가 아닙니다."

슈찌꼬프는 로빠뜨낀을 옹호하며 대답했다.

"그건 우리가 수정하도록 하지요."

그리고는 가느다란 금테 안경과 샛노란 금니를 반짝이며 다정하게 웃었다.

바로 그때 멀리에서 장관실 문이 빠끔히 열렸다.

"들어가도 좋습니까?"

까만 눈썹의 젊은이가 물었다. 그는 소리 안 나게 발끝으로 걸어와서는 조그만 종이 딱지가 붙은 여러 가지 색의 묵직한 대리석판을 열댓 개가량 책상 가장자리에 올려놓았다. 아마 무슨 물건의 모형인 것 같았다.

"이게 전분가?"

장관은 이렇게 물어보고, 옆으로 손을 뻗어 모형을 만지작거렸다. 그리고 젊은이는 들어올 때처럼 소리 안 나게 발끝으로 걸어 나갔다.

"그래… 이 아이디어가 마음에 드는 걸."

장관은 슈찌꼬프에게 말하고 나서 한 손을 도면 위에 올려놓고 로빠뜨낀을 바라보았다.

"우린 벌써 자네 것과 똑같은 기계를 제작 중에 있어. 막슈쩬꼬와 그 밖의 동무들이. 여기 있는 드로즈도프 동무가 감독을 하고 있지. 자넨 그 기계를 모르고 있나?"

"물론 알고 있습니다."

로빠뜨낀은 풍자가 섞인 미소를 지으며 말했다. 드로즈도프도 로빠뜨낀을 바라보지 않은 채 쓴웃음을 지었다. 그러나 장관은 그들의 표정을 눈치채지 못했다.

"드로즈도프 동무! 자네의 경쟁자가 생겼네. 한번 멋지게 싸워 보게! 어때, 경쟁은 피할 수가 없겠지?"

장군은 호탕하게 웃었으나 드로즈도프는 빙긋이 미소를 지으며 고개를 숙였다.

갑자기 장관의 얼굴이 흐려졌다.

"그런데 자넨 그 고안이 이 년간이나 방치되었다고 썼던데?"

이렇게 말하고 장군은 서랍에서 두꺼운 초콜렛빛 가죽으로 만든 커다란 손가방을 꺼내서 대리석판들을 그 속에 차근차근 쌓아 넣기 시작했다.

"주조물연구소 친구들이 그렇게 한 겁니다. 이내 검토를 하지 않았기 때문이에요."

슈찌꼬프가 말했다.

"거기엔 여러 가지 사유들이 있었습니다."

드로즈도프는 심각한 표정으로 슈찌꼬프의 말을 가로챘다.

"이야기할까요, 장관 동무? 그때는 로빠뜨낀 동무의 설계도도 지금과는 달라서 여러 학자들과 다른 사람들로부터 원리상으로 반박을 받았던 것입니다."

"그래서 당신은 그 쓸모가 없는 기계의 아이디어를 훔쳐서 지금 제작하고 있는 당신의 기계에 응용하고 계시는군요."

로빠뜨낀은 드로즈도프에게 말했다.

장관은 커다란 소리로 웃고는 책상에 몸을 기대며 머리를 흔들었다.

"됐어. 훌륭해! 정말 훌륭해. 단번에 발명가란 걸 알겠어! 그런데 사실 말이지, 두 개 다 똑같은 규격으로 만들어져 있단 말야!"

로빠뜨낀은 이때 비로소 장관이 무언가 서두르고 있다는 것을 눈치챘다. 장관은 자유롭게 웃고 있었으나 그의 손은 그렇지 않았다. 그 손은 바르르 떨리고 있었고, 책상을 퉁기고 싶어하고 있었다. 손은 드디어 참을 수 없었는지 손가방으로 뻗쳐 가서 열쇠를 잘칵거렸다.

"그럼, 드로즈도프 동무는 뭐라고 말할 텐가?"

장관은 물었다.

장관과 슈찌꼬프와 함께 웃고 있던 드로즈도프는 한 번 기침을 하고, 즐겁게 로빠뜨낀을 곁눈질해 보며 말을 이었다.

"그때의 설계도는 근본적으로 많은 반박을 받았던 것입니다. 이건 로빠뜨낀 동무도 알고 있습니다. 그리고 이 새로운 설계도가 지체된 이유는…."

"로빠뜨낀 동무, 왜 전화를 걸지 않았소?"

슈찌꼬프는 무척 놀란 표정으로 상냥스레 물었다.

"그전에 개인적으로 얘기했을 때, 내가 말하지 않았소? 전화를 걸구 찾아오라구. 아무리 좋은 아이디어라 해도 혼자 뚫고 나갈 순 없어요. 우리 연구소만 해도. 알겠소? 연어가 격류를 헤엄쳐 가듯이 난관을 돌파해 나가지 않으면 안 된단 말요. 연어가 폭포 위로 뛰어오르는 것을 본 적 있지요, 없소? 그럼 우리 언제 함께 깔렐르스끼 폭포로 가 봅시다."

"여보게, 어부,"

장관은 슈찌꼬프에게 말했다.

"거기 말은 좀 있다 하게."

슈찌꼬프는 겸연쩍게 웃으며 자기 무릎을 바라보았다.

"그럼, 로빠뜨낀 동무를 어떻게 할까?"

장관이 물었다.

"전문가의 의견을 들어보죠?"

드로즈도프는 조심성 있게 제의했다.

"자넨 누굴 추천하겠나?"

"아브지예프 교수를."

"그런데 일을 망치지 않을까? 아브지예프라! 플로린스끼면 어떤가. 교대해 보는 의미에서 말야. 아브지예프는 지금 모든 것을 정당화하려고 기회만을 노리고 있거든. 그렇잖아?"

"그는 객관적인 비판을 제공할 겁니다."

슈찌꼬프는 확신하는 어조로 말했다.

"그리구 저로서는 그 비판이 긍정적이어야 한다고 봅니다."

"됐어. 좋은 비판이 나오게 되면 설계 그룹을 창설해서 일에 착수하도록 하게. 그리구 고안자는 문관으로 대우하도록. 그럼, 좋아."

장관이 일어서자 모두 따라서 일어섰다.

"그렇게 해 보도록 하지. 그런데 자네, 로빠뜨낀 동무, 사양하지 말고 언제든지 전화 걸어 주게."

그들이 모두 장관실 밖으로 나왔을 때, 드로즈도프는 즐거운 듯한 까만 눈으로 로빠뜨낀을 바라보았다. '자넨 어떻게 해서 장관을 만날 수 있었나?' 현명하고 생기 있는 그의 두 눈은 이렇게 물어보고 있었다.

"슈찌꼬프 동무, 정말 이 사람은 연어란 말요!"

"그래, 연어야."

슈찌꼬프 차관은 드로즈도프의 말에 맞장구를 치고 두 팔로 로빠뜨낀의 어깨를 껴안으며 자기 특유의 황금의 미소를 반짝였다.

"자, 그럼 내 방으로 갈까?"

슈찌꼬프 차관실은 같은 이 층에 있었다. 그들 앞에 장관 비서실처럼 밝은 페인트로 반들반들 빛나게 칠한 우유빛과 핑크색의 널찍한 응접실이 나타났다. 차관실로 들어가자 슈찌꼬프는 조그만 가죽 방석을 이어서 만든 듯한 커다란 소파에 털썩 몸을 내맡겼다. 그는 농담을 하는 듯 로빠뜨낀의 옷깃을 잡아당겨 자기 옆에 앉혔다. 소파는 두 사람을 사뿐히 맞아들였다. 슈찌꼬프는 담뱃갑을 열었다. 그들은 담배를 피웠다.

"우린 자네의 설계를 지연시켰네."

슈찌꼬프는 말했다.

"음, 그렇지."

그리고는 천장을 보며 미소를 지었다.

"참 운명이란 흥미 있게 만들어져 있단 말야. 전연 뜻하지 않은 결합을 가져오게 보살펴 주거든! 이건 자네에 대해서 말하는 거야, 로빠뜨낀."

슈찌꼬프 차관은 이렇게 말하고 갑자기 어색한 미소를 지었다.

"자넨 언제나 그런 행동만을 하는군…. 자네의 행동 하나하나는 자네 자신에게 불을 질러 놓고 있는 것과 다름없어. 솔직히 말해서 나는 때때로 자네의 길을 가로막지 않을 수가 없었네. 그건 왜냐하면, 자넨 자기의 기계밖에 모른단 말이야. 뿐만 아니라 때때로 중대한 일마저 방해하고 있으니 말일세."

로빠뜨낀은 푸우 담배 연기를 내뿜고 얼굴을 찡그렸다.

"무슨 말인지 모르겠나?"

슈찌꼬프는 이렇게 물어보고 웃었다.

"이제 알게 될 거야. 상부에서는 배수관 제조에 대한 책임을, 특히 관주조기에 대한 책임을 내게 맡기고 있어. 그 사업을 연구하게 되자, 관 사업에만 전문적으로 종사하는 사람이 나 이외에도 수많이 존재한다는 것을 알게 됐다네. 그들은 원시적인 도시 같은 것을 건설해서 그 주위에 담을 치고, 서로 책임을 분담하고, 맬서스처럼 출생률을 제한하여 생활하고 있단 말야. 물론, 그 도시는 눈엔 안 보이지만 엄연히 존재하고 있어. 요새도시 끼쩨쥐처럼 말야."

"당신은 제가 거절하길 원하는 겁니까?"

로빠뜨낀은 거친 목소리로 말했다.

"자넨 너무 급히 생각하는군. 송어가 파릴 잡아먹듯이! 내가 원하는 것이 아니라, 그들이 원한단 말일세. 자네 자신도 보고 있지 않나, 그들이 자네에게 문을 열어 주지 않고 있는 것을!"

"좋습니다. 그런데 왜 당신은…."

"그런데, 왜 내가 때때로 자네의 길을 가로막았느냐, 그 말이지? 그 이유는 이렇다네. 우리는 누가 기계를 만드느냐가 중요한 것이 아니라 그 기계 자체가 중요하단 말야. 이것은 국가적인 중대한 과업이지. 우린 자네보다 더 많은 관심을 가지고 있어. 우리에겐 관이 필요해. 기계에서 못이 흘러나오듯 값싸고 훌륭한 관을 뽑아내는, 그러한 주조기가 필요하단 말야. 아니, 우리에게가 아니라 국가에 필요하다고 해야 옳겠지. 알겠나?"

"아니, 여기 기계가 있잖아요. 가지세요!"

"이 기계가 효과적으로 일할 수 있다는 걸 누가 우리에게 입증해 주겠나? 그건 몇 십만 루블을 거는 모험에 지나지 않는단 말이야. 만일 자네가 아브지예프 교수처럼 위대한 전문가였더라면, 우리도 자넬 믿었을 걸세. 그러나 현재의 상태로서는…."

"그래서 그 전문가는 쓸모없는 기계를 만들게 됐나요?"

"그건 아브지예프의 실수였지."

슈찌꼬프는 향기로운 담배 연기를 가늘게 내뿜었다.

"그 사건은 ── 사실 잊어버릴 때도 됐지만 ── 시인할 만한 원인을 내포하고 있었어. 그 덕택으로 나도 결국 그들을 감독, 지시하게 됐거든. 이젠 그들도, 막슈쩬꼬와 우류삔 말야, 단순히 약속만 하는 것이 아니라 우리 요구에 맞는 적절한 기계를 만들어 줄 거란 말야."

"그렇다면 왜 제 기계를…."

"우린 자네의 기계를 검사해 보겠어. 그러나 요새는 존재한단 말야. 로빠뜨낀, 요새는 존재해. 자네가 장관을 면회한 것은 자네로선 성공이라 할 수 있겠지. 그러나 학자들은 역시 학자들이거든. 그들은 수많은 찌딴니끄들을 파괴해 버린 빙산과 같은 존재란 말야. 그렇다고 그들에게 민사소송을 제기하겠나? 아니지. 그건 경제문제를 해결하는 좋은 방법이 아닐 테니까…."

침묵이 깃들었다. 슈찌꼬프는 담배를 피웠다. 그리고 로빠뜨낀을 곁눈질해 보면서 발명가의 얼굴 표정을 읽고 있었다. 로빠뜨낀 역시 피곤한 잿빛 눈으로 그를 바라보았다. 그는 살며시 얼굴을 찌푸렸으나 입술을 깨물지는 않았다. 그의 얼굴은 투명하질 않았다. 이것은 돌처럼 굳센 그의 의지를 반영하고 있었다.

"그렇지, 드로즈도프의 말이 옳아!"

슈찌꼬프는 이렇게 말하고, 로빠뜨낀의 어깨를 껴안으며 그의 옆구리를 두드렸다.

"자넨 연어야. 그런데 이것만은 알아 두게. 가장 완고한 연어들이, 알겠나? 150센티미터 반이나 되는 멋있는 연어들이 말야, 알을 낳고는 때때로 바다로 떨어져 나가 죽을 때가 있단 말야."

이렇게 말하고 슈찌꼬프는 로빠뜨낀의 어깨를 누르면서 웃어댔다.

"자넨 자신의 목적을 달성할 기회를 가지고 있어."

슈찌꼬프는 심각한 표정으로 말했다.

"그러나, 많이 배워야겠어. 그래, 자네 건강은 어떤가?"

"정상적입니다. 신경과 식욕도 정상적이구요."

"그런데 또 한 가지 생각해야 할 것은 그 일을 해서 무슨 소용이 있겠느냐 하는 점이야. 그야, 물론 자네의 기계가 제작되면 얼마만큼의 돈은 받을 수 있겠지만, 그건 자넬 실망시키고 말 거네. 상금은 고안자의 비용조차 갚을 수 없을 거야. 안 되지. 그런 타산으로 일해선 안 돼. 으음, 결국 자넨 다시 학교로 돌아가게 되겠지. 여러 해의 시간만 낭비하고 말야."

그는 의심스러운 표정으로 로빠뜨낀을 쳐다보았다. 로빠뜨낀은 아무 말도 하지 않았다.

"자넨 또 하나의 가능성을 가지고 있어."

슈찌꼬프는 나직이 말을 이으며 갑자기 원기를 잃은 듯한 가느다란 눈으로 로빠뜨낀을 바라보았다.

"자넨 수학자인 동시에 경험을 가진 훌륭한 기사란 말야. 난 자네를 치켜세우는 것은 아니지만, 자넨 우리 연구소의 어느 누구보다도 훌륭한 소질을 가지고 있어. 자네의 천직은 기계 기사야. 그래서 나는 자네가 해 나갈 수 있으리라고 확신하는데."

여기서 그는 어조를 높였다.

"자넨 주조물연구소의 지부쯤은 감당해 나갈 수 있을 것 같단 말야. 그러나…."

그는 어깨를 움츠리며 두 손을 벌렸다.

"그걸 하려면, 먼저 자네의 발명 사업을 포기해야 되지, 그리고 원한다면 사무직을 얻을 수도 있을 거야. 인생이란 걸 좀 더 알도록 하게. 우리 시대에서 완성된 인간이란 있을 수 없어. 우리의 그 요새에 대해서 말하더라도 그들은 긍정적인 면과 부정적인 면을 가지고 있는 생생한 인간들이란 말야. 어쨌든 사회의 이익을 위해서 일하기를 원하는 사람이라면, 그런 것을 고려하고 이해해야 되는 거야."

"노력해 보지요. 필요한 성품을 얻게 될지도 모르니까요."

로빠뜨낀은 나직이 말하고는 기운 없이 미소지었다. 그는 농담 삼아 말했으나, 슈찌꼬프는 단번에 그것을 알아차렸다.

"난 진정으로 말하는 거야."

그는 침울한 눈초리로 로빠뜨낀의 가냘픈 미소를 책망하며 언성을 높였다.

"우물 안의 개구리 격이 되지 말고 세상을 좀 넓게 바라보게. 발명을 하면 무슨 뾰족한 수라도 생기나? 쓸데없이 시간과 정력만을 낭비할 따름이지. 능력 있는 사람은 어디서나 필요하단 말야. 자네가 발명 사업만 포기한다면, 나는 기꺼이 책임 부서 하나를 자네에게 맡길 용의가 있어."

슈찌꼬프는 이렇게 말하면서 자리에서 일어나 문 쪽으로 걸어갔다. 그는 문 옆에서 걸음을 멈추고 로빠뜨낀의 손을 잡으며, 갑자기 어린애처럼 천진난만한 황금의 미소를 지었다.

"자네하구 이렇게 가깝게 사귀게 돼서 매우 기쁘네. 앞으로도 서로 이해하는 친구가 되어 주게. 그리고… 자네의 설계도는 네브라예프에게 맡겨 주게. 비서실 바로 옆방에 앉아 있으니. 그럼 로빠뜨낀 동무, 잘 가게!"

두 주일이 지난 어느 날, 로빠뜨낀은 네브라예프의 사무실 창가에 턱을 괴고 서서, 열려진 창문으로 밖을 내다보고 있었다. 로빠뜨낀 바로 옆에는 기사인 동시에 사무집행관이며, 공보관인 네브라예프가 창틀에 걸터앉아 있었다. 그는 젊은 피가 충만한 둥실한 얼굴에 고슴도치같이 빳빳하고 성근 샛노란 머리칼을 하고 있었다. 단추를 풀어헤친 그의 연회색 양복 밑에서 명주 와이셔츠와, 한쪽으로 제쳐진 넥타이가 들여다보였다. 그는 살며시 창틀에 기댄 채 다정한 눈길로 거리를 바라보고 있었다. 유리 단면처럼 파란 그의 두 눈에는 초록빛 거리가 반영되어 어른거리고 있었다.

로빠뜨낀은 술 잘 마시고 웃기를 좋아하며 여자 문제를 지껄이기 좋아하는, 스물다섯, 아니 서른다섯일지도 모르는 이 선량한 마음씨의 네브라예프를 알게 된 첫날부터, 우정에 가까운 어떤 친밀감을 느끼게 되었다. 그들은 벌써 두 번이나 함께 강변으로 목욕을 하러 간 일이 있었다. 푸른 강변 모래에 누워 있을 때, 속까지 꿰뚫어 보이는 듯한 파란 네브라예프의 두 눈은 인생의 암흑면을 반영하지는 않았다. 그는 주위의 모든 것을 선량한 눈으로 바라보았고, 언제나 즐거운 기분에 사로잡혀 있는 것이었다.

"저기 사랑하는 곰이 오는군."

네브라예프는 창틀에 기댄 채 말했다. 그리고 로빠뜨낀은 거리의 중심부만 돌아다니다 길쭉하고 까만 승용차 지스를 보았다. 차는 속도를 늦추고, '뚜 — 뚜 —' 경적을 울리며 성 건물 아치 밑으로 굴러들어 왔다.

"로빠뜨낀, 무척 담배를 피우고 싶은데, 허락해 주겠소?"

"그건 왜 물어보는 거요?"

로빠뜨낀은 놀랐다.

"아니, 당신은 담배를 안 피우는 줄 알았는데!"

"하지만, 한 대 주겠소?"

네브라예프는 심각한 얼굴로 말했다.

로빠뜨낀은 벨로모르 담뱃갑을 꺼내고, 담배를 흔들어서 한 개비를 네브라예프에게 주고 또 한 개비는 자기 입으로 가져갔다. 그 다음 로빠뜨낀은 성냥불을 켜서 네브라예프에게 가져갔으나 그는 불을 거절했다.

"피우시오. 난 이제 어떤 물건을 꺼내야겠소."

로빠뜨낀이 뻐끔뻐끔 담배를 빠는 동안에 네브라예프는 책상에서 못바늘을 꺼내서 자기 담배를 창틀에 꽂았다.

"수줍어하는 몇 사람의 발명가를 위한 표지입니다."

그는 정색한 얼굴로 황홀히 담배를 바라보며 말했다.

"그들이 내 방에선 마음 놓고 담배를 피우도록 하기 위해서. 그리고 대체로 나를 수줍어하지 않게 하기 위해서."

그 다음에도 그들은 오랫동안 묵묵히 거리를 내려다보았다. 로빠뜨낀은 가끔 미소를 지었으나, 네브라예프는 로빠뜨낀의 미소를 보지 못한 듯이 다정한 눈초리로 보도만을 내다보고 있었다.

"그리고…."

갑자기 그는 말했다.

"내 방에는 의무적으로 지켜야 할 다른 규칙이 있어요. 지금 당신이 웃고 있듯이 언제나 그렇게 웃으라는 법칙이 있습니다."

그들은 다시 말이 없었고, 십 분가량 창틀에 기대고 있었다.

"그리고, 또 하나의 규칙이 있습니다."

갑자기 또 네브라예프가 말했다.

"신경을 예민하게 가지지도 말고 흥분해서도 안 된다는 규칙이 있어요."

로빠뜨낀은 사실 흥분하고 있었다.

사십 분 내지 오십 분 후면 그의 설계안을 심의하기 위한 특별심의회가 기술 국장실에서 열리게 되어 있었던 것이다.

"그 마지막 규칙은 준수하기 어려운데요."

로빠뜨낀은 말했다.

"이 방에선 모든 규칙을 준수해야만 돼요."

네브라예프는 정다운 어조로 말했다.

"아하, 저기 아카데미 회원 플로린스끼가 오시는군. 자, 보십시오. 조금도 두려워할 건 없어요, 로빠뜨낀 동무."

네브라예프는 민첩히 전화통으로 미끄러져 내려가서, 다이얼을 돌리고 말했다.

"리이다, 플로린스끼가 도착했어요. 맞아들이라구 말하시오."

야금공업성의 대현관 쪽으로 검은 승용차 빡까르드가 천천히 굴러 와서는 멎었다. 잠시 시간이 흘렀다. 이윽고 지팡이를 든 백발노인이 등을 구부리고 차에서 내려 쭉 허리를 폈다. 그리고는 안경을 매만지며 지팡이를 앞에 세우고 비틀비틀 걸음을 옮겼다. 그때, 현관으로부터 두 사람의 젊은이가 달려나가서는 노인의 두 팔을 부축해 주었다.

"저 할아버지도 눈이 어두워지고 있어."

네브라예프가 말했다.

"싸라또프쩨프는 두 살가량 위인데두 보드까만 마신단 말요! 그런데 로빠뜨낀 동무, 내 방에선 너무 신경을 쓰지 마시오. 우선 한 잔 마시러 갈 궁리나 하는 것이 어떻겠소?"

"그래, 가도록 합시다. 그렇지만 심의가 끝난 다음, 그 결정이 내게 유리하게 내렸을 때 말이오."

"잠깐 기다리시오. 난 만사를 분명히 해 두기를 좋아해서."

네브라예프는 거리를 바라보며 말했다.

"결정하는 시각은 어느 것입니까? 즉, 심사가 끝난 다음을 말하는 거요? 아니면 당신에게 유리한 결정이 내린 다음을 말하는 거요?"

"그야 물론, 내게 유리한 결정이 내린 다음이죠!"

"그럼, 지금 가도록 합시다."

"어째서요?"

"이미 당신 편으로 유리하게 결정되어 있으니까 말요."

"어디 말이오?"

"바로 여기에…."

그리고 네브라예프는 웃기는커녕, 오히려 눈썹을 찌푸리기까지 하며 창틀에서 내려왔다.

"여기 결정이 돼 있단 말요."

그는 책상 서랍을 열며, 무관심한 어조로 말했다.

"자, 읽어 보시오. 로빠뜨낀 동무, 이건 당신에 대한 건데 쪠삐낀 박사가 말한 대로 기안한 거예요, 두 개의 조항으로. 난 어젯밤에야 이 기록을 마쳤어요."

네브라예프는 타자 친 심의회 결의문을 로빠뜨낀에게 주었다. 그 두 번째 조항에는 다음과 같이 쓰여 있었다. '고안자의 참석하에 회의 참석자들이 제안한 건설적인 의견을 참작하여 로빠뜨낀 동무의 배수관 주조기의 설계를 주조물연구소에 의뢰한다.'

"그렇지만 그 결의문이 번복되지 않는다고 확신할 수 있소?"

로빠뜨낀은 빙긋이 미소를 지으며 물었다. 그는 네브라예프가 마음에 들었다. 그의 선량해 보이는 모습이며, 약하면서도 심각한 그의 목소리가 좋았던 것이다.

"확신합니다."

네브라예프는 아까보다 나직한 어조로 대답했다.

"어떤 근거로?"

"나는 이 결의문을 작성하느라고 오랜 시간을 낭비하며 정성껏 일했어요. 당신이 웃지 않고 있는 것이 도리어 유감스러울 정돕니다. 로빠뜨낀, 제발 부탁이니 자주 좀 웃어 주시오. 난 웃는 것을 좋아한다니까요. 아하, 누가 또 도착했군. 아브지예프 교수요. 이젠 나가 봐야겠습니다."

큼직한 연회색 양복에 하얀 단화를 신고, 셔츠 단추를 풀어헤친 후리후리한 사나이가 반짝반짝 빛나는 뽀베다 속에서 나왔다. 숱이 많은 황백색 머리칼은 양파를 잘랐을 때의 무늬처럼 양쪽 관자놀이 위에 둥글둥글 말려져 있었다. 그는 걸음을 멈추고 거리를 바라보았다. 로빠뜨낀은 그 순간 붉은 얼굴을 한 사람에게서 흔히 볼 수 있는 불그죽죽한 날카로운 얼굴을 보았다.

"자, 갑시다. 당신은 아직도 자기의 적을 관찰하고 있군요."

네브라예프는 책상 서랍에서 종이꽂이를 꺼내면서 말했다. 여기서 그는 넥타이를 바로잡고, 고슴도치같이 성근 머리칼에 빗질을 했다. 그들은 두 주일 전 로빠뜨낀이 장관 앞으로 편지를 썼던, 바로 그 길쭉한 홀로 들어갔다.

심의회는 사층, 드로즈도프의 방에서 열리게 되어 있었다. 열두 시경이 되자, 여덟 명가량의 심사위원이 응접실에 모였는데, 그중 로빠뜨낀이 아는 사람은 한 사람도 없었다. 그들은 흰 군복에 흰 견장을 단 기사들과, 엷고 산뜻한 빛깔의 여름 양복을 입은 학자들로 구분되어 있었다. 네브라예프는 홀로 들어서자, 곧 다른 사람으로 변하고 말았다. 지금 그의 양복은 모조리 단추가 채워져 있었고, 돌처럼 굳어져 버린 그는 자기 행동을 구속할 뿐 아니라 목조차도 자유로이 움직이지를 못했다. 너무 자기 자신을 억제하는 바람에 그의 얼굴은 벌겋게 물들어 있었다. 그는 심각한 표정을 띤 채, 말쑥한 걸음걸이로 모든 심사위원 앞으로 다가가서 일일이 악수를 청하고, 드로즈도프의 방으로 들어갔다. 그러는 사이에 그는 로빠뜨낀을 한 번도 돌아보지 않았다.

그는 곧 돌아와서 말했다.

"동무들, 들어오십시오."

모두들 문으로 몰려갔다. 그들은 국장실로 들어가서 벽을 향하여 각각 의자에 자리를 잡았다. 벽 위에는 벌써 로빠뜨낀의 설계도가 핀으로 꽂혀 있었다. 드로즈도프는 자기 책상에 앉아 있었는데, 오늘 그는 연한 금빛 산동견으로 만든 군복을 입고 있었다. 드로즈도프 옆에는 아카데미 회원 플로린스끼가 지팡이에 의지하고 앉아 있었고, 아무도 자기에게 말하는 사람이 없는데도 그는 연신 고개를 끄덕이고 있었다. 맞은편 책상 옆 안락의자에는 아브지예프 교수가 때때로 황백색 머리를 흔들며 다리를 뻗고 앉아 있었다. 그는 천장으로 연기를 내뿜기도 하고, 드로즈도프의 재떨이에 재를 떨기도 하며, 담배를 피우고 있었다.

그는 불그죽죽한 널따란 얼굴에, 누런 기미로 뒤덮인 불그레하고 굳센 목을 가진 거인이었다. 창백하면서도 파랗고, 미친 듯이 즐거워 보이는 동그란 그의 두 눈은 로빠뜨낀을 놀라게 했다. 그리고 그는 목소리마저 이상했다 ── 감기에 걸린 여자의 목소리 같은 거친 음성을 가지고 있었다.

"로빠뜨낀 동무, 보고를 하시오."

드로즈도프가 말했다.

"보고할 필요가 어디 있어요, 모두들 알고 있는데."

아브지예프는 거친 소리로 말하고는 의자를 삐걱거리며 홱 몸을 돌리며 말했다.

"모두들 알고 계시죠?"

"압니다, 알고 있습니다."

몇 사람이 이렇게 말했다.

"다른 의견들은 없습니까?"

드로즈도프가 물었다.

"연구소는 이 설계안의 원리적인 여러 가지 특성과 관련된 주요한 문제들을 과학적으로 발전시켜야 되겠다는 데 대해서, 그전의 견해를 그대로 유지하고 있습니다."

아브지예프는 의자에 앉은 채 숨을 돌이킬 여유도 없이 단숨에 이야기해 버렸다. 그는 드로즈도프와 속기사를 향해서 이야기할 뿐이었다.

"그러나, 다시 말해서, 이 기계 때문에 일어났던 피치 못할 상호간의 오해를 풀기 위해서도 이 기계를 제작해 볼 필요가 있다고 생각합니다. 으음… 고안자 동무가 지금 제안한 그 시안의 실험적인 모형… 이 기계는 지금 무즈가에서 제작 중에 있는 기계와 비교해서 검토해 볼 가치가 있다고 봅니다. 그 기계는 야금공업성에서 제작하고 있긴 하지만 ── 난 우류뻰과 막슈쩬꼬의 기계를 말하는 겁니다 ── 그 기계는 우리에게 성공적인 문제의 해결을 약속해 주고 있습니다."

"플로린스끼 동무, 무슨 말을 하고 싶으신 것 같은데…."

드로즈도프는 아카데미 회원에게 이렇게 말하고는 문득 아브지예프의 말이 채 끝나지 않은 것을 생각하고 다시 아브지예프에게 물었다.

"용서하십시오, 아브지예프 교수. 아직 끝나지 않으셨던가요?"

"할 말은 다 했습니다."

아브지예프는 언짢은 목소리로 대답하고 육중한 잔등을 움직이며 담뱃갑에서 새 담배를 끄집어냈다.

"어쨌든 배수관은 나오게 될 거요."

그는 억센 이빨에 담배를 문 채, 야릇한 즐거운 미소를 띠고 로빠뜨낀을 돌아보았다.

아카데미 회원 플로린스끼는 말하기 전에, 먼저 지팡이에 힘을 주며 여러 번 고개를 끄덕였다.

"나는 여기서 아브지예프 교수의 찬성적인 발언을 듣게 된 것을 기쁘게 생각합니다. 한 가지 그 얘기에 추가해 둘 것은…."

그는 어조를 높이고 똑똑히 울리는 목소리로 말을 이었다.

"이제부터 내가 말하는 중요한 의견들을 기록해 주었으면 좋겠습니다."

그는 숨을 들이쉬고, 자기 뒤에 앉아 있는 속기사에게 말하기 시작했다.

"로빠뜨낀 동무의 기계는 우리들이 살고 있는 새로운 세기의 명령에 의해서 탄생된 거나 다름없습니다. 그 기계는 가장 유익한 방법으로 물이 쏟아지듯 관이 나오게 만들어져 있습니다. 그리고 배수관 주조에 있어서 최소한 네 배의 생산력을 증가시켜 줍니다. 그러나, 기계의 실제적인 이익을 나타내려면, 얻어진 결과에 두 배를 곱해야 할 겁니다. 왜냐하면, 그 기계는 현존하는 기계 설비보다 두 배나 적은 설비를 가지고 있기 때문입니다. 이것이 나의 결론입니다."

그는 지팡이로 마루를 두드리고 여러 번 고개를 끄덕였다.

"또 말할 사람은 없습니까?"

드로즈도프는 말했다.

"없어요? 그럼 내게 언권을 주십시오."

드로즈도프는 자리에서 일어났다.

"우리 기술국은 로빠뜨낀 동무가 완성한 그 거대한 업적을 인정하지 않을 수 없습니다."

그리고 그는 자기 특유의 장황한 연설을 늘어놓으며, 적당히 로빠뜨낀의 기계를 칭찬하기도 하고, 설계안의 몇 가지 부족한 점을 강조하기도 하여 진보적인 기술적 아이디어는 마땅히 옹호되어야 한다는 등 여러 가지 이야기를 했다.

드로즈도프가 장황한 자기 연설을 끝마쳤을 때, 아브지예프는 담배 피우던 것을 멈추고, 갑자기 천재를 보는 듯한 신기하게 반짝이는 눈으로 그를 바라보았다.

이윽고 네브라예프가 결의문을 읽을 단계가 다가왔다. 너무 긴장한 탓으로 불그레하게 열이 오른 네브라예프는 앞으로 걸어 나가, 불룩하게 볼을 부풀렸다. 그리고는 며칠 전부터 열심히 기록해 두었던, 로빠뜨낀에게 낯익은 그 결의문을 읽기 시작했다. 그 결의문은 만장일치로 가결되고, 드로즈도프는 폐회를 선언했다. 참석자들은 밖으로 나가기 시작했다.

복도에서 네브라예프는 로빠뜨낀을 뒤쫓아 왔다. 그는 또 다시 상냥하고 명랑해졌고, 그의 옷깃도 다시 헤쳐져 있었다.

"무얼 그렇게 서두르는 거요, 로빠뜨낀 동무!"

그는 위협하는 어조로 물었다.

"약속을 지켜야죠."

로빠뜨낀은 그의 말을 이해했다. 그러나 네브라예프하고는 술을 마실 생각이 없었다. 오히려 부시꼬 교수하고 한 잔 나누고 싶은 심정이었다. 그러나 네브라예프는 짓궂게 독촉을 했다.

"아니, 꽁무닐 빼려구 그러시우? 절대 놓치지 않겠수다, 로빠뜨낀 동무!"

로빠뜨낀은 한숨을 억누르고, 역시 심각한 어조로 대답했다.

"약속을 지킬 용의는 갖고 있어요."

이윽고 그들은 묵묵히 현관을 내려가기 시작했다.

그들은 거리로 나와 한길을 건너가서, 맥주홀 한쪽 구석으로 들어갔다. 맥주 애호가들이 계산대 옆에 옹기종기 모여 있었다.

"누가 과격분자요?"

네브라예프는 나지막한 음성으로 물었다.

"내가 극단분자올시다."

코걸이 안경을 낀 어떤 인텔리 술꾼이 도전적인 어조로 대답했다.

"과격분자라는 건 러시아 말이 아닙니다."

"그러나 쩨삐낀 동무는 과격분자라는 말을 쓰거든요."

네브라예프는 나직하고 평탄한 어조로 대꾸했다.

"쩨삐낀이 도대체 누구요?"

"쩨삐낀 동무를 모른다면 당신은 러시아 문법의 새 규칙을 모르고 있는 셈이군요."

네브라예프가 이렇게 말하자, 그의 눈이 휘둥그렇게 커졌다.

"그렇군요, 역시 당신은 모르시는군요. 매우 유감스러운데요."

네브라예프는 말을 멈추고 맥주를 들이켰다.

"자, 그럼 로빠뜨낀, 우리 문제나 의논합시다."

2

로빠뜨낀의 일은 놀라운 속도로 순조롭게 진전되고 있었지만, 그러나 그에게는 의심쩍은 일이 한두 가지가 아니었다. 그래서 지금 그는 굶주림에 시달리며 말 못할 고난을 겪어야 했던 그 시절보다 더욱 초조함을 느끼는 것이었다. 일에 열중하다가도 갑자기 떠오른 의문에 사로잡혀 그는 일손을 멈추곤 했다. 그러한 의문은 날이 갈수록 늘어만 갔으나, 거기에 대한 해답은 한 가지도 찾아낼 수가 없었다.

어째서 슈찌꼬프는 그처럼 솔직한 태도로 자기를 대했을까? 정말 그것은 진실에서 우러나오는 솔직함이었을까? 슈찌꼬프의 제의는 무엇을 의미하는 것일까? 제의 속에 무슨 불길한 예고가 숨어 있는 것은 아닐까? 무엇에 대한 예고일까? 앞으로 무슨 일이 일어날 것인가? 그리고 또, 아브지예프는 무슨 속셈으로 찬성 발언을 했을까? 대체 무엇이 드로즈도프로 하여금 그처럼 위엄 있는 연설을 하게 했고, 또한 그렇게 빨리 문제를 결말짓게 했을까?

로빠뜨낀은 이미 충분한 경험을 가지고 있기 때문에 그들의 칭찬이나 미소가 결코 자기에 대한 공명이나 배수관 주조 문제의 성공적인 해결을 기뻐하는 마음에서 우러나오는 것이 아니라는 것쯤은 잘 알고 있었다. 그러나 그 원인이 무엇인가를 명확히 규명할 수는 없었다. 모든 일이 믿을 수 없으리 만큼 무서운 속도로 착착 진전되어 갔다. 주조물연구소장은 안또노비치와 끄레호프라는 두 명의 우수한 설계사를 로빠뜨낀의 일을 위해 배치시켰다. 설계 그룹은 하루 사이에 편성이 완료되었고, 그들이 일할 설계실도 따로 정해졌다. 설계사들은 당장에 세부설계에 착수했다. 연구소장은 마치 회진을 다니는 의사처럼 매일 한 번씩 꼭꼭 설계실에 나타나서 일의 진행 상황을 보고 가곤 했다.

부시꼬 노인도 역시 불안을 느끼고 있었다.

"무슨 곡절이 있을 거야."

노인은 눈을 휘둥그렇게 뜨며 말했다.

"무슨 곡절이 있을 걸세. 그렇지만 도무지 나도 짐작이 가지 않는군."

이러한 불안은 자연히 나쟈에게까지 옮아갔다. 그래서 그런지, 그녀는 어느 날 학교에서 퇴근하는 길에 그들에게 들러서 이런 말을 했다.

"오늘 학교에서 문득 드로즈도프한테 들은 말이 생각났는데요. 다름 아니라, 우류뻰이 설계한 주조기 제작에 적극적으로 관여해 줄 것을 처음으로 슈찌꼬프한테 제의했을 때, 슈찌꼬프는 그 제의를 거절했었다는 거예요. 그리고 자기를 궁지에 몰아넣으려고 그따위 제의를 하는 것이 아닌가 하고 드로즈도프를 의심하여, 몇 달 동안 이상한 눈초리로 그를 대하기까지 했다는군요."

"그렇다면…."

부시꼬 교수가 침울한 어조로 말을 받았다.

"그 주조기가 아주 형편없이 만들어졌다는 걸 알 수 있군. 그렇지 않다면 슈찌꼬프가 그걸 거절할 리가 없지 않나? 슈찌꼬프는 아마 좀 더 앞을 내다보았을지도 모르지."

"그렇다면, 슈찌꼬프는 왜 그렇게 배수관 문제에 열중하고 있을까?"

로빠뜨낀이 불쑥 물었다.

"그야 간단하죠 뭐!"

나쟈는 무엇인지 머리에 떠오른 것이 있는 것 같은 표정으로 이렇게 덧붙였다.

"드로즈도프의 말에 의하면 슈찌꼬프는 개인적인 이해관계를 가지고 있다는 거예요."

"물론 그럴 테지."

하고 교수는 입속말로 중얼거렸다.

"내 얘기를 더 들어 보세요. 슈찌꼬프는 자주 각료회의에 참석한다나 봐요. 드로즈도프는 큰집에 드나든다고 표현하지만, 하여튼 큰집에서도 원심주조기에 대한 말이 자주 화제에 오른다는 거예요. 그런데 아직 어떤 성省에서도 이 문제를 해결하지 못하고 있다는군요. 그래서 슈찌꼬프는 남이 만들기 전에 자기가 재빨리 만들어 내야겠다고 결심했을 거예요."

'우리에게는 이 주조기가 시급히 필요하오. 아니, 우리에게가 아니라 국가에 필요하다고 해야 옳겠지'라던 슈찌꼬프의 말이 로빠뜨낀의 머릿속에 되살아났다.

“하니까, 누가 주조기를 설계했든 간에 그에겐 별로 중요한 문제가 아니겠지. 다만 하루바삐 기계를 만들어서 자기한테 유리하게시리 그걸 이용해 먹기만 하면 그만일 테니까.”

하고 교수가 말했다.

“이건 드로즈도프가 직접 나한테 한 말인데 자기가 우류삔을 선택한 이유는 그가 무슨 말이든지 고분고분 잘 듣기 때문이라는 거예요.”

“우류삔이란 자는 엄밀히 말하자면 역시 중간상인에 지나지 않는 존재야.”

하고 교수가 말했다.

“왜냐하면, 그는 자기의 머리로 발명한 것이 하나도 없으니까.”

“그런데 한 가지 이해할 수 없는 일이 있어요.”

이번에는 로빠뜨낀이 침울한 표정으로 말했다.

“설계사니 조교수니 기사니 하는 사람들이나 또는 성과 연구소에서 근무하고 있는 사람들이 모두 눈 뜬 소경인 것 같단 말입니다. 그들 가운데 양심적인 인간은 정말 한 사람도 없을까요?”

“아브지예프 일파를 정면으로 공격하고 나서려면 양심 하나만 가지곤 어림도 없네. 양심은 그들과 맞서기 위해 필요한 것 가운데 겨우 5분의 1에 지나지 않지.”

로빠뜨낀과 나쟈는, 교수의 딱딱한 철학 강의가 또 시작되는가 보구나 생각했다.

“무엇보다 먼저 양심을 지녀야 한다는 건 말할 필요도 없겠지.”

하고 노인은 계속했다.

“그들의 대다수는 양심적인 인간들이지만, 개중에는 그렇지 못한 인간도 있을 걸세. 그 다음엔 용기라는 것이 필요한데 그것은 누구에게나 부여된

천분이 아니지. 또 한 가지 지혜라는 것이 필요하네. 무턱대고 요란하게 떠들기만 하기 때문에 오히려 역효과를 내는 그런 종류의 용감한 사람들을 우리는 가끔 볼 수 있는데 그것은 지혜가 없기 때문이지. 그리고 양심과 지혜와 용기를 다 갖춘 사람일지라도 기성세력의 노예가 될 수 있단 말일세. 이것은 참으로 불행한 일이 아닐 수 없지. 일단 기성세력의 노예가 된 이상, 아브지예프나 그 밖의 교수니 박사니 하는 권위자들이 그에게 로빠뜨낀의 아이디어는 엉터리다, 로빠뜨낀이란 자는 사기꾼이다라고 말한다면, 그는 순수한 의무감에서 자네가 뻗어 버릴 때까지 채찍질을 하지 않고는 견디지 못할 거란 말이네."

"그럼 이쪽에선 어떡하면 좋아요?"

나쟈가 겁먹은 얼굴로 물었다.

"어떡하면 좋으냐구요? 모든 것을 신중히 생각해야지요. 내가 생각하기에는 그자들은 로빠뜨낀을 잡으려고 굉장히 큰 그물을 쳐 놓았음이 틀림없소. 나 같으면 그 그물을 피할 수도 있으련만…."

"그러나 나는 이렇게 생각해요."

나쟈는 열띤 목소리로 노인의 말을 받았다.

"물론 그물엔 걸려들지 말아야죠. 그렇지만, 만일 교수님이 조국애를 가지고 계시다면."

여기서 나쟈는 갑자기 말을 끊고 얼굴을 붉혔다. 그리고는 고개를 설레설레 저으며 이렇게 말을 이었다.

"…어쩐지 조국애라는 말을 입에 올리기가 어색하군요. 전쟁 때에는 그런 말을 흔히 쓰지요. 위기에 직면하고 있을 때니까 아마 어색한 느낌이 안 났을 거예요. 그렇지만 나는 지금도 전쟁 때나 다름없다고 생각해요. 우리는 지금 나라를 망치려는 악의 근원과 싸우고 있으니까요. 그 악의 근원은 자꾸만 자라고 있어요. 그러니까 교수님도 그것을 근절시키는 데 필요한 일을 계속하셔야 하지 않겠어요? 만일 조국이 우리들의 투쟁을 거부한다 해도, 그리고 조국이 재판관의 입을 빌어 우리들에게 그릇된 판결을 내린다 해도 역시 우리는 투쟁을 포기해서는 안 될 거예요. 남들이 실행 불가능하다고 생각하는 일을 해냈을 때, 그때야 비로소 우리들의 공적은 무게 있는 것이 될 거라고 생각해요."

"그럼 이건 어떻게 보십니까?"

로빠뜨낀이 두 사람의 대화에 끼어들었다. 그는 요새 부시꼬 교수의 철학 강의에 귀를 기울일 만한 여유조차 없었던 것이다.

"교수님은 현명하시니까 내 물음에 해답을 주실 수 있겠지요. 어째서 그자들이 내 주조기의 세부설계를 그처럼 서두르고 있는지 그걸 말씀해 주세요. 이렇게 진행되다가는 구월이 되기 전에 우린 설계를 완료할 텐데 말입니다."

"아무리 배가 아파도 그들로서는 어쩔 수 없는 일이지. 그렇지만 그동안에 그자들은 틀림없이 대열을 정비해 가지고 다시 덤벼들 걸세."

그러나 유월도 다 지나가 버리고, 칠월로 접어들었다. 설계 기사의 자격으로 세부설계에 참가하고 있는 로빠뜨낀은 이미 반 달치 봉급으로 7백 루블을 받았지만 사태는 여전히 오리무중이었다. '상부에서는 봉급을 주고 일을 서두르고… 설계사들은 열심히 일하고… 대체 앞으로 어떻게 될 것인가?' 로빠뜨낀은 자기 설계안에 들러붙어 머리를 싸매다시피 하고 일하는 성실한 설계사들을 바라보며 이렇게 생각했다.

그들은 정말로 자기들이 설계하고 있는 주조기와 그 고안자를 옳게 평가한 모양이었다. 그중 나이를 많이 먹은 끄레호프라는 설계사는 로빠뜨낀과 등을 맞대고 앉아서 일하고 있었는데, 한번은 무심코 이런 말을 했다.

"로빠뜨낀 동무, 당신은 행운아입니다. 나는 당신을 이해할 수 있어요."

마치 설계 그룹 전원의 의사를 대변하듯이 말하는 것이었지만, 로빠뜨낀이 어떤 인간인지 그것을 완전히 알고 있을 리는 만무했다.

하여튼 끄레호프는 자기 자신을 기지가 풍부한 인간이라 생각하고 있었다. 한번은 아주 엉뚱한 질문을 던져 침울한 빛이 한시도 사라질 줄 모르는 로빠뜨낀의 얼굴에 웃음이 피게 한 일까지 있었다. 그것은 언제나처럼 연구소장이 설계실을 한 바퀴 돌아보고 간 다음, 점심시간에 있었던 일이다. 끄레호프는 자기 자리에 앉아서 커피가 든 수통을 꺼내 놓더니 로빠뜨낀에게 넌지시 말을 걸었다.

"설계안이 실제로 공장에 넘어가게 된다고 생각하니 일할 기분이 나는군요."

"공장으로 넘어갈 것이라고 당신은 확신하고 있습니까?"

하고 로빠뜨낀이 물었다.

"그게 무슨 말씀입니까! 우리들도 이젠 다 알고 있습니다. 아브지예프가 좋다했으면 그만 아닙니까! 이제는 우리들도 정말 자기 일 같은 기분이 드는군요. 그건 그렇고, 당신이 어떤 전술을 적용했기에 그처럼 순조롭게 해결됐는지, 그거나 얘기해 주십시오."

"장관을 찾아가 만난 것뿐이죠."

"장관을 만나셨다, 그 말씀이군요…. 좋습니다. 아마 우리에게는 사실 얘기를 할 수 없겠지요. 아직 우리들을 못 믿으시는 모양이지만, 어쨌든 당신은 보통 사람이 아닙니다. 자기의 적들이 모조리 백팔십도로 전환되지 않을 수 없게 했으니, 그게 어디 이만저만한 일이겠어요!"

그들은 로빠뜨낀이야말로 온갖 고난을 물리치고 자기 행복을 스스로 취한 승리자라고 생각하는 것이었다.

사람은 객관적인 입장에서 남들이 보는 것과 같은 눈으로 자기 자신을 볼 수는 없는 법이다. 로빠뜨낀도 역시 자신이 아직 모르고 있는 또 하나의 본질을 가지고 있었는데, 바로 그것이 설계사들의 호감을 샀던 것이다. 그들은 로빠뜨낀을 비상한 천재로 알고 있었다. 그렇지 않고서야 어떻게 이 삼 년 만에 기계 기사가 될 수 있었겠느냐는 것이었다. 뿐만 아니라, 훈다또르는 고사하고 아브지예프와 같은 대가조차도 감히 손을 댈 수 없는 "용철의 경화 과정"에 대한 체계적인 이론을 소유하고 있다는 것이었다(사실은 체계적인 이론이라 할 만한 것은 한 가지도 없었다). 설계사들은 로빠뜨낀을 단순한 금속 기술자라 부를 수는 절대로 없다고 생각했다. 그들의 말에 의하면, 로빠뜨낀은 4, 5천 루블의 월급쯤은 문제 없이 받을 수 있는 인간이라는 것이었고, 실제로 그런 자리를 주겠다는 제의까지 받은 적이 있지만 거절해 버렸다는 것이었다. 그리고 또 한 가지 로빠뜨낀은 최고위층으로부터 확실한 언약을 받았는데 이것은 움직일 수 없는 사실이라는 것이었다. 또한 로빠뜨낀의 사생활은 말할 수 없이 청렴결백하며, 그는 자기의 주조기를 아내로 삼았다는 말도 떠돌고 있었다. 이러한 사실들은 끄레호프의 입을 통해서 점차로 로빠뜨낀에게 밝혀진 것이었다.

칠월 초순은 저녁녘에 거리를 산보하기가 어느 때보다도 상쾌한 계절이다. 그래서 로빠뜨낀과 끄레호프는 매일같이 퇴근하는 길에 산책로를 함께 걸었다. 요즘 끄레호프는 로빠뜨낀에게 아주 매혹되어 버린 듯이 보였다.

"로빠뜨낀 동무, 나한테 얘기해 줄 수 없겠습니까?"

끄레호프는 얼굴을 옆으로 돌린 채 물었다.

"당신은 그분을 직접 만나 뵈었나요? 그렇지 않으면 그저 편지만 받았나요?"

"누구 말입니까? 지금 누구 얘기를 하고 있는 거죠?"

이렇게 반문하고 로빠뜨낀은 웃고 말았다.

"나는 장관보다 더 높은 사람을 만나본 적은 한 번도 없어요."

"좋습니다. 그 문제는 보류하지요. 그런 말은 아무에게나 함부로 털어 놓을 수 없다는 건 나도 이해할 수가 있으니까요. 그럼 당신은 탄원서를 우편으로 보냈나요, 혹은 해당 부처의 문서발착과에 접수시켰나요? 공연히 내가 이런 걸 묻는다고 생각하지는 마십시오."

"나는 언제나 번거로운 수속은 생략하는 주의지요."

"흐흠… 알 만합니다."

끄레호프는 고개를 끄덕였다. 그는 사교적인 소양을 지닌 인간으로 자처하고 있었다. 때문에 로빠뜨낀의 비유적인 답변이 마음에 든 것이다.

"탄원서 얘기가 나온 김에 한 가지 더 묻겠는데, 당신은 거기다 일련번호를 붙였다면서요? 아마 굉장히 많은 종이를 소비했겠지요?"

"네, 많이 소비했습니다."

로빠뜨낀은 그의 말을 시인했다.

"흐흠… 그럼 그게 정말이로군."

"무엇이 정말이란 말입니까?"

"아니, 아무것도 아닙니다. 하여튼 당신은 대단한 정력가이십니다. 분명히 당신에겐 그 무엇이 있어요."

"그 무엇이라니? 당신들은 나에 대해 사실과는 다른 그릇된 관념을 가지고 있어요."

그러한 대답이 끄레호프에게는 도리어 거드름으로 보인 모양이었다. 그래서 어느 날 그는 로빠뜨낀에게 이런 말을 했다.

"이거 보시오, 로빠뜨낀 동무. 나는 당신을 전적으로 믿고 있지만 당신의 그 겸손만은 아무래도 마음에 들지 않는군요. 그따위 거드름은 당신한테 어울리지 않습니다. 우리는 당신의 장점을 충분히 알고 있지만 반면에 자기 자신에 관해서도 아주 소경은 아니라는 것을 고려할 필요가 있을 겁니다. 우리 연구소에 있는 사람들의 대부분이 발명가이거나 그렇지 않으면 숨은 학자라는 걸 아셔야 합니다."

이 말에 로빠뜨낀은 아랫입술을 깨물며 곁눈으로 흘끗 그를 바라보았다. 끄레호프는 그것을 로빠뜨낀이 경탄하고 있는 증거라고 제멋대로 판단해 버렸다.

"뭐 놀랄 것까진 없지요. 정상적인 인간이라면 누구나가 다 태어날 때부터 창조적 소질을 가지고 있으니까요."

"그럼, 어째서 당신은 지금 발명에 종사하고 있지 않습니까? 아니, 발명에 종사하고 있는지의 여부도 모르고 이렇게 물어 죄송합니다만."

"천만에, 괜찮습니다. 당신의 말이 맞았어요. 로빠뜨낀 동무, 우리는 자신도 모르는 사이에 아주 길들여져 버리고 말았습니다. 살아갈 만큼 주는 봉급이나 받아먹고 있다 보니, 어느새 돼지와 다름없는 인간들이 되어 버렸지요. 그래서 우리들은 지금이라도 당신의 모범을 따르고 싶은 마음이 간절합니다. 당신은 동료의 입장에서 우리들을 도와줄 의무가 있다고 생각합니다."

"내가 당신한테 약속할 수 있는 것은…."

로빠뜨낀은 말을 시작하려다가 문득, "맹세를 하지 말게"라던 부시꼬 교수의 말이 생각나서 어물어물 딴 데로 화제를 돌렸다.

"…뭐 새삼스레 이런 말은 할 필요도 없겠지요. 혹시 당신은 전에 무엇을 고안해 낸 적이 없습니까?"

"아무것도 고안해 낸 것이 없어요."

끄레호프는 대답했다.

“그러나 훌륭한 것을 발명한 친구가 하나 있습니다. 당신은 그 사람을 모르지만 당신과 적수가 될 수 있는 사람이지요. 그도 역시 주조기를 발명했으니까요.”

이렇게 말하며 로빠뜨낀의 눈치를 살핀 그는 실망을 느끼지 않을 수 없었다. 경쟁자가 있다는 말에 로빠뜨낀은 조금도 놀라지 않았을 뿐더러 별로 귀담아 듣는 기색조차 없었기 때문이다.

“아직 나이가 어린 친군데 아주 그럴 듯한 걸 발명했지요. 아직까지 압축방법에 의한 주조는 알루미늄이나 아연 같은 경금속으로만 가능했는데, 그 친구는 강철로도 그것을 가능하게 했단 말입니다. 어떻습니까, 그럴 듯하지 않아요?”

“거 참 그럴 듯하군요!”

로빠뜨낀은 동의했다.

“그걸 제작했더라면 벌써 지난번 5개년 계획부터 물건을 생산해 냈을 텐데….”

“그럼 어째서….”

하고 물으려다가 로빠뜨낀은 입을 다물고 고개를 가로저었다. 대답은 들어보나 마나 뻔했기 때문이다.

“어떻게 됐는지 아세요?”

끄레호프는 음성을 낮추었다.

“그 젊은 친구에겐 자기의 발명을 실현시킬 능력이 없었단 말입니다. 그리고 얼마 안 있어, 그가 소속된 성 내에서 그의 앞길을 막는 자들이 나타났지요. 아브지예프 교수처럼 대담하게 신인을 추천할 줄 아는 원칙주의자를 만나기가 그리 쉬운 줄 아십니까!”

너무나 뜻밖의 말에 로빠뜨낀은 벌어진 입이 다물어지지 않았다. 그는 멈칫 걸음을 멈추기까지 했으나 아무 말도 입 밖에 내지 않았다. '앞으로 끄레호프도 아브지예프의 본성을 알게 될 날이 있겠지. 구태여 지금 밝힐 필요는 없을 거야' 하고 그는 생각했다.

끄레호프와 이러한 대화가 있은 다음 로빠뜨낀은 설계사들로부터 아무런 정보도 얻을 수 없으리라는 것을 깨달았다. 그들은 로빠뜨낀의 성공을 확신하고 있었던 것이다.

로빠뜨낀 자신에게도 차차 자신의 주조기가 무사히 완성될 것이라는 자신이 생기기 시작했다. 그러나 뜻하지 않은 하나의 상봉이 그의 눈을 뜨게 해 주었다.

그는 언제나 무궤도 전차를 타고 연구소에 출근하곤 했는데, 어느 날 아침, 달리는 무궤도 전차 속에서 창밖을 내다보고 있으려니까 때마침 전차와 나란히 달리던 회색 뽀베다에서 누군지 커다란 소리로 자기를 부르는 것이었다.

뽀베다에는 운전수 옆에 갈리쯔끼가 타고 있었다. 그는 창밖으로 몸을 내밀고 손을 내저으며 말했다.

"내리시오, 다음 정거장에서 내려요!"

로빠뜨낀은 허둥지둥 손님 사이를 헤치고 문 있는 데로 나와 다음 정거장에서 내렸다. 이미 전차 정거장 앞에 멈춰 선 뽀베다에서는 갈리쯔끼의 길다란 손이 그를 부르고 있었다. 그들은 인사를 했다.

"나는 시간이 없으니 이 차를 타시오."

하고 갈리쯔끼가 명령했다.

"지금 우리 성으로 가서 나를 내려놓은 다음, 이 차를 타고 가면 될 거요. 자, 어서 타시오. 우리 차 속에서 얘기합시다!"

로빠뜨낀은 뒷문을 열고 들어가서 푹신한 좌석에 앉았다. 차가 떠났다.

"아니, 지금 성에 근무하고 계십니까?"

로빠뜨낀은 앞자리에 앉은 갈리쯔끼의 덥수룩한 뒷통수를 바라보며 물었다.

"성 직속 심의회위원으로 있소."

갈리쯔끼는 얼굴을 돌리지 않은 채 이렇게 대답했다.

"왜 박사는 심의회위원이 될 수 없는 줄 아오? 우선 당신 얘기부터 들읍시다. 나도 당신 문제에 대해선 좀 아는 바가 있소. 간단히 추려서 빨리 얘기하시오!"

로빠뜨낀은 최근 몇 달 동안에 일어난 일들을 모두 그에게 보고했다.

"알겠소!"

하고 갈리쯔끼는 말했다.

"절대로 그자들을 믿어선 안 되오! 당신의 설계안이 실현된다면 그와 동시에 모가지가 달아날 친구들이 있단 말이오. 당신은 이걸 알고 있소? 그자들은 당신의 아이디어를 완전히 이해했고 따라서 그것이 훌륭하다는 것도 알고 있소. 그 우류뻰이란 작자는 바로 당신의 기계에다 무엇을 좀 부가시킨 설계안을 만들었는데 곧 공장으로 넘길 거요. 그걸 만드는 동안 그들은 당신이 시끄럽게 굴지 않기를 바라고 있소. 그래서 지금 당신의 설계안을 추진시키고 있는 거요. 그러니까 당신은 자꾸 소동을 일으키시오. 탄원서 같은 것도 자꾸 써 내고…."

"그러나 슈찌꼬프가 배수관 주조기와 직접적인 이해관계를 가지고 있다면 내 설계안이 더욱 우수하다는 걸 알 게 아닙니까?"

"슈찌꼬프가 직접적인 이해관계를 가지고 있는 건 사실이오. 그렇지만 그는 기술적인 문제에 관해선 문외한이나 다름없는 인간이오. 그는 누가 만든 기계든 간에 원심주조기는 매한가지라고 생각하고 있단 말이오. 그에게는 기계의 구조가 어떻든 그런 건 대수로운 문제가 아니오. 그에게는 대인관계가 보다 중요하니까. 그러나 어디 두고 봅시다!"

하고 갈리쯔끼는 으르대듯 소리쳤다. 그리고는 잠시 입을 다물고 있다가 수첩에다 무엇인지 긁적거리더니 한 장을 북 찢어 어깨 너머로 로빠뜨낀에게 주었다.

"내 전화번호요. 당신의 운명이 결정되면 나한테 전화 걸어 주시오. 아, 벌써 다 왔군. 운전수가 연구소까지 모셔다 줄 거요. 그럼 또 봅시다."

다시 불안에 찬 조용한 며칠이 지나갔다. 세부설계는 거의 완성 단계에 들어갔지만, 어디선지 은폐된 장소에서 로빠뜨낀의 적들은 전투태세를 갖추고 있었다.

그들은 완전한 음향관제 하에서 대열을 산개시키고 나서, 유월 말경에 마침내 불의의 공격을 개시한 것이다.

공격은 전화의 벨소리와 더불어 개시되었다. 로빠뜨낀이 수화기를 들고 몇 마디 했을 때, 옆에 있던 끄레호프 눈에는 로빠뜨낀의 온몸에 맥이 풀려 축 늘어져 가는 것이 보였다.

"이거 봐요, 네브라예프."

하고 로빠뜨낀은 말했다.

"나는 무슨 말인지 알아들을 수 없소. 대체 무슨 배수관을 말하는 거요?"

"철제 배수관이지, 무슨 배수관이겠소!"

수화기에서 조소 섞인 목소리가 쨍쨍 울려 나왔다.

"그래서?"

"그래서라니! 당신의 임무가 끝난 것을 축하하려는 거요."

"그렇지만 아직 우리는 일을 끝내지…."

"로빠뜨낀 동무, 사무집행관인 내가 축하를 한다면 틀림없이 임무는 끝난 게 아니겠소? 트럭이 곧 도착할 겁니다."

"트럭은 또 무슨 트럭이오?"

"아마 3톤짜리 트럭일 거요."

"네브라예프 동무, 무슨 말인지 좀 더 분명히 말해 주시오."

"난 지금 분명히 말하고 있는 거요."

수화기의 목소리가 갑자기 작아졌다.

"무즈가에서 주조기를 시운전한 결과 양호했다는 보고서와 함께 처음으로 생산한 배수관이 도착했단 말이오. 가만 있소, 명령서 초안을 좀 볼테니…. 주조기 고안자는 우류뻰과 막슈쩬꼬라고 적혀 있소."

"그건 대체 무슨 명령서요?"

하고 로빠뜨낀은 나직이 물었다.

"궁금하거든 지금 이리 오시오. 우리 함께 명령서를 봅시다."

"좋소, 곧 가지요."

로빠뜨낀은 수화기를 내던지더니 움켜쥔 두 주먹을 책상 위에 놓은 채 한참 동안 꼼짝도 않고 먼 곳을 응시하고 있었다. 아직 완전히 드러난 것은 아니지만 어쨌든 그는 적들의 음모가 진행되고 있었다는 것을 알아챈 것이다. 그것은 종래와는 다른, 좀처럼 극복하기 힘든 음모인 것 같았다.

설계사들은 모두 고개를 떨어뜨리고 자기 설계대 앞에 말없이 앉아 있었다. 로빠뜨낀은 그 옆을 지나 방문 앞에 가서 걸음을 멈추고 침착한 어조로,

"성에 다녀오겠소. 아마 한두 시간 걸릴 것 같소."

하고 밖으로 나갔다.

웅장한 야금공업성 건물 앞에 닿자, 무궤도 전차에서 뛰어내린 로빠뜨낀은 정면 현관 맞은편에 트럭이 한 대 서 있는 것을 발견했다. 노동자들이 트럭에서 새까맣게 칠한 철제 배수관을 내려 가지고 현관 안으로 가져가고

있었다. 로빠뜨낀은 트럭으로 가까이 다가가서 손가락으로 배수관을 두드려 보았다. 틀림없이 원심주조기로 만든 배수관으로 품질도 괜찮은 것 같았다. '혹시 내가 오산을 한 건 아닐까?' 이렇게 생각하자 그는 온몸에 땀이 흐르는 것을 느꼈다.

"제기랄, 무던히도 덥군!"

그는 중얼거리며 다시 배수관을 들여다보기 시작했다. '결국 딴 사람이 앞지르고 말았구나. 몇 해 동안 헛고생만 한 셈이 되고 말았어.' 그러나 이내 그것을 부정했다. '아니다, 헛고생이라니! 내 주조기는 더욱 우수한 성능을 가지고 있지 않은가! 이 배수관을 만든 주조기는 한 시간에 스무 개밖엔 만들어 내지 못한다. 품질로 말하면, 종래의 수공업적인 방법으로도 얼마든지 보장할 수가 있다. 문제는 생산능력에 있는 것이다.'

그때 마치 그의 생각을 뒷받침하듯이 잘못해서 배수관 귀퉁이를 아스팔트 바닥에 떨어뜨린 노동자가,

"제기랄, 이게 뭐야!"

하고 투덜거렸다. 배수관 속에서 희끄무레한 응결체가 붙은 파편이 떨어져 나왔기 때문이다.

'주철이 표백작용을 일으킨 모양이군!' 로빠뜨낀은 생각했다.

'하긴 물로 냉각하도록 장치했으니까 그것도 당연하겠지.'

이 층에 있는 슈찌꼬프의 비서실은 문이 활짝 열려 있었다. 흰 여름 제복을 입은 십 여 명의 기사들과 비서관들이 길다란 회의용 테이블을 에워싸고, 무슨 경사라도 있는 것처럼 신이 나서 떠들어대고 있었다. 테이블 위에는 포신처럼 반질반질하게 윤이 도는 대여섯 개의 배수관이 가지런히 놓여 있었다. 테이블 옆에는 물론 슈찌꼬프 차관의 모습도 보였다. 희색이 만면한 얼굴로 배수관을 두드려 보기도 하고, 허리를 굽히고 뚫린 관 속을 들여

다보는가 하면, 한편으로는 그의 성공을 축하하는 기사들의 말에 일일이 대꾸를 하고 있었다.

로빠뜨낀은 방에 들어서자마자 슈찌꼬프의 흥겨운 목소리를 들었다.

"…음, 물론이지, 외국에서도 다 이 방법으로 배수관을 만들고 있소. 하지만 동무들, 우리는 도가니를 교체하는 새로운 방법을 적용했소! 그것이 이처럼 굉장한 능률을 보장했단 말이오. 아, 저기 로빠뜨낀 동무가 우리의 성공을 함께 축하하러 오는군!"

모두들 로빠뜨낀에게 길을 내 주었다. 슈찌꼬프는 앞으로 걸어나와 반갑게 로빠뜨낀을 맞으며 그를 포옹하다시피 하고 테이블 쪽으로 안내했다.

"드디어 우리들의 공동 노력이 결실을 보았네. 자, 좀 보게, 자네는 전문가이니까 어떤가, 그리 서투르게 된 건 아니지?"

로빠뜨낀은 배수관 속을 들여다보았다. 그는 어찌할 바를 몰랐다. '그냥 부루퉁한 얼굴을 하고 있어도 괜찮을까? 그렇지만 테이블 앞에는 저렇게 많은 사람들이 서 있지 않은가. 그중에는 정말 정직하고 순진한 사람들도 있을 것이다. 그리고 저기 노동자들이 몰려들어 와서 저렇게 기뻐하지 않는가! 만일 저 사람들과 함께 기뻐하지 않는다면 내가 샘이 나서 시무룩해 있다고 생각할 것이다. 집단의 승리를 질시하는 개인주의자라고 규정해 버릴 것이다.'

그러나 로빠뜨낀은 기뻐할 수가 없었다. 과연 이 배수관들이 얼마만큼의 가치를 가지고 있는가. 첫눈에 벌써 부피가 두꺼운 것을 알 수 있지 않은가. 분명히 규정량을 초과하는 선철이 소비되었을 것이다. 그리고 주철의 표백작용은? 공장문을 나서기 전에, 그리고 모스크바까지 운반해 오는 동안에 수많은 배수관이 깨져 버릴 것이 아닌가! 그리고 생산능률은? 이것보다 두 배 이상의 능력을 가진 주조기의 설계가 이미 완성 단계에 있지 않은

가! 우류뻰의 주조기 때문에 그것이 희생되어야 옳단 말인가!

차라리 그는 노골적으로 불만을 표시하는 편이 좋았을는지 모른다. 로빠뜨낀의 창백한 얼굴은 절망과 조소를 억누르느라고 점점 흉하게 일그러졌다. 도리어 그것이 사람들에게 아주 불쾌한 인상을 주었다. 그들은 조심스럽게 로빠뜨낀의 얼굴빛을 살피고는 서로들 눈짓을 했다.

슈찌꼬프도 그것을 눈치챈 모양이었다. 그는 로빠뜨낀의 팔을 잡고 떨어진 곳으로 끌고 가더니, 그에게 이렇게 말했다.

"로빠뜨낀 동무, 자네 심정은 알 만하네. 그러나 사내답게 모든 것을 극복해야 해. 나는 자네가 앞으로 또 새로운 것을 고안하기를 바라네."

"새로운 것이라뇨? 그럼 내 주조기는 어떡하구요?"

"장관으로부터 자네의 주조기 설계를 중지하라는 지시가 내렸지만, 나는 자네가 완료할 수 있도록 앞으로 오륙 일 여유를 줄 예정이야. 그러나 그것으로 자네의 주조기 제작은 종지부를 찍지 않을 수 없어. 자네는 아직 젊고 활동력이 왕성하니까 결코 낙심할 필요는 없을 거야. 뿐만 아니라 자네는 이 속에 무엇인가 들어 있으니까!"

여기서 슈찌꼬프는 손가락으로 자기 이마를 두드렸다.

"그렇지만 현재로서는 무슨 기적이라도 일어나지 않는 한 자네를 구출할 길은 없을 거야."

"그렇다면 나는 당 중앙위원회에 이 문제를 호소하겠습니다."

슈찌꼬프의 말이 채 끝나기도 전에 로빠뜨낀은 이렇게 말했다.

"뭐라구? 중앙위원회에 호소하기만 하면 누구나가 다 만족할 해답을 받을 줄 아나? 천만에! 만족한 해답은 이쪽이 정당한 경우에만 기대할 수 있는 거야. 자네 문제는 극히 전문적인 성질을 띠고 있어. 따라서 중앙위원회라 할지라도 전문가들의 의견을 듣지 않고는 아무런 결정도 내릴 수 없다는 걸 알아야 해. 그리고 전문가들의 의견이 어떠하리라는 건 뻔하지 않냐 말이야."

"그러나 그 밖에도 전문적인 문제를 판정할 수 있는 가장 권위 있는 심판관이 또 있다는 걸 나는 알고 있습니다. 그것은 기계의 시운전입니다. 이것이야말로 기계의 성능을 판정할 수 있는 가장 권위 있는 심판관이 아니겠습니까? 우선 기계를 만들어서 시험해 봐야 합니다."

"그거 참 훌륭한 의견이군. 그럼 기계를 만들게나. 어서 만들어 보란 말이야, 아, 그렇지 자네한텐 밑천이 없겠군. 그렇다면 밑천을 달라고 성에 요청하면 되지 않나! 물론 우리는 거기에 대해 다시 문의해야 할 것이지만…."

"아브지예프에게 말입니까?"

"굳이 아브지예프한테는 문의하지 말아야 한다는 법은 없지 않나! 아브지예프를 위시하여 그 밖의 학자들에게 돈을 내줄 만한 가치가 있는 기계인가 아닌가를 물어봐야 할 거야. 그렇지만 우리는 이미 원심주조기를 가지고 있어. 무엇 때문에 똑같은 기계를 두 가지씩이나 만들 필요가 있는가 말이야?"

"이미 가지고 있다는 그 기계도 역시 내가 고안한 것입니다."

로빠뜨낀은 저도 모르게 격해지는 음성을 억누르며 말했다.

"그들이 쓸데없이 기계의 일부분을 변경시키지 않고, 내가 고안한 그대로 만들었더라면 오히려 지금보다 두 배의 생산능률을 발휘했을 겁니다."

"정신 나간 소리는 작작하고, 마음을 진정시키게. 나는 지금도 얼마든지 자네를 포용할 용의가 있네. 자네가 잘 생각해서 마음만 돌린다면, 나는 기꺼이 자네를 받아들일 작정이야. 언제라도 좋으니 전화를 걸어 주게. 이 문제에 대해 얘기하고 싶다면 딴 일을 제쳐 놓고서라도 자네와 만날 테니까."

상냥한 어조로 이렇게 말하고 나서 슈찌꼬프는 로빠뜨낀의 팔을 끌고 다시 배수관 옆으로 왔다. 이 때 사무집행관 네브라예프가 로빠뜨낀에게 다가오더니, 그의 귀에 대고 소곤거렸다.

"로빠뜨낀 동무, 공연히 풍차를 상대로 칼을 휘두르는 따위의 어리석은 짓은 하지 않는 게 좋을 거요. 슈찌꼬프 차관이 왜 저렇게 신이 나서 배수관을 들여다보고 있는지 아시오? 바로 저 배수관 끝에 더욱 높은 감투가 달려 있단 말이오. 그러니까 공연히 덤비지 말고 슈찌꼬프의 제의를 받아들이는 편이 좋을 거요. 때를 놓치기 전에…."

이렇게 말하고 네브라예프는 몸을 돌리더니 테이블 옆으로 가서, 다른 기사의 허리에 팔을 감고 무슨 소린지 그에게 지껄이기 시작했다.

로빠뜨낀은 슈찌꼬프의 방에서 나오는 길로 장관 비서실로 들어갔다. 여비서는 보이지 않고, 눈썹이 동그랗게 휘어진 젊은 사내가 앉아 있었다. 로빠뜨낀은 그에게 장관을 뵐 수 없겠느냐고 물었다. 그러나 장관은 바빠서 만날 시간이 없다는 것이었다. 로빠뜨낀은 비어 있는 책상에 앉아서 장관 앞으로 진정서를 쓰기 시작했다. 무즈가에서 새로 만든 주조기가 국가에 얼마나 많은 손실을 가져오게 했는가를 부드러운 문장으로 열거하고, 그 다음 이미 적지 않은 금액이 소비된 자신의 주조기 제작을 계속 추진시켜 줄 것을 간청했다. 또한 자기의 주조기가 한 시간에 오십 개 이상의 배수관을 생산할 수 있을 뿐더러 상수도용 파이프도 주조할 수 있다는 점을 특히 강조했다.

로빠뜨낀은 펜을 놓고 처음부터 읽어 보았다. 그만하면 진정서는 훌륭했다. 그는 다시 사본을 한 부 만든 다음, 진정서를 젊은 비서관에게 맡기고 비서실을 나왔다.

부시꼬 교수는 방문을 열고 들어오는 로빠뜨낀을 보자, 무슨 좋지 않은 일이 있었다는 것을 대번에 알아챘다. 마침 노인은 식사 준비를 해 놓고 열어 놓은 들창가에 앉아서 로빠뜨낀이 돌아오기를 기다리고 있던 참이었다. 로빠뜨낀은 말없이 식탁에 앉아서 식탁보 위에다 15코페이카짜리 동전을 던지기 시작했다.

"발명가가 동전으로 자기 운수를 점치게 되면 일은 다 된 거야."

하고 교수는 말했다.

"그래 무슨 일이 있었나?"

로빠뜨낀은 장관 앞으로 제출한 진정서 사본을 노인에게 내주었다.

노인은 천천히 종이를 안경 앞으로 가져가더니, 밑에서부터 위로 훑어보고 나서 식탁에다 놓았다.

"어쩔 수 없는 일이지."

노인은 혼자 중얼거리듯 말했다.

방 안에는 오랫동안 침묵만이 흘렀다. 로빠뜨낀은 다시 식탁 위에다 동전을 던지기 시작했다.

"그런데 말입니다, 지금 내가 무슨 생각을 하고 있는지 아세요?"

로빠뜨낀은 억지로 명랑한 빛을 띠우며 말했다.

"슈찌꼬프의 제의를 묵살해 버릴 것인가를 생각하고 있어요."

"제의라니?"

"모든 것을 깨끗이 단념하면 상당한 보수를 받을 수 있는 좋은 자리에 취직시켜 주겠데요."

"노골적으로 그런 말을 하던가? 그렇다면 자네 기계는 아주 결말이 난 것으로 생각하고 있는 모양이군. 그렇지만 내가 보기엔 역시 디젤이 옳았다고 생각하네. 이젠 자네도 차차 기대를 버리기 시작한 것 같군."

"어떻게 생각하세요? 내 진정서가 장관 손에 들어갈까요?"

"그야 물론 장관에게 보고하겠지. 비서관들이란 사무를 신속히 처리하는 자들이니까. 아마 오늘 저녁 안으로 보고할 걸세. 그러나 문제는 장관한테 달려 있지 않다는 걸 알아야 하네."

"그렇지만 장관이 아니면 아무도 내 문제를 해결해 줄 사람이 없지 않아요?"

"아니, 장관이 아니면 아무도 그자들의 행동을 제지하고, 그자들을 처벌할 수 없다는 편이 옳겠지. 하지만 그자들이 아니면 장관에게 자네 말을 믿게 할 사람도 없지 않겠나? 그러니까… 하여튼 식사나 하면서 생각해 보기로 하세."

이렇게 말하고 노인은 자기 침대 쪽으로 가서 식지 않게 덮어서 이불 속에 묻어 두었던 스프 냄비를 꺼내 식탁 위에 놓았다. 그리고는 찬장에서 접시 두 개를 꺼내 놓고 냄비 뚜껑을 열며,

"냄새가 어떤가?"

하고 묻고 나서 로빠뜨낀의 접시에 껄쭉하고 검붉은 스프를 가득 따랐다.

"자네가 결국은 이런 꼴을 당하리라는 걸 나는 미리 경고할 수도 있었지."

노인은 자기 접시에도 스프를 따르고 숟가락을 집어 들며 다시 입을 열었다.

"나도 예전에 그런 일을 당해 본 경험이 있었다네. 아마 슈찌꼬프는 지금 이렇게 생각하고 있을 걸세 ── 로빠뜨낀도 더 이상 탄원서를 제출하진 못할 것이다. 그를 위해 성에서는 적지 않은 금액을 지출했고, 두 번씩이나 세부설계를 하게 했고, 우수한 설계 기사를 배당하는 등 온갖 편의를 다 봐주었는데도, 결국엔 딴 사람과의 경쟁에 지고 말았으니, 이제 와서 무슨 소리를 감히 할 수 있겠느냐? 이렇게 생각할 거란 말일세. 하기는 그 경쟁에서 어느 쪽이 패배할 것만은 틀림없지 않나? 자네가 이제 진정서 따위를 제출해 봐도 패배자의 비겁한 반발로밖엔 인정되지 않을 걸세. 이젠 별 도

리도 없으니까.”

“선택할 길은 하나밖엔 없겠죠.”

하고 로빠뜨낀이 말을 받았다.

“그게 아마 옳은 판단이겠지. 자넨 벌써 운수를 점치기 시작했으니까!”

“어쨌든 슈찌꼬프한테 취직을 부탁하러 가지는 않겠습니다. 교수님, 난 이미 생각한 바가 있어요. 차라리 시베리아 예니세이강 연안 어느 벽지를 찾아 들어가는 편이 좋을 것 같아요. 하늘이 있고, 땅이 있고 그리고 일 학년 어린애들이 있는 데라면 어디든지 좋아요. 교수님, 나를 이끌어 주세요. 우리 어디 아주 먼 곳으로 가서 원기를 회복시킵시다. 짙은 안개가 떠도는 멀고 먼 곳을 찾아갑시다.”

“자네가 그렇게 결심만 한다면….”

하고 교수는 대답했다.

“나는 어디든지 자네를 따라가겠네.”

3

그 이튿날 로빠뜨낀은 하루 종일 공중전화에 붙어서 장관에게 전화를 걸었다. 그러나 그는 번번이 거절당하고 말았다 ── ‘장관 동무는 아직 안 나오셨습니다.’ ‘장관 동무는 지금 바쁘십니다.’ ‘장관 동무는 외출하고 안 계십니다.’…

다음 날 로빠뜨낀은 직접 야금공업성으로 나갔다. 가지고 있던 통행증 덕분에 그는 장관 비서실에까지 올라갈 수 있었다. 비서실에는 여비서가 혼자 앉아서, 꿈꾸는 듯한 얼굴로 낡아 빠진 두툼한 소설책을 읽고 있었다.

“장관님은 저녁에나 돌아오십니다.”

여비서는 마지못해 책에서 눈을 들었다. 다음 순간 그녀는 퍼뜩 제정신으로 돌아왔다.

"아, 로빠뜨낀 동무였군요."

그녀의 음성에는 금방 생기가 돌았다. 그러나 지금 로빠뜨낀의 눈앞에 앉아 있는 여비서는 전의 그 처녀가 아니었다 ── 그처럼 상냥하고 동정적이던 처녀가 어쩐 일인지 오늘따라 몹시 토라져 있었다.

"장관님은 당신을 만나지 않으시겠답니다. 내가 당신 얘길 했더니, 앞으론 전화도 받지 않겠다고 딱 잘라 말씀하셨어요. 그렇지만 당신도 나쁘지 뭐예요!"

그녀는 얼굴이 샐쭉해서 아랫입술을 삐죽 내밀었다.

"그렇게까지 에고이스트가 돼선 못써요. 기계는 뭇사람을 위해, 인민을 위해 만드는 것이지 당신 한 사람을 위해 만드는 것은 아니잖아요! 나는 당신이 그런 사람인 줄은 정말 몰랐어요."

여비서는 입을 다물었다. 방음벽으로 외부와 차단된 비서실 안에는 쇳덩어리처럼 무거운 정적이 흘렀다.

"앞으로는 얼씬 못하게 하라는 분부가 내렸으니 그리 아세요."

목이 잠긴 것 같은 음성으로 그녀는 이렇게 덧붙였다.

"잘 알았습니다. 다시는 오지 않을 테니 안심하십시오."

로빠뜨낀은 가까스로 이렇게 말했다.

"그럼 안녕히 계십시오."

그는 정신없이 밖으로 뛰어나왔다. 자기가 어떻게 아래층으로 내려왔는지, 그리고 어떻게 한길까지 나왔는지 그것조차 의식하지 못했다. 참을 수 없는 치욕이 그를 몰아세웠던 것이다.

"이젠 그만이다!"

그는 혼잣소리로 중얼거렸다. 정거장으로 갔다.

"이젠 그만이다, 그만이다!"

무궤도 전차 속에서도 이렇게 중얼거렸다.

"동무들이여, 잘 있거라! 이젠 그만이다!"

집으로 돌아왔다.

"이젠 그만이다!"

방문을 열고 들어서면서도 그는 똑같은 소리를 되풀이했다. 그리고는 비칠비칠 침대에 가서 주저앉더니, 누구한테 안면을 호되게 얻어맞은 것처럼 실신 상태에 빠져들어 갔다.

부시꼬 교수는 궤짝 위에 비스듬히 누워서 무슨 책인지 읽고 있었다. 방안에는 알록달록한 여름옷을 입은 나쟈도 와 있었다. 두 달 동안의 여름방학이 시작돼서, 오늘은 아침부터 찾아온 것이다.

"무엇이 그만이죠?"

하고 묻더니, 나쟈는 조용히 로빠뜨낀의 곁으로 다가갔다. 아마도 그녀는 모든 것을 알고 있었으리라.

"로빠뜨낀, 무엇이 그만이냔 말예요?"

"내가 에고이스트라는 거야!"

그는 눈을 반쯤 감았다. 눈물이 둑을 허문 듯이 쏟아져 나왔다. 그는 손으로 얼굴을 훔쳤다. 줄지어 내리던 눈물이 온통 얼굴에 묻었다.

"이젠 그만이야. 이젠 아무 데도 찾아가지 않겠어!"

"로빠뜨낀!"

나쟈는 침대 위에 나란히 앉아서 그와 머리에 손을 얹었다.

"이제 처음 당하는 일인가요, 뭐. 공연히 낙심하지 마세요."

그녀는 흰 머리카락이 뒤섞인 사내의 커다란 머리를 끌어안고, 마치 어린애를 달래듯 조용히 몸을 흔들기 시작했다. 그렇게 이삼 분이 지났다. 향긋한 그녀의 체취를 들이마시자 로빠뜨낀은 가슴이 후련해지는 것을 느꼈다. 그는 자세를 바로 잡고 앉아서 나쟈의 얼굴을 바라보았다.

"그래."

그는 이렇게 말하고, 아무 생각 없이 노곤한 감정에 온몸을 내맡기며, 멍청히 앉아 있었다. 마치 우박이 빗발치는 모진 소나기를 맞고 난 사람의 감정과도 같았다.

"내 생각이 역시 너무 단순했던 것 같애. 그러나 발명가의 의지를 굽혀서는 안 되지."

노인이 말했다.

"하지만, 나는 야금공업성에 다시는 발을 들여놓지 못하게 됐어요."

하고 로빠뜨낀은 소리쳤다.

"모두들 나를 자기 생각만 하는 에고이스트라고 인정하고 있어요. 혼자서만 무슨 일을 해 보려는 욕심쟁이라는 거예요. 사회적 이익을 털끝만큼도 생각하지 않는 배신자라는 거예요. 그저께 나는 여러 사람 앞에서 나 같은 발명가는 소멸 과정에 있는 시대적 유물에 지나지 않는다는 논리를 시인하지 않을 수 없었어요."

"어떻게 자네가 그따위 이론을 시인하게 됐는지 그거 한번 들어 보고 싶군그래."

"그저께 야금공업성에서는 큰 경사가 있었어요. 모두들 희색이 만면해서 서로 승리를 축하하며 야단들인데 나 혼자만 시무룩해 있었지요. 어째서 그랬는지 나 자신도 모르겠어요. 그러나 모두들 내가 그러고 있는 걸 알아챘단 말이에요. 그리고 오늘 장관 비서실에 있는 여비서한테 내가 무슨 소리를 들었는지 아세요? 측은해 못 견디겠다는 눈으로 나를 바라보더군요.

가련하기 짝이 없는 인간이라 생각했겠지요. 그러나 나는 그따위 값싼 동정을 받기는 죽어도 싫어요! 차라리 미친놈 취급을 받는 편이 몇백 배 더 낫지요."

"그런 것에 신경을 쓸 필요는 없어요."

나쟈는 서글픈 눈으로 그의 옆얼굴을 물끄러미 바라보며 나직이 말했다.

"그런 업신여김을 받지 않아도 될 날이 머지않아 올 테니까요. 그건 그렇고 당신의 흥미를 끌 만한 것을 하나 가져왔는데 보여 드릴까요?"

"뭐, 또 넥타이요?"

하고 그는 억지로 농담을 했다.

"아니에요. 넥타이도 아니고, 찻잔도 아니고… 그런 것보다는 훨씬 좋은 거예요."

하고 그녀는 자기의 조그만 손가방이 놓여 있는 책상 쪽으로 걸어갔다.

얼마 전부터 나쟈는 레닌 도서관에 다니고 있었다. 원심주조기에 관한 외국의 문헌을 조사하여 요점을 발췌해 달라는 로빠뜨낀의 부탁을 받았기 때문이다. 그것은 쉬운 일이 아니었다. 그러나 나쟈는 온갖 난관을 극복하고 중요한 논문이면 모조리 두꺼운 노트에 베꼈다. 지금 그녀는 손가방을 열고, 바로 그 노트를 꺼내놓은 것이다.

"소용없어요."

로빠뜨낀은 손을 내저었다.

"배수관이고 뭐고, 다 그만두기로 했으니까. 이젠 단념해 버리고 말았어요. 로빠뜨낀은 이미 존재하지 않아요."

"그러지 마시고 이걸 좀 보세요. 세상엔 이런 배수관도 있더군요. 아마 당신도 흥미를 느끼실 거예요. 자, 어서 한번 읽어 보세요. 독일 사람의 논문인데, 이중 파이프에 대한 것이 쓰여 있어요. 겉은 보통 강철이고 내부는 특수한 내산성 금속이고… 화학공업용 파이프죠."

"어디 좀 봅시다."

로빠뜨낀은 잠시 입을 다물고 노트를 넘기다가,

"아니 이건 내 주조기로도 만들 수 있겠는데!"

하고 갑자기 소리를 질렀다.

"우리도 역시 그렇게 생각하고 있다네."

교수가 궤짝 위에서 그의 말을 받았다. 노인도 이제는 주조기에 대해 제법 의견을 말할 수 있게 된 것이다.

"그런데 어때요, 독일에선 이걸 만들고 있나요?"

"천만에, 이건 아직도 이론에 불과해요. 여기 이렇게 쓰여 있어요. 최근 사년 동안 설계 기사들과 공업 기술자들이 이 문제를 해결해 보려고 애썼으나 아무런 진전도 없었다고…."

"그 사람들도 아직 만들지 못한단 말이죠?"

"그렇다니까요!"

나자의 목소리는 기쁨에 떨렸다.

"화학공업에 강철 파이프를 쓰고 있는데 금방 침식되어 버리기 때문에 일주일이 멀다하고 갈아대고 있대요. 그래서 이렇게 내부를 내산성 금속으로 씌운 파이프가 필요하다는 거죠. 한번 제안해 보시지 않겠어요?"

"누구한테? 독일 사람한테?"

"무엇 때문에 독일 사람한테 제안해요? 우리나라에서도 이런 파이프가 필요할 텐데! 잘 검토해 가지고 화학공업성 같은 데다 제안합시다!"

"슈찌꼬프 같은 자가 거기엔 없을 것 같소? 그만두겠어요! 난 이젠 아무데도 찾아다니지 않을 테니까. 시베리아에 가서 밀림 속에 들어박혀 살겠습니다. 그러나 이중 파이프라는 건 정말 그럴 듯한 착상인데!"

로빠뜨낀의 입에서는 금방 이런 소리가 흘러나오고야 말았다. 역시 그는 자기의 주조기에서 한 걸음도 떠날 수 없는 그런 인간이었다.

나쟈와 부시꼬 교수는 서로 눈짓을 했다. 로빠뜨낀은 자리에서 벌떡 일어나더니 열어젖힌 창틀에 팔꿈치를 괴고 엎드렸다. 그는 무엇을 구상할 때면 으레 거기서 그런 자세를 취하는 것이었다. 이십 분가량 지나서 그가 몸을 일으켰을 때 창틀에 붙어 있는 양철판 위에는 못 끝으로 무엇인지 긁적거린 자국이 남아 있었다.

"거 참."

하며 그는 제도대에다 흘끗 눈을 주었다.

"거 참, 기가 막힌 아이디어로군!"

"그러게 내가 뭐랬어요!"

나쟈는 자기 얼굴에 떠오른 희색을 감출 양으로 부채질하는 시늉을 하며, 노트로 얼굴을 가리었다.

"아유, 이젠 날씨가 굉장히 더워졌군요!"

"나쟈, 이건 얼마든지 실현시킬 수 있는 문제에요."

하고 로빠뜨낀은 말했다. 그는 침대에 앉았다. 그리고는 금방 다시 일어섰다. 마룻바닥에서 찢어진 봉투를 집어 들더니, 호주머니에서 만년필을 꺼내 들고 급히 책상에 가서 앉았다.

"당신은 아주 훌륭한 아이디어를 나한테 제공해 주었어요."

"아니에요."

나쟈는 부드럽게 그의 말을 부인했다.

"당신 자신이 이미 해결해 놓은 문제인 걸요."

"우리 두 사람의 이름으로 고안 신고를 합시다!"

"글쎄… 나는 찬성할 수 없는 걸!"

교수가 경고하는 말투로 한마디 했다.

"고안 신고 같은 건 백 번 해 봐야 소용 없을 걸세."

"그렇게 하기로 결정합시다!"

노인의 말엔 대꾸도 않고 로빠뜨낀은 나쟈에게 말했다.

"이번엔 우리 두 사람이 고안자가 되는 겁니다."

나쟈는 얼굴을 붉혔을 뿐 아무 말도 하지 않았다. 도서관에서 이중 파이프에 관한 논문을 발견했을 때 그녀는 그것이 지극히 중요한 착상이라는 것을 깨달았다. 그리고 비록 로빠뜨낀이 이러한 문제에까지 생각이 미치지 못했을망정, 그가 발명한 기계라면 얼마든지 이중 파이프를 만들 수 있으리라고 생각했다. 책장을 들추는 그녀의 손가락은 가늘게 떨고 있었다. 그녀는 자기가 처음으로 로빠뜨낀의 참된 보조자가 된 것을 느꼈다. 로빠뜨낀이라는 평범한 이름과는 반대로 너무나 비범한 그 사람의 참된 보조자가 된 자신을 발견한 것이다.

"로빠뜨낀… 로빠뜨낀…."

그녀는 입속으로 몇 번이나 그의 이름을 불러 보았다. 그리고는 얼굴을 붉혔다.

"내 생각 같아서는 그 갈리쯔끼란 사람한테 전화를 걸어 의논하는 게 좋을 것 같네."

하고 다시 부시꼬 교수가 입을 열었다.

"나는 아직 그 사람을 만나보지 못했지만, 자네 얘기를 들어 보면, 그 사람이야말로 진짜 당원인 것 같더군."

"그것도 좋은 생각이군요."

로빠뜨낀은 호주머니에서 15코페이카짜리 동전 한 닢을 꺼내 가지고 그것을 들여다보았다.

"그건 어제 자네가 운수를 본다고 던지던 바로 그 동전이 아닌가. 빨리 달려가서 공중전화통에 그놈을 집어넣게. 자네 운이 그 동전에 달려 있으니까!"

로빠뜨낀은 밖으로 나갔다. 나쟈는 어린 소녀처럼 가볍게 몸을 일으키더니, 그의 뒤를 따라 방에서 나갔다. 그들은 이미 행복감에 싸여 있었다. 층계를 내려가며 나쟈는 로빠뜨낀의 어깨에 매달려 대번에 몇 계단을 뛰어내리기까지 했다. 그들은 새끼손가락으로 깍지를 끼고 발 앞에 모여드는 비둘기들을 피하며 뜰 안을 걸어나갔다. 남들의 눈에는 정말로 행복한 한 쌍의 젊은 남녀로 보였을 것이다. 공중전화는 가까운 데에 있었다. 로빠뜨낀은 전화통 속에 동전을 떨어뜨리고 다이얼을 돌렸다. 뚜우 하는 신호 소리에 뒤이어 찰칵 하고 수화기 드는 소리가 났다.

"네, 네."

여자의 목소리가 울려 나왔다.

"갈리쯔끼 동무를 대 주십시오."

"갈리쯔끼 동무는 딴 데로 전근했는데요."

"어디로 갔는지 알려 주실 수 없겠습니까?"

"그런 건 전화로 말하지 못하게 돼 있어요."

"그렇지만, 모스크바에 있는지 없는지는 알려주어도 무방하지 않겠어요?"

"모스크바에는 안 계십니다."

"혹시 곧 돌아오는 일은 없을까요?"

"딴 데로 아주 발령을 받고 떠났다니까요!"

삐 삐 삐 삐 하는 단속음이 들려왔다. 저쪽에서 여비서가 전화를 끊어 버린 모양이었다.

"갈리쯔끼는 모스크바에 없답니다."

로빠뜨낀은 나쟈를 돌아보며, 숨 가쁜 소리로 말했다. 눈부신 햇빛이 쏟아져 내리는 맑은 여름날이 그에게는 갑자기 침침해진 듯이 느껴졌다. 공중에는 뽀얗게 먼지가 낀 것 같았고, 자동차들은 오늘따라 유난히 역정을 내며 시끄럽게 경적을 울리는 것 같았다.

차도에서 풍겨 오는 휘발유 냄새는 속이 메슥메슥할 지경이었다.

나쟈는 한마디도 말이 없었다. 뜰 안에 들어서자, 포도빛 비둘기들이 기다리고 있었다는 듯이 몰려들어 현관 층계까지 따라오다가, 거기서 일제히 흩어져 날아갔다.

부시끄 교수가 이층 계단에서 그들을 맞았다. 그는 어떻게 되었느냐는 듯이 눈썹을 추켜올리며 말없이 로빠뜨낀을 바라보았다.

"운수가 막힌 동전이었어요."

하고 로빠뜨낀은 띄엄띄엄 대답했다.

"갈리쯔끼는 아주 모스크바에서 떠났다는군요."

그들은 입을 봉한 채 맥 빠진 걸음으로 복도를 지나 방 안으로 들어가서 제각기 자리를 잡고 앉았다. 무거운 정적이 흐르기 시작했다. 문득 그들은 전과 조금도 다름없는 단조로운 생활이 그냥 그대로 계속되고 있음을 느꼈다. 한길에서는 어린애들의 고함 소리와 비둘기들의 날개 치는 소리가 뒤얽혀 들려왔다. 어디선지 멀리서 축음기 소리가 흘러 들어왔다 —— 이 처절한 순간에도 댄스를 배우기에 여념이 없는 사람도 있는 것이다.

"이런 정적 속에 앉아 있으면…."

하고 부시끄 교수가 먼저 입을 열었다.

"무한한 시간의 흐름과 공간 앞에서 우리들의 불행이라는 것이 얼마나 사소한 문제냐 하는 걸 느끼게 되지… 여보게, 로빠뜨낀."

노인은 잠시 말을 끊었다가 이렇게 덧붙였다.

"점심을 먹을 시간이 된 것 같은데…."

이 말에 나자는 얼른 일어나더니 마룻바닥에서 냄비를 집어 들고 부엌으로 나갔다. 나자가 방에서 나가는 것을 보고 있던 노인은 로빠뜨낀 쪽으로 시선을 돌리며 고개를 끄덕여 보였다.

"그리고 내 생각 같아서는, 지금 우리한테 남아 있는 금액이 얼마나 되는지 계산해 보고, 다시 감자 주식제로 돌아가는 게 좋을 것 같네."

해가 기울 무렵에 나자가 돌아가자, 부시꼬 교수와 로빠뜨낀은 새로운 예산안을 편성했다. 그러나 예산상으로 그리 긴축된 상태는 아니어서, 어유를 식용유로 사용해야 할 만큼 궁색하게 지내지 않아도 된다는 것이 판명되었다. 뿐만 아니라 이중 파이프 제작을 위한 새로운 설계안을 만들 제도용지 구입비까지 염출할 수가 있었다. 두 사람이 다 예산안을 만족하게 여겼다.

그러나 바로 그 시간에 어느 석조 건물 안에서는 이와는 다른 계획이 수립되고 있었는데, 그들 사이에서는 로빠뜨낀의 이름이 쉴 새 없이 오르내리고 있었다. 이들 때문에 발명가들의 예산안은 이틀도 못가서 수정을 면하지 못하게 된 것이다.

이튿날 아침, 연구소에 나간 로빠뜨낀은 자기가 자리를 비워 둔 하루 동안에 설계사들이 아무 일도 하지 않았다는 것을 이내 알아챘다.

그들은 이미 모든 것을 알고 있었기 때문에, 헛수고가 될 것이 뻔한 일에 손을 댈 생각이 없었던 것이다. '하긴 당연한 일이야. 공연히 종이만 없애게 될 테니까!' 하고 로빠뜨낀은 생각했다. 그는 제도대 사이를 돌아가며 설계사들에게 일일이 인사를 했다. 그의 얼굴빛은 어느 때 보다도 밝고 명랑하게 보였다. 끄레호프가 끝내 궁금증을 참지 못하고 그에게 물었다.

"로빠뜨낀 동무, 어쩌면 당신은 그렇게까지 태연할 수 있습니까?"

로빠뜨낀은 대답 대신 낄낄거리며 한바탕 웃어댔다.

"이렇게 말하면 실례가 될는지 모르겠습니다만, 우린 당신의 머리가 그들의 도끼에 박살이 났을 거라고 생각했는데요. 나 같으면 도저히 견디어 내지 못했을 겁니다."

"무슨 얘기지요?"

로빠뜨낀은 싱글거리며 반문했다.

"그 정도는 아무것도 아니에요. 지금 내 머릿속에 어떤 아이디어가 있는지 그걸 당신이 알고 있다면, 아마 그런 소린 안 할 겁니다."

이 말에 설계사들은 서로 눈짓을 했다.

"아무래도 우리 발명가 동무는 좀 머리가 돈 것 같아."

제도대 뒤에서는 소곤소곤 뒷공론이 벌어졌다. 로빠뜨낀식 주조기의 설계도는 머지않아 6호실(체호프의 소설에 나오는 정신병원의 병실—역주)로 옮겨질 운명이라는 것이었다.

그렇게 한나절이 지나갔다. 일들을 할 리가 만무였다. 전화만 시끄럽게 걸려왔다. 또 벨이 울렸다. 이번에는 전화통에서 여자의 목소리가 쨍쨍 울려 나왔다.

"안또노비치 동무를 좀 대 주세요."

나이에 비해 무척 젊게 보이는 안또노비치는 언제나 인텔리로 자처하기를 좋아하는 멋쟁이 기사였다. 그는 신경질적으로 볼을 실룩거리며 수화기를 받아 들었다.

"여기 휴게실의 광고, 당신이 붙여 놓은 거죠? 셋방을 구한다는 광고 말예요."

수화기의 목소리가 옆의 사람한테까지 들렸다.

"그런데 정말 당신은 독신이신가요?"

"네, 네, 그렇습니다."

하고 안또노비치가 대답했다.

"어째서 아직까지 독신으로 계시죠? 나도 지금 셋방을 구하고 있는 중이에요."

"그래서요?"

"이왕이면 우리 둘이서 방 하나를 함께 얻으면 어떨까요? 나도 역시 독신이고, 또 당신처럼 인텔리니까…."

"하, 하, 하!"

모두들 배를 움켜쥐고 웃어댔다.

"무식한 년 같으니라구!"

안또노비치는 수화기를 내던졌다.

"복사원 가운데 어떤 년이겠지. 사람을 뭘로 알고 이따위 장난을 하는 거야!"

조금 후에 끄레호프는 담배를 사러 간다고 밖으로 나갔다. 그가 나간 후 몇 분이 지나서 또 전화가 걸려 왔다. 안또노비치가 수화기를 들고,

"네, 네, 누구를 찾습니까?"

하고 점잖게 말하자 수화기에서는,

"독신자인 인텔리 기사를 찾는데요."

하는 소리가 온 방 안에 들리도록 크게 울려 나왔다.

"누가 속을 줄 아시오! 이봐요, 끄레호프."

안또노비치는 불끈 화를 내며 덤벼들었으나, 수화기가 그의 말을 가로챘다.

"화는 나중에 내고 내 말부터 들어 보게. 지금 여기 휴게실에 와서 자네가 써 붙인 광고를 읽어 봤는데, 거기 철자가 틀린 게 있어서 그러네."

"아니, 어디가 틀렸단 말이오?"

"인텔리라는 말에 'ㄹ'이 하나밖에 없어. 인테리라고 썼더군."

"절대로 그럴 리가 없어요!"

"그럴 리가 없는지 있는지 자네가 직접 와 보게나."

안또노비치는 당장 휴게실로 달려갔다. 물론 'ㄹ'은 두 개가 다 있었다. 인텔리 기사인 안또노비치가 그것을 틀리게 썼을 리는 만무하지 않은가!

로빠뜨낀은 끄레호프처럼 그렇게 점잖은 사람이 그런 장난을 하리라고는 미처 생각지 못했었다. 그러나 끄레호프는 훌륭한 설계사일 뿐만 아니라 인간적으로 더할 나위 없이 좋은 사람이었다. 휴게실에서 돌아온 그는, 마치 무엇을 배불리 먹은 사람처럼 흡족한 표정을 짓고 제자리에 가서 앉았다. 그리고는 전화가 놓인 책상 쪽을 흘끔흘끔 바라보는 품이 무슨 재미있는 전화가 또 걸려 오기를 기다리는 눈치였다.

오래 기다릴 것까지도 없었다. 전화벨이 또 울려왔다. 모두들 기다리고 있었다는 듯이 자리에서 일어났지만, 끄레호프의 손이 제일 먼저 수화기를 잡았다.

"네, 네!"

하더니 그는 금방 표정이 굳어졌다.

"네, 곧 연결해 드리겠습니다. 로빠뜨낀 동무!"

'누가 나한테 전화를 걸까?' 로빠뜨낀은 의심쩍게 여기며 수화기를 받아 들었다.

"로빠뜨낀 동무요?"

누군지 느릿느릿하고 위엄있는 말투로 물었다.

"네, 내가 로빠뜨낀입니다만."

"갈리쯔끼 동무가 당신한테 전화를 걸어 달라고 해서…."

"갈리쯔끼 동무는 모스크바에서 떠났다면서요?"

"떠났소. 그러나 지금 당신의 주조기에 대한 기술심의회가 열리고 있는데 어떻소, 우리 성에 와 주실 수 없겠소?"

"네, 가지요. 그런데 설계도를 가지고 가야 할까요?"

"가지고 오는 편이 좋을 거요. 하기는 당신의 주조기에 대해선 우리도 이미 잘 알고 있소. 그럼 지금 곧 올 수 있겠소? 올 수 있다구? 자동차를 보낼 테니, 그걸 타고 곧 오시오."

수화기를 놓고 로빠뜨낀은 믿지 못하겠다는 듯이 전화기를 내려다보았다. 혹시 누가 장난을 하느라고 그러는 거나 아닐까? 하여튼 그는 들창에 가서 밖을 내다보며 자동차를 기다리기로 했다.

이십 분가량 지났을 때, 정말로 회색 자동차 한 대가 길목을 돌아 연구소 현관 앞에 와서 멎었다. 그것은 전에 갈리쯔끼가 타고 다니던 바로 그 뽀베다였다.

로빠뜨낀은 이제 그 어떤 희망적인 소식에도 태연할 수 있을 만큼, 그런 일에는 만성이 되어 있었다. 언제나 이러한 기쁜 소식에 뒤따르기 마련인 실망적인 결과를 그는 미리 예견하게끔 된 것이다. 그러나 뽀베다에 몸을 싣고 달리는 동안, 그의 마음속에는 걷잡을 수 없는 회오리 바람이 휘몰아쳐서 나무를 꺾고 지붕을 날렸다. 그는 눈을 감고 입술을 깨물며 마음속의 선풍을 재빨리 억눌러 버렸다.

정면에 원주가 늘어선 삼 층 건물 앞에서 차가 멎었다. 처음 와 본 성이었다. 그는 심의회가 열리고 있는 회의실로 안내되었다. 로빠뜨낀의 입가에는 미소가 떠올랐다. 그것은 이 성에서도 틀림없이 봉착하게 될 맹렬한 저항에 대한 전투준비의 표시였고, 화려한 커튼이나 값비싼 잉크 스탠드나 푹신푹신한 양탄자 따위의 사치품에 대한 조소적인 증오의 표시이기도 했다.

그러나 여기 회의실에 모인 사람들은, 배수관 주조기와 더불어 육 년 동안을 싸워 온 로빠뜨낀 기사의 경력을 잘 알고 있는 듯했다. 갈리쯔끼가 미리 소개했기 때문인지도 모른다. 로빠뜨낀이 회의실에 들어갔을 때, 잠시 침묵이 흐르기는 했지만 누구 한 사람 그에게 조소의 눈길을 던지는 사람은 없었다. 누군지 로빠뜨낀에게 안락의자를 권했다. 어깨에 문관용 흰 견장을 붙인 장군이 테이블에서 나와 그와 마주 앉더니 담뱃갑을 열고 그에게 담배를 권했다. 이 성의 간부급인 듯한 사람들이 두 사람을 에워싸듯 둘러앉았다.

"로빠뜨낀 동무."

장군은 잔잔한 목소리로 말을 꺼내다 말고, 라이터에 불을 켜서 로빠뜨낀 앞으로 내밀었다. 두 사람의 얼굴이 담배 연기에 싸였다.

"로빠뜨낀 동무."

장군은 다시 입을 열었다.

"당신의 주조기에 대해서 갈리쯔끼 동무의 상세한 설명이 있었기 때문에 우리들은 잘 알고 있소."

"죄송합니다만, 갈리쯔끼 동무는 어디로 갔습니까?"

하고 로빠뜨낀은 물었다.

"우리는 당신의 주조기가 종래에는 볼 수 없었던 원심주조식 원리를 적용시켰다는 데 특히 관심을 가지고 있소."

하고 장군은 하던 말을 계속했다. 아마도 그는 자기 말을 중단시키는 것을 좋아하지 않는 모양이었다.

"어떻소, 그 기계의 세부설계를 완성시켜 우리한테 제공해 주지 않겠소?"

"네, 그렇게 하지요."

로빠뜨낀은 자기 가슴속에 새로운 선풍이 일어나는 것을 느끼며, 이렇게 대답했다.

"그럼 당신은 지금 일하고 있는 그 연구소의 그 설계실에서 현재의 그룹을 데리고 일하게 될 거요."

하고 장군은 말했다.

"보수도 종전과 같소. 우리는 연구소 측과 정식으로 계약을 체결할 예정이오. 그리고 설계도 작성은 비밀에 붙이시오. 그 이유는 당신도 이해하리라 믿소. 당신이 전에 관계를 맺고 있던 사람들 ── 슈찌꼬프, 드로즈도프, 아브지예프 ── 이런 사람들이 알게 되면 재미없을 거요. 주문자 측의 대표는 자하로프 동무를 임명할 테니까, 앞으로는 자하로프와 긴밀한 연락을 취하도록 하시오. 그 밖에 또 첨가할 문제는 없소?"

"네, 한 가지 첨가하고 싶은 사항이 있습니다. 그 기계의 원리를 이용하면, 또 하나 새로운 형태의 배수관을 만들 수 있습니다. 우리는 그 기계를 조금만 변형시키면, 두 가지 종류의 금속으로 된 이중 파이프도 주조할 수 있다고 생각하고 있습니다."

장군은 눈을 모아 로빠뜨낀을 바라보다가, 시선을 들어 옆에 서 있는 기사를 쳐다보았다. 기사는 엷은 미소를 띠우며 고개를 가로저었다.

"우선 한 가지만 제작하는 편이 좋을 것 같습니다. 이중 파이프를 주조한다는 것은, 아직은 연구 과제로 남아 있는 문제이니까요."

"우린 이미 설계에 착수했습니다."

하고 로빠뜨낀이 말했다.

"반드시 성공할 자신을 가지고 있습니다."

"우리라니, 그건 누구를 가리키는 말이오?"

하고 장군이 물었다.

"이것은 나 혼자서 고안한 것이 아닙니다. 공동 고안자가 있지요. 나쟈 드로즈도바라고, 이 방면에는 상당한 지식을 가진 여자입니다."

"그럼 공동 고안자도 명단에 써 넣으시오."

하고 장군은 사무집행관인 듯한 사람을 돌아보며 점잖게 말했다.

결국, 이중 파이프 주조기도 계획에 포함시키기로 결정되었다. 그 다음에 기한이 논의되고, 일의 성과 여하에 따라 주조기 설계만을 담당할 전문적인 설계국을 창설할 수 있으리라는 말도 나왔다.

"아까 갈리쯔끼 얘기를 물었는데,"

하고 장군은 로빠뜨낀에게 말했다.

"그 사람은 지금 우랄 지방에 가 있소. 우리 성 산하의 종합공장 지배인으로 임명되었소. 마침 내가 내일 그 공장을 시찰하러 떠날 예정인데, 거기에 가면 당신 소식을 전하겠소. 그럼 또 만납시다."

장군은 악수를 청했다. 뒤이어 간부들이 차례로 로빠뜨낀의 손을 잡고 작별 인사를 한 다음, 밖으로 나갔다. 맨 나중에 사무집행관이 남아 있다가 로빠뜨낀과 함께 복도로 나와서, 그의 주소와 그가 집에 있는 시간을 수첩에 적어 넣었다.

"밖에서 자동차가 기다리고 있을 겁니다."

하고 사무집행관이 말했다.

로빠뜨낀은 랴호프 골목까지 태워다 달라고 부탁했다. 집에까지 오는 동안 그의 얼굴에서는 한시도 미소가 떠나지 않았다. 그는 저도 모르게 손가락으로 무릎을 타닥타닥 두드리다가 갑자기 쑥스러운 생각이 들어, 헛기침을 하며 옆에 앉은 운전사의 눈치를 살폈다. 그는 벌써 반 년 후의 일을, 자기 기계의 시운전 광경을 머릿속에 그려 보고 있었다. 집 앞에서 차를 내린 로빠뜨낀은 단숨에 뜰 안을 지나 현관 층계를 올라갔다. 그의 기쁨을 알리는 듯 초인종 소리가 요란하게 집 안에 울려 퍼졌다.

부시꼬 교수가 급히 달려 나와서 문을 열고는, 무슨 일이 있었느냐는 듯이 눈을 가늘게 떴다.

"됐어요. 교수님, 이젠 됐어요!"

로빠뜨낀은 기쁨을 참지 못하고 이렇게 소리쳤다.

"내 기계만은 어떤 일이 있어도 뭇사람을 위해 봉사하게 될 거라고 장담한 말 잊지 않으셨겠죠? 내가 성공하지 못할 거라고 예언한 건 누구죠?"

노인은 아무 말 않고 그를 복도로 끌어들였다.

"하지만 당신이 올바르게 판단한 것이 하나 있어요."

하고 로빠뜨낀은 덧붙였다.

"갈리쯔끼 말예요, 정말 좋은 사람이에요. 우리가 기대했던 것보다 더 적극적으로 나를 도와주었어요. 이젠 슈찌꼬프 따위와는 상대하지 않아도 됩니다."

두 사람은 방에 들어가 마주 앉았다. 로빠뜨낀은 교수의 귀에 입을 가까이 대고 오늘 있었던 일들을 상세히 보고했다. 그의 얘기를 다 듣고 나자, 부시꼬 노인은 갑자기 표정이 굳어졌다.

"자네가 맡은 일이 국가 비밀로 취급된단 말이지? 그럼, 어째서 그 비밀을 나한테 누설하나?"

"나는 아직 아무것도 누설하지 않았어요."

"자네가 국가 비밀에 속하는 일을 다루게 되었다는 바로 그 사실이 가장 중요한 비밀이 아닌가. 엄밀히 말하자면, 자네는 나한테 미리 함구령을 내렸어야 하네 ── 나는 자네가 하고 있는 연구를 어느 정도 알고 있지 않은가! 하여튼 이런 얘기는 여기서 할 게 아니라, 아무도 엿들을 위험성이 없는 공원 같은 데서 해야 옳을 걸세."

이렇게 말하고 노인은 벌떡 일어나더니, 방문을 열고 복도를 내다보고 나서 안심했다는 듯이 다시 의자에 앉았다.

"그 갈리쯔끼란 사람이 괜찮은 인간일 거란 말을 자네한테도 했지만, 과연 내 추측이 틀리지 않은 모양이군."

잠시 입을 다물고 있다가 노인은 약간 언성을 높이며 말을 이었다.

"물론 자네한테 축하를 올려야 하겠지. 자네의 발명가 생활에 역사적인 전환이 이루어졌다고 할 수 있으니까…. 그러나, 과연 내가 자네를 위해 그걸 기뻐할 수 있다고 생각하나? 자네는 언제나 내 충고를 귀담아 들으려 하지 않지만…."

"일이 이렇게 잘 될 줄은 정말 몰랐어요!"

로빠뜨낀은 노인의 말을 귓전에 흘려버리며, 발뒤꿈치로 마루를 구르면서 흥겹게 방 안을 거닐기 시작했다.

"나도 옛날엔 그랬었지만, 자네한테는 플러스와 마이너스가 번갈아 찾아들고 있네."

노인은 우수에 잠긴 목소리로 말을 이었다.

"마치 진자처럼 쉴 새 없이 좌우를, 즉 플러스와 마이너스 사이를 왕래하고 있단 말일세. 진폭이 점점 더 넓어질 것은 자명한 이치지. 지금 자네는 진자가 플러스 쪽으로 크게 내닫기 시작한 것과 같은 상태에 놓여 있어. 나는 자네가 그런 위험한 진자 운동을 그만두었으면 하네."

"공연한 노파심이에요."

"아직 자넨 어린애야! 만일 그 다음에 마이너스 쪽으로 급진전하게 되면 어쩔 셈인가? 자네보다 더 경험이 많은 사람이 한 것처럼, 자네도 그 진자를 세우는 편이 현명할 걸세. 자네에게 비극적인 종말이 오는 걸 나는 그대로 보고만 있을 순 없어. 로빠뜨낀, 내 말을 믿고 때가 늦기 전에 단념하게."

"나는 단념하지 않겠어요!"

하고 로빠뜨낀은 말했다.

"돛을 높이 올리고 마젤란처럼 미지의 대양을 향해 용감히 떠나겠어요."

이튿날 로빠뜨낀은 온종일 연구소에 앉아서, 자기에게 찾아올 새로운 소식을 기다리고 있었다. 폭풍우를 예고하는 무더위 때문에 설계사들은 모두 웃통을 벗어 의자 뒤에 걸어 놓고, 맥이 풀려 입들도 놀리지 못했다. 창틀 위에는 빈 레몬수 병이 쭉 늘어섰다. 이런 더위 속에서도 로빠뜨낀은 흥분을 가라앉히지 못하고 전화의 벨소리에만 신경을 쓰고 있었다. 그러나 그에게 걸려오는 전화는 없었다.

퇴근 시간도 임박한 오후 다섯 시경에 야금공업성 사무집행관인 네브라예프가 나타났다. 그는 연회색 윗옷을 벗어 한쪽 어깨에 걸치고 하늘빛 노타이셔츠의 앞깃을 헤친 채 헤엄치듯 설계실 안으로 들어오더니,

농담조로 이렇게 물었다.

"어느 분이 로빠뜨낀 동무지요? 당신이 로빠뜨낀 동무신가요? 서로 알고 지냈으면 하는데?"

"당신하고는 벌써 오 년 전에 첫인사를 했어요."

로빠뜨낀은 말했다.

"생각이 나지 않나요?"

"글쎄요…. 기억이 없는데요. 설마, 내가 그때 기안한 공문을 통해서 첫인사를 했다는 건 아니겠죠? 쩨삐낀 박사의 말대로 당신은 정말 독종이시군요. 그래 나한테 원한을 품고 있다는 말씀인가요?"

로빠뜨낀은 대답 대신, 그의 어깨를 탁 내리쳐 의자에 앉혔다. 이와 같은 인간에게 차마 화를 낼 수는 없었기 때문이다.

"그러나 이 손은 그와 반대되는 취지의 글도 기안했다는 걸 아셔야 합니다."

네브라예프는 풀이 죽은 목소리로 변명했다.

"『신인들에게 활짝 문을 열어 주라』는 논문을 읽은 기억이 없으십니까? 거기에도 역시 '집행관 네브라예프'라는 서명이 있었지요. 유감스럽게도 편집국에서 내 이름을 삭제해 버렸지만. 그런 그렇고, 로빠뜨낀 동무, 나는 지금 당신한테 중대한 용무가 있어서 찾아왔어요. 당신이 집단적인 조치를 피하고 있는 데 대해서 충고를 해 주려고 왔습니다."

"내가 무엇을 피한단 말요?"

로빠뜨낀은 그의 티 없는 미소를 또 한 번 미덥게 생각했다. 로빠뜨낀은 네브라예프가 야금공업성의 기압계와 같은 존재라는 말을 벌써 여러 번 들은 일이 있었다. 그러나 그것도 문제가 아니었다. 솔직한 우정을 표시하는 네브라예프의 맑은 눈동자가 그의 마음에 든 것이다.

"처음엔 여기 대해 벽신문에 쓰려 했지만."

네브라예프는 더워서 못 견디겠다는 얼굴로 말을 이었다.

"개인적인 접촉 정도로 그치기로 했습니다. 로빠뜨낀 동무."

하며 그는 음성을 낮추었다.

"지금 나와 함께 나가면…."

"당신을 따라 나갈 생각은 없어요."

하고 로빠뜨낀은 웃었다.

"이렇게 더운데 어딜 갑니까?"

"이 정도의 더위 가지고 뭘 그러시오?"

네브라예프는 정색을 하고 말했다.

"자, 나갑시다."

"안 되겠어요. 나는 지금 여기 있어야 하니까. 당신도 내 형편을 알 게 아니오? 앞으로 사흘만 있으면 슈찌꼬프가 이 설계실 문을 닫아 버릴 텐데."

로빠뜨낀은 이렇게 말을 얼버무렸다. 아니나 다를까, 기압계의 예보 장치가 금방 움직이기 시작했다.

"지금 전화기 옆에 앉아 있으면 좋지 않을 겁니다."

네브라예프는 들릴 듯 말 듯한 소리로 말했다.

"그 어떤 청천벽력과 같은 뉴스가 날아들어 당신을 기절시킬는지도 모르니까요."

'이 친구가 정말 냄새를 맡은 게 아닐까?' 하고 로빠뜨낀은 생각했다.

"뉴스 정도에 내가 꿈쩍이나 할 줄 아시오? 어느 누가, 무슨 못된 계교를 꾸민대도 나는 조금도 겁날 것이 없어요."

"왜 겁을 내요? 기쁜 소식일 수도 있을 텐데! 아마 아직도 뭐가 뭔지 모르시는 모양인데, 자, 나하고 함께 나갑시다."

"오늘은 안 되겠습니다. 정 그러시다면, 내일 내가 전화를 걸 테니까…."

"역시 전화기 옆에 붙어 있고 싶단 말씀이죠? 하여튼 무슨 일이 있거든, 내가 예고한 것이 맞았다고나 생각하십시오."

그는 돌아갈 채비를 하고 일어섰다. 로빠뜨낀이 그의 윗옷을 붙잡았다.

"이리 오시오. 좀 더 구체적으로 얘기해 줄 수 없겠소?"

"구체적으로요? 전번에 강변에서 아주 재미있는 친구를 하나 만났는데, 당신이 만일 나와 같이 나간다면 그 친구를 보여드릴 수 있습니다."

"그러지 말고, 좀 분명히 얘기해 보시오. 도대체 나한테 무엇을 예고하려는 거요?"

"난 아무것도 몰라요. 어쨌든 마음을 단단히 먹고 계십시오."

"그건 그렇고, 내가 돌발적인 뉴스에 대비할 필요가 있단 말은 어디서 들었지요?"

"그런 걸 알아내려면, 당신도 아는 어느 박사의 말대로 전문적인 기술을 소유해야만 하지요."

이렇게 말하고 그는 돌아가 버렸다. 로빠뜨낀은 그날 아무런 소식도 듣지 못하고 퇴근했다. 그러나 다음 날 아침, 그는 연구소장의 부름을 받았다. 소장은 담담한 어조로, 국가 비밀에 속하는 중요한 과업이 그의 설계 그룹에 위촉되었다는 것을 알렸다. 물론 소장은 고안자인 로빠뜨낀과 주문자 측인 성 사이에 이미 사전 교섭이 있었으리라는 것을 모를 리가 없었다. 그는 자기 말이 한낱 형식에 불과하다는 것을 알면서도, 이런 말 저런 말 늘어놓더니, 나중에 가서 이렇게 말했다.

"주문자 측과 상의한 결과 우리는 자네에게 세부설계를 맡기기로 결정했네. 자네가 그 방면에 충분한 역량을 가지고 있다는 것과 또 끄레호프와 안또노비치가 제1급에 속하는 기술자들이라는 걸 고려해서 내려진 결정이지. 그러니까 내 생각으로는 자네들이 과업을 훌륭히 수행할 줄 믿네."

장군은 시종 로빠뜨낀의 눈치를 살피고 있었으나, 그는 주문자 측인 성에서 받은 지시가 생각나서 끝까지 침묵을 지키고 고개만 끄덕여 보였다.

"저쪽에서 하는 말이, 공동 고안자가 있다던데?"

하고 묻더니, 연구소장은 테이블에서 일어나 로빠뜨낀 앞으로 나왔다.

"공동 고안자도 괜찮겠지?"

얼마 후 설계 그룹 전원이 연구소장실에 불려 들어왔다. 장군은 그들 앞에서 조금 전에 로빠뜨낀에게 한 말을 그대로 되풀이했지만, 이번에도 그의 말은 그리 자연스럽게 흘러나오지는 못했다. 기사들은 처음에는 몹시 놀랐으나, 곧 딴 생각에 정신이 팔려 그의 말을 귀담아듣지 않는 눈치였기 때문이다. 원래가 오랜 경험을 통해 지능이 발달할 대로 발달한 인간들이라, 모두들 사태가 급전된 원인을 찾기에 여념이 없었던 것이다.

그날부터 기사들은 로빠뜨낀이 또 하나의 특성을, 즉 무서운 관찰력이라는 특성을 소유하고 있다는 것을 인정하게 되었다.

4

팔월이 지나가 버렸다. 구월로 접어들자, 아직 겨울은 멀었는데도 한여름 더위가 가신 푸른 하늘에 올해 들어 처음으로 싸늘한 공기가 감돌기 시작했다. 가을은 눈에 띄지 않게 찾아들어 점차로 퍼져 나갔다. 공원마다 우수에 잠긴 고독한 노인들이 손에 모자를 든 채 나타나는 계절이 온 것이다. 그러나, 햇빛이 맑고 공기가 선선한 구월은 다시 돌아올 길 없는 과거의 헛된 추억을 물리치고 오직 자기 일에만 심혈을 기울일 수 있는 계절이기도 하다.

어느 날, 중앙주조위원회에 갔다가 연구소로 돌아오는 길에, 로빠뜨낀은 쏘꼴리니체스끼 공원으로 발을 들여놓았다. 공원을 빠져나가면 지름길이 되기 때문이었다. 노랗게 물든 단풍나무가 양쪽으로 늘어선 공원 길을 걸으며, 그는 문득 자기에게도 가을이 다가오고 있음을 느꼈다. 그의 두 눈은 맑게 빛나기 시작했다. 로빠뜨낀은 공중전화를 발견하자, 곧 그쪽으로 달려갔다. 끄레호프에게 전화를 걸어 그날 하루의 일이 어떻게 진행되었는지 알아보려고 했던 것이다.

"로빠뜨낀 동무!"

수화기에서 끄레호프의 목소리가 흘러나왔다.

"슈찌꼬프가 오늘 우리 설계실에 들렀다 갔습니다. 아니, 친히 왕림하셨다고 해야죠. 뭣 때문에 나타난 것 같으냐구요? 거기 대해선 직접 동무를 만나서 얘기하겠지만 뭐 뻔하지 않습니까!"

여기서 끄레호프의 목소리가 낮아졌다. 아마 손으로 전화통을 가리고 얘기하고 있는 모양이었다.

"내 생각 같아서는 무슨 단서를 잡으려는 것 같더군요. 분명히 무슨 실마리를 잡아 보려고 나타났을 겁니다. 아주 다정하게 웃어 보였지만, 그것이 보통 미소가 아니었어요."

로빠뜨낀의 눈에서는 조금 전의 맑은 광채가 금세 사라져 버렸다. 공중전화실에서 뛰어나와 가로수 길을 성급히 걸어가는 그의 머릿속은 적과의 투쟁으로 꽉 차 있었다. 얼굴에는 조소의 빛조차 떠올랐다.

'친히 왕림하셨다구? 단서? 어림도 없지. 이젠 아마 네놈의 뜻대로 되진 않을 걸!'

보름이 또 지나갔다. 시월의 궂은 가을장마가 시작되었다. 관리과에서는 겨울철에 대비하여 난방장치를 시운전했다. 덕택에 로빠뜨낀의 설계실에는 홍수 사태가 일어났다. 보일러실의 늙은 화부 아폰쩨프가 기계공을 데리고 들어와서 방열기를 수리하기 시작했다. 나사에 녹이 슬고 그 속에 침전물이 가득 붙은 모양이었는데 그들은 몹시 거친 솜씨로 나사를 죄었다. 그렇게 마구 나사를 죄다가는 낡아 빠진 파이프가 도저히 견디어 내지 못하리라고 로빠뜨낀은 판단했다. 그도 역시 한때는 우수한 기계공이었기 때문이다. 그는 책상에서 벌떡 일어나 웃통을 벗어던지고 그들의 작업에 끼어들었다. 우선 땜질 도구를 가져오게 하여 불을 피워 놓은 다음, 인두를 시뻘겋게 달구어 가지고 손수 공기가 새는 틈을 때우기 시작했다. 땜질을 끝내고 담배를 한 대 피우려고 자기 책상 쪽으로 돌아서는 순간 로빠뜨낀은 방 한가운데 덩치가 큰 아브지예프 교수가 서 있는 것을 발견했다.

교수는 가느다란 줄무늬가 있는 연한 회색 양복을 입고 있었다. 단추를 채우지 않은 윗옷이 지나치게 길고 또 품이 넓어서 큼직한 손가방을 든 한쪽 어깨가 씰그러져 보였다. 그는 심히 못마땅하다는 듯이 눈을 가늘게 뜨고 끄레호프의 말을 듣고 있었다. 끄레호프는 자기의 제도판을 막아서며 그에게 자기들이 설계하는 기계가 비밀에 속하는 만큼, 설사 부분품의 설계도라 할지라도 고안자인 로빠뜨낀의 승낙 없이는 절대로 외부인에게 보일 수 없다는 것이었다. 이처럼 모든 상황이 달라진 것이다. 아브지예프는 미안하다는 말을 하며 얼른 끄레호프의 제도판에서 물러섰다.

"음, 할 수 없는 일이지."

아브지예프는 목쉰 소리로 중얼거렸다.

"문 위에 '외부인 출입금지'란 간판이 붙어 있는 걸 보고, 도대체 무엇 때문에 저런 걸 붙였을까 하고 들어와 본 것뿐이야. 여기가 무슨 원자력 실험실이라면 몰라도, 그렇지 않은 이상, 나도 전연 외부인이라 할 수는 없지 않나! 그럼 로빠뜨낀은 어디 있어? 아, 여기 있었군. 아니 자네 왜 웃통을 벗고 그러나? 손에 시뻘건 녹칠을 하는 게 그렇게도 좋은가? 노동자 계급과 잘 어울려 보자는 수작인가 보군그래."

로빠뜨낀은 그에게 인사를 하고, 신문지로 손을 닦았다.

"자네 요즘 여기서 무슨 일을 하고 있나?"

교수는 방 안을 둘러보며 물었다.

"뭐 대단한 비밀이라도 있나?"

"비밀이랄 게 있습니까! 주조기의 세부설계도를 작성하고 있지요."

로빠뜨낀은 퉁명스런 어조로 대답했다. 그리고 시치미를 떼고, 무즈가에 있을 때 설계한 옛날 도면들을 서류함에서 꺼내 놓았다.

"이겁니다, 어서 보십시오. 덕택에 세부설계가 거의 끝나 가고 있지요."

"그럼, 뭣 때문에 '외부인 출입금지'니 '비밀'이니 하는 간판을 붙여 놓았나? 그럴 필요는 추호도 없을 텐데."

"관리과에서 갖다 붙이더군요. 장군의 지시를 받았다구요."

"흥, 참 쓸데없는 지시를 다 내리는군!"

아브지예프는 잠시 그대로 선 채 마룻바닥을 내려다보고 있다가,

"그럼 어서 일들이나 하게."

하더니 손가방을 내저으며 밖으로 나가 버렸다.

아브지예프의 방문은 중대한 사태가 도래하고 있음을 예고하는 것이었다. 로빠뜨낀은 자기가 지금까지 겪어 온 일들이, 실은 진정한 의미의 투쟁은 결코 아니었다는 것을 깨달았다. 아브지예프나 슈찌꼬프나 또는 드로즈도프에게는, 지금까지 일어난 일들은 한낱 어린애 장난과 같은 것이었다. 그러나 지금은 다르다. 그들은 지금 그들이 파멸에 직면하고 있다는 것을 알고, 온갖 수단과 방법으로 로빠뜨낀을 매장해 버리려고, 진짜 투쟁에 나선 것이다.

로빠뜨낀은 그들의 발악적인 공격에 대항할 굳은 각오를 새롭게 했다. 끄레호프도 로빠뜨낀의 심중을 짐작했음인지, 그의 옆으로 다가와서, 책상 위의 도면을 어루만지며 나직이 말했다.

"그자들이 공격 준비를 하고 있는 모양이군요. 머지않아 무슨 일을 일으킬 겁니다."

그러나 그들이 공격해올 징조 같은 것은 좀처럼 나타나지 않았다. 궂은 비 내리는 시월도 중순으로 접어들었다. 그리고 로빠뜨낀의 일은 순조롭게 진행되어 갔다. 설계실에는 책상 두 개가 더 늘었고, 복사원들이 거기 앉아서 일을 시작했다. 세부설계는 거의 완성되어 가고 있었던 것이다.

어느 날, 나쟈는 노란 단풍잎의 속삭임을 듣고 로빠뜨낀처럼 자신의 가을을 느꼈다. 그녀는 로빠뜨낀의 길고도 먼 여로도 이제는 마지막 고비에

들어섰다고 생각했다. 머지않아 길손은 등에 짊어졌던 무거운 짐을 풀어놓게 되리라. 그리고 그때 다시 한 번 조용히 그의 잠을 깨워 주자. 사랑에 눈뜨게 해 주자. 아니 그가 스스로 눈을 뜨게 될는지도 모른다 —— 언젠가 한 번 그는 잠시 눈을 뜬 적이 있지 않았는가.

나쟈는 저녁마다 레닌 도서관에 가서, 로빠뜨낀에게 필요한 여러 가지 자료들을 수집해 가지고 왔다. 그리고 이제는 고안자의 자격으로 설계실에 마음대로 드나들게 되었다. 그녀는 작성된 도면에 일일이 서명을 하기까지 했다. 윗줄에 나쟈가 서명을 하면, 그 밑에 로빠뜨낀이 서명을 했다. 로빠뜨낀의 강력한 주장에 의한 것이었다. 그것은 또한 설계사들의 의아의 눈초리에 대한 로빠뜨낀의 응수이기도 했다. 로빠뜨낀과 함께 일하는 설계사들뿐만 아니라 다른 방의 설계사들까지도 그의 공동 고안자에 대해 모르는 사람이 없었고, 또한 그들은 나쟈에 대해 비상한 흥미를 느끼고 있었다.

그래서 그런 면에 항상 주제넘게 나서는 버릇이 있는 안또노비치는 언젠가 한번 로빠뜨낀에게 어째서 나쟈가 공동 고안자냐고 슬쩍 떠본 일까지 있었다.

로빠뜨낀은 금방 안색이 달라지더니 한참 동안 숨을 죽이고 있다가 이렇게 대답했다.

"안또노비치, 다시는 그런 말 입밖에 내지 말아 주시오. 우리들의 문제에 대해선 상관하지 않는 게 좋을 거요. 과거 육 년 간에 걸친 우리들의 관계를 샅샅이 얘기해야 비로소 당신이 이해하게 될 텐데 그걸 얘기하자면 지루하기 짝이 없을 거요. 차라리 그만둡시다."

이 말에 안또노비치는 아무 소리 못하고 물러가 버렸다.

한편, 나쟈는 세부설계도에 일일이 서명을 하면서도 적이 당황하지 않을 수 없었다. 처음에 로빠뜨낀이 주조기의 약도를 그려 그녀에게 보여주었을 때는 모든 것을 알아볼 수 있었지만, 지금 끄레호프의 세밀한 솜씨로 이루어진 도면들은 아무리 열심히 들여다보아도, 무엇이 무엇인지 알 수 없었기 때문이다. 어쩌다 눈에 익은 기계의 부분을 어렴풋이 짐작하는 것이 고작이었다.

"그건 문제가 아닙니다."

한번은 끄레호프가 그녀를 안심시키려고 이런 말을 했다.

"가령 어떤 사람이 나한테 무슨 멜로디를 하나 들려 준다고 합시다. 나는 그것을 받아 써 가지고, 아니 그 멜로디를 주제로 하여 적당히 편곡을 한 다음 그것을 오선지에 기입해 가지고 그 사람한테 돌려줍니다. 그런 경우, 그 사람이 악보를 읽을 줄 모르는 사람이라면 아무리 악보를 들여다보아도 이해할 수 없겠지요. 그러나 그 악보를 연주한다면 그 사람은 그것이 자기의 멜로디라는 것을 알게 될 겁니다. 무슨 말인지 알아들으시겠어요?"

그러나 시련은 여전히 그녀를 기다리고 있었다. 그것은 전혀 뜻하지 않는 방향으로부터 닥쳐왔다.

어느 날, 나쟈가 로빠뜨낀으로부터 무슨 새로운 부탁을 받게 될는지도 모른다는 기대를 가지고 설계실에 들러서 삼십 분가량 앉아 있을 때, 뜻밖에도 막슈쩬꼬와 우류뻰이 방문을 열고 들어왔다. 그들은 무즈가에서 소위 육혈포식 주조기의 제작을 끝마친 다음, 까프까스 지방으로 휴양을 갔다 돌아와서 인사를 하러 연구소 각 과를 돌아다니는 길이었다. 두 사람이 다 햇볕에 탄 산뜻한 얼굴에 새 양복을 입고 있었다.

"안녕하시오?"

방 안에 들어서자 우류뻰은 군대식으로 거수경례를 붙이며 커다란 소리로 외쳤다.

그것은 로빠뜨낀에게 하는 인사였다. 로빠뜨낀은 당장에 그들을 밖으로 쫓아 버려야겠다고 생각하며, 의자에서 일어섰다. 그러나 그때, 우류삔은 올렸던 손을 미처 내리기도 전에, 바로 자기 옆에 나쟈가 앉아 있는 것을 발견했다. 순간 그의 뻣뻣한 머리털이 쭈뼛 하고 뒤로 솟구치는 것 같았다.

"야아, 이게 어쩐 일입니까? 이런 데서 만나뵙게 되다니, 정말 내 눈을 의심할 지경이군요."

우류삔은 가슴에 손을 얹고 한 걸음 뒤로 물러서며, 허리를 굽혀 보이고는 농담조로 말했다.

"하여튼 이런 자리에서 뵐 수 있는 영광을 얻게 되어 기쁘기 한량없습니다."

나쟈는 그에게 차가운 눈초리를 던지며 고개를 까딱해 보였다.

"제가 보기엔 오늘 처음으로 여기에 오신 게 아닌 것 같은데…."

막슈쩬꼬가 흘끗 우류삔에게 눈을 주며 한마디 했다.

"이분은 우리가 설계하고 있는 기계의 고안자 동무요."

끄레호프가 끼어들었다.

이 말에 우류삔은,

"하, 하, 하!"

하고 큰소리로 웃어대다가, 무엇 때문인지 갑자기 입을 다물어 버렸다. 책상 위에 있는 도면에서 나쟈의 서명을 발견했기 때문이었다. 어리둥절해진 그는 마치 자기의 웃음소리를 지워 버리려는 듯이,

"헛!"

하고 헛기침 소리를 냈다.

"막슈쩬꼬 동무, 여기 이 도면을 좀 보게. 고안자가 틀림없군그래!"

하더니 우류삔은 나쟈에게 말을 걸었다.

"당신이 고안자라구요? 그런데 어떻습니까?"

제법 시험을 하려는 말투였다. 나쟈는 당황한 얼굴로 로빠뜨낀을 바라보았다. 로빠뜨낀은 우류뻰에게 시선을 박은 채 천천히 책상을 돌아 나왔다.

그러나 그때, 약삭빠른 안또노비치가 재빨리 가로막고 나섰다.

“이거 보세요, 동무들!”

하며 그는 컨베이어 뒤에서 뛰어나왔다.

“미안한 말씀입니다만 우류뻰 동무, 당신에게 국가 비밀에 관한 도면을 들여다볼 권한이 있습니까?”

“오호, 안또노비치였군그래! 여기가 자네 하숙방인 줄 아나, 왜 이렇게 호통을 치는 건가?”

안또노비치는 우류뻰에게 바싹 다가서며 손가락으로 방문 쪽을 가리켰다.

“저 문 위에 걸려 있는 간판을 보시고, 그런 소릴 하시는 겁니까? 못 보셨거든 다시 나가서 한 번 읽어 보십시오!”

결국 그들은 더 이상 농담을 걸지 못하고, 그냥 순순히 밖으로 쫓겨나고 말았다.

또다시 변화 없는 나날이 흘러갔다. 남쪽 지방으로 휴양을 갔던 사람들이 다시 모스크바로 돌아왔다. 제도대에 들러붙어 묵묵히 일하고 있는 제도사들을 바라보며, 로빠뜨낀은 자기가 그들과 —— 끄레호프와 안또노비치, 그리고 나쟈와 함께 벌써 여러 해 동안 일해 온 것 같은 느낌이 드는 것이었다. 어느 날, 그는 문득 지난해에 음악회에 갔던 일이 생각나서 그들에게 이렇게 제의했다.

“우리 한번 다 같이 극장에라도 가 봅시다.”

그들은 로빠뜨낀의 제의를 반갑게 받아들였다. 입장권은 나쟈가 구해오기로 했다. 그러나 그때 그들의 머리 위에 폭풍우를 예고하는 검은 구름이 한 점 나타난 것이다. 극장으로 가던 길에 로빠뜨낀은 야금공업성의 사무집행관 네브라예프를 만났다. 그는 한 손에 묵직한 손가방을 들고 거만스레 찌푸린 얼굴로 이쪽을 향하여 걸어오더니 음흉한 눈으로 로빠뜨낀을 바라보고는 그냥 모른 체하고 지나쳐 버렸다. 로빠뜨낀은 싱긋 웃으며 그의 두툼한 어깨를 붙잡았다.

"오늘은 바빠서 안 되겠소, 요담에 만납시다."

이렇게 뇌까리며 네브라예프는 몸을 빼더니, 뒤도 한 번 돌아보지 않고 뚜벅뚜벅 앞으로 걸어가 버렸다.

한 시간도 채 지나기 전에 로빠뜨낀은 네브라예프와의 기이한 만남을 까맣게 잊고 있었다. 그러나 그의 태도가 그처럼 돌변한 데는 그럴 만한 충분한 이유가 있었던 것이다.

로빠뜨낀이 거리에서 네브라예프를 만나기 이틀 전에, 슈찌꼬프 차관은 핀으로 철한 몇 장의 비밀문서를 받았는데, 그 문서 때문에 그는 다른 일거리들을 죄다 옆으로 밀어 놓지 않을 수 없었다.

"차관 동지! 불가피한 사정에 의해, 이 문제에 대해서는 전적으로 귀하의 판단을 기다릴 수밖에 없게 되었사오니, 적절히 조처하시기 바랍니다."

수첩에서 떼어낸 종잇조각이 맨 위에 붙어 있었는데, 거기에는 갈색 연필로 이런 문구가 적혀 있었다. 그리고, 그 밑에는 말채찍 모양으로 꼬리가 휘늘어진 드로즈도프의 서명이 보였다.

슈찌꼬프는 어깨를 한 번 흠칫하며, 더욱 편안한 자세로 고쳐 앉고는 다음 장을 들추다가 그만 입을 쩍 벌리고 말았다.

"비밀. 기술국장 드로즈도프 동지 귀하. 드미뜨리 로빠뜨낀이 비밀업무 집행법을 위반했다는 보고서가 우류뻰과 막슈쩬꼬 양인으로부터 제출되었기에 귀하에게 회송합니다. 본인이 확인한 바, 이 보고서는 확실한 근거에 입각한 것이라고 인정되오니, 적절한 조처를 앙망하는 바입니다."

여기에 주조물연구소장의 서명이 있었다.

다음 장은 막슈젠꼬의 가느다란 필적으로 된 장황한 보고서였다. 슈찌꼬프는 책상 위에 얼굴을 처박다시피 하고 그것을 읽어 내려갔다. 창백한 그의 이마 위에는 어느새 땀방울이 가득 돋아나고 있었다.

'국가 비밀에 속하는 중대한 임무를 수행 중인 설계 그룹 책임자 드미뜨리 로빠뜨낀 기사는 공동 고안자라는 명목 하에 나쟈 드로즈도바에게 자기 그룹의 모든 자료를 제시한 사실이 있음을 보고합니다. 상기 드로즈도바는 기사가 아닐 뿐더러 기계 설계에 관한 기초적인 지식조차 구비하지 못한 자임에도 불구하고 비밀 도면들을 일일이 검사하고 서명까지 실시하고 있는 형편입니다. 연구소 직원의 대다수는 드로즈도바가 명의만의 거짓 고안자라는 것을 인정하고 있습니다. 로빠뜨낀 기사가 어떤 불순한 동기에서 여사한 악질적인 위법행위를 자행하고 있는지, 그것은 오직 수사기관에 의해서만 밝혀질 수 있으리라 사료되오며, 본인들은 다만 의무에 따라 국가 비밀이 누설되고 있다는 사실을 귀하에게 보고할 뿐이오니 적절한 조처 있기를 바랍니다. 막슈젠꼬, 우류삔.'

보고서를 끝까지 읽고 나서 슈찌꼬프는 잠시 생각에 잠겼다. 그러나 그의 얼굴은 금세 환하게 빛나며 입가에는 절로 미소가 떠올랐다. 그는 전화통을 들고 천천히 다이얼을 돌렸다.

"드로즈도프 동무요? 음, 음, 받았소. 그런데 어째서 동무의 권위 있는 의견을 첨부해 보내지 않았소? 뭐라구? 음, 음… 나도 좀 이상하게 여기긴 했소. 똑같은 성을 가진 사람도 있나보다 하고. 음… 좋소. 동무의 입장도 알 만하오. 그럼 수고하시오."

수화기를 놓고 슈찌꼬프는 혼자서 빙그레 웃으며, 고개를 설레설레 저었다. 그리고 이번에는 장관이라는 표지가 붙은 전화통을 들었다.

"장관 동지입니까? 잠깐 뵈었으면 합니다만? 네, 좀 보고드릴 것이 있어서요."

장관한테서 들어오라는 승락을 받고 수화기를 놓자, 슈찌꼬프는 헤벌어진 얼굴에 연방 어깨를 흠칫거리며 겅중겅중 뛰다시피하여 장관실로 달려갔다.

장관은 테이블에 앉아서 차관을 기다리고 있었다. 고개를 가볍게 끄덕여 인사를 받고는, 도대체 무슨 일이냐는 듯이 그를 바라보았다. 슈찌꼬프는 장관 앞에 서류를 내놓고 보고를 하기 시작했다.

"또 배수관이오?"

장관이 말을 가로챘다.

"아니 이건 언젠가 내가 만난 바로 그 로빠뜨낀이 아니오?"

"장관 동지, 그자는 기사가 아닙니다. 무즈가에서 교원 노릇을 하던 자입니다."

"그래? 내가 보기엔 아주 똑똑한 청년 같던데?"

"지나치게 똑똑해서 탈이지요. 장관 동지와 면담을 한 그때, 이미 갈리쯔끼와 약속이 돼 있었습니다. 그래서 지금 그쪽과 계약이 성립되어 국가 비밀이라는 명목 하에 설계를 진행시키고 있지요."

"그때 벌써 그쪽과 교섭이 진행되고 있었단 말이지? 그렇다면 나한텐 무엇 때문에 왔을까? 양면작전을 하고 있었을까? 하기는 양쪽에 다리를 걸쳐 놓는 게 확실하니까…."

장관은 눈을 가늘게 뜨고 슈찌꼬프를 바라보며 낄낄 웃더니, 책상 위에 놓인 보고서에 눈을 주었다.

"중대한 국가 비밀을 누설했다구? 음… 그런데 이 여자는 뭐요, 알아 봤소?"

"우리 기술국장의 아냅니다."

이 말에 장관은 몸을 벌떡 젖혔다.

"그건 정확한 정보요?"

"기술국장 자신의 입에서 나온 말입니다."

"그래? 그렇다면 로빠뜨낀이라는 청년한테 마누라를 뺏긴 셈이로군?"

"말하자면 그렇지요."

잠시 대화가 끊어졌다.

"그럼 사기꾼이나 다름없는 놈이로군."

한참 만에 장관이 고개를 저으며 가라앉은 목소리로 말했다.

"그 여자를 공동 고안자로 내세운 데는 반드시 목적이 있었을 거요. 드로즈도프의 마누라를 통해서 일을 꾸며 보자는…. 그 여자는 젊소?"

"아마 스물 여섯쯤 됐을 겁니다."

"흠, 그렇겠지. 어쨌든, 그 녀석은 만만치 않은 놈이거든. 게다가 드로즈도프로 말하면 늙어서 맥을 쓰지 못할 테니까, 바로 그 점을 노렸겠지. 그래 당신의 의견은 어떻소? 그리고 드로즈도프는 쪽지에 뭐라고 썼소? 아참, 간부의 남편이니까 의견을 말하기가 거북하겠군. 그럼 당신의 의견은?"

"수사기관에 넘겨야 하지 않을까요? 이건 아주 악질적인 범행이라 생각되는데요."

"여기 쪽지에 그렇게 기입하고 돌아가시오. 이 문제에 대해선 나도 좀 더 생각해 보겠소."

시월 이십삼일, 로빠뜨낀이 연구소에 나가 있을 때, 누군가 부시꼬 교수의 방문을 가볍게 노크하는 사람이 있었다. 노인은 문을 열었다. 문밖에는 비에 젖은 우비를 쓴 병정이 서 있었다.

"여기 로빠뜨낀이란 사람이 살고 있습니까?"

이렇게 묻더니, 병정은 로빠뜨낀의 이름이 쓰여 있는 봉투를 내주었다.

처음에 노인은 그것이 로빠뜨낀의 새로운 상관으로부터 오는 편지인 줄만 알았다. 그러나 그는 곧 봉투 위에 비스듬히 찍힌 군법회의 검찰부라는 스탬프를 보았다. 순간 노인의 수염 끝이 가늘게 떨리는 것 같았다. 그는 다시 한 번 병정의 얼굴을 쳐다보고 떨리는 손으로 인수증에 서명했다.

5

군법회의 예심판사 아브로씨모프 대위는 모스크바가 좋았다. 그래서 아침마다 산책을 겸해서 싸르프스꼬예 로터리를 돌아 도보로 출근했다. 오늘도 그는 회색 외투에 유리처럼 반짝거리는 장화를 신고, 숙소에서 나오자, 여느 때처럼 의젓한 걸음걸이로 보도를 걷기 시작했다. 키가 유달리 크고 몸매가 날씬한 군인이었다. 희디흰 그 얼굴은 젊은 신부들에게서 흔히 볼 수 있듯이 무슨 영감이라도 받은 것 같은 인상을 주었다.

그리고 푸른 군모 밑으로는 밤빛 머리털이 비죽 내다보였다.

두 마장가량 걸었을 때, 그의 표정은 점점 굳어 갔다. 집에서 아내를 대할 때는 평범하기 짝이 없는 한 사람의 남편이었지만 검찰부에 나가면 전연 사람이 달라지는 것이었다. 그는 굵다란 검은 눈썹을 모아 엄숙한 표정을 지으며 어두운 잿빛 눈동자로 먼 곳을 응시하면서 걸음을 옮겼다. '도대체 로빠뜨낀이란 어떤 인물일까?' 그는 생각했다. '그리고 그 여자와는 대체 어떤 관계에 있을까?'

며칠 전에 아브로씨모프는 상관으로부터 새로운 사건을 위임받았던 것이다. 핀으로 철한 일건서류를 훑어보고 나서 그는 이것이 살인사건이나 또는 국고금 횡령사건 따위와 같이 판단이 극히 용이한 종류의 사건이 아니라는 것을 즉석에서 깨달았다. 그의 상관은 국가 비밀 누설이라는 엄연한 죄증이 존재하는 이상 수사상의 난점 같은 것은 있을 수 없다고 말하였지만, 이러한 사건은 그것을 다루는 사람의 관점 여하에 따라서 재판에 회부할 수도 있고, 또는 행정적인 징계처분만으로 그칠 수도 있는 것이다. 따라서 이러한 종류의 사건을 다루는 예심판사는 자칫 잘못하면 커다란 오류를 범하기 마련인 것이다. 때문에 로빠뜨낀 사건이 자기에게 위임된 것을 아브로씨모프 대위는 조금도 달갑게 여기지 않았다.

"무엇 때문에 이 사람을 군법회의에 회부하는 겁니까?"

그는 상관인 중령에게 물었다.

"중대한 국가 비밀을 누설했다는 죄목이야."

늙은 중령은 대답했다.

"상부에서 특히 자네한테 맡기라는 분부가 있었으니 그리 알고 잘 처리하게."

이 말은 아브로씨모프의 자존심을 만족시키기에 충분했다. 이미 그의 이름은 다른 동료들의 모범으로서 장군의 명령서에 몇 번이나 오른 일이 있었던 것이다. '정말 중대한 국가 비밀인가보군.' 하고 그는 생각했다.

'그렇다면 문제는 훨씬 간단하지!'

아브로씨모프는 일건서류를 받아 가지고 자기 방으로 돌아왔다. 맨 위에 철한 오륙 매의 쪽지를 읽고 그는 또 한 번 만족을 느꼈다. 그중 두 장에는 그도 잘 아는 명사의 서명이 있었다. 하나는 권위 있는 학자의 것이었고, 또 하나는 유명한 차관의 것이었다. 그들의 쪽지에는 로빠뜨낀을 국가 비밀 누설죄로 군법회의에 회부해야 마땅하다는 의견이 쓰여 있었다. 그 다음 막슈쩬꼬와 우류벤의 보고서를 주의 깊게 검토한 다음 '공동 고안자라는 명목하에'라는 구절에다 붉은 연필로 줄을 긋고 나서,

"으음, 알 만해!"

하고 혼자 중얼거렸다.

뒤이어 피의자 로빠뜨낀에 대한 두 통의 보고서가 나타났다. 하나는 연구소장의 이름으로 된 것이었고, 다음 것은 주조학 분야에 종사하는 박사들과, 아카데미 후보회원들의 연명으로 된 것이었다. 연구소장의 보고서는 만족할 만했다. 그것을 읽고 아브로씨모프는 로빠뜨낀이 자기에게 부여된 국가의 신임을 배반했다는 사실을 다시 한 번 확인 할 수 있었다. 그러나 학자들의 보고서에서 대위는 그들의 논증에 커다란 모순이 있다는 것을 발견했다. 그들은 로빠뜨낀에게 어떤 원한을 품고 있음이 분명했다. 학자들은 소비에트 과학과 소비에트 학자들에 대한 로빠뜨낀의 악의에 찬 비방과 중상도 아울러 규명해 줄 것을 요구하고 있었다. 또한, 로빠뜨낀의 주조기에 대해서는 '소비에트 과학자들이 쌓아 올린 성과를 송두리째 뒤집어엎어 버리려는 어처구니 없는 모험'이라고 규정지었고 로빠뜨낀에게는 '일부 몰지각한 관리들의 신임을 이용하는 가짜 발명가'라는 혹평을 가하고 있었다. 아브로씨모프 대위는 입가에 쓴웃음을 지으며, 보고서 뒤에 나열된 학자들의 서명을 훑어보았다. 맨 첫머리에는 쩨삐낀이라는 이름이 적혀 있었다. 요컨대, 학자들의 보고서는 로빠뜨낀의 주조기가 국가 비밀로 취급될 하등의 가치도 없다는 것을 스스로 증명하고 있는 것이나 다름없는 것이었다.

대위는 상관에게 이와 같은 사실을 보고했다. 중령의 대답은 간단했다 ── 국가 비밀을 누설했다는 죄증이 확실히 존재하는 이상 그따위 사소한 문제까지 파고들 필요가 어디 있느냐는 것이었다. 결국 이 보고서는 일건서류에서 따로 떼 내어 검찰부 문서보관계로 넘겨 버렸다.

사건을 위임받은 날로 아브로씨모프 대위는 막슈쩬꼬와 우류삔의 증인 심문을 끝냈다. 그들의 입을 통해서 대위는 증인 나쟈 드로즈도바에 대해 몇 가지 흥미 있는 사실들을 알게 되었다. 또한 그는 굉장하 많은 사람들이 로빠뜨낀 사건에 깊은 관심을 가지고 있다는 것을 직감했다. 그리고 그들은 모두가 로빠뜨낀과 상반된 이해관계에 있다는 것도 알았다. 그러나 그런 사소한 문제에까지 주의를 돌릴 필요는 없다. 사건의 핵심을, 즉 국가비밀 누설의 여부와 그 원인만 밝혀내면 그만이니까. 증인으로는 그 여자만으로 충분할 것이다. 예심판사는 이 선에서 조사를 진행하기로 하고 두 장의 소환장을 발부했다 ── 로빠뜨낀은 시월 이십사일 아침에 출두하게 하고, 나쟈 드로즈도바는 이십오일에 출두하게 했던 것이다.

그래서 지금 그는 로빠뜨낀을 심문할 계획을 미리 머릿속에 정리하며 검찰부를 향해 걸어가고 있는 것이었다.

로빠뜨낀은 사람의 그림자도 보이지 않는 어두컴컴한 복도에 놓인 벤치에 앉아서 예심판사가 나타나기를 기다리고 있었다. 그는 온몸이 나른함을 느끼며, 이따금 수척한 볼과 턱을 손으로 문질렀다. 자기 볼에 아직도 나쟈의 눈물이 남아 있는 것처럼 생각되었기 때문인지도 모른다. 나쟈와의 이별은 정말 폐부를 도려내듯이 가슴 아픈 일이었다.

발자국 소리가 들려왔다. 복도 끝에서 얼굴빛이 유난히 흰 젊은 장교가 나타났다. 그는 로빠뜨낀을 눈여겨 바라보며 천천히 이쪽으로 다가왔다.

"로빠뜨낀이오?"

하고 친절한 어조로 묻더니, 장교는 열쇠를 꺼내 바로 로빠뜨낀이 앉아 있는 맞은편 문을 열었다.

"아니, 거기 그대로 앉아 계시오. 내가 곧 부를 테니."

그는 로빠뜨낀이 일어서는 것을 보고 이렇게 덧붙였다.

방문이 닫혀졌다. 이십 분가량 지난 후에 예심판사는 복도로 얼굴을 내밀고 여전히 상냥한 얼굴로 로빠뜨낀을 불러들이더니, 책상에 앉아서 4, 5백 장은 실히 될 두툼한 서류를 뒤적이기 시작했다. '나와 관련된 일건 서류인가보군! 그런데 무엇이 저렇게 굉장할까?' 로빠뜨낀은 어리둥절해지지 않을 수 없었다. 예심판사 아브로씨모프는 로빠뜨낀 사건의 기록 밑에 일부러 딴 사건의 기록을 받쳐 놓았던 것이다. 그것은 이백 년 전부터 검사들이 심리적 효과를 위해 사용해 온 낡아 빠진 수법이었지만, 로빠뜨낀이 그것을 알아차릴 리는 만무했다.

"자, 그럼 시작합시다."

하며 예심판사는 뒤적이고 있던 서류를 옆으로 밀어 놓고 심문조서 용지를 꺼내 놓았다. 거기다 그는 천천히 피의자의 성명과 생년월일과 경력을 기입해 넣은 다음 허위 진술을 하지 않겠다는 서약난에 로빠뜨낀의 성명을 받았다.

"이제 당신의 발명에 대해 시초부터 조리 있게 얘기해 주시오."

"담배를 피워도 좋겠습니까?"

이렇게 묻고 로빠뜨낀은 승낙을 받기도 전에 성냥을 그어서 담배에 불을 당겼다. 그리고 한참 동안 묵묵히 담배만 빨고 있다가 이윽고 무즈가 종합공장에 견학을 갔을 때부터의 자초지종을 상세히 얘기했다.

예심판사는 사십 분 가까이 그의 얘기를 들었다. 그동안 그는 종잇조각에 여자의 얼굴을 그리고 그 다음에는 거기다 수염과 안경과 모자까지 덧붙여 그려 넣었다. 그리고는 그림을 죄다 뭉개 버리더니 눈을 들어 찬찬히 로빠뜨낀을 바라보았다.

"좋습니다. 그럼 이번엔 당신이 국가 비밀에 속하는 일을 맡게 된 때부터의 얘기를 들려 주시오."

아브로씨모프 대위는 자신만의 독특한 심문 방법을 가지고 있었다. 그는 마치 비둘기장에서 비둘기를 몰아내듯 피의자에게 아무런 압력도 가함이 없이 조심스럽게 심문을 진행시키는 것이었다. 로빠뜨낀은 자기가 갈리쯔끼의 주선으로 새로운 후원자를 얻게 된 경위를 상세하게 진술하고 그 다음 설계에 착수한 후부터의 얘기로 넘어갔다. 그러나 나쟈의 이름은 좀처럼 나타나지 않았다. 아브로씨모프는 얘기를 중단시키고 그의 일에 함께 종사하고 있는 사람을 모두 대 보라고 했다. 로빠뜨낀은 설계실에서 일하는 동료들의 이름을 차례로 불렀지만 나쟈에 대해서는 한마디도 하지 않았다.

"또 한 사람, 나쟈 드로즈도바의 이름을 잊은 것 같은데?"

대위는 나직한 목소리로 피의자의 주의를 환기시켰다.

"그 사람은 우리 설계실의 정식 요원이 아닙니다."

하고 로빠뜨낀은 대답했다.

잠시 심문이 중단되었다. 예심판사는 쓰기를 멈추고 물끄러미 창밖을 바라보고 있다가 담배를 피워 물었다.

"정식 요원이 아니란 말이죠?"

퍼뜩 제정신으로 돌아온 듯이 로빠뜨낀에게 눈을 주며 물었다.

"그렇다면, 그 여자는 당신과 어떤 관계에 있습니까? 무엇 때문에 당신의 설계실에 드나들죠? 패스포트를 가지고 있나요?"

"그 사람은 나의 공동 고안자입니다."

"아, 그래요? 그럼 그 여자도 배수관 주조 전문가입니까?"

"아니, 그 여자는 지리 선생입니다. 그렇지만 나와 오래 사귀는 동안에 차차 그 방면의 지식을 얻게 되었지요. 나한테 이중 파이프 주조기의 힌트를 준 것은 바로 그 여자입니다."

"남편이 있는 여자인 줄 아는데?"

"야금공업성 기술국장 드로즈도프의 아내였습니다만 지금은 사이가 어떤지 모르겠습니다. 아마 헤어졌을 거라고 생각합니다."

"그럼, 당신들의 교제 동기는 무엇이죠?"

"나한테 어느 정도 색다른 감정을 품고 있는 것 같습니다."

"당신은 그 여자를 어떻게 생각합니까?"

"어떻게 딱 잘라서 말하기는 곤란합니다만, 나도 어떤 때는… 예를 들면 오늘 그 여자와 헤어질 때는…."

"음, 그렇군."

아브로씨모프는 담배를 쥔 손으로 턱을 받치고, 푸른 연기로 얼굴을 감싸듯하며 약간 어색한 어조로 물었다.

"그 여자와 성적 관계 같은 건 없었습니까? 불쾌하게 생각하지 마십시오. 우린 직무상 부득이 이런 사사로운 문제에까지 언급하지 않을 수 없는 입장이니까."

로빠뜨낀은 담배를 한 모금 깊이 빨아들이고 잠시 입을 다물고 있다가 퉁명스럽게 대답했다.

"없습니다."

아브로씨모프는 고개를 옆으로 기울이며 조서에다 로빠뜨낀의 대답을 받아썼다.

'무엇 때문에 그런 것까지 물을까?' 하고 로빠뜨낀은 의심스럽게 생각했다.

그때 방문이 열리며 나이 지긋한 소령 한 사람이 호주머니에 손을 찔러 넣은 채 뚜벅뚜벅 걸어들어왔다. 느르스름한 얼굴이 첫눈에도 무척 호인답게 보였는데 아마 아브로씨모프의 상관인 모양이었다. 그는 피의자 심문에 직접 관여하기를 좋아했고, 그래서 언제나 아브로씨모프의 비둘기를 놀라게 하여 대위의 심문을 혼란 상태에 빠뜨리기가 일쑤였다. 소령은 아브로씨모프의 등 뒤로 돌아가서 그의 어깨 너머로 심문조서를 들여다보았다.

"거짓말 말아요. 로빠뜨낀, 거짓말을 하지 말란 말이오!"

소령은 얼굴을 쳐들며 소리쳤다.

아브로씨모프는 얼굴이 해쓱해지며 코를 벌름거렸다. 로빠뜨낀은 눈을 가늘게 뜨고 소령에게 차가운 시선을 던졌으나, 아무런 대꾸도 하지 않았다.

"좋지 않소, 로빠뜨낀!"

소령은 방 한가운데로 걸어 나오며 다시 입을 열었다.

"국가 비밀을 누설하다니, 절대로 안 될 말이지. 적들은 어떤 인간을 노리고 있는지 아시오? 국가의 이익보다 자기 개인의 이익을 더 귀중하게 여기는 바로 당신 같은 인간들을 노리고 있는 거요."

"그렇지만 그 여자는 나의 공동 고안자입니다."

로빠뜨낀은 버럭 소리를 질렀다.

"되지도 않은 소린 집어치우시오! 매일같이 옆에 앉혀 놓고 궁둥이나 어루만져 줬겠지. 이거 봐, 아브로씨모프, 이런 사람한테는 너무 점잖게 대해 줄 필요가 없어. 점잖게 대하면 오히려 거짓말만 늘어놓기 마련이지."

소령이 밖으로 나가 버리자, 아브로씨모프는 정신을 가다듬으려는 듯이 한참 동안 말없이 앉아 있다가 다시 로빠뜨낀에게 눈길을 돌리며 심문을 계속했다.

"당신의 일이 국가 비밀에 속한다는 사실은 물론 알고 있었겠죠?"

"알고 있었습니다. 그러나 고안자의 한 사람으로서 자기 기계의 도면을 보지 않을 수 없는 노릇이 아니겠습니까!"

"고안자란 말을 자꾸 하는데, 그럼 당신은 나쟈 드로즈도바가 어디까지나 당신의 공동 고안자라고 주장하는 겁니까?"

"그야 물론이죠?"

"그리고 또 당신들 사이에 육체적 관계가 없었다는 것도?"

"네, 그렇습니다."

로빠뜨낀은 거짓말을 했다.

처음에 질문을 받았을 때는 나쟈를 감싸 주기 위해 거짓말을 했지만, 이번에는 자기 스스로를 위해 그렇게 대답한 것이었다. 만일 육체적 관계가 있다는 것을 시인하려면 아무래도 그들이 관계를 맺게 된 그날 밤의 분위기에 대해 얘기해야만 할 것 같았다. 그러나, 대위는 있었다 아니면 없었다는 한마디 대답만을 요구하고 있지 않은가. 그렇다면 차라리 없었다고 해 버리자.

이럭저럭 심문을 끝내고 대위는 조서를 처음부터 읽어 내려갔다. 로빠뜨낀은 심문조서에 서명을 했다.

"이젠 돌아가도 좋습니까?"

"잠깐 복도에서 기다려 주시오."

예심판사는 로빠뜨낀의 뒤를 따라, 복도로 나와 자기 방문을 잠그더니 삐걱삐걱 장화 소리를 내며 복도 끝으로 걸어갔다. 삼십 분가량 경과한 후에 그는 흰 종잇장을 들고 다시 나타났다.

"당신을 구속한다는 결정이 내렸습니다. 자, 이 영장을 읽어 보시오!"

로빠뜨낀은 구속영장을 받아서 읽어 내려갔다. '피고 드미뜨리 로빠뜨낀을 구속하지 않으면 증거를 인멸할 우려가 있다고 인정되므로….'

"그럼 여기 서명하시오!"

로빠뜨낀은 구속영장에 순순히 서명했다.

"아니, 거기가 아니오. 여기 이 줄친 데다가 서명하시오."

로빠뜨낀은 아무 말 않고 또 한 번 서명했다. 그는 금세 풀이 죽어 버린 듯이 온순해진 것 같았다. 그러나 감옥이 그를 위축케 한 것은 결코 아니다. 마치 높은 산등에 올라선 것처럼, 갑자기 눈앞에 트인 새로운 세계를, 사면에 가로막힌 벽을 뚫고 로빠뜨낀은 바라보고 있었다. 저기 아득한 지평선을 향하여 새로운 이정표가 늘어선 길이, 여태까지 그가 걸어온 길에 잇닿은 새 길이, 광야를 휘감아 돌며 그를 부르고 있는 것이었다.

6

로빠뜨낀이 군법회의 검찰부의 소환장을 받은 그날, 나자도 역시 소환장을 받았다. 나자는 반 년 만에 처음으로, 자기 쪽에서 먼저 남편에게 말을 걸었다.

"왜 검찰부에서 나를 부르는지 모르세요?"

저녁 때 집에 돌아와서 식탁에 앉은 드로즈도프에게 나자는 소환장을 내보이며 물었다(요즘 드로즈도프는 혼자서 식사를 했다).

"내가 그걸 어떻게 알겠소?"

드로즈도프는 태연한 얼굴로 이렇게 반문하고는 눈을 스르르 감았다가 다시 떴다.

"출두하라는 날짜는 언제지요? 25일이라, 그럼 모레군. 모레 아침에 거기 가 보면, 왜 부르는지 알게 될 텐데 뭘 그러시오."

그것은 전에 아내에게 쓰던 것처럼, 다정하고 허물없는 말투는 아니었다. 그리고 이제는 이렇게 생소한 말투로나마 아내와 말을 주고받는 일이 거의 없다시피 되어 버린 것이었다.

"무슨 일 때문인지 한번 알아볼 수도 있는 문제지만."

하고 그는 다시 입을 열었다.

"그러나 당신 자신의 행동을 나한테 전연 알리지 않는 이상, 나로서는 당신이 불려가든 말든 상관할 바가 아니라고 생각하오. 당신은 어디를 그렇게 싸돌아다니는 거요? 도대체 무슨 일을 꾸미고 있는 거요? 어쨌든 당신은 지금 독자적인 행동을 취하고 있으니까 내가 개입할 필요는 없을 거요."

드로즈도프의 새까만 두 눈에는 차디찬 조소가 어려 있었다.

"무엇 때문에 나한테 소환장이 왔는지 당신은 죄다 알고 있을 거예요."

"당신은 한 가지나 나한테 얘기한 일이 있소?"

그는 아내의 말을 묵살하며 자기 말을 계속했다.

"예를 들면, 나한테는 한마디 말도 없이 물건을 팔아 버리고…."

"네, 망토를 팔았어요."

"무엇 때문에?"

"돈이 필요해서요. 그렇지만 그 돈을 사사로운 일에 쓴 건 아니에요."

"그럼 국가적인 사업을 위해 썼단 말이오?"

"굳이 그렇게 묻는다면, 국가적 사업에 썼다고 대답할 수도 있지요."

"말하자면 국채를 샀단 말이군? 그 국채의 명목은 대체 뭐요?"

"내가 옳은 일을 했다는 걸 언젠가는 반드시 알게 될 거예요."

"그러니까 나한테 물어볼 게 아니라, 궁금하겠지만 모레까지 참고 기다리라는 게 아니오!"

물론 드로즈도프는 나쟈에게 소환장이 온 이유를 모르고 있었을 리가 만무했다. 막슈젠꼬와 우류삔의 보고서를 처음 읽었을 때, 그는 마치 관자놀이에 탄환이 명중한 것처럼 정신이 아찔했다. 마음속에서는 치명상을 입은 사내의 울부짖음이 들려왔다. 그는 자기 무능의 비애를 맛보지 않을 수 없었다. 그는 자기가 이미 불필요한 노인이라는 것을 스스로 느꼈다. 그리고 여태까지 발견하지 못한 노쇠의 증세를 비로소 깨달았다. 그것은 회복할 길 없는 무자비한 증세인 것이다. 뒤이어 무서운 생각이 ── 이 창피스럽기 짝이 없는 소문이 벌써 성 내에 쫙 퍼졌으리라는 생각이 그를 엄습했다. 사건이 검찰부로 넘어갔다는 것을 확인하자, 드로즈도프는 사건이 원만히 해결되도록 나쟈와 로빠뜨낀을 도와주기로 결심했다. 그는 미치광이가 되어 버린 연인들이 공판에 회부되어 여러 방청객들이 있는 자리에서 심문을 받도록 내버려 둘 수가 없었다.

그렇게 되면 필경 자기 이름이 공판정에서 오르내리게 될 것이기 때문이다.

그러나 슈찌꼬프는 사건 심리가 비공개리에 진행될 것이라고 했다. 그 말을 듣고 드로즈도프는 비로소 마음을 놓았다. 아니 오히려 마음이 후련해진 것 같기도 했다. 로빠뜨낀이 체포된다면 그의 공직 생활이나 사생활에 개재되어 온 모든 불안한 문제가 완전히 해결되는 셈이다. 결국 나쟈도 어린 아들을 버리고 그와 헤어지지는 못할 것이 아닌가.

나쟈가 소환장을 내보였을 때 그가 입가에 웃음까지 띠며 태연한 태도를 취할 수 있었던 것도 사실은 이와 같은 속셈이 있었기 때문이다.

나쟈는 소환장을 가지고 학교에 나갔다. 교실에 들어가서도 검찰부의 스탬프가 찍힌 푸른 봉투가 자꾸만 눈앞에 아른거려 제대로 수업을 진행시킬 수가 없었다. 어둑어둑하게 날이 저물 무렵에야 학교에서 나온 나쟈는 곧장 지하철 정거장으로 내려갔다. 삼십 분 후에 지하철에서 나온 나쟈는 눈에 보이지 않는 구슬픈 가을비를 맞으며 어두운 랴호프 골목길을 정신없이 달려가고 있었다.

로빠뜨낀이 거처하는 집에 다다르자 그녀는 몇 번이나 연거푸 초인종을 눌렀으나 아무도 문을 열어주러 나오는 사람이 없었다. 다시 다섯 번을 눌렀다. 한참 만에 아래층에 사는 남자가 슬리퍼를 질질 끌며 나타났다.

"집에 안 계신가요?"

나쟈는 성급히 물었다.

"아니, 방에들 있습니다. 무슨 의논들을 하고 있는 모양이더군요."

나쟈는 부시꼬 교수의 방문을 가만히 두드렸다. 대답이 없었다. 이번에는 좀 더 세차게 두드렸다.

“거 누구요? 들어오시오!”

로빠뜨낀의 통명스런 목소리가 새어 나왔다. 갑자기 북받쳐 오르는 반가움이 나쟈의 가슴을 뻐근하게 죄었다.

“어서 들어와요! 누구요?”

로빠뜨낀은 또 한 번 고함을 지르더니 방문을 활짝 열었다.

방 안에 들어서자마자, 나쟈는 자기가 받은 것과 똑같은 푸른 봉투가 책상 위에 놓여 있는 것을 발견했다.

“이건 뭐죠?”

“군법회의 검찰부에 출두하라는 소환장이오.”

로빠뜨낀은 멍청한 웃음을 띠우며 두 손을 벌려 보였다.

“내일 아침에 오라는군요.”

나쟈는 의자에 걸터앉았다.

“나도 그런 걸 받았어요.”

그녀는 책상 위에 자기의 소환장을 내놓으며 갑자기 얼빠진 사람처럼 되어 버린 로빠뜨낀과 교수를 바라보았다. 노인은 소환장을 집어 들더니 마치 지질을 감정하려는 듯이 안경 앞에 대고 열심히 들여다보았다.

“둘이 다 같은 사건 때문일 거야.”

하며 노인은 흘끗 로빠뜨낀에게 눈을 주었다.

“대체 무슨 일 때문에 오라는 걸까?”

로빠뜨낀의 이마에는 한 줄기 굵다란 주름이 잡혔고, 수염이 덥수룩한 두 볼은 더욱 깊이 꺼져 들어갔다.

“무엇 때문에 오라는 건지 드로즈도프는 알고 있는 것 같더군요.”

나쟈는 아침에 남편과 주고받은 대화를 간단히 전했다.

"무엇 때문인지, 우리 잘 생각해 보세."

하고 노인이 제의했다.

그들은 몇 시간 동안이나 곰곰 생각하고 또 생각해 보았으나, 결국 아무런 결론도 얻을 수 없었다. 라디오가 자정을 알리고 크렘린의 탑시계들이 일제히 울리자, 로빠뜨낀은 마침내 손을 내저었다.

"드로즈도프의 말이 옳아요. 내일이면 모든 것이 판명되겠죠. 암만 생각해도 짐작이 가지 않는 걸 가지고 언제까지나 이러구 앉았으면 뭘 해요. 난 이젠 자야겠습니다."

이튿날 아침 여덟 시에, 나쟈는 다시 로빠뜨낀을 찾아왔다. 로빠뜨낀은 이미 옷을 갈아입고 외출할 채비를 하고 있었다. 나쟈를 맞는 그의 눈에는 목전에 다가온 불의의 사태에 대처하려는 굳은 각오가 서려 있었다. 그는 외투를 입었다. 노인은 그의 팔소매를 잡고 층계까지 끌고 가더니 요란하게 코를 풀고는 그 더러운 손수건으로 눈을 닦으며 떨리는 목소리로 말했다.

"혹시 무슨 일이 있으면… 가능한 모든 방법을 다 강구해 보겠네. 내 힘으로 할 수 있는 일이라면 무엇이든지 다 할 테니까. 그럼 가 보게. 한 마디 한 마디를 조심해서 하도록 하게."

로빠뜨낀이 나쟈와 함께 검찰부가 들어 있는 건물 앞에까지 왔을 때 시계는 아홉 시 십 분을 가리키고 있었다. 출두 시간인 열 시까지는 아직 많은 시간이 남아 있었다. 그들은 차도를 건너서 인적이 드문 산책로를 천천히 거닐었다. 할 말이 없었다. 로빠뜨낀은 얼굴을 옆으로 돌리고, 아스팔트 위에 흩어진 노란 가랑잎을 쓸고 있는 청소부들을 바라보았다. 그 다음엔 개를 데리고 옆을 지나가는 여인을 바라보았다. 나쟈는 두 손으로 그의 팔을 끌어안고, 불안이 어린 눈으로 그의 얼굴을 지켜보았다.

산책로가 끝나는 곳까지 걸어왔다. 다시 발길을 돌렸다.

"뭘 그렇게 쳐다보고 있소, 나쟈?"

마침내 로빠뜨낀이 입을 떼었다. 사실은 나쟈의 동정만을 살피고 있었던 것이다.

"사람이 한평생 사노라면 이런 일도 더러 있는 법이니까 꾹 참고 이겨 내야 할 거요. 혹시 무슨 일이 있으면 나한테 편지 주겠소?"

"무슨 그런 불길한 생각을…."

"이제야 짐작이 가는 것 같소. 드로즈도프가 당신 앞에서 웃더라는 말을 했지요? 그것도 좋지 않은 징조이긴 하지만… 요전에 네브라예프를 거리에서 만났는데 내 얼굴을 빤히 쳐다보면서도 인사를 않고 그냥 지나쳐 버리더군요. 지금에야 그 녀석이 정말 기압계 같은 존재라는 걸 알게 됐어요. 하여튼 그자들이 무슨 흉계를 꾸민 것만은 틀림없어요."

이렇게 말하고 그는 얼른 시계를 보았다.

"십 분밖엔 안 남았군. 우리 여기서 약속을 합시다. 오늘 학교에 나갑니까?"

"오늘은 수업이 없는 날이에요."

나쟈는 거짓말을 했다.

"마침 잘 됐군요. 지금 내가 검찰부에 들어가서 오후 두 시까지 나오지 않으면 바로 저기 저 벤치에… 오후 두 시까지 나오지 않으면 그땐 잘못된 줄 알고 돌아가시오."

로빠뜨낀은 부드러운 얼굴로 나쟈의 눈을 들여다보았다. 한마디 대꾸도 없이, 나쟈는 미친 듯이 그에게 덤벼들어 그의 몸을 부둥켜안고 늘어졌다. 갑자기 가슴이 터질 것 같은 서러움이 북받쳐 올랐다. 로빠뜨낀은 조심스럽게 그녀를 끌고 가서 벤치에 앉혔다. 나쟈는 말없이 그의 손을 움켜잡았다. 그는 싸늘하게 식은 여자의 손가락을 풀고, 귀뿌리 가까이 입술을 갖다 대고는 얼른 몸을 돌려 차도를 건너갔다. 가랑잎을 쓸던 청소부들이 비질을 멈추고, 빙그레 웃으며 호기심에 찬 눈길을 그의 등 뒤에 던졌다.

나쟈는 로빠뜨낀이 앉혀 놓고 간 그대로의 자세로 상체를 뒤로 젖힌 채 맑고 차가운 가을 하늘을 바라보았다. 물 위에 둥실 뜬 닭털처럼 희끄무레한 아침 달이 하늘 위를 천천히 미끄러지고 있었다. 처음에 나쟈는 한 시간이나 두 시간 후면 로빠뜨낀이 돌아올는지 모른다고 생각했다. 그러나 두 시간이 지나가 버렸는데도 그는 나타나지 않았다. 오후 한 시경부터 하늘이 잿빛으로 흐려지더니 노랗게 물든 나뭇잎에 들릴 듯 말 듯한 소리를 내며 가을비가 내리기 시작했다. 나쟈는 비가 오는 줄도 모르고 그냥 벤치에 앉아 있었다. 그녀의 조그만 시곗바늘이 오후 두 시에 다가서고 있었다. 얼마 후에 나쟈는 잔잔한 마음으로 약속한 시각을 넘겼다. 다시 삼십 분이 지나갔다. 건너편 군법회의 건물에서 푸른 군모에 회색 외투를 입은 군인들이 나타났다. 그들 가운데 유난히 키가 크고 얼굴이 하얀 대위가 끼어 있었다. 그들은 무엇인지 떠들썩하게 지껄이며 산책로를 횡단하여 저쪽 골목으로 들어갔다. 점심시간이 된 모양이다. 한 시간가량 지나서, 그들은 한 사람씩 건너편 건물로 되돌아왔다. 네 시 가까이 되었을 때 비가 그치더니, 하늘을 덮었던 잿빛 장막이 천천히 걷히며, 창백한 저녁 하늘이 트이기 시작했다. 뒤이어 해가 떨어진 쪽 지붕 위에 붉은 구름들이 줄지어 나타났다. 그러나 얼마 안 있어 그것도 거무충충하게 변해 버리고 말았다. 산책로에는 이미 인적이 끊어지고 어두운 차도에서는 자동차들이 노란 헤드라이트 불빛을 앞으로 쭉 뻗치며 비에 젖은 아스팔트를 달려갔다. 나쟈는 무거운 몸을 일으켜 천천히 발걸음을 옮겼다. 대체 어떻게 된 노릇일까? 어째서 로빠뜨낀은 검찰부에서 나오지 못하고 있을까?

그 이튿날 오전 열 시에 나쟈는 검찰부에 출두하여 예심판사 아브로씨모프 대위의 심문을 받았다. 대위는 미리 준비해 둔 메모에 따라 증인 심문을 진행했다.

"당신은 로빠뜨낀의 공동 고안자라고 자인하십니까?"

심문은 점점 문제의 핵심을 파고들었다.

나쟈는 끝까지 로빠뜨낀을 두둔하리라 결심했다.

"그건 당치도 않은 말이에요. 그 기계를 만드는 데 내가 한 일이라고는 거의 아무것도 없으니까요. 진짜 고안자는 어디까지나 드미뜨리 로빠뜨낀 한 사람입니다."

예심판사는 아무 말 않고 나쟈의 대답을 열심히 받아썼다. 그리고는 메모를 들여다보고, 다음 질문으로 넘어갔다.

"그 기계를 만드는 데 당신이 무슨 직접적인 도움을 준 사실이 있습니까? 예를 들면 당신은 기계의 원리를 제공하고, 그 사람은 그 원리에 실제적인 형태를 부여했다든가."

"그렇지 않습니다!"

나쟈는 열띤 목소리로 대답했다.

"기계의 아이디어는 전적으로 드미뜨리 로빠뜨낀이 발견한 것입니다."

"그 방면의 전문적인 지식을 당신은 어느 정도 가지고 있지요?"

"나는 지리 선생입니다. 따라서, 그 방면에 지식이라고는 아무것도 없습니다. 다만 드미뜨리 로빠뜨낀이…."

그러나 예심판사는 손을 들어 그녀의 말을 중단시키고 다시 펜을 움직이기 시작했다.

"또 한 가지, 당신은 그 사람과 사귄 지가 오래되었습니까?"

"이 세상에 나오기 전부터 잘 알고 있었던 것만 같습니다."

예심판사는 빙긋 웃었다.

"인간의 영혼은 육체와 더불어 소멸하는 것으로 알고 있는데… 아마 우린 그렇게 교육을 받았지요?"

"처음 만난 것은 1944년… 아니 43년입니다."

"당신은 그 사람을 사랑하십니까?"

"어떻게 그런 분을 사랑하지 않을 수 있겠어요."

나자의 음성에는 한없는 정열이 숨겨져 있었다. 대위는 입을 다물고 잠시 그녀를 바라보고 있다가 다시 입을 열었다.

"그럼 그 사람도 당신을 사랑하고 있습니까?"

"잘 모르겠어요… 그분한테도 그런 질문을 하셨나요? 뭐라고 대답했는지 가르쳐 주실 수 없을까요?"

"한 가지만 더 묻겠는데…."

대위는 나쟈의 물음엔 대답도 않고 다음 질문으로 넘어갔다.

"그 사람과의 사이에 육체적 관계가 있었나요?"

나쟈는 대위의 얼굴에 갑자기 이상한 긴장이 감돌기 시작하는 것을 발견했다. 그는 소매 끝에 달린 단추를 내려다보며 또 한 번 질문을 되풀이했다. 나쟈는 깊이 생각해 볼 여유도 없이 얼굴을 붉히며 대답했다.

"네."

심문을 끝마치고 나쟈가 조서를 읽는 동안 대위는 자리에서 일어나 뚜벅뚜벅 방 안을 거닐었다. 심문조서는 한 군데도 틀린 대목이 없었다. 나쟈는 조서에 서명했다. 예심판사는 만족한 얼굴로 나쟈의 심문조서를 서류철에 끼어 넣었다.

"그분은 구속되었나요?"

하고 나쟈는 가느다란 목소리로 물었다.

"네, 구속되었습니다."

"무엇 때문에요?"

"우리에겐 당신의 물음에 대답할 권한이 없습니다. 직무 수행상 비밀에 속하는 문제니까요. 그럼 이젠 돌아가셔도 좋습니다. 혼자서도 찾아 나가시겠지요? 곧장 가다가 오른편으로 구부러져서 밑으로 내려가면 현관입니다. 안녕히 가십시오!"

7

십일월 초에 로빠뜨낀은 재판을 받기 위해 감방에서 끌려나왔다. 군법회의 재판부는 검찰부와 같은 건물 안에 있었다. 차에서 내린 로빠뜨낀은 경비병의 감시를 받으며, 어두운 복도를 지나 재판정으로 들어갔다. 집에서 입고 나간 회색 양복은 온통 구겨지고 짧게 깎인 머리에는 울퉁불퉁한 두골이 드러나 보였다. 그는 피고석에 가서 앉았다. 검은 눈으로 묵묵히 주위를 둘러보다가 그는 바로 문 옆에 나쟈가 앉아 있는 것을 발견했다. 나쟈는 몸을 흠칫하고, 금세 그에게 달려갈 듯한 자세를 취했으나, 그때 옆의 문이 열리며 세 사람의 장교가 재판정에 나타났다. 재판관들은 정면에 놓인 길다란 책상에 가서 앉았다. 가운데 자리 잡은 재판장은 머리가 희끗희끗한 늙은 중령이었는데 깨끗이 수염을 깎은 그 얼굴은 몹시 엄격하게 보였다. 재판장의 오른편에는 머리가 벗어져 올라간 뚱뚱한 대위가, 그리고 왼편에는 광대뼈가 좀 불거져 나온 평범한 용모의 소령이 자리 잡았다. 그리고 군법회의 서기인 듯한 소위 한 사람이 재판관들과 멀찍이 떨어진 곳에 앉았다.

재판장은 안경을 꺼내 쓴 다음 개정을 선언하고 나서 피고의 인정신문에 들어갔다. 인정신문이 끝나자, 그는 안경을 벗어 서류 위에 놓고 증인을 불렀다.

“증인 막슈쩬꼬는?”

“네, 여기 있습니다.”

방청객 하나 없는 텅 빈 뒤쪽에서 침착성을 잃은 음성이 들려왔다.

“증인 드로즈도바는?”

“네.”

하고 나자가 대답했다.

재판장은 증인을 일으켜 세워 위증을 하지 않겠다는 선서를 하게 했다. 나자와 막슈쩬꼬는 서기 앞으로 가서 각각 서명을 마치고 서로 눈길을 피해가며 복도로 나갔다.

증인들이 물러간 다음 재판장은 피고에게, 변호인을 채택할 의사가 있느냐고 물었다. 로빠뜨낀은 자기에겐 전연 피의사실이 없으므로 변호인을 채택할 필요성을 느끼지 않는다고 대답했다. 다음 재판장은 기소장의 후문을 낭독했다. 국가 비밀을 취급하는 책임자적 지위에 있는 피고가 공동 고안자라는 명목 하에 외부인인 나쟈 드로즈도바에게 비밀을 누설한 것은 무슨 법, 몇 조 몇 항의 규정에 의해 범죄가 구성되므로 군법회의에 회부한다는 내용이었다.

기소장을 낭독하고 나서 재판장은 피고에게 범죄 사실을 인정하느냐고 물었다.

“인정할 수 없습니다.”

로빠뜨낀은 완강한 어조로 대답했다.

“그럼, 이 사건과 관련하여 피고가 알고 있는 바를 상세히 진술하시오.”

로빠뜨낀은 잠시 생각을 가다듬고 나서, 자기가 발명가로서 일해 오는 동안에 겪은 여러 가지 난관에 대해 얘기하기 시작했다. 그 다음 그는 나쟈가 자기에게 준 도움이 얼마나 큰 것이었으며 또한 그것은 공동 고안자로 인정되기에 충분하고도 남음이 있다는 말을 하려 했던 것이다.

그러나 재판장은 가볍게 그의 말을 제지했다.

"그것은 사건의 본질과는 관계가 없는 얘기요."

"아닙니다. 나는 이것이 사건의 본질을 규명하기 위해 반드시 필요한 얘기라고 생각합니다."

순간 재판장의 얼굴은 엄하게 굳어졌다.

"물음에 대답하시오. 피고가 설계하고 있는 기계는 국가 비밀에 속하는 것이라고 인정하오?"

"물론이지요."

로빠뜨낀은 어깨를 흠칫해 보이며 대답했다.

"그럼 그 기계의 비밀을 보존할 책임은 제일 먼저 누구한테 있소?"

"아마 나한테 있을 겁니다."

"아마라니? 좀 더 분명히 대답하시오."

"나한테 있습니다."

"그 기계의 비밀을 나쟈 드로즈도바는 알고 있소, 모르고 있소?"

"알고 있습니다."

"그럼 누가 드로즈도바에게 그 비밀을 죄다 누설했소?"

"그 여자는 기계가 비밀로 되기 이전부터 알고 있었습니다."

"피고는 기계가 국가 비밀로 되었다는 것을 드로즈도바에게 알렸소?"

"네, 알렸습니다."

"그럼, 그 후 설계안의 변경된 부분을 드로즈도바에게 내보인 것은 누구요?"

"내가 내보였습니다. 그러나 드로즈도바는 그 기계의 공동 고안자이기 때문에 무방할 것이라 생각합니다. 기계를 주문한 성의 명령에도 공동 고안자라는 것이 기입되어 있습니다."

"과연 그런 명령이 있는지 재판부는 그것을 조회할 것이오."

"조회해 보시면 알게 될 겁니다. 그리고 내가 비밀을 누설했다고 하십니다만, 그 비밀이 누설됐다면 당신들도 그것을 알고 계실 게 아닙니까?"

"재판관에게 질문하는 것은 허용되어 있지 않소. 그럼, 다음 질문에 대답하시오. 그 기계의 기본이 되는 모든 부분은 누가 고안해서 만들었소?"

"내가 만든 것입니다. 그러나, 이중 배수관 주조기의 설계안은 드로즈도바와 내가 둘이서 만들었습니다. 이중 배수관 주조에 관한 아이디어는 드로즈도바가 제공해 준 것이니까요."

"드로즈도바가 과연 의식적으로 그런 아이디어를 제공할 수 있다고 생각하오? 다시 말하자면, 그런 아이디어를 발견해서 제공할 만한 전문적인 지식을 그 여자는 가지고 있소?"

로빠뜨낀은 대답하지 않았다. 그는 깊이 생각해 보았다. 자기가 국가 비밀을 누설했다는 혐의로부터 도저히 벗어날 길이 없게 된 이상, 나쟈의 이름까지 굳이 끌어 넣을 필요는 없지 않은가. 재판장이 요구하는 답변이란 뻔한 것이다. 차라리 그렇게 대답해 버리는 편이 좋지 않을까?

"피고에게 한 가지 묻겠는데…."

로빠뜨낀이 재판장의 질문에 미처 대답도 하기 전에, 이번에는 왼편에 자리 잡고 있는 소령이, 상체를 앞으로 내밀며 불쑥 물었다.

"어째서 피고는 예심판사의 심문을 받을 때 드로즈도바와의 관계를 숨겼소?"

로빠뜨낀은 소령의 얼굴을 쳐다보며, 그의 질문의 저의가 무엇인가를 알아보려 했지만, 짐작이 가지 않았다.

"드로즈도바를 거북한 입장에 몰아넣고 싶지 않았기 때문이었습니다."

"그런 게 아니라, 여자를 통해서 자기 일을 유리하게 추진시킨 사실이 폭로될까 봐 숨긴 게 아니오?"

"절대로 그렇지 않습니다. 거기 대해서, 나는 기계를 주문한 성의 대표자인 자하로프와 설계소장을 증인으로 소환할 것을 재판부에 정식으로 청원합니다."

재판장은 옆에 앉은 대위와 소령을 번갈아 바라보고 나서,

"재판부는 피고의 청원을 각하하겠소. 피고가 증인으로 소환하라는 사람들은, 바로 피고에게 기만당한 사람들이기 때문이오."

하고 강경한 어조로 말했다.

"한 가지 더 묻겠는데,"

소령이 천천히 입을 열었다.

"피고는 드로즈도바가 아이디어를 제공했다는 것이 어떻게 하면 증명될 수 있다고 생각하오?"

"네, 말씀드리지요."

"가만 있소."

하고 재판장이 말을 가로챘다.

"조금 있다가 대답하시오. 피고는 그것이 전문가들의 감정에 의해 증명될 수 있다고 생각하오?"

"내 주조기는 처음부터 전문가들의 감정을 거치지 않고 제작에 착수한 것입니다. 전문가라는 사람의 감정을 일부러 회피한 것이지요. 그것이 이번에 나를 고발한 동기라고 생각합니다. 만일 재판부에서, 내가 지난 육 년 동안 제출해 온 탄원서의 사본을 본다면, 그때는 나를 고발한 사람들이 육 년 동안에 걸쳐 내 앞길을 막아 온 바로 그 사람들이라는 것을 알게 될 겁

니다.”

“그 사본이란 건 사건 기록에 첨부되어 있지 않소.”

하고 재판장이 말했다.

“그리고, 당신을 고발한 사람들로 말하면, 그들은 다만 국가 비밀 수호에 대한 높은 경각심을 발휘했을 뿐이오. 피고가 발휘하지 못한 경각심을 바로 그 사람들이 발휘했단 말이오! 그럼 또 질문이 있소?”

그 이상 질문이 있을 수 없었다. 재판장은 증인을 불러들였다. 먼저 들어온 것은 막슈쩬꼬였다. 그는 재판관 앞에서 자기가 로빠뜨낀의 설계실에서 나쟈 드로즈도바를 보았다는 것과, 그녀가 공동 고안자라는 것을 알고 무척 놀랐었다는 말을 했다. 그리고, 우류뻰이 그녀가 실제로 고안자인가를 떠보려 하자, 당황해서 어쩔 줄을 몰라하더라고 했다. 또한 그는, 자기가 피고를 오래전부터 잘 알고 있는데, 피고는 처음부터 혼자서 주조기 연구를 해 왔으며, 따라서 공동 고안자란 있을 수 없는 것이라고 증언했다.

막슈쩬꼬의 증언에는 조금도 미진한 데가 없었기 때문에 그는 아무런 보충심문도 받지 않았다.

막슈쩬꼬에 뒤이어, 나쟈가 불려 들어왔다. 재판장은 안경을 벗고 주의 깊게 그녀를 바라보더니 다시 안경을 쓰고 나서,

“증인은 예심판사 앞에서 진술한 증언을 전적으로 확인하오?”

하고 물었다.

“네, 확인합니다.”

나쟈는 가느다란 목소리로 대답했다.

“그렇다면 그 기계의 고안자는 오직 로빠뜨낀 한 사람뿐이며, 또한 증인도 그 기계의 기본 원리를 발견하는 데 아무런 역할도 하지 않았다는 것을 확인하오?”

"물론 확인합니다."

이렇게 대답하고, 나쟈는 얼굴을 돌려 로빠뜨낀에게 상냥한 눈길을 던졌다. 그것은 마치 그를 고무하고 격려하는 것 같은 눈길이었다.

"기본 원리만을 따져서는 안 될 줄 압니다."

하고 로빠뜨낀이 분명한 어조로 끼어들었다.

"기본 원리에 부분적인 변경을 가져오게 한 사람이 있다면 그 사람은 엄연한 공동 고안자가 아니겠습니까?"

"피고는 법정의 질서를 문란케 하려는 거요?"

재판장은 엄격하게 그를 나무랐다.

"죄송합니다. 그럼, 증인에게 질문을 해도 좋겠습니까?"

재판장은 아무 말 않고 굵다란 눈썹을 움직여, 좋다는 시늉을 했다. 로빠뜨낀은 나쟈 쪽으로 돌아앉았다.

"당신은 내가 만든 설계안이 어디 있는지 알고 있소? —— 국가 비밀에 속하지 않는 그 전 설계안 말이오. 그리고 당신 손으로 철한 탄원서의 사본도…."

"네, 알고 있어요."

"사건의 본질과 관련 있는 질문만 하시오."

하고 재판장이 주의를 환기시켰다.

"만일 내가 유죄 선고를 받는다면, 그것을 반드시 손에 넣어야 한다는 것을 알겠소?"

"잘 알겠어요."

나쟈는 속삭이듯 대답하고, 몇 번이나 고개를 끄덕여 보였다. 그리고는 공포가 어린 시선을 재판장에게 돌렸다.

재판장은 뒤적이던 서류를 덮어 놓고, 옆에 앉은 대위를 돌아보며 눈짓을 했다. 이제는 모든 것이 명백해졌으니 그만 하자는 눈치였다. 그러자, 왼쪽에 앉은 소령이 재판장의 귀에 대고 무엇인지 열심히 소곤거렸다. 재판장은 어깨를 한 번 흠칫해 보이더니 다시 서류를 펼쳐놓았다.

"증인은 피고의 연구에 많은 관심을 가지고 있었던 모양인데…."

소령은 나쟈를 향해 물었다.

"증인이 직접 피고에게 무슨 도움을 준 사실이 있소?"

"그저 좀 도왔을 뿐입니다."

"어떻게 도왔는지 구체적으로 말하시오."

"도서관에 가서, 외국의 기술관계 문헌을 조사해 가지고 오기도 하고, 타이프라이터도 쳐 주고, 어떤 때는 집안일을 보살펴 주기도 하고…."

"내가 말 못할 곤경에 빠져 있을 때, 이름을 밝히지 않는 어떤 독지가로부터 6천 루블이라는 돈을 받은 일이 있습니다."

하고 로빠뜨낀이 끼어들었다.

"그런데 증인 드로즈도바가 가지고 있던 값비싼 망토가 그때부터 보이지 않았습니다. 이 자리에서 그것을 밝혀 주시기 바랍니다."

"증인은 그 망토를 팔아서 피고에게 돈을 보낸 사실이 있소?"

"네…."

하고 나쟈는 나직이 대답했다.

"그리고, 또 한 번은 증인이 도서관에 다녀와서 하는 말이…."

"그건 피고와 증인 사이의 사적인 문제요."

재판장이 로빠뜨낀의 말을 중단시켰다.

"만일 나쟈 드로즈도바가 없었더라면 내가 누설했다는 국가 비밀도 존재할 수 없었을 겁니다."

하고 로빠뜨낀이 외쳤다.

"조용하시오!"

재판장은 연필로 책상을 두드렸다.

"증인 드로즈도바의 심문은 이것으로 끝났소. 그리고 마지막으로 피고는 무슨 할 말이 있으면 하시오."

로빠뜨낀은 꼼짝 않고 앉아서, 재판관들이 앉아 있는 책상 다리만 바라보고 있었다.

"할 말이 있으면 어서 하시오. 말하고 싶지 않소?"

"말하고 싶지 않습니다."

"그럼 재판부의 심의를 위해 군법회의는 정회로 들어갑니다."

이렇게 선언하고, 재판장은 자리에서 일어났다.

재판관들은 옆방으로 사라졌다. 서기는 나쟈와 막슈쪤꼬의 통행증에 체크를 해 주고, 이젠 다 끝났으니 돌아가도 좋다고 했다.

재판장은 옆방으로 들어가기가 바쁘게 소파에 몸을 던졌다.

"역시 아브로씨모프 대위는 예심판사로서 더할 나위 없는 친구야."

하며 그는 담배를 피워 물었다.

"심문 계획을 옳게 세웠거든. 만일, 드로즈도바를 먼저 소환했더라면 그 여자는 심문이 끝나는 대로 곧장 로빠뜨낀한테 달려가서 의논했을 것이고, 그렇게 되면, 두 사람의 말이 완전히 부합되어 문제가 까다롭게 될 뻔했어."

"그렇군요…."

소령은 창가에 서서 담배를 피우며 거리를 내다보고 있다가 분명치 못한 어조로 대꾸했다.

"나는 혹시 드로즈도바가 낌새를 알아채고 자기가 틀림없는 공동 고안자라고 나오지 않나 은근히 걱정했지. 만일 재판정에서 그런 소릴 하면, 사건은 다시 아브로씨모프에게 돌려보내야 하고… 한편으론 전문가들에게·감정을 의뢰해야 하고… 감정 결과에 이의가 제기되면 또 다른 사람에게 의뢰해야 하고… 결국 사건은 오리무중에 빠지고 말 테니까.”

“그럼 지금은 오리무중이 아니라고 생각하십니까?”

소령은 여전히 창밖을 내다보며 이렇게 물었다.

“그게 무슨 말인가?”

재판장인 중령은 담배 연기를 길게 내뿜고 나서 천천히 입을 열었다.

“우린 피고가 국가 비밀을 타인에게 누설했다는 확실한 죄증만 밝혀내면 그만이야. 피고가 비밀을 누설했다는 것은 움직일 수 없는 사실이 아닌가?”

“그러나 드로즈도바는 전부터 그 기계의 원리를 알고 있지 않았습니까?”

“그건 국가 비밀로 취급되기 이전의 일이야… 국가 비밀이라는 도장이 찍히면서부터 사정은 달라졌지.”

“그렇다면 드로즈도바가 그 기계를 발명하는 데 참여한 것만은 사실입니다.”

소령은 재판장 쪽으로 몸을 돌렸다.

“아까 재판정에서는 명백히 밝혀지지 않았지만, 이중 배수관의 아이디어는 그 여자가 제공한 것임에 틀림없어요. 국가 비밀이라는 도장이 찍혔다고 해서 이미 알고 있는 것을 잊어버릴 수는 없는 게 아닙니까! 어째서 공동 고안자로서의 권리를 포기해야 한단 말입니까! 그리고 증인들을 불러 심문하면 자연히 밝혀질 텐데 전문가에게 감정을 의뢰할 필요는 어디 있습니까? 누구를 증인으로 채택하느냐구요? 첫째로 주조기를 주문한 성의 대표자인 자하로프를 불러야지요. 둘째 증인은 피고와 드로즈도바의 관계를 누구보다도 잘 알고 있는 부시꼬 노인이구요. 그리고 그 여자가 도서관에서 보았다는 외국의 문헌을 우리는 아직 구경도 못하고 있지 않습니까? 그것을 증거물로 채택해야 할 줄 압니다. 그 다음 그 문헌의 열람 카드에 아직 드로즈도바 한 사람의 이름만이 적혀 있다면 그것도 훌륭한 증거물입니다. 지금 내가 말하는 증인과 증거물만 채택하면 구태여 감정을 의뢰하지 않아도 그 여자가 공동 고안자인지 아닌지는 즉석에서 판명될 겁니다."

"그건 자네가 신경과민증에 걸렸든가, 그렇지 않으면 피고의 인상이 범인답지 않은 데 호감을 느꼈기 때문일 걸세. 하지만, 피고석에는 반드시 시퍼런 칼을 들고 이빨을 허옇게 드러낸 악한만이 앉는 건 아니라는 걸 알아야 하네."

이렇게 말하고 중령은 낄낄거리며 한바탕 웃어댔다.

"어쨌든 실제적인 비밀 누설은 없지 않았습니까! 중령 동무, 우린 지금 국가의 이름으로 그릇된 판결을 내리려 하고 있습니다. 그것은 비단 피고의 자유를 박탈할 뿐만 아니라 국가가 필요로 하는 한 사람의 발명가를 없애는 것입니다."

"그따위가 무슨 발명가야! 만일 그가 진짜 발명가라면 고발되지도 않았을 뿐더러, 오히려 그를 옹호하기 위해 모두들 궐기했을 거야. 하여튼 군법회의 판결은 바지인 소령의 이름으로 선고하는 게 아니니까 자네의 신경과민증을 고려에 넣을 수는 없네."

재판장은 소파에서 일어났다.

"대위 동무, 자네가 판결문을 받아 쓰게. 1949년 2월 1일… 군법회의 재판부는…."

그는 방 안을 거닐며 판결문을 외기 시작했다.

"나는 독자적인 의견을 첨부해서 상급심에 올리겠습니다."

하고 소령은 새 담배를 붙여 물었다.

"이거 봐, 바지인 소령."

재판장은 걸음을 멈추었다.

"자네나 나나 학자가 아닌 다음에야 어떻게 그런 전문적인 문제를 규명할 수 있겠나? 학계에서뿐만 아니라, 심지어는 장관, 차관에 이르기까지 모두가 다 로빠뜨낀이 옳지 않다고 하는데, 어떻게 그 여론을 무시할 수 있겠는가 말이야."

"학계라니, 과연 그들이 진정한 의미의 학계인지 어떤지 밝혀 볼 필요가 있을 줄 압니다. 그리고 장관들이나 차관들이 곧 국가라고 할 수는 없지 않습니까? 또한 학계의 권위자들이라 해서, 그들이 곧 과학을 대표하는 것은 아닙니다. 재판관은 모든 진상을 철저히 규명할 의무가 있다고 생각합니다. 만일 진상을 규명하지 않고 정세 여하에 따라 판결을 내린다면, 그때는 이미 재판관이 아니라 하나의 도구에 지나지 않을 겁니다. 이건 원칙적인 문제입니다. 좌우간 어서 마음대로 판결을 내리십시오. 나는 나대로 독자적인 의견을 첨부하겠습니다. 눈뜬장님의 역할은 절대로 할 수 없으니까요."

로빠뜨낀은 물론 옆방에서 이런 논쟁이 벌어졌다는 사실을 알 리가 만무했다. 다만 그는 자기에게 징역 팔년을 언도한다는 재판장의 판결문을 들었을 뿐이다. 판결문이 낭독되는 동안 그는 고개를 옆으로 돌리고 선 채, 벽을 뚫고 멀리 눈 앞에 전개되는 새로운 풍경만을 바라보고 있었다. 마치 먼 길을 떠나기에 앞서 자기에게 남은 시간과 힘을 다시 한 번 헤아려 보려는 듯이…."

8

연구소 내에 있는 로빠뜨낀의 설계실은 나쟈가 예심판사의 심문을 받은 바로 그날, 군법회의 검찰부에 의해 봉인이 찍히고 거기서 일하던 설계사들은 전에 소속했던 과로 다시 돌아가게 되었다. 로빠뜨낀의 설계 그룹은 완전히 해체되어 버린 것이다.

군법회의가 끝나는 길로 나쟈는 주문자 측 대표인 자하로프에게 전화를 걸었다.

"드로즈도바 동무십니까?"

수화기에서 자하로프의 맥 빠진 목소리가 울려 나왔다.

"네, 우리도 알고 있어요. 뭐라고 위로의 말을 해야 좋을지 모르겠군요. 우리로서는 군법회의에 어떤 압력을 가할 수는 없습니다. 불가능한 일이지요. 네, 네… 이번 사건 때문에 연구소와의 계약이 해소되는 건 절대로 아니니까, 한번 찾아가서 의논해 보십시오."

"설계 그룹은 벌써 해체되었다는데요?"

"그래요? 거 참 곤란하게 됐군요. 그렇지만 그것은 그 사람들의 권한에 속하는 것이니까 우리로서는 어쩔 도리가 없습니다. 하여튼 한번 찾아가서 잘 의논해 보십시오. 나도 연구소장한테 전화를 걸 테니까…."

나쟈는 자하로프와 더 얘기해 봐야 아무 소용도 없다는 것을 깨달았다. 그는 다만 눈을 휘둥그렇게 뜨며 동정을 금할 수 없다는 시늉을 해 보이는 데 지나지 않았기 때문이다. 나쟈는 고맙다는 인사를 하고 급히 전화를 끊어 버렸다.

아직 한나절은 남아 있었다. 시급히 행동을 개시해야 했다. 나쟈는 우선 부시꼬 교수한테 달려갔다.

노인은 머리카락을 헝클어뜨린 채 얼빠진 사람처럼 앉아 있었다. 그새 아무런 변동도 없었던 것처럼 방 안에 있는 모든 것이 다 제자리에 놓여 있었다. 그러나 나쟈는 부시꼬 노인이 자기가 발명한 비밀을 ── 흰 소화용 분말과 화학 방정식을 기입한 노트 따위를 보다 안전한 곳에 옮겨 숨겼다는 것을 대번에 알아챌 수 있었다. 나쟈는 걸상에 맥없이 주저앉았다.

"재판이 있었소?"

"네."

이것으로 대화는 잠시 중단되었다.

"도대체 무엇 때문에, 무슨 죄를 범했기에 로빠뜨낀이 재판을 받는단 말이요? 그래 몇 년 언도를 받았소?"

"무슨 죄목인지, 그리고 어떻게 언도가 내렸는지 전연 알 수가 없어요. 비밀 군법회의였으니까요. 그렇지만 이번 일에 내가 어떤 역할을 한 것만은 틀림없는 것 같아요. 아마 그이는 나 때문에…."

그녀는 말끝을 맺지 못하고 고개를 옆으로 돌리며 입술을 깨물었다. 그리고는 외투 호주머니에서 손수건을 꺼내 눈물에 젖은 볼에 갖다 댔다.

노인은 무릎을 후들후들 떨며 자리에서 일어섰다.

"이런 때일수록 마음을 가라앉히고 침착한 태도를 취할 줄 알아야 하오. 로빠뜨낀은 여자의 눈물을 좋아하지 않는 사람이니까. 빨리 연구소에 가서 그의 서류와 도면을 찾아오도록 하시오. 그걸 가져가지 말라고 내가 그렇게까지 말했는데, 끝내 내 말을 듣지 않고 가져가더니… 거기 갖다가 금고에 넣어 두겠다고… 하여튼 그 도면들과 탄원서 사본만은 반드시 찾아와야 하오."

나쟈는 즉시 연구소로 갔다. 현관 층계 밑에는 상이군인인 수위가 서 있었다. 그는 나쟈의 패스포트를 펴 들고 책상 위에 놓인 통행증 목록을 들여다보더니, 고개를 가로저었다.

"이 패스포트는 무효가 됐습니다."

나쟈는 입술을 깨물며 되돌아 나오다가, 잠시 걸음을 멈추고 생각한 다음, 전화박스로 들어가서 끄레호프에게 전화를 걸었다. 끄레호프는 나쟈한테서 걸려온 것을 알자 금세 음성을 낮추었다. 연구소 내에서는 이미 나쟈의 이름을 큰 소리로 부를 수 없게 된 것이다.

"내 말 들립니까?"

끄레호프는 소곤거렸다. 한 손으로 전화통을 감싸 쥐고 하는 말임에 틀림없었다.

"지금 곧 수위한테 통과시키라고 전화를 걸겠습니다."

그래도 끄레호프의 입장에서 본다면 대단한 용기를 발휘한 셈이었다. 수위의 책상 위에 놓인 전화기가 요란하게 울렸다. 상이군인은 수화기를 들고 조금 있다가,

"네, 알았습니다."

하더니, 나쟈 쪽으로 몸을 돌렸다.

"들어가도 좋습니다."

마침 연구소장은 자기 방에 있었다.

"어서 거기 앉으시오."

흰 눈썹이 내리 덮이다시피 한 두 눈으로 나쟈를 응시하며 장군은 말했다.

"앉아서 얘기합시다."

나쟈는 커다란 소파 한쪽 귀퉁이에 똑바로 자세를 취하고 앉았다.

"재판이 끝났소?"

"네, 지금 거기서 오는 길이에요."

"얼마나 언도받았소?"

"모르겠어요. 재판정에 끝까지 앉아 있을 수 없었으니까요."

"이삼 일 중으로 알게 될 거요. 그런데 무슨 일로 나를 찾아왔는지?"

"로빠뜨낀의 서류를 가지러 왔어요. 갈색 표지에 철해 둔 것인데, 그걸 찾아서 보관해 달라는 부탁을 받았어요. 그리고 또 그 사람의 설계도도…."

"미안한 얘기지만, 당신에겐 아무것도 내줄 수 없소. 서류함에 검찰부의

봉인이 찍혀 있다는 건 당신도 아마 알고 있을 거요. 그리고 봉인을 떼어도 좋다는 허가가 내린다 해도, 우린 그 속에 들어 있는 것을 모두 비밀문서로 취급할 수밖엔 없소. 만일 섣불리 당신에게 어떤 서류나 도면 같은 걸 내주었다가는, 나도 로빠뜨낀처럼 국가 비밀을 누설했다는 혐의를 받고 당장 감옥에 들어가게 될 테니 말이오."

이 말에 나쟈는 흠칫 하고 몸을 떨었다. 로빠뜨낀의 죄목이 국가 비밀 누설이라는 말을 그녀는 처음으로 들었기 때문이다. 순간 그녀는 재판관의 질문에 대한 자기의 답변이 생각났다. 그리고, 그녀의 답변을 부지런히 조서에 적어 넣던 예심판사의 얼굴이 눈앞에 떠올랐다. 이제야 비로소 나쟈는 사건의 진상을 파악하게 된 것이다. 그러나 그녀는 얼굴이 약간 창백해졌을 뿐이었다. 장군은 그것을 눈치채지 못했다.

"따라서 나로서는 법을 위반하면서까지 당신의 요구를 들어줄 수는 없단 말이오."

"그렇지만 그 서류들은 내 손으로 작성한 것인데 나한테 내주지 못할 이유가 없지 않아요? 그리고 설계도들은 거의 전부 내가 서명을 한 것인데요?"

"그렇소, 당신은 거의 모든 설계도에 서명을 했소. 그러나, 그것이 바로 로빠뜨낀이 재판을 받게 된 원인이라는 걸 모르시오? 나는 당신에게 충고하고 싶소. 어서 가정으로 돌아가라고. 그리고 이와 같은 아름답지 못한 사건을 잊어버리도록 노력하라고…."

소장실에서 나온 나쟈는 부드러운 양탄자가 깔린 복도를 정신없이 걸어 나왔다. 연구소의 젊은 기사들은 유명한 드로즈도바의 얼굴을 ── 감옥에 끌려간 모험가의 아름다운 정부인 드로즈도바의 얼굴을 구경하려고 복도로 쏟아져 나와서, 공연히 어깨를 건드리며 그녀의 옆을 지나갔다.

그러나 이때 끄레호프는 남들이 보는 앞에서 공공연히 나쟈와의 우정을 표시함으로써 또 한 번 용감성을 발휘했다. 그는 복도로 달려 나와 나쟈를 자기 방으로 불러들인 것이다. 나쟈가 들어오는 것을 보고 제도판에 붙어 있던 안또노비치가 고개를 숙여 보이며 인사를 했다.

"어떻게 됐지요?"

끄레호프는 그녀에게 의자를 권하며 나직이 물었다.

"오늘 재판정에서 로빠뜨낀이 나한테 부탁하기를…."

"아니, 벌써 재판을 받았습니까?"

"네."

"언도는 어떻게 내렸나요?"

"모르겠어요. 비밀재판이라고 해서, 나는 도중에 쫓겨났으니까…."

"그래 로빠뜨낀이 무슨 부탁을 합디까?"

"서류와 도면을 찾아서 보관해 달라구요. 그래서 지금 소장을 만나고 나오는 길이지만…."

"서류와 도면이라니, 어느 것을 두고 한 말입니까?"

"주소기의 약도만이라도 손에 넣으라는 말인 것 같아요. 그리고, 또 갈색 표지에 철한 탄원서 사본 말예요. 기억하고 계시죠? 그건 절대로 잃어버려서는 안 돼요. 지나간 육년 동안의 투쟁을 증명할 수 있는 유일한 증거물이니까요."

"음… 그래요?"

끄레호프는 분명치 못한 소리를 하며 주위를 한 번 살폈다. 방 안에는 안또노비치 이외에도, 제도판에 붙어 있는 설계사들이 여러 명 있었다.

"하여튼 종종 전화 걸어 주십시오. 우리를 잊지 마시고."

나쟈는 그가 무슨 말을 하려는 것인지 재빨리 눈치채고 얼른 의자에서 일어섰다. 그 이상 끄레호프를 상대하고 앉아 있어 봐야 결국 그의 입장을 난처하게 할 뿐 아무런 소용도 없다고 생각했기 때문이다.

나쟈가 수심에 잠겨 연구소 문을 나설 때 연구소장은 벌써 군법회의의 재판장에게 전화를 걸고 있었다.

"아아… 중령 동무요? 도면과 서류들은 어떻게 처리하면 좋소? 방문은 그냥 봉해 둔 채로 있으니 말이오. 지금 드로즈도바가 서류를 달라고 왔다 갔는데…."

"비밀에 속하지 않는 건 주어도 무방합니다."

하고 재판장이 대답했다.

"봉인을 뜯고 군법회의 결의에 따라 서류를 처리하십시오. 공문이오? 네, 네, 군법회의 결의를 곧 공문으로 해서 보내드리겠습니다."

"그럼 비밀문서는 어떻게 처리하란 말이오?"

"필요하다고 인정되는 건 문서보관계에 맡겨서 보관하도록 하고 필요 없는 건 위원회를 구성해서 소각해 버리십시오. 하여튼 공문을 보내드릴 테니까, 그것에 의거해서 처리하면 됩니다."

재판장으로부터 전화를 통해 허락을 받았지만, 장군은 로빠뜨낀의 설계실의 봉인을 뜯지 않았다. 보다 더 신중을 기하고 싶었던 것이다. 그래서 그는 재판부에서 정식 공문이 올 때까지 기다리기도 하고 우선 우류뻰을 불러 로빠뜨낀의 설계도와 문서를 처리하기 위한 소위원회 구성을 위임했다.

우류뻰은 짧은 회색 머리를 움직이며 한쪽 볼을 일그러뜨리면서 단단하게 생긴 앞니를 드러내고 히죽 웃어 보였다.

"위원회 멤버로서 학계에서도 한 사람 참가시키는 게 좋을 것 같습니다."

그는 소장에게 건의했다.

"아브지에프 교수에게 전화를 걸어 누구든지 적당한 사람을 하나 보내 달라고 할 수 없겠습니까?"

"음, 그렇게 하세."

장군은 메모지에, '아브지예프에게 전화 연락을 취할 것'이라고 써 넣었다. 그리고 갑자기 생각난 듯이,

"로빠뜨낀의 설계 그룹에 속했던 사람 중에서도 한 사람 위원회에 참가시켜야 할 텐데… 끄레호프가 어떨까?"

하고 우류삔의 의향을 물었다.

"끄레호프는 절대로 안 됩니다. 요새 아무래도 눈치가 좀 이상한 것 같아요. 로빠뜨낀과는 각별히 친한 사이였으니까 그자를 위원회에 참가시켰다가는 또 무슨 사고가 일어날는지 모릅니다. 끄레호프보다는 오히려 안또노비치가 무난하겠지요."

"음, 그래. 안또노비치가 괜찮겠군."

"그리고 막슈쩬꼬도 위원으로 임명했으면 합니다."

"아니 자네 소대를 하나 편성할 셈인가? 무엇 때문에 그렇게 많은 인원이 필요하지?"

이렇게 묻고 장군은 빙그레 웃었다. 그 웃음 뒤에는 '나중에 혹시 책임 문제가 일어날까 봐 겁이 나는가 보군.' 하는 말이 숨어 있었다. 거기 대답하듯 우류삔도 이를 드러내고 소리 없이 웃었다. '물론이죠. 극히 신중을 요하는 임무가 아닙니까!'

"좋아, 막슈쩬꼬도 위원회 멤버로 임명하겠네. 자네와는 그야말로 손발이 척척 들어맞을 테니까."

하고 장군은 동의했다.

연구소장과 우류삔 사이에 이런 대화가 있는 이튿날, 군법회의 재판부에

서 공문이 도착했다. 로빠뜨낀의 설계도와 도면이 들어 있는 두 개의 서류함을 개봉해도 좋다는 것이었다. 오후 한 시경에 우류뻰을 책임자로 하는 처리위원회 멤버들이, '외부인 출입 금지'라는 간판이 붙은 설계실로 다가왔다. 우류뻰이 거드름을 부리며 봉인 찍힌 노란 종이를 쭉쭉 찢어 버리고 방문을 열었다. 위원들이 그의 뒤를 따라 설계실 안으로 사라지자 다시 방문은 굳게 닫혔다. 두세 시간 지나서 아브지예프의 커다란 체구가 복도에 나타났다. 장군으로부터 전화 연락을 받고 온 모양이었다. 그는 점잖게 설계실 문을 노크하더니 곧 안으로 자취를 감춰 버렸다. 뒤이어 야금공업성 사무집행관 네브라예프가 소리도 없이 걸어 들어와서 역시 그 방으로 들어갔다. 그리고 또 연구소장이 그 방으로 들어갔다.

얼마 후에 소장과 아브지예프, 그리고 네브라예프의 세 사람만이 설계실에서 나오더니, 무엇인지 커다란 소리로 얘기를 주고받으며 소장실 쪽으로 천천히 걸어갔다.

그 다음 날 아침, 위원회는 문서 처리 요강을 타자기로 쳐 가지고 연구소장의 결재를 맡았다. 위원회가 분류한 문서 중 보관해 둘 가치가 있는 것은 연구소 문서보관계로 넘기고 보관할 만한 가치는 없어도 비밀에 속한다고 생각되는 것은 모두 소각해 버린다는 것이었다.

그날 저녁, 퇴근 시간 후에 위원회는 설계실에 모여 소각해 버리기로 결정한 로빠뜨낀의 문서들과 도면들을 두 개의 포대에 가득 집어 넣고 나서 담배를 한 대씩 피워 물었다.

"동무들, 나는 이제 돌아가 봐야겠습니다."

하고 중앙주조위원회에서 파견되어 온 젊은 아카데미 후보 회원이 간곡한 어조로 말했다.

"교외에 집이 있는데, 너무 늦을 것 같아서 그럽니다. 내일 다시 나와서 서명할 테니 오늘은 이만 돌아가게 해 주십시오."

그래서 우류뻰은 그를 돌려보내기로 했다.

"동무들, 그럼 포대를 가지고 먼저 보일러실로 내려들 가시오."

후보 회원이 돌아가자, 우류뻰은 막슈쩬꼬와 안또노비치를 돌아보며 말했다.

"아침부터 아무것도 먹지 않았더니 배가 고파 죽겠소. 뭘 좀 먹고 이십 분 후에 내려갈 테니 나를 기다릴 것 없이 동무들끼리 처리하시오."

그리고는 밖으로 나가 버렸다.

막슈쩬꼬와 안또노비치는 포대를 하나씩 둘러메고 말없이 설계실을 나왔다. 안또노비치는 어쩐 일인지 술에 취한 사람처럼 몹시 휘청거렸다. 층계를 내려오다가 끝내 발을 헛디디고 말았다. 다시 포대를 둘러메고 일어서며 그는 흐리멍덩한 눈으로 막슈쩬꼬를 바라보았다.

"이제 보니, 당신도 어지간히 겁쟁이군그래!"

하고 막슈쩬꼬는 그에게 핀잔을 주었다.

로빠뜨낀의 눈서와 도면이 전부 보일러 속으로 들어간 것을 확인한 우류뻰은 이 층으로 올라가서 텅 빈 복도를 지나 소장실 문을 노크했다. 장군은 상의 단추를 끄르고 앉아서 무슨 서류를 들여다보며 차를 마시고 있었다.

"태워 버렸나?"

장군은 방 안에 들어오는 우류뻰에게 물었다.

"네, 끝났습니다."

"이것 좀 읽어보게."

장군은 쟁반을 옆으로 밀어 놓고, 테이블 위에 놓였던 서류를 집어 우류뻰에게 내주었다. '청원서. 드미뜨리 로빠뜨낀의 문서와 도면 일체가 군법회의 검찰부에서 봉인한 서류함 속에 들어 있는 바 그중 국가 비밀에 속하

지 않는 것을 본인에게 이양해 주시기 바랍니다. 나쟈 드로즈도바.'

"위임장은 어디 있습니까?"

청원서를 읽고 나서 우류뻰이 물었다.

"거기 사본이 첨부되어 있지 않나. 재판장의 서명이 있는 원본은 그 여자가 가지고 있겠지."

"이미 때가 늦었습니다. 하나도 남기지 않고 죄다 태워 버렸으니까요."

"하여튼 이것은 전적으로 자네가 책임질 문제니까 적절히 해결하도록 하게."

"아무것도 남은 것이 없는데, 어떻게 적절히 해결하란 말씀입니까?"

"내줄 만한 문서나 도면은 하나도 없다고 회답을 하게나. 아무래도 누가 그 여자한테 귀띔을 준 것 같아. 문서발착계에다 제출했거든. 영수증을 받고 말일세. 좌우간 이 문제는 신중히 다루어야 할 걸세."

소장실에서 나온 우류뻰의 얼굴에는 검은 그림자가 서려 있었다. 그는 드로즈도바의 청원서에 대한 회답을 궁리하며 층계를 내려왔다.

'드로즈도바 귀하. 문서처리위원회는 귀하의 청원서를 접수하고 로빠뜨낀의 서류함 속에 들어 있는 문서들과 도면들을 검토한 결과, 개인의 손에 이양해도 무방할 만한 문서나 도면은 한 가지도 없음을 확인하고…'

'이렇게 회답하면 되겠지.' 그는 입속말로 중얼거렸다. '겁을 집어먹을 건 하나도 없어!' 그러나 그의 얼굴의 검은 그림자는 더욱 짙어 가기만 했다.

제 4 부

제 4 부

1

일 년 반이라는 세월이 덧없이 흘러가 버렸다. 로빠뜨낀이 입은 재난은 바로 그의 적들의 발악적인 음모의 결과라는 것이 판명되었다. 일찍이 로빠뜨낀 자신에게 닥쳐올는지도 모른다고 어렴풋이 느끼고 있던 그 재난이 기어이 오고야 만 것이다.

발명가 한 사람이 안계에서 영영 사라져 버렸다. 그는 마치 캄캄한 바닷속으로 내던져진 것과 같은 신세였다. 무수한 전등으로 장식된 호화로운 여객선은 인간들의 삶과 추악한 욕망의 뜨거운 입김을 호흡하면서 그를 버려둔 채 쏜살같이 지나가 버린 것이다.

재판이 끝난 후 며칠 동안 주조물연구소에서는 가는 곳마다 로빠뜨낀 사건이 화제에 올랐었다. 정반대되는 두 가지의 견해가 있었다. 일부에서는 이것이 극히 교묘하게 꾸며졌으나 다행히도 도중에 저지되어 버린 모종의 모험적인 범죄행위라고 했다. 다른 일부에서는 이 사건이 순전히 아브지에프의 권위를 이용한 간계에 불과하다고 하는 사람들도 있었다. 대부분의 설계사들은 침묵을 지키고 있었지만, 그러나 때에 따라서는 침묵도 하나의 견해로서 평가되어야 마땅할 것이다.

한 달이 경과하자 로빠뜨낀 사건은 거의 아무의 입에도 오르내리는 일이 없게 되었다. 얼마 후에 각 신문에는 슈찌꼬프와 드로즈도프의 이름으로,

'조국 기술진의 새로운 승리'라는 제호 밑에 우류삔과 막슈쩬꼬가 설계한 원심주조식 배수관 제작기에 대한 논설들이 게재되기 시작했다. 필자들은 새로운 주조기가 종래에는 볼 수 없었던 연속적인 배수관 제작을 가능하게 했다는 것과, 이 주조기가 불원간 두 곳의 공장에 설치되리라는 것을 특히 지적하고 있었다.

그 논문은 사무집행관 네브라예프가 기초한 것이었지만, 하여튼 드로즈도프는 신문에 논설이 실리는 명예를 마침내 획득한 것이다. 그런데 이상한 일이다. 자기 이름이 신문에 크게 실렸는데도 드로즈도프의 얼굴에는 회색은커녕 오히려 조소와 경멸의 빛이 나타났으니 말이다. 물론 그럴 만한 이유가 있었다. 요새 와서 차관 슈찌꼬프의 이름이 저명인사의 방명록에 뻔질나게 오르기 시작했기 때문이다. 바로 얼마 전만 해도 정부 사업결산보고에 슈찌꼬프의 이름이 나와 있었다. 이제는 기자들과 작가들이 그의 뒤를 줄줄 쫓아다니게끔 유명해진 것이다. 그럴수록 드로즈도프의 입가에는 실망과 조소가 뒤섞인 야릇한 미소가 감도는 것이었다.

시간은 흘러갔다. 1951년 초여름에 각 신문에는 야금공업성 차관 슈찌꼬프가 인솔하는 기술 시찰단이 각국의 산업 시설을 시찰하고, 상호 경험을 교환할 목적으로 출발한다는 간단한 보도가 게재되었다. 그는 한 달 남짓한 동안 국외 여행을 하고 돌아왔다. 그가 귀국한 후 2주일 동안, 연구소의 각 과에서 차출된 기사들과, 그리고 멀리 레닌그라드와 우랄 지방에서까지 소환되어 온 전문가들이 그를 위해 해외여행 귀환 보고서를 작성했다.

드로즈도프는 아무 말 없이, 그러나 주의 깊게 이런 일들이 진행되어 가는 것을 바라보고 있었지만, 그 눈 속 깊은 곳에 만만치 않은 조소가 숨겨져 있었던 것은 물론이다. 만일 자기를 외국으로 파견하여, 각국의 기술을 시찰하게 했더라면, 그리고 보고서 작성을 위해 그만한 인원이 동원되었다면, 최소한도 테마만이라도 그들에게 제시했을 것이다. 외국에 가서 보고 들은 사실에 대한 자기의 의견을 구체적으로 밝히고 기술면의 장점과 단점을 지적해서, 우리 기술자들이 배울 바가 무엇인지를 명시했을 것이다. 뿐만 아니라, 보고서의 가장 중요한 대목만은 어떻게 해서든지 직접 자기 손으로 썼을 것이다. 그런데 슈찌꼬프는 어떤가? 레닌그라드와 슈베르들로프스끄에서 소환해 온 전문가들에게 외국 회사의 카탈로그나 몇 부씩 나누어 주고, 그것을 자료로 해서 무턱대고 보고서를 쓰라니 그런 엉터리가 어디 있는가! 슈찌꼬프가 자기의 뒤치다꺼리를 위해 거둬 모은 사람들이 우수하고 능력 있는 전문가들임에는 틀림없다. 모두들 명석한 두뇌의 소유자들이다. 그럴수록 그들은 그런 구린내 나는 노동의 할당을 달갑게 받아들일 리가 만무하지 않은가 —— 나는 여행이나 할 테니 너희들은 내 치다꺼리나 해 다오. 사전을 들춰 가며 카탈로그나 읽고, 재간껏 멋진 문장을 만들어 다오! 나중에 나는 서명이나 할 테니까 —— 이런 태도로 나온다면 그들이 사실과 정반대되는 보고서를 작성하지 않으리라는 걸 누가 보장할 수 있겠는가?

슈찌꼬프에 대한 드로즈도프의 평가는 이러했다. 그러나 보고서 작성이 끝났을 때, 그것을 한 번 검토해 달라는 슈찌꼬프의 청을 그는 기꺼이 받아들여, 어디 잘못된 대목은 없는가 하고 눈이 벌게서 들여다보았다. 보고서는 상당히 광범위한 문제에 걸쳐 언급되어 있었고, 또 그것은 과학적인 면과 역사적인 면에 근거를 두고 있었다. 따라서 드로즈도프는 좀처럼 오류를 발견할 수 없었다.

"기가 막힌 친구들이로군!"

그는 전문가들의 솜씨에 감탄했다. 하기는, 두어 군데 좀 미심한 대목이 없는 것도 아니지만, 그것을 따지고 들려면 많은 문헌들과 참고 도서를 갖다 놓고 본격적으로 덤비지 않으면 안 될 형편이었다. 그래서 드로즈도프는 잠시 생각한 끝에, '뭐 괜찮겠지, 이런 건 그리 대수로운 문제가 아니니까!' 하며 단념하고 말았다.

"보고서는 아주 잘 되었습니다."

하고 슈찌꼬프에게 보고했다. 슈찌꼬프는 만족한 얼굴로 보고서를 받아 테이블 위에 놓더니, 펜을 들어 자기가 애용하는 녹색 잉크를 찍어 맨 뒷장에다 꼬불꼬불하게 서명을 했다.

얼마 후부터 주조물연구소의 새로운 주조기가 계속적으로 제작되어, 두 개의 성 관하에 있는 각 공장에 설치되었고, 거기서 수많은 배수관들이 쏟아져 나오기 시작했다. 그리하여 이제 슈찌꼬프는 보다 높은 자리로 영전할 꿈을 꿀 수 있게 된 것이다. 사실 그가 더욱 높은 자리를 탐내는 것도 당연한 일일지 모른다. 그에게 큼직한 감투가 차례대로 온다고 누가 장담할 수 있으랴?

그러나 뒤이어 전연 예기치 않았던 사고가 발생하여 슈찌꼬프를 곤경에 빠뜨려 버렸다. 그는 중요한 사실 한 가지를 간과하고 있었던 것이다 .

그 사고라는 것은 로빠뜨낀이 체포되고 일 년 칠 개월 후인 1951년 6월 후에야 표면으로 드러나게 되었다.

야금공업성에는 수많은 하급 관리들이 근무하고 있다. 그들은 한 사무실에 보통 열 명 내지 열두 명이 비집고 앉아서 일을 보고 있는데, 때로는 자기 책상을 들고 길다란 복도 한 귀퉁이로 쫓겨나, 거기서 일을 보아야 하는 하찮은 존재들이다. 그들 가운데 한 관리가 하루는 서류를 뒤적이고 있다가 관하의 어느 공장에서 일사분기 동안 방대한 양의 선철을 초과 소비한 사실을 발견했다. 이 하급 관리의 이름은 밝혀지지 않았지만 어쨌든 그는 자기 과 내에 공황을 불러일으킨 것이다. 곧 원인을 규명하기 시작했다. 해

당 공장에 공문을 띄운 결과, 그 공장에서는 새로운 주조기가 이미 일 년 가까이 배수관을 생산해 내고 있는데, 그 배수관들이 모두 표준 규격보다 중량이 약간 더 나간다는 것이 판명되었다. 즉 배수관 한 개의 국정 표준규격이 32킬로그램이라면, 그 공장에서 나오는 배수관은 34킬로그램이라는 것이었다.

공황은 점점 높은 데로 번져 올라갔다. 과장은 문제의 핵심이 어디 있으며, 또 어떤 위험이 닥쳐오리라는 것을 재빨리 알아챘다. 그는 얼굴이 새파랗게 되어 필요한 서류들을 거둬 모아 가지고 슈찌꼬프 차관에게 전화를 걸었다. 아주 긴급하고도 중대한 용무가 있으니 면접을 허가해 달라는 것이었다.

물론 슈찌꼬프는 그를 불러 올렸다. 과장으로부터 간단한 보고를 듣고 나서 차관은 조용한 목소리로 물었다.

"그럼 다른 공장에서는 어떤지 문의해 봤나?"

"아직 문의해 보지 않았습니다. 차관 동지의 지시가 있을 때까지는 공연히 말썽을 일으키지 않는 게 좋을 것 같아서…. 저희들이 개략적으로 추산해 본 결과, 약 4만 톤가량의 선철이…."

"뭐라구?"

"네, 숫자상으로 나타난 것이 약 4만 톤…."

"그러나, 다른 공장에서는 그렇지 않을는지도 모르지 않나? 혹시 기술자들이 아직 그 기계의 조작법을 몰라서 그렇게 된 건 아닐까?"

"그 공장의 책임자는 아주 능숙한 기술자입니다. 제가 듣기에는, 주조기 자체가 구조상의 어떤 결함을 가지고 있다고 하는데…."

"아마 그것과 똑같은 주조기 4대를 다른 성 관하의 공장에도 넘겨 주었지?"

슈찌꼬프는 갑자기 생각난 듯이 물었다.

"네, 그렇습니다. 아직 발견을 하지 못했다 뿐이지, 거기서도 역시 마찬가지 현상이 일어나고 있으리라 믿습니다."

"그렇지만 언제든 발견만 하면 당장에 우리한테 책임을 추궁하려 들 게 아닌가?"

"그야 물론이지요!"

"좋아, 내 잘 생각해 보겠네."

과장을 돌려보내고 방 안에 혼자 남은 슈찌꼬프 차관은 담배에 불을 당겨 가지고 푸우푸우 연기를 내뿜었다. 이 순간 그의 심중이 얼마나 괴롭고 답답했는지 아마도 그것을 헤아릴 수 있는 사람은 없었으리라. 조금 후에 그는 전화로 드로즈도프를 불렀다. 드로즈도프는 시간을 지체하지 않고 금방 차관실로 들어와서, 그 새까만 눈으로 상관의 눈치부터 살폈다.

로빠뜨낀 사건이 있은 지 일 년 반이 지난 지금 드로즈도프에게는 외관상 약간의 변화가 보였다. 키는 더욱 작아진 것 같았고 게다가 허리마저 조금 굽은 듯해서, 마치 병원에서 방금 퇴원한 환자처럼 기력이 없어 보였다. 쉰여섯이라는 그의 나이가 이제는 모든 면에 갑자기 나타나기 시작한 것이다. 누르스름하던 얼굴은 거무충충하게 변해 버렸고, 관자 놀이에는 백발이 성성했으며, 입술은 윤기를 잃고 쪼글쪼글 시들어 버렸다. 그리고 두 눈에는 노인들에게서 흔히 볼 수 있는 초조한 빛이 서려 있었다.

1951년 초에 드로즈도프의 어머니는 일흔일곱의 노령으로 갑자기 세상을 떠났는데, 그 순간부터 드로즈도프와 나쟈 사이에 존속되어 오던 묵계도 종식을 고하고 만 것이다. 할머니가 없어지자 니꼴라슈까는 어머니 곁에서 한시도 떨어지려 하지 않았다. 아버지 곁으론 가려 하지도 않았을 뿐더러, 약간 무서워하기까지 했다. 밤마다 드로즈도프는 자기 방에서 이리저리, 오락가락하며, 당면한 가정 문제의 해결 방법을 모색해 보았으나, 그의 힘으로는 도저히 타개할 길이 없었다. 마침내 그는 두 손을 들어 버렸다.

"이젠 끝장을 냅시다."

그는 농담 같은 말투로 나쟈에게 제의했다. 그는 마지막 순간까지도 미소를 띠며 농담을 했고, 자기 심중의 고통 같은 것은 털끝만큼도 나타내지 않았다. 그리하여 그들은 이혼에 필요한 모든 수속을 끝내고 조용히 거의 아무 말도 없이 헤어진 것이었다. 이혼이 성립되자, 드로즈도프는 곧 여관으로 옮겨 가고 나쟈의 방을 제외한 나머지 두 개의 방에는 신접살이를 차리는 신혼부부가 들었다. 드로즈도프는 나쟈와의 이혼을 극비에 붙이고 있었다. 그러나 이혼을 계기로 하여 그가 눈에 띄게 늙은 것만은 사실이었다.

그동안 이런 쓰라린 경험을 겪은 드로즈도프가, 전과 다름없는 드로즈도프이면서 전과는 여러모로 처지가 달라진 드로즈도프가, 지금 슈찌꼬프의 부름을 받고 차관실에 나타난 것이다.

"드로즈도프 동무."

하고 불러 놓고, 슈찌꼬프는 숨을 몰아쉬느라고 이내 말을 잇지 못했다.

"무슨 일이 일어났는지 아시오? 푸우… 푸우… 아주 난처한 문제가 생겼단 말이오."

"난처한 문제라니 무슨 일이 있었습니까?"

"그동안 우리들은 기만을 당하고 있었소. 그 학자라는 친구들이 실수를 했거나, 그렇지 않으면 아마 알고도 우리를 속였을 거요. 배수관의 무게가 표준규격보다 2킬로씩그램씩 더 나간다니 말이오. 당신 생각엔 일 년 동안에 낭비된 선철이 대략 얼마나 될 것 같소? 이젠 무슨 말인지 알겠소?"

드로즈도프는 의자에 앉아서 그 누렇고 가느다란 손가락으로 앞에 놓인 탁자를 타닥타닥 두드렸다.

"몇 번씩이나 심의를 거듭하고 입이 닳도록 칭찬들을 늘어놓은 주조기가, 결국 이런 결과를 초래할 줄이야 누가 알았겠소!"

슈찌꼬프는 다시 내뱉듯 말했다.

"그렇다면 회계감사에 걸려들기에 꼭 알맞군요."

"아니, 무슨 말을 그렇게 하오?"

슈찌꼬프는 의혹이 서린 눈으로 드로즈도프를 뚫어지게 바라보았다.

"우리가 그 선철을 호주머니 속에 넣었단 말이요 뭐요?"

"설마 그렇게 보지야 않겠지요. 선철이 아닌 무슨 딴 것을 호주머니 속에 넣지 않았느냐고 따질 겁니다."

드로즈도프는 눈을 지그시 감았다가 천천히 뜨며, 조소가 깃든 어조로 말을 이었다.

"그 선철의 가격과 맞먹는, 유형이건 무형이건 간에, 그만한 가격이 나가는 무슨 딴 것을 착복한 게 아니냐고 추궁하겠지요."

그는 슈찌꼬프에게 위협을 주고 있었던 것이다. 드로즈도프 자신으로 말하면 조금도 겁날 것이 없었다. 여태까지 그에게 겨누어졌던 수많은 타격 중에서 명중한 것은 하나도 없었다. 그는 언제나 교묘하게 피하는 재주를 가진 인간이었다. 하기는 단 한 번, 그의 머리 위로 떨어져 내려오는 벽돌장에 호되게 얻어맞을 일이 있었다. 나쟈와 로빠뜨낀의 연애 사건이다. 그러나 그것은 제아무리 날쌘 인간이라도 피할 길이 없는 것이었다. 젊은 아내와 늙어 빠진 남편 사이에는 고금동서를 막론하고 반드시 그런 사건이 따르기 마련이니까.

"그래 당신 의견은 어떻소?"

슈찌꼬프는 무슨 뾰족한 수가 없느냐는 듯이 그의 의견을 물었다.

"의견이 어떠냐구요?"

그는 이렇게 반문하고 나서 말을 이었다.

"잘 의논해 봐야 할 문제지만, 어쨌든 내가 보기에 초과 지출은 문제가 되지 않을 거라고 생각합니다."

여기서 그는 또 한 번 지그시 눈을 감았다가 다시 떴다. 총명하고, 자신 있고, 그리고 조소가 어린 눈이었다.

"정식 부부가 아닌 남녀 사이에 생긴 소위 사생아는 그 부모가 정식으로 혼인을 함으로서 적출자가 될 수 있는 겁니다. 그건 성직자들한테 부탁해야 할 일이지요."

슈찌꼬프의 얼굴에는 빙그레 미소가 떠올랐다. 그가 누구를 가리켜 성직자라고 하는지, 그것은 물어보나 마나 한 말이었다. 슈찌꼬프는 등 뒤 벽에 붙은 초인종 단추를 눌렀다. 여비서가 발자국 소리를 죽여 가며 조용히 들어오자, 그는 명랑한 음성으로 이렇게 분부했다.

"우리 대주교한테 전화 좀 걸어 주시오. 누군지 알겠소? 아브지예프 교수 말이오."

이튿날, 차관실에서는 교수 회의가 열렸다. 슈찌꼬프, 드로즈도프, 아브지예프, 그리고 우류삔이 한자리에 모인 것이다. 선철의 초과 지출을 처음 발견한 그 과의 과장도 불러들였다. 과장은 간밤에 지방의 공장들과 전화 연락을 하여 정확한 자료를 준비해 가지고 왔기 때문에, 오늘은 한결 침착한 태도로 사건의 경위를 보고할 수 있었다. 낭비된 선철은 모두 6만 톤에 달한다는 것이었다.

이 어마어마한 숫자에 아브지예프 교수는 당황한 빛을 감추지 못하고, 두꺼비처럼 얼룩덜룩한 커다란 손으로 턱을 움켜쥐며 미간을 찌푸렸다.

"우린 또다시 당신네들한테 골탕을 먹었소."

하고 드로즈도프가 먼저 입을 열었다.

"첫 번 기계가 4백만 루블이란 돈을 없애더니, 이번엔 또 이 모양이니 말이오."

이렇게 말하며, 그는 우류뻰을 슬쩍 바라보았다. 우류뻰은 무슨 말인지 알겠노라는 표정으로 그의 시선에 대답했다. 필시 그들 사이에는 선철 문제에 대해 사전 타협이 있었던 모양이었다.

"나는 조금도 겁낼 필요가 없다고 생각합니다."

하고 우류뻰이 입을 열었다. 이 말에 아브지예프는 귀가 번쩍 트인 것처럼 얼굴을 쳐들었다.

"이것은 새로운 형태의 주조기입니다. 따라서 수공업적 방법이나 주형을 사용하던 종래의 주조기와 동일한 조건을 요구할 수 없는 것은 자명한 일이 아니겠습니까! 만일 표준 중량만을 고집한다면 수공업적 방법으로 배수관을 만드는 편이 훨씬 용이한 일이지요. 하지만 그렇게 한 개씩 만들어 내다가는 국가의 수요량을 충족시키기는 불가능한 일입니다. 중량은 약간 초과할는지 모르지만 그 대신 우리가 만든 원심주조기는 고도의 생산능력을 가지고 있단 말씀입니다."

우류뻰은 점점 열을 올리기 시작했나. 그의 음성은 카랑카랑한 목소리로 변해 갔다. 슈찌꼬프는 만족스런 표정을 지으며 드로즈도프에게 눈짓을 해 보였다.

"그래서, 나는 현재 실시되고 있는 국정 표준규격의 갱신을 강력히 추진시켜야 한다고 생각합니다. 그렇게 함으로써 사실상의 소비량을 합법화해야 합니다."

"아브지예프 교수의 의견을 들어 봅시다."

하고 슈찌꼬프가 말했다.

"내 생각에는 우류뻰 기사의 의견이 가장 적합할 것 같군요."

아브지예프는 대답했다.

"앞으로 일이 년 후에 우류삔 기사의 협조를 얻어, 우리가 다시 새로운 주조기를 만들어 가지고 배수관 생산을 배가하게 되면 그때는 선철의 초과 소비를 대량생산으로 넉넉히 보충하고도 남겠지요. 그 다음에 우리는 배수관의 중량도 감소시킬 수 있을 겁니다. 따라서 표준규격은 다시 종전대로 환원하게 될 날이 오겠지요."

"나도 대체로 당신들의 의견에 찬동하오."

하고 슈찌꼬프가 말했다.

"표준규격 제정위원회에 보내는 통첩이 기안되어 올라오면, 나는 거기에 서명하겠소. 물론 그 통첩 내용에 충분한 논거가 있다고 인정되어야 하겠지만…. 그리고 당신네 학자 양반들도 여기에 적극적으로 협조해 주리라 믿소."

"선철 낭비의 책임은 양쪽이 공동으로 져야 하니까요."

하고 드로즈도프가 덧붙였다.

"그야 물론이지요. 회피할 생각은 추호도 없습니다."

아브지예프는 두 손을 벌려 보이며 명랑한 어조로 대답했다.

"자, 그럼 이젠 우물쭈물하고 앉아 있을 필요가 없겠군!"

슈찌꼬프는 시계를 들여다보며 자리에서 일어섰다.

"네, 오늘 스빠르따끄 대 디나모(소련의 유명한 축구팀—역주)의 축구 시합이 있다더군요. 빨리들 가 보십시오!"

하고 드로즈도프가 말을 받았다. 슈찌꼬프 차관이나 아브지예프 교수나 모두가 다 열광적인 축구팬이었기 때문이다. 드로즈도프는 빙긋이 웃음을 띠우며, 그들이 조금 전까지 골치를 앓던 문제를 씻은 듯이 잊고 허겁지겁 밖으로 몰려나가는 꼴을 바라보고 있다가, 천천히 걸음을 옮겨 자기 방으로 들어갔다.

슈찌꼬프 차관은 마치 춤이라도 추는 것 같은 가벼운 걸음으로 층계를 달려 내려왔다. 현관 앞 넓은 보도에 나오자 그는 좌우를 한 번 돌아보고는 금세 미간을 찌푸렸으나, 그것도 오래가지는 않았다. 비에 젖은 것처럼 번질번질한 그의 지므형 전용차가 어느새 미끄러지듯 그의 옆에 와서 멎으며 문이 열렸기 때문이다.

일 분 후에 슈찌꼬프의 지므는 디나모 경기장 쪽으로 흐르는 자동차의 물결 속에 끼어 이미 고리끼 거리를 달리고 있었다.

'아무것도 아닌 일을 가지고 공연히 겁을 집어 먹었군!' 하고 그는 생각했다. '물론 선철의 초과 지출이 없는 건 아니지만, 그러나 그것은 불가피한 일이 아닌가. 넉넉잡고 이틀만 있으면 국정 표준규격 제정위원회에 보낼 통첩이 기안되어 내게 올라올 것이고, 그렇게 되면 문제는 완전히 해결될 테지!'

축구는 그의 기분을 더욱 명랑하게 해 주었고, 또한 그의 심신에 활기를 불어넣어 주었다. 시합이 끝난 후에도 슈찌꼬프는 팬들의 열띤 관전평에 귀를 기울이며, 그냥 그 자리에 서성거리고 있었다. 아브지예프와 쩨뻬낀이 금방 비어홀에서 나온 사람들처럼 벌겋게 상기된 얼굴로 그에게 다가왔다.

"라쁘신 선수의 플레이를 보셨지요?"

하고 교수가 먼저 말을 걸었다.

"내가 뭐라 합디까? 라쁘신의 재주 가지고는 골포스트를 슬쩍 스치며 들어가는 그런 골인은 어림도 없어요."

"아니 아까 골문 왼쪽으로 차 넣은 건 뭐요? 그런 경우엔 제아무리 날쌘 선수도 으레 실패하기 마련인데!"

하고 슈찌꼬프가 반박했다. 그들은 눈을 번쩍이면서 라쁘신 선수가 어떻게 볼을 처리하는가에 대해 제각기 자기주장을 고집하며 경기장을 나왔다.

세 사람을 실은 슈찌꼬프의 차는 경기장에서 도심지를 향하여 꼬리를 물고 달리는 자동차의 행렬 속에 끼어들었다.

벨로루스끼 역 근처를 통과할 때, 갑자기 여기저기서 찢는 듯한 브레이크 소리가 잇달아 일어나며 그들의 몸은 일시에 앞으로 쏠렸다.

"저런 망할 놈의 자식이!"

하고 운전수가 욕지거리를 퍼부었다. 창밖으로 얼굴을 돌린 슈찌꼬프는 혼란을 일으킨 장본인을 발견했다. 그는 이미 차도를 횡단하여 저쪽 보도를 태연하게 걸어가고 있었다. 햇볕에 그을린 검은 얼굴에 머리를 박박 깎은 꼴이 지극히 초라한 사내였는데, 몇 번이나 빨고 또 빨았는지 거의 흰빛이 되다시피 퇴색한 작업복에 즈크로 만든 장화를 신고 등에는 자그마한 배낭을 메고 있었다.

자동차가 앞으로 움직이자, 슈찌꼬프는 후딱 몸을 뒤로 돌리고 눈을 크게 뜨며, 점점 멀어져 가는 그 사내의 모습을 찾았다.

"지난 일요일에도 두 개의 골을 얻긴 했지만 말입니다…."

아브지예프는 슈찌꼬프가 돌아앉기를 기다리며, 다시 축구 이야기를 계속하려 했다.

"가만 있소. 동무들, 잠깐만…."

하고 슈찌꼬프는 그의 말을 막았다.

"지금 저기서 아무것도 못 봤소? 길을 횡단하던 자가 바로 로빠뜨낀 같은데?"

아무 대꾸도 없었다. 한참 동안이나 그저 묵묵히 앉아 있다가, 이윽고 쩨삐낀이 입가에 교활한 미소를 띠우며 먼저 입을 열었다.

"잘못 보셨겠지요. 무슨 착각이 아닙니까?"

"그럴 거요!"

하고 아브지예프는 소리를 내어 웃으며 덧붙였다.

"틀림없이 착각일 겁니다!"

"내 눈엔 로빠뜨낀으로 보였는데?"

"아까 차도를 횡단한 친구 말입니까? 작업복을 입은?"

아브지예프는 흠칫하며 말꼬리를 흐렸으나, 금방 손을 내저었다.

"천만의 말씀입니다. 그자가 로빠뜨낀이라니!"

"물론, 로빠뜨낀일 리는 만무하지요."

쩨삐낀이 말을 받았다.

"그렇지만 내가 보기에도 어딘지 좀 닮은 데가 있는 것 같더군요."

"쩨삐낀 동무, 공연한 소리 하지도 마시오."

하고 아브지예프가 불안하다는 듯이 뇌까렸다.

다시 말들이 없었다. 슈찌꼬프는 그들도 역시 자기처럼 그 어떤 불안감에 사로잡혀 있다는 것을 알아챘다.

축구 시합에 대한 얘기는 더 이상 누구의 입에서도 나오지 않았다.

"그런데 아브지예프 교수, 오늘 내 방에 모였을 때, 당신 입에서 더욱 발전된 주조기를 만들겠다는 얘기가 나왔던 것 같은데…."

하고 슈찌꼬프가 화제를 딴 데로 돌렸다.

"그건 언제나 내놓게 되는 거요? 못생긴 올드미스의 꿈은 아니겠지?"

"올드미스의 꿈이라니! 이미 계획이 서 있습니다. 우리의 원심주조기 제작을 방해할 자가 없는 것처럼 컨베이어식 연속주조기 제작을 방해할 자도 없을 게 아니겠습니까?"

"외국에서는 이미 그런 방법이 실용화되고 있는 모양이더군. 지난번 내가 외국에 시찰 여행을 갔을 때도 그런 걸 본 것 같소. 플로렌스끼 교수의 말에 의하면 그 연속식 주조기는 로빠뜨낀에게 고안권이 있다고 하던데,

어떻소, 그 점은?"

"고안권이요?"

쩨삐낀이 무슨 말인지 모르겠다는 얼굴로 두 손을 벌려 보이며 반문했다.

"우리나라에서는 고안권의 행사가 있을 수 없다는 것을 모르시고 하시는 말씀입니까? 발명은 신고와 동시에 국가에 모든 권리가 귀속되는 것입니다. 그럼 국가란 누구를 가리키는 것이냐? 국가란 바로 당신네들과 우리들이 아니겠습니까? 야금공업성과 연구소와 공장 —— 이것이 바로 국가란 말씀입니다. 국가는 발명에 대한 모든 권리를 마음대로 행사할 수 있는 것입니다."

"그건 그렇지만, 그 새로운 주조기라는 걸 완성시키려면 적어도 앞으로 이 년은 더 걸려야 할 게 아니오. 당신네들은 막대한 경비가 소요되는 연구사업을 좋아하거든."

슈찌꼬프는 이렇게 비꼬는 어조로 말하다가, 아브지예프의 눈과 마주치자 다음 말을 잇지 못했다.

"올바른 노선에도 때로 오류는 있는 법이지요."

하고 쩨삐낀이 반박했다.

"아무튼 동무들, 조속히 우수한 주조기를 만들어 주시오, 그리고 될 수 있으면 오류를 범하지 말아 주었으면 좋겠소. 만일 로빠뜨낀이 고안한 주조기에 좋은 점이 있다면 그것을 따오면 되지 않겠소? 쩨삐낀이 한 말은 분명히 일리가 있지만 그러나 우리가 배수관 한 개에 표준규격 보다 1킬로그램씩 더 사용할 수 있게 된다 해도, 그것은 기껏해야 앞으로 일 년 내지 일 년 반밖에는 허용되지 않으리라는 걸 염두에 둬야 하오. 그러니까 내 말은 빨리 우수한 주조기를 새로 만들어야겠다는 거요."

뿌쉬낀 광장에서 아브지예프와 쩨삐낀은 차에서 내렸다. 지므가 로타리를 돌고 있을 때, 슈찌꼬프의 얼굴에는 다시 명랑한 표정이 떠오르고 있었다. 마음속 한구석에서 달콤한 속삭임이 들려왔기 때문이다.

'겁낼 건 조금도 없어. 어쩌다 길가에서 본 사내를 로빠뜨낀으로 오인하다니! 만일 그 사내가 로빠뜨낀이라면 그리 유쾌할 건 없겠지. 그렇다 해도 겁을 낼 것까진 없어!' 그는 손가락을 펴 들고 창문으로 쏟아져 들어오는 바람을 받았다. '로빠뜨낀이 가지고 있던 증거서류는 죄다 불태워 없애 버렸으니, 이젠 말썽을 일으킬 근거가 없거든! 그리고 선철 낭비로 말하면 표준규격의 갱신으로 간단하게 해결될 수 있을 거야!'

2

슈찌꼬프와 그의 일행은, 머리를 박박 깎고 작업복을 입은 그 사내가 절대로 로빠뜨낀일 리는 만무하다고 단정해 버렸던 것이다. 만일 그들이 잠시 불길한 생각에 잠겼었다면 그것은 단지 배낭을 걸머진 그 사내가 로빠뜨낀과 좀 비슷한 데가 있었다는 한 가지 이유밖엔 없었다. 그러나 그 사내는 그들이 어렴풋이 느끼고 있던 막연한 불안감을 보다 분명한 것으로 만들었고, 또한 그들로 하여금 아직도 끝내지 못하고 있는 어떤 일을 급히 서둘러야겠다는 조바심을 일으키게 한 것만은 사실이었다. 그 초라한 행인은 자기 자신도 의식하지 못한 채 그들에게 강력한 자극을 주었던 것이다.

그러나 이 우연한 상봉에서 그들은 가장 중요한 사실을 그냥 눈감아 버렸다. 그 사내는 다름 아닌 바로 로빠뜨낀이었다.

이 주일 전, 로빠뜨낀이 갇혀 있는 먼 시베리아의 강제노동수용소에, 최고재판소의 통지서가 도착했다. 로빠뜨낀에 대한 군법회의의 유죄판결은 무효로 한다는 것이었다. 로빠뜨낀은 작업장에서 즉시 수용소 본부로 소환되었다. 그는 거대한 교량 건설장에서 철근을 용접하는 일에 종사하고 있었다. 본부에서 여비와 증명서를 받은 로빠뜨낀은, 덤프식 트럭 바퀴가 파 놓은 깊은 홈을 따라 수용소 문을 나섰다. 그는 자유의 몸이 된 것이다.

그가 모스크바에 도착한 것은 디나모 경기장에서 축구 시합이 거행된 바로 그날이었다. 디나모 대 스바르따끄라고 쓴 커다란 광고판을 보자, 그의 입가에는 미소가 떠올랐다. 그동안에 변한 것이라고는 아무것도 없었다. 모스크바는 모스크바 그대로 남아 있지 않은가! 드넓은 공청 광장은 이 년 전이나 다름없었고, 거기서 움직이는 사람들은 여전히 조그맣게 보였다. 그리고 언제나 그렇듯이 수많은 사람들이 이쪽 정거장에서 저쪽 정거장으로 물결처럼 흐르고 있었다. 로빠뜨낀은 갑자기 이상한 생각이 들었다. 정말 그사이에 일 년 반이라는 세월이 흘러가 버렸단 말인가?

그는 지하철을 타고 끄로뽀뜨낀 성문까지 와서 내렸다. 밖에 나와 보니, 여기도 일 년 반 전이나 다름없었다. 트롤리버스도, 건물들도, 그리고 소비에트 궁전을 둘러싼 나무 울타리도, 모든 것이 여전했다. 지하철 정거장 현관 앞에 늘어선 높은 원주 밑에서 잠시 걸음을 멈추고 주위를 돌아보고 나서, 마치 조롱에서 나온 새가 하늘을 향해 푸드득 날개를 치듯이, 로빠뜨낀은 행복스런 미소를 연방 입가에 흘리며 정든 골목길을 향해 달려갔다. '부시꼬 교수는 어떤 얼굴로 나를 맞을까? 교수님, 돋보기를 벗고 똑똑히 보세요. 내가 왔습니다. 로빠뜨낀이 왔어요!'는 자기가 할 말을 미리 입속말로 중얼거려 보며 랴호프 골목으로 들어갔다.

시간은 한자리에 머물러 있을 수도 있지만, 반대로 줄달음질할 수도 있다는 것을 그는 아직도 생각해 본 적이 없었다. 손목시계를 들여다보고 있노라면 시간은 흡사 시곗바늘이 움직이는 것처럼 보일 듯 말 듯하게 흘러간다. 그러나 정거장 같은 데 걸려 있는 커다란 탑시계를 보고 있노라면,

시간은 꼼짝 않고 한자리에 머물러 있다가 다음 순간 껑충하고 도약한다. 이와 같은 시간의 도약을 지금 로빠뜨낀은 몸소 체험하게 된 것이다.

랴호프 골목에 들어서며 고개를 쳐드는 순간, 그는 우뚝 걸음을 멈추고 화석처럼 되어 버렸다. 그가 거처하던 낡은 목조건물들이 보이지 않았기 때문이다. 건물은 간 데 없고 그곳에는 갖가지 꽃들이 만발한 커다란 화단이 자리를 차지하고 있었다. 화단 둘레에는 나무로 만든 벤치가 네 개 놓여 있었고, 유모차를 끌고 나온 여자들이 그 벤치 위에 앉아서 한가하게 쉬고 있었다.

그렇다, 역시 일 년 반이란 세월은 흘러간 것이다. 화단 앞에 얼마 동안을 멍하니 서 있던 로빠뜨낀은 아직도 자기 눈을 의심하며, 마치 집 안으로 들어가는 것 같은 기분으로 꽃밭 둘레에 난 좁다란 길로 걸음을 옮겼다. 그는 누구네 집의 식모처럼 보이는 뚱뚱한 젊은 여자 옆에 가서 앉으며 말을 걸었다.

"여기 집이 있었던 것 같은데…."

뚱뚱보는 아마도 그가 자기에게 교제를 청하려는 줄 알았는지, 어깨를 흠칫해 보이며 외면을 해 버렸다.

"네, 네. 그전엔 집이 있었지요."

다른 벤치에 앉은 나이 지긋한 부인이 대신 대답했다.

"그 집은 불타 버렸어요, 작년 겨울에."

"아니, 어떻게 된 겁니까? 왜 불이 났는지 아세요?"

"그 집에 노인 한 분이 계셨는데, 뭐 대학교수라나요? 그 양반이 아마 불을 피워 놓고 무슨 실험을 했나 봅디다. 그러다가 그냥 졸았는지… 어쨌든 그 방에서 불이 났어요. 눈 깜빡할 사이에 집 전체가 불길에 싸여 버렸는데, 공교롭게도 밤중이어서 세간살이 같은 건 끄집어낼 엄두도 못 냈지요."

“그래, 노인은 어떻게 됐나요?”

“무사했지요. 옆방 사람들이 때를 놓치기 전에 노인을 끌어냈으니 말이지, 그렇지 않았더라면 정말 큰일 날 뻔했답니다. 기절해 버린 노인을 겨우 밖으로 끌어냈는데, 조금 후에 정신이 들자 또 불 속으로 뛰어들더랍니다. 아마 돈을 어디다 숨겨 두었던가 봅디다. 인색하기 짝이 없는 노인이었으니까, 모아 둔 돈인들 없었겠어요! 사람들이 노인을 붙잡았지요. 이 층 마루가 불에 타서 밑으로 무너져 내리는 판국에 어디 될 법이나 한 노릇입니까. ‘저기 마루 밑에!’ 하고 노인이 미친 듯이 고함쳤지만, 마루는 벌써 불타 없어진 걸 어떡해요.”

로빠뜨낀은 한마디 말도 없이 언제까지나 그 자리에 그냥 앉아 있었다. 거의 다 탄 석탄 덩어리처럼, 눈앞의 꽃밭이 불꽃도 없이 벌겋게 타오르고 있었다.

해가 기울어질 무렵에 그는 벤치에서 일어나 배낭을 한쪽 어깨에 걸치고, 이제는 그에게 낯선 곳이 되어 버린 골목길을 어슬렁어슬렁 걸어 나왔다. 아르바뜨 광장을 지나 니끼진 성문 쪽으로 걸음을 옮기다가, 그는 식당을 발견하고 무엇을 좀 먹어야겠다고 생각했다. 창문 옆에 놓인 식탁에 앉아서 커튼 사이로 유월의 밝은 거리를 바라보며 그는 자기 일에 대해 생각하기 시작했다. ‘어째서 부시꼬 교수나 나쟈한테서 한 번도 편지가 없었을까?’ 천천히 스프를 떠서 입으로 가져가며, 이런 생각을 하다가, ‘하기는 그새 내가 몇 번이나 수용소를 옮겼고, 또 하도 거리가 먼 곳이니까 편지를 했는데도 내 손에 들어오지 않았을는지도 모르지’ 하고 금세 노인과 나쟈의 편을 들어 변명했다. ‘그렇지만 과연 그들이, 그중에서도 특히 나쟈가 나한테 편지를 보냈는지 안 보냈는지, 약간 궁금한 일이군….’

뒤이어 그의 머릿속에는 다른 생각이 떠올랐다. ‘그럼 이젠 무엇부터 시작한다?' 순간 감미로운 복수의 불길이 자기 몸과 마음을 휩쓸며 타오르는 것을 느꼈다. 그는 주조물연구소에 불쑥 나타나 보리라, 마음먹었다. '안녕들 하시오, 동무들! 내 설계도를 가지러 왔는데 내줄 수 있겠소?' 아니, 그것은 쑥스러운 짓이다. '야금공업성의 그 너구리같은 사무집행관 네브라예프한테 전화를 걸자!' 하고 그는 결심했다. '아마 십중팔구는 자리에 없을 테지. 그럼 로빠뜨낀한테서 전화가 왔다는 걸 나쟈한테 전해 달라고 부탁할까? 아니, 그것도 역시 싱거운 짓이다. 그자들과 실없는 소리를 할 필요는 없어!'

식당에서 나온 후에도, 그는 여전히 생각에 잠긴 채 뿌쉬낀 광장 쪽으로 걸어갔다. '사실은 이리저리 궁리할 필요가 조금도 없었어.' 그는 문득 이런 생각이 들었다. '벌써 내 발길은 나쟈네 집으로 향하고 있으니까….' 그러자 마음속 깊은 곳에서 의혹에 찬 소리가 들려오기 시작했다. '거기 가 봐야 쓸데없겠지. 그 여자는 이미 마음을 고쳐먹었을 거야. 역시 자기의 가정이 있고 어린 자식이 있는 여자니까. 그렇다면 거긴 뭘 하러 가지? 아니, 나는 다만 그 여자한테 알아볼 것만 알아보면 그만이야. 그리고는 돌아서 나오면 그만이지. 그것밖에 딴 용무는 없어!'

뿌쉬낀 광장에 나오자, 그는 잠시 걸음을 멈추고 좌우를 돌아보았다. 여기도 역시 조금도 변한 데가 없었다. 그는 다시 고리끼 거리로 발길을 돌렸다. '그렇다, 우선 내 서류와 설계도를 찾아야겠다. 하지만, 지금 어디 그것이 있을까? 어쨌든 설계도만은 반드시 찾아야 해.'

마야꼬프스끼 광장을 지나서 로빠뜨낀은 차도를 횡단하려 했다. 무궤도 전차를 타야겠다고 생각했던 것이다. 그러나 차도에는 경기장에서 도심지를 향하는 자동차 행렬이 그칠 줄 모르고 계속되고 있었다. '아, 그렇군, 축구 시합이 있었지!' 로빠뜨낀은 한참 동안이나 길을 횡단할 기회를 엿보고

섰다가 재빨리 차도로 달려들어 갔다. 몇 사람이 그의 뒤를 따랐다. 순간, 달려오던 차들이 찢는 듯한 브레이크 소리를 내며 급정거하는 바람에 차도에는 일대 혼란이 야기되었다. 그러나 로빠뜨낀은 뒤를 돌아보지도 않고 곧장 무궤도 전차 정거장으로 가서 줄지어 늘어선 승객들의 대열 끝에 붙어 섰다.

나쟈는 그날 오전 수업을 끝마치고 집에 일찍이 돌아와 있었다. 저녁녘이 되어 현관 층계에서 발자국 소리가 들리더니 뒤이어 초인종이 울렸다. 옆방에 사는 여자가 부엌에서 현관으로 달려나가 문을 열어 주는 것 같더니, 조금 후에 다시 나쟈네 방문을 두드렸다.

"나쟈, 댁에 오신 손님이에요."

나쟈는 현관으로 나갔다. 문밖에는, 여윈 얼굴이 구리빛으로 탄 낯선 사내가 어스레한 저녁빛을 등지고 눈을 번쩍이며 서 있었다. 그는 무엇을 기다리듯 꼼짝 않고 선 채 나쟈에게 눈길을 쏟았다. 다음 순간 나쟈는 이 사내가 누구인지를 알아챘다. 현관에서는 여자의 키스 소리가 요란하게 들려왔다. 아마도 이 집이 세워진 이후 이처럼 열렬한 키스는 한 번도 없었으리라. 부엌에서 이 광경을 바라보고 있던 이웃집 젊은 여자는 황급히 문을 닫아 버렸다. 나쟈는 로빠뜨낀을 끌어안았다. 아니, 끌어안았다기보다 두 손을 사내의 가슴과 어깨 위에 얹었다는 편이 정확한 표현일는지도 모른다. 그녀는 그의 작업복에서 노동자들에게서 흔히 풍기는 냄새를, 담배와 마호르까(풍년초와 같은 종류의 하급 담배—역주) 냄새가 범벅이 된 독특한 냄새를 느꼈다.

"로빠뜨낀, 당신이었군요!"

그녀는 그의 가슴에 얼굴을 묻었다. 그리고는 겸연쩍은 듯이 미소를 지으며 손가락으로 눈 밑을 닦았다.

그러나 환희의 첫 순간이 지나가 버리자, 나자는 무엇인지 서먹서먹하고 불안한 것 같은 심정으로 찬찬히 로빠뜨낀의 얼굴을 바라보았다. 그렇다, 그것은 그녀 혼자만의 키스였고, 그녀 혼자만의 눈물이었다. 그녀 혼자만 미친 듯이 그에게 달려들었던 것이다. 나자는 전등을 켰다. 그리고는 다시 로빠뜨낀의 손을 잡고 비바람에 씻긴 거친 얼굴을 들여다보았다. 그토록 애타게 기다리던 대답을 그녀는 그 얼굴에서 발견하려 했지만, 결국은 허사였다. 일 년 반만에 처음 만나는 이 순간에 어쩌면 이렇게도 태연하고 냉정할 수 있단 말인가! 그렇지 않으면 아직도 그 어떤 형식적인 문제에 구애를 받고 있는 것일까? 그러나 마침내 로빠뜨낀의 눈에서도 뜨거운 그 무엇이 불타오르기 시작한 것을 나자는 재빨리 눈치 챘다.

"자, 어서 안으로 들어갑시다."

하고 그녀는 상냥하게 말했다.

"급히 전해야 할 소식이 있어요."

그 말에 로빠뜨낀의 얼굴은 더욱 굳어졌다. 바로 그 소식을 듣기 위해 그는 여기 찾아온 것이었기 때문이다. 나자는 그의 손을 잡고 안으로 끌어들였다. 방 안에는 멜빵이 달린 짧은 바지에 흰 셔츠를 입은 깨끗하게 생긴 사내아이가 장난감을 손에 들고 서 있었다. 새까만 눈이며 넓은 미간이며, 뾰족한 턱이 아버지를 많이 닮은 얼굴이었다.

"잘 있었니?"

로빠뜨낀은 아는 체를 했지만 그것도 역시 형식적인 겉치레에 지나지 않았다. 방 안을 이리저리 두리번거리던 로빠뜨낀은 한쪽 벽에 세워 놓은 자기의 제도기를 발견했다. 언젠가 부시꼬 교수가 그에게 선사한 바로 그 컨베이어였다.

"야야, 이거 참 반가운 친구로군!"

그는 벌떡 의자에서 일어나 그쪽으로 걸어갔다. 아직도 불안한 마음으로 그를 지켜보고 있던 나쟈는 그에게서 옛날의 로빠뜨낀이 소생하는 것을 느꼈다.

"부시꼬 교수로부터 잘 보관해 달라는 부탁을 받았지요."

하고 그녀는 말했다.

"아 참, 그분이 어떻게 된 줄 아세요? 정말 무슨 말부터 시작해야 될 지 모르겠군요."

"거기 들렀다가 오는 길입니다. 대강 얘기는 들었지만…."

"그럼 그분이 돌아가셨단 말도 들으셨어요?"

이 청천벽력과 같은 소식에도 로빠뜨낀은 별로 이렇다 할 반응이 없었다. 아까 그 꽃밭의 벤치에 앉아 있었을 때와 마찬가지로, 얼빠진 사람처럼 그저 멍청히 듣고만 있을 뿐이었다. 그는 아직도 이러한 변화들을 현실로서 받아들일 수 없었던 것이다.

"화재가 있은 후 그분을 우리 집에 와 계시게 했지요. 그러니까 일 년 가까이 여기서 거처하셨는데…."

하고 나쟈는 비애에 잠긴 목소리로 얘기를 계속했다.

"하시던 연구에는 손도 대지 않으셨고, 또 그럴 의욕조차 없는 것 같았어요. 저 제도기만 손질하며, 당신이 돌아올 때까지 잘 보관해 달라고 거듭 부탁하더군요. 누구와 얘기를 주고받는 일도 없고, 무엇이 불안한지 줄곧 떨고 있는 것만 같았어요. 밤에도 통 주무시는 기색이 없구요. 갈리쯔끼가 찾아와서 하시던 연구를 계속하라면서 힘자라는 데까지 도와주겠다고 약속했는데도, 아무런 반응이 없더군요. 그러다가 갈리쯔끼가 떠난 지 사흘 되는 날부터 왼쪽 팔다리를 못쓰게 됐어요. 반신불수가 되어 버렸지요. 그후 삼사 일 동안 조용히 누워 계시다가… 숨을 거두시기 전에 당신 얘기를 하시고… 그리고 또 이런 말도 하시더군요. 사람은 두 개의 부분으로 이루어진 것인데, 자기는 지금 그 두 가지 부분이 아주 완전히 죽어 없어지는 거라고, 이 세상에 남겨 놓고 가는 것이라고는 아무것도 없다고. 하긴 저기 저 제도기를 남겨 놓고 가셨지만… 나는 우리 니꼴라슈까와 함께 매일같이 제도기를 닦았지요. 부시꼬 할아버지의 기념이 되도록 소중히 보관했다가 당신한테 드리자고….”

“고맙습니다.”

움푹 들어간 로빠뜨낀의 눈이 차차 뜨거운 빛을 띠며 그녀의 얼굴에 와 멎었다. 그리고 마침내 그는 두 손을 벌려 나쟈를 포옹한 것이다. 그러나 그 포옹은 어디까지나 그녀의 깊은 우정과 부시꼬 노인의 기념품에 대한 감사의 표현에 지나지 않았다.

나쟈는 몸을 빼내어 조용히 선반으로 다가가서 책 사이에 꽂아 두었던 잔나의 사진을 꺼냈다.

“당신에게 드릴 것이 또 하나 있어요. 당신이 체포된 후 곧 내가 갖다 두었던 것인데, 그때 가져오길 잘했다고 생각해요.”

나쟈는 그를 바라보며 무표정한 얼굴로 말했다.

“그 집에 그냥 놔 두었더라면 불에 타 버렸을는지도 모르니까요!”

로빠뜨낀은 사진을 받아 들었다.

“그렇군요….”

그는 사진을 흘끔 들여다보고는 무관심한 표정으로 그것을 피아노 위에다가 놓았다.

순간 나쟈의 가슴속에서 무엇인가 기쁨에 넘친 감정 같은 것이 고개를 쳐들었다. 그의 마음은 이미 잔나에게서 떠나 버린 것이다. 그러나 또한 나쟈에게서도 보일 듯 말 듯 아득한 곳에 떠나 있었다. 나쟈의 눈앞에는 생사를 가리지 않고 오직 자기의 일부만을 충실히 수행하려는 돌처럼 강인한 또 하나의 로빠뜨낀이 앉아 있었다. 가도 가도 이정표만 새로 나타나는 끝없는 행로가 그의 온 정신을 빼앗아 버린 것이다. 그는 이 행로의 영원한 길손이었다. 그는 자신 있고 침착한 걸음걸이로 그 길을 걸어왔다. 그리고 지금도 그의 눈앞에는, 아직까지 그가 횡단해 온 것보다 더욱 큰 광야가 짙은 안개에 싸인 채 가로놓여 있는 것이다.

"그런데 나한테 급히 전해야 할 얘기라는 건 뭡니까?"

그것은 자기의 앞길만 바라보며 기계적인 동작만을 계속하고 있는 길손의 목소리였다.

"로빠뜨낀…."

나쟈는 그의 등 뒤로 다가서며 부드럽고 조용한 어조로 말했다.

"당신은 지금 여기 앉아 있지만…."

하며 그녀는 그의 어깨에 살며시 두 손을 얹었다.

"머릿속에서는 딴 생각을 하고 계시죠? 무엇부터 시작해야 할까 하고… 내가 보기엔 그런 것 같아요. 그렇지만…."

여기서 그녀는 하던 말을 끊고 살짝 얼굴을 붉히더니, 그의 등에 붙어서 귀에 대고 속삭였다.

"기계는 벌써 움직이고 있답니다. 정말예요! 아주 성공적으로 작업을 개시했지요. 이삼 개월은 됐을 거예요. 벌써 많은 사람들이 그걸 알고 있어요. 그리고 지금 또 두 대를 새로 제작하고 있대요."

로빠뜨낀은 이 뜻밖의 희소식에도 별로 반응이 없었다. 마치 다음 말에 귀를 기울이듯 고개를 숙인 채, '아, 아' 하고 나직한 소리를 냈을 뿐이다. 그는 지나간 몇 해 동안에, 흡사 만조와도 같이 그에게 기쁨과 희망을 가득 안겨 주는 그러한 소식을 접한 적이 한두 번이 아니었다. 그러나 얼마 후에 그 만조는 그를 개펄에 홀로 남겨둔 채 다시 바다로 밀려나가 버리는 것이었다.

"내 기계가 움직이고 있다구요? 어디서?"

"우랄 지방에 있는 갈리쯔끼네 공장에서요."

"아아, 그래요… 좀 더 자세히 얘기해 주세요."

나쟈는 로빠뜨낀에게 다음과 같은 얘기를 해 주었다.

로빠뜨낀이 체포된 후, 모스크바에 출장을 와서 그동안 일어난 일들을 비로소 알게 된 갈리쯔끼는, 나쟈에게 전화로 연락을 취한 다음 직접 집으로 찾아왔다. 나쟈에게 모든 경위를 자세히 듣고 몹시 분격해서, 당장에 그는 로빠뜨낀의 기계를 설계하던 끄레호프에게 전화를 걸었다. '끄레호프 동무요? 나 갈리쯔끼요. 한번 만나고 싶은데… 안또노비치 동무를 데리고 나한테 오시오. 돈벌이할 게 있는데, 내 알선해 주리다. 간단한 설계도를 하나 작성하는 거니까 일주일이면 되겠지. 퇴근 후에 서너 시간씩만 일하면 넉넉할 거요. 그럼 퇴근하는 길로 곧장 나한테 오시오.'

"아니, 우리한테 완성된 설계도가 있었는데?"

하고 로빠뜨낀은 이야기를 중단시켰다.

"설계도는 죄다 불태워 없애 버렸지요. 우류삔과 그의 부하들이…."

"뭐라구요!"

로빠뜨낀의 얼굴에 어두운 그림자가 스쳐갔다.

"하여튼 어서 계속하십시오."

끄레호프와 안또노비치는 로빠뜨낀의 주조기를 환하게 기억하고 있었다. 그들은 갈리쯔끼와 함께 열 이틀 동안에 설계안의 기초적인 스케치를 끝냈다. 저녁마다 나쟈의 방에 모여서 세 시간씩이 아니라 거의 여섯 시간씩 일을 했던 것이다. 나쟈는 그들에게 차를 끓여 대접했다. 그때만 해도 아직 부시꼬 노인이 살아 있었는데, 그는 난로가에 말없이 앉아서, 도무지 영문을 모르겠다는 얼굴로 그들을 지켜보고 있었다.

갈리쯔끼는 기초 설계를 자기 공장으로 가지고 가서, 공장 소속 설계자들에게 세부설계도를 작성하게 한 후, 최초의 기계를 제작했다. 그것은 이만저만한 모험이 아니었다. 만일 기계의 성능이 보장되지 않는 경우, 갈리쯔끼는 거기에 대한 책임을 추궁받을 것이기 때문이다. 갈리쯔끼가 지배인으로 있는 우랄 지방의 공장은 굉장히 규모가 컸다. 그래서 세부설계 작성을 시작한 지 두 달 만에 주조기는 이미 콘크리트 기초 위에 설치되어 시운전에 들어갔다. 나쟈도 멀리 공장에까지 가서 직접 시운전을 구경했다. 주조기는 대번에 정상적인 작업을 개시하여 배수관을 잇달아 뽑아냈다. 사람들이 몰려들어, 손이 으스러질 정도로 나쟈의 손을 잡으며 성공을 축하했다. 시운전이 끝난 후부터 주조기는 한시도 쉬지 않고 하루 삼교대의 작업을 계속했다. 갈리쯔끼는 기계의 성능을 확인한 후, 자기의 소속 장관에게 상세한 보고서를 제출했다. 기계 제작을 위해 소비한 모든 비용에 대해서는 장관으로부터 사후 승인을 받았다. 따라서 끄레호프와 안또노비치에게도 보수가 지불되었다 —— 물론 돈벌이를 위해 그들이 밤을 새우다시피 일한 것은 아니었지만.

"그럼 그자들은… 그자들은 어떻게 됐습니까? 여전한가요?"

로빠뜨낀이 물었다.

"여전하구말구요. 신문에다 연방 자기들의 주조기를 추어올리면서 자랑하고 있지요. 그 주조기 제작을 위해 공장까지 새로 만들고 있다더군요. 슈찌꼬프는 그새 두 번이나 외국에 시찰 여행을 갔다 오고…."

"우리 기계에 대해선 아직 모르고 있나요?"

"아직은 모르고 있는 모양이지만, 곧 알게 되겠지요. 기계가 벌써 움직이고 있는데 언제까지나 모르고 있을 리가 없지 않겠어요?"

"신문에다 자랑을 한다구요? 그렇지만 그들의 기계는 절대로 순조롭지 못할 겁니다. 반드시 그들은 또 무슨 일은 꾸미겠지요. 그러나 이번만은 뜻대로 되지 않을 거예요!"

로빠뜨낀은 눈을 부릅떴다.

"결국 저희들끼리 물고 뜯겠지요. 그렇게밖엔 별 도리가 없을 테니까. 우리 기계가 이미 움직이고 있다면 당장에 모든 것이 백일하에 드러날 것이고, 그렇게 되면 그들은 그야말로 궁지에 빠지게 될 겁니다. 수백만 루블의 국고금 낭비를 숨기기 위해 장부를 뜯어고치고, 또 책임 회피를 위해 몇 사람쯤 면직시킬 것이고…."

이때 로빠뜨낀을 빤히 바라보고 있던 니꼴라슈까가 장난감을 걸상 위에 놓고 살금살금 이쪽으로 다가오더니,

"아저씨가 드미뜨리 로빠뜨낀이세요?"

하고 물었다.

"응, 그렇다, 왜 그러니?"

"아저씬 아주 먼 델 여행하고 오셨죠? 정말예요?"

"정말이구말구, 아주 먼 델 갔다 왔지."

어린아이는 다시 제자리로 돌아가더니 무슨 생각을 하는지, 영리하게 생긴 새까만 눈으로 로빠뜨낀을 흘끔흘끔 바라보았다.

"나도 인제 크면 먼 데 여행을 떠날 테야."

"얘, 여행하는 게 좋은 줄 아니?"

나쟈는 입가에 엷은 미소를 띠우며 로빠뜨낀에게 눈을 주었다.

로빠뜨낀도 역시 미소가 어린 눈으로 그녀의 시선을 받았다.

"여행이라는 걸 겁낼 필요는 없지. 여행을 겁내는 사람은 물론 떠나지 않

으면 그만이지만, 그 대신 먼 데는 한 번도 못 가본단 말이다."

그는 어린애한테 이렇게 말하고 호주머니에 손을 넣어, 낡은 작업복 소매를 잘라 만든 담배쌈지를 꺼냈다. 그 다음 다른 호주머니에서 신문지를 꺼내 한쪽 귀퉁이를 찢어 가지고 의자에서 일어섰다.

"여기서 피우세요, 괜찮아요."

"아니, 밖에 나가서 피우지요."

"괜찮대두 그러시네. 어서 여기 앉아서 얘기하며 피우세요."

"아니, 저기 복도에서 피우겠습니다."

그는 부득부득 문밖으로 나갔다.

온통 못이 박힌 투박스런 손가락을 재빨리 움직여 담배를 말더니, 그는 복도 벽에 기대서며 성냥을 그어댔다. 그리고는 몇 번이나 연거푸 연기를 빨아들였다. 나쟈는 열린 방문 사이로 그를 내다보며 그가 내뿜는 담배 연기 속에 딴 사람에게 한 번도 보인 적이 없는 그의 깊은 탄식이 숨겨져 있는 것을 알아챘다.

신문지로 말아 만든 굵직한 담배가 몇 번이나 붉게 번쩍이더니 이내 굳은살이 박힌 손가락 끝에까지 타 들어갔다. 로빠뜨낀은 한쪽 발을 쳐들고 구두창에다 담배를 문질러 꺼버렸다. 나쟈는 복도로 나와서 그의 손을 잡고 가볍게 방 안으로 그를 밀어 넣었다.

"아직 숙소를 정하지 않으신 모양인데… 그럼 우리 집에서 거처하도록 하세요."

"너무 폐를 끼치게 되지 않을까요?"

"왜요? 내 입장이 곤란해질까 봐 그러시는 거예요?"

나쟈는 명랑한 어조로 물었다. 그녀의 물음 속에는 지난날의 그 어떤 쓰라린 추억이 깃들어 있었으나, 로빠뜨낀은 일부러 그것을 눈치채지 못한 체하려고 애썼다.

"뭘 그렇게 자꾸만 두리번거리세요?"

나쟈가 말했다.

"그 사람은 이 집에 없어요. 벌써 이 집에서 나간 지가 옛날이지요. 그러니까 당신은 공동 고안자인 내 집에 이젠 떳떳이 거처할 수 있을 거예요."

거울 옆을 지나가는 길에 나쟈는 얼른 얼굴을 비춰보았다. 거울 속에는 무엇인지 날카롭게 신경을 집중시킨 해쓱해진 얼굴이 커다란 검은 눈으로 그녀를 내다보고 있었다.

그들은 다시 마주 앉았다. 나쟈는 그가 뜨거운 눈초리로 흘끔흘끔 자기 얼굴을 바라보고 있는 것을 알고, 눈을 밑으로 내리깔았다. 그가 마음 놓고 자기를 바라볼 수 있게 해 주고 싶었던 것이다. 이 몇 해 동안에, 어딘지 우수에 잠긴 것 같은 새로운 아름다움이 자기 얼굴에 나타났다고 하는 말을 그녀는 많이 들었다. 만일 그것이 사실이라면 로빠뜨낀을 자기 사람으로 만드는 데 도움이 될지도 모른다고 그녀는 생각하는 것이었다. 얼마 후에 그녀는 눈을 들어 로빠뜨낀의 눈치를 살폈다. 그는 이미 이 방을 자기 집처럼 느끼고 있는 모양이었다. 편안한 자세로 수첩을 꺼내 들고, 아랫입술을 깨물며 무엇인지 열심히 들여다보고 있었다.

"그건 뭐에요?"

나쟈는 나직이 물었다.

"좀 생각난 것이 있어서 간단히 스케치를 해 본 것인데…."

그는 말끝을 맺지 못한 채 수줍은 듯이 얼굴을 붉히며, 수첩을 도로 작업복 호주머니 속에 집어넣었다.

"그런 곳에 있으면서도 여전히 무엇을 고안해 보셨나요?"

"어딜 가나 제 버릇은 개한테 주지 못한다는 말이 있지 않나요."

하며 그는 싱긋 웃어 보였다.

"사실 자유의 박탈이란 정확한 표현이 아니라고 생각해요. 사색하는 버릇이 생긴 사람한테서는 완전무결한 자유의 박탈이란 있을 수 없는 것이니까."

"그럼 거기서 무엇을 고안하셨나요?"

"뭐 그저 간단한 것을 하나… 그런데 거기서 나는 한 가지 확신을 얻은 것이 있어요."

"무슨 확신을?"

"세상에는 무엇인가 사색하지 않고는 살 수 없는 사람들이 있지요. 예를 들면 부시꼬 교수라든가, 내가 시베리아 지부에서 만난 아라호프스끼 노인 같은 사람들 말입니다. 인간이 만일 오랫동안 한 가지 일에만 들러붙어 궁리에 궁리를 거듭한다면, 언젠가는 그 분야의 최고 수준에까지 도달할 수 있는 겁니다. 그리고 무슨 문제를 자꾸만 되풀이해서 생각하면, 그때는 일종의 연쇄반응 같은 것이 일어나게 되지요. 하나의 아이디어는 또 하나의 아이디어를 낳게 마련입니다. 이것은 나의 경험을 통해서 얻은 신념이지요. 이렇게 새로운 아이디어가 잇달아 머릿속에 떠오를 때 어찌 자기의 육체상의 구속만을 슬퍼하며 멍청히 앉아 있을 수 있겠어요? 말하자면, 나는 시베리아의 수용소에 갇혀 있으면서도 자유를 향유할 수 있었단 말입니다. 까맣게 높은 철교 위에 앉아서 전기용접 작업을 합니다. 머리 위에는 끝없이 푸른 하늘이 있고, 발밑에서는 강물이 소용돌이치고, 갑자기 전기가 끊어집니다. 변압기에 무슨 고장이 생긴 모양입니다. 그렇다고 밑으로 내려갈 생각도 없거니와 또 내려갈 필요도 없습니다. 밑에서 수리가 끝날 때까지 거기 그냥 앉아서 생각에 잠기지요. 보통 두어 시간은 걸립니다. 그리고 또 저녁이면 수용소 뜰 안에 앉아서 역시 생각에 잠깁니다."

그렇다. 그는 어떠한 환경 속에서도 항상 세심한 전투준비를 게을리 하지 않는, 그런 인간인 것이다.

나쟈는 퇴색한 작업복이 금세 찢어질 것처럼 팡팡한 그의 등에 잠시 부드러운 눈길을 던지고 있다가, 주전자의 물을 끓이러 부엌으로 나갔다. 한참 만에 돌아온 그녀의 입술은 눈에 띌 듯 붉은 연지로 물들여져 있었다. 볼에는 예전과 다름없이 귀여운 검은 점 하나가 그대로 남아 있었지만, 그 얼굴은 젖빛유리처럼 이미 광택을 잃고 있었다.

"그래서요?"

그녀는 로빠뜨낀을 보고 살짝 얼굴을 붉히며 물었다.

"그래서요라니? 아직 당신의 얘기도 끝나지 않았는데… 아까 하던 얘기나 어서 계속해 하십시오. 그 다음에 내 얘기를 하지요."

나쟈의 얘기는 새로운 장으로 넘어갔다. 이 장에서는 로빠뜨낀의 조수였던 안또노비치가 주인공으로 등장했다. 그것은 로빠뜨낀에게 전연 뜻밖의 일이었다.

우류삔의 위원회의 결의에 따라, 로빠뜨낀의 서류와 설계도를 태워 버리기 위해 막슈쩬꼬와 함께 보일러실로 내려갔을 때 안또노비치의 마음을 휩쓴 것은 두려움이 아니었다. 오히려 두려움을 느낀 것은 막슈쩬꼬와 우류삔이었다.

그때 안또노비치의 다리가 후들거렸다면, 그 이유는 딴 데 있었다. 그는 나쟈가, 국가 기밀에 속하지 않는 로빠뜨낀 개인의 서류와 설계도를 자기에게 넘겨달라고 진정했다가 거절당했다는 말을 들은 적이 있었다. 위원회에서 로빠뜨낀의 서류를 태워 버리기로 결의할 때, 그는 조심스럽게 그 얘기를 꺼냈었지만 우류삔의 웃음을 샀을 뿐이었다. 안또노비치는 그 서류철이 로빠뜨낀의 자유를 회복시킬 수 있는 유일한 열쇠일 뿐만 아니라 그의 생명과도 바꿀 수 없는 귀중한 물건이라는 것을 알고 있었다. 더욱이 그는 로빠뜨낀에 대한 군법회의의 판결이 전적으로 옳지 않았다는 견해를 가지고 있었다. 설계도와 서류가 든 두 개의 자루를 들고 보일러실로 내려가며 그는 다리에 맥이 풀리는 것을 느꼈지만, 한편 그의 가슴속에서는 여태까지 잠자고 있던 용기가 번쩍 눈을 뜨고 솟아올라 이 줏대 없고 허약한 젊은이에게 그 어떤 중대한 결심을 촉구한 것이었다.

안또노비치는 보일러실에서 빠져나와서 무엇을 어떻게 하겠다고 미리 마음먹었던 것은 아니었다. 그러나 막슈쪤꼬의 입에서 보일러실이 너무 어둡다는 말이 나왔을 때 그는 무의식중에 그곳에서 달려 나왔다. 전깃불을 가지러 나온 것은 물론 아니었다. 그는 미친 듯이, 비에 젖은 아스팔트 길로 뛰어나와 택시를 잡아탔다. 오 분 후에 그는 이미 군법회의 재판부와 검찰부가 함께 들어 있는 건물 앞에 와 있었다. 사무실은 마치 빈집처럼 불이 꺼져 컴컴했다. 안또노비치는 재판부가 있는 이 층으로 곧장 뛰어 올라갔다. 어두침침한 복도 어귀에서 그는 집총을 한 병사와 마주쳤다. 재판부에는 모두 퇴근해서 아무도 없는 모양이었다.

"전화가 어디 있소? 재판장네 집에 전화를 좀 걸어야겠는데!"

하고 안또노비치는 열띤 목소리로 물었다. 그러나 병사는 고개를 가로저었다. 위병상사가 저녁을 먹고 온 다음에 부탁해 보라는 것이다. 적어도 사십 분은 있어야 상사가 돌아온다지 않는가!

안또노비치는 병사 앞을 초조한 걸음걸이로 왔다 갔다 하다가, 홱 몸을 돌려 층계를 달려 내려왔다. 정문 밖에는 그가 타고 온 택시가 그냥 기다리고 있었다.

"빨리 되돌아갑시다. 될 수 있는 대로 빨리!"

도면들을 보일러 속에 집어넣기 시작했을 때 안또노비치는 재빨리 자루 속에 손을 넣어 더듬었다. 두텁고 묵직한 서류 뭉치가 손에 잡혔다. 그는 몸을 부르르 떨며 그것을 더욱 깊숙이 밀어 넣었다. 조금 후에 다시 그것을 끄집어내어 불빛이 비치지 않는 자루 뒤에 떨어뜨리고는 이내 구둣발로 덮어 버렸다. 그리고 나서 막슈쩬꼬의 눈치를 살펴가며 석탄 더미 쪽으로 슬쩍 밀어내고 거기다 석탄을 끼얹었다. 비로소 숨을 크게 내쉬었을 때, 우류삔이 보일러실에 나타났다. 안또노비치는 시치미를 떼고 태워 버릴 서류와 도면들은 전부 보일러 속에 들어갔다고 보고했다.

이튿날 안또노비치는 뻔질나게 뜰 안으로 내려와 보일러실 근처를 서성거렸다. 그러다가 보일러실을 기웃거리며 담뱃불을 빌리기도 했다. 보일러실에서 일하는 젊은 화부는 아무 눈치도 못 챈 모양이었지만, 아폰체프라는 늙은이는 안또노비치가 몇 번씩 나타나는 것을 보고 무슨 짐작이 갔는지, 그의 뒤를 따라 뜰 안으로 나왔다. 노인은 안또노비치가 무슨 비공식적인 돈벌이에 관한 일 때문에 자기를 만나고 싶어하는 줄로 판단했던 것이다. 그래서 안또노비치가 그를 조용한 곳으로 부르자, 자기의 예측이 틀림없다고 믿었다. 그들은 비어홀에 들어가서 외따로 떨어진 식탁에 자리 잡고 앉았다. 안또노비치가 맥주와 안주를 시켰다. 아폰체프는 한 잔을 쭉 들이켜고는 연거푸 또 한 잔을 들이켰다. 그러고 나서 목을 길게 뽑고 안또노비치의 입이 열리기를 기다렸다.

"영감, 내 말을 믿을 수 있겠소?"

안또노비치는 대뜸 이렇게 물었다.

"새삼스레 믿구말구가 있겠소."

하고 아폰체프는 가슴을 펴며 다음 말을 기다렸다.

안또노비치는 노인이 알아듣도록 모든 것을 차근차근히 얘기하기 시작했다. 우선 로빠뜨낀이 어떤 사람이냐 하는 것부터 얘기하고, 그 다음에 로빠뜨낀의 주조기에 대해 설명했다.

"무슨 말인지 알아듣겠소?"

"음, 알아듣구말구!"

안또노비치는 로빠뜨낀이 체포된 경위를 얘기해 내려가다가 잠깐 머뭇거렸다. 그러자 노인은 석탄이 묻어 새까맣게 된 손을 그의 팔소매 위에 올려놓으며,

"이거 보시오, 간단히 얘기하시오. 뭐 그렇게 우물쭈물 말을 길게 끌 필요가 없지 않소! 어서 간단히 말해 보시오."

라고 했다.

안또노비치는 노인의 무표정한 얼굴을, 무표정하기 때문에 도리어 무서운 얼굴을 흘끔 바라보고 나서 마침내 서류철 얘기를 꺼내기로 결심했다.

"뭐요?"

아폰체프는 그의 용건을 듣고 몹시 놀란 듯이 소리쳤다. 안또노비치는 가슴이 선뜻했다. 다시 보충적인 설명을 가하려 했으나 아폰체프가 그의 말을 가로막았다.

"난 지금 근무 중이니까 내일 저녁에 우리 집으로 찾아오시오. 좀 멀긴 하지만 지하철을 타고, 그 다음 전차를 갈아타면 쉽게 찾아올 수 있을 거요. 그럼 내일 만나서 얘기하기로 합시다."

안또노비치는 수첩에다 화부의 주소를 적어 넣었다. 두 사람은 맥주잔을 비우고 일어섰다.

그 다음 날 저녁, 안또노비치는 아폰체프 노인의 비좁고 훈훈한 방에 앉아 있었다. 깨끗이 세수를 하고 머리에 빗질까지 한 노인은 반갑게, 그러면서도 조심성 있게 그를 맞았다. 노인이 쉽사리 노획했다는 서류철은 탁자 위에 놓여 있었다. 무즈가에서 로빠뜨낀이 제출한 수많은 진정서의 사본과 그 진정서에 대한 당국의 회답을 일일이 보여 주며, 안또노비치는 열심히

노인을 설득했다. 아카데미 회원인 플로렌스끼와 갈리쯔끼 박사의 추천서도 보여 주었다. 마침내 노인은 모든 진상을 파악한 모양이었고, 무엇인지 결심하는 기색조차 엿보였지만, 그가 무엇을 결심했는지 그것은 물론 알 수가 없었다. 아폰체프는 부엌에 나가서 찻잔을 들고 들어오더니 커튼을 들추고 창틀에서 두 홉짜리 병을 꺼내 놓았다.

"자, 그럼 그 얘기는 이만하고 차나 마십시다."

하며 노인은 손바닥으로 탁자를 두드렸다. 몇 잔이나 연거푸 차를 마시고 난 후 아폰체프는 다시 입을 열었다.

"이 일은 내가 적절히 처리할 테니, 걱정 마시오."

아폰체프는 몹시 조심성 있는 노인이었다. 그는 서류를 안또노비치에게 내주지 않았다. 혹시 별안간 일이 뒤집혀질는지도 모르지 않는가! 그렇다고 연구소에 그 서류를 제출했느냐 하면 그것도 아니었다. 멋지게 머리를 빗어 넘기고 가랑이가 좁은 바지에 넥타이까지 맨 이 젊은 기사의 말이 어느 정도 진실이라고 믿었기 때문이었다. 그는 서류를 군법회의의 재판부에 제출하기로 결심했다. 만일 안또노비치의 말이 사실이라면, 로빠뜨낀한테 위임을 받았다는 나쟈가 재판부로부터 그것을 찾을 수 있을 것이라는 생각이 들었던 것이다. 겉으로는 어수룩한 체하면서도 노인은 빈틈이 없었다. 재판부에 서류를 제출할 때, 그는 다음과 같은 쪽지까지 붙였다.

'모스크바시 홀레보자보드구 신주택지 6번지 2호에 거주하는 아폰체프 쁘르호르 바실리예비치로부터 군법회의 재판부에 제출하는 신고서 —— 본인은 주조물연구소 보일러실에서 일하는 화부이온데, 이월 오일 밤, 동 보일러실 석탄 더미 속에서 귀 재판부에서 판결을 내린 바 있는 로빠뜨낀 사건과 관련된 비밀문서를 발견하였습니다. 본인의 생각으로는 위원회에서 다른 서류를 소각할 때 석탄 더미 속에 빠뜨린 것 같사오나 혹시 귀 재판부의 참고가 될까 하여 동 문서를 제출하는 바입니다. 아폰체프.'

노인은 직접 재판부에 그것을 가지고 갔다. 서기는 아폰체프가 손수 만든 봉투를 뜯고 신고서라는 글자를 보자, 즉시 재판장에게 보고하고 돌아오더니, 잠깐 기다려 달라고 했다. 아폰체프는 공손한 태도로 걸상 귀퉁이에 엉덩이를 붙이고 앉았다. 얼마 후에 그는 재판장실에 불려 들어갔다.

"로빠뜨낀의 비밀문서를 가져왔다구?"

백발이 성성한 중령이 시원스런 목소리로 고함을 치다시피 그에게 물었다.

"네, 그렇습니다."

"이게 무슨 비밀문서야? 이건 보통 서류가 아닌가?"

재판장은 마치 귀머거리한테 하듯이 더욱 큰 소리로 물었다.

"그래, 어디서 이 비밀문서라는 걸 캐냈다구?"

"네. 거기 신고서에도 쓴 것처럼 석탄 더미 속에서 발견했습니다."

"그런데 어째서 이게 거기 묻혀 있었을까?"

"아마도 비밀문서를 태울 때 떨어뜨린 모양입니다."

"비밀문서라니? 그럼 여기 비밀문서라는 도장이 찍혀 있어야 할 게 아닌가!"

재판장은 고함을 쳤다. 그리고는 벌떡 일어나 아폰체프 앞을 왔다 갔다 하며 의심스럽다는 듯이 흘끔흘끔 그를 바라보았다.

"그렇지만 어째서 이런 일이 일어났을까?"

재판장은 다시 입을 열었다.

"어째서 이 서류가 자네 손에 들어가게 되었느냐 말이야?"

"그건 저도 알 수 없습니다."

노인은 자기 앞을 오락가락하는 재판장을 겁먹은 눈으로 바라보며 대답했다.

"틀림없이 위원회에 있는 사람이 잃어버렸을 거라고 생각합니다만…."

"음… 그렇다면 어째서 이걸 위원회에 제출하지 않고 이리 가져왔나?"

"네, 거기 신고서에 쓴 것처럼 혹시 재판부에 참고가 될까 해서…."

"참고가 된다구?"

재판장은 다시 한 번 화부의 얼굴을 응시하고 나서 자리에 앉더니 수화기를 들고 다이얼을 돌렸다. 아마 연구소장한테 거는 모양이었다.

"장군 동무십니까? 언젠가 로빠뜨낀의 서류 때문에 저한테 전화를 거신 일이 있는 것 같은데요… 태워 버렸다고요? 그러면 나쟈한테 위임된 서류는 어떻게 되었습니까? 위원회에서 그것을 발견하지 못했다구요? 그런데 지금 어떤 사람이 그것을 가져왔어요. 내 생각 같아서는 장군 동무 관하에 있는 위원회에서 이것도 소각해 버리기로 결정했던 모양인데, 보일러실에서 떨어뜨린 것 같습니다. 돌려보내 달라구요? 하지만 이 서류에 비밀문서라는 도장이 찍혀 있지 않습니다. 그런데 어째서 위원회가 이것을 소각해 버리기로 결정했는지 모를 일이군요. 장군 동무, 미안한 말씀입니다만, 이 서류에 대해서는 제가 책임을 지지 않으면 안 되겠습니다. 로빠뜨낀이 형기를 마치면 저한테 와서 이 서류의 반환을 요구할 테니까요! 그의 고안증명서도 여기 철해 있습니다. 국가 기관이 그에게 발부한 증명서를 없앨 수 있는 권한을 장군 동무는 가지고 계시지 않다고 생각하는데요? 모르고 계셨다고요? 이 서류가 장군 동무의 권한 하에 있지 않은 이상, 저는 어쨌든 여기에 대한 위임장을 가지고 있는 나쟈에게 이것을 내주겠습니다. 그렇지 않아도 그것 때문에 몇 번이나 저를 찾아왔으니까요. 네, 네, 그럼 이만 끊겠습니다."

재판장은 수화기를 놓고 아폰체프를 바라보며 여전히 커다란 소리로 외쳤다.

"이젠 돌아가도 좋아, 아폰체프."

화부는 공손히 머리를 숙여 보이고 작업도를 손에 쥔 채 재판장실에서 나왔다. 그날 중으로 그는 안또노비치에게 재판부에 다녀온 얘기를 상세하게 보고했다. 안또노비치는 다시 그 소식을 나쟈한테 전했다. 며칠 후에 나쟈는, 연구소장이 국가 비밀에 속하지 않는 로빠뜨낀의 서류를 넘겨 달라는 자기의 요구를 거절했다는 내용의 진정서를 가지고 재판부 서기 앞에 나타났다.

"그건 여기 와 있습니다."

서기는 책상에서 눈에 익은 서류 뭉치를 꺼내 놓으며 말했다.

"여기 영수증에 서명을 해 주십시오."

"그럼 그 서류는 당신한테 있겠군요?"

로빠뜨낀은 성급히 물었다.

나쟈는 그에게 상긋 웃어 보이며,

"이제 곧 모든 것을 다 알게 될 거예요."

하고 부엌으로 나가 주전자를 들고 들어와서 찬장을 열고 찻잔 세 개를 꺼내 식탁 위에 놓았다. 그러나 언젠가 로빠뜨낀이 부시꼬 노인과 이 집에 왔을 때 본 일이 있는, 그 반질반질하고 가벼운 고급 찻잔은 아니었다. 푸른 바탕에 꽃을 그려 넣은, 어떤 집에서나 흔히 볼 수 있는 두꺼운 찻잔이었다. 그리고 나쟈의 손가락에도 이제는 감자와 빨랫비누를 만져서 그런지 온통 잔금이 가 있었다. 방 안에는 잠시 침묵이 흘렀다. 로빠뜨낀은 끝이 뭉툭해진 나쟈의 손가락을 넌지시 바라보며, 갑자기 친밀감 같은 것이 솟아오르는 것을 느꼈다. 그는 자기가 증오에 찬 눈길을 이 여인에게 던지며 불합리한 사회 환경 속에서 피어난 저 따위 희디 흰 기생화라고 중얼거렸던 무즈가의 어느 겨울날을 회상했다. 그리고는 고개를 가로저었다.

나쟈는 차를 따르고 나서, 걸상 위에 책 몇 권을 포개 놓고, 거기다 아들을 앉혔다. 니꼴라슈까는 앉기가 바쁘게 찻잔에 들러붙어 후루룩후루룩 들이마시기 시작했다. 나쟈도 식탁에 앉아서 다정스러운 눈을 들어 로빠뜨낀을 바라보며 다시 입을 열었다.

"서류는 지금 나한테 없지만, 곧 당신 손에 돌아가게 되겠지요. 어쨌든 그 다음 얘기부터 들어 보세요"

나쟈의 얘기는 제3장으로 들어갔는데, 여기서는 바지인 소령이라는 새로운 주인공이 등장했다.

"나는 모르는 사람인데… 바지인 소령이라는 건 대체 누굽니까?"

로빠뜨낀이 물었다.

"군법회의의 재판관이지요. 그때 우측에 앉아서 나쟈라고 하던 사람 말예요."

사선 심리 과정에서 바지인 소령이 줄곧 피고 편을 들어 주었고 또 그가 판결문에 자기 개인의 의견까지 기입해 넣었다는 얘기는 로빠뜨낀 자신도 이해할 수 없었다. 그러나 바지인 소령의 의견은 아무런 역할도 할 수 없었다. 왜냐하면, 로빠뜨낀 사건은 재판장이 말하듯이 너무나 명백한 것이었기 때문이다. 만일 재판장인 그 중령이 어딘지 좀 이상하다고 생각했더라면 물론 여러 가지 분명하지 않은 부수적 문제들을 분석하고 검토했을 터이지만, 불행히도 그는 의심스러운 점을 조금도 발견하지 못했던 것이다. 또한 군법회의의 기록에 나타난 것도 재판장의 이러한 견해와 일치하는 것이었다. 그도 그럴 것이, 재판장은 중요하다고 생각되는 대목에서는 반드시 피고가 답변한 것을 다시 되풀이하여 확인했고, 그렇게 함으로써 서기가 그것을 틀림없이 받아쓰도록 하였기 때문이다. 그리고 사건 자체와 별로 관련성이 없는 부수적인 문제에 대한 복잡한 질문 따위는 피고의 정확한 사고를 방해할 뿐이라는 신념을 가지고 있었으므로, 그는 언제나 피고에게 그와 같은 질문을 하지 않는 주의였다. 다시 말하자면 그는 간단명료를 자기의 신조로 삼고 있는 인간이었다. 따라서 상급에 회부된 로빠뜨낀 사건의 제반 자료들은 이 자신만만한 늙은 중령이 제출한 보고서와 완전히 일치하는 것이었다. 그리하여 바지인 소령의 특이한 견해는 아무런 결과도 가져오지 못했던 것이다.

소령은 투쟁을 개시하기로 결심했다. 우선 자세한 정보를 얻으려고 부시꼬 노인을 찾아갔다. 방 안에 들어가자 그는 자기소개부터 하고 나서, 즉시 로빠뜨낀에 대해서, 그리고 나쟈에 대해서 교수에게 질문하기 시작했다. 그러나 그는 교수로부터 무뚝뚝하기 짝이 없는 대답 한마디를 들었을 뿐이었다.

"나는 과문한 탓인지는 모르지만, 자기 임무를 수행하기 위해서 증인을 찾아 돌아다니는, 그런 열성을 가진 판사가 있다는 말을 아직 들은 적이 없소. 제발 나한테는 아무것도 묻지 말아 주시오."

그렇다고 소령은 자기와 재판장과의 의견 충돌이라든지 로빠뜨낀 사건에 대한 자기의 태도를 노인에게 밝힐 수는 없었다. 다만 몇 마디 암시 비슷한 말을 했을 뿐이었다. 그러나 그 말에 부시꼬 교수는 도리어 겁을 집어먹고 더욱 굳게 입을 봉해 버렸다. 결국 바지인 소령은 아무 소득도 없이 돌아가고 말았다. 그 후에도 바지인 소령은 몇 번이나 부시꼬 교수를 방문했지만 노인은 문도 열어 주지 않았다. 그러다가 얼마 후엔 화재가 일어났다. 바지인도 자기 일이 바빠서 그 이상 이 문제에 대해 생각할 여유가 없었다. 일이 이렇게 되었을 때 갈리쯔끼가 모스크바에 왔다. 갈리쯔끼와 나쟈는 로빠뜨낀을 구출할 수 있는 것은 오직 그의 주조기밖엔 없다는 결론을 내렸다. 만일 로빠뜨낀의 기계가 성공한다면, 고안자인 그를 수용소에서 끄집어낼 수 있을 것이기 때문이다.

일 년이 지나갔다. 어느 날 나쟈가 학교에서 돌아와 보니 군법회의 재판부의 스탬프가 찍힌 편지가 그녀의 책상 위에 놓여 있었다. 나쟈가 가지고 있는 로빠뜨낀의 서류를 가지고 재판부에 출두하라는 내용이었다. 타자기로 찍은 통지서 맨 밑 줄엔 바지인 소령의 서명이 있었다. 나쟈는 맨손으로 재판부에 갔다. 바지인 소령은 매우 실망한 듯이 책상을 두드리며 이렇게 외쳤다.

"그 서류가 로빠뜨낀을 구출한다는 걸 모르시오!"

나쟈는 택시를 잡아타고 집으로 달려와서는, 서류를 가지고 다시 재판부로 갔다. 소령은 서류를 한 장 한 장 들춰 넘기며 재빨리 훑어보고는 이렇게 말했다.

"이젠 사건의 진상을 확실히 알았소. 이런 억울한 일이 어디 있담! 모두가 다 눈뜬장님이었단 말이오."

물론 바지인 소령 자신은 결코 눈뜬장님이 아니었다. 그는 어떤 특수한 사건 때문에, 작년도의 기록을 일일이 들춰 보다가, 우연히 로빠뜨낀 사건과 관련된 새로운 기록을 발견하고, 그것을 주의 깊게 검토해 보았다. 보일러 화부 아폰체프의 신고서였다. 소령은 이 사건에 반드시 로빠뜨낀의 동료들이 관련되어 있다는 확신을 얻었다. 그리고 아폰체프가 재판부에 가져왔다는 서류가, 바로 재판정에서 로빠뜨낀이 말한 일이 있는 그 서류일 것이라고 생각했다. 재판정에서 로빠뜨낀은 육 년 동안 자기가 제출한 진정서 사본과 그에 대한 당국의 회답을 가지고 있다는 말을 했던 것이다. 그래서 바지인 소령은 나쟈를 부른 것이다.

나쟈는 바지인으로부터 최고재판소에 탄원서를 제출하라는 암시를 받았다. 그래서 그녀는 그날 중으로 탄원서를 작성하여 최고재판소에 제출했다. 탄원서는 나쟈와 끄레호프, 그리고 안또노비치, 이렇게 세 사람의 연명으로 된 것이었다. 사흘 후에 나쟈는 최고재판소 수석 판사의 소환을 받았다. 그녀는 탄원서에 대한 반응이 너무나 빨리 나타나는 데 적이 놀라지 않을 수 없었다. 그러나 그 이유는 곧 판명되었다 ── 수석 판사의 책상 위에는 바지인 소령의 보고서가 놓여 있었던 것이다.

"그런데 그 책상 위에 또 누구의 편지가 놓여 있었는지 아세요?"

나쟈는 얘기를 중단하고 로빠뜨낀에게 물었다.

"어디 한번 알아맞혀 보세요! …놀라지 마세요. 무즈가에서 온 편진데 두 사람 다 당신이 아는 분이에요. 씨야노프 아저씨 말예요. 당신 소식이 궁금해서 연구소에 문의했더니, 아마 누가 당신이 체포되었다고 회답해 준 모양이더군요. 그래서 씨야노프 아저씨는 곧장 최고재판소에 아주 굉장한 진정서를 보낸 거예요. 그리고 또 하나는 발렌찌나가 보낸 진정서였어요."

수석 판사는 나쟈가 가져온 로빠뜨낀의 서류를 들여다보며, 그녀의 얘기를 주의 깊게 들었다. 그녀는 로빠뜨낀의 주조기가 이미 우랄 지방에서 제작되었는데, 주조물 연구소의 주조기에 비해 제품의 품질이 좋을 뿐더러, 거의 두 배의 생산능력을 나타내고 있다는 점을 특히 강조했다.

얼마 후에 나쟈는 로빠뜨낀에 대한 군법회의의 판결을 취소하고, 따라서 사건 심의를 종결한다는 최고재판소의 간단한 통고를 받은 것이다.

"그래서 지금 당신은 여기와 있는 거예요."

나쟈의 얘기는 여기서 끝났다.

이튿날 하루 종일 로빠뜨낀은 일을 보러 돌아다녔다. 자하로프를 만났고 장군을 만났다. 그리고 커다란 금별을 두 개씩이나 붙인 더 높은 장군과도 만났다. 밤늦게 돌아와 나쟈의 방 소파 위에서 자고는, 아침 일찍 일어나는 길로 다시 뛰어나갔다. 계약이 새로 체결되었다. 사흘째 되던 날 학교에서 돌아온 나쟈는 아주 딴사람이 된 로빠뜨낀을 발견했다. 그는 짙은 회색의 고급 양복을 입고 있었다. 벌어진 옷깃 사이로는 견직 와이셔츠가 보였고, 목에는 가을비처럼 가느다란 줄무늬가 진 넥타이가 매달려 있었다. 나쟈는 로빠뜨낀을 세워 놓고 전후좌우로 돌아가며 그의 새로운 옷차림을 구경했다. 그리고는 그의 취미가 고상하다고 칭찬했다. 그러나 양복 한 벌이 전부는 아니었다. 탁자 위에는 중절모가 놓여 있고 의자 뒤에는 바바리코트까지 걸려 있지 않은가. 로빠뜨낀은 모자를 쓰고, 코트를 입었다. 나쟈는 방문께로 멀찍이 물러섰다. 이마에 깊은 주름이 잡히고, 부드러운 잿빛 눈을 가진, 거칠게 보이면서도 풍채가 좋은 사내가 나쟈의 눈에 들어왔다.

로빠뜨낀이 사 가지고 온 트렁크 속에는 타올이며 세숫비누며 내의 같은 것이 가득 들어 있었고, 그 밖에도 커다란 식빵이 세 덩어리나 나타났다.

"아니, 이건 뭐예요?"

나쟈는 금세 얼굴을 새빨갛게 붉히며, 노여운 듯이 로빠뜨낀을 쏘아보았다.

"독일 사람들처럼 자기 먹을 걸 싸 가지고 들어오긴가요?"

그는 부드러운 눈으로 나쟈의 시선을 받았다.

"그게 아니라, 내 깜빡 잊고 말을 못했는데, 사실은 오늘 우랄 지방으로 떠나려구…. 갈리쯔끼한테 말이오."

"오래 걸리나요?"

"한 두어 주일 걸릴 겁니다. 어쩌면 두어 달쯤 있게 될는지도 모르지만."

"그럼 지금 곧 상점에 갔다 오겠어요. 삐로그(러시아 만두—역주)라도 구워 드려야죠."

"뭐 그렇게까지… 여기 이 돈 받으시오."

나쟈는 상점에 갈 만한 돈쯤 가지고 있다고 쏘아붙일 양으로 그에게 몸을 돌렸으나, 주춤하며 입을 열지 못했다. 두툼한 백 루블짜리 지폐 뭉치를 로빠뜨낀이 내밀고 있었기 때문이다.

"그렇게 많이 받으셨어요?"

"좀 주더군요. 자 받으시오, 나한텐 필요 없으니까. 어서 받아요."

"나한테 무슨 빚을 갚으시려는 건가요?"

그녀는 다시 얼굴을 붉혔다.

"천만에! 빚을 갚는다면 이것 가지고는 어림도 없어요."

그는 솔직하고도 상냥한 어조로 대답했다.

"그저 나한텐 필요 없으니까 드리는 겁니다. 필요한 물건은 벌써 다 샀으니까요. 누군가 이런 말을 한 사람이 있지 않아요 —— 깨끗하게 빨아 다린 셔츠 이외엔 아무것도 필요한 것이 없다고. 나도 마찬가집니다. 자, 어서 받아 두시오. 우리들 사이는 이미 금전 문제를 가지고 따질 처지가 못 되지 않아요? 앞으로도 당신한테 갖다드릴 수 있게 되었어요. 고정 봉급이 결정되었으니까."

나쟈는 돈을 받았다. 책상 서랍에 넣고 돌아보니, 로빠뜨낀은 모자를 쓴 채 의자에 앉아서 수첩에다 무엇인지 적고 있었다. 나쟈는 그에게 다가가서 모자를 벗겼다. 그는 여전히 수첩에서 눈을 떼지 않고 손을 내저으며 말했다.

"그냥 두시오, 곧 나가 봐야 할 테니까…."

나쟈는 잠시 그에게 눈을 주고 있다가, 앞치마를 두르고 밀가루 반죽을 하려고 부엌으로 나갔다. 이십 분가량 지나서 그녀가 돌아왔을 때, 로빠뜨낀은 이미 방 안에 없었다.

로빠뜨낀은 마지막으로 랴호프 골목을 찾아가서 벌겋게 타오르는 석탄더미 같은 그 꽃밭 앞에 다시 한번 앉아 보고 싶었던 것이다. 모스크바에서 해야 할 일은 전부 끝냈기 때문이다. 그는 택시를 잡아탔다. 이십 분 후에 꽃밭에서 내린 로빠뜨낀은 사흘 전에 앉았던 바로 그 벤치에 가서 앉았다.

이제 막 여름으로 접어들려는 계절이어서, 한길로 내뻗은 푸른 포플러 잎들은 흠뻑 물기를 머금고 있었다. 주위에는 점심시간에 흔히 볼 수 있는 한낮의 정적이 내려앉아 있었다. 유모차를 끌고 나온 여자들도 아직은 보이지 않았다.

'부시꼬 교수!…' 애끓는 부름이 로빠뜨낀의 입에서 새어 나왔다. 그는 아직도 부시꼬 교수가 세상에 살아 있는 것처럼 여겨졌다. 실험을 하다가 불이 났다구? 물론 그 말이 틀림없을 거야… '내 전공은… 불이요!' 노인의 목소리가 들려오는 것 같았다. 그러자 어둠 속으로부터 흰 분발이 든 조그만 시험관이 로빠뜨낀의 눈앞에 나타났다. 이제야 비로소 로빠뜨낀의 머릿속에는 이런 생각이 떠올랐다 —— 이 세상에서 사라진 것은 흰 수염에 돋보기 안경을 쓰고 줄곧 불안에 떨고 있던 그 노인만이 아니다, 부시꼬 교수가 인간의 제2의 부분이라 믿고 있던 교수 자신의 사업마저 영영 사라져 버린 것이다. 교수는 자신의 사업을 뭇사람을 위해서 남겨 놓고 싶었다. 그래서 그는 자기가 연구하고 있는 것을 궤짝 속 깊이 넣어 두기도 하고 마룻바닥 밑에 감춰 두기도 한 것이었다.

'인간이란 두 개의 부분, 즉 외형을 이루는 그의 육체와 눈에 보이지 않는 그의 사업으로 이루어지는 것이다. 육체는 조만간 사라져 버리지만, 사업은 영원히 지상에 남는다.' 부시꼬 교수의 말이 귓전에 울려왔다. 그렇지만… 이제 누가, 단 한 번 손을 휘두름으로써 휘발유에 붙은 불이 당장에 꺼져 버린다는 말을 한다 하자. 과연 그 말을 곧이들을 사람이 있을까! 그렇다, 하나의 인간이 완전히 사라진 것이다. 아무런 흔적도 남기지 못한 채….

때마침 불어오는 산들바람에 흐느끼듯 타오르는 붉은 꽃들을 로빠뜨낀은 뿌옇게 흐린 눈으로 바라보고 있었다.

한참 만에 그는 제정신으로 돌아왔다. 언제까지나 감상에만 젖어 있을 수는 없는 노릇이다. 그는 한숨을 몰아쉬고 벤치에서 벌떡 일어났다. 아마도 다시는 와 보지 못할 정든 골목길을, 그는 총총걸음으로 빠져나오는 것이었다.

3

우랄행 열차는 오전 한 시에 있었다. 기차 시간이 될 때까지 로빠뜨낀은 저녁 시간을 나쟈네 집에서 보냈다. 그는 니꼴라슈까를 무릎 위에 앉히고 자기의 먼 여행에 대한 얘기를 들려주었다. 그는 어린아이가 이해할 수 없거나 미심하게 여길 만한 대목은 교묘하게 피하고, 시베리아 북쪽의 준엄한 자연미에 대해 주로 얘기하는 것이었다. 시간이 꽤 지난 후에, 나쟈가 니꼴라슈까를 잠자리에 갖다 눕히자 어린아이는 금세 잠들어 버렸다. 두 사람은 서로 눈짓을 하고 산책을 하러 레닌그라드 광장의 대로로 나왔다. 그들은 어두운 가로수 그늘 밑을 말없이 걷고 또 걸었다. 로빠뜨낀은 입을 꼭 다물고 무슨 생각에 잠겨 있는 것 같았다. 아마도 그의 생각은 자기를 기다리는 우랄을 향하여 달리고 있었으리라. 한편 나쟈는 얼굴을 들어 밤하늘을 쳐다보기도 하고, 그러다가는 그의 팔을 두 손으로 끌어안고 발밑을 내려다보며, 그의 발걸음과 자기의 발걸음을 비교해 보기도 했다. 그러나 마침내 그녀의 머리는 로빠뜨낀의 어깨 위에 얹혀지고 말았다.

"나는 당신의 이름이 참 좋다고 생각해요."

불쑥 로빠뜨낀은 이런 말을 했다.

"나쟈(노어로 희망이라는 뜻—역주) —— 정말 당신한테 어울리는 이름이오."

'아녜요.' 하고 그녀는 말하려 했다. '어울리지 않아요. 류보비(사랑이란 뜻—역주)라고 부르는 편이 좋을 거예요.' 이렇게 말하고 싶었지만 끝내 입밖에 낼 수는 없었다.

열한 시 삼십 분 경에 그들은 집으로 돌아왔다. 로빠뜨낀은 새로 산 트렁크와 삐로그가 든 조그만 종이 상자를 들고 다시 밖으로 나왔다. 나쟈가 큰 길까지 그를 배웅했다. 거기서 로빠뜨낀은 지나가는 택시를 세웠다. 나쟈의 두 팔을 잡고 머리와 관자놀이에 입술을 대고 나서 그는 차에 올랐다.

정거장에 도착한 로빠뜨낀은 우선 전보 취급소에 들러서 갈리쯔끼에게 지급으로 전보를 친 다음 전등이 눈부시게 내리비치는 플랫폼으로 나왔다. 기차는 이미 정거장에 들어와 있었다. 로빠뜨낀은 차장에게 차표를 꺼내 보이고 지정된 칸막이 좌석으로 들어갔다. 푹신푹신한 소파 위에 삐로그 상자와 트렁크를 내려놓았다. 코트를 벗어던지고 자리에 앉은 그는, 초조한 빛을 띠우며 미간을 찌푸렸다. 의자에 가벼운 진동이 전해 오고 차창 밖으로 전등불이 미끄러지듯 뒷걸음질 치기 시작한 다음에야 겨우 마음이 진정되었는지 그는 자리에 몸을 눕혔다.

이틀 후에 기차는 푸른 야산에 둘러싸인 분지에서 멎었다. 오전 세 시를 조금 넘은 시각이었는데, 분지에는 벌써 싸늘한 여름날 새벽이 시작되고 있었다. 차에서 내린 로빠뜨낀은 레일을 건너 정거장 건물 쪽으로 걸어가다가, 전등이 환하게 켜진 들창 옆에 카키색 망토에 군모를 쓴 키 큰 사내가 혼자 서 있는 것을 발견했다. 사내는 이쪽으로 몸을 돌리더니 뚜벅뚜벅 로빠뜨낀에게 다가왔다. 갈리쯔끼였다.

"어서 오시오!"

친밀감이 넘치는 저음이 그의 입에서 울려 나왔다. 그는 로빠뜨낀의 손을 힘차게 잡은 채 불빛이 흐르는 들창가로 끌고 갔다.

"어디 좀 봅시다. 얼굴이 얼마나 변했는지…."

하며 그는 로빠뜨낀의 모자를 벗겼다. 짧게 깎은 머리에 섞인 흰 털이 불빛을 받아 반짝거렸다.

"이만하면 잘 구워졌군!"

갈리쯔끼는 잠긴 듯한 목소리로 말했다.

"불의 열도가 부족하진 않았던 모양이야. 아주 훌륭한 벽돌이 된 걸 보니… 이젠 아마 쩨삐낀도 감히 당신의 경도를 시험하려 들지 못할 거요. 그러다간 이빨이 죄다 부러질 테니까. 그렇지 않소?"

"벽돌의 경도를 믿을 증거를 나는 아직 얻지 못했습니다."

"벽돌의 품질은 일급이요."

갈리쯔끼는 외쳤다.

"글쎄 어떨는지… 아직 내 눈으로 보지 못했으니까."

"그럼 날이 새는 대로 공장으로 갑시다. 거기 가 보면 알게 될 거요."

"갈리쯔끼 동무."

로빠뜨낀은 두 손으로 그의 손을 움켜쥐었다. 무슨 뜨거운 흐름 같은 것이 로빠뜨낀의 머리로 몰려 올라왔다.

"갈리쯔끼 동무, 당신은 내가 벽돌처럼 단단하게 구워졌다고 하셨습니다만… 그건 당치도 않은 말씀입니다. 내게는 지금 자기의 감정을 스스로 억제할 힘도 없습니다."

이렇게 말하며 로빠뜨낀은 볼 위에 흘러내리는 눈물을 닦았다.

"감정이란 인간의 거짓 없는 패스포트요."

갈리쯔끼는 담뱃갑을 열며 말했다.

"자 담배나 한 대 피웁시다. 이제는 누구나 당신을 두려워할 거요. 당신의 마음속에는 단 하나의 오점도 없으니까. 당신은 이제 승리를 거두러 나타난 거요. 뜨거운 가마 속에서 당신은 끝내 터지지 않고 견디어 냈소."

"글쎄요, 아직 모르겠습니다. 주조기가 어떤지 그게 문제지요. 만일 내 주조기가 정말…."

"그럼 지금 이 길로 공장에 가 보고 싶소? 하긴 물어볼 것까지도 없겠군. 사람들에게 구경시키려는 것처럼 구태여 특별한 준비를 할 필요는 없겠지. 날이 밝기 전에 한참 작업을 하고 있는 광경을 보는 편이 오히려 실감이 날 거요."

정거장 앞에 만들어 놓은 조그만 정원을 지나 그들은 한길로 나왔다. 푸른 새벽 안개 속에 거무스름한 물체가 보였다. 공장 지배인의 자동차였다. 갈리쯔끼는 문을 열고 로빠뜨낀을 먼저 태운 다음, 자기도 그와 나란히 자리 잡고 앉았다. 부르릉 하고 발동이 걸리며 두 줄기 노란 불빛이 앞으로 쭉 뻗어 나갔다. 짙은 안개를 헤치면서 낮은 언덕이 잇달아 나타나는 새벽길을 뽀베다는 경쾌하게 달려갔다.

"지금 공장으로 가는 길입니까?"

로빠뜨낀은 궁금증을 참지 못하고 이렇게 물었다.

"그렇소."

갈리쯔끼는 고개를 끄덕이더니, 이번에는 운전수에게 명령했다.

"제4통로로 가세."

이것으로 대화는 끊어지고 그들은 제각기 깊은 생각에 잠겨 들어갔다.

어둠 속에서 이따금 담뱃불만이 깜박이며 공중을 오르내렸다. 얼마 후에 갈리쯔끼의 담뱃불이 유난히 빨갛게 타오르더니 아주 꺼져 버렸다.

"로빠뜨낀 동무, 당신은 처음부터 올바른 코스를 밟아 왔소. 물론 당신이 미리 앞길을 내다보고 의식적으로 그렇게 해 왔다고는 나도 생각하지 않지만 아마 그것은 당신의 훌륭한 성격의 덕택이었을 거요."

"무슨 말씀이신지?"

"당신은 남을 믿을 줄 아는 사람이오. 믿을 만한 사람은 무조건 믿고, 싸워야 할 사람과는 철저히 싸우고… 그러한 좋은 성격 때문에 당신은 소중한 원조자들을 얻었소. 물론 몇 사람 되지는 않지만 그들은 당신에게 많은 도움을 주었소. 당신은 내가 어떤 인간인지 알고 있는지 모르겠지만."

하며 로빠뜨낀에게 홱 몸을 돌렸다.

"나는 소위 현실적인 인간들로부터 종종 몽상가라는 비난을 받고 있소. 하지만, 그건 돼먹지 않은 비방이오. 당신이 재판을 받은 군법회의 판사인 바지인 소령 말이오. 나는 그 사람과 가까이 사귀게 되었는데, 바로 얼마 전까지는 그 사람도 역시 좀 머리가 돌았다는 평을 받아 왔었소. 그의 상관인 중령은 그를 정치무관심주의자라고 부른 일이 있다지만, 그것은 몽상가라는 말과 거의 같은 뜻이오. 그는 당신 편을 들어 싸웠소. 물론 용이한 일이 아니었겠지만, 지금은 그 현실적 인간인 중령이 도리어 궁지에 빠지게 되었단 말이오. 바지인 소령은 그 중령에게 재판에 있어서도 창의성이 필요하다는 것을 증명한 것이오. 그러니까 당신의 승리는 곧 바지인 소령의 승리라 할 수 있소. 정말 두 사람을 위해 다행한 일이었소. 내가 말하려는 것은 그러한 소위 몽상가들이 도처에 있다는 거요. 다만 그들은 뚜렷한 표지를 달고 있지 않기 때문에 이쪽에서도 저쪽을 알아보지 못하고 또 저쪽에서도 이쪽을 알아보지 못할 뿐이오. 그런데 여기 로빠뜨낀이라는 사람이 밝은 표지등을 켜 들었소. 그들은 그 불을 보고 당신을 도우려고 달려온 거요. 그럼 이 몽상가들에게서 무엇이 나왔는가? 허황한 망상이 나왔는가? 그런게 아니라, 그들은 수천만 루블의 국가 예산을 절약했을 뿐이오. 나는 우리 장군한테 이제는 이렇게 질문하오 ── 누가 몽상가냐고. 그러면 장군은 "여보게 자네 아직도 그걸 기억하고 있나? 그건 농담이었어, 농담!" 하며 쓴웃음을 지을 뿐이오."

"동감입니다."

로빠뜨낀은 푸우하고 숨을 몰아쉬었다.

"나도 역시 그런 비난과 욕설을 받아 왔지요. 정신병자라느니 엉터리 발명가라느니 개인주의자라느니… 심지어는 폐물이란 말까지 들었지요."

"그러나 타오르는 등불을 가지고 있었기 때문에 당신을 도우려고 달려온 사람들이 있지 않았소. 세상에는 적지 않은 몽상가들이 있다는 것이 판명되었소. 하여튼 로빠뜨낀의 등불은 굉장히 매혹적인 데가 있었던 모양이오. 기억하고 있소? 처음 야금공업성 기술회의가 열렸을 때 일을? 그 회의에서 그리고 그 후 연구소에서 당신의 등불은 많은 사람들을 자기 편으로 끌어들였소."

"누구를 또 끌어들였단 말씀입니까?"

"끄레호프가 있지 않소. 그리고 또 안또노비치가 있지 않소. 물론 그들이 처음부터 명백한 태도를 취하지 않은 것은 사실이지만, 하여튼 그들은 모두 당신을 위해 바지인 소령 못지 않은 일을 했소. 그렇지만 로빠뜨낀 동무, 당신의 등불에 매혹되어 온 가장 큰 행복은 두말할 것 없이 나쟈요. 당신은 그 여자를 아껴 주어야 할 거요. 그 여자는 당신에게 날아오는 화살을 자기 가슴으로 막아 낸 백조에 비유할 수 있소. 발레에 나오는 그 백조 말이오. 다시 말하자면….

이렇게 말하다가 갈리쯔끼는 갑자기 입을 다물어 버렸다. 아마도 그는 타인의 사사로운 관계에까지 언급할 필요가 없다고 생각한 모양이었다. 그리하여 두 사람의 대화는 다시 중단되고 담뱃불만 깜박거리기 시작했다.

푸르스름한 빛을 띤 소나무들이 획획 차창을 스치며 지나갔다. 헤드라이트의 불빛이 점점 희미해지면서 주위는 온통 푸른빛으로 변해 갔다. 자동차는 끝없이 뻗친 낮은 언덕길을 넘고 또 넘었으나 공장 지대는 좀처럼 나타나지 않았다.

"아직 공장은 멀었습니까?"

로빠뜨낀이 물었다.

"4킬로미터쯤 남았습니다."

운전수가 대답했다.

"그러니까 당신도 역시 고전을 면치 못하셨겠군요?"

잠시 후에 로빠뜨낀이 다시 입을 열었다.

"천만에, 당신의 기계를 제작하는 일은 아주 순조로웠소. 우리 장관을 비롯하여 모두들 관심이 대단했으니까. 자기들에게 부과된 계획을 완수하려면 보다 많은 배수관이 시급히 필요했단 말이오. 그래서 주조물연구소의 주조기를 받아들이기로 거의 결정이 내리다시피 되었을 때, 마침 그 주조기가 막대한 양의 선철을 낭비하고 있다는 정보를 듣고 다행히도 거절해 버렸소. 그런 형편이었으니까 당신의 주조기가 완성되었다는 보고를 나한테 듣고 장관은 좋아서 어쩔 줄 몰라했소."

"그래도 역시, 당신에겐 적지 않은 모험이었다고 생각되는데요?"

"모험이라니, 그건 당치도 않은 말이오. 모험을 했다면, 교원 생활을 그만두고 주조기 설계에 달라붙은 당신이야말로 모험을 한 거요. 물론 당신은 자신이 있으니까 그런 모험을 했을 게 아니겠소?"

"그야 물론…."

"나도 주조학에 전연 문외한은 아니라 생각하오. 따라서 당신의 기계를 제작하는 것이 위험한 일이라고는 조금도 생각하지 않았소. 공연히 나를 추어올려 영웅을 만들 생각일랑 아예 하지도 마시오. 나같이 볼꼴 사나운 인간은 도대체 그런 영웅이 될 자격이 없단 말이오. 첫째 내 용모에 관중들은 실망을 느끼고 말 테니까."

이렇게 농담 비슷한 말을 하고 갈리쯔끼는 로빠뜨낀을 바라보며 다시 덧붙였다.

"우린 아마 앞으로 좋은 친구가 될 것 같소."

자동차는 공장 지대의 넓은 거리로 들어섰다. 붉은 기와를 입힌 흰 단층집들이 좌우로 보이기 시작했다. 거리는 죽은 듯 잠들어 있었다. 얼마 후에 높고 길다란 담장이 나타났다. 공장의 담장이었다.

정문 초소에서 차가 멎었다. 로빠뜨낀은 패스포트를 꺼냈다. 갈리쯔끼는 수첩을 한 장 뜯어서 거기다 무엇인지 쓰더니, 로빠뜨낀의 패스포트와 함께 수위에게 내주었다. 문이 열렸다. 자동차는 불이 환하게 켜진 커다란 공장 건물 사이로 굴러 들어갔다.

"주조공장으로 가게!"

갈리쯔끼는 운전수에게 명령했다.

자동차는 이리저리 몇 번 커브를 돌며 건물 사이를 빠져 들어가더니, 이윽고 주조공장 앞에서 멎었다. 로빠뜨낀은 문을 열고 밖으로 나왔다.

"이리 오시오!"

갈리쯔끼가 앞장을 섰다.

그들은 건물 안으로 들어갔다. 처음 그들의 눈 앞에 나타난 것은 주형부였다. 주형 재료인 시커먼 흙이 담긴 궤짝 같은 것을 좌우로 흔들면서 주형

제조기가 규칙적인 소음을 내며 움직이고 있었다. 압축된 수증기가 목쉰 소리를 내며 새어 나왔다. 소형 무개차에는 이미 완성된 주형들이 실려 있었다. 두 사람은 늘어선 기계 사이를 헤치며 주조부가 있는 데로 걸어 들어갔다. 웅장한 원주를 연상케 하는 다섯 개의 소형 용광로가 나타났다. 흡사 불이 꺼져 가는 모닥불 더미 같은 것이 보였는데, 이것은 방금 선철이 주입된 주형들이었다.

"안녕하십니까, 지배인 동무!"

차양에 푸른 차광안경이 달린 작업모를 쓴 노동자가 인사를 했다. 갈리쯔끼는 그에게 손을 들어 보이고 다시 안으로 걸어 들어갔다.

지배인을 따라 발을 옮기던 로빠뜨낀은 철제 배수관을 가득 실은 무개차를 발견했다.

"아니, 이거 내 주조기에서 빼낸 것 아닙니까."

하고 소리쳤다.

"그렇소, 고안자 동무! 바로 당신의 주조기가 만든 것이오."

역시 똑같은 배수관이 실려 있는 똑같은 무개차가 그 밖에도 몇 대나 있었다. 순간 로빠뜨낀은 몸을 흠칫하더니 그 자리에 못 박힌 듯 우뚝 섰다. 주조부에 발을 들여놓을 때부터 무엇인지 일정한 간격을 두고 몇 초 동안씩 빨갛게 타오르다가는 꺼지곤 하는 것이 보였지만, 그는 거기에 주의를 돌리지 않고 있었다. 그러나 지금 그는 순간적으로 그것이 자기의 주조기라는 것을 직감한 것이다. 빨간 불이 또다시 타오르면서 리드미컬한 소리를 내며 회전했다.

"지금 작업중이군요?"

로빠뜨낀은 커다란 소리로 물었다.

갈리쯔끼는 손가락으로 그쪽을 가리키며 고개를 끄덕였다. 그들은 벽돌로 만든 낮은 칸막이를 넘어 안으로 들어갔다. 주조기 전체가 똑똑히 눈에 들어왔다. 칠 년 반 동안 매일같이 로빠뜨낀이 머릿속에 그리던 기계, 바로 그 기계가 지금 그의 앞에서 실제로 움직이고 있는 것이다. 열에 압축된 공기가 쏴아 하고 힘차게 새어 나온다. 도가니가 평평하게 되며 시뻘겋게 녹은 쇳물이 철철 넘칠 듯 차오른다. 주축이 회전한다. 도가니가 정지하더니 갑자기 밑으로 내려오며 기울어진다. 컨베이어가 이동하며 빈 도가니를 다시 제자리로 보낸다. 새빨간 불꽃이 튄다.

"저리 비키시오, 동무! 쇳물이 튀면 옷이 못쓰게 됩니다."

즈크로 만든 작업복에 장갑을 낀 노동자가 로빠뜨낀에게 소리쳤다.

로빠뜨낀은 이 노동자가 혼자서 주조기 전체를 움직이고 있다는 것을 알았다. 그는 순순히 뒤로 물러나며, 갈리쯔끼의 팔소매를 잡아끌었다.

"갈리쯔끼 동무, 어째서 노동자는 한 사람뿐입니까? 내가 설계할 때는 두 사람이 필요하다고 생각했는데…."

"우리가 임의로 그렇게 변경시켰소."

이렇게 내답하고 갈리쯔끼는 잠시 말을 끊었다가 다시 입을 열있다.

"처음부터 우리는 모든 것을 상부에 알리지 않고 진행시킬 수밖엔 없었소. 내가 소속되어 있는 성의 상관들도 역시 겁쟁이들이니까, 만일 그들에게 사전에 알린다면 틀림없이 사계의 권위자라는 친구들을 불러다가 상의할 거란 말이오. 그렇게 되면 그 거물급들이 찬성할 것 같소? 당장에 짓뭉개 버릴 것은 뻔한 일이 아니겠소!"

다시 대화가 끊어졌다. 갈리쯔끼는 시계를 꺼내 들었다. 로빠뜨낀도 호주머니에서 회중시계를 꺼냈다.

"지금 네 시 이십 분이오."

갈리쯔끼가 말했다.

지배인과 고안자는 각각 손에 시계를 들고 주조기 앞에 십 분 동안 서 있었다. 갈리쯔끼는 자랑스러운 얼굴로 로빠뜨낀에게 눈을 주었다. 십 분 동안에 주조기는 여덟 개의 배수관을 부어 만든 것이다. 이것은 주조물연구소의 소위 육혈포식 주조기보다 거의 두 배나 되는 생산능률인 것이다.

그런데 이상한 일이다. 주조기 앞에 서 있는 로빠뜨낀의 눈에는 공장도 주조기도 보이지 않았다. 그의 눈앞에는 모스크바 고리끼 거리에서 콜타르칠을 한 배수관을 땅속에 묻고 있는 노동자들의 모습이 떠오른 것이다.

"뭘 그렇게 멍청히 서 있소!"

갈리쯔끼가 소리쳤다.

"그래 어떻소? 똑똑히 보았소?"

"보았습니다."

"틀림없는 당신의 기계지?"

"틀림없습니다."

"만족하오?"

"만족합니다."

"이젠 안심했소?"

"네, 안심했습니다."

로빠뜨낀은 웃었다.

"아브지예프는 아직 이걸 모르고 있소. 이제 알게 되면, 아주 기가 죽어 버릴 거요. 그자들의 주조기와 우리 주조기를 비교하는 논문을 써서 발표합시다."

이 말에 로빠뜨낀은 손을 내저었다.

"필요없어요. 이젠 그자들을 상대하고 싶은 생각은 없습니다. 지금 이렇게 주조기를 보니, 나는 대번에 마음이 착하게 되는 것 같군요. 내 눈으로 주조기가 움직이는 걸 볼 수 있게 되었으니 나는 이 이상 아무 생각도 없습니다. 어제 기차간에서만 하더라도 나는 어떡하면 그자들에게 골탕을 먹여주나 하고 별궁리를 다 했지요. 하지만 이젠 그자들과 싸우고 싶은 생각은 추호도 없습니다."

"아니, 나는 그와 반대요. 만일 당신이 포기하겠다면 내가 대신 맡아서 싸우겠소. 절대로 그 친구들을 그냥 내버려 둘 수는 없단 말이오. 그 악당들이 삐로그 접시 옆에 도사리고 앉아 있는 한 나는 한시도 마음을 놓을 수가 없소. 그자들은 자기들의 약점을 은폐하기 위해 심지어는 대학 교재까지 새로 뜯어고치고 있는 판이오. 알아듣겠소? 엉터리 이론을 학생들의 머릿속에 주입하고 있소. 아브지예프와 쩨삐낀을 비롯한 저명한 학자들이란 말이 아직도 횡행하고 있다는 걸 알아야 하오. 내 기어이 그 마적 같은 놈들을 말안장에서 끌어내리고야 말 테니 두고 보시오!"

이렇게 말하고 갈리쯔끼는 당장에 무슨 결판이라도 내려는 듯이 으흠, 으흠, 하고 헛기침을 했다. 그러나 차차 냉정을 회복하는 듯, 약간 가라앉은 목소리로 다시 입을 열었다.

"그자들을 때려 부수는 일이 당신의 주조기를 확고부동한 것으로 만드는 일보다 더욱 중요하고 시급하다고 나는 생각하오. 당신도 이젠 정치적인 인간이 될 필요가 있소. 그건 그렇고… 자, 이젠 집으로 가서 한 서너 시간 눈을 붙여 봅시다."

뽀베다는 아직도 그들을 기다리고 있었다. 밖은 이미 환하게 밝고, 공장 지붕 위에는 붉은 새벽노을이 춤추고 있었다. 자동차는 공장을 나와서 이층집들이 양쪽으로 늘어선 넓은 대로를 지나, 두 개의 팔 층 건물 사이로 구부러져 들어가더니 거기서 정거했다. 로빠뜨낀은 갈리쯔끼의 뒤를 따라 삼 층까지 올라갔다.

"쉿!"

문간방에 들어서며 갈리쯔끼는 소곤거렸다.

"신은 벗는 게 좋을 것 같소."

그들은 신을 벗고 발자국 소리를 죽여 가며 다음 방으로 들어갔다. 창문으로 들이비치는 새벽노을이 한쪽 벽을 온통 분홍빛으로 물들이고 있었다. 로빠뜨낀의 눈에 제일 먼저 들어온 것은 두 조각으로 갈라진 큼직한 빵과 나이프가 놓여 있는 둥그런 식탁이었다. 새벽노을이 비치는 벽 밑에 놓인 두 개의 침대에는 거의 벌거숭이가 된 사내애들이 자고 있었다. 하나는 일곱 살, 또 하나는 열두 살쯤 되어 보였는데 그들은 이불을 차 내고 마치 뜀박질을 하는 것 같은 자세로 누워 있었다.

"댁의 아이들입니까?"

로빠뜨낀은 소곤소곤 물었다.

"그럼 누구 애겠소? 다섯 놈 중의 두 놈이오."

그는 맞은편에 있는 방문을 턱으로 가리키며 덧붙였다.

"저기 또 세 놈이 있소. 자, 그럼 여기 와서 누우시오."

그는 식탁을 돌아서 깨끗한 홑이불과 큼직한 베개가 놓인 소파 쪽으로 가더니 주먹으로 베개를 꾹꾹 눌러 보았다.

"어서 이리 오시오."

로빠뜨낀이 옷을 벗는 동안 그는 어린애들에게 이불을 덮어 주고, 다시 로빠뜨낀의 곁에 와서 앉았다.

"한잠 푹 자고 나서 아침에 공장으로 갑시다."

"갈리쯔끼 동무, 한 가지 당신에게 물어보고 싶은 말이 있습니다."

"물어보고 싶은 말이라니?"

갈리쯔끼는 그의 말을 받았다.

"다름 아니라, 어떤 동기로 나를 도와주셨는지…."

"그건 벌써 얘기하지 않았소?"

"아니, 나는 당신이 내 주조기를 제작한 그 한 가지만을 가지고 얘기 하는 것이 아닙니다. 그런데 아브지에프 일당을 그토록 미워하시는 이유는…."

"그거 말이오? 이유는 간단하오. 가슴의 피가 끓어오르기 때문이오. 아마 이것이 가장 정확한 대답일 거요. 바지인 소령의 경우도 마찬가지라고 생각하오. 진정한 당원이라면 그 어떤 부정도 눈감아 버릴 수 없을 거요. 진정한 당원은 아무리 그 부정이 교묘한 탈을 쓰고 있다 해도 이내 알아챌 수 있는 법이고, 일단 부정을 발견하면 절대로 가만있을 수 없단 말이오."

갈리쯔끼의 목소리는 분노와 의분에 떨고 있었다.

"그 어떤 허위나 그 어떤 기만도 용서할 수 없단 말이오!"

그는 입을 다물고 벽에 비친 새벽노을을 바라보며 한 손을 옷깃 속에 넣고는 씨근씨근 큰 숨소리를 내기 시작했다.

"그리고 또 안또노비치로 말하더라도…."

하고 그는 계속했다.

"참으로 큰 공훈을 세웠다고 할 수 있소. 그는 체포될 위험을 무릅쓰고 당신의 서류를 끄집어냈소. 표면상으로는 엄연한 범죄행위요. 그는 정말 위험한 줄타기를 감행한 거요. 무엇 때문에? 역시 그의 가슴에서도 피가 끓어올랐던 거요."

"안또노비치는 당원이 아니었다고 생각하는데요."

갈리쯔끼는 기지개를 켜고 소파에서 일어났다.

"나는 누구보다도 먼저 그에게 입당 추천서를 써 주고 싶소. 자, 그럼 이젠 주무시오. 그런 사람이라면 나는 얼마든지 추천서를 써 주겠소. 당은 그런 사람을 필요로 하는 거요."

갈리쯔끼네 집안에서는 소박하고 평범하면서도 독특한 친근미가 넘치고 있었다. 그것은 어느 집에서나 일부러 흉내를 낸다고 될 성질의 것이 아니며, 따라서 그리 흔히 볼 수 있는 것도 아니다. 어린애들이 많은 집, 모든 것이 마구 흩어져 있으면서도 누추한 감을 주지 않는 집, 가구들은 값싸고 평범하며 식탁에 나오는 빵 덩어리가 큼직큼직한 집, 그런 집안이 바로 갈리쯔끼네 집안이었다.

로빠뜨낀은 이 집안의 이러한 기풍을 아침이 되자 이내 발견할 수 있었다. 갑자기 잠에서 깬 그는 갈리쯔끼의 두 아들 —— 열두 살짜리와 일곱 살짜리가 맞붙어 싸우고 있는 꼴을 한참 동안 바라보고 있었다. 찰싹찰싹 뺨을 갈기는 소리가 나더니 두 놈은 권투 선수처럼 방어 태세를 취하고 상대방에게 일격을 가할 기회를 노렸다. 그러나 잠시 후에 큰놈이 동생을 문밖으로 홱 밀쳐 버리고는 회심의 미소를 띠우며, 문이 열리지 않게 걸상으로 막아 놓았다. 밖에서는 작은놈이 요란하게 방문을 두드렸지만 큰놈은 태연하게 앉아서 가위로 깡통을 자르기 시작했다. 문을 두드리는 소리가 멎더니 이번에는 악을 쓰며 고함을 지르기 시작했다.

"홍후즈(만주 화북지방의 마적 — 역주)야! 홍후즈야! 홍후즈 놈아!"

이렇게 큰 소리로 약을 올리고는 방 안의 반응을 기다리는 듯 잠잠해졌다. 로빠뜨낀은 웃음이 터져 나오는 것을 참을 수 없었다. 홍후즈라는 말을 듣고 보니 정말 방 안에 있는 큰놈의 얼굴이 어딘지 몽고인이나 일본인 비슷한 데가 있었기 때문이다. 복도는 한참 동안 그냥 잠잠하기만 하다가 이번에는 열쇠 구멍으로 간사스런 목소리가 새어 들어왔다.

"홍후우즈으 홍후우즈 새끼야!"

큰놈이 깡통을 방바닥에 내던지더니 방문 앞의 걸상을 치우고 밖으로 달려 나갔다. 복도에서 뺨 치는 소리가 들려왔다. 작은놈은 도망치며 온 집안이 떠나갈 듯이 비명을 질렀다. 저쪽 방에서 잠에 취한 갈리쯔끼의 목소리가 들렸다.

"얘, 레슈까야, 그냥 놔둬라!"

뒤이어 귀여운 소녀의 목소리가 울려왔다.

"얘 이리 와! 왜 레슈까의 약을 올렸니, 응?"

작은놈이 훌쩍거리며 대답했다.

"내 깡통을 주지 않으니까 그렇지 뭐."

옆방에서는 가족 재판이 시작되었다. 로빠뜨낀은 자리에서 일어나 옷을 입기 시작했다. 그때 갈리쯔끼의 막내아들인 듯싶은 조그만 아이가 옷도 입지 않은 채 아장아장 방 안으로 걸어 들어왔다. 통통하게 살이 찌고 머리털이 옥수수수염처럼 곱슬곱슬한 귀여운 아이였다. 아이는 낯선 아저씨를 보자, 정색을 하며 손가락을 하나 들어 보이고는 식탁을 돌아 이쪽으로 와서 이번에는 손가락으로 책장을 가리켰다.

"너 어느새 이 방에 들어왔니?"

머리를 양쪽으로 땋아 내린 열네 살가량 되어 보이는 소녀가 들어와서, 아이를 안고 밖으로 나갔다. 소녀의 얼굴도 레슈까의 얼굴처럼 몽고인 비슷한 데가 있다고 로빠뜨낀은 생각했다.

얼마 후 식당을 겸한 부엌에서 온 집안 식구가 커다란 식탁에 모여 앉아 조반을 먹었다. 머리를 땋아 내린 맏딸과 아까 싸운 두 아들, 그리고 그 밑의 딸아이가 나란히 한쪽에 자리잡고 앉았다. 그리고 허리가 구부러진 갈리쯔끼의 어머니가 막내 아이를 무릎 위에 올려놓고 죽을 떠 먹였다. 몸집이 좀 뚱뚱하고 유순하게 보이는 갈리쯔끼의 아내가 큼직큼직하게 썬 빵 접시와 튀김 냄비를 식탁에 갖다 놓았다. 냄비에는 얄팍하게 썰어 기름에 튀긴 감자가 소담스럽게 담겨 있었다. 감자는 이내 각자의 접시에 배급되었다. 아이들의 숟가락이 달가닥거리기가 무섭게 맏딸의 꾸지람이 터져 나왔다.

“숟가락소리 내지 말고 먹어.”

튀김 냄비가 들어가고 대신 운두가 높은 냄비에 담은 코코아와 손잡이가 달린 컵이 열 개가량 나왔다.

손자에게 죽을 퍼 먹이고 있던 할머니가 로빠뜨낀 쪽으로 시선을 돌리며 굵은 목소리로 말했다.

“여보시오, 손님. 당신도 어서 이렇게 가정을 이루시오. 홀몸으로 세상을 살아 나가는 사람처럼 가련한 신세도 없답니다. 이거 보시오. 이렇게 통통하고 귀여운 녀석들이 쭉 늘어앉은 게 얼마나 대견스럽소!”

“로빠뜨낀 동무,”

갈리쯔끼가 코코아를 한 모금씩 마시며 이야기를 시작했다.

“얼마 전에 나는 간단한 통계를 하나 내 본 일이 있소. 우리 주조기 설계에 참가한 사람은 당신과 끄레호프와 안또노비치, 그리고 나도 약간 거들었으니까, 이렇게 모두 네 사람뿐인데, 마흔여덟 개나 되는 연결부 중에서 제대로 되지 않은 것은 단 한 군데뿐이었소. 설계상의 실수가 전체의 2퍼센트밖에 안 되고 나머지 98퍼센트가 완전무결하다니 이건 정말 놀라운 일이오. 그런데 아브지예프의 첫 번째 주조기 설계에는 연구소 하나가, 아니 연구소 둘이 총동원되다시피 하지 않았소. 아카데미 회원 하나, 박사 셋, 박사 후보 둘, 그리고 수많은 기사들이 들러붙어 50만 루블이라는 돈을 들여 설계했다는 주조기가 결국은 수공업적 방법에 의한 것보다 오히려 비싸게 먹히는 배수관을 만들어 냈단 말이오. 그래서 공장에 2백만 루블이라는 결손을 내게 했소. 두 번째는 150만 루블의 비용을 들였지만 역시 실패였소. 선철의 초과 소비라는 결과를 가져왔을 뿐이니까. 학위논문의 좋은 주제가 하나 있는데 한번 써 보지 않겠소? ── 독점체의 본질과 그 취약성 및 진정한 의미의 집단과의 차이점 ── 이런 제목으로 말이오."

"삼 년 전에 시베리아 지부에서 어떤 청년 기사가 나한테 이런 말을 한 일이 있지요 ── 여긴 아브지예프의 콩고(노예국이란 뜻 ─ 역주)란 말이오. 당신 같은 사람의 일을 맡을 여가는 없소!"

"그렇소, 벌써 그자들의 정체를 똑똑히 눈치채고 있는 사람들도 없는 건 아니오. 하지만 대다수가 아직도 눈뜬장님들이란 말이오. 이제 아브지예프가 갑자기 서리를 맞게 되면 주조물연구소의 졸도들에겐 청천벽력과 같은 충격을 주게 될 거요."

"아마 눈에 보이지 않는 우박이 쏟아져 내려오는 것 같겠지요."

"그런데 도대체 그자들이 어떻게 생각하고 걸핏하면 집단이란 말을 들고 나오는지 모르겠소. 기억하고 있소, 최초의 기술심의회 때 일을? 그 쩨삐낀인가 하는 자한테 한번 물어보고 싶소. 집단이란 말을 무슨 뜻으로 해석하고 있느냐고."

"쎄삐낀은 집단이라는 것이 무잇인지, 집딘의 특성이 무엇인지 잘 알고 있을 겁니다. 나는 이제야 비로소 그 진의를 깨달았습니다만 그때 그자들은 나를 보고 외톨이라느니, 개인주의자라느니 하며 손가락질을 했지요. 그렇지만 그들이 하나의 집단을 이루고 있다고 해서 그것이 절대로 진정한 의미의 집단일 수 없다는 것을 나는 이제야 똑똑히 깨달았습니다. 그 집단에 한몫 끼게 해 달라고 몇 번이나 내가 그들의 문을 두드렸는지 아십니까? 지금 생각하면 참 어처구니없는 짓이었습니다."

"나도 역시 마찬가지요. 나도 아브지예프의 연구소에 있던 놈이니까! 나는 그자를 철석같이 믿고 있었소. 경탄과 존경의 눈으로 그자를 바라보았단 말이오. 그자는 내 앞에서 마치 공작처럼 도도하게 굴었소. 어깨를 두드리며, "뭐 어렵게 생각할 건 없어. 차차 공부를 하면 다 알게 되지. 열심히 일하게, 딴 생각 말고 열심히 일만 하란 말이야!" 이런 수작을 했소. 그때만 해도 나는 아직 자기 자신을 모르고 있었소. 그러나 아브지예프는 그때 벌써 내게서 어떤 요소를 발견했던지 방어선을 치기 시작했단 말이오. 내게 박사 학위 과정을 이수하게 한 것도 사실은 까닭이 있었던 거요. 그런 낡아빠진 수법을 적용한 덕택에 그자는 삼 년이라는 시간적 여유를 얻게 된 셈이었소. 그 다음 내가 학위논문을 쓰려 하자, 주조학과는 관련이 없는 아주 엉뚱한 주제를 주지 않겠소. 그렇게 함으로써 자기의 비옥한 농장에 발을 들여놓지 못하게 하려는 속셈이었단 말이오."

"그러나 그자가 끄떡없이 그 자리를 지켜나온 걸 보면 정말 용하군요."

"도저히 어떻게 해 볼 도리가 없었던 거요. 나 자신도 별 수 없었소. 입이나 놀려 가지고는 아무런 효과도 없으니까…. 흰 것이라도 검다고 우기고는 만장일치로 결의해 버리면 그만이었소. 그 다음엔 사계의 원로인 싸라또프쩨프 노인의 확인까지 받는 판이니 도대체 무슨 수로 그자를 거꾸러뜨린단 말이오? 그자들을 부수는 데는 무엇보다도 당신의 기계와 같은 살아 있는 증거가 필요하고, 또 슈찌꼬프의 손이 미치지 않는, 즉 야금공업성 이외의 성의 관할하에 있는 공장이 필요하오. 예를 들면 여기 우리 공장 같은…. 아무리 훌륭한 주조기가 발명되었다 하더라도 그들의 공장에서 그것을 제작할 리는 만무할 테니까 말이오. 어째서 내가 당신의 일을 돕고 나섰는가 하면, 여러 사람들을 위해 한 사람이 할 수 있는 한도 내의 일을 당신이 완전히 해냈기 때문이오. 물론 나도 당신의 덕을 입은 사람이오. 덕택에 그 날도둑놈들의 손에서 주조물연구소를 해방시킬 수 있게 되었으니까. 당신 같은 사람을 발견하게 된 것을 나는 정말 기쁘게 생각하오. 자, 좀 더 드시오."

갈리쯔끼는 로빠뜨낀의 컵에 코코아를 가득 따르며 이렇게 덧붙였다.

"어서 많이 들고 전투준비를 해야 할 게 아니오? 곧 휴전 상태가 끝나고 말 테니까!"

4

슈찌꼬프 차관은 며칠 동안을 초조한 심정으로 보냈다. 배수관의 국정 표준규격을 변경시키는 데 필요한 건의서 작성이 무엇 때문인지 지체되고 있었기 때문이다.

그러나 마침내 상세한 주석이 붙은 도면들과 각종 산출표가 중앙주조위원회에서 넘어왔다. 건의서에는 또한 주조학 전문가들의 결의문과 아카데미 회원 싸라또프쩨프의 동의서까지 첨부되어 있었다.

"아주 훌륭하게 작성됐군!"

슈찌꼬프는 쩨삐낀의 자세한 보고를 듣고 나서 언제나 애용하는 녹색 잉크로 서류에 서명을 했다. 그러나 이 건의서는 야금공업성에서 다른 곳으로 발송되지 못할 운명에 있었다.

아직 출근해서 얼마 안 되는 시각이었다. 건의서에 서명을 해서 내보낸 다음 슈찌꼬프는 사무집행관 네브라예프의 인사 문제를 결정하기 위해 그를 불러들였다. 이미 비서실에 와서 기다리고 있던 네브라예프는 슈찌꼬프의 부름을 받자 즉시 차관실로 들어갔다. 두 팔을 밑으로 축 늘어뜨리고 그는 어정어정 양탄자 위를 걸어가서 슈찌꼬프 앞에 와서 섰다. 무슨 까닭인지 얼굴에는 짙은 고뇌의 그림자가 깃들어 있었다. 슈찌꼬프는 서랍에서 그의 사직원을 꺼내 놓았다.

"이건 뭔가?"

슈찌꼬프는 또 한 번 그것을 들여다보고 자못 뜻밖이라는 듯이 부드러운 어조로 물었다.

"네브라예프 동무, 갑자기 무슨 생각이 들어서 그만두겠다는 건가, 응? 어디 딴 데로 옮겨 앉으려구?"

"그런 게 아니라 건강이 좋지 못해서 좀 휴양을 하고, 그 다음엔 공부라도 해 볼까 하는 생각입니다. 여기 진단서도 가지고 있습니다."

"진단서라구?"

슈찌꼬프는 입가에 웃음을 머금은 채 네브라예프의 얼굴을 지그시 바라보았다.

"정 그렇다면 할 수 없는 일이지. 그럼 언제 그만두겠나?"

"오늘부터라도 그만둘 생각입니다만… 그리고 다시 성에 나오지 않아도 무방하게 됐으면 합니다."

슈찌꼬프는 잠자코 펜을 들어 사직원에 이렇게 썼다 ── '원에 의하여 해직함. 즉시 발령할 것.' 네브라예프는 사직원을 받아 들고, 들어올 때와 마찬가지로 어정어정 공중을 헤엄치듯 밖으로 나갔다.

'저 친구가 왜 갑자기 그만두겠다는 걸까?' 슈찌꼬프는 그가 나가는 것을 바라보며 정색을 하고 생각했다. '혹시 무슨 회오리바람이라도 일어날 징조가 보여서 그럴까?' 그러나 슈찌꼬프의 얼굴에는 금세 웃음이 피어올랐다. 가장 약삭빠르다는 자가 때로는 노루 제 방귀에 놀라는 격으로 공연히 겁을 먹고 떠는 수가 있다는 생각이 들었기 때문이다. '그렇지만 좀 이상한데? 도대체 저 친구가 무슨 냄새를 맡았기에 미리 꼬리를 빼려는 걸까? 아무래도 수상해.'

이런 때 드로즈도프가 모스크바에 있었다면 슈찌꼬프는 당장에 그를 불러 함께 원인을 규명했을 것이다. 그러나 유감스럽게도 드로즈도프는 모스크바에 없었다. 나자와 헤어진 후부터 그는 뻔질나게 지방 공장으로 출장을 다니며, 새로운 기술을 발전시키는 데 정력을 기울이고 있었던 것이다.

점심 때쯤 돼서 테이블 위에 놓인 여러 개의 전화 가운데 하나가 벨을 울렸다. 슈찌꼬프는 수화기를 들자 금방 얼굴에 활기를 띠며 누렇게 금니를 드러냈다. 아브지예프 교수에게서 온 전화였다. 아침에 결재한 규격 변경 건의서를 절대로 발송하지 말라는 부탁이었다.

"아니 무엇 때문에 그러시오? 벌써 결재를 해서 내보냈는데!"

슈찌꼬프는 한 손으로 초인종을 누르며 물었다.

"다시 대조해 봐야 할 대목이 좀 있어서…."

수화기에서 아브지예프의 맥 빠진 목소리가 흘러나왔다.

"그리고, 이건 딴 얘기지만 로빠뜨낀이 석방되어 나온 거 아십니까? 왜 요전에 경기장에서 오는 길에…."

"아침에 결재한 서류 있지? 그거…."

슈찌꼬프는 문을 열고 들어서는 여비서에게 말했다.

"빨리 발송과에 가서 찾아오시오. 뭐라구? 지금 뭐라 했소?"

하고 이번에는 전화통에 대고 소리쳤다.

"로빠뜨낀이 모스크바에 나타났다가 다시 어디론지 떠났답니다. 주조기를 제작하고 있는 모양입니다. 벌써 다 만들었다는 말도 있어요…."

"어느 공장인지 모르시오? 모른다구? 그럼 어느 성 관하의 공장이라는 것도 모르겠소?"

"어느 성 관하의 공장이냐 하는 건 짐작이 갑니다."

하고 수화기가 대답했다.

"내 추측으로는 계약이 체결되어 이미 작업에 착수한 것 같습니다."

"어디서 그런 정보를 입수했소?"

“정통한 소식통으로부터….”

“거 참, 반가운 소식이구료!”

슈찌꼬프는 입을 실룩거리며 말했다.

“하여튼 좀 만나서 의논해 봐야겠는데… 어떻습니까?”

“드로즈도프가 내일 돌아올 테니까 우선 그 사람과 상의해 보겠소. 내일 오전 중에 다시 전화 걸어 주시오.”

슈찌꼬프는 수화기를 놓고 초인종을 눌렀다. 이삼 분이 지났는데도 아무도 나타나지 않았다. 그는 비서실에 나가 보았다. 비서실은 비어 있었다. 그는 한 자리에 멍청히 서 있다가 잠시 후에 제자리로 돌아와 앉았다. 여비서가 서류를 들고 들어왔다.

“아직 발송하지 않았더군요. 드로즈도프 동무가 돌아온 후에….”

“좋아, 이리 주시오.”

여비서가 나가자, 슈찌꼬프는 말쑥하게 철한 서류의 표지를 들췄다. 아침에만 해도 그렇게 그의 마음을 만족시켜 준 이 서류가 이제는 허위에 찬 무슨 위조문서처럼 보이는 것이었다. 그는 첫 장에 엇비스듬하게 그려진 자기의 서명을 물끄러미 바라보았다.

‘이따위 엉터리 건의서를 표준규격 제정위원회에 보내려 했으니, 나도 어지간히 돌아 버린 놈이로군!’ 그는 자기의 서명이 있는 첫 장을 찢어 내고 서류를 한쪽 구석으로 밀어 놓았다. ‘이걸 위원회에 보내서 비록 규격이 변경된다 하더라도 과연 무슨 효과가 있단 말인가! 지금까지의 표준규격대로 배수관을 생산해 내는 로빠뜨낀식 주조기가 있다는 사실이 조만간 알려지고 말 텐데. 물론 로빠뜨낀은 말썽을 일으키겠지. 자기가 이미 팔 년 전에 그 주조기 설계안을 우리한테 제출한 일이 있다고 폭로하겠지… 그뿐인가, 이 문제가 신문에까지 공표된다면….’ 슈찌꼬프는 허공을 바라보며 한 손으로 책상 위를 더듬기 시작했다. 갑자기 담배 생각이 났던 것이다. '가만 있자….' 그의 머릿속에는 문득 새로운 생각이 떠올랐다. '그 6만 톤의 선철은 어떻게 한다?'

순간 그는 가슴속에서 무엇인지 방망이질을 하며, 상반신이 화끈 달아오르는 것을 느꼈다. 그는 신음 소리를 내며 초인종을 누르고는 얼른 소파에 가서 쓰러지듯 주저앉아 버렸다.

가슴에 손을 대고 금니를 드러낸 채 소파에 누워 있는 차관을 발견한 여비서는 허겁지겁 아래층에 있는 의무실에 전화를 걸었다. 그녀는 슈찌꼬프에게 고혈압 증세가 있다는 것을 잘 알고 있었던 것이다. 몇 분 후에 흰 가운을 걸친 여의사가 조그만 손가방을 들고 들어왔다. 여의사는 슈찌꼬프의 이마를 짚어 보고 맥박을 재 본 다음, 셔츠를 헤치고 기름진 희멀건 가슴에 조심스럽게 청진기를 갖다 댔다.

"한 시간가량 누워 계세요."

청진을 하고 나서 여의사는 슈찌꼬프에게 말했다.

"그리고 좀 덜 괴롭세 되면 댁에 돌아가셔서 소용히 자리에 누워 계십시오."

여의사는 컵에 냉수를 반쯤 따르고 거기다 자기가 가져온 물약을 몇 방울 떨어뜨려서 슈찌꼬프에게 내밀었다. 그는 물약을 받아 마시고 소파에 누웠다. 그러나 의사가 나가 버리자 곧 일어나 앉아서 손을 들어 여비서를 불렀다.

"자동차…."

여비서는 즉시 차고에 전화를 걸었다.

"서류를 죄다 내 가방에 넣으시오."

슈찌꼬프는 상을 찡그리고 셔츠를 바지 속에 넣으며 중얼거렸다.

"집에 가지고 갈 테니까…."

이튿날 슈찌꼬프는 한낮이 되었을 무렵에야 출근했다. 야금공업성의 높다란 정면 현관이 그의 눈에는 마치 자기를 집어삼키려는 무슨 괴물의 아가리처럼 보였다. 그는 굉장히 오랫동안 자리를 비워 두었던 것 같은 느낌이 들었다 —— 사실 이런 판국에 하루라는 시간이 어찌 귀중하고 아깝지 않을 리가 있겠는가! 그는 총총걸음으로 이 층에 있는 자기 방으로 올라가자 곧 초인종을 눌렀다. 비서실로 통하는 문이 열리기가 바쁘게,

"드로즈도프는 돌아왔소?"

하고 물었다.

"네, 벌써 출근해서 차관님이 계시냐고 전화를 걸어 왔습니다."

하는 대답을 듣고 슈찌꼬프는 비로소 안심했다는 듯이 푸우 하고 한숨을 내쉬었다.

그 전날 밤에 드로즈도프는 출장을 끝내고 모스크바에 돌아왔다. 아침 열 시에 출근한 그는 이십 분도 채 되기 전에 자기가 없는 사이에 무슨 일이 일어났는가를 알게 되었고, 또한 어제 슈찌꼬프가 졸도하다시피된 원인도 알았다. 뿐만 아니라 그는 슈찌꼬프가 아직도 잘 모르고 있는 사실까지 알아낸 것이다. 그것은 다름 아니라 그동안에 로빠뜨낀이 제출한 진정서의 사본과 거기 대한 회답이 고스란히 되살아나서 최고재판소로 올라갔고, 거기서 다시 지구 검찰소의 찌또바 검사의 손으로 넘어갔다는 사실이었다. 이 정보를 전화를 통하여 드로즈도프에게 제공한 사람은 야금공업성 발명계장인 노인이었다. 노인은 어제 검찰소에 출두하여 찌또바 검사로부터 심문을 받았다는 것이었다.

"당신은 아직도 나이를 더 먹어야 사람 구실을 할 것 같군!"

드로즈도프는 흥분을 감추지 못하고 눈을 지그시 감은 채 말했다.

"뭣이 그리 큰일이라고 떨고 있는 거야, 겁쟁이 같으니! 찌또바라는 검사가 제아무리 냄새를 잘 맡는다 해도 우리 야금공업성에서는 아무것도 캐내지 못한다는 걸 알아야 해. 증거서류라구? 증거서류는 우리한테도 얼마든지 있어. 우리도 증거서류를 보관하고 있단 말이야. 지금 곧 로빠뜨낀과 관련된 발신 문서의 사본철을 찾아가지고 나한테 오게."

"으흠…."

수화기를 놓고 드로즈도프는 자리에서 일어나더니 방 안을 이리저리 거닐며 생각에 잠겨 들어갔다. '내가 로빠뜨낀을 너무 괄시했군… 그것도 실은 모두가 그 정치가(드로즈도프는 슈찌꼬프를 그렇게 불렀다) 때문이야. 큰일을 기획하고 지도한다는 친구가 세상이 어떻게 돌아가는지 쥐뿔도 모르거든! 다 썩은 나뭇가지에 앉아서 그래도 좋다고 벙글거리고 있으니… 벌써 딴 나뭇가지로 옮겨 앉았어야 할 게 아닌가. 하긴 언제든지 한 번은 밑으로 떨어지고야 말 위인이니까 매한가지일 테지만…. 그건 그렇고, 무즈가에 있을 때 나는 그 발명가를 적극적으로 지지할 수도 있지 않았는가. 그와 손을 잡고 주조기를 제작함으로써 슈씨꼬프를 비롯하여 내 눈에 거슬리는 자들에게 일격을 가할 수 있지 않았는가 말이야.' 그러나 그는 즉석에서 자기 생각을 부정했다. '아니야, 그때 형편으론 도저히 그런 모험을 할 수가 없었지. 만일 했더라면 둘이 함께 매장되고 말았을 거야. 그렇지만 이제는….'

바로 그때 아까 전화를 건 발명계장이 두툼한 서류철을 몇 개나 들고 그의 방으로 들어왔다. 드로즈도프는 테이블에 가서 앉았다. 돋보기를 꺼내 쓰고는 눈을 감고 씨근씨근 숨소리를 내며 한참 동안 잠자코 앉았다가 이윽고 눈을 뜨고 테이블에 놓은 서류에 손을 가져갔다. 미리 접어 놓은 곳이 펼쳐지며 1945라고 커다랗게 써 넣은 공문서가 나타났다.

"이건 뭔가?"

"이것은 야금공업성에서 드로즈도프 동무에게… 국장님께서 무즈가에 계실 때 일입니다. 드로즈도프 동무에게 보낸 회답의 사본입니다."

"아, 그렇군! 로빠뜨낀은 나를 통해서 설계안을 제출했으니까… 됐어. 내가 무즈가에 있을 때 보낸 문서와 그 밖에 로빠뜨낀의 주조기와 관련된 공문서를 죄다 뽑아 가지고 타자수한테 가서 각각 세 부씩 사본을 만들어 달라고 하게. 알겠나? 그럼 어서 가 보게!"

한 시간 후에 필요한 모든 공문서의 사본이 드로즈도프에게 제출되었다. 거기에는 성이 로빠뜨낀식 주조기의 세부설계도를 시급히 작성하라는 공문을 수차에 걸쳐 주조물연구소에 보냈다는 사실이 명백히 나타나 있었다.

'됐어! 이만하면 검사 아니라 제 아무런 자가 심문을 한대도 끄떡없겠지.' 드로즈도프는 흡족한 표정을 지으며 초인종을 눌렀다.

"보챠로프를 좀 불러 주시오."

그는 문을 열고 들어오는 여비서에게 명령했다.

"그리고 그라포프와 쎄프루끄도 함께 오라 하고, 그 다음에… 레몬수를 댓 병 들여보내고."

보챠로프는 얼마 전에 선철의 초과 지출을 발견해 낸 바로 그 과의 과장이었다. 그는 야금공업성에서 가장 오래 근무한 사람들 가운데 하나였다. 그리고 그라포프와 쎄프루끄는 그 밑에서 일하는 젊은 기사들이었다. 따라서 국장과 같은 높은 사람한테 불려 들어가는 일이란 거의 없었기 때문에 그들은 국장실에 들어서자 긴장한 나머지 금세 학생들처럼 되어 버렸다.

"거기들 앉게, 동무들!"

드로즈도프의 말에 세 사람은 나란히 의자에 걸터앉았다.

"그런데 보챠로프 동무, 자네 요새 뭐 바쁜 일은 없나?"

드로즈도프는 거드름을 피우며 물었다.

"다름 아니라 자네를 새로 구성되는 조사위원회의 책임자로 임명할 생각인데… 자네들 혹시 로빠뜨낀에 대해서 들어본 일이 있나?"

"좀 들은 적이 있는 것 같습니다."

하고 쎄프루끄가 더듬거리며 대답했다.

"어느 과에서 일하는 사람입니까?"

"아니 그 로빠뜨낀이 아니라 발명가 로빠뜨낀 말일세. 내가 특히 자네들을 조사위원회에 임명하려는 것은 자네들이 공정한 입장에 설 수 있다고 생각했기 때문이야. 그러나 보챠로프 동무, 일에 착수하려면 우선 로빠뜨낀식 원심주조기에 대해서 알고 있어야 할 텐데…."

"네, 대강 짐작은 하고 있습니다만."

"좋아, 그렇다면 내가 거기에 대해 알고 있는 한도 내에서 미리 얘기 하겠네. 로빠뜨낀 기사는 칠 년 전에 나한테 새로운 원심주조기 설계안을 제출했지. 물론 나는 그것을 즉시 야금공업성으로 보냈네. 이건 내가 무즈가에서 공장 지배인으로 있던 때의 일이지만. 칠 년 동안 계속해 로빠뜨낀은 주조기를 제작하려고 노력했으나, 그 어떤 세력이 줄곧 그를 물리쳐 왔단 말일세."

이때 문이 열리며 식당에 있는 처녀가 레몬수 다섯 병과 컵을 쟁반에 받쳐 들고 들어왔다. 마개를 따서 컵마다 가득가득 따르고는 조용히 물러나갔다. 드로즈도프는 한 잔을 단숨에 들이켜고 또 한 잔을 따라 마셨다. 기사들은 한 모금씩 조심스럽게 마시며 긴장한 얼굴로 다음 말을 기다렸다.

"우리 성에서는 네 번이나 로빠뜨낀식 주조기의 세부설계를 결의한 바 있고, 또…."

드로즈도프는 더욱 활기 띤 어조로 말을 계속했다.

"장관 명의로 두 차례나 이에 대한 명령을 내린 일이 있네. 자, 여기 그

증거서류들이 있으니 갖다가 참고로 하게. 자네들의 임무는 무엇인고 하니 도대체 누가 그 주조기의 제작을 지연시키고 방해했는가를 밝혀내는 것이지. 그리고 로빠뜨낀식 주조기의 제작을 백방으로 방해한 주조물연구소가, 소위 권위 있는 학자들과 합작하여 만들어낸 기계라는 것이, 얼마 전에 선철 초과 지출 문제로 말썽을 일으킨 바로 그 주조기라는 점을 특히 고려해야 할 걸세. 그들이 우리 성의 지도부를 기만하고, 우리의 올바른 판단을 저해한 결과, 무려 6만 톤이라는 선철의 낭비를 초래하게 한 것은 자네들도 알고 있겠지?"

이렇게 말하고 드로즈도프는 자리에서 일어나더니, 조사위원들 앞으로 걸어 나오며 엄숙한 어조로 말을 이었다.

"뿐만 아니라, 이제 와서 그들은 선철의 낭비를 합리화하기 위해 후안무치하게도 배수관의 표준규격까지 변경시키려 하고!"

"그래요?"

쎄프루끄가 눈을 동그랗게 뜨며 말을 받았다. 그라포프는 수첩에다 무엇인지 열심히 받아쓰고 있었다. 보챠로프는 고개를 약간 기우뚱하고 앉아서 국장의 말에 귀를 기울이고 있었다.

드로즈도프는 입을 다물고 방 안을 한 바퀴 돌고 나서, 다시 자기 자리로 돌아갔다.

"우선 사업 계획을 수립하고 각자가 할 일을 분담하도록 하게. 필요하다면 딴 사람들에게 일을 도와달라고 할 수도 있겠지. 그 정직한… 요전에 선철의 초과 지출을 발견한 그 젊은이에게도 일을 맡기란 말일세. 그리고 주조물연구소에 끄레호프라고 아주 똑똑한 기사가 하나 있지. 내 소개해 줄 테니, 기술적인 문제는 그 기사한테 문의하게. 군법회의 재판부에도 한번 가서 내용을 알아볼 필요가 있을 것이고… 로빠뜨낀을 고발한 것도 역시 주조물연구소와 중앙주조위원회니까, 그 점도 유의해야 할 걸세. 성의 문서 보관과에도 연락해서 자네들이 마음대로 공문서를 열람할 수 있도록 조처하겠네. 아마 앞으로 일주일이면 자네들의 조사는 일단락 짓게 되지 않을까 나는 생각하네."

새로 임명한 조사위원들을 비서실까지 배웅하고 돌아와서 드로즈도프는 테이블 앞에 놓인 안락의자에 앉았다.

'으흠… 로빠뜨낀이 석방되었다구!' 그는 생각했다. '그리고 이젠 내가 그 자의 편을 들어야 하게 됐으니 정말 알고도 모를 일이로군. 물론 연놈들은 벌써 만났을 테지….'

그러자, 아무에게도 하소연할 수 없는 서글픈 감정이 갑자기 드로즈도프를 휩싸는 것이었다.

오후에 그는 차관 비서실에 다시 전화를 걸어 보았다. 슈찌꼬프가 이미 출근했다는 대답을 듣자 그는 곧 차관실로 갔다.

"오늘 아침에 위원회를 하나 구성했습니다."

방문을 열고 들어서기가 바쁘게 그는 명랑한 어조로 슈찌꼬프에게 보고했다.

"아니 느닷없이 위원회는 또 뭐요?"

슈찌꼬프는 반갑게 맞으며 물었다.

"거기 앉으시오, 드로즈도프 동무. 그래 무슨 일을 하는 위원회요?"

"조사위원회지요."

드로즈도프는 의자에 앉으며 대답했다.

"로빠뜨낀식 주조기의 제작을 고의로 지연시키고 선철을 낭비한 범인들과 국정 표준규격을 변경시키려는 사기꾼들을 밝혀내기 위한 조사위원회란 말입니다."

"뭐라구?"

슈찌꼬프는 버럭 고함을 치더니, 간신히 흥분을 억제하며 이렇게 말했다.

"아니, 당신 정신이 나갔소? 도대체 무슨 생각으로 그런 위원회를 구성했다는 거요? 내 참 기가 막혀서!"

"이런 때 우물쭈물하는 건 자살행위와 다름없습니다."

드로즈도프는 한 마디 한 마디 똑똑히 잘라서 말하며 누런 손으로 안락의자의 팔걸이를 툭툭 두드렸다.

"로빠뜨낀의 서류철이 타 없어진 게 아니라, 지금 지구 검찰청 찌또바 검사의 금고 속에 들어 있다는 걸 아십니까? 모르신단 말씀이지요? 책임적 지위에 있는 사람은 자기 관할 하에 있는 기관에 불미한 사고가 있다는 것을 발견한 이상 마땅히 그 원인을 규명해야 한다고 생각합니다. 그렇게 함으로써 자기의 무능이나 태만이 드러난다해도 그것은 어쩔 수 없는 일이지요. 사태는 이미 막다른 골목에 다다랐습니다. 이러니저러니 할 때가 아니지요. 장관께선 이번 일을 모르고 계십니까?"

"응?… 응!"

슈찌꼬프는 분명하지 못한 대답을 했다. 그는 딴 생각에 정신이 팔려 있었던 것이다.

'모가지가 달아날까봐 겁이 나는 모양이군!' 하고 드로즈도프는 속으로 생각했다.

"그렇다면 장관께 미리 보고하는 게 좋을 겁니다."

그는 슈찌꼬프의 눈치를 살피며 말했다.

"역시 당신의 말대로 조사위원회를 구성하는 게 옳을 것 같소."

하며 슈찌꼬프는 고개를 끄덕였다.

그로부터 이십 일이 지나서, 야금공업성 각 과에는 활판으로 인쇄된 장관의 지시 각서 제222호가 배포되었다. 그것은 드로즈도프가 임명한 조사위원회의 보고서를 토대로 하여 기안된 것이었다. 예기했던 것처럼, 아카데미 회원 싸또라프쩨프의 이름은 지시 각서에서 찾아볼 수 없었다. 머지않아 거행될 예정인 그의 제80회 탄생 기념 축하회를 고려한 조치라는 것은 누구나 쉽사리 간파할 수 있었다. 아브지예프 교수도 별로 비판의 대상에 오르지 않았다. 과거 칠 년 간에 걸친 각종 문서를 조사한 결과 그가 로빠뜨낀의 주조기와 관련하여 공적으로 태도를 표명한 것은 단지 두 번뿐이라는 사실이 판명되었기 때문이다. 드로즈도프와 슈찌꼬프의 이름도 역시 지시 각서에서 발견할 수 없었지만, 다음과 같은 대목에서 그들은 간접적으로 지적되었다 —— 막슈쩬꼬와 우류뻰, 그리고 중앙주조위원회의 몇몇 일꾼들은 자기들의 모순된 이론으로 야금공업성 간부들을 기만하였고….

지시 각서에는 막슈쩬꼬와 우류뻰의 소위 육혈포식 주조기로 인하여 손실된 국고금과 선철이 막대한 숫자에 달한다고 지적하고, 그러나 그러한 사실을 외부 인사들에게 절대로 누설하지 말라는 주의사항이 적혀 있었다. 그 이유는 국민들이 이 사실을 옳지 못한 방향으로 해석할 우려가 있기 때문이라는 것이었다.

어쨌든 이러한 지시 각서가 나오게 된 직접적 동기는 로빠뜨낀식 주조기의 제작을 지연시켰다는 데 있다기보다는 어디까지나 선철의 초과 지출 때문이라는 것이 명백했다. 만일 육혈포식 주조기가 선철만 낭비하지 않았더라도 상황은 전연 달랐을 것이다.

각서의 결론은 다음과 같았다.

자기 주조기의 결함을 숨김으로써 국고에 막대한 손실을 초래한 막슈쩬꼬와 우류뻰은 즉시 해직시킬 것. 그릇된 결정을 내림으로써 로빠뜨낀식 원심주조기 제작을 수년 동안이나 지연시키는 한편 쓸모없는 육혈포식 주조기 제작에 적극 협력한 쩨삐낀과 훈다또르에 대한 책임 추궁은 이를 중앙주조위원회 지도부에 일임한다….

그리고 맨 마지막에는 이런 구절이 적혀 있었다 ── 기술국장은 신인들에 의하여 제출된 유익한 설계안을 완성시키고 또한 그것을 제작하기 위하여 보다 엄격한 관리 제도를 확립시킬 것 ── 이것은 누구에게나 이미 알려져 있는 구절이었다. 그래서 모두들 상용구라 불렀다. 이번에도 기안자는 이십 년 전에 나온 지시 각서에서 이 구절을 그대로 옮겨 썼던 것이다.

5

구월 어느 날, 로빠뜨낀은 중요한 회의에 참석하기 위해 우랄 지방에서 모스크바로 왔다. 각 성의 대표자들이 모여 원심주조기의 실시 설계를 전적으로 담당할 새로운 설계국 창설의 필요성 여부를 심의하기 위한 회의였다. 각 성 관할하에 있는 수많은 공장에 원심주조기를 일시에 공급하려면, 아무래도 독립된 설계국이 필요할 것이라는 의견이 있었기 때문이다. 이 자리에서 로빠뜨낀은 회의에 제안된 원칙의 실현성에 대한 상세한 보고 연설을 했다. 기계를 제작할 것인가의 여부는 이미 논의 대상이 되지 않았다. 석유성, 화학공업성, 건설자재성 등 정부 각 성의 대표자들은 어떻게 하면 로빠뜨낀식 고성능 원심주조기를 남보다 먼저 획득할 수 있느냐는 문제에 깊은 관심을 표시하였다.

회의는 거의 일곱 시간 가까이 계속되었다. 로빠뜨낀은 각 성의 차관들과 정부 직속위원회의 간부들이 늘어앉은 길다란 회의실용 테이블에 자리를 잡고 있었다. 그들 정부 실무자들은, 아직 구성되지도 않은 설계국 사업계획을 제각기 유리한 방향으로 이끌기 위해 눈이 벌게져 있었다. 모두들 초조하게 앞에 놓인 서류를 뒤적이다가는 자리에서 벌떡 일어서며 앞을 다투어 발언권을 요구하는 것이었다. 로빠뜨낀의 과거 경력 같은 데 관심을 표시하는 사람은 하나도 없었고, 또한 그가 회의 진행 상황을 흥미 있게 관찰하고 앉아 있다는 데 주의를 돌리는 사람도 없었다. 그들의 시선은 재빨리 고안자의 얼굴을 스치고 지나가곤 했지만, 사실 그들의 눈에 보이는 것은 로빠뜨낀의 주조기밖엔 없었다.

휴식 시간에 제일 먼저 로빠뜨낀에게 다가온 사람은 슈찌꼬프 차관의 관할 사항을 임시로 맡아보고 있다는 야금공업성 제2차관이었다. 당당한 체구에 감색 양복을 입고 검은 머리를 올백으로 넘긴 그는 로빠뜨낀의 팔을 잡고 구석진 곳으로 끌고 갔다.

"슈찌꼬프는 드디어 차관 자리에서 쫓겨나고 말았습니까?"

로빠뜨낀은 무심코 그에게 물어보았다.

"다른 성으로 갔소. 아마 직속위원회 간부가 될 거요."

"그가 중요한 자리로 간다면 뭐 좌천이랄 것도 없지 않습니까?"

"그만한 인물도 그리 흔하지 않은 형편이니 어떡하겠소! 그 사람의 사업능력만은 누구나 높이 평가하고 있으니까 당신은 아직 원한을 품고 있는 모양이지만, 그렇다고 새삼스레 그 사람한테 무엇을 요구할 수 있겠소? 원래 그 사람은 시멘트 공업의 전문가인데, 이번에 자기 전문 분야로 되돌아가게 된 거요."

"하긴 슈찌꼬프가 어떻게 되든지 나한테는 상관없는 일이지만…."

"옳은 말이오! 그런 문제를 생각할 게 아니라… 아주 모스크바로 올라오시오. 우랄 지방에 가서 틀어박혀 있을 필요가 어디 있겠소? 당신이 일할 자리는 모스크바에도 얼마든지 있을 테니까 아주 올라오시오."

"설계국 설치 문제가 풀리면 그때 올라오지요."

"그렇게 빨리 해결될 줄 아오? 빨라도 내년 초에 가서나 최종적인 결정이 내릴 거요. 그때까지 어떻게 기다리겠소? 우리 성에서 제작하고 있는 주조기에다 불합격의 딱지를 붙여 놓았으니 그 대신 우리한테 다른 걸 줘야 할 게 아니오. 그러니까 빨리 모스크바에 와서 자리를 잡고 일을 시작해 주시오. 물론 끄레호프와 안또노비치는 당신 밑에서 일하게 될 거요. 주택이 필요하오? 언제든지 마련해 주겠소. 이젠 아무도 당신의 일을 방해하려고 덤비지 못할 테니 그 점은 안심하시오. 만일 있다면 당장에 목을 자르고 말겠소. 솔직히 말하자면 내가 이런 말을 하는 것은 장관 동지의 분부가 있었기 때문이오."

이제는 모든 사정이 이처럼 백팔십도로 전환한 것이다. 저녁이 되어 회의가 끝난 후 거리로 나온 로빠뜨낀은 아무 생각 없이 부지런히 발을 옮겨 놓다가 멈칫하고 걸음을 멈추었다. '어딜 가려고 이렇게 서두르는 것일까?' 그는 고개를 기웃하고 생각했다. '급히 가야 할 곳이라고는 한 군데도 없지 않은가!' 말할 수 없는 적막감이 불현듯 그를 사로잡았다.

이제 전쟁은 끝나고 그는 승리를 거두었다. 승리자는 득의의 미소를 지으며 축배를 올린다. 그러나 전쟁은 또한 승리자에게 깊은 상처를 가져다준다. 로빠뜨낀은 스스로 그것을 느꼈다. 문득 그는 자기의 사랑에 대해 생각했다. 그러나 이상한 일이다. 처녀의 얼굴은 눈앞에 떠오르는 데 처녀에 대한 애정은 조금도 절실한 느낌이 일어나지 않으니 어찌된 일일까? '그 후 잔나는 어떻게 됐을까?' 그는 궁금한 생각이 들었다. '그 대위한테 아직 시집을 가지 않고 있을까? 물론 갔을 거야, 벌써 몇 해가 지나갔으니, 그동안에 아무런 결정도 내리지 않았을 리가 만무하지. 그럼 그들에게 한번 들러 볼까? 아니, 공연히 찾아가서 잘 사는 부부를 놀라게 할 필요는 없어.'

그는 또 한 가지 다른 일을 회상했다. 아니 회상했다는 말은 정확하지 않을는지 모른다. 그것은 언제나 그의 머릿속에서 떠나 본 적이 없는 생각이었기 때문이다.

지금 이 적막 속에서 아무런 방해도 받지 않고 그의 눈앞에 선명하게 떠오르는 것은 바로 그가 예심판사의 심문을 받았을 때의 일이다. 심문이 끝난 후 규정에 따라 예심판사가 그에게 모든 조서를 확인시키기 위해 일건 서류를 그의 앞에 내놓았을 때 그는 거기서 나쟈의 증인 심문조서를 발견했던 것이다. 나쟈의 조서에는 처음부터 끝까지 그녀의 사랑이 역력하게 기록되어 있었다. 그녀의 대답은 그 전부가 애정의 고백이었다. 문 — 증인은 피고 로빠뜨낀을 어떻게 생각하고 있는가?, 답 — 나는 그를 사랑하고 있습니다.

로빠뜨낀 자신은 그 당시 이성 문제 같은 데 머리를 쓸 겨를이 없었다. 그는 오직 자기의 주조기만을 생각하고 있었던 것이다.

그러나 이제는 잠시 주조기에서 떠나 이성 문제를 생각해 볼 수 있게 된 것이다. '과연 나는 나쟈를 사랑하고 있는 것일까? 그렇지 않으면 그저 하나의 타성일 뿐일까? 언제까지나 이렇게 자기 일에만 열중하여 쫓아다니며, 그녀의 애정을 모른 체하고 내버려 둔다는 건 너무 가혹한 짓이 아닐까? 나쟈는 이미 내 아내나 다름없는 여자이며, 그녀에게는 나를 남편이라 부를 수 있는 권리가 있지 않은가! 하지만 과연 내가 전심전력을 기울여 그녀를 사랑할 수 있을까? 그녀와 한방에서 아무런 잡념도 없이 온종일 제도판에 붙어 앉아 있어야만 할 내가 어떻게 새삼스레 그녀에게 열광적인 애정을 표시할 능력이 있겠는가? 만일 내가 젊은 정열이 끓고 있다면 모든 것을 던지고 그녀에게 달려가야 했을 것이다. 그녀는 아직도 젊다 —— 그녀에게는 열정적인 애정이 필요하다. 그런데 나는 어떤가? 나이에 어울리지 않게 늙어 버린 홀아비와 같은 존재가 아닌가! 이성 간의 애정이 무엇인

지를 잊어버린지 오래인 늙은이가 아닌가!'

그는 보도 한가운데서 걸음을 멈추고 선 채 푸우 하고 한숨을 내쉬었다. '물론 나는 나의 주조기만으로 얼마든지 행복할 수 있을 것이다. 만일 필요하다면 여태까지 내가 걸어온 길을 처음부터 다시 한 번 걸을 수도 있다. 그러나 그 행복의 핵심은 어디 있는가? 주조기는 이미 완성되어 성공적으로 배수관을 만들고 있다. 나는 내가 해야 할 일을 다 한 것이다. 그렇다면 이제 내가 할 일은 과연 무엇인가? 그리고 또 그 다음에… 그 다음에 해야 할 일은 무엇인가?' 로빠뜨낀은 여기에 대해 명확한 대답을 할 수 없었다.

로빠뜨낀은 여러 가지로 궁리해 보다가, 시계를 한 번 들여다보고는 갑자기 메뜨로스뜨로예프스까야 거리에 들러 보기로 했다. '잔나는 틀림없이 결혼을 하고 딴 데로 이사해 갔을 테니까, 결국 만나지는 못할 거야.' 하고 그는 스스로를 기만하는 것이었다. '범인이란 항상 자기의 범행 장소에 가 보고 싶은 유혹을 느끼는 것이다. 또한 그러한 경우에는 반드시 자기의 어리석은 행위에 대한 그 어떤 구실을 만들어 내는 법이다. 그렇다면 과연 나는 무슨 범죄를 저질렀단 말인가?' 하고 그는 생각했다. 그러자 그의 양심 깊은 곳으로부터 또렷한 음성이 들려왔다.

'그대가 그 처녀에게 인간의 고귀한 사명을 외치기 시작했을 때 그녀는 겨우 열일곱 살이었다. 그대는 온갖 아름다운 문구를 써 가며 열변을 토하여 그녀를 자기의 길로 끌어들였다. 그러나 그대가 그녀를 이끌어 간 곳은 어딘가? 그대는 이제 와서 그녀만을 나무랄 수 있다고 생각하는가? 모든 책임은 그대에게 있지 않은가?'

눈에 익은 골목길로 접어들 때까지도 로빠뜨낀에게는 잔나를 만날 마음의 준비가 되어 있지 않았다. 그러나 그는 잔나가 살고 있던 아파트의 현관을 찾아 들어갔다. 층계를 밟고 사 층까지 올라간 그는 26호라는 동그란 문

패가 붙은 커다란 출입문을 쉽사리 발견할 수 있었다. 26호 주택은 잔나의 친척뻘 되는 사람의 집이었다. 그는 손을 들어 초인종 단추를 눌렀다. 아득한 곳에서 지르릉 하는 소리가 들려 왔다.

'이제는 되돌아갈 수도 없는 노릇이다. 그렇지만 내가 여기 찾아온 것은 오히려 당연한 일이 아닌가! 나는 잔나를 찾아볼 의무가 있다. 어차피 잔나는 내가 모스크바에 있다는 사실을 알게 될 것이다. 그리고 만일 내가 한 번도 들르지 않는다면 그녀는 나를 어떻게 생각할 것인가? 약간 출세를 하더니 옛날 친구조차 저버렸다고, 다 그렇고 그런 인간이었다고 나를 경멸할 것이다. 따라서 나는 그녀를 만나 봐야 한다. 서로 친구로서 대한다면, 조금도 꺼릴 필요가 없지 않은가? 그리고 또 내가 그녀에게 해 온 약속이 허튼소리가 아니었다는 것도 보여 줘야 한다….'

찰칵하고 자물쇠 열리는 소리가 났다. 로빠뜨낀은 자세를 바로잡고 얼굴을 쳐들며 모자를 벗었다. 문이 방긋이 열렸다. 어두컴컴한 문간방에 누군지 서 있는 것이 문틈으로 들여다보였다. 뒤이어,

"로빠뜨낀!"

하는 낮은 외침 소리가 나며 문이 활짝 열렸다. 잔나였다. 관자놀이 쪽으로 약간 째져 올라간 눈은 예나 다름없었지만, 탐스럽게 땋아 내렸던 머리채는 보이지 않았고, 그 대신 둥그렇게 안으로 말아 넣은 머리가 마치 무슨 모자를 쓰고 있는 것 같았다. 그녀는 화려한 무늬가 있는 갈색 허리띠를 잘끈 동여매고 있었다. 분명히 잔나임에는 틀림없었지만, 전에 그녀의 얼굴에서 발산하던 처녀다운 광채는 이미 찾아볼 수가 없었다. 아니 그 광채는 그동안 로빠뜨낀의 마음에서 흘러나가 버렸기 때문인지도 모른다.

아무도 그들을 보고 있는 사람이 없었는데도 로빠뜨낀은 그녀에게 키스할 생각도 않고 있었다. 로빠뜨낀의 회색 중절모와 고급 외투에서 떠날 줄

을 모르는 잔나의 눈길에는 경탄과 선망이 어려 있었다.

아, 역시 그렇군… 그 친구가 역시 여기 있었군! 복도 저쪽에서 전의 그 대위가 천천히 걸어 나오고 있었다. 그새 그의 몸집은 눈에 띄게 뚱뚱해져서 양쪽 어깨가 둥글게 보였다. 로빠뜨낀은 대위에게 고개를 끄덕였다. 대위는 그에게 가까이 다가오더니 두툼한 손을 내밀었다.

"이분이 로빠뜨낀이에요."

잔나는 이렇게 간단히 소개하고 마치 로빠뜨낀을 감싸듯이 그의 앞에 막아섰다. 군인은 가볍게 허리를 굽혔다. 아마도 그는 로빠뜨낀에 대해 이미 들은 바가 있는 모양이었다.

"인사드릴 기회를 얻어 반갑습니다, 대위 동무."

이렇게 말하고 나서 로빠뜨낀은 곧 자기가 실언을 했다고 생각했다. 전에 대위였던 그 군인의 둥근 어깨 위에는 줄이 두 개 있는 견장이 달려 있었기 때문이다. 그러나 군인은 그런 사소한 일에는 전연 개의치 않는 듯한 태도였다.

"제뱌또프 소령입니다."

하고 그는 자기소개를 했다.

"이분은 내 친구에요."

잔나는 로빠뜨낀에게 말하며 이번에는 소령의 앞을 막아섰다. 사내들은 서로 상대방의 눈치를 살피며 잔나의 방으로 걸어들어갔다. 방 안에는 소파와 조그만 책상과 잔나의 침대가 놓여 있었다. 창문을 통하여 옆집 지붕 너머로 마음을 설레게 하는 새빨간 저녁놀이 내다보였다.

소령은 소파에 앉더니 곧 담배를 피워 물었다. 로빠뜨낀은 모자를 손에 들고 방 한가운데 서서 좌우를 한 번 둘러보고는 가까운 데 있는 의자에 걸터앉았다. 잔나는 문 옆에 선 채 눈을 동그랗게 뜨고 로빠뜨낀을 지켜보고 있었다.

“실례의 말씀입니다만….”

소령이 먼저 입을 열었다.

“아마 그동안 어디 딴 데 가 계셨죠?”

“감옥에 갇혀 있었습니다.”

소령은 눈을 내리뜨고 말없이 손가락 사이에 낀 담배를 바라보기 시작했다.

“당신한텐 그런 소식 알리고 싶지 않아서….”

하며 로빠뜨낀은 잔나에게 눈을 주었다.

“왜요? 편지는 보낼 수 있었을 텐데….”

그녀는 소곤거렸다.

“이런 말 물어서 실례가 될는지 모르겠습니다만….”

소령은 호기심을 억누를 수 없었던지 다시 말을 걸었다.

“대체 무슨 일 때문에 걸려들었나요?”

“얘기를 하자면 배우 길어집니다.”

“그러나 형기가 짧아서 다행이었군요. 아마 이 년쯤 되었죠?”

“일 년 반 만에 나왔습니다. 처음부터 판결이 잘못 내려졌었지요.”

“판결을 잘못 내리다뇨?”

소령은 약간 얼굴을 붉혔다.

“그런 일이 과연 있을 수 있을까요?”

“동무는 지금 어디 근무하고 계시죠?”

“군사령관의 부관입니다.”

“그럼 당신은 사령관에 대해 불만스런 일이 한 가지도 없습니까? 예를 들면 대수롭지 않은 걸 가지고 꾸지람을 한다든가….”

"물론 그런 경우도 있죠. 주로 그때그때의 기분 여하에 달려 있으니까요."

"거 보십시오! 군사령관조차 오류를 범할 수 있는데 판사들이라고 해서 그릇된 판결을 내리는 일이 전연 없다고 단언할 수는 없지 않겠어요. 나는 팔 년 언도를 받았다가 최고재판소에서 재심한 결과 석방되어 나왔습니다."

"그래요?"

소령은 다시 눈을 내리깔았다.

"그럼 앞으론 뭘 하실 작정입니까?"

"뭘 하다뇨? 일을 해야죠."

"전에 무슨 발명을 하셨단 말을 들은 것 같은데…."

소령의 나이는 기껏해야 스물일곱 정도로밖엔 보이지 않았으나 그는 몹시 위엄을 보이려고 애쓰며 이렇게 서두를 꺼내고는 흘끔 잔나 쪽을 바라보았다. 잔나는 얼굴이 새빨개졌다.

"지금은 형편이 어떠신지? 경우에 따라서는 내가 어떻게든지 주선을 해 드릴 수 있을 것 같습니다만…."

로빠뜨낀의 얼굴에는 활짝 웃음이 피어오르는 것 같더니 금방 사라져 버렸다. 그는 소령에게 무안을 주고 싶지 않았던 것이다.

"감사합니다."

그는 공손한 어조로 말했다.

"그러나 이젠 누구의 주선을 받을 필요가 없게 됐습니다. 나에게도 어느 정도의 능력이 생겼으니까요. 자세한 얘기를 듣고 싶으시다면…."

"마침내 성공을 거두었다는 말을 하시려는 거군요?"

잔나가 얼굴을 붉히며 끼어들었다.

"그렇죠?"

로빠뜨낀은 생각했다. '잔나에게 나 자신의 승리를 너무 노골적으로 밝히

지 않는 편이 좋을는지 모른다. 새삼스레 무슨 복수라도 하는 것 같은 인상을 줄 필요가 어디 있으랴.'

"왜 잠자코 계세요?"

잔나는 대답을 재촉했다. 그녀의 눈은 까닭 모를 황홀감으로 빛나기 시작했다.

"당신은 전에 나한테 한 약속을 실행하신 거죠? 목적을 달성하셨죠?"

"거의 실현되어 가고 있지요."

"그때도 '거의'라는 말을 하시지 않았어요. 그때가 언젠지 기억하고 계셔요?"

"이번의 '거의'는 정말 틀림없을 겁니다."

"그러나 나한테 하실 말씀이 반드시 있을 것 같은데요?"

"그럼 나는 이만 실례하겠습니다."

소령이 소파에서 일어났다.

"천천히 말씀하십시오. 나는 좀 바쁜 일이 있어서…."

"나도 이젠 가 봐야겠습니다."

로빠뜨낀도 따라 일어섰다.

"안 돼요, 당신은 좀 더 앉아 계세요!"

잔나가 명령하는 어조로 쏘아붙이는 바람에 로빠뜨낀은 다시 주저앉고 말았다.

"어서 그렇게 하십시오. 자, 그럼."

소령은 로빠뜨낀과 악수를 하고 모자를 쓰더니 잔나 쪽으로 돌아서며 눈짓을 했다. 잔나는 소령을 따라 문간방으로 나갔다.

창밖에 붉게 타오르던 저녁놀은 이미 광채를 잃고, 하늘은 마치 검은 재에 덮인 듯이 어두워졌다. 로빠뜨낀은 주위를 둘러보았다. 깨끗이 정돈된

방 안의 모든 것이 그에게 관용을 비는 것만 같았다. 방문이 닫히는 소리에 뒤이어 스위치 소리가 나며 눈부신 전등불 빛이 천장에서 쏟아져 내려왔다.

"조금만 기다려 주세요. 차를 대접할 테니…."

잔나는 잠시 머뭇거리고 서 있다가 조용히 그의 옆으로 다가와서 소파에 앉았다. 그리고는 눈물이 흥건히 괸 눈을 들어 로빠뜨낀을 쳐다보았다.

"고생 많이 하셨죠?"

그녀는 나직이 물었다.

"당신한테 마지막 편지를 쓴 그해에 특히…."

"생활환경 때문이었나요? 그렇지 않으면 사람 때문이었나요?"

그녀는 들릴 듯 말 듯한 소리로 물었다.

"물론 사람 때문이었지요!"

잊었던 굴욕이 한꺼번에 고개를 쳐들며 그의 음성을 진동시켰다.

"나는 아무것도 모르고 있었어요…. 왜 거기서 나한테 편지 주시지 않으셨죠?"

"거기서?"

로빠뜨낀의 어조에서 잔나는, 그가 자기에게 무엇인가 끝내 숨기려고 애쓰고 있다는 것을 알아챘다. 잠시 침묵이 흘렀다.

"만일 거기서 내가 편지를 썼다면, 그 편지도 역시 무즈가에서 보낸 것과 같은 거짓말 편지가 되었을 거요."

"무슨 말이든지 하시고 싶은 말 다 하세요."

그녀는 소곤거렸다.

다소곳이 고개를 숙이고 다음 말을 기다리고 있는 잔나를 보자 로빠뜨낀은 금세 냉정을 회복하고 입을 다물어 버렸다.

"당신이 반드시 나한테 할 말이 있으리라는 걸 나는 알고 있어요."

잔나가 또렷또렷한 어조로 다시 입을 열었다.

"왜 말이 없지요? 당신의 기계는 인정을 받았나요? 벌써 제작되었나요?"

"우선 당신의 얘기부터 하시오. 그동안 어떻게 지냈는지…."

"물 끓어요!"

누군지 복도에서 소리쳤다. 잔나는 밖으로 달려나가더니, 곧 주전자를 가지고 들어와서 탁자 위에 찻잔을 두 개 내놓았다. 로빠뜨낀은 외투를 벗어 의자 뒤에 걸고 탁자 앞으로 다가앉았다.

"내 얘길 하라구요?"

잔나는 차를 따르며 말했다.

"할 만한 얘기도 별로 없지만, 하고 싶지도 않아요. 보시다시피 그저 그렇게 지내고 있죠. 대학을 졸업하고 여름엔 까프까스에 갔다가, 그 다음 무즈가에 다녀왔어요. 그리고 졸업 때 어머니한테 망토를 하나 선물로 받고… 얘기라야 그저 그것뿐이죠."

"망토라니?"

"아주 비싼 거예요, 모피로 만든… 하여튼 망토를 하나 얻어 가진 것밖엔 특별한 일이라곤 하나도 없었어요."

하며 그녀는 쓴웃음을 지었다.

"이제 얼마 후에 께메로보의 코크스 화학 공장으로 떠날 예정이죠."

"아까 그 소령이 모스크바에 일자리를 구해 줄 텐데 구태여 께메로보까지…."

"그 사람도 그런 말을 하고 있긴 하지만…."

하며 잔나는 얼굴을 붉혔다.

"어서 당신 얘기를 들려주세요. 꿈이 실현되었죠?"

"오늘은 거기에 대해 더 이상 말하고 싶지 않소."

얼마 동안 대화가 중단되었다.

"왜 그렇게 바라보세요?"

"그저… 하도 오랜만에 만났으니까."

하며 로빠뜨낀은 빙그레 웃었다.

"아무래도 당신은 나한테 뭘 숨기고 있는 것 같아요. 당신은 승리를 거두고 지금 나한테 복수를 하러 오셨을 거예요. 그런데 왜 가만히 계시죠?"

"이제야 겨우 나를 믿을 수 있을 것 같단 말이군요?"

그는 농담조로 말했다.

"그렇지 않으면 여기 이 모자가 당신의 마음을 혼란케 했든가. 이 모자를 신기하게 바라볼 건 없소. 이건 월급쟁이들이 흔히 쓰고 다니는 모자에 지나지 않으니까. 이번에 나는 일자리를 하나 구했소. 나 같은 독신자라면 이런 모자쯤 살 수 있을 정도의 봉급을 받는 곳에 취직을 한 것뿐이오."

"공연히 놀리지 마세요."

잔나는 그를 뚫어지게 바라보았다.

"뭐 조금도 후회할 필요는 없어요. 당신은 어디까지나 옳았으니까. 나는 당신이 나와 함께 수많은 고초를 겪지 않게 된 걸 오히려 잘 됐다고 생각했었소."

"당신은 나를 원망하시는군요!"

하고 잔나는 외쳤다.

갑자기 로빠뜨낀은 그녀와의 연극과 같은 대화에 피로를 느꼈다. 그래서 빨리 결말을 지어 버려야겠다고 생각했다.

"그럼 바른대로 말하지. 물론 나는 목적을 달성했소. 이제 곧 높은 자리에 앉아서 사람들에게 명령을 내릴 수 있게 되었소. 이만하면 만족하오?"

이렇게 말하고 그는 소리를 내어 웃었다.

이 말에 잔나도 명랑한 표정을 지었다. 얼굴이 불그레하게 상기되었다.

"자, 어서 차를 드세요."

그녀는 한결 부드러운 어조로 말했다.

"아니 이젠 가 봐야겠소. 당신이 여전하다는 걸 알았으니까."

로빠뜨낀은 자리에서 일어났다.

"그동안에 대학을 졸업하고, 망토를 선사 받고… 어디 그 망토 좀 구경시켜 주시오."

잔나는 벽에 걸린 포장을 들추었다. 어디서 본 듯싶은 모피 망토가 벽에 걸려 있었다.

"거 참 좋군."

그는 손가락 끝으로 망토를 만져보며 말했다.

"아주 훌륭한 선물을 받았구료. 아마 상당히 비싸겠지?"

그는 잔나가 쳐들고 있는 포장 끝을 잡아 천천히 망토를 덮었다. 모자를 쓰고 외투를 팔에 걸치고 뚜벅뚜벅 방문께로 걸어 나가다가 걸음을 멈추고 돌아시시 잠시 잔나를 바라보았다. 그리고는 방문을 열고 복도로 나갔다.

문간방까지 따라 나온 잔나는 로빠뜨낀의 손을 잡고 몇 번이나 흔들었다.

"좋아요, 그럼 어서 돌아가세요."

이렇게 말하며 잔나는 해죽 웃어 보였지만, 그러나 그 눈에서는 눈물이 흘러내리고 있었다.

"어서 가세요, 어서!"

그녀는 문밖으로 로빠뜨낀을 떠밀었다.

로빠뜨낀은 벌써부터 잔나가 우는 것을 알고 있었다. 이미 몇 분 전부터, 겉으로 명랑한 표정을 지어 보이던 그때부터, 잔나의 가슴속에서는 뜨거운 눈물이 흘러내리고 있었던 것이다. 그렇지만, 지금 그녀의 눈물을 직접 자기 눈으로 본 이상 그냥 모른 체하고 돌아가 버릴 수도 없는 노릇이었다. 아무래도 다시 들어가서 그녀를 진정시켜 줘야만 할 것 같았다. 그는 닫혀진 문을 밀었으나 열리지 않았다. 안에서 잔나가 떠밀고 있는 것이 분명했다. 아마도 그녀는 로빠뜨낀이 좀 더 세차게 떠밀고 들어오기를 기다리고 있었을 것이다. 그러나 그는 이 대단치도 않은 저항에 순순히 복종하고 문에서 물러섰다. 그에게는 자기 자신을 기만할 만한 용기가 없었던 것이다.

'어째서 잔나는 나를 문밖으로 떠밀어 냈을까?' 층계를 내려오며 그는 생각했다. '그리고 어째서 문을 못 열게 했을까?' 해답은 간단하다. 그녀는 그가 좀 더 적극적인 태도로 나오기를 바랐던 것이다. '그대가 만일 그녀를 사랑한다면 문을 부수고서라도 달려들어 갔어야 했을 것이다. 그대는 마땅히 그녀를 애무해 줘야 했을 것이다.' 이런 속삭임이 그의 귀에 들려왔다. '마땅히라니! 그런 소리가 어디 있어.' 하고 그는 곧 고개를 가로저었다.

한길로 나왔다. 어둠이 사면에 깃들고 있었다. 돌을 깐 보도에 부딪치는 발자국 소리가 마치 메아리처럼 귀에 울려왔다. 잔나는 이미 로빠뜨낀의 머릿속에 남아 있지 않았다. 그는 아까 낮에 만난 야금공업성 제2차관을 내일이라도 찾아가 봐야겠다고 생각했다. '더욱 많은 주조기를 더욱 빨리 공급하기 위해서, 그리고 이미 달성한 성과를 더욱 공고히 하기 위해서!'

그는 무엇엔가 올라탔다. 한참을 가서 또 무엇엔가 바꿔 탔다. 그 다음엔 골목길을 걸어갔다. 마침내 어느 방문 앞에 와서 걸음을 멈췄다. 숨을 돌리고 나서 그는 문을 열고 어슴푸레한 방 안으로 들어섰다. 나쟈의 방이었다. 그녀는 침대에 누워 있었다. 침대 옆에 베드램프를 켜 놓고 책을 읽고 있었던 모양이었다.

나쟈는 흡사 모성애와도 같은 너그러운 애정이 넘치는 검은 눈을 로빠뜨낀에게 쏟았다.

"식탁에 저녁 차려 놓았어요."

그녀는 부드럽고 나직한 목소리로 말하며 식탁 쪽을 가리켰다.

"모든 것이 유리하게 결정됐소."

로빠뜨낀은 그날 회의의 결과를 보고했다.

"설계국 설치에 대해선 모두들 대환영이더군."

"참 잘됐군요. 저기 설탕에 조린 사과가 있어요. 당신이 좋아하기에 좀 만들어 봤는데 어떨는지…."

로빠뜨낀은 양복저고리를 벗어 놓고 손을 씻은 다음 식탁에 앉아서 하던 얘기를 계속했다.

"그리고 오늘 또 어딜 갔었는지 아시오? 메뜨로스뜨로예프스까야 거리에 들러 봤는데…."

"그래서요?"

"눈물투성이었소."

"양쪽이 다?"

하며 나쟈는 조용히 웃었다.

"한쪽만. 내 눈에서도 하마터면 눈물이 나올 뻔 했었소. 하지만 지금 생각하니 아무래도 내가 너무 쓸데없는 소리를 한 것 같아."

'쓸데없는 소린 지금도 하고 있지 않느냐.' 그의 마음속에서 날카로운 소리가 말을 막았다. 그래서 그는 숟가락을 접시로 가져가며 슬그머니 딴 데로 화제를 돌렸다.

"설계국 설치 문제가 결정될 때까지 우선 주조물연구소에서 일할 작정이오. 더욱이 장관이 사람을 내세워 나한테 그런 제의를 해 왔으니까."

6

시월도 막바지에 들어선 어느 일요일, 나쟈는 집에서 니꼴라슈까와 시간을 보내고 있었다. 점심을 먹고 난 후 그녀는 아들과 호랑이 놀이를 했다. 호랑이처럼 으르렁거리며 금방 잡아먹을 듯이 아이에게 덤비는 시늉을 하면 아이는 손발을 내저으면서 깔깔거리며 웃어댔다. 어머니가 이렇게 똑같은 시늉을 거의 한 시간 동안이나 되풀이했는데도 아이는 싫증을 내지 않았다. 그녀도 역시 이 단조로운 놀음으로나마 한없이 허전하고 쓸쓸한 자기 마음을 메워 보려는 것 같았다.

로빠뜨낀의 입에서 몇 번인가 무심코 잔나의 말이 새어 나온 것이 원인이 되어, 나쟈의 얼굴은 날이 갈수록 핏기를 잃고 수척해 갔다. 로빠뜨낀도 나쟈의 안색이 차차 나빠지는 것을 눈치 채고 매일처럼 그녀에게 다가와서 근심스러운 얼굴로 어디가 편치 않느냐고 친절하게 물어보곤 했다. 그러나 이러한 그의 친절은 오히려 역효과를 나타내곤 했다. 나쟈는 그의 손을 잡고 마치 영원한 이별이라도 하려는 것 같은 서글픈 눈으로 바라보는 것이었다. 그러다가 어느 날, 그들은 언젠가 부시꼬 노인의 집에서처럼 모든 것을 잊고 또 한 번 달리는 열차에서 손을 맞잡고 뛰어 내렸다. 그러나 그런 일이 있은 후에도 나쟈는 자신을 얻을 수 없었다. 또 한 번, 또 한 번, 이렇게 그들의 도약은 횟수를 거듭했지만, 나쟈의 마음속에 남는 것은 아무것도 없었다. 있다면 그것은 아무런 보장도 없는 애달픈 사랑과 그녀 자신의 어린 아들뿐이었다.

창밖으로 내다보이는 지붕들과 거리들은 온통 눈에 덮여 있었다. 예년보다도 눈이 일찍 오기 시작했고, 또 거의 매일같이 내렸다. 점심때가 좀 지나서 초인종 소리가 들려 왔지만, 나쟈는 주의를 기울이는 기색조차 없었다. 방문이 열리며 차가운 바깥 공기가 몰려 들어오는 것을 등에 느끼자 그때야 비로소 얼굴을 돌리던 나쟈는 후딱 그쪽으로 몸 전체를 돌렸다. 문턱에는 폭신한 모피 망토에 몸을 감싼 젊은 처녀가 서 있었다. 무엇보다도 나쟈의 눈을 끈 것은 처녀의 망토였다. 그것은 언젠가 6천 루블을 받고 가니체프 부인에게 넘겨준 바로 그 망토였기 때문이다. 가니체프 부인은 아직도 나머지 금액을 청산하지 않고 있었다. 그러나 그 때문에 지금 나쟈의 가슴에 불덩이 같은 것이 치밀어 오르는 것은 결코 아니었다. 남몰래 로빠뜨낀을 도와주기 위해 남의 손에 넘겨 버린 그 망토가, 그 후 매일같이 드로즈도프의 얼굴을 볼 때마다 자기에게 고통을 가져다주던 그 망토가 다름 아닌 바로 잔나 가니체바의 어깨에 걸쳐져 있다는 그 사실이 그녀의 가슴을 불덩이처럼 달아오르게 한 것이다. 그뿐만이 아니다. 모든 고난이 지나가 버린 이제서야, 그리고 눈물이 마를 대로 말라 버린 이제서야 이 젊은 처녀는 그녀에게서 로빠뜨낀을 빼앗아 가려고 염치도 없이 나타난 것이다.

'좋아, 어디 무슨 소릴 하나 들어 보자.' 나쟈는 처녀의 얼굴을 들여다보며 생각했다. 그녀의 심상치 않은 시선에 잔나는 몹시 서먹해 하는 눈치였다.

"드미뜨리 로빠뜨낀을 만나러 왔는데요?"

잔나는 입을 열었다.

"지금 여기 없어요. 그러나, 얼마 안 있으면 돌아올 테니까 기다리시죠."

잔나는 망토를 벗었다. 나쟈는 그것을 받아서 로빠뜨낀을 위해 사 온 바로 그 옷걸이에 걸고 나서 또 한 번 처녀의 얼굴을 훔쳐보았다. 그 얼굴은 로빠뜨낀과의 상봉을 위해 곱게 손질이 가 있었고, 눈썹까지 그려져 있었다.

"어서 거기 앉으세요."

잔나는 의자에 앉았다. 잠시 창밖에 쌓인 눈을 내다보고 있다가 시선을 돌리며, 니꼴라슈까에게 손을 내밀었다.

"아드님이세요? 아이, 귀엽기도 해라!"

니꼴라슈까는 슬금슬금 자기 어머니 곁으로 피해 달아났다.

"오늘 여기 찾아온 건 다름 아니라…."

잔나는 아무래도 자기가 온 목적을 얘기해야만 할 것 같아서 이렇게 말을 꺼냈다.

"이번에 졸업과 동시에 일자리가 결정돼서 곧 께메로보로 떠나야 할 텐데, 실은…."

"모스크바에 남으려구요?"

나쟈가 물었다.

"아니, 그런 게 아네요. 모스크바에 남아 있고 싶으면 그렇게 할 수도 있어요. 소개해 주겠다는 분이 있으니까요."

잔나는 고개를 갸우뚱하고 잠시 망설이고 있다가 이윽고 말을 이었다.

"그렇지만 기왕이면 로빠뜨낀과 함께 일했으면 해서… 그분은 중학교 때 저의 선생님이었고…."

"문제없을 거예요. 마침 이번에 그이가 새로 설치되는 설계국을 맡게 됐으니까."

"아 참, 아직 인사도 드리지 못했군요. 안나라고 불러 주세요."

"네?"

나쟈는 눈썹을 추켜올리며 물었다.

"안나에요."

"나는 당신 이름이 잔나라고 알고 있는데요?"

나쟈의 눈에 호기심의 불꽃이 튀었다.

"아직 한 번도 만난 일은 없었지만, 그래도 나는 당신을 잘 알고 있어요."

"공민증에는 잔나로 되어 있지만, 얼마 전부터 그 이름이 싫어져서… 러시아어로는 아무래도 잔나보다 안나가 낫지 않겠어요. 그런데 어떻게 나를 아시죠?"

"화재가 일어났을 때, 하마터면 불에 타 버릴 뻔한 당신의 사진까지 건져냈는데 왜 모르겠어요."

나쟈는 서랍에서 잔나의 사진을 꺼내 놓았다. 무즈가 시절부터 로빠뜨낀의 책상 앞에 걸려 있던 그 사진이었다.

"불에서요?"

잔나는 자기 사진을 집어 들었다. 그녀의 얼굴은 불그레하게 상기되기 시작했다. 한참 동안 사진을 들여다보고 있다가 그녀는 번쩍 얼굴을 쳐들었다.

"이젠 이리 주세요."

나쟈는 잔나의 손에서 사진을 도로 뺏으며 말했다.

"당신 사진임엔 틀림없지만, 그러나 사진 자체는 이미 당신의 것이 아니잖아요?"

"그분은 댁에 지내고 계시나요?"

"네, 여기 계세요."

나쟈는 주저하는 빛도 없이 대답했다.

"이제 곧 돌아오실 거예요."

"그분의 일은 잘 돼 가나요?"

"몰라서 묻는 말씀인가요?"

"그분은 나한테 아무 말도… 거의 아무 말도 하시지 않았어요."

"이제는 말할 수 있겠지요."

나쟈는 이제는이라는 말에 특히 힘을 주었다.

"어느 때보다도 잘 돼 가니까요. 그이의 기계는 벌써 공장에서 움직이고 있어요. 머지않아 수백 개의 공장에 설치될 겁니다. 그이가 이번에 설계국장으로 임명된 거 아세요? 전에는 그렇게까지 업신여기던 사람들이 지금은 별안간 그이를 소중히 여기게 됐지요."

나쟈는 잔나에게 무엇을 주려고 이런 말을 한 것은 아니었다. 그것은 어디까지나 로빠뜨낀의 탄원서를 묵살해 왔을 뿐더러 그를 궁지에 몰아넣었던 인간들을 두고 하는 말이었다. 잔나도 역시 나쟈의 진의를 이해하고 있는 듯싶었다.

"그분은 감옥살이까지 하셨다면서요?"

"감옥살이 그 자체는 문제가 아니었어요."

나쟈는 조용히 말했다.

"감옥에 들어가기까지가 몇 배나 괴로웠지요."

"이젠 대강 알겠어요. 그렇지만 그분은 한 번도 나한테 그런 얘기를 해주지 않았어요. 언제나 잘돼 간다는 편지만 보냈지요. 그분은 누구한테나 자기의 불행을 숨기고 있었어요."

"누구한테나 숨겨 온 건 사실이지만…."

나쟈는 더욱 가라앉은 목소리로 말을 받았다.

"그러나 자기의 참된 친구들에게만은 한 가지도 숨기는 일이 없었지요."

"그분에게 그런 친구들이 있었을까요?"

잔나는 이렇게 묻고는 곧 얼굴을 붉혔다. 그런 질문을 할 수 있는 처지가 못 된다는 생각이 들었던 것이다.

"물론 있었지요. 그이에겐 그런 친구들이 얼마든지 있었고, 또 지금도 있어요."

"어떤 분들이죠?"

"늙은 사람들도 있고, 젊은 사람들도 있고…."

"물론 여자들도 있겠죠?"

"역시 그이를 많이 도운 건 남자 친구들이에요. 하긴 한 여자가 그이를 무척 사랑했지만… 그러나 안심하세요. 당신한테서 그이를 빼앗아 갈 만한 여자는 못되니까."

"그 여자가 누군지 아세요?"

"네, 잘 아는 사람이에요. 로빠뜨낀도 그 여자한테만은 한 가지도 숨기려 하지 않았어요. 그러나 반대로 그 여자는 로빠뜨낀에게 많은 것을 숨겨 왔지요. 지금도 그이는 그걸 모르고 있어요."

나쟈는 높은 자부심을 느끼며 이렇게 말했지만, 그녀의 음성에는 낮은 신음 소리 같은 것이 섞여 있었다. 그 여자라는 것이 누구를 가리키는 말인지 잔나에게는 너무나 명백해졌다.

"그 여자라는 건 바로 당신이군요?"

"천만에! 나한텐 이 애가 단 하나의 귀중한 존재죠."

하며 나쟈는 무릎 위에 올려놓은 아들의 귓불에 입술을 갖다 댔다.

"그러나 그 여사는 오직 그이만을 생각했어요. 자기 아이 생각 같은 건 까맣게 잊어버리는 때가 비일비재했으니까요. 아주 머리가 돌아 버린 바보 같은 여자였지요. 아마 그런 여자는 이 세상에서 좀처럼 찾아보기 힘들 거예요. 그이를 위해 자기의 소중한 물건까지 서슴지 않고 팔아 버리는, 그런 여자였으니까요."

이렇게 정신 없이 늘어놓다가 나쟈는 갑자기 입을 다물었다. 그것은 잔나에게 하는 말이라기보다 오히려 자기 자신에게 하는 말이라는 생각이 들었기 때문이다. 그녀는 어조를 낮추며 다시 말을 이었다.

"그이를 보고 그냥 지나쳐 버리는 사람은 없었어요. 곧장 그이한테로 달려와서 자기 힘자라는 데까지 돕거나, 그렇지 않으면 그이를 해치려 들거나 했지요. 그이가 모스크바에 온 후 사귀게 된 늙은 교수가 한 분 계셨는데, 그 노인은 원래가 무뚝뚝하기 짝이 없는 성격의 소유자였어요. 그러나 그이와 처음 만나서, 겨우 한 시간 동안 얘기를 해 보고는, 그 자리에서 그이한테 저것을 내주었지요."

이렇게 말하며 나쟈는 부시꼬 교수의 제도기를 가리켰다.

"그리고는 당장 그날부터 자기 집에 와서 침식을 같이 하자고 제의하지 않았겠어요!"

"그렇지만 내 생각으로는…."

잔나는 애처로우리만큼 가느다란 목소리로 말했다.

"아무래도 당신이…."

"천만의 말씀을!"

나쟈는 태연하게 시치미를 뗐다.

"그럼 아까 말한 여자가 누군지 보여드리지요."

그녀는 책상 서랍을 열고 개봉된 편지 한 통을 꺼내더니, 그 속에서 편지를 빼서 접힌 그대로 잔나 앞에 내놓았다.

"이걸 읽어 보시면 알 거예요."

잔나는 편지를 펼쳐 들고 중간에서부터 읽어 내려갔다.

'…당신을 위해 저는 정말 털끝만한 일을 했을 뿐입니다. 지금 저는 그 추억만으로도 분에 넘치는 보상을 받고 있습니다. 이 점은 아마 당신에게 이해하기 어려운 미묘한 문제라 생각합니다만, 어쨌든 저는 그러한 추억을 남겨 주신 데 대해 당신에게 깊이 감사를 드리지 않을 수 없습니다. 당신은 저를 모스크바로 부르시며, 봉급에 대한 말씀까지 하셨습니다만 제가 봉급 액수 같은 것을 문제시하지 않는다는 것은, 당신도 잘 알고 계실 줄 믿습니다. 그러나 저에 대한 당신의 입장을 제가 알고 있는 것처럼 당신에 대한 저의 입장도 당신이 잘 알고 계시는 지금, 어떻게 제가 당신의 부름에 응할 수 있겠습니까. 저는 당신을 만나지 않는 편이 좋다고 생각합니다. 또한, 당신을 위해 저보다 더욱 많은 희생을 바쳤을 뿐만 아니라 저보다 더욱 당신을 사랑하는 여자가 있다는 것을 저는 잘 알고 있습니다….'

이 마지막 구절은 잔나에게 모든 것을 명백히 밝혀 준 것 같았다. 그녀는 편지를 옆으로 밀어 놓고 나쟈에게 시선을 옮겼다. 나쟈는 시치미를 떼고 얼른 변명을 하기 시작했다.

"그 여자는 내 친구에요. 외국어에 능통한 여자죠. 로빠뜨낀이 모스크바에 와서 함께 일하자는 편지를 보냈더니 이런 회답이 왔더군요. 물론 그 여자는 편지를 받는 즉시로 달려올 수도 있었겠죠. 그러나 모스크바에 당신이 있다는 걸 알고 있기 때문에 이렇게 거절한 거예요."

"그럼 당신도 전에 무즈가에 계셨군요? 미안하지만 이름은?"

"나쟈예요."

"나쟈 드로즈도바지요?"

"네, 나쟈 드로스도바에요."

나쟈는 담담한 눈길로 그녀를 바라보며 생각했다. '내막을 다 알고 있나? 아무것도 모르고 있다고 해도, 새삼스레 내 입으로 밝힐 필요는 없을 거야….'

잔나는 이미 나쟈와 로빠뜨낀의 관계에 대해 어머니한테 들은 바가 있었다. 나쟈라는 이름은 그녀에게 모든 의문을 풀어 주는 열쇠였던 것이다.

잔나는 자기 앞에 앉아 있는 여주인공의 얼굴을 감탄 어린 눈으로 물끄러미 바라보고 있다가 이내 돌아갈 채비를 하기 시작했다.

"너무 오래 실례했어요. 오늘은 아무래도 못 만날 것 같군요. 또 한번 들르게 되면 들르든지… 그렇지 않으면 전화를 걸든지 하겠어요,"

"그럼 그이한테 그렇게 전하죠."

나쟈는 그녀를 따라 일어섰다.

잔나는 익숙한 동작으로 망토를 걸치고 앞장을 서서 현관 쪽으로 걸어나갔다.

현관에서 나쟈는 잔나에게 손을 내밀었다.

"안녕히 가세요, 안나… 그리고 또 들르세요. 그이가 돌아오면 자세히 전하죠."

그때 한길에서 경적 소리가 울려왔다. 크림빛 뽀베다가 정거하고 있었다. 자동차 속에는 얼굴이 투실투실한, 얼핏 보기에 소령인 듯싶은 군인이 앉아 있다가, 잔나가 그쪽으로 발길을 돌리자 이내 발동을 걸었다. 잔나를 태운 뽀베다는 엔진 소리도 경쾌하게 골목길을 빠져나갔다.

로빠뜨낀은 어두워서야 돌아왔다. 그날 하루를 끄레호프와 함께 보내며, 앞으로 착수할 일에 대한 여러 가지 준비를 서둘렀던 것이다. 방에 들어와서도 그의 머릿속에서는 자기의 사업 계획이 떠나지 않고 있는 모양이었다. 그의 눈은 방의 한계를 넘은 그 어떤 점에 머물러 있었다. 한참을 그러고 있다가, 그는 차차 제정신으로 돌아왔다. 긴장이 풀린 부드러운 얼굴에는 피로의 빛이 떠올랐다. 나쟈는 그러한 표정을 무엇보다도 좋아했다. 그럴 때면 그의 마음은 일종의 무방비 상태에 놓여지게 되기 때문이다. 나쟈는 그의 영혼 속으로 들어가서 몇 시간이고 그 미궁 속을 조용히 헤매곤 했다. 그러다가 이따금 굳게 폐쇄된 신비로운 문을 발견할 때도 있었다. 그러나 그것은 겉으로만 그렇게 보일 뿐이었고, 사실은 아주 손쉽게 열 수 있는 문이었다. 그리고 그 문을 열고 들어가면 나쟈는 언제나 뜻하지 않은 선물을 받게 되는 것이었다.

나쟈는 식탁에 앉아서 로빠뜨낀과 함께 차를 마셨다. 그녀는 되도록 무심한 표정을 지으려고 애쓰며 입을 열었다.

"오늘 잔나가 찾아와서 한 시간 반쯤 기다리다 돌아갔어요."

"잔나가 무엇 때문에?"

로빠뜨낀은 눈을 들었다.

"설계국에서 일하게 해 달라고 부탁하러 왔었나 봐요."

"아직 설치되지도 않은 설계국에? 그리고 제 손으로 문을 탁 닫아 버리며 가시오! 한 건 언젠데?"

"그것이 바로 당신을 사랑하고 있다는 증거지요. 당신은 잔나의 청을 들어 줘야 할 거예요. 내일이라도 잔나를 찾아가서 잘 위로해 주고, 일자리도 마련해 주도록 하세요."

"그 여자는 화학 전공이 아니오? 혹시 주물부에라면 어떻게 주선해 줄 수도 있을는지 모르지만… 그러나 그렇게 해야만 할 의무가 나한테 있을까?"

"물론이죠."

나쟈는 잔나가 소령의 차를 타고 돌아갔단 말을 하지 않았다. 잔나가 입고 온 망토 얘기도 입 밖에 내지 않았다. '하지 않는 게 좋을 거야, 처녀에겐 죄가 없으니까….'

'나쟈가 그렇게까지 말한다면….' 로빠뜨낀은 이렇게 생각하고 이튿날 아침 잔나를 찾아갔다. 낯선 부인이 바깥문을 열어 주었다. 복도를 지나 들어가서 그는 잔나의 방문을 노크했다. 곧 문이 열렸다. 잔나는 로빠뜨낀을 보자 깜짝 놀라며 한 걸음 뒤로 물러섰다.

그러나 그녀는 곧 정신을 가다듬고 로빠뜨낀 앞에 의자를 갖다 놓았다. 침대와 소파 위에는 울긋불긋한 여자의 옷들이 너저분하게 널려져 있었다.

"옷가지들을 좀 정리하고 있었어요."

잔나는 허둥거리며 신문지로 얼른 침대를 덮었다.

"왜 내가 올 때까지 기다리지 않고 돌아가 버렸소?"

로빠뜨낀은 다정한 어조로 물었다.

"좀 기다려 보다가 그냥…."

"취직을 부탁하러 왔으면…."

하고 로빠뜨낀은 농담조로 말했다.

"상관이 나타날 때까지 기다려야 옳지 않소! 그래 무슨 일을 맡을 작정이오?"

"아마 내가 할 만한 일은 없을 거예요. 나는 화학과 출신이니까."

"화학과지만 분석학을 전공한 줄 아는데 우리한텐 금속분석가도 몇 사람 필요하게 될 거요."

"그런 일을 감당해 낼 만한 자신이 없어요."

"그건 또 무슨 말이오?"

잔나는 입을 다문 채 눈을 모아 그의 옆얼굴을 한참 동안 바라보고 섰다가, 저쪽으로 걸어가더니 핸드백을 집어 들고 무엇인지 뒤적이기 시작했다.

"확실한 대답은 다음으로 미루겠어요."

핸드백을 다시 접으며 잔나는 무슨 결심이라도 한 듯이 입을 열었다.

"언제냐구요? 사흘 후… 십일월 이일, 저녁 아홉시에 와 주세요. 그때 대답하기로 하죠."

"이일이라구? 이일 저녁엔 오기 힘들 것 같은데. 그날 저녁에 아카데미 회원 싸라또프쩨프의 생신 축하회가 있어서, 아홉시엔 어려울 것 같소. 꼭 참석해 달라는 초청장을 받았으니까 아무래도…."

"여덟시엔?"

"여덟시에도 어렵겠소. 그럼 내 일곱시 반에 올 테니, 우리 축하회에 함께 갑시다."

"그렇게 하죠. 일곱 시반으로 약속하세요. 그 전엔 오시지 마세요, 내가 집에 없을 테니까. 아셨죠?"

"혹시 그 전에 오게 되면, 기다리면 그만 아니오? 하여튼 그렇게 약속하고, 그럼 오늘은 이만 돌아가겠소."

로빠뜨낀은 의자에서 일어나 성큼성큼 복도로 걸어나갔다.

"로빠뜨낀!"

잔나가 그를 불러 세웠다. 그녀는 로빠뜨낀에게 바싹 다가서며 그의 손을 꼭 쥐었다.

"작별 인사를 하고 가셔야지… 그럼 당신의 행복을 빌겠어요."

십일월 이일, 로빠뜨낀은 아침 일찍 목욕과 이발을 하고 훈다또르를 꺼내 입었다(그는 새로 맞춘 자기의 검정빛 양복을 그렇게 불렀다). 이렇게 몸치장을 하고 그는 주조물연구소에 출근했다. 거기서 그는 방 하나를 차지하고 끄레호프와 안또노비치와 함께 새로운 주조기를 설계하고 있었던 것이다. 그 날도 그들은 오후 다섯 시까지 열심히 일했다.

여섯시에 연구소 현관 앞에는, 노랑 바탕에 빨간 줄을 친 연구소 전용 버스가 와 닿았다. 생신 축하회에 참가하는 연구소 직원들을 싣고 버스가 떠나자, 뒤이어 간부들의 뽀베다가 미끄러지듯 소리도 없이 현관 앞에 모여들기 시작했다.

로빠뜨낀은 나자에게 전화를 걸어, 빨리 축하회장으로 나오라는 연락을 하고 나서, 시계를 한 번 들여다보고는 곧 택시를 잡아탔다.

메뜨로스뜨로예프스까야 거리에서 택시를 세운 그는 운전사에게 그냥 기다리라고 부탁한 후, 아치형으로 된 대문 안으로 들어갔다. 눈이 내려 덮인 뜰 안을 걸어 들어가며, 그는 눈 위에 조그만 발자국이 바깥쪽으로 난 것을 보고 고개를 갸웃했다. '설마 잔나의 발자국은 아니겠지!' 초인종을 누르자 전번에 나왔던 그 여인이 문을 열어 주었다. 그는 고맙다는 인사를 하고,

곧장 잔나의 방 쪽으로 걸어들어갔다.

"여보세요!"

등 뒤에서 여인의 목소리가 들렸다.

"잔나는 떠나고 없어요."

"떠나다뇨? 일곱 시 반에 오기로 약속했는데…."

"정거장으로 나갔어요. 오늘 께메로보로 떠난다고… 당신이 드미뜨리 로빠뜨낀이신가요? 잔나가 편지를 써 놓고 가더군요."

하며 여인은 그에게 편지를 내 주었다.

로빠뜨낀은 전등 밑으로 가서 흰 봉투를 뜯고 편지를 읽어 내려갔다.

'지금 께메로보로 떠납니다. 당신은 곧 모든 것을 알게 되겠지요. 당신을 위해 나보다 더욱 많은 희생을 바쳤을 뿐더러, 당신을 더욱 사랑하고 있는 여자가 있다는 것을 나는 알게 되었습니다. 나는 당신과 함께, 그리고 당신의 친구들이나 여자 친구들 틈에 끼어서 살 수 없는 여자입니다. 모두가 다 나보다 훌륭한 분들이니까요. 또한 당신이 앞으로 나와 나쟈를 무의식중에 비교하게 되리라는 것을 나는 잘 알고 있습니다. 나쟈는 나보다 월등하게 뛰어난 여자입니다. 그 여자를 소중히 여기십시오. 그만큼 당신을 사랑하는 사람은 다시 없을 거예요. 기차 시간이 임박해서 더 못쓰겠습니다. 친애하는 로빠뜨낀 선생님….'

그녀는 정말 시간이 없었는지 여기서 편지는 끝냈다. 잔이라고 자기 이름의 첫 글자를 썼다가 지운 자국이 보였다. 그 밑에는 다시 안나라고 쓰여 있었다.

"혹시 기차 시간을 모르십니까?"

로빠뜨낀은 여인에게 물었다.

"일곱시 반이라고 하더군요."

로빠뜨낀은 시계를 보았다. 여덟시 오분 전이었다.

'미리부터 떠나려고 시간을 따졌었군. 역시 잔나다운 짓이야.'

그는 정신 없이 층계를 내려왔다. 잔나의 편지가 그의 마음에 깊은 충격을 주었기 때문이다. 이제야 비로소 잔나는 눈이 트인 것이다. 그리고 잔나의 영혼이 참된 사랑을 할 수 있는 힘을 얻게 된 지금, 그녀는 그에게서 떠나야 했던 것이다. 뜰 안에 나오자 눈 위에 박힌 조그만 발자국이 그의 눈에 들어왔다. 그는 걸음을 멈추고 잔나의 구두에 짓밟혀 다져진 조그만 눈덩어리를 한 개 집어 들고 물끄러미 들여다보았다. 손바닥에서 눈이 녹아버리자 그는 퍼뜩 제정신으로 돌아온 듯 걸음을 옮겼다.

아치문 밖에는 택시가 그를 기다리고 있었다. 그는 축하회장인 중앙공업연구소로 차를 몰았다.

아카데미 회원은 아직 회장에 나타나지 않고 있었다. 사전에 통지를 받은 주석단 회원들은 대기실에 모여 주인공이 도착하기를 기다리고 있었다. 바짓가랑이에 굵다란 붉은 줄이 붙은 군복을 입은 장군들, 새까만 양복을 말쑥하게 차려입은 학자들과 관리들, 얼마 전까지만 해도 로빠뜨낀을 거들떠보지도 않던 도도한 인사들이었다. 연구소 소장인 장군의 얼굴도 보였고, 양복을 새로 맞춰 입은, 싯누런 드로즈도프의 얼굴도 보였다. 야금공업성 사무집행관 네브라예프는 맵시 있는 옷차림을 하고 고관들에게 허리를 굽실거리며 돌아다니다가 로빠뜨낀을 발견하자 가까이 다가와서 그에게 악수를 청했다.

얼마 후에 강당이 떠나갈 듯이 우레와 같은 박수 소리가 울리며, 일제히 자리에서 일어섰다. 싸라또프쩨프가 나타난 것이다. 그는 무대를 향해 강당 중간의 통로를 천천히 걸어 들어왔다. 누런 견장을 단 장군들과 검은 양복 차림의 학자들이 그 뒤를 따랐다. 키가 큰 아브지예프 교수의 누르스름한 머리가 시종들의 대열 가운데서 유난히 눈에 띄었다. 나이에 비해 혈색이 아주 좋은 주인공 싸라또프쩨프는 카이젤 수염을 연방 쫑긋거리며, 미소 띤 얼굴로 축하회 참가자들에게 고개를 끄덕여 보였다.

주석단이 단상에 올라갔다. 로빠뜨낀의 자리는 셋째 줄 맨 끝에 있었다. 누군지 개회를 선언하자, 뒤이어 또 한 사람이 무대 한쪽 옆에 있는 연단에 올라가서, 아카데미 회원 싸라또프쩨프의 약력 보고를 하기 시작했다. 싸라또프쩨프는 학계를 위해 수많은 공적을 세웠고, 또한 그가 1928년에 해결한 공업 기술상의 중요한 문제들은 아직까지도 그 고귀한 가치를 상실하지 않고 있다는 것이었다. 그 밖에도 그는 수많은 논문을 발표하여 주조학 분야의 이론 체계를 확립시키는 데 많은 공헌을 했다는 것이었다.

로빠뜨낀은 약력 보고를 끝까지 들을 수 없었다. 누군지 낯모를 사람이 그의 등을 가만히 건드리더니, 대기실로 그를 불렀기 때문이다. 그는 대기실을 지나 좁은 계단이 있는 쪽으로 나갔다. 층계 옆에는 뜻밖에도 제뱌또프 소령이 창백한 얼굴을 하고 서 있었다.

"안나가 당신을 정거장까지 모시고 오라고 해서 왔습니다."

하고 그는 말했다.

"잔나가?"

로빠뜨낀은 의아스런 눈으로 소령을 바라보았다.

"잔나는 일곱 시 반 차로 떠난 줄 아는데요?"

"집에선 그렇게 말하고 나왔지요. 하지만 기차는 이십일 시 이 분에 떠납니다. 떠나기 전에 만나고 싶다는데, 정거장에 나가 보시렵니까?"

"나갑시다."

로빠뜨낀은 앞장을 서서 층계를 내려갔다. 정면 벽에 걸린 전기 시계는 여덟 시 삼십칠 분을 가리키고 있었다.

"이십오 분밖엔 남지 않았군요. 빨리 갑시다."

소령이 말했다.

"꼭 당신을 만나고 싶다니까요…."

현관 밖에는 제뱌또프 소령의 승용차가 기다리고 있었다.

"자, 타십시오."

"난 딴 차로 갈 테니 어서 먼저 가십시오."

이렇게 말하고 로빠뜨낀은 자동차들이 늘어서 있는 주차장 쪽으로 발길을 돌렸다.

소령은 아무 말 않고 문을 탁 닫더니, 엔진 소리도 요란하게 차를 몰고 어둠 속으로 사라져 버렸다.

로빠뜨낀은 주위를 둘러보았다.

"어디 가십니까? 이 차 타십시오!"

몇 명의 택시 운전사들이 동시에 소리쳤다.

그러나 로빠뜨낀의 머릿속에는 문득 이런 의문이 떠올랐다. 정거장엔 나가서 뭘 하는가? 산나의 손에는 이미 께메로보행 기차표가 쥐어져 있을 텐데…. 그리고 이제야 정상적인 궤도에 올라서려는 그 여자를 붙잡을 필요가 어디 있겠는가?'

그는 운전사들의 부름에 대답하지 않고 천천히 강당 쪽으로 되돌아오며 생각했다. '그렇다면 과연 나는 나쟈를 사랑하고 있는 것일까? 그렇지 않으면 그저 하나의 타성에 불과한 것일까?'

로빠뜨낀은 자기의 청춘 시대를 회상해 보았다. 현재의 자기와 비교해 보고 싶었던 것이다. 젊은 시절에는 무엇보다도 전신에 충만된 체력을 느낄 수 있었다. 그리고 지하철이나 전차 속에서나 거리에서 처녀들을 만나기만 하면 저도 모르게 시선이 끌렸고, 그들의 목소리에 귀가 솔깃해지곤 했다. 모두가 다 아름답게 보이기만 했다. 아주 못생긴 처녀에게서도, 그 여자만이 가지는 독특한 미를 발견할 수 있었다. 그런데 지금은 어떤가? 아름답게만 보이던 그 처녀들은 대체 어디 있는가? 코를 벌름거리게 하던 그들의 향긋한 체취는? 가슴을 울렁거리게 하던 행복에의 기대는? 그리고 걸핏하면 터져 나오곤 하던 천진난만한 웃음소리는?

'그러나 지금이라도 그것을 죄다 회복시킬 수 있을는지도 모른다'고 그는 생각했다. 그러자 그의 귀에는 언젠가 그에게 싱싱한 젊음을 환기시켜 주던 먼 시베리아의 포플러들의 속삭임이 들려오는 듯싶었다.

그는 층계를 밟고 이층 강당으로 올라갔다. 강당 어느 구석에 이미 나쟈가 와 있으리라는 생각이 들었기 때문이다. 열어젖뜨린 강당 문으로 누군가의 감격 어린 축사가 흘러나왔다. '…친애하는 싸라또프쩨프 동지, 당신의 제80회 탄신일을 맞이하여 우리 연구소의 과학 일꾼들과 직원들은 당신에게 심심한 감사를 드리며 아울러….'

강당 정면 입구로 들어가서 좌우를 두리번거리던 로빠뜨낀은 쉽사리 나쟈를 찾아냈다. 그녀는 핸드백을 옆에 끼고 문틀에 기대 서서 축사에 귀를 기울이고 있었다. 푸르스름하게 퇴색한 낡은 감색 양복을 입고 있었지만 둥글게 머리를 틀어 올린 그녀의 목덜미에는 그 옛날 한창 때 볼 수 있었던 것과 같은 뽀얀 아지랑이가 감돌고 있었다.

로빠뜨낀은 옆으로 다가가서 가만히 손을 잡았다. 그녀는 놀라는 기색도 없이 앞만 바라보며 로빠뜨낀의 손을 꼭 쥐었다. 한참 만에야 그녀는 천천히 고개를 돌렸다. 시름에 잠긴 얼굴이었다. 로빠뜨낀은 그 눈에서 입 밖에 내지 못하는 그녀의 물음을 알아챌 수 있었다. 그는 아무 말 않고 잔나의 편지를 주었다. 나쟈는 편지를 읽고 나서 그에게 눈을 들며 물었다.

"떠났나요?"

"떠났소!"

그들은 다시 입을 봉하고 무대 쪽을 바라보기 시작했다. 연단에서는 마침 네브라예프가 목멘 소리로 장관의 감사장을 낭독하고 있는 중이었다. 싸라또프쩨프는 의자에서 일어나서 그것을 듣고 있었다. 장관은 주석단 한가운데 꼼짝 않고 앉아 있었는데, 그의 얼굴은 어느 때보다도 더욱 베토벤의 초상화와 흡사했다.

네브라예프는 감사장을 다 읽은 다음 연단에서 내려와 그것을 싸라또프쩨프에게 전달했다. 그리고는 악수를 하려고 손을 내밀며, 이 늙은 학자와 키스를 할 양으로 허리까지 약간 구부렸다. 그러나 그때 누군가 그의 등허리를 쿡 찌르는 사람이 있었다. 아카데미 회원은 금박으로 박은 감사장을 받아들자 네브라예프 따위는 거들떠보지도 않고 곧장 장관이 앉아 있는 쪽을 향하여 뚜벅뚜벅 걸어갔다. 주석단에서는 두 거물의 상봉을 위해 재빨리 길을 비켜 주었다. 그들은 악수를 하고 세 번 키스를 했다. 카메라맨들의 플래시가 번쩍번쩍 터지고 박수와 환성이 장내를 뒤흔들었다.

"나쟈, 여러 가지로 생각해 봤는데…."

여자의 나긋나긋한 손을 잡아당기며 로빠뜨낀은 이렇게 서두를 꺼내 놓고는 잠시 머뭇거렸다.

"무슨 얘기죠?"

하며 그녀는 얼굴을 돌렸다.

"역시 우린 식을 올려야겠지?"

그녀는 아무 말도 하지 않았다.

"나쟈… 이건 진정으로 하는 말이오. 당신한테 이 하트를 바치겠소."

이렇게 말하고 로빠뜨낀은 어색하게 웃었다.

나쟈는 눈을 감았다. 파르르 입술을 떨었다. 그리고는 괴로운 듯이 숨을

몰아쉬며 다시 눈을 떴다,

“지금 이 자리에서 갑자기 그런 생각이 떠오른 거 아녜요? 이젠 잔나도 아주 떠나 버리고 했으니까… 그렇죠? 그러나 나는 식을 올리자고 당신에게 요구하거나 애원하거나 하지는 않겠어요. 그러니까 나 때문에 구애를 받으실 필요는 조금도 없어요. 다만 앞으로도 나한테는 모든 것을 솔직하게 말하겠다고 약속해 주세요. 식을 올리나 마나, 이미 나는 당신의 아내나 다름 없지 않아요? 당신이 나를 사랑하고 있다는 건 나도 잘 알고 있어요. 그렇지만….”

그녀는 말을 계속하지 못하고 로빠뜨긴의 등 뒤로 돌아가더니 벽 모퉁이에 몸을 숨겼다.

“나쟈!”

로빠뜨낀은 그녀에게 다가서며 소곤거렸다.

“나쟈, 진정해요! 갑자기 왜 그러는 거요?”

“아무것도 아녜요.”

나쟈는 그의 팔소매를 만지작거리며 입속말로 대답했다.

바로 그때, 세 명의 대표자가 무슨 기계의 모형을 들고 단상으로 올라가서 주석단 책상 위에 올려놓았다. 그리고 그중 한 사람이 등을 굽히고 무엇인지 건드리자 모형은 천천히 돌아가기 시작했다. 장내에는 또 한 번 우렁찬 박수 소리가 터져나왔다. 로빠뜨낀은 갑자기 전신이 굳어 버린 것처럼 되어 두 손을 움켜쥐며,

“원, 저런!”

하고 중얼거렸다.

“저기 저것 좀 보시오.”

나쟈는 눈을 들어 무대 위를 바라보았다. 멀리 주석단이 자리 잡은 단상

에서는 무슨 기계인지 둥그런 바퀴 같은 것이 불빛에 번쩍이며 분주하게 돌아가고 있었다.

“저게 바로 우류삔이 만든 육혈포식 주조기의 모형인데, 그걸 지금 싸라또프쩨프에게 생신 기념으로 증정하는 모양이군.”

그것은 먼 지방에 있는 어느 공장의 지배인이 정성을 다하여 만들어 보낸 선물이었다. 아마도 로빠뜨낀식 주조기에 대한 소식은 아직 그 지배인한테 도달하지 않은 모양이었다. 그러나 하필이면 오늘 같은 날, 육혈포식 주조기 얘기는 일체 입 밖에 내지도 말아야 할 경사스러운 이 자리에 이미 폐물이 되어 버린 그 주조기의 모형을 증정하다니 정말 얄궂은 일이기도 했다.

책상 위의 모형은 주석단을 향해 주먹질을 하듯이 번갈아 여섯 개의 원통을 쑥쑥 내밀면서 퉁탕거리며 돌아갔다. 싸라또프쩨프는 얼굴을 붉히고 곁눈으로 그것을 바라보고 있다가, 독기가 어린 눈을 아브지예프에게 던졌다. 드로즈도프는 입가에 엷은 조소를 띤 채 손뼉을 치고 있었다. 아브지예프는 입맛이 쓰나는 얼굴로 모형을 바라보았지만, 그래도 남들처럼 박수를 치는 것만은 잊지 않았다. 모형을 보낸 공장 지배인의 과오를 짐작하고 있는 사람은 모두 스무 명 정도밖엔 안 되었지만, 그들도 모두 그런 빛을 나타내지 않으려고 애쓰며 열심히 손뼉을 치고 있었다. 박수 소리는 파상적으로 몇 분 동안이나 계속되었다. 참가자의 거의 전부가 이 축하회의 쓰디쓴 다른 일면을 눈치채지 못했던 것이다.

‘만일 지금 내가 저기 달려 나가서 이 기계는 쓸모가 없는 기계요! 하고 외친다면 과연 내 말을 곧이들을 사람이 몇이나 있을까?’ 로빠뜨낀은 얼굴이 확 달아오르는 것을 느꼈다. ‘내가 그처럼 오랫동안 싸워서 거둔 승리는 결국 나 한 사람만을 위한 것이 아니었던가? 그들의 말대로 내가 에고이스

트이기 때문일까? 여기 이 강당에 앉아 있는 사람들의 눈을 뜨게 할 수는 없는 것일까?'

나자는 빤히 그를 쳐다보고 있다가 고개를 가로저으며 가만히 그의 손을 잡았다.

"이젠 다시 그 문제로 돌아가도 되겠죠?"

그녀는 조용히 웃어 보였다.

"그 문제라니?"

"벌써 잊으셨군요. 당신은 나한테 하트를 바치겠다고 하지 않았어요? 손은 이렇게 쥐고 있지만 하트는 어디 있죠?"

"여기 있소."

로빠뜨낀은 그녀의 손을 자기 가슴으로 가져갔다.

"어떻소, 고동 소리가 울려 오지 않아요?"

"울려 오는 것 같아요."

나자는 가라앉은 목소리로 대답했다.

"이 하트는 아무래도 내가 받아 둬야겠군요. 드로즈도프가 말하듯이, 당신과 나는 미치광이나 다름없는 인간들이니까… 미치광이끼리 서로 의지하고 살아 나가야겠지요. 그렇지만 우리를 미치광이로 만든 장본인은 바로 드로즈도프에요."

"미치광이로 만들다니, 천만에! 그 사람은 우리 두 사람 마음결을 맞춰 주었을 뿐이오. 우리들이 서로 만날 수 있게 해 준 데 대해 오히려 그 사람한테 감사를 드리고 싶소."

"정말예요?"

"물론 정말이지! 나도 이젠 맥이 풀려 버린 것 같소. 그렇지 않으면 무슨 병에 걸렸든지. 발명에 종사할 수는 있겠지만 누구를 상대로 싸울 힘은…."

"그렇다면 오히려 내겐 다행이군요! 당신이 나를 버려두지 않으리라는 자신을 가질 수 있으니까. 그럼 앞으로는 당신을 사랑해도 되겠죠?"

나쟈는 그가 자기 말을 알아듣지 못하리라는 생각에서 얼른 그의 팔소매를 잡았다. 그러나 그는 나쟈의 말에 숨겨진 참뜻을 깨달은 것이다. 눈물이 한꺼번에 그의 머릿속으로 쏟아져 들어와서 두 눈으로 솟구쳐 올랐다. 그는 나쟈의 팔을 움켜쥐고 문밖으로 끌고 나와 축축한 그녀의 볼에 자기 볼을 갖다 댔다. 나쟈의 얼굴에 방그레 웃음이 피어올랐다.

"거리로 나갈까요?"

나쟈는 로빠뜨낀의 손을 끌고 층계를 내려왔다. 현관에서 로빠뜨낀은 맡겼던 외투를 찾아 그녀에게 입혀 주고 자기도 입었다. 그들은 이상하리만큼 마음이 후련해진 것을 느끼며 손에 손을 잡고 한길로 달려 나왔다.

7

그들은 이름 모를 골목길을, 어두운 겨울밤 하늘로 높이 뻗어 올라간 나무그늘 밑을 조용히 거닐었다. 나쟈는 두 손으로 로빠뜨낀의 팔을 끼고 발끝을 내려다보며 그의 발걸음과 자기의 발걸음을 비교해 보았다.

조금 전에 그처럼 후련해졌던 마음은 어디론지 사라져 버리고 그들은 다시 깊은 상념 속으로 빠져들어 가는 것이었다. 앞으로 어떻게 될 것인가? 아무런 불안의 그림자도 없는 환하게 트인 앞길을 바라보면서도, 벅찬 희망도 감격도 없이 그저 담담하고 고요하기만 한 자기의 심정을 원망스럽게 여기며 로빠뜨낀은 생각했다. 옛날, 이를 악물고 싸우던 그 시절엔 결코 행복하지는 못했지만 그래도 젊음은 있었다. 마침내 안정된 위치에 서게 된 지금, 그는 무수한 이정표가 뒤를 이어 나타나던, 그 험난한 길이 갑자기 그리워지기 시작했다. 그러나 유감스럽게도 그 길은 이미 끝나 버린 것이다.

나쟈도 거의 같은 생각에 잠겨 있었다. '드디어 이 사람에게도 휴식의 날이 찾아온 것이다.' 그녀는 로빠뜨낀의 얼굴을 바라보며 혼자 생각했다. '불안과 초조에 싸여 있던 사람이 이제는 조용한 사람으로 변할 것이다. 그리고 그 날카로운 눈초리도, 왕성한 적개심도 이제는 모두가 빛을 잃고 말 것이다.' 이러한 그녀의 상념에는 한 가닥 애석의 정이 스며드는 것이었다. 다시는 돌아오지 못할 안개낀 새벽녘에 대한 그리움이….

그들은 얼기설기 뒤얽힌 모스크바의 골목길을 발길이 닿는 대로 걷고 또 걸었다. 넓은 광장을 세 군데나 지나고 어딘지 승마 학교 근처까지 왔을 때, 로빠뜨낀은 문득 축하회가 아직 끝나지 않았으리라는 생각이 들었다. 그의 호주머니 속에는 만찬회 입장권이 두 장 들어 있었다. 시간은 어느새 열 시를 훨씬 넘어서고 있었다.

"좀 늦은 것 같군. 같이 가 보지 않겠소?"

로빠뜨낀이 말했다.

'당신이 가자는 곳이라면 어디든지 따라가겠어요. 다만, 잠시 동안만이라도 우리들의 미래를 내다볼 수 있게 해 주세요.' 그녀의 눈은 이렇게 대답하는 것이었다.

그들은 택시를 잡아타고 축하회장으로 돌아왔다. 현관에서 외투를 벗어 맡기고 대리석 층계 쪽으로 걸어 들어가다가 나쟈는 멈칫 걸음을 멈추고 남편의 팔을 붙잡았다.

양쪽에 커다란 거울을 붙인 계단 중턱에서 무엇인지 이리저리 뛰노는 검은 그림자가 보였다. 흡사 우리에 갇힌 원숭이가 빠져나갈 곳을 찾아 앞뒤에 붙은 거울 사이를 정신 없이 오락가락하는 꼴과 같았다. 드로즈도프였다. 그는 복잡한 곡선과 원을 그리며 부지런히 같은 자리를 빙글빙글 돌고 있었다. 나쟈가 거만스레 눈을 내리깔고 그 옆을 지나가는데도 그는 알아채지 못하는 눈치였다. 아니, 알아챘는지도 모른다. 눈을 가늘게 뜨고 물끄러미 그들의 뒷모습을 바라보았으니 말이다. 그러나 드로즈도프는 곧 고개를 숙이고 다시 원을 그리며 돌아가기 시작했다.

그러한 배회는 그가 극도의 흥분 상태에 빠져 있다는 증거였다. 그러나 대체 무엇이 그로 하여금 계단 중턱에 혼자 나와서 저토록 성급하게 돌아다니게 했을까?

퍼뜩 나쟈의 머리에 떠오르는 것이 있었다.

"오늘, 전부터 잘 아는 사람을 하나 만났는데, 그 사람의 말이 드로즈도프가 곧 슈찌꼬프의 후임으로 차관 자리에 올라앉게 된다나봐요. 아직 공식적으로 발표되진 않았지만 아마 드로즈도프는 그 소식을 미리 듣고 저렇게 흥분해 있을 거예요."

그들은 약속이라도 한 듯이 동시에 걸음을 멈추고 뒤를 돌아보았다. 계단 중턱에서는 여전히 검은 그림자가 거울 사이를 오락가락하고 있었다.

이 층 강당에서는 수많은 남녀가 음악에 맞춰 춤을 추며 돌아가고 있었다. 문턱에 서서 잠깐 장내를 훑어보고 나서 그들은 삼층 홀로 올라갔다. 삼층 홀은 귀가 멍해지도록 소음으로 가득 차 있었다. 흰 식탁보를 씌운 두 개의 길다란 식탁 위에는 크고 작은 식기들이 무수히 번쩍거리고 있었지만, 개중에는 이미 비어 버린 접시들도 있었다. 식탁을 떠나 들창가에 옹기종기 모여 서서 담배를 피우는 패들이 있는가 하면, 짝을 지어 실내를 거닐고 있는 사람들도 있었다.

물론 식탁에 그냥 앉아 있는 패도 있었다. 정면에 가로놓인 주빈석 한가운데는 싸라또프쩨프를 위시하여 아브지예프, 연구소장, 차관 대리 등 소위 거물급들이 자리 잡고 있었다. 그 밖에도 둥그런 상판이 홍당무처럼 빨갖게 된 사무집행관 네브라예프, 말쑥한 옷차림의 훈다또르, 뾰족코에 얼굴이 해쓱한 쩨삐낀 등, 이른바 당당한 관록을 가진 작자들이 거물급을 옹위하듯 그 좌우로 앉아 있었다. 그들은 특별한 부름을 받지 않더라도 거물급들과 자리를 같이할 수 있는 특권을 소유한 자들이었다. 주빈석에서 좀 떨어진 곳에는, 아직 그러한 특권이 부여되지 않은 애송이들이 모여 서서 아카데미 회원이 하는 얘기를 경청하며 웃고들 있었다. 주빈석과 그들 사이의 공간을 감히 침범할 자는 하나도 없었다. 사실 그들에게는 열댓 발자국밖에 되지 않는 좁은 공간이지만 침범하기란 결코 쉬운 일이 아닌 것이다.

"로빠뜨낀 동무!"

누군지 등 뒤에서 부르는 소리가 났다.

"이리 오시오. 이리 와요!"

주빈석과는 반대 방향인 한쪽 구석에 연구소의 젊은 설계사들이 둥그렇게 모여 서서 떠들고 있다가, 로빠뜨낀을 발견하고 부르는 것이었다. 로빠뜨낀과 나쟈는 그들에게 다가갔다. 끄레호프와 안또노비치도 거기 끼어 있었다. 끄레호프는 로빠뜨낀의 팔소매를 잡아 자기 옆으로 끌어들였다.

"어떻습니까?"

그는 소리를 낮추며 로빠뜨낀에게 말을 걸었다.

"아까 그 모형 기계 말예요. 단상에 앉은 그 우상들의 얼굴을 보셨겠죠?"

그때 갑자기 장내가 떠나갈 듯이 박수 소리가 터졌다. 싸라또프쩨프가 자리를 뜨는 모양이었다. 박수는 층계를 따라 아래층으로 번져 내려갔다. 아카데미 회원은 홀 한가운데서 걸음을 멈추고, 한 손을 가슴에 얹고, 사방으로 돌아가며 몇 번이나 허리를 굽혀 보였다. 그리고는 시종들의 옹위를 받으며 천천히 아래층으로 걸어 내려갔다. 밑에서는 악대의 축하곡이 울렸다.

우레와 같은 박수 소리가 가라앉자, 끄레호프는 동료들을 식탁 쪽으로 끌고 갔다.

"자, 여기 앉아서 마시기로 합시다."

동료들이 모두 자리 잡고 앉기를 기다려 끄레호프는 술잔으로 식탁을 두드리며 커다란 소리로 말했다.

"우리들과 함께 마시기를 원하는 분은 누구든지 다 이리 오십시오."

"그렇지 않은 분은 이쪽으로 오든지!"

로빠뜨낀의 등 뒤에서 이렇게 대꾸하는 소리가 들렸다. 얼른 얼굴을 돌린 로빠뜨낀은 바로 자기의 등 뒤에 저쪽 식탁을 향해 앉아 있는 쩨삐낀의 바싹 마른 목덜미를 발견했다. 그리고 그 맞은편에서 이쪽을 응시하고 있는 슈찌꼬프의 얼굴이 쩨삐낀의 어깨 너머로 보였다. 그의 눈은 금테 안경 때문에 한결 작게 보였지만, 그러나 그것은 로빠뜨낀에게 호감을 표시하는 눈이었다.

"로빠뜨낀 동무!"

슈찌꼬프는 커다란 소리로 부르더니,

"동무의 건강을 빌며!"

하며 술잔을 높이 쳐들었다.

로빠뜨낀은 고개를 숙여 보였다. 슈찌꼬프는 혼자서 잔의 술을 쭉 들이켜고는 냅킨으로 입을 닦고 나서 옆에 앉은 훈다또르한테 무엇인지 소곤거렸다. 슈찌꼬프의 좌우는 거의 모두가 그의 일파에 속하는 친구들이었다.

"야아, 누군가 했더니 당신이었군그래!"

이번에는 쩨삐낀이 돌아앉으며 다정하게 말을 걸었다.

"오래간만이오, 로빠뜨낀 동무! 아 참, 먼저 축하를 드려야 할 것을 잊었었군."

슈찌꼬프 일파의 얼굴이 일제히 로빠뜨낀 쪽으로 향해졌다. 쩨삐낀은 한쪽 팔을 의자 뒤에 걸치고 거나하게 취한 얼굴로 다시 입을 열었다.

“내 말 좀 들으시오, 로빠뜨낀 동무! 오늘 당신은 승리자로서의 영광을 누리고 있소. 그리고 우리들은 당신의 물불을 가리지 않는 용감한 공격에 마침내 패배하고 만 것이오. 그러나 로빠뜨낀 동무, 당신은 아직도 개인주의적 사고방식에서 벗어나지 못하고 있소. 말하자면, 집단농장을 거부하는 개인농이란 말이오. 나는 당신한테 우리나라에서는 무슨 일을 혼자서 하기란 불가능하다고 말한 적이 있었소. 이제는 그렇게 딱 잘라 말할 수는 없게 됐지만, 그러나 지금도 나는 혼자서 일하기는 극히 곤란하다고 당신한테 충고하고 싶소. 오직 집단만이 개인의 창의성을 도와 줄 수 있고 옹호해 줄 수 있으며, 또한 모든 물질적 지원을 적시에 해 줄 수 있단 말이오. 그러한 집단은 당신과 손을 잡을 용의가 있다는 걸 특히 지적하고 싶소.”

슈찌꼬프 일파의 눈이 일제히 번쩍이기 시작했다. ‘흥, 이건 단순한 농담이 아니로구나!’ 하고 로빠뜨낀은 생각하며 주위를 둘러보았다. 로빠뜨낀의 좌우에는 더욱 많은 그의 지지자들이 모여 있었고, 또한 그들의 눈도 적의를 품고 번쩍이고 있었다. 거의 모두가 대학을 갓 나온 청년들이었다. 그러니까 팔년 전, 로빠뜨낀식 주조기의 윤곽이 처음으로 제도지 위에 나타났을 때, 그들은 아마 10년제 중학교를 졸업할까 말까 한 나이들이었을 것이다.

이런 긴장되고 미묘한 분위기 속에서 로빠뜨낀의 머릿속에 퍼뜩 떠오르는 것이 있었다. 유리 시험관을 손에 든 부시꼬 교수의 모습이었다. 그의 발명은 아무런 흔적도 남기지 않고 사라져 버렸다. 그러나 여기 앉아 있는 이 젊은이들처럼 나이 어린 어느 행운아가, 부시꼬 교수와 함께 사라져 버린 그 아이디어를 내일이라도 다시 찾아내 가지고, 고난에 찬 발명가의 길을 멋모르고 내닫을는지도 모른다. 젊은이의 눈에는 그 길이 아주 짧게만 보일 것이기 때문이다. 청년은 자기가 좋아하는 열일곱 살 짜리 귀여운 소녀에게 이렇게 장담할 것이다 —— 조금만 기다려요, 내 저기 저 이정표가 박힌 곳까지 단숨에 달려갈 테니! 그러나 길은 거기서 끝나지 않는다. 저 멀리 또 하나의 이정표가, 그리고 그 다음에도 또 그 다음에도…. 이렇게 팔 년을 달려야 한다. 아니, 팔년이라는 확실한 보장도 없지 않은가…. 어쩌면 부시꼬 교수처럼 끝없는 길을 한평생 달리다가 그냥 사라져 버릴는지도 모른다.

로빠뜨낀의 가슴속에서는 불현듯 분노의 불길이 이글거리며 타오르기 시작했다. 뒤이어 또 다른 사람들의 얼굴이 —— 씨야노프의 얼굴이, 우랄에서 로빠뜨낀식 주조기를 돌리고 있던 노동자의 얼굴이, 그리고 부시꼬 노인과 고생하던 시절에 자루 속에 감자 스무 개를 몰래 넣어 준 이름 모를 착한 사람의 얼굴이 그의 뇌리를 스치며 지나갔다. 그들은 지금 제각기 자기의 일터에서 묵묵히 일하고 있는 것이다. 그리고 그들은 쩨삐낀이나 아브지예프와 같은 인물의 존재에 대해서는 아무것도 모르고 있는 것이다.

여기까지 생각이 미치자, 로빠뜨낀은 잔잔히 흐르던 자신의 뗏목이 갑자기 급류를 타고 벼랑에 부딪치며 쏜살같이 달려 내려가는 것을 느꼈다. 그렇다. 아직도 싸움은 끝나지 않은 것이다.

“우린 결코 물질적인 지원이 탐나서 당신들과 손을 잡지는 않을 거요.”

로빠뜨낀의 두 눈에서는 젊은 패기 같기도 하고, 숨겨진 증오 같기도 한 것이 불꽃처럼 튀기 시작했다.

“이제는 정정당당히, 옛날 기사들처럼 정정당당히 당신들을 상대로 싸울 뿐이오.”

“싸워 봐야 결국은 당신의 온몸에 시퍼런 멍이 생길 뿐이지.”

“찜질약이 필요한 건 우리가 아니라 당신네들일 거요.”

안또노비치가 끼어들었다.

"호오, 인텔리 기사께서도 한마디 하시는군!"

쩨삐낀은 상냥스런 얼굴로 그를 바라보더니, 다시 로빠뜨낀에게 시선을 돌렸다.

"이거 봐요, 로빠뜨낀 동무. 쓸데없이 고집을 부릴 게 아니라… 우리와 화해의 술잔을 드는 게 어떻소? 이젠 묵은 원한 같은 건 깨끗이 잊어버리고, 상처를 치료하며 푹 쉬는 게 좋을 거요. 배불리 먹고… 뽀베다도 한 대 사고… 그리고 별장도 하나 마련하시오."

"텔레비전도 사야죠."

하고 누군지 옆에서 말을 받았다.

"물론 텔레비전도 사야지…."

"진실로 인간다운 인간이라면 빵만으론 살 수 없는 법이오!"

로빠뜨낀의 목소리가 고요한 공기 속에서 무겁게 울렸다.

"당신은 목적을 달성하지 않았소."

쩨삐낀은 로빠뜨낀의 말을 묵살해 버리고 자기 말만 계속했다.

"그러니까 싸움은 젊은 사람들한테 맡기시오."

"당신은 BUP란 말을 아오?"

로빠뜨낀은 여전히 패기와 증오가 넘치는 눈으로 그를 쏘아보며 물었다.

"뭐?"

쩨삐낀은 의아스런 눈으로 그를 바라보았으나, 곧 손을 내저었다.

"아니, 우선 내 질문에 대답하시오. 나는 당신 앞에 이런 문제를 제기 하겠소."

쩨삐낀은 로빠뜨낀 쪽으로 의자를 끌어당기며, 더욱 가까이 다가앉았다.

"로빠뜨낀 동무, 당신이 설계국장 자리에 올라앉은 다음에 말이오, 자기

부하 가운데 누가, 예를 들면 저기 저 끄레호프가, 무슨 그럴 듯한 것을 하나 발명했다고 합시다."

"당신은 그따위 질문에 내가 당황할 줄 알았소?"

"가만 있소. 만일 끄레호프가 무슨 그럴 듯한 것을 하나 고안해 낸다면 말이오. 당신은 틀림없이 사회적인 이익과 개인의 이익과를 결부시키려 들 거요. 말하자면, 누이 좋고 매부 좋다는 격으로 말이오."

"물론 당신이 그의 고안을 받아들여 기계를 제작할 것만은 틀림없을 거요."

하고 훈다또르가 싱글거리며 끼어들었다.

"하지만 당신 자신의 간판을, 즉 로빠뜨낀 설계국이란 간판을 내걸 게 아니겠소? 그 기계에는 L-2란 이름이 붙을 것이고…."

"핫하하!"

슈찌꼬프의 패거리들이 일제히 웃음을 터뜨렸다.

"당신이나 쩨삐낀에겐 털끝만한 염치도 없다는 걸 똑똑히 알게 됐소. 아마 웬만한 말로는 당신들로 하여금 모욕을 느끼게 할 수는 없을 거요."

로빠뜨낀은 말했다.

"공연히 가면을 쓰지 마시오!"

훈다또르가 얼굴을 붉히며 소리쳤다.

"당신들은 지금 스스로를 모욕하고 있는 거요. 그러면서도 그것을 깨닫지 못하고 있소. 내 당신들에게 알아듣도록 얘기해 드리지요. 나와 잘 아는 선반공 한 사람이 있는데, 이름은 씨야노프라 하오. 만일 그 사람 자신의 손으로 만들지 않은 기계 부속품을 가지고 당신들이 그 사람을 칭찬한다면 그는 즉석에서 당신들의 칭찬을 거부할 거요. 그에게는 노동자로서의 자부심과 명예심이 있으니까. 만일 그 사람이 L-2라는 말을 들었다면 침을 뱉고 돌아설 거요. 아마 당신들은 아직 내 성미를 모르는 것 같은데…."

"공갈 비슷한 말은 그만두시오."

하고 쩨삐낀이 가로챘다.

"우린 그 문제에 대해서 장관 동지와 완전히 해결을 보았으니까…."

"나는 그 문제를 가지고 얘기하는 게 아니오. 그러나 당신들과 우리들 사이에는 아직 해결을 보지 못했다는 걸 상기시켜 주어 고맙소. 장관 동지는 당신들을 가볍게 꾸짖고 말았는지 모르지만 우리는 그렇지 않을 거요. 우리는 오직 BUP가 명하는 대로 당신들을 대할 테니 그리 아시오."

"도대체 BUP란 무슨 뜻이오?"

훈다또르가 좀 누그러진 어조로 물었다.

"보병 전투 규범의 약어요. 한번 찾아서 읽어 보시오. 우리가 당신에게 하려는 행동이 바로 거기 쓰여 있을 거요. 그 규범에 의하면, 나는 단독 전사였소. 그러나 지금 우리는 이미 분대를 구성했다는 걸 알아 두시오."

"좋아, 당신이 기어이 싸움을 하고 싶다면 이쪽에서도 얼마든지 응할 용의가 있소. 하지만 로빠뜨낀 동무, 원래 나는 농담을 좋아하는 인간이오. 설마 당신은 내가 취중에 한 농담에 모욕을 느끼고 그러는 건 아니겠지?"

쩨삐낀은 환하게 얼굴을 펴고 웃으며 얼버무렸다.

그러나 로빠뜨낀은 그의 티 없는 웃음 뒤에, 노련한 전사의 참을성이 숨겨져 있는 것을 발견했다.

그때 저쪽에서 아브지예프 교수가 나타났다. 그는 로빠뜨낀을 발견하자 만면에 미소를 띠우며 걸음을 멈추더니, 마치 포옹이라도 하려는 것처럼 두 손을 벌리며 소리쳤다.

"야아, 여기 나의 적수가 앉아 있었군그래!"

그리고는 걸상 사이를 뚫고 로빠뜨낀을 향해 몇 걸음 달려왔다. 그러나 바로 그때 얼굴이 새빨갛게 된 네브라예프가 난데없이 그의 앞을 막아서며 나타났다.

"동무들!"

그는 식탁 사이를 비틀거리며 헤치고 들어와서 혀 꼬부라진 소리로 외쳤다.

"동무들, 여기 아주 멋진 노래가 있소. 따라 부르시오!"

그는 자꾸 아브지예프의 얼굴을 쳐다보며 목청을 뽑았다.

"마음속 깊이 원한을 품고… 남몰래… 남몰래…."

여기서 그는 손가락으로 분명히 아브지예프를 가리켰다.

"흉기를 더듬는구나!"

아브지예프는 흠칫 몸을 떨었다. 정적이 장내를 휘덮었다.

"올바로 들어맞혔어."

누군지 입속말로 속삭였다.

"까마귀가 까욱까욱 울 듯이 말이야!"

아브지예프는 하는 수 없다는 듯이 고개를 설레설레 저으며 훈다또르와 쩨삐낀이 있는 곳으로 가서 앉았다.

"좋지 않은 일이 반드시 있겠군. 저 까마귀는 공연히 우는 법이 없으니까."

누군가가 또 이렇게 속삭였다.

새벽 한시, 손님들이 하나 둘씩 돌아가기 시작할 무렵, 로빠뜨낀과 나쟈는 숨이 막힐 듯이 답답한 홀에서 발코니로 빠져나왔다. 바깥은 흰 눈에서 반사되는 빛 때문에 어슴푸레하게 밝았다. 그들은 갓 내린 눈 위에 검은 발자국을 남기며 돌로 쌓은 난간으로 다가갔다. 저 멀리 언덕 밑으로 마치 밤의 비행기에서 내려다보이듯이 무수한 불빛이 반짝이는 검푸른 평지가 보였다. 화강암에 쌓인 눈을 털어 버리고 로빠뜨낀은 거기 몸을 기대고 선 채 아득히 먼 어둠 속을 바라보며 깊은 생각에 잠겼다.

“뭘 그렇게 생각하세요?”

나쟈가 물었다.

“여러 가지를… 이 생각 저 생각 모두 하고 있지.”

로빠뜨낀은 어둠 속을 향하여 고개를 끄덕이듯 하며 대답했다.

“당신은 피곤하지 않소? 만일 내가 더 걷자고 한다면?”

나쟈는 아무 말 않고 그에게 몸을 의지하듯 가까이 다가섰다. 그러나 로빠뜨낀은 그녀를 신변에 느끼지 못했다. 나쟈는 그에게 있어 한 사람의 여성이라기보다는 깨끗한 시냇물과도 같았기 때문이다. 고난에 찬 길을 허덕이며 걷다가 목을 축이고 얼굴을 담글 수 있는 시냇물 — 나쟈는 바로 그러한 시냇물이라는 것을 그는 똑똑히 깨달았다. 그는 난간에 몸을 의지하고 서 있다가 마치 길을 떠나기 전에 등에 짊어진 짐을 바로 잡으려는 것처럼 어깨를 흠칫거렸다. 지금 그의 어깨는 전보다 더욱 굳세어졌지만 그 대신 등의 짐도 훨씬 무거워졌다. 그에게는 새로운 짐이 — 뭇사람들을 위한 봉사라는 새로운 짐이 부과된 것이다.

‘당신도 이젠 정치적인 인간이 될 필요가 있소’라던 갈리쯔끼의 말이 생각났다. 얼마 전부터 그에게 형님과 같은 존재가 된 갈리쯔끼의 말을 로빠뜨낀은 이제야 비로소 알게 된 듯싶었다. 로빠뜨낀의 기계는 이미 완성되어 국민들에게 이양되었지만, 그는 자기 앞에 아득히 뻗어 나간 길을, 아마도 평생을 두고 걸어도 끝이 없을 길을 또 다시 발견한 것이다. 지금 그 길은 눈앞에 한없이 뻗어 가며 그를 기다리고 있다. 그 신비로운 굴곡이, 그리고 그 준엄한 임무가 손짓을 하며 그를 부르고 있는 것이다.